千古名句

[illegible] 冯亚衍 暴拯群 编

中原出版传媒集团
中原传媒股份公司

大象出版社
·郑州·

图书在版编目(CIP)数据

千古名句/孙宝瑞等编. — 郑州 : 大象出版社,2015. 2
(2021. 2 重印)
ISBN 978-7-5347-6580-3

Ⅰ. ①千… Ⅱ. ①孙… Ⅲ. ①古典诗歌-名句-中国
Ⅳ. ①I222

中国版本图书馆 CIP 数据核字(2011)第 105927 号

千古名句

QIANGU MINGJU

孙宝瑞 冯亚衍 暴拯群 编

出 版 人 汪林中
责任编辑 管 昕
责任校对 钟 骄
封面设计 张 帆
版式设计 付锬锬

出 版 大象出版社(郑州市郑东新区祥盛街 27 号 邮政编码 450016)
发行科 0371-63863551 总编室 0371-65597936
网 址 www.daxiang.cn
印 刷 河南新华印刷集团有限公司
经 销 各地新华书店
开 本 890 mm×1240 mm 1/32
印 张 22.5
字 数 666 千字
版 次 2015 年 2 月第 1 版 2021 年 2 月第 4 次印刷
定 价 78.00 元

印厂地址 郑州市经五路 12 号
邮政编码 450002 电话 0371-65957865

前言

中国文学发展历史悠久，源远流长，浩如烟海，群星灿烂。在当今国内再度掀起国学热的形势下，推出《千古名句》一书，无疑是快速普及国学经典的新举措。该书将中国古代文学中脍炙人口、耳熟能详的名句辑录成册，按照体裁分为诗、词、曲、赋四部分；每部分以名句首字的拼音字母顺序排列，同一声母下按韵母次序排列，同一韵母下按阴平、阳平、上声、去声排列，符合中国人的阅读习惯，同时便于查检；每个条目以名句为主，简单标注出朝代或时期、作者及篇名。其中诗作名句约占全书的2/3，其次是词，再次为曲、赋。与同类书相比，该书容量大，内容更为丰富；编排简洁，便于查检；既适合广大青少年学习中国经典古诗名句，又可以当作工具书查找资料，同时也适合书法爱好者进行创作时引用。

古代中国是诗的王国，文人墨客不仅以诗抒情达意、宣泄情感，还以此记录人生历程。以诗代言，是中国古典文学的一大特色。从最早的《诗经》到鼎盛时期的唐诗，诗歌的发展经历了一个漫长的过程。诗歌形式由三言、四言、五言、六言、七言，到律诗、绝句、长短句等，逐渐丰富成熟起来；内容涉及社会生活的方方面面，并随着朝代的更替，政治、经济和文化中心的转移，出现了宋词、元曲等新的文学体裁。在某种程度上，它们可以视为诗歌的变异，是阶段性的产物。由于体裁不同，它们在抒情达意方面各具特色，给人以不同的感受。譬如诗歌，文字简洁凝练，表达情感丰富，朗朗上口，便于传诵，流传千古而不朽；婉约派的词婉转含蓄，绵远流长，“犹抱琵琶半遮面”，言已尽而意不止，且有些小资情调；散曲犹如“下里巴人”，直来直去，幽默诙谐，妙趣横生；赋语言严谨，论理透彻，充满哲理和智慧，宛若“正人君子”。长期以来，人们往往把唐诗视为中国诗歌发展的鼎盛时期，实际上不同时期的诗歌有不同的特色，都耐人寻味。正如一个人要经历幼稚期、青春期、中年期、老年期一样，不同时期具有不同特征。唐诗就像人的青春期一样，充满朝气和活力，表现在诗风上就是才华横溢；宋诗好像一个人历经沧桑，进入不惑之年，趋于成熟沉稳，以理智约束自己，更为深邃智慧。

古人不但在实践中创作出灿烂辉煌的优秀篇章，而且还不断地进行理论探索。三国时期的曹丕在《典论·论文》中说：“诗赋欲丽。”西晋陆机在《文赋》中说：“诗缘情而绮靡”，“赋体物而浏亮”，“论精微而朗畅”。南北朝时期的刘勰在《文心雕龙》中从不同角度阐发了质先于文、质文并重的文学主张，比较全面地说明文学内容与形式的关系。南朝钟嵘在《诗品》中更明确地指出：“故诗有三义焉，一曰兴，二曰比，三曰赋。文已尽而意有余，兴也；因物喻志，比也；直书其事，寓言写物，赋也。”诗圣杜甫“缘事而发”，“即事名篇”，“语不惊人死不休”，创造性地发挥了诗体的功能，创作出大量反映人民疾苦的篇章，揭露了封建社会的黑暗，他的诗被誉为“诗史”。唐代现实主义诗人白居易在《新乐府序》中响亮地提出了“文章合为时而著，歌诗合为事而作”的现实主义诗歌理论。北宋著名文学家苏轼“文理自然，姿态横生”，“万斛泉源，不择地而出”。晚年他谈及写作诗、赋、杂文时说:“大略如行云流水,初无定质,但常行于所当行,常止于不可不止。”(《答谢民师书》)他在《书吴道子画后》中说,“出新意于法度之中,寄妙理于豪放之外”,这一法理适用于其他文艺创作。南宋爱国诗人陆游说:“汝果欲学诗,工夫在诗外。”(《示子遹》)“纸上得来终觉浅,绝知此事要躬行。”(《冬夜读书示子聿》)前人积累下来的宝贵经验,具有重要的借鉴价值。优秀的文学作品承载着浓厚的民族精神和爱国情怀,是宝贵的历史文化遗产,文化底蕴深厚。

该书诗之名句主要辑录于《诗经》《古诗选》《乐府诗集》《全汉三国晋南北朝诗》《全唐诗》《明诗别裁集》《清诗别裁集》以及个人文集等,词主要辑录于《全宋词》《词综》《近三百家名家词选》《唐宋名家词选》等,曲主要采自《元曲小令精华》《全元散曲简编》等,赋主要采自《四部备要·集部》《历代名赋选》《全上古三代秦汉三国六朝文》《文选李注义疏》等。

“不薄今人爱古人”,“转益多师是汝师”。中国的孩童大多是背诵着中国古诗词长大的,他们从这里汲取力量和智慧。“只有民族的才是世界的”,《千古名句》代表着中华民族优秀传统文化,它也会枝繁叶茂,永不过时,常读常新。

由于该书篇幅较大,涉及资料较多,错讹之处在所难免,敬请读者不吝赐教。

编　者

2014 年 6 月

目　录

诗

词

曲

赋

后记

诗

A

阿婆不嫁女，
那得孙儿抱。

北朝《乐府诗集·
横吹曲辞·折杨柳枝歌》

哀哀父母，
生我劬劳。

《诗经·小雅·蓼莪》

哀哉桃林战，
百万化为鱼。

唐·杜甫《潼关吏》

皑如山上雪，
皎若云间月。

汉·无名氏《白头吟》

爱好由来落笔难，
一诗千改始心安。
阿婆还是初笄女，
头未梳成不许看。

清·袁枚《遣兴》

爱花常苦得花晚。

金·元好问《纪子正杏园燕集》

爱如寒炉火，
弃若秋风扇。

唐·李益《杂曲》

艾叶绿花谁剪刻，
中藏祸机不可测。

唐·李贺《艾如张》

暧暧远人村，
依依墟里烟。

晋·陶渊明《归园田居》

安得广厦千万间，
大庇天下寒士俱欢颜，
风雨不动安如山。

唐·杜甫《茅屋为秋风所破歌》

安得万里裘，
盖裹周四垠；
稳暖皆如我，
天下无寒人。

唐·白居易《新制布裘》

安得长翮大翼如云生我身，
乘风振奋出六合。

唐·韩愈《忽忽》

安得壮士挽天河，
尽洗甲兵长不用。

唐·杜甫《洗兵马》

安得夫差水犀手，
三千强弩射潮低。

宋·苏轼《八月十五日看潮》

安房不用架高梁，
书中自有黄金屋。

宋·宋真宗赵恒《劝学诗》

安能摧眉折腰事权贵，
使我不得开心颜。

唐·李白《梦游天姥吟留别》

岸花飞送客，
樯燕语留人。

唐·杜甫《发潭州》

岸明残雪在，
潮满夕阳多。

唐·郎士元《送韩司直路出延陵》

岸似双屏合，
天如匹练开。

唐·白居易《夜入瞿塘峡》

岸苇新花白，
山梨晚叶丹。

唐·郑愔《贬降至汝州广城驿》

暗尘随马去，
明月逐人来。

唐·苏味道《正月十五夜》

暗牖悬蛛网，
空梁落燕泥。

隋·薛道衡《昔昔盐》

暗香留不住，
多事是春风。

清·蒋锡震《梅花》

暗中时滴思亲泪，
只恐思儿泪更多。

清·倪瑞璿《忆母》

B

八面玲珑得月多。

元·马熙《开窗看雨》

八月秋高风怒号，
卷我屋上三重茅。

唐·杜甫《茅屋为秋风所破歌》

八月长江去浪平，
片帆一道带风轻。

唐·崔峒《清江曲内一绝》

八月湖水平，
涵虚混太清。

气蒸云梦泽，
波撼岳阳城。
欲济无舟楫，
端居耻圣明。
坐观垂钓者，
徒有羡鱼情。

唐・孟浩然《望洞庭湖赠张丞相》

八月蝴蝶黄，
双飞西园草。

唐・李白《长干行》

芭蕉不展丁香结，
同向春风各自愁。

唐・李商隐《代赠二首》

巴东三峡巫峡长，
猿鸣三声泪沾裳。

晋・无名氏《巴东三峡歌二首》

巴人夜语孤舟里，
越鸟春啼万壑中。

唐・李端《送濮阳录事赴忠州》

巴山楚水凄凉地，
二十三年弃置身。

唐・刘禹锡《酬乐天扬州初逢席上见赠》

巴水急如箭，
巴船去若飞。

唐・李白《巴女词》

把酒看花想诸弟，
杜陵寒食草青青。

唐・韦应物《寒食寄京师诸弟》

把酒送春无别语，
羡君才到便成归。

宋・朱弁《送春》

罢归无旧业，
老去恋明时。

唐・刘长卿《送李中丞之襄州》

罢琴明月夜，
留剑白云天。

唐・沈佺期《哭苏眉州崔司业》

白帝城中云出门，
白帝城下雨翻盆。

唐・杜甫《白帝》

白发三千丈，
缘愁似个长。

唐・李白《秋浦歌十七首》

白发悲花落，
青云羡鸟飞。

唐・岑参《寄左省杜拾遗》

白发徒自负，

青云难可期。

唐 · 岑参《虢中酬陕西甄判官见赠》

白发丝难理，
新诗锦不如。

唐 · 杜甫《酬韦韶州见寄》

白发宫娃不解愁，
满头犹自插花枝。

唐 · 刘得仁《悲老宫人》

白发归来事事新，
书生风味是清贫。

金 · 元好问《李进之迁轩二首》

白发未除豪气在，
醉吹横笛坐榕阴。

宋 · 陆游《渡浮桥至南台》

白发蹉跎欢意少，
强颜犹入少年丛。

宋 · 曾巩《钱塘上元夜祥符寺陪咨臣郎中丈燕席》

白发偏添寿，
黄花不笑贫。

唐 · 顾况《闲居自述》

白发千茎雪，
丹心一寸灰。

唐 · 杜甫《郑驸马池台喜遇郑广文同饮》

白日依山尽，
黄河入海流。
欲穷千里目，
更上一层楼。

唐 · 王之涣《登鹳雀楼》

白日不照吾精诚，
杞国无事忧天倾。

唐 · 李白《梁甫吟》

白日放歌须纵酒，
青春作伴好还乡。

唐 · 杜甫《闻官军收河南河北》

白日掩荆扉，
对酒绝尘想。

晋 · 陶渊明《归园田居五首》

白日沦西阿，
素月出东岭。

晋 · 陶渊明《杂诗十二首》

白日曜青春，
时雨静飞尘。

三国 · 魏 · 曹植《侍太子坐》

白日地中出，
黄河天外来。

唐 · 张蠙《登单于台》

白日西南驰，
光景不可攀。
三国·魏·曹植《名都篇》

白日总悲生事少，
黄泉翻羡故人多。
清·季开生《送左大来先生葬》

白云千里万里，
明月前溪后溪。
唐·刘长卿《苕溪酬梁耿别后见寄》

白云还自散，
明月落谁家。
唐·李白《忆东山二首》

白云见我去，
亦为我飞翻。
唐·李白《题情深树寄象公》

白云抱幽石，
绿筱媚清涟。
南朝·宋·谢灵运《过始宁墅》

白云如有意，
万里望孤舟。
唐·刘长卿《上湖田馆南楼忆朱宴》

白云散尽千山外，
万里秋空片月新。
宋·释慧文《五十五年梦幻身》

白头吊古风霜里，
老木苍波无限悲。
宋·陈与义《登岳阳楼》

白头漫依诗豪在，
手掣鲸鱼意未平。
宋·陆游《睡起》

白头老母遮门啼，
挽断衫袖留不止。
唐·韩愈《谁氏子》

白头波上白头翁，
家逐船移浦口风。
一尺鲈鱼新钓得，
儿孙吹火荻花中。
唐·郑谷《淮上渔者》

白头自若君莫笑，
骨朽成尘志未休。
宋·陆游《夏夜读书自嘲》

白头虽老赤心存。
唐·杜甫《承闻河北诸道节度入朝》

白头莫照镜，
照镜悲流光。
清·王焜《短歌行》

白首功名原未晚，
笑人四十叹头颅。

宋·陆游《独酌有怀南郑》

白首相逢征战后，
青春已过乱离中。

唐·刘长卿《送李录事兄归襄邓》

白首忍穷心似铁。

宋·陆游《夜寒遣兴》

白首垂钓翁，
新妆浣纱女。
相看似相识，
脉脉不得语。

唐·孟浩然《耶溪泛舟》

白骨露于野，
千里无鸡鸣。

东汉·曹操《蒿里行》

白骨成丘山，
苍生竟何罪。

唐·李白《经乱离后天恩流夜郎忆旧游书怀赠江夏韦太守良宰》

白骨高于太行雪，
血飞迸作汾流紫。

明·王世贞《过长平作长平行》

白骨半随河水去，
黄云犹傍郡城低。

唐·李嘉祐《宋州东登望题武陵驿》

白骨不埋新战恨，
黄花空发旧枝香。

元·叶颙《至正戊戌九日感怀》

白骨归黄泉，
肌体乘尘飞。

汉·孔融《杂诗二首》

白骨似沙沙似雪。

宋·张舜民《西征》

白眼世上谁共语，
散发江湖只自哀。

清·董道权《王麟友同宿客舍志感》

白水暮东流，
青山犹哭声。

唐·杜甫《新安吏》

白水东悠悠，
中有西行舟。
舟行有返棹，
水去无还流。

唐·沈佺期《古别离》

白下有山皆绕郭，
清明无客不思家。

明·高启《清明呈馆中诸公》

白也诗无敌，
飘然思不群。

唐 · 杜甫《春日忆李白》

白酒新熟山中归，
黄鸡啄黍秋正肥。
唐 · 李白《南陵别儿童入京》

白狼河北音书断，
丹凤城南秋夜长。
唐 · 沈佺期《古意呈补阙乔知之》

白浪掀天一叶危，
收竿还怕转船迟。
世人无限风波苦，
输与江湖钓叟知。
清 · 吴伟业《鸳湖曲》

白雪却嫌春色晚，
故穿庭树作飞花。
唐 · 韩愈《春雪》

白烟消尽冻云凝，
山月飞来夜气澄。
且向波间看玉塔，
不须桥畔觅金绳。
金 · 元好问《趵突泉》

白刃雠不义，
黄金倾有无。
杀人红尘里，
报答在斯须。
唐 · 杜甫《遣怀》

白马岩中出，
黄牛壁上耕。
明 · 费密《栈中》

白鸥闲不去，
争拂酒筵飞。
唐 · 李白《陪侍郎叔游洞庭醉后三首》

白鹭下秋水，
孤飞如坠霜。
唐 · 李白《白鹭鹚》

白鹭行时散飞去，
又如雪点青山云。
唐 · 李白《泾溪东亭寄郑少府谔》

白鸥没浩荡，
万里谁能驯。
唐 · 杜甫《奉赠韦左丞文二十二韵》

白兔捣药秋复春，
嫦娥孤栖与谁邻。
唐 · 李白《把酒问月》

白杨多悲风，
萧萧愁杀人。
汉 · 无名氏《古诗十九首》

白玉虽尘垢，
拂拭还光辉。
唐 · 韦应物《答令狐侍郎》

白圭之玷，
尚可磨也；
斯言之玷，
不可为也。

《诗经·大雅·抑》

白珪玷可灭，
黄金诺不轻。

唐·陈子昂《座右铭》

百川沸腾，
山冢崒崩。
高岸为谷，
深谷为陵。

《诗经·小雅·十月之交》

百川东到海，
何时复西归？
少壮不努力，
老大徒伤悲。

汉·乐府诗《长歌行》

百川俱会，
大海所以深。

北周·庾信《周五声调曲·商调曲四首》

百川若镜，
天地爽且明。

南朝·齐·谢超宗《齐明堂乐歌·白帝歌》

百川未有回流水，
一老终无却少人。

唐·白居易《浔阳春三首·春去》

百川注东海，
东海无虚盈。

唐·韦应物《赠卢嵩》

百年三万六千日，
一日须倾三百杯。

唐·李白《襄阳歌》

百年不肯疏荣辱，
双鬓终应老是非。

唐·杜牧《怀紫阁山》

百年富贵今谁见，
一代功名托至公。

宋·陈师道《东山谒外大父墓》

百年终归朝露速，
一死正自秋毫轻。

宋·陆游《雨中排闷》

百年未必如炊久，
万事真须作梦看。

宋·陆游《得京书或怪久不通问》

百年身世酣歌里，
千古功名感慨中。

宋·陆游《三月一日府宴学射山》

百年恩爱两相许，
一夕不见生愁肠。

唐 · 李涉《寄荆娘写真》

百年之中皆为白骨，
千里之外时见黄尘。

唐 · 卢照邻《悲今日》

百年飘若水，
万绪尽归空。

唐 · 司空曙《赠送郑钱二郎中》

百年随手过，
万事转头空。

唐 · 白居易《自咏》

百年歌自苦，
未见有知音。

唐 · 杜甫《南征》

百年豪杰尽，
扰扰见鱼虾。

宋 · 苏轼《荆州十首》

百年如一瞬，
尘世几公侯。

宋 · 陆游《有为予言乌龙高险不可到处有僧岩居不知其年予每登千峰榭望之慨然为作二诗》

百年讵几时，
君子不可闲。

唐 · 韩愈《读皇甫湜公安园池诗书其后》

百年嗟已半，
九日意兼悲。

唐 · 杜甫《九日曲江》

百年堪一笑，
辛苦惜虚名。

金 · 元好问《感事》

百年有余恨，
烈士涕横流。

清 · 高其倬《碧云寺》

百年粗粝腐儒餐。

唐 · 杜甫《宾至》

百叶双桃晚更红，
窥窗映竹见玲珑。

唐 · 韩愈《题百叶桃花》

百分桃花千分柳，
冶红妖翠画江南。

清 · 张问陶《阳湖道中》

百岁光阴半归酒，
一生事业略存诗。

宋 · 陆游《衰疾》

百尺竿头须进步，

十方世界是全身。

宋·释道原《景德传灯录》载招贤大师偈

百里西风禾黍香，
鸣泉落窦谷登场。

宋·孔平仲《禾熟》

百亩庭中半是苔，
桃花净尽菜花开。
种桃道士归何处，
前度刘郎今又来。

唐·刘禹锡《再游玄都观》

百姓多寒无可救，
一身独暖亦何情。

唐·白居易《新制绫袄成》

百鸟喧喧噪一鹗，
上林高枝亦难托。

唐·钱起《送毕侍御谪居》

百啭千声随意移，
山花红紫树高低。
始知锁向金笼听，
不及林间自在啼。

宋·欧阳修《画眉鸟》

百千万贯犹嫌少，
堆积黄金北斗边。
可惜太师无脚费，
不能搬运到黄泉。

元·无名氏《吊脱脱丞相》

百鸟在罗网，
黄雀犹难逃。

唐·杜甫《朱凤行》

百泉冻皆咽，
我吟寒更切。

唐·刘驾《苦寒吟》

百忧如草雨中生。

唐·薛逢《长安夜雨》

百人无一直，
百直无一遇。

唐·白居易《薛中丞》

柏生两石间，
万岁终不大。

唐·韩愈《招杨之罘》

拜迎官长心欲碎，
鞭挞黎庶令人悲。

唐·高适《封丘作》

斑竹一枝千滴泪，
湘江烟雨不知春。

清·洪昇《黄式序出其
祖母顾太君诗集见示》

版籍已知邦国异，

人民仍觉语音同。

清·陈沂震《巴东》

半亩方塘一鉴开，
天光云影共徘徊。

宋·朱熹《观书有感》

半世总为天外客，
一家今是故乡人。

清·许润《戊子春自岭南奉老母挈家旋闽》

半世功名随旅雁，
百年心迹对秋山。

清·施何牧《九日放舟山塘》

半世虚名不疗贫，
栖迟零落百酸辛。

金·元好问《阎商卿还山中》

半醉微吟不怕寒，
江边一笑觉天宽。

宋·陆游《一笑》

半生落魄已成翁，
独立书斋啸晚风。
笔底明珠无处卖，
闲抛闲掷野藤中。

明·徐渭《题墨葡萄画》

半湿半晴梅雨道，
乍寒乍暖麦秋天。

宋·黄公度《道间即事》

半江残月欲无影，
一岸冷云何处香。

清·盛锦《白莲》

邦畿千里，
维民所止。

《诗经·商颂·玄鸟》

邦以民为本。

唐·杜甫《送顾八分文学适洪吉州》

谤议不足怨，
宠辱讵须惊。

唐·陈子昂《座右铭》

谤声易弭怨难除，
秦法虽严亦甚疏。
夜半桥头呼孺子，
人间犹有未烧书。

清·陈恭尹《读秦纪》

褒贬无一词，
岂得为良史。

宋·郑文宝《对雪》

薄言往诉，
逢彼之怒。

《诗经·邶风·柏州》

薄烟杨柳路，
微雨杏花村。

唐·许浑《下第归蒲城墅居》

饱霜孤竹声偏切，
带火焦桐韵本悲。

唐·刘禹锡《答杨八敬之绝句》

饱知桃李俗到骨，
何至于渠争着鞭。

宋·陆游《雪后寻梅偶得绝句十首》

宝钗分股合无缘，
鱼在深渊日在天。

唐·刘损《愤惋诗三首》

报国有心空自信，
结茅无地竟安归。

宋·陆游《岁晚》

报国有心身潦倒，
养生无术病侵寻。

宋·陆游《自咏》

报国行赴难，
古来皆共然。

唐·崔颢《赠王威古》

报仇只是闻尝胆，
饮酒不曾妨刮骨。

唐·王维《燕支行》

报君黄金台上意，
提携玉龙为君死。

唐·李贺《雁门太守行》

报答春光知有处，
应须美酒送生涯。

唐·杜甫《江畔独步寻花七绝句》

报道先生春睡美，
道人轻打五更钟。

宋·苏轼《纵笔》

抱节不为霜雪改，
成林终与凤凰期。

唐·罗邺《竹》

爆竹声中一岁除，
春风送暖入屠苏。
千门万户曈曈日，
总把新桃换旧符。

宋·王安石《元日》

卑栖且得地，
荣耀不关身。

唐·钱起《县中池竹言怀》

悲歌可以当泣，
远望可以当归。

汉·乐府古辞《悲歌行》

悲莫悲兮生别离，

乐莫乐兮新相知。
战国 · 楚 · 屈原《九歌 · 少司命》

悲霜雪之俱下兮，
听潮水之相击。
战国 · 楚 · 屈原《九章 · 悲回风》

悲哉秋之为气也！
萧瑟兮草木摇落而变衰，
憭栗兮若在远行，
登山临水兮送将归。
战国 · 楚 · 宋玉《九辩》

悲笳数声动，
壮士惨不骄。
唐 · 杜甫《后出塞五首》

悲愁要是骚人事，
未必忘情胜有情。
宋 · 陆游《夜酌》

悲风日暮多。
唐 · 杜甫《过宋员外之问旧庄》

北风其凉，
雨雪其雱。
《诗经 · 邶风 · 北风》

北风卷地白草折，
胡天八月即飞雪。
唐 · 岑参《白雪歌送武判官归京》

北风三日无人渡，
寂寞沙头一簇船。
宋 · 刘子翚《江上》

北方有佳人，
绝世而独立。
一顾倾人城，
再顾倾人国。
汉 · 李延年《歌一首》

北山种了种南山，
相助力耕岂有偏。
愿得人间皆似我，
也应四海少荒田。
宋 · 王禹偁《畲田词五首》

北斗不酌酒，
南箕空簸扬。
唐 · 李白《拟古十二首》

北望燕云不尽头，
大江东去水悠悠。
宋 · 汪元量《湖州歌》

北邙未省留闲地，
东海何曾有定波。
唐 · 白居易《放言五首》

北轩凉吹开疏竹，
卧看青天行白云。
宋 · 苏舜钦《暑中闲咏》

北阙更新主，
南星落故园。

唐·杜甫《寄高适》

被明月兮佩宝璐，
登昆仑兮食玉英。

战国·楚·屈原《九章·涉江》

奔涛振石壁，
峰势如动摇。

唐·岑参《青山峡口泊舟怀狄侍御》

本无轩冕意，
不是傲当时。

唐·杜甫《独酌》

本以高难饱，
徒劳恨费声。

唐·李商隐《蝉》

本为多言误，
翻怜一死轻。

清·张瑄《吊鹦鹉》

本心倘不失，
外物真一蚁。

宋·陆游《心太平庵》

比干不惮死，
谏道久而存。

唐·张祜《元和直言诗》

比肩耻与蒿莱伍，
强项不容冰雪侵。

金·王寂《次韵郭解元病竹二首》

彼何人斯，
其心孔艰。

《诗经·小雅·何人斯》

彼其之子，
硕大无朋。

《诗经·唐风·椒聊》

笔落惊风雨，
诗成泣鬼神。

唐·杜甫《寄李十二白二十韵》

笔端通造化，
掌内运乾坤。

唐·岑参《苗侍中挽歌二首》

笔补造化天无功。

唐·李贺《高轩过》

笔追清风洗浴耳，
心夺造化回阳春。

唐·韩愈《题杜工部坟》

笔砚莫抛留压案，
箪瓢从陋也销钱。

唐·白居易《送刘吾司马
赴任硖州兼寄崔使君》

避贤初罢相，
乐圣且衔杯。
为问门前客，
今朝几个来。

唐 · 李适之《罢相作》

避席畏闻文字狱，
著书都为稻粱谋。

清 · 龚自珍《咏史》

避俗惟长啸，
逢人常不言。

清 · 吴绡《啸台》

弊庐何必广，
取足蔽床席。

晋 · 陶渊明《移居》

闭户暂不出，
诗名满世间。

唐 · 戴叔伦《留别顾明府》

闭门敛踪迹，
缩首避名势。

五代十国 · 范质《诫儿侄八百字》

闭门饵朝霞，
无病亦无债。

宋 · 陆游《饭罢戏作》

闭门造句非诗法，
只是征行自有诗。

宋 · 杨万里《下横山滩头望金华山》

碧玉妆成一树高，
万条垂下绿丝绦。
不知细叶谁裁出，
二月春风似剪刀。

唐 · 贺知章《咏柳》

碧玉归无地，
丹心痛入天。

清 · 屈大均《谒文丞相祠》

碧玉破瓜时，
郎为情颠倒。
感郎不羞郎，
回身就郎抱。

汉 · 乐府诗《碧玉歌》

碧瓦初寒外。

唐 · 杜甫《冬日洛城北谒玄元皇帝庙》

边地春不足，
十里见一花。

唐 · 孟郊《邀花伴》

边城多健少，
内舍多寡妇。

三国 · 魏 · 陈琳《饮马长城窟行》

变故在斯须，

百年谁能持。

三国·魏·曹植《赠白马王彪》

遍身罗绮者，
不是养蚕人。

宋·张俞《蚕妇》

遍问旧交零落尽，
十人才有两三人。

唐·元稹《和乐天刘家花》

摽有梅，
其实三兮。
求我庶士，
迨其今兮。

《诗经·召南·摽有梅》

别离方异域，
音信若为通。

唐·王维《送秘书晁监还日本国》

别家逢逼岁，
出塞独离群。

唐·岑参《岁暮碛外寄元㧑》

别鹤声声远，
愁云处处同。

南朝·陈·江总《别袁昌州诗二首》

别来如梦里，
一想一氛氲。

唐·沈佺期《十四时尝从
丞峡过他日偶然有思》

别离岁岁如流水，
谁辨他乡与故乡。

唐·李颀《失题》

别来头并白，
相见眼终青。

唐·杜甫《秦州见敕目薛三璩
授司议郎毕四曜除监察与二子
有故远喜迁官兼述索居三十韵》

别来沧海事，
语罢暮天钟。

唐·李益《喜见外弟又言别》

别语不许出，
行裾动遭牵。

唐·韩愈《送灵师》

别裁伪体亲风雅，
转益多师是汝师。

唐·杜甫《戏为六绝句》

别后故人应念我，
一诗聊与话离忧。

金·元好问《过皋州寄聂侯》

别有幽愁暗恨生，
此时无声胜有声。

唐·白居易《琵琶行》

鬓衰头似雪，
行步急如风。
不怕骑生马，
犹能挽硬弓。

唐·张籍《老将》

鬓发茎茎白，
光阴寸寸流。

唐·白居易《中书连直寒食不归因怀元九》

鬓雪人间瘦，
腰金世上荣。

唐·白居易《初授秘监并赐金紫闲吟小酌偶写所怀》

鬓边虽有丝，
不堪织寒衣。

唐·贾岛《客喜》

鬓边莫笑久星星，
造物常钟我辈情。

宋·陆游《野兴》

兵戈犹在眼，
儒术岂谋身。

唐·杜甫《独酌成诗》

兵革既未息，
儿童尽东征。

唐·杜甫《羌村三首》

兵符相印无心恋，
洛水嵩云恣意看。

唐·刘禹锡《酬思黯见示小饮四韵》

兵凶不可黩，
名美不可争。

清·刘岩《杂感》

兵卫森画戟，
宴寝凝清香。

唐·韦应物《郡斋雨中与诸文士集》

冰霜正惨凄，
终岁常端正；
岂不罹凝寒，
松柏有本性。

三国·魏·刘桢《赠从弟三首》

冰山万丈高崔嵬，
压倒泰岱轻徂徕；
一朝失势竟安在，
区区雪狮何有哉！

清·顾嘉誉《雪狮歌》

秉烛唯须饮，
投竿也未迟。

唐·李白《赠钱徵君少阳》

秉耒欢时务，
解颜劝农人。

晋·陶渊明《癸卯岁始春怀古田舍二首》

病多知药性，
年长信人愁。

唐·于鹄《山中自述》

病多知药性，
客久见人心。

唐·戴叔伦《卧病》

病叶多先坠，
寒花只暂春。

唐·杜甫《薄游》

病起翻书如访旧，
春来养竹胜添丁。

清·袁枚《春兴》

病骨秋花瘦，
愁怀暮雨深。

清·曹瑛曾《病中雨夜》

病亦不迎医，
书卷养性命。

清·文掞《病中杂诗》

剥我身上帛，
夺我口中粟。

唐·白居易《杜陵叟》

拨乱属豪圣，
俗儒安可通。

唐·李白《登广武古战场怀古》

拨乱反正，
承平百年。

宋·苏轼《参定叶祖洽廷试策状二首》

波开云日诸峰出，
浪涌鱼龙夹岸浮。

清·王士祜《渡扬子江》

伯也投殳，
为王前驱。

《诗经·卫风·伯兮》

不敢高声语，
恐惊天上人。

唐·李白《夜宿山寺》

不才明主弃，
多病故人疏。

唐·孟浩然《岁暮归南山》

不及流莺日日啼花间，
能使万家春意闲。

唐·韦应物《听莺曲》

不见旧耆老，

但睹新少年。

三国·魏·曹植《送应氏》

不见年年辽海上，
文章何处哭秋风。

唐·李贺《南园十三首》

不见长河水，
清浊俱不息。

南朝·宋·鲍照《行京口至竹里》

不见吴时人，
空生唐年草。

唐·李白《金陵白杨十字巷》

不分桃花红胜锦，
生憎柳絮白于绵。

唐·杜甫《送路六侍御入朝》

不用凭栏苦回首，
故乡七十五长亭。

唐·杜牧《题齐安城楼》

不用镜前空有泪，
蔷薇花谢即归来。

唐·杜牧《留赠》

不过行俭德，
盗贼本王臣。

唐·杜甫《有感五首》

不因酒困因诗困，
常被吟魂恼醉魂。

元·白朴《中吕阳春曲·知机》

不向东山久，
蔷薇几度花。
白云还自散，
明月落谁家。

唐·李白《忆东山二首》

不向人间留姓名，
草衣木食气峥嵘。

清·赵关晓《赠友》

不向岳阳楼上醉，
定知未可作诗人。

宋·陆游《再赋一绝》

不摇花已乱，
无风花自飞。

南朝·梁·柳恽《咏蔷薇》

不论天有眼，
但管地无皮。

宋·洪咨夔《狐鼠》

不如半树死，
犹吐一枝花。

唐·李群玉《伤小女痴儿》

不如守贫贱，

贫贱可久长。

唐·白居易《寓意诗五首》

不如忘形骸，
任彼岁月流。

清·谢重辉《萱草》

不如醉里风吹尽，
何忍醒时雨打稀。

唐·杜甫《三绝句》

不如意事常八九，
可与语人无二三。

宋·方岳《别子才司令》

不曾远别离，
安知慕俦侣。

晋·张华《情诗五首》

不言春作苦，
常恐负所怀。

晋·陶渊明《丙辰岁八月中于下潠田舍获》

不应常在藩篱下，
他日凌云谁见心。

唐·崔兴宗《青雀歌》

不妨举世无同志，
会有方来可与期。

宋·陆游《衰疾》

不受尘埃半点侵，
竹篱茅舍自甘心。

宋·王淇《梅》

不知天下士，
犹作布衣看。

唐·高适《咏史》

不知尽挽银河水，
洗得平生习气无。

宋·陆游《记梦》

不知何处吹芦管，
一夜征人尽望乡。

唐·李益《夜上受降城闻笛》

不知明镜里，
何处得秋霜。

唐·李白《秋浦歌》

不知庭霰今朝落，
疑是林花昨夜开。

唐·宋之问《苑中遇雪应制》

不知将白首，
何处入黄泉。

唐·郑蜀宾《别亲朋》

不知叠嶂夜来雨，
清晓石楠花乱流。

唐·祖咏《句》

不知忽已老，
喜见春风还。

唐·李白《饯校书叔云》

不知今夕是何年？

唐·戴叔伦《二灵寺守岁》

不知青春度，
但怪绿芳歇。

唐·李白《同友人舟行》

不知有吾身，
此乐最为甚。

唐·李白《月下独酌四首》

不知何处桃花落，
一片飞从屋角来。

宋·陆游《春日绝句》

不知魂已断，
空有梦相随。

五代十国·韦庄《女冠子》

不知近水花先发，
疑是经春雪未销。

唐·张谓《早梅》

不知天外雁，
何事乐长征。

明·徐祯卿《在武昌作》

不知心大小，
容得许多怜。

唐·常非月《咏谈容娘》

不知养虎自遗患，
只道求鱼无后灾。

宋·范成大《题夫差庙》

不知腐鼠成滋味，
猜意鹓雏竟未休。

唐·李商隐《安定城楼》

不要人夸好颜色，
只流清气满乾坤。

元·王冕《墨梅》

不敢暴虎，
不敢冯河。

《诗经·小雅·小旻》

不识农夫辛苦力，
骄骢踏烂麦青青。

唐·孟宾于《公子行》

不识山阴道，
听鸡更忆君。

唐·杜甫《舟中夜雪有怀卢十四侍御弟》

不是无端悲怨深，
直将阅历写成吟。

清·龚自珍《题红禅室诗尾》

不是花中偏爱菊，
此花开尽更无花。

唐·元稹《菊花》

不是爱花即欲死，
只恐花尽老相催。

唐·杜甫《江畔独步寻花七绝句》

不是爱书即欲死，
任从人笑作书颠。

宋·陆游《寒夜读书》

不是峰头十丈花，
世间那有叶如许。

宋·韩驹《题画太一真人》

不是勤民事，
何缘破晓霜。

清·刘廷玑《班竹岭早发》

不是野人嫌月色，
免教风弄读书灯。

宋·郭震《纸窗》

不是一番寒彻骨，
争得梅花扑鼻香。

唐·释希运《尘劳迥脱事非常》

不畏浮云遮望眼，
只缘身在最高层。

宋·王安石《登飞来峰》

不畏复不忧，
是除老病药。

唐·白居易《自觉二首》

不须迎向东郊去，
春在千门万户中。

清·卢道悦《迎春》

不须浪饮丁都护，
世上英雄本无主。

唐·李贺《浩歌》

不怨道里长，
但畏人我欺。

晋·陶渊明《拟古九首》

不闻夏殷衰，
中自诛褒妲。

唐·杜甫《北征》

不闻龙虎啸，
但见豺狼号。

唐·佚名《夜渡赤岭怀诸知己》

不觉春风换柳条。

唐·韩滉《晦日呈诸判官》

不觉碧山暮，

秋云暗几重。

唐 · 李白《晓晴》

不逢高枝引，
未得凌空上。

唐 · 岑参《石上藤》

不能发声哭，
转作乐府诗。

唐 · 白居易《寄唐生》

不能随众人，
敛手低眉目。

唐 · 白居易《送王处士》

不望夷吾出江左，
新亭对泣亦无人。

宋 · 陆游《追感往事》

不惜歌者苦，
但伤知音稀。

汉 · 无名氏《古诗十九首》

不惜筋力疲，
但恐坐食非。

清 · 徐夜《初夏田园》

不惜微躯退，
但惧苍蝇前。

晋 · 陆机《塘上行》

不惜身为城下士，
所恨功成赏别人。

明 · 李梦阳《朝饮马送陈子出塞》

不敢要佳句，
愁来赋别离。

唐 · 杜甫《偶题》

不堪盈手赠，
还寝梦佳期。

唐 · 张九龄《望月怀远》

不薄今人爱古人，
清词丽句必为邻。
窃攀屈宋宜方驾，
恐与齐梁作后尘。

唐 · 杜甫《戏为六绝句》

不露文章世已惊，
未辞剪伐谁能送。

唐 · 杜甫《古柏行》

不上泰山顶，
安知天地宽。

宋 · 张九成《癸亥初到岭下寄汪圣锡》

不愁屋漏床床湿，
且喜溪流岸岸深。

宋 · 曾几《苏秀道中自七月二十五日夜大雨三日秋苗以苏喜而有作》

不愁明月尽，
自有夜珠来。

唐 · 宋之问《奉和晦日幸昆明池应制》

不得人间寿，
还留身后名。

唐 · 白居易《哭皇甫七郎中》

不动者厚地，
不息者高天；
无穷者日月，
长在者山川。

唐 · 白居易《效陶潜体诗十六首》

不睹诡谲貌，
岂知造化神。

唐 · 李白《上云乐》

不根而生从意生，
不笋而成由笔成。

唐 · 白居易《画竹歌》

不患人不知，
惟患学不至。

五代十国 · 范质《诫儿侄八百字》

不及游鱼乐，
徘徊莲叶东。

唐 · 耿沣《上巳日》

不稼不穑，
胡取禾三百廛兮。

《诗经 · 魏风 · 伐檀》

不教才展休明代，
为罚诗争造化功。

唐 · 白居易《答刘和州》

不愧于人，
不畏于天。

《诗经 · 小雅 · 何人斯》

不眠忧战伐，
无力正乾坤。

唐 · 杜甫《宿江边阁》

不欺当从一念始，
自古孝子为忠臣。

宋 · 陆游《感寓》

不求土所无，
不强人所难。

唐 · 白居易《赠友》

不去扫清天北雾，
只来卷起浪头山。

宋 · 杨万里《嘲淮风》

不狩不猎，
胡瞻尔庭有悬貆兮。

《诗经 · 魏风 · 伐檀》

不似势力交，
有名而无实。

唐·白居易《和〈寄乐天〉》

不侮矜寡，
不畏强御。

《诗经·大雅·烝民》

不悟今时是，
安知昨日非。

清·叶肇梓《集归去来辞字为诗追次坡公韵》

不仙不佛不圣贤，
笔墨之外有主张。

清·郑板桥《偶然作》

不学桃李花，
乱向春风落。

唐·杨凌《木槿》

不义之财鸩止渴，
士农工商耐久长。

清·洪秀全《原道救世歌》

不忆贫贱时，
富贵辄相忘。

南朝·宋·鲍照《代边居行》

不有外患，
必有内忧。

唐·陈子昂《谏刑书二首》

不遇钟期听，
谁知鸾凰声。

唐·孟浩然《赠道士参瘳》

不愿大大富，
不愿大大贫。

唐·王梵志《王言十首》

不愿功成垂竹帛，
但愿全躯返乡国。

清·毛张健《寄衣曲》

不自我先，
不自我后。

《诗经·小雅·正月》

不必开窗索花笑，
隔窗花影也欣欣。

宋·杨万里《春晓》

不辨风云色，
安知天地心。

唐·张巡《闻笛》

不辞奋翼向君去，
惟怕金丸随后来。

唐·刘长卿《小鸟篇上裴尹》

不斗秾华不占红，
自飞晴野雪濛濛。

百花长恨风吹落，
惟有杨花独爱风。

唐·吴融《杨花》

不会苍苍主何事，
忍饥多是力耕人。

唐·郑谷《偶书》

不速到门惟夜月，
无私惠我有春风。

清·俞荔《草堂初成》

不洗残妆凭绣床，
也同女伴绣鸳鸯。
回针刺到双飞处，
忆著征夫泪数行。

唐·无名氏《杂诗》

不写情词不写诗，
一方素帕寄心知。
心知接了颠倒看，
横也丝来竖也丝。

明·无名氏《素帕》

不信有天常似醉，
最怜无地可埋忧。

明·陈子龙《秋日杂感客吴中作十首》

不忧头似雪，
但喜稼如云。

唐·白居易《与诸公同出城观稼》

不有霜雪威，
讵知阳春德。

清·陈沆《出都》

不圆争得破，
才正又须倾。
人事还如此，
因知倚伏情。

唐·曹松《月》

不作风波于世上，
自无冰炭到胸中。

宋·邵雍《安乐窝自贻》

不行无可养，
行去百忧新。
切切委兄弟，
依依向四邻。

唐·王维《观别者》

布帆百余幅，
环环在江津。
执手双泪落，
何时见欢还。

南朝·乐府民歌《石城乐》

布衣可终身，
宠禄岂足赖。

三国·魏·阮籍《咏怀》

布裙犹是嫁时衣。

唐·葛鸦儿《怀良人》

步出东城风景和，
青山满眼少年多。

唐·李端《赠康洽》

步步寻往迹，
有处特依依。

晋·陶渊明《还旧居》

步壑风吹面，
看松露滴身。

唐·杜甫《东屯北崦》

步随流水觅溪源，
行到源头却惘然。
始信真源寻不到，
倚筇随处弄潺湲。

宋·朱熹《偶题三首》

C

才见岭头云似盖，
已惊岩下雪如尘。
千峰笋石千株玉，
万树松萝万朵云。

唐·元稹《南秦雪》

才见银水动地来，
又将赤岸浮天外。

清·黄景仁《观潮行》

才微而任重，
功薄而赏厚。

唐·刘禹锡《为裴相公让官第二表》

才微易向风尘老，
身贱难酬知己恩。

唐·郭震《寄刘校书》

才出时人右，
家贫湘水头。

唐·刘长卿《题万成江亭》

才尽伤形骸，
病渴污官位。

唐·杜甫《送顾八分文学适洪吉州》

才尽身危，
好名得华。

汉·东方朔《诫子诗》

才大世不用，
此意谁能平。

清·观云《挽黄公度京卿》

才高狗监无人荐，
句好鸡林有客传。

宋·陆游《赠表弟江参议》

才高心不展，
道屈善无邻。

唐·杜甫《寄李十二白二十韵》

才华不隐世，
江湖多贱贫。

晋·陶渊明《与殷晋安别》

才名塞天地，
身世老风尘。

宋·陆游《读李杜诗》

才疏志大不自量，
西家东家笑我狂。

宋·陆游《大风登城》

才小分易足，
心宽体长舒。

唐·白居易《松斋自题》

才看艳蕾破春晴，
又见飞花点点轻。
纵是闲花自开落，
东风毕竟亦无情。

宋·翁卷《观落花》

才生文字即风波，
鬼哭虽然吏亦歌。
三尺龙泉方寸印，
不知谁较杀人多。

清·陈恭尹《村居即事》

裁衣不怕剪刀寒，
寄远惟忧行路难。

元·陈基《裁衣曲》

采菊东篱下，
悠然见南山。

晋·陶渊明《饮酒并序》

采得百花成蜜后，
为谁辛苦为谁甜。

唐·罗隐《蜂》

采采卷耳，
不盈顷筐。
嗟我怀人，
置彼周行。

《诗经·周南·卷耳》

采石江边李白坟，
绕田无限草连云。
可怜荒陇穷泉骨，
曾有惊天动地文。
但是诗人多薄名，
就中沦落不过君。

唐·白居易《李白墓》

采葵莫伤根，
结交莫羞贫。

南朝·梁·吴钧《诗》

采薜荔兮水中，
搴芙蓉兮木末。
战国 · 楚 · 屈原《九歌 · 湘君》

彩笔昔曾干气象，
白头今望苦低垂。
唐 · 杜甫《秋兴八首》

蚕丛及鱼凫，
开国何茫然。
唐 · 李白《蜀道难》

蚕事正忙农事急，
不知春色为谁妍。
宋 · 朱淑贞《东马塍》

蚕老茧成不庇身，
蜂饥蜜熟属他人。
唐 · 白居易《禽虫十二章 · 第四》

残云收夏暑，
新雨带秋岚。
唐 · 岑参《水亭送华阴王少府还县》

残云归太华，
疏雨过中条。
唐 · 许浑《秋日赴阙题潼关驿楼》

残暑蝉催尽，
新秋雁带来。
唐 · 白居易《宴散》

残曙微星当户没，
淡烟斜月照楼低。
唐 · 温庭筠《赠知音》

残年哭知己，
白日下荒台。
泪落吴江水，
随潮到海回。
宋 · 谢翱《西台哭所思》

残灯无焰影幢幢，
此夕闻君谪九江。
垂死病中惊坐起，
暗风吹雨入寒窗。
唐 · 元稹《闻乐天授江州司马》

残灯和腊尽，
晓角带春来。
唐 · 高蟾《途中除夜》

残星数点雁横塞，
长笛一声人倚楼。
唐 · 赵嘏《长安晚秋》

残虹收度雨，
缺岸上新流。
南朝 · 陈 · 张正见《后湖泛舟》

残雪暗随冰笋滴，
新春偷向柳梢归。

宋·张耒《春日》

残春未必多烟雨，
泪滴闲阶长绿苔。

唐·郑谷《长门怨二首》

残阳过远水，
落叶满疏钟。

唐·张祜《题万道人禅房》

残雨斜日照，
夕岚飞鸟还。

唐·王维《崔濮阳兄季重前山兴》

残月半痕巫峡晓，
夕阳一片洞庭秋。

清·翁照《帆影》

残月如新月，
今年老去年。

金·元好问《乙巳年九月二十八日作》

残月忽堕水，
明河犹在空。
篱根滴清露，
树梢生微风。

明·沈木《夜起》

惭无白雪曲，
难答碧云篇。

唐·白居易《奉酬淮南牛相公思黯见寄二十四韵》

惭无出尘操，
未免折腰役。

唐·白居易《北亭》

惨惨寒日没，
北风卷蓬根。

唐·戎昱《塞下曲》

惨澹风云会，
乘时各有人。

唐·杜甫《谒先主庙》

仓廪无宿储，
徭役犹未已。

唐·韦应物《观田家》

沧江东流疾，
帆去如鸟翅。

唐·岑参《万里桥》

沧波淮海东流水，
风雨扬州北固山。

明·王夫之《读〈指南集〉二首》

沧波万顷平如镜，
一只鸬鹚贴水飞。

宋·杨万里《过宝应县新开湖》

沧波无际夕阳红，
孤屿苍茫大海中。

清·丘逢甲《舟中望茶盘山》

沧海先迎日，
银河倒列星。
唐·杜甫《十六夜玩月》

苍山隐暮雪，
白鸟没寒流。
唐·刘长卿《题魏万成江亭》

苍天变化谁料得。
唐·杜甫《杜鹃行》

苍蝇间白黑，
谗巧令亲疏。
三国·魏·曹植《赠白马王彪》

苍龙日暮还行雨，
老树春深还著花。
明·顾炎武《又酬傅处士次韵》

苍龙半挂秦川雨，
石马长嘶汉苑风。
明·李攀龙《杪秋登太华山绝顶》

苍苍竹林寺，
杳杳钟声晚。
荷笠带夕阳，
青山独归远。
唐·刘长卿《送灵澈上人》

苍桧丹枫古渡头，
小桥横处系孤舟。
宋·陆游《渡头》

苍茫不觉千山远，
混沌真堪一气浮。
清·汪楫《出五虎门同石来次前使萧给事韵》

苍江鱼子清晨集，
设网提纲万鱼急。
能者操舟疾若风，
撑突波涛挺叉入。
唐·杜甫《又观打鱼》

苍梧山崩湘水绝，
竹上之泪乃可灭。
唐·李白《远别离》

藏书如山丘，
及物无一羽。
宋·陆游《上丁》

藏虹辞晚雨。
唐·钱起《题玉山村叟屋壁》

藏书三万轴，
一字不到眼。
宋·陆游《累日多事不复能观书感叹作此诗》

操吴戈兮被犀甲，

车错毂兮短兵接。
旌蔽日兮敌若云，
矢交坠兮士争先。

战国 · 楚 · 屈原《九歌 · 国殇》

操余弧兮反沦降，
援北斗兮酌桂浆。

战国 · 楚 · 屈原《九歌 · 东君》

操筑无昔老，
采薇有遗歌。

唐 · 薛稷《秋日还京陕西十里作》

草木尽能酬雨露，
荣枯安敢问乾坤。

唐 · 王维《重酬苑郎中》

草木结悲绪。

唐 · 李白《禅房怀友人岑伦》

草木变衰人易老。

元 · 赵孟頫《次韵王时观》

草木本有心，
何求美人折。

唐 · 张九龄《感遇》

草木本无意，
荣枯自有时。

唐 · 孟浩然《江上寄山阴崔少府国辅》

草木暗随秋气老，
河山长如昔人雄。

金 · 元好问《秋月载酒光武庙》

草木荣，
天下春。

唐 · 包佶《唐祀风师乐章 · 亚献终献》

草木不欣胡日风，
风云犹壮汉山河。

柳亚子《西湖岳王冢》

草低金城雾，
木下玉门风。

南朝 · 梁 · 范云《别诗》

草色人心相与闲，
是非名利有无间。

唐 · 杜牧《怀紫阁山》

草色无空地，
江流合远天。

唐 · 刘长卿《清明后登临眺望》

草色连云人去住，
水纹如縠燕差池。

唐 · 杜牧《江上偶见绝句》

草色青青柳色黄，
桃花历乱李花香。

唐·贾至《春思二首》

草色有无春最好，
客心去往水长东。
宋·范成大《客中呈幼度》

草色侵官道，
花枝出苑墙。
唐·张继《洛阳作》

草树知春不久归，
百般红紫斗芳菲。
唐·韩愈《晚春》

草树无参差，
山河同一色。
南朝·梁·萧纲《临高台》

草不谢荣于春风，
木不怨落于秋天。
谁挥鞭策驱四运？
万物兴歇皆自然。
唐·李白《日出行》

草没河堤雨暗村，
寺藏修竹不知门。
宋·苏轼《是日宿水陆寺寄北山清顺僧》

草枯鹰眼疾，
雪尽马蹄轻。

唐·王维《观猎》

草草杯盘供笑语，
昏昏灯下话平生。
宋·王安石《示长安君》

草长莺飞二月天，
拂堤杨柳醉春烟。
儿童散学归来早，
忙趁东风放纸鸢。
清·高鼎《村居》

草茅多奇士，
蓬荜有秀草。
清·杜文澜《古谣谚》

草庐寄穷巷，
甘以辞华轩。
晋·陶渊明《戊申岁六月中遇火》

草荣识节和，
木衰知风厉。
虽无纪历志，
四时自成岁。
晋·陶渊明《桃花源诗并序》

草得风先动，
虹因雨后成。
唐·孟浩然《和张明府登鹿门山》

草绿霜已白，

日西月复东。

唐·李白《古风五十九首》

草肥朝牧牛，
桑绿晚鸣鸠。
列岫檐前见，
清泉碓下流。

唐·郑谷《书村叟壁》

草深黄犊阳坡暖，
雨过青蒲野水生。
桃李阴中春事好，
田家鸡犬亦欢声。

宋·王炎《和梅尧臣劝农韵》

草间尺鷃亦自乐，
扶摇直上何劳抟。

金·元好问《送李参军北上》

草满故陵埋石马，
月明荒径泣铜驼。

清·章静宜《金陵》

草萤有耀终非火，
荷露虽团岂是珠。

唐·白居易《放言五首》

草有再三荣，
颜无一定好。

宋·梅尧臣《妾薄命》

草短花初拆，
苔青柳半黄。

唐·柳中庸《幽院早春》

草暖云昏万里春，
宫花拂面送行人。

唐·李贺《出城寄权璩杨敬之》

草头一点疾如飞，
却使苍鹰翻向后。

唐·岑参《卫节度赤骠马歌》

草卧夕阳牛犊健，
菊留秋色蟹螯肥。

宋·方岳《次韵田园居》

侧足无行径，
荒畴不复田。

三国·魏·曹植《送应氏》

侧身千里道，
寄食一家村。

唐·杜甫《得舍弟消息二首》

侧身送落日，
引手攀飞星。

宋·苏轼《真兴寺阁》

侧身天地更怀古，
回首风尘甘息机。

唐·杜甫《将赴成都草堂途中

有作先寄严郑公五首》

侧身探老树，
长臂引秋风。
清 · 吴伟业《猿》

侧闻夜来寇，
幸喜囊中净。
唐 · 杜甫《早发》

恻恻轻寒翦翦风，
小梅飘雪杏花红。
唐 · 韩偓《寒食夜》

曾经沧海难为水，
除却巫山不是云。
唐 · 元稹《离思五首》

曾与美人桥上别，
恨无消息到今朝。
唐 · 刘禹锡《杨柳枝》

曾是洛阳花下客，
野芳虽晚不须嗟。
宋 · 欧阳修《戏答元珍》

曾枝剡棘，
圆果抟兮。
青黄杂糅，
文章烂兮。
战国 · 楚 · 屈原《九章 · 橘颂》

曾苦伤春不忍听，
凤城何处有花枝。
唐 · 李商隐《流莺》

层城不隔爱。
明 · 边贡《送马歃湖赴河南提学》

层冰照日犹能暖，
病骨逢春却未苏。
唐 · 徐夤《病中春日即事》

插花处处引村童，
失道时时问耕叟。
宋 · 陆游《娥江野饮赠刘道士》

柴扉日暮随风掩，
落尽闲花不见人。
唐 · 元稹《晚春》

柴门鸟雀噪，
归客千里至。
唐 · 杜甫《羌村三首》

柴门杂树向千株，
丹橘黄甘北地无。
唐 · 杜甫《寒雨朝行视园树》

柴门闻犬吠，
风雪夜归人。
唐 · 刘长卿《逢雪宿芙蓉山主人》

柴门通草径，
茅屋桂枝间。
修竹连翘木，
高松续断山。

宋·戴昺《山家小憩即景效药名体》

蝉声集古寺，
鸟影度寒塘。

唐·杜甫《和裴迪登新津寺寄王侍郎》

蝉噪林愈静，
鸟鸣山更幽。

南朝·梁·王籍《入若耶溪》

蝉翼为重，
千钧为轻；
黄钟毁弃，
瓦釜雷鸣。

战国·楚·屈原《卜居》

谗邪害公正，
浮云翳白日。

汉·孔融《临终诗》

谗人高张，
贤士无名。

战国·楚·屈原《卜居》

谗言三至，
慈母不亲。

三国·魏·曹植《当墙欲高行》

长风破浪会有时，
直挂云帆济沧海。

唐·李白《行路难三首》

长风万里送秋雁，
对此可以酣高楼。

唐·李白《宣城谢朓楼饯别校书叔云》

长风吹白茅，
野火烧枯桑。

唐·岑参《至大梁却寄匡城主人》

长风如刀剪枯叶。

唐·韦应物《易言》

长风几万里，
吹度玉门关。

唐·李白《关山月》

长江春水绿堪染，
莲叶出水大如钱。

唐·张籍《春别曲》

长江悲已滞，
万里念将归。
况属高风晚，
山山黄叶飞。

唐·王勃《山中》

长江流剩梦，

孤棹拨残星。

清·王猷定《螺川早发》

长安何处在，
只在马蹄下。

唐·岑参《忆长安曲二章寄庞漼》

长安陌上无穷树，
唯有垂杨管别离。

唐·刘禹锡《杨柳枝词九首》

长安苦寒谁独悲，
杜陵野老骨欲折。

唐·杜甫《投简咸华两县诸子》

长安豪贵惜春残，
争玩街西紫牡丹。
别有玉盘承露冷，
无人起就月中看。

唐·卢纶《裴给事宅白牡丹》

长安夜夜家家月，
几处笙歌几处愁。

唐·章孝标《八月》

长安遥在日光边，
忆君不见令人老。

唐·岑参《西掖省记事》

长安少年游侠客，
夜上戍楼看太白。

唐·王维《陇头吟》

长爱吾师性自然，
天心白日水中莲。

唐·王锴《赠禅月大师》

长恨人心不如水，
等闲平地起波澜。

唐·刘禹锡《竹枝词九首》

长太息以掩涕兮，
哀民生之多艰。

战国·楚·屈原《离骚》

长者能博爱，
天下寄其身。

三国·魏·曹植《当欲游南山行》

长城地势险，
万里与云平。

南朝·梁·虞羲《咏霍将军北伐》

长相思，
摧心肝。

唐·李白《长相思》

长淮忽迷天远近，
青山久与船低昂。

宋·苏轼《出颍口初见淮山是日至寿州》

长绳难系日，

自古共悲辛。

唐·李白《拟古十二首》

长绳系日乐当年。

唐·李贺《梁台古意》

长路关山何日尽，
满堂丝竹为君愁。

唐·张谓《送卢举使河源》

长松万株绕茅舍，
怪石寒泉近檐下。

唐·元结《宿洄溪翁宅》

长堤春水绿悠悠，
畎入漳河一道流。
莫听声声催去棹，
桃溪浅处不胜舟。

唐·王之涣《宴词》

长绠云边牵犊过，
小舟月下载犁归。

宋·陆游《农舍》

长白峰高尘漠漠，
浑河水落草离离。

明·陈子龙《辽事杂诗》

长剑许烈士，
寸心报知己。

明·李东阳《挂剑篇》

长堤溃蚁穴，
君子慎其微。

清·王懋竑《书座右二章》

长羡蜗牛犹有舍，
不如硕鼠解藏身。

唐·白居易《小居》

长啸万里风，
扫清胸中忧。

唐·李白《留别贾舍人至二首》

长因送人处，
忆得别家时。

唐·张籍《蓟北旅思》

长吟遣愁，
悲歌当哭。

清·周篔《七歌集句·序》

肠断关山不解说，
依依残月下帘钩。

唐·王昌龄《青楼怨》

常恨言语浅，
不如人意深。

唐·刘禹锡《视刀环歌》

常恨知音千古稀。

唐·钱起《哭曹钧》

常恐秋节至，
凉飚夺炎热。

汉 · 班婕妤《怨歌行》

常恐性坦率，
失身为杯酒。

唐 · 杜甫《将适吴楚留别章使君兼幕府诸公》

常恐霜霰至，
零落同草莽。

晋 · 陶渊明《归园田居》

常棣之华，
鄂不韡韡。
凡今之人，
莫如兄弟。

《诗经 · 小雅 · 常棣》

常将正节栖孤鹤，
不遣高枝宿众禽。

唐 · 王睿《松》

嫦娥应悔偷灵药，
碧海青天夜夜心。

唐 · 李商隐《嫦娥》

唱到竹枝声咽处，
寒猿暗鸟一时啼。

唐 · 白居易《竹枝词》

巢由洗耳有何益？
夷齐饿死终无成。

唐 · 李白《笑歌行》

巢边野雀群欺燕，
花底山蜂趁远人。

唐 · 杜甫《题郑县亭子》

巢多众鸟斗，
叶密鸣蝉稠。

唐 · 杜甫《夏日李公见访》

巢倾卵随覆。

金 · 元好问《学东坡移居八首》

潮平两岸阔，
风正一帆悬。

唐 · 王湾《次北固山下》

潮落夜江斜月里，
两三星火是瓜洲。

唐 · 张祜《题金陵渡》

潮回大江白，
日落万山青。

清 · 龚之镠《渡金陵》

潮中有妾相思泪，
流到楼前更不流。

宋 · 韩驹《代葛亚卿作》

车马去迟迟，
离言未尽时。
看花一醉别，
会面几年期。

唐 · 戴叔伦《灞岸别友》

车辚辚，
马萧萧，
行人弓箭各在腰。

唐 · 杜甫《兵车行》

车尘不到张罗地，
宿鸟声中自掩门。

宋 · 李弥逊《春日即事》

臣心一片磁针石，
不指南方不肯休。

宋 · 文天祥《扬子江》

陈王半醉贵妃舞，
不觉隋兵夜渡江。

唐 · 罗邺《陈宫》

晨兴理荒秽，
带月荷锄归。

晋 · 陶渊明《归园田居》

晨钟云外湿。

唐 · 杜甫《船下夔州郭宿雨湿不得上岸别王十二判官》

沉舟侧畔千帆过，
病树前头万木春。

唐 · 刘禹锡《酬乐天扬州初逢席上见赠》

沉忧能伤人，
绿鬓成霜蓬。

唐 · 李白《怨歌行》

称心岁月荒唐过，
垂老文章忧患成。

清 · 曹寅《读洪昉思稗畦行卷感赠一首兼寄赵秋谷宫赞》

成败何足论？
英雄自有真。

清 · 万邦荣《偶感》

成败百年流电疾，
苍梧遗恨不堪攀。

清 · 侯怀风《感昔》

诚知此恨人人有，
贫贱夫妻百事哀。

唐 · 元稹《遣悲怀》

城上风光莺语乱，
城下烟波春拍岸。

宋 · 钱惟演《木兰花》

城上草，
植根非不高，

所恨风霜早。

南朝·宋·刘俣《诗一首》

城中桃李须臾尽，
争似垂杨无限时。

唐·刘禹锡《杨柳枝词九首》

城中好高髻，
四方高一尺。

汉·无名氏《城中谣》

城中未省有春光，
城外榆槐已半黄。

宋·唐庚《春日郊外》

城头铁鼓声犹震，
匣里金刀血未干。

唐·王昌龄《出塞》

城边流水桃花过，
帘外春风杜若香。

唐·刘禹锡《寄朗州温右史曹长》

城边人倚夕阳楼，
城上云凝万古愁。
山色不知秦苑废，
水声空傍汉宫流。

五代十国·韦庄《咸阳怀古》

城市尚余三伏热，
秋光先到野人家。

宋·陆游《秋怀》

乘兴轻舟无远近，
白云明月吊湘娥。

唐·贾至《初至巴陵与李十二白裴九同泛洞庭湖三首》

乘月采芙蓉，
夜夜得莲子。

晋·民歌《子夜四时歌·夏歌》

乘春务征伐，
谁肯问凋残。

唐·李嘉祐《自常州还江阴途中作》

乘君下水归帆便，
寄我平安第一封。

清·陆宗潍《维扬舟次遇乡人南归》

乘骐骥以驰骋兮，
来吾道夫先路。

战国·楚·屈原《离骚》

澄湖万顷深见底，
清冰一片光照人。

唐·岑参《送张献心副使归河西杂句》

痴儿不知父子礼，
叫怒索饭啼门东。

唐·杜甫《百忧集行》

痴儿了却公家事，
快阁东西倚晚晴。

宋·黄庭坚《登快阁》

痴女饥咬我，
啼畏虎狼闻。

唐·杜甫《彭衙行》

痴人未害看周易，
名士真须读楚辞。

宋·陆游《小疾谢客》

痴人自作浮生梦，
腐骨那须后世名。

宋·陆游《晚游东园》

痴人走死声利场，
我独感此惜流光。

宋·陆游《夜宴即席作》

痴云不散常遮塔，
野水无声自入池。

宋·陆游《芒种后经旬无日不雨偶得长句》

鸱枭鸣衡轭，
豺狼当路衢。

三国·魏·曹植《赠白马王彪》

池光天影共青青，
拍岸才添水数瓶。
且待夜深明月去，
试看涵泳几多星。

唐·韩愈《盆池五首》

池塘生春草，
园柳变鸣禽。

南朝·宋·谢灵运《登池上楼》

池塘春草谢家春，
万古千秋五字新。

金·元好问《论诗三十首》

池色净天碧，
水凉雪凄凄。

唐·岑参《虢州郡斋南池幽兴因与二侍御道别》

迟迟出林翮，
未夕复来归。

晋·陶渊明《咏贫士七首》

迟日江山丽，
春风花草香。
泥融飞燕子，
沙暖睡鸳鸯。

唐·杜甫《绝句二首》

持索捕风几时得，
将刀斫水几时断。

唐·韦应物《难言》

尺波将涸鱼先散，

一骨才投犬共争。

清 · 赵翼《感事》

尺帛无长裁，
浅水无长流。

唐 · 戴叔伦《感怀二首》

齿落未是无心人，
舌存耻作穷途哭。

唐 · 杜甫《暮秋枉裴道州手札率尔遣兴寄近呈苏涣侍御》

赤心报国无片赏，
白首还家有几人。

唐 · 刘长卿《疲兵篇》

赤露两肘腹无粥，
踏车辛苦歌如哭。

清 · 赵俞《踏车曲》

赤日满天地，
火云成山岳。
草木尽焦卷，
川泽皆竭涸。

唐 · 王维《苦热》

翅在云天终不远，
力微矰缴终须防。

唐 · 杜甫《官池春雁二首》

翅低白雁仍飞重，
舌涩黄鹂语未成。

唐 · 白居易《南湖早春》

翅开遭宿雨，
力小困沧波。

唐 · 杜甫《舟前小鹅儿》

冲天羡鸿鹄，
争食羞鸡鹜。

唐 · 孟浩然《田家作》

虫镂叶成篆，
风蹙水生纹。

宋 · 陆游《巢山》

重重叠叠上瑶台，
几度呼童扫不开。
刚被太阳收拾去，
却教明月送将来。

宋 · 苏轼《花影》

重帘不卷留香久，
古砚微凹聚墨多。

宋 · 陆游《书室》

重帘深处无风雪，
肯信春寒瘦杏花。

元 · 高明《暮春即事》

重过江南更千里，
万山深处一孤舟。

唐 · 杜牧《新定途中》

抽刀断水水更流，
举杯消愁愁更愁。

唐 · 李白《宣州谢朓楼饯别校书叔云》

惆怅南朝事，
长江独至今。

唐 · 刘长卿《秋日登吴公台上寺远眺寺即陈将吴明彻战场》

惆怅江湖钓竿手，
却遮西日向长安。

唐 · 杜牧《途中一绝》

惆怅昔贤遗迹杳，
青山无尽路茫茫。

清 · 李孚青《雍丘晚行》

畴惜叹时迟，
晚节悲年迈。

晋 · 张协《杂诗》

愁多知夜长。

汉 · 无名氏《古诗十九首》

愁肠如火煎。

唐 · 白居易《送毛仙翁》

愁魔百万一笑降。

宋 · 陆游《寒夜遣兴》

愁多顿觉无诗思，
计拙惟思近酒杯。

金 · 元好问《围城病中文举相过》

愁绝水边花，
无人问消息。

宋 · 陆游《梅花绝句》

愁老何时见弟兄，
背灯愁泣到天明。
不知短发能多少，
一滴秋霖白一茎。

唐 · 韩偓《秋霖夜忆家》

愁如江潮生，
不共江潮落。

清 · 王鸿绪《闺思》

愁极本凭诗遣兴，
诗成吟咏转凄凉。

唐 · 杜甫《至后》

愁看陌上青青草，
送尽行人总不知。

明 · 王云凤《送客》

愁云遮却望乡处，
数日不上西南楼。

唐 · 岑参《醉题匡城周少府厅壁》

愁中卜命看周易，

梦里招魂读楚辞。

唐·刘长卿《感怀》

丑女来效颦，
还家惊四邻。
寿陵失本步，
笑杀邯郸人。

唐·李白《古风五十九首》

丑石半蹲山下虎，
长松倒卧水中龙。

宋·苏轼《题王晋卿画后》

出不入兮往不返，
平原忽兮路超远。

战国·楚·屈原《九歌·国殇》

出师未捷身先死，
长使英雄泪满襟。

唐·杜甫《蜀相》

《出师》一表真名世，
千载谁堪伯仲间。

宋·陆游《书愤》

出门常苦远，
在家常苦贫。

清·沈用济《妾受命辞》

出门无所见，
白骨蔽平原。

三国·魏·王粲《七哀诗三首》

出门即有碍，
谁谓天地宽。

唐·孟郊《赠别崔纯亮》

出门妻子强牵衣，
问我西行几日归。

唐·李白《别内赴征三首》

出门莫恨无随人，
书中车马多如簇。

宋·赵恒《劝学诗》

出门天未晓，
月在杏花枝。

宋·孔平仲《晓行》

出户不敢啼，
风悲日凄凄。
心知恩义绝，
谁忍分明别。

唐·戴叔伦《去妇怨》

出入唯山鸟，
幽深无世人。

唐·裴迪《竹里馆》

出山四望云木合，
但见野鹘盘浮图。

宋·苏轼《腊日游孤山访惠勤、惠思二僧》

初惊河汉落，
半洒云天里。
唐·李白《望庐山瀑布水》

初惊桂子从天落，
稍误芦花带雪平。
唐·戎昱《中秋夜登望月寄人》

初疑磊落曙天星，
次见搏击三秋兵。
雁行布阵众未晓，
虎穴得子人皆惊。
唐·刘禹锡《观棋歌》

锄禾日当午，
汗滴禾下土。
谁知盘中餐，
粒粒皆辛苦。
唐·李绅《古风二首·悯农》

楚国青蝇何太多，
连城白璧遭谗毁。
唐·李白《鞠歌行》

楚国苍山古，
幽州白日寒。
唐·刘长卿《穆陵关北逢人归渔阳》

楚客莫言山势险，
世人心更险于山。
唐·雍陶《峡中行》

楚客断肠时，
月明枫子落。
唐·顾况《忆鄱阳旧游》

楚水清若空，
遥将碧海通。
唐·李白《江夏别宋之悌》

楚塞三湘接，
荆门九派通。
唐·王维《汉江临泛》

楚虽三户能亡秦，
岂有堂堂中国空无人。
宋·陆游《金错刀行》

楚人每道张旭奇，
心藏风云世莫知。
唐·李白《猛虎行》

处世忌太洁，
至人贵藏晖。
唐·李白《沐浴子》

处满须防溢。
清·张廷玉《杂兴》

处处伤心心始悟，
多情不及少情人。
唐·白居易《刘家花》

处身孤且直，
遭时坦而平。

唐·卢照邻《咏史》

处处空篱落，
江村不忍看。
无人花色惨，
多雨鸟声寒。

唐·李嘉祐《自常州还江阴途中作》

处处白云迷驻马，
家家红树近流莺。

唐·赵嘏《李侍御归山同宿华严寺》

处处山依旧，
年年事不同。

清·董道权《雪中答李杲堂》

川平直可追飞箭，
风健还能溯急流。

唐·徐夤《帆》

川上风雨来，
洒然涤烦襟。
田家共欢笑，
沟浍亦已深。

唐·戴叔伦《喜雨》

穿花蛱蝶深深见，
点水蜻蜓款款飞。

唐·杜甫《曲江二首》

传语风光共流转，
暂时相赏莫相违。

唐·杜甫《曲江二首》

传名早死皆高寿，
肯乐贫家即富翁。

清·袁枚《遣怀》

传语万古观潮客，
莫观老潮观壮潮。

清·魏源《钱塘观潮行》

船头放歌船尾和，
篷上雨鸣篷下坐。
推篷不省是何乡，
但见双双白鸥过。

元·揭傒斯《夏五月武昌舟中触目》

窗外芭蕉绿半庵，
心香一炷静中参。
云霞幻灭寻常事，
禅定真如是钵昙。

明·释苍雪《无题》

窗前冰雪消有时，
故人颜色长相思。

清·董道权《雪中答李杲堂》

窗前人静偏宜夜，
户内春浓不识寒。

五代十国·徐铉《梦游》

窗竹影摇书案上，
野泉声入砚池中。
少年辛苦终身事，
莫向光阴惰寸功。

唐·杜荀鹤《赠弟侄书堂》

床前明月光，
疑是地上霜。
举头望明月，
低头思故乡。

唐·李白《静夜思》

炊沙作糜终不饱。

宋·黄庭坚《送王郎》

垂头自惜千金骨，
伏枥仍存万里心。

元·郝经《老马》

垂帘怕放东风入，
春到贫家不当春。

清·姚世鉴《卧病》

垂老相逢渐难别，
白头期限各无多。

唐·元稹《赠乐天》

春风又绿江南岸，
明月何时照我还。

宋·王安石《泊船瓜洲》

春风疑不到天涯，
二月山城未见花。
残雪压枝犹有橘，
冻雷惊笋欲抽芽。

宋·欧阳修《戏答元珍》

春风得意马蹄疾，
一日看尽长安花。

唐·孟郊《登科后》

春风春雨花经眼，
江北江南水拍天。

宋·黄庭坚《次元明韵寄子由》

春风秋风雁声里，
行人日暮心悠哉。

金·元好问《送张君美往南中》

春风桃李花开日，
秋雨梧桐叶落时。

唐·白居易《长恨歌》

春风自恨无情水，
吹得东流竟日西。

宋·苏轼《往年宿瓜步梦中得小诗录示民师》

春风贺喜无言语，
排比花枝满杏园。

唐·赵嘏《喜张溃及第》

春风堪赏还堪恨，
才见开花又落花。

唐·雍陶《过南邻花园》

春风老矣犹多事，
时送飞花出短墙。

元·马臻《寄筹峰林芝崖三首》

春风复多情，
吹我罗裳开。

南朝·乐府民歌《春歌二十首》

春风知别苦，
不遣柳条青。

唐·李白《劳劳亭》

春风余几日，
两鬓各成丝。

唐·李白《赠钱征君少阳》

春风如醇酒，
著物物不知。

宋·程致道《过红梅阁一首》

春风取花去，
遗我以清阴。

宋·王安石《半山村晚即事》

春风不媚俗，
一例到闲门。

清·邵璸《春日杂兴之一》

春风如少年，
狂逐无定处。

元·何中《春风如少年效程汉翁》

春风无限潇湘意，
欲采蘋花不自由。

唐·柳宗元《酬曹侍御过象县见寄》

春风送雨过窗东，
忽忆良人在客中。
安得妾身今似雨，
也随风去与郎同。

唐·晁采《雨中忆夫》

春蚕到死丝方尽，
蜡炬成灰泪始干。

唐·李商隐《无题》

春蚕收长丝，
秋熟靡王税。

晋·陶渊明《桃花源诗并记》

春残已是风和雨，
更著游人撼落花。

宋·黄庭坚《同元明过洪福寺戏题》

春心莫共花争发，
一寸相思一寸灰。

唐·李商隐《无题四首》

春水船如天上坐，
老年花似雾中看。

唐·杜甫《小寒食舟中作》

春水渡旁渡，
夕阳山外山。

宋·戴复古《世事》

春水初生乳燕飞，
黄蜂小尾扑花归。

唐·李贺《南园十三首》

春草似青袍，
秋月如团扇。

南朝·梁·何逊《与苏九德别》

春草如有情，
山中尚含绿。

唐·李白《金门答苏秀才》

春草青青万里余，
边城落日见离居。
情知海上三年别，
不寄云间一纸书。

唐·张旭《春草》

春岸绿时连梦泽，
夕波红处近长安。

唐·白居易《题岳阳楼》

春山淡冶而如笑，
夏山苍翠而欲滴，
秋山明净而始妆，
冬山惨淡而如睡。

宋·郭熙《山川训》

春山叶润秋山瘦，
雨山黯黯晴山秀。

宋·杨万里《题黄才叔看山亭》

春城无处不飞花，
寒食东风御柳斜。
日暮汉宫传蜡烛，
轻烟散入五侯家。

唐·韩翃《寒食》

春城雨色动微寒。

唐·杜甫《遣闷戏呈路十九曹长》

春到人间人似玉，
灯烧月下月如云。

明·唐寅《元宵》

春到人间草木知。

宋·张栻《立春偶成》

春来遍是桃花水，
不辨仙源何处寻。

唐·王维《桃源行》

春来谁作韶华主，
总领群芳是牡丹。

明·冯琦《牡丹》

春来无处不春风，

偏在湖桥柳色中。
看得浅黄成嫩绿，
始知造物有全功。

宋 · 陆游《柳》

春花不愁不烂熳，
楚客惟听棹相将。

唐 · 杜甫《十二月一日三首》

春花与秋气，
不感无情人。

唐 · 白居易《题赠定光上人》

春花秋月入诗篇，
白日清宵是散仙。

唐 · 鱼玄机《题隐雾亭》

春回废苑还春草，
人渡空江正落潮。

明 · 高启《送顾军谘还梁溪》

春江花朝秋月夜，
往往取酒还独倾。

唐 · 白居易《琵琶行》

春江潮水连海平，
海上明月共潮生。
滟滟随波千万里，
何处春江无月明。

唐 · 张若虚《春江花月夜》

春色满园关不住，
一枝红杏出墙来。

宋 · 叶绍翁《游园不值》

春色满园花胜锦，
黄鹂只拣好枝啼。

元 · 刘秉忠《城西游》

春色恼人眠不得，
月移花影上栏杆。

宋 · 王安石《夜直》

春色虽微已堪惜，
轻寒休近柳梢旁。

元 · 刘因《探春》

春兰兮秋菊，
长无绝兮终古。

战国 · 楚 · 屈原《九歌 · 礼魂》

春兰如美人，
不采羞自献。
时闻风露香，
蓬艾深不见。

宋 · 苏轼《题杨次公春兰》

春罗双鸳鸯，
出自寒夜女。

唐 · 韦应物《杂体五首》

春日迟迟，

卉木萋萋，
仓庚喈喈，
采蘩祁祁。

《诗经·小雅·出东》

春眠不觉晓，
处处闻啼鸟。
夜来风雨声，
花落知多少。

唐·孟浩然《春晓》

春秋多佳日，
登高赋新诗。

晋·陶渊明《移居》

春秋阅尽水长冷，
风雨到来山欲飞。

清·王锡《冷泉亭》

春宵一刻值千金，
花有清香月有阴。

宋·苏轼《春夜》

春宵苦短日高起，
从此君王不早朝。

唐·白居易《长恨歌》

春寒春暖花如故，
年去年来老渐催。

金·元好问《十月》

春雨断桥人不度，
小舟撑出柳阴来。

宋·徐俯《春游湖》

春雪满空来，
触处似花开。
不知园里树，
若个是真梅。

唐·东方虬《春雪》

春秫作美酒，
酒熟吾自斟。
弱子戏我侧，
学语未成音。

晋·陶渊明《和郭主簿诗》

春云不变阳关雪，
桑叶先知胡地秋。

唐·李昂《从军行》

春知催柳别，
江与放船清。

唐·杜甫《移居夔州作》

春种一粒粟，
秋收万颗子。
四海无闲田，
农夫犹饿死。

唐·李绅《古风二首》

春苑月徘徊，
竹堂侵夜开。
惊马排林度，

风花隔水来。

唐 · 虞世南《春夜》

春与繁花俱欲谢，
愁如中酒不能醒。

元 · 倪瓒《三月一日自松陵过华亭》

春晚绿野秀，
岩高白云屯。

南朝 · 宋 · 谢灵运《入彭蠡湖口》

春愁兀兀成幽梦，
又被流莺唤醒来。

唐 · 杜牧《即事》

春余仍哢鸟，
夏近未舒莲。

唐 · 赵冬曦《奉和圣制送张说上集贤学士赐宴赋得莲字》

春去秋复来，
相思几时歇。

唐 · 李白《姑苏十咏 · 望夫山》

春去春来洞庭阔，
白蘋愁杀白头翁。

唐 · 杜甫《清明二首》

春去秋来不相待，
水中月色长不改。

唐 · 岑参《敷水歌送窦渐入京》

春去有来日，
我老无少时。

唐 · 白居易《晚春沽酒》

词家从不觅知音，
累汝千回带泪吟。

清 · 龚自珍《己亥杂诗》

词源倒流三峡水，
笔阵独扫千人军。

唐 · 杜甫《醉歌行》

辞赋文章能者稀，
难中难者莫过诗。

唐 · 杜荀鹤《读诸家诗》

慈母手中线，
游子身上衣。
临行密密缝，
意恐迟迟归。
谁言寸草心，
报得三春晖。

唐 · 孟郊《游子吟》

此处不留人，
自有留人处。

南朝 · 陈 · 陈叔宝《戏赠沈后》

此曲只应天上有，
人间能得几回闻。

唐·杜甫《赠花卿》

此曲有意无人传，
愿随春风寄燕然。

唐·李白《长相思》

此行不为鲈鱼脍，
自爱名山入剡中。

唐·李白《秋下荆门》

此行不但为封侯，
人生贵在抒胸臆。

清·宋琬《从军行送王玉门之大梁》

此身合是诗人未？
细雨骑驴入剑门。

宋·陆游《剑门道中遇微雨》

此身已作在山泉，
涓滴无由补大川。

清·龚自珍《己亥杂诗》

此生欲问光明殿，
知隔朱扃几万重。

清·龚自珍《桂殿秋》

此生此夜不长好，
明月明年何处看。

宋·苏轼《中秋月》

此地曾居住，
今来宛似归。
可怜汾上柳，
相见也依依。

唐·岑参《题平阳郡汾桥边柳树》

此地别燕丹，
壮士发冲冠。
昔时人已没，
今日水犹寒。

唐·骆宾王《易水送别》

此地一为别，
孤蓬万里征。

唐·李白《送友人》

此地多精灵，
有时生才杰。

唐·高适《同观陈十六史兴碑》

此物何足贵，
但感别经时。

汉·无名氏《古诗十九首》

刺手拔鲸牙，
举瓢酌天浆。

唐·韩愈《调张籍》

从来夸有龙泉剑，
试割相思得断无。

唐·彭伉妻张氏《寄夫二首》

从来天下士，

只在布衣中。

清 · 屈大钧《鲁连台》

从来不著水，
清净本因心。

唐 · 李颀《粲公院各赋一物得初荷》

从来乐极自生哀。

元 · 张昱《过歌风台》

从来闭在长门者，
必是宫中第一人。

唐 · 李端《妾薄命》

从来襟上泪，
尽作鬓边丝。

唐 · 郑史《永州送侄归宜春》

从此别却江南路，
化作啼鹃带血归。

宋 · 文天祥《金陵驿》

从此世人开耳目，
始知名将出书生。

唐 · 刘禹锡《美温尚书镇定兴元以诗寄贺》

从此无心爱良夜，
任他明月下西楼。

唐 · 李益《写情》

从此征鞍随猎马，
东行夜夜宿云根。

清 · 杨宾《出威远边门》

从人觅颜色，
自笑弱男儿。

唐 · 岑参《江上春叹》

从军十余年，
能无分寸功。
众人贵苟得，
欲语羞雷同。

唐 · 杜甫《前出塞九首》

从道人生都是梦，
梦中欢笑亦胜愁。

唐 · 白居易《城上夜宴》

丛菊两开他日泪，
孤舟一系故园心。

唐 · 杜甫《秋兴》

丛篁低地碧，
高柳半天青。

唐 · 杜甫《秦州杂诗》

丛篁密筱遍抽新，
碎剪春愁满江绿。

清 · 郑板桥《为黄陵女道士画竹》

蹴鞠场边芳草短，
秋千树下落花多。

唐·无名氏《寒食书情即事》

翠浓春槛柳，
红满夜庭花。

唐·张祜《忆云阳宅》

翠带千环束翠峦，
青梯万级搭青天。

宋·杨万里《过石磨岭
岭皆创为田直至其顶》

村径绕山松叶暗，
柴门贴水稻花香。

唐·许浑《晚自潮台至韦隐居郊园》

村园门巷多相似，
处处春风枳壳花。

唐·雍陶《城西访友人别墅》

村落通白云，
茅茨隐红叶。

唐·钱起《早渡伊川》

村静鸟声乐，
山低雁影遥。

金·元好问《乙卯十一月往镇州》

村店月昏泥径滑，
竹窗斜漏补衣灯。

宋·周密《夜归》

存亡三十载，
事过悉成空。
不惜沾衣泪，
并话一宵中。

唐·韦应物《话旧》

存者且偷生，
死者长已矣。

唐·杜甫《石壕吏》

存为久离别，
没为长不归。

南朝·宋·颜延之《秋胡诗一首》

寸寸山河寸寸金。

清·黄遵宪《赠梁任父同年》

寸禄应知沾有分，
一官常惧处非才。

唐·薛逢《潼关驿亭》

寸心苟相投，
薄躯非所惜。

清·徐乾学《感遇》

寸阴自古千金重，
一笑人间万虑轻。

宋·黄公度《春日宴共乐台》

错料一生事，
蹉跎今白头。

唐·岑参《题虢州西楼》

D

达人大观眇万物，
烈士壮心怀四方。
宋 · 陆游《夜饮示坐中》

达人以四海为务，
明君以百姓为心。
北朝 · 北周 · 庾信《周五声调曲 · 徵调曲六首》

达士如弦直，
小人似钩曲。
唐 · 杜甫《写怀二首》

达亦不足贵，
穷亦不足悲。
唐 · 李白《答王十二寒夜独酌有怀》

打起黄莺儿，
莫教枝上啼。
啼时惊妾梦，
不得到辽西。
唐 · 金昌绪《春怨》

大风起兮云飞扬，
威加海内兮归故乡。
汉 · 刘邦《大风歌》

大江来从万山中，
山势尽与江流东。
明 · 高启《登金陵雨花台望大江》

大江流日夜，
客心悲未央。
南朝 · 齐 · 谢朓《暂使下都夜发新林至京邑赠西府同僚》

大江阔千里，
孤舟无四邻。
南朝 · 梁 · 朱超《舟中望月》

大江寒见底，
匡山青倚天。
唐 · 白居易《题浔阳楼》

大江东流去，
游子日月长。
唐 · 杜甫《成都府》

大海从鱼跃，
长空任鸟飞。
唐 · 玄览《题竹》

大道如青天，
我独不得出。
唐 · 李白《行路难》

大漠孤烟直，

长河落日圆。

唐·王维《使至塞上》

大漠沙如雪，
燕山月似钩。

唐·李贺《马诗二十三首》

大漠风尘日色昏，
红旗半卷出辕门。
前军夜战洮河北，
已报生擒吐谷浑。

唐·王昌龄《从军行》

大声吹地转，
高浪蹴天浮。

唐·杜甫《江涨》

大鹏一日同风起，
抟摇直上九万里。

唐·李白《上李邕》

大抵南朝皆旷达，
可怜东晋最风流。

唐·杜牧《润州二首》

大抵吉凶多自致。

唐·白居易《闲卧有所思二首》

大贤虎变愚不测，
当年颇似寻常人。

唐·李白《梁甫吟》

大瓢贮月归春瓮，
小杓分江入夜瓶。

宋·苏轼《汲江煎茶》

大弦嘈嘈如急雨，
小弦切切如私语。
嘈嘈切切错杂弹，
大珠小珠落玉盘。

唐·白居易《琵琶行》

大千藏粒粟，
浩劫过飞鸟。
痴子居其间，
利欲自缠绕。

宋·陆游《晓兴》

大言竟何益，
此辈真轻薄。

清·孙枝蔚《田家杂兴次储光羲韵》

大笑人间世，
起灭真浮沤。

金·元好问《放言》

大圣犹不遇，
小儒安足悲。

唐·李白《书怀赠南陵常赞府》

大巧谢雕琢，

至刚反摧藏。

宋·陆游《夜坐示桑甥十韵》

大舟有深利，
沧海无浅波。
利深波也深，
君意竟如何。

唐·黄滔《贾客》

岱宗夫如何？
齐鲁青未了。
会当凌绝顶，
一览众山小。

唐·杜甫《望岳》

带长剑兮挟秦弓，
首身离兮心不惩。

战国·楚·屈原《九歌·国殇》

待到秋来九月八，
我花开后百花杀。
冲天香阵透长安，
满城尽带黄金甲。

唐·黄巢《题菊花》

待月月未出，
望江江自流。

唐·李白《挂席江上待月有怀》

待到重阳日，
还来就菊花。

唐·孟浩然《过故人庄》

代马不思越，
越禽不恋燕。

唐·李白《古风五十九首》

代耕本非望，
所业在田桑。

晋·陶渊明《杂诗十二首》

丹心终不改，
白发为谁新。

唐·胡皓《和宋之问寒食题临江驿》

丹青难写是精神。

宋·王安石《读史》

丹青不知老将至，
富贵于我如浮云。

唐·杜甫《丹青引赠曹将军霸》

丹书千卷藏一尘，
子能求之勿从人。

宋·陆游《步虚》

丹药验方非畏死，
文章排闷不求名。

宋·陆游《题书斋壁》

但见丹诚赤如血，
谁知伪言巧似簧。

唐·白居易《天可度》

但见悲鸟号古木，
雄飞雌从绕林间。

唐·李白《蜀道难》

但见时光流似箭，
岂知天道曲如弓。

五代十国·韦庄《关河道中》

但见饮尽市中酒，
不知诗似黄河天上来。

清·吕履恒《长歌行送友人游大梁》

但见沙场死，
谁怜塞上孤。

唐·陈子昂《感遇诗三十八首》

但见泪痕湿，
不知心恨谁。

唐·李白《怨情》

但见新人笑，
那闻旧人哭。

唐·杜甫《佳人》

但见两崖苍苍暗绝谷，
中有百道飞来泉。

宋·苏轼《书王定国所藏烟江叠嶂图》

但得官清吏不横，
即是村中歌舞时。

宋·陆游《春日杂兴》

但得五湖明月在，
春来依旧百花香。

元·陆泳《吴下田家志》

但得将军能百胜，
不须天子筑长城。

唐·胡皓《大漠行》

但得有心能自奋，
何愁他日不雄飞。

清·秋瑾《赠徐小淑》

但得海水作枯池，
海中鱼龙何所为。

唐·王建《精卫词》

但使主人能醉客，
不知何处是他乡。

唐·李白《客中行》

但使玄戈销杀气，
未妨白发老边才。

明·戚继光《盘山绝顶》

但觉关河开曙色，
竟忘天地有黄昏。

清·袁枚《咏雪》

但闻春草为春生，
几见情人为情死。

明·汤显祖《送郑见素游江东》

但用东山谢安石，
为君谈笑静胡沙。

唐·李白《永王东巡歌》

但写真情并实境，
任他埋没与流传。

明·都穆《学诗诗》

但把穷愁博长健，
不辞最后饮屠苏。

宋·苏轼《除夜野宿常州城外》

但看古来盛名下，
终日坎壈缠其身。

唐·杜甫《丹青引赠曹将军霸》

但将酩酊酬佳节，
不用登临恨落晖。

唐·杜牧《九日齐山登高》

但分离处即天涯，
若个离家不忆家。

清·姚士陛《有怀》

但喜今年饱饭吃，
洛阳禾稼如秋云。

唐·白居易《诏下》

但饮千钟酴醾酒，
莫问十年不平事。

清·吕履恒《长歌行送友人游大梁》

但愿年年不出兵，
官兵皆作农夫老。

清·方登峰《霜迟乐》

但愿苍生俱饱暖，
不辞辛苦出山林。

明·于谦《咏煤炭》

但保金石心，
豪门勿投趾。

清·顾英《初夏送夫子北上》

但莫孤明月，
何必秉烛游。

五代十国·潘佑《感怀》

但能长聚首，
不必问穷通。

清·孙旸《还家》

但伤民病痛，
不识时忌讳。

唐·白居易《伤唐衢》

但愁花有语，
不为老人开。

唐·刘禹锡《唐郎中宅与诸公同饮酒看牡丹》

淡烟疏雨落花天。

清 · 武原《柳含烟》

淡交随聚散。

唐 · 杜甫《秋日夔州咏怀奉寄郑监李宾客一百韵》

淡交唯对水，
老伴无如鹤。

唐 · 白居易《问秋光》

淡扫明湖开玉镜，
丹青画出是君山。

唐 · 李白《陪族叔刑部侍郎晔及中书贾舍人至游洞庭》

当其下笔风雨快，
笔所未到气已吞。

宋 · 苏轼《题王维吴道子画》

当歌对酒堪肠断，
倒著乌巾且醉眠。

元 · 仇远《陪戴祖禹泛湖分韵得天字》

当官避世平生耻，
视死如归社稷心。

金 · 元好问《四哀诗》

当面输心背面笑。

唐 · 杜甫《莫相疑行》

当路谁相假，
知音世所稀。

唐 · 孟浩然《留别王侍郎维》

当君怀归日，
是妾断肠时。
春风不相识，
何事入罗帏。

唐 · 李白《春思》

当时笑我微贱者，
却来请谒为交欢。

唐 · 李白《赠从弟南平太守之遥二首》

导河积石源流正，
维岳嵩高气象尊。

宋 · 陆游《读宛陵先生诗》

捣麝成尘香不灭，
拗莲作寸丝难绝。

唐 · 温庭筠《达摩支曲》

到来京洛文章贵，
归去江湖天地宽。

清 · 孙旸《送邓孝威南还》

到头禾黍属他人，
不知何处抛妻子。

唐 · 张碧《农父》

到山分我一片云，
并遣春风吹好句。

宋 · 陆游《仗锡平老自都城回见访索怡云堂诗》

到家成远客，
访旧指新坟。

清 · 施闰章《乱后郊行》

到处皆诗境，
随时有物华。
应酬都不暇，
一岭是梅花。

宋 · 张道洽《岭梅》

到处青山好，
何忧行路难。

明 · 袁宏道《送周尚宝左迁海澄典史》

道远知骥，
世伪知贤。

三国 · 魏 · 曹植《矫志诗》

道义无今古，
功名有是非。

宋 · 陆游《送仲高兄宫学秩满赴行在》

道直事难谐。

唐 · 李白《春感》

道直身还在，
恩深命转轻。
盐梅非拟议，
葵藿是平生。

唐 · 裴度《中书即事》

道由白云尽，
春与青溪长。

唐 · 刘昚虚《阙题》

道狭草木长，
夕露沾我衣。

晋 · 陶渊明《归园田居》

道危迷老马，
边远失归鸿。

清 · 方登峄《七兄以诗慰病和答》

稻米流脂粟米白，
公私仓廪俱丰实。

唐 · 杜甫《忆昔二首》

稻熟江村蟹正肥，
双螯如戟挺青泥。

明 · 徐渭《题螃蟹诗》

得成比目何辞死，
愿作鸳鸯不羡仙。

唐 · 卢照邻《长安古意》

得闲何惜倾家酿，
渐老真须秉烛游。

宋 · 陆游《学射道中感事》

得遇知音死亦甘。

清·秋瑾《偶有所感用鱼玄机步光威裒三女子韵》

得知千载外，
正赖古人书。

晋·陶渊明《赠羊长史》

得福常廉祸自轻，
坦然无愧亦无惊。

宋·陆游《书室名可斋或问其义作此告之》

得志重寸阴，
忘怀轻尺璧。

唐·李世民《帝京篇十首》

德胜令灾弥，
人安在吏良。

唐·白居易《酬郑侍御多雨春空过诗三十韵》

灯火万家城四畔，
星河一道水中央。

唐·白居易《江楼夕望招客》

灯火家家市，
笙歌处处楼。

唐·白居易《正月十五夜月》

登高壮观天地间，
大江茫茫去不还。

唐·李白《庐山遥寄卢侍御虚舟》

登高始觉天高广，
到海方知浪渺茫。

五代十国·王溥《谢进士张翼投诗两轴》

登高伤远别，
鸿雁几行飞。

元·萨都剌《送景南亨上人归江西》

登高以望远，
摇桨以泳深。

宋·苏轼《送水丘秀才序》

登昆仑兮四望，
心飞扬兮浩荡。

战国·楚·屈原《九歌·河伯》

登山俯平野，
万壑皆白云。
身在白云上，
不知云绕身。

宋·杨万里《中元日晓登碧落堂望南北山二首》

登舻美清夜，
挂席移轻舟。
月随碧山转，
水合青天流。

唐·李白《月夜江行寄崔员外宗之》

等闲识得东风面，
万紫千红总是春。

宋·朱熹《春日》

低头弄莲子，
莲子清如水。

晋·《乐府古辞·西洲曲》

低头乍恐丹砂落，
晒翅常疑白雪消。

唐·白居易《池鹤二首》

低眉信手续续弹，
说尽心中无限事。

唐·白居易《琵琶行》

低棋欲动求先著，
钝鸟焉能不早飞。

明·袁宏道《闲居》

滴碎愁心秋夜雨，
敲残客梦寺楼钟。

清·熊良巩《客邸思归》

荻笋鲥鱼方有味，
恨无佳客共杯盘。

宋·欧阳修《离峡州后回寄元珍表臣》

笛里谁知壮士心，
沙头空照征人骨。

宋·陆游《关山月》

笛中闻《折柳》，
春色未曾看。

唐·李白《塞下曲六首》

地下若逢陈后主，
岂宜重问《后庭花》。

唐·李商隐《隋宫》

地不知寒人要暖，
少夺人衣作地衣。

唐·白居易《红线毯》

地褊未堪长袖舞，
夜寒空对短檠行。

宋·黄庭坚《次韵几复和答所寄》

地到尽时天不断，
人能来处鸟难过。

清·沈受宏《渡海》

地拔双崖起，
天余一线青。

明·潘问奇《金棺峡》

地阔鸟飞迟，
风寒马毛缩。

唐·刘长卿《赠别于群投笔赴西安》

地坼江帆隐，
天清木叶闻。

唐·杜甫《晓望》

地接长城险，
天浮渤海宽。

清·汤右曾《山海关》

天若无雪霜，
青松不如草。
地若无山川，
何人重平道。

唐·唐备《失题二首》

地清天不暑，
池曲水无波。

元·马祖常《送华山隐之宗阳宫》

地暖花长发，
岩高日易低。

唐·张子容《贬乐城尉日作》

地白风色寒，
雪花大如手。

唐·李白《嘲王历阳不肯饮酒》

地迥鹰犬疾，
草深狐兔肥。

唐·崔颢《古游侠呈军中诸将》

地卑荒野大，
天远暮江迟。

唐·杜甫《遣兴》

地远官无法，
山深俗岂淳。

唐·刘长卿《送侯侍御赴黔中充判官》

地远心难达，
天高谤易成。

唐·刘长卿《按覆后归睦州赠苗侍御》

地深新事少，
官散故交疏。

唐·周贺《赠卢长史句》

地胜不嫌清俸薄，
政公还得众人欢。

宋·翁卷《送陈嘉父为彭泽簿》

帝城春雨送春残，
雨夜愁听客枕寒。
莫入乡园使花落，
一枝留待我归看。

明·高启《夜闻雨声忆故园花》

帝乡未遂平生志，
从此浮槎天汉边。

清·王掳《黄海歌》

颠狂柳絮随风去，
轻薄桃花逐水流。

唐·杜甫《绝句漫兴》

颠倒英雄古来有，
封侯却属屠沽儿。

唐·戴叔伦《行路难》

典桑卖地纳官租，
明年衣食将何如？

唐·白居易《杜陵叟》

殿前作赋声摩空，
笔补造化天无功。

唐·李贺《高轩过》

钓罢归来不系船，
江村月落正堪眠。
纵然一夜风吹去，
只在芦花浅水边。

唐·司空曙《江村即事》

调清金石怨，
吟苦鬼神悲。

唐·白居易《一字至七字诗》

蝶寒方敛翅，
花冷不开心。

宋·梅尧臣《春寒》

蝶来风有致，
人去月无聊。

清·袁枚《随园诗话》

东风不为吹愁去，
春日偏能惹恨长。

唐·贾至《春思二首》

东风忽起垂杨舞，
更作荷心万点声。

宋·刘攽《雨后池上》

东风好作阳和使，
逢草逢花报发生。

唐·钱起《春郊》

东风知我欲山行，
吹断檐间积雨声。

宋·苏轼《新城道中》

东风吹散梅梢雪，
一夜挽回天下春。

宋·葛长庚《立春》

东风袅袅泛崇光，
香雾空濛月转廊。
只恐夜深花睡去，
故烧高烛照红妆。

宋·苏轼《海棠》

东风染尽三千顷，
白鹭飞来无处停。

宋·虞似良《横溪堂春晓》

东风犹自嫌萧索，
更遣飞花绣好春。

宋·杨万里《春草》

东风气力尽，
不减阴山雪。

唐·于溃《戍卒伤春》

东风随春归，
发我枝上花。

唐·李白《落日忆山中》

东风洒雨露，
会入天地春。

唐·李白《送郗昂谪巴中》

东风何时至，
已绿湖上山。

唐·丘为《题农父庐舍》

东风吹愁来，
白发坐相催。

唐·李白《独酌》

东风动百物，
草木尽欲言。

唐·李白《长歌行》

东边日出西边雨，
道是无晴却有晴。

唐·刘禹锡《竹枝词二首》

东方风来满眼春，
花城柳暗愁杀人。

唐·李贺《河南府试十二月乐词》

东方日不破，
天光无老时。

唐·李贺《拂舞歌辞》

东方欲曙花冥冥，
啼莺相唤亦可听。
乍去乍来时近远，
才闻南陌又东城。

唐·韦应物《听莺曲》

东西生日月，
昼夜如转珠。

唐·元稹《苦雨》

东船西舫悄无言，
唯见江心秋月白。

唐·白居易《琵琶行》

东去长安万里余，
故人何惜一行书。

唐·岑参《玉关寄长安李主簿》

东海广且深，
由卑下百川。

三国·魏·曹植《当欲游南山行》

东临碣石，
以观沧海。

东汉·曹操《步出夏门行》

东园落尽绿丝长，
风触谁家酒瓮香？
红粉人闲教鹦鹉，
碧波池暖漾鸳鸯。
唐·李郢《春日题园林》

东浦彩虹悬水桩，
西山白雨点寒江。
烟中艇子摇两桨，
空中鸬鹚飞一双。
明·杨慎《滇池竹枝词》

东郎屹立向东方，
翘首朝朝候太阳。
一片丹心存万古，
谁云坐处是遐荒。
唐·曹邺《东郎山》

东君不惜离人苦，
又向前年折处生。
清·吴绡《杨柳枝词》

东穹碧海群山立，
西带黄河落日明。
清·康有为《登万里长城》

东园桃李片时春。
唐·王勃《临高台》

东云露一鳞，
西云露一爪。
与其见鳞爪，
何如鳞爪无。
清·龚自珍《自春徂秋偶有所触拉杂书之漫不诠次得十五首》

冬青树上挂凌霄，
岁晏花凋树不凋。
唐·顾况《行路难》

冻云连海色，
枯木助风声。
明·许宗鲁《辽左雪中登楼》

洞房昨夜停红烛，
待晓堂前拜舅姑。
妆罢低声问夫婿：
画眉深浅入时无？
唐·朱庆餘《闺意献张水部》

洞庭一叶惊秋早，
濩落空嗟滞江岛。
唐·孟浩然《和卢明府郑十三还京兼寄之什》

洞庭秋月生湖心，
层波万顷如熔金。
唐·刘禹锡《洞庭秋月行》

洞庭明月一千里，
凉风雁啼天在水。

唐·李贺《帝子歌》

洞庭无烟晚风定，
春水平铺如练净。
君山一点望中青，
湘女梳头对明镜。

明·杨基《登岳阳楼望君山》

斗酒烹黄鸡，
一餐感素诚。

唐·李白《淮阳书怀寄王宋城》

斗水泻大海，
不如泻枯池。

唐·孟郊《赠主人》

斗酒勿为薄，
寸心贵不忘。

唐·李白《南阳送客》

豆花似解通邻好，
引蔓殷勤远过墙。

宋·高翥《秋日》

独步诗名在，
只令故旧伤。

唐·杜甫《闻高常侍亡》

独在异乡为异客，
每逢佳节倍思亲。
遥知兄弟登高处，
遍插茱萸少一人。

唐·王维《九月九日忆山东兄弟》

独任天机摧格律。

唐·窦冀《怀素上人草书歌》

独有杏花如唤客，
倚墙斜日数枝红。

宋·王安石《杏花》

独有宦游人，
偏惊物候新。

唐·杜审言《和晋陵陆丞早春游望》

独照影时临水畔，
最含情处出墙头。

唐·吴融《杏花》

独坐黄昏谁是伴？
紫薇花对紫薇郎。

唐·白居易《紫薇花》

独坐幽篁里，
弹琴复长啸。
深林人不知，
明月来相照。

唐·王维《竹里馆》

独坐无人知，
孤月照寒泉。
泉中且无月，
月自在青天。

唐 · 释寒山《高高峰顶上》

独怜幽草涧边生，
上有黄鹂深树鸣。
春潮带雨晚来急，
野渡无人舟自横。

唐 · 韦应物《滁州西涧》

独客难为夜，
孤心易感秋。
百年同逝水，
不尽古今愁。

清 · 沈道映《野泊》

独客苦思乡，
还乡如客寓。

清 · 阮旻锡《还家》

独立三边静，
轻生一剑知。

唐 · 刘长卿《送李中丞之襄州》

独立扬新令，
千营共一呼。

唐 · 卢纶《和张仆射塞下曲》

独立窥浮云，
其心在寥廓。

唐 · 李白《游敬亭寄崔侍御》

独立茅门懒拄笻，
鬓丝凉拂豆花风。
晓鸦无数盘旋处，
绿树枝头一线红。

明 · 唐寅《晓起图》

独耻事干谒。

唐 · 杜甫《自京赴奉先县咏怀五百字》

独下千行泪，
开君万里书。

北朝 · 北周 · 庾信《寄王琳》

独行潭底影，
数息树边身。

唐 · 贾岛《送无可上人》

独上高楼望帝京，
鸟飞犹是半年程。

唐 · 李德裕《登崖州城作》

独上江楼思渺然，
月光如水水如天。
同来望月人何在？
风景依稀似去年。

唐 · 赵嘏《江楼感怀》

独美众所嫉。

唐 · 白居易《过昭君村》

独树花发自分明。

唐 · 杜甫《愁》

独醒时所嫉，
群小谤能深。

唐·杜甫《赠裴南部》

独有前林慈乳乌，
衔恩反哺情已无。

清·无名氏《营巢燕》

独有溱洧水，
无情依旧绿。

唐·白居易《宿荥阳》

读书不觉已春深，
一寸光阴一寸金。

唐·王贞白《白鹿洞二首》

读书破万卷，
下笔如有神。

唐·杜甫《奉赠韦左丞丈二十二韵》

读书万卷始通神。

宋·苏轼《柳氏二甥求笔迹》

读书如吃饭，
善吃者长精神，
不善吃者生痰瘤。

清·袁枚《随园诗话》

读书不求名位高，
饮酒不尽千钟醪。

清·王大椿《上陈见复先生》

读书达旦失衰病，
食菜终年安贱贫。

宋·陆游《简苏训直判院庄器之贤良》

读书本意在元元。

宋·陆游《读书》

读书虽可喜，
何如躬践履。

清·刘岩《杂诗》

读书弹琴聊自娱，
古来哲士能贫贱。

清·柴静仪《勖用济》

读书万卷晚乃悟，
妙哉此诀秘不传。

宋·陆游《醉眠曲》

读书清磬外，
看雨暮钟时。

宋·朱熹《梵天观雨》

髑髅皆是长城卒，
日暮沙场飞作灰。

唐·常建《塞下曲四首》

杜诗韩笔愁来读，
似倩麻姑痒处搔。

唐·杜牧《读韩杜集》

杜康能散闷。

唐·白居易《酬梦得比萱草见赠》

度越峻岭如登仙，
俯视群山尽臣庶。

清·刘石龄《恒山》

渡头余落日，
墟里上孤烟。

唐·王维《辋川闲居赠裴秀才迪》

渡口欲黄昏，
归人争渡喧。

唐·岑参《巴南舟中夜书事》

渡头灯火起，
处处采菱归。

唐·王维《山居即事》

端州石工巧如神，
踏天磨刀割紫云。

唐·李贺《杨生青花紫石砚歌》

短长肥瘠各有态，
玉环飞燕谁敢憎。

宋·苏轼《孙莘老求墨妙亭诗》

短短桃花临水岸，
轻轻柳絮点人衣。

唐·杜甫《十二月一日三首》

短歌微吟不能长。

三国·魏·曹丕《燕歌行》

短章达我心，
理为识者筹。

唐·杜甫《毒热寄简崔评事十六弟》

短舫漂浮真似叶，
小篷低浅仅如巢。

宋·苏辙《乘小舟出筠江》

断送一生惟有酒，
寻思百计不如闲。

唐·韩愈《遣兴》

断墙着雨蜗成字，
老屋无僧燕作家。

宋·陈师道《春怀示邻里》

断雾时通日，
残云尚作雷。

隋·杨广《悲秋》

断简尘埃存治道，
高丘草棘闭英雄。

宋·陆游《题斋壁》

断云发山色，
轻风漾水光。

唐·刘禹锡《和乐天洛城春齐梁体八韵》

断崖万仞如削铁，
鸟飞不度苔石裂。

元·陈孚《居庸叠翠》

断崖开四壁，
深井落孤篷。

清·盛锦《峡夜》

断峡开青玉，
飞泉挂白虹。

清·屈大均《西樵作》

堆金能使子孙愚。

宋·刘克庄《贫居自警》

对案不能食，
拔剑击柱长叹息。

南朝·宋·鲍照《拟行路难十八首》

对酒当歌，
人生几何。

东汉·曹操《短歌行》

对酒不觉暝，
落花盈我衣。
醉起步溪月，
鸟还人亦稀。

唐·李白《自遣》

多病所须惟药物，
一钱不值是儒冠。

金·元好问《晨起》

多情只有春庭月，
犹为离人照落花。

唐·张泌《寄人》

多才依旧能潦倒。

唐·杜甫《戏赠阌乡秦少府短歌》

多才自昔招倾覆，
更乃傲骨邱山如。

清·曹溶《堕驴行简叶星期》

多财为患害。

三国·魏·阮籍《咏怀·其四》

多经坎坷增交谊。

清·徐燦《送方太夫人西还》

多少绿荷相倚恨，
一时回首背西风。

唐·杜牧《齐安郡中偶题二首》

多少私情笑里来。

明·无名氏《山歌·笑》

多少人间烦苦事，
只消一点便清凉。

唐·程太虚《清心泉》

多花必早落，
桃李不如松。

唐·李白《箜篌谣》

多见朱门富贵人，
林园未毕即没身。

唐·白居易《题西亭》

多知非景福，
少语是元亨。

唐·白居易《江州赴忠州至江陵已来舟中示舍弟五十韵》

夺我身上暖，
买尔眼前恩。

唐·白居易《重赋》

朵朵精神叶叶柔，
雨晴香拂醉人头。

唐·杜牧《蔷薇花》

E

峨眉山月半轮秋，
影入平羌江水流。

唐·李白《峨眉山月歌》

鹅、鹅、鹅，
曲项向天歌。
白毛浮绿水，
红掌拨清波。

唐·骆宾王《咏鹅》

鹅鸭不知春去尽，
争随流水趁桃花。

宋·晁冲之《春日》

鹅湖山下稻粱肥，
豚阱鸡埘对掩扉。

唐·张蠙《社日村居》

恶人相远离，
善者近相知。

唐·王梵志《王梵志诗一百一十首》

恶名儿难揭，
好名儿难得。

明·吕得胜《小儿语》

恩荣难久恃，
隆宠易衰偏。

南朝·宋·鲍照《绍古辞七首》

恩难酬白骨，
泪可到黄泉。

清·袁枚《陇上作》

恩深转无语，
怀抱自分明。

唐·刘得仁《上张水部》

儿童相见不相识，
笑问客从何处来。

唐·贺知章《回乡偶书》

儿童急走追黄蝶，
飞入菜花无处寻。

宋·杨万里《宿新市徐公店》

儿时只道为官好，
老去方知行路难。

宋·裘无量《归兴》

儿家门户寻常闭，
春色因何入得来。

唐·蒋维翰《春女怨》

儿今远归来，
无米亲亦喜。

清·吴嘉纪《送吴眷西归长林》

儿戏不足道，
五噫出西京。

唐·李白《经乱离后天恩流夜郎忆旧游书怀赠江夏韦太守良宰》

耳里频闻故人死，
眼前唯觉少年多。

唐·白居易《悲歌》

耳临清渭洗，
心向白云闲。

唐·李昂《纪事》

耳根无厌听佳木，
会尽山中寂静源。

唐·皮日休《奉和鲁望闲居杂题五首·醒闻桧》

尔本无情者，
缘何亦白头。

清·汪俊《芦花》

尔羊来思，
其角濈濈；
尔牛来思，
其耳湿湿。

《诗经·小雅·无羊》

尔来士气日靡靡，
文章光焕伏不起。

宋·陆游《谢张时可通判赠诗编》

二十四桥明月夜，
玉人何处教吹箫。

唐·杜牧《寄扬州韩绰判官》

二十五弦弹夜月，
不胜清愁却飞来。

唐·钱起《归雁》

二月卖新丝，
五月粜新谷；
医得眼前疮，
剜却心头肉。

唐 · 聂夷中《咏田家》

二月江南花满枝，
他乡寒食远堪悲。

唐 · 孟云卿《寒食》

二月已破三月来，
渐老逢春能几回。

唐 · 杜甫《绝句漫兴九首》

二月湖水清，
家家春鸟鸣。

唐 · 孟浩然《春中喜王九相寻》

二句三年得，
一吟双泪流。

唐 · 贾岛《题诗后》

二三点露滴如雨，
六七个星犹在天。

元 · 图帖睦尔《途中》

F

伐木丁丁，
鸟鸣嘤嘤，
出自幽谷，
迁于乔木。

《诗经 · 小雅 · 伐木》

发少嫌梳利，
颜衰恨镜明。

唐 · 刘禹锡《冬日晨兴寄乐天》

发斑悟壮晚，
物谢知岁微。

南朝 · 宋 · 鲍照《秋夕》

发为胡笳吹作雪，
心因烽火炼成丹。

明 · 王越《断句》

帆带夕阳千里没，
天连秋水一人归。

唐 · 刘长卿《青溪口送人归岳州》

帆影带归湖墅月，
衣裙留得芰荷香。

清 · 沈朝初《过塘西》

帆翅初张处，
云鹏怒翼同。

莫愁千里路，
自有到来风。

唐·钱起《江行无题》

翻手作云覆手雨，
纷纷轻薄何须数。

唐·杜甫《贫交行》

翻车倒盖犹堪出，
未似是非唇舌危。

唐·齐己《行路难》

烦恼数中除一事，
自兹无复子孙忧。

唐·元稹《哭子十首》

繁霜尽是心头血，
洒向千峰秋叶丹。

明·戚继光《望阙台》

繁枝容易纷纷落，
嫩蕊商量细细开。

唐·杜甫《江畔独步寻花七绝句》

繁华事散逐香尘，
流水无情草自春。

唐·杜牧《金谷园》

返照乱流明，
寒空千嶂净。

唐·钱起《杪秋南山西峰题准上人兰若》

返照入江翻石壁，
归云拥树失山村。

唐·杜甫《返照》

方同楚客怜皇树，
不学荆州利木奴。

唐·柳宗元《柳州城西北隅种柑树》

方侯胸中负经济，
议论源源有根柢。

宋·陆游《寄题方伯谟远庵》

方外人常乐，
山中物自幽。

金·元好问《洛阳高少府瀍阳后庵五首》

方知至危地，
自有泰山安。

宋·陆游《寓言》

方凿不受圆，
直木不为轮。

唐·韦应物《任洛阳丞请告》

方惭不耕者，
禄食出闾里。

唐·韦应物《观田家》

芳林新叶催陈叶，
流水前波让后波。

唐·刘禹锡《乐天见示伤微之敦诗

晦叔三君子皆有深分因成是诗以寄》

芳树无人花自落，
春山一路鸟空啼。
唐 · 李华《春行寄兴》

芳草无情人自迷。
唐 · 温庭筠《经西坞偶题》

芳草有情皆碍马，
好云无处不遮楼。
唐 · 罗隐《绵谷回寄蔡氏昆仲》

芳草生未积，
春花落如霰。
南朝 · 梁 · 柳恽《独不见》

芳草漫随愁共长，
青春不与客同归。
元 · 杨载《赠孙思顺》

芳菲过眼已成空，
寂寞篱边见几丛。
颜色只从霜后好，
不知人世有春风。
清 · 许廷鑅《题画菊》

芳菲歇去何须恨，
夏木阴阴正可人。
宋 · 秦观《三月晦日偶题》

芳菲不相投，
青黄忽改色。
汉 · 无名氏《古诗 · 橘柚垂华实》

芳是香所为，
冶容不敢当。
天不夺人愿，
故使侬见郎。
南朝 · 乐府民歌《子夜歌》

访古每思春并辔，
说诗仍记夜联床。
宋 · 陆游《读胡基仲旧诗有感》

访旧半为鬼，
惊呼热中肠。
唐 · 杜甫《赠卫八处士》

放蹄知赤骥，
捩翅服苍鹰。
唐 · 杜甫《寄峡州刘伯华使君四十韵》

放船开看雪山晴，
风定奇寒晚更凝。
坐听一篙珠玉碎，
不知湖面已成冰。
宋 · 范成大《四时田园杂兴》

飞雪伴春还，
春庭晓自闲。
唐 · 刘昚虚《积雪为小山》

飞花点书册，
戏蝶游几砚。

宋·陆游《春晚简陈鲁山》

飞蛾性趋炎，
见火不见我。

清·秦应阳《飞蛾》

飞蛾爱灯非恶灯，
奋翼扑明甘自陨。

清·魏源《读书吟示儿耆》

飞随柳絮有时见，
舞入梨花何处寻。

宋·谢逸《咏蝶》

非人磨墨墨磨人。

宋·苏轼《次韵答舒教授观余所藏墨》

非无江海志，
潇洒送日月。

唐·杜甫《自京赴奉先县咏怀五百字》

非求宫律高，
不务文字奇；
惟歌生民苦，
愿得天子知。

唐·白居易《寄唐生》

非必丝与竹，
山水有清音。

晋·左思《招隐二首》

非君不见思，
所悲思不见。

南朝·齐·谢朓《别王丞僧孺》

匪今斯今，
振古如兹。

《诗经·周颂·载芟》

匪言勿言，
匪由勿语。

《诗经·小雅·宾之初筵》

废邑狐狸语，
空村虎豹争。

唐·杜甫《奉送郭中丞兼太仆卿充陇右节度使三十韵》

分明看见青山顶，
船在青山顶上行。

清·袁枚《由桂林溯漓江至兴安》

分明峰头树，
倒插秋江底。

唐·岑参《峨眉东脚临江听猿怀二室旧庐》

分野中峰变，
阴晴众壑殊。

唐·王维《终南山》

纷纷暮雪下辕门，
风掣红旗冻不翻。
唐・岑参《白雪歌送武判官归京》

纷吾既有此内美兮，
又重之以修能。
战国・楚・屈原《离骚》

纷纷红紫已成尘，
布谷声中夏令新。
宋・陆游《初夏绝句》

纷纷世事何足计，
尽付抚掌掀髯中。
宋・陆游《九月六日夜梦中作笑诗觉而忘之明日戏追补一首》

纷纷世议何足道，
尽付马耳春风前。
金・元好问《徙谷圣镫》

纷纷桃李枝，
处处总能移。
唐・杜甫《丽春》

纷纷五代乱离间，
一旦云开复见天。
宋・邵雍《观盛化诗》

粉色全无饥色加，
岂知人世有荣华？

年年道我蚕辛苦，
底事浑身著苎麻。
唐・杜荀鹤《蚕妇》

奋飞出草泽，
啸咤驭群雄。
唐・刘知幾《读〈汉书〉作》

丰年处处村酒好。
宋・陆游《雨中排闷》

风雨如晦，
鸡鸣不已。
《诗经・郑风・风雨》

风萧萧兮易水寒，
壮士一去兮不复还。
战国・荆轲《渡易水歌》

风吹古木晴天雨，
月照平沙夏夜霜。
唐・白居易《江楼夕望招客》

风吹柳花满店香，
吴姬压酒劝客尝。
金陵子弟来相送，
欲行不行各尽觞。
请君试问东流水，
别意与之谁短长。
唐・李白《金陵酒肆留别》

风吹帆席随云卷，
鸟压花枝覆水低。

唐·无名氏《送李端游岭中》

风吹细雨兼秋净，
云满疏星带水流。

宋·郑侠《同子忠上西楼》

风尘三尺剑，
社稷一戎衣。

唐·杜甫《重经昭陵》

风尘肉眼多，
慷慨竟何益。

清·陈至言《感怀》

风光人不觉，
已著后园梅。

唐·史青《应诏赋得除夜》

风霜何事偏伤物，
天地无情亦爱人。

唐·刘长卿《狱中闻收东京有赦》

风如拔山怒，
雨如决河倾。

宋·陆游《大风雨中作》

风翻白浪花千片，
雁点青天字一行。

唐·白居易《江楼晚眺景物鲜奇吟玩成篇寄水部张员外》

风翻碧浪千畦麦，
水漾红云一坞花。

宋·陆游《舟过季家山小泊》

风泉净洗高人耳，
松柏化为君子材。

唐·刘禹锡《瀑布泉》

风流岂落正始后，
诗卷长留天地间。

金·元好问《桐川与仁卿饮》

风流已往明月来，
山色江声自今古。

元·朱希晦《客邸中秋对月》

风流五凤楼前客，
寂寞千秋身后名。

金·元好问《和仁卿演太白诗意二首》

风流云散，
一别如雨。

汉·王粲《赠蔡子笃》

风入寒松声自古，
水归沧海意皆深。

唐·刘威《欧阳示新诗因贻四韵》

风来水波生，
春至花自鲜。

清 · 秦道然《偶作》

风生高竹凉，
雨送新荷气。
宋 · 黄庭坚《又答斌老病愈遣闷二首》

风生云尽散，
天阔月徐行。
宋 · 陆游《夜坐》

风起春灯乱，
江鸣夜雨悬。
唐 · 杜甫《船下夔州郭宿雨湿不得上岸别王十二判官》

风起竹间萤影乱，
月明江上笛声多。
唐 · 道彦《秋夜旅泊》

风触好花文锦落，
砌横流水玉琴斜。
唐 · 释贯休《野居偶作》

风帆一霎剪江行。
清 · 王士祯《大风渡江》

风头如刀面如割。
唐 · 岑参《走马川行奉送封大夫出师西征》

风急天高猿啸哀，
渚清沙白鸟飞回。
无边落木萧萧下，
不尽长江滚滚来。
唐 · 杜甫《登高》

风轻粉蝶喜，
花暖蜜蜂喧。
唐 · 杜甫《敝庐遣兴奉寄严公》

风暖鸟声碎，
日高花影重。
唐 · 杜荀鹤《春宫怨》

风弱知催柳，
林青觉待花。
唐 · 卢僎《岁晚还交台望城阙成口号先赠交亲》

风含翠筱娟娟净，
雨浥红蕖冉冉香。
唐 · 杜甫《狂夫》

风收云散波忽平，
倒转青天作湖底。
清 · 查慎行《中秋夜洞庭湖对月》

风标自落落，
文质且彬彬。
唐 · 杨炯《和刘长史答十九兄》

风递钟声云外寺，

水摇灯影酒家楼。

宋·陆游《夜步》

风景无终始，
乾坤有异同。

唐·丁儒《冬日到泉郡次九龙江与诸公唱和诗》

风鸣两岸叶，
月照一孤舟。

唐·孟浩然《宿桐庐江寄广陵旧游》

风烈无劲草，
寒甚有凋松。

南朝·宋·鲍照《从拜陵登京岘》

风劲角弓鸣，
将军猎渭城。

唐·王维《观猎》

风雪常欺客，
文章本误身。

宋·陆游《进贤驿感怀》

风摇十州影，
日乱九江文。

唐·卢照邻《赠李荣道士》

风助群鹰击，
云随万马来。

清·屈绍隆《云州秋望》

风兼残雪起，
河带断冰流。

唐·于良史《冬日野望》

风檐展书读，
古道照颜色。

宋·文天祥《正气歌》

风号大树中天立，
日薄西山四海孤。

清·项圣谟《题自画大树》

风驱急雨洒高城，
云压轻雷殷地声。

明·刘基《五月十九日大雨》

风月有情常似旧，
山川信美不如归。

宋·张耒《寄蔡彦规兼谢惠酥梨》

枫叶千枝复万枝，
江桥掩映暮帆迟。
忆君心似西江水，
日夜东流无歇时。

唐·鱼玄机《江陵愁望有寄》

封侯早归来，
莫作弦上箭。

唐·李贺《休洗红》

峰峰带落日，

步步入青霭。

唐 · 刘长卿《陪元侍御游支硎山寺》

峰攒望天小，
亭午见日初。

唐 · 岑参《酬成少尹骆谷行见呈》

峰峦憔悴兵戈后，
惨淡烟霞写离别。

清 · 方殿元《章贡舟中作歌六首》

烽火城西百尺楼，
黄昏独坐海风秋。

唐 · 王昌龄《从军行七首》

锋镝牢囚取次过，
依然不废我弦歌。

明 · 黄宗羲《山居杂咏》

蜂虿终怀毒，
雷霆可震威。

唐 · 杜甫《遣愤》

蜂蝶纷纷过墙去，
却疑春色在邻家。

唐 · 王驾《雨晴》

蜂巢与蚁穴，
随分有君臣。

唐 · 白居易《郡中春宴因赠诸客》

蜂蝶去纷纷，
香风隔岸闻。
欲知花鸟处，
水上觅红云。

唐 · 韩愈《奉和虢州刘给事使君三堂新题二十一咏 · 花岛》

逢人渐觉乡音异，
却恨莺声似故山。

唐 · 司空图《漫书五首》

逢人不说人间事，
便是人间无事人。

唐 · 杜荀鹤《赠质上人》

逢花莫漫折，
能有几多春。

唐 · 李端《东门送客》

逢君贳酒因成醉，
醉后焉知世上情。

唐 · 蔡希寂《洛阳客舍逢祖咏留宴》

逢郎欲语低头笑，
碧玉搔头落水中。

唐 · 白居易《采莲曲》

逢时独为贵，
历代非无才。

唐 · 陈子昂《郭隗》

凤皇鸣矣，
于彼高冈；
梧桐生矣，
于彼朝阳。

《诗经·大雅·卷阿》

凤皇于飞，
翙翙其羽，
亦傅于天。

《诗经·大雅·卷阿》

凤鸟不变音，
君子不变心。

清·黄之隽《卓文君寄远》

凤凰台上凤凰游，
凤去台空江自流。

唐·李白《登金陵凤凰台》

凤穴雏皆好，
龙门客又新。

唐·杜甫《奉赠鲜于京兆二十韵》

夫死战场子在腹，
妾身虽存如昼烛。

唐·张籍《征妇怨》

夫戍边关妾在吴，
西风吹妾妾忧夫。
一行书信千行泪，
寒到君边衣到无。

唐·陈玉兰《寄夫》

肤过油云泽天下，
大千沙界纳胸中。

宋·陆游《叶相最高亭》

凫鹥并宿藏荷叶，
蛱蝶双飞绕菜花。

明·于谦《水村》

芙蓉露下落，
杨柳月中流。

北朝·北齐·萧悫《秋思》

芙蓉不及美人妆，
水殿风来珠翠香。

唐·王昌龄《西宫秋怨》

芙蓉生在秋江上，
不向东风怨未开。

唐·高蟾《下第后上永崇高侍郎》

芙蓉如面柳如眉，
对此如何不泪垂。

唐·白居易《长恨歌》

扶持自是神明力，
正直元因造化功。

唐·杜甫《古柏行》

扶衰忍冷君勿笑，
报国寸心坚似铁。

宋 · 陆游《大雪歌》

伏清白以死直兮，
固前圣之所厚。
战国 · 楚 · 屈原《离骚》

浮云柳絮无根蒂，
天地阔远随飞扬。
唐 · 白居易《问杨琼》

浮云破处见山影，
小艇归时闻草声。
宋 · 张先《题西溪无相院诗》

浮云遮尽登高眼，
不许愁人望故乡。
清 · 韩畕《九日登鸡鸣山》

浮云游子意，
落日故人情。
唐 · 李白《送友人》

浮云一别后，
流水十年间。
欢笑情如旧，
萧疏鬓已斑。
唐 · 韦应物《淮上喜会梁川故人》

浮云终日行，
游子久不至。
唐 · 杜甫《梦李白二首》

浮云载山山欲行。
元 · 杨维桢《雨后云林图》

浮云从何来，
安知非故乡。
明 · 李攀龙《古意》

浮云堆白玉，
落日泻黄金。
宋 · 王安石《东阳道中》

浮云易变灭，
公议终坚牢。
宋 · 陆游《晨起有感》

浮云日千里，
安知我心悲。
汉 · 无名氏《别诗三首 · 其二》

浮沉各异势，
会合何时谐。
三国 · 魏 · 曹植《七哀》

浮生短于梦，
梦里莫营营。
唐 · 白居易《野行》

浮生看已熟，
不必梦邯郸。
宋 · 陆游《初寒》

浮生暂寄梦中梦，
世事如闻风里风。

唐 · 李群玉《自遣》

浮生看物变。

唐 · 杜甫《又示两儿》

浮生触处无真实，
岂独南柯是梦中。

宋 · 陆游《遣兴》

浮生却似冰底水，
日夜东流人不知。

唐 · 杜牧《汴河阻冻》

浮世本来多聚散，
红蕖何事亦离披。

唐 · 李商隐《七月二十九日崇让宅宴作》

浮世何须宇宙名，
一狂自足了平生。

宋 · 陆游《狂吟》

浮世悲欢何足数，
庾楼赤壁俱尘土。

元 · 朱希晦《客邸中秋对月》

浮世堪惊老已成，
虚名自笑今何用。

宋 · 陆游《怀成都十韵》

浮世升沉何足计。

宋 · 陆游《席上作》

浮萍寄清水，
随风东西流。

三国 · 魏 · 曹植《浮萍篇》

浮名浮利过于酒，
醉得人心死不醒。

唐 · 杜光庭《伤时》

浮俗多瑕疵。

唐 · 白居易《同微之赠别郭虚舟炼师五十韵》

斧柯不到处，
恶木易成林。

清 · 陈炳《杂诗》

抚酒惜此月，
流光畏蹉跎。

唐 · 李白《拟古十二首》

俯观江汉流，
仰视浮云翔。
良友远别离，
各在天一涯。

汉 · 无名氏《别诗四首 · 其四》

俯视洛阳川，
茫茫走胡兵。

流血涂野草，
豺狼尽冠缨。

唐 · 李白《古风五十九首》

俯首无齐鲁，
东瞻海似杯。
斗然一峰上，
不信万山开。

明 · 李梦阳《泰山》

俯看长江一带耳，
翻疑天堑难为功。

清 · 冯廷櫆《黄鹄矶》

俯仰终宇宙，
不乐复何如。

晋 · 陶渊明《读山海经》

俯仰岁将暮，
荣耀难久恃。

三国 · 魏 · 曹植《杂诗 · 其四》

父兮生我，
母兮鞠我。

《诗经 · 小雅 · 蓼莪》

父子更兼师友分，
夜深常共短檠灯。

宋 · 陆游《示子聿》

妇人能蚕桑，
家道当不穷。

元 · 赵孟頫《题耕织图二十四首奉懿旨撰 · 右耕》

妇人役州县，
丁男事征讨。

唐 · 储光羲《效古二首》

妇女勿娇惰。

清 · 曹溶《悯荒二首》

复忆襄阳孟浩然，
清诗句句尽堪传。

唐 · 杜甫《解闷十二首》

复如东注水，
未有西归日。

南朝 · 梁 · 何逊《临行与故游夜别》

腹中书籍幽时晒，
肘后医方静处看。

唐 · 杜甫《七夕句》

腹中贮书一万卷，
不肯低头在草莽。

唐 · 李颀《送陈章甫》

蝮蛇一螫手，
壮士即解腕。
所志在功名，
离别何足叹。

唐 · 陆龟蒙《别离》

覆水不可收，
行云难再寻。

唐 · 李白《代别情人》

富贵百年能几何？
死生一度人皆有。

唐 · 李白《悲歌行》

富贵不淫贫贱乐，
男儿到此是豪雄。

宋 · 程颢《偶成》

富贵必从勤苦得，
男儿须读五车书。

唐 · 杜甫《柏学士茅屋》

富贵何如草头露。

唐 · 杜甫《送孔巢父谢病归游江东兼呈李白》

富贵来不久，
倏如瓦沟霜。

唐 · 白居易《寓意诗五首》

富贵貌难变，
贫贱颜易衰。

南朝 · 齐 · 吴迈远《长别离》

富贵使心惑，
嗜欲致行妨。

明 · 薛蕙《杂诗》

富贵非吾愿，
帝乡不可期。

晋 · 陶渊明《归去来兮辞》

富贵空回首，
喧争懒著鞭。

唐 · 杜甫《秋日夔府咏怀寄郑监李宾客一百韵》

富家不用买良田，
书中自有千钟粟。

宋 · 宋真宗赵恒《劝学诗》

富家厨肉臭，
战地骸骨白。

唐 · 杜甫《驱竖子摘苍耳》

富老不如贫少，
美游不如恶归。

明 · 高启《悲歌》

富者我不顾，
贵者我不攀。

唐 · 白居易《闲题家池 · 寄王屋张道士》

赋到沧桑句便工。

清 · 赵翼《题元遗山集》

赋诗独流涕，
乱世想贤才。

唐 · 杜甫《昔游》

赋诗新句稳，
不觉自长吟。

唐 · 杜甫《长吟》

赋命有厚薄，
委心任穷通。

唐 · 白居易《我身》

G

盖棺事则已，
此志常觊豁。

唐 · 杜甫《自京赴奉先县咏怀五百字》

干请伤直性。

唐 · 杜甫《早发》

干戈未偃息，
安得酣歌眠。

唐 · 杜甫《寄题江外草堂》

肝胆一古剑，
波涛两浮萍。

唐 · 韩愈《答张彻》

竿头已到应难久，
局势虽迟未必输。

唐 · 白居易《代梦得吟》

甘瓜抱苦蒂，
美枣生荆棘。

汉 · 无名氏《古诗二首 · 甘瓜抱苦蒂》

甘苦常从极处回，
咸酸未必是盐梅。

宋 · 苏轼《东坡羹颂》

甘棠无一树，
那得泪潸然。

唐 · 白居易《别州民》

感时思报国，
拔剑起蒿莱。

唐 · 陈子昂《感遇》

感君重义轻黄金。

唐 · 李白《忆旧游寄谯郡》

感子漂母惠，
惭我非韩才。

晋 · 陶渊明《乞食》

感旧应怜鬓上霜，
悲歌且酌樽中酒。

清 · 吴兆骞《赠孔叟》

敢将十指夸针巧，
不把双眉斗画长。

唐 · 秦韬玉《贫女》

高谈满四座，
一日倾千觞。

唐 · 李白《赠刘都使》

高谈百战术，
郁作万夫雄。

唐 · 李白《送梁公昌从信安北征》

高节人相重，
虚心世所知。

唐 · 张九龄《和黄门卢侍御咏竹》

高节难久淹。

南朝 · 宋 · 颜延之《秋胡诗九首 · 其七》

高者未必贤，
下者未必愚。

唐 · 白居易《涧底松》

高鸟黄云暮，
寒蝉碧树秋。

唐 · 杜甫《晚秋长沙蔡五侍御饮筵送殷六参军归沣州觐省》

高峰夜留景，
深谷昼未明。

唐 · 孟郊《游终南山》

高树临清池，
风惊夜来雨。

唐 · 柳宗元《雨后晓行独至愚溪北地》

高树多悲风。

三国 · 魏 · 曹植《野田黄雀行》

高台多悲风，
朝日照北林。

三国 · 魏 · 曹植《杂诗六首 · 其一》

高城眺落日，
极浦映苍山。

唐 · 王维《登河北城楼作》

高才不肯居人下，
畏路休教占福先。

清 · 史夔《赠李解元鹗君》

高柳不藏阁，
流莺解就人。

清 · 施闰章《雨后》

高鸣常向月，
善舞不迎人。

清 · 秦松龄《白鹤诗》

高人必爱竹，
寄兴良有以：
峻节可临戎，
虚心宜待士。

唐·刘禹锡《令狐相公见予赠竹十二韵仍命继和》

高人乐丘园，
中人慕官职。

唐·白居易《咏怀》

高松漏疏月，
落影如画地。

宋·文同《新晴山月》

高歌取醉欲自慰，
起舞落日争光辉。

唐·李白《南陵别儿童入京》

高卧深居不见人，
功名斗薮似灰尘。

唐·白居易《读鄂公传》

高卧未褰帷，
飞声已千里。

隋·杨素《赠薛播州》

高山安可仰，
徒此揖清芬。

唐·李白《赠孟浩然》

高山仰止，
景行行止。

《诗经·小雅·车舝》

高飞凭力致，
巧啭任天姿。

唐·祖咏《汝坟秋同仙州王长史翰闻百舌鸟》

高怀见物理，
识者安肯哂。

唐·杜甫《赠郑十八贲》

高马达官厌酒肉，
此辈杼柚茅茨空。

唐·杜甫《岁晏行》

高处红须欲就手，
低边绿刺已牵衣。

唐·储光羲《蔷薇》

高秋总馈贫人实，
来岁还舒满眼花。

唐·杜甫《题桃树》

高楼晓见一花开，
便觉春光四面来。
暖日晴云知次第，
东风不用更相催。

唐·令狐楚《游春词》

高楼送客不能醉，
寂寂寒江明月心。

唐·王昌龄《芙蓉楼送辛渐二首》

高名处下位，
逸翮栖卑枝。

唐 · 储光羲《贻丁主簿仙芝别》

高贤世未识，
固合婴饥寒。

唐 · 杜甫《赠别贺兰铦》

高文激颓波，
四海靡不传。

唐 · 韦应物《广陵遇孟九云卿》

高吟金石裂，
健笔龙蛇走。

宋 · 陆游《秋郊有怀》

高敞轩窗迎海月，
预栽花木待春风。

五代十国 · 李中《太守东亭》

高枕看人举世忙。

宋 · 陆游《立春后三日作》

杲杲寒日生于东。

唐 · 韩愈《谒衡岳庙遂宿岳寺题门楼》

告归常局促，
苦道来不易。

唐 · 杜甫《梦李白二首》

歌罢仰天叹，
四座泪纵横。

唐 · 杜甫《羌村三首》

歌罢海动色，
诗成山改容。

宋 · 陆游《航海》

葛裙蒲履帽乌纱，
迤逦乘凉到水涯。
数寺晚钟声未歇，
满身明月看荷花。

宋 · 宋伯仁《羊角埂晚行》

隔帘春雨细，
高枕晓莺长。

唐 · 柳中庸《幽院早春》

隔窗云雾生衣上，
卷幔山泉入镜中。

唐 · 王维《敕借岐王九成宫避暑应教》

隔溪春色两三花，
近水楼台四五家。

元 · 叶颙《题幽居》

隔牖风惊竹，
开门雪满山。
洒空深巷静，
积素广庭闲。

唐 · 王维《冬晚对雪忆胡居士家》

隔水丛梅疑是雪，
近人孤障欲生云。
不愁去路三千里，
少住林间看夕曛。

宋·陈与义《度岭》

阁中帝子今何在？
槛外长江空自流。

唐·王勃《滕王阁诗》

各人自扫阶前雪，
莫管他家屋瓦霜。

清·郑板桥《焦山读书寄四弟墨》

各有四方事，
白云处处通。

唐·王昌龄《洛阳尉刘晏与府掾诸公茶集天宫寺岸道上人房》

亘地黄河出，
开天此一门。

明·顾绛《龙门》

耕夫召募逐楼船，
春草青青万顷田。

唐·张继《阊门即事》

耕织称其用，
过此奚所须。

晋·陶渊明《和刘柴桑》

耕者忘其犁，
锄者忘其锄。
来归相怨怒，
但坐观罗敷。

汉·无名氏《陌上桑》

耕犁千亩实千箱，
力尽筋疲谁复伤？
但愿众生皆得饱，
不辞羸病卧残阳。

宋·李纲《病牛》

耕桑自足古风淳。

宋·陆游《村居初夏》

更深月色半人家，
北斗阑干南斗斜。

唐·刘方平《夜月》

更深重话旧，
烛剪欲忘眠。

清·江闿《喜吴天章至自蒲坂》

耿耿残灯背壁影，
萧萧暗雨打窗声。

唐·白居易《上阳白发人》

耿介倚长剑，
日落风尘暗。

唐·虞世南《出塞》

更吹羌笛《关山月》，
无那金闺万里愁。

唐·王昌龄《从军行七首》

更无柳絮因风起，
惟有葵花向日倾。

宋·司马光《客中初夏》

更待菊黄家酝熟，
共君一醉一陶然。

唐·白居易《与梦得沽酒闲饮且约后期》

更劳今日春风至，
枯树无枝可寄花。

唐·包佶《岁日作》

更将何面上春台，
百事无成老又催。
惟有落花无俗态，
不嫌憔悴满头来。

唐·刘禹锡《陪崔大尚书及诸阁老宴杏园》

更怜童子宜春服，
花里寻师到杏坛。

唐·钱起《石门春暮》

更把玉鞭云外指，
断肠春色在江南。

五代十国·韦庄《古离别》

更容一夜抽千尺，
别却池园数寸泥。

唐·李贺《昌谷北园新笋四首》

功多翻下狱，
士卒但心伤。

唐·王昌龄《塞上曲》

功名富贵若长在，
汉水亦应西北流。

唐·李白《江上吟》

功名多向穷中立，
祸患常从巧处生。

宋·陆游《读史》

功名赚得头如雪，
不悟团团似磨驴。

元·耶律楚材《伤时》

功名常畏谤谗兴，
富贵每同衰病至。

宋·陆游《短歌行》

功名如幻何足计，
学道有涯真可喜。

宋·苏轼《送沈逵赴广南》

功名竹帛非我事，
存亡贵贱付皇天。

南朝·宋·鲍照《拟行路难十八首》

功业须及时，
立身有行藏。
唐 · 岑参《武威送刘单判官赴安西行营便呈高开府》

功高成怨府，
权盛是危机。
宋 · 王迈《读渡江诸将传》

功成耻受赏，
高节卓不群。
晋 · 左思《咏史八首》

功略盖天地，
名飞青云上。
唐 · 李白《赠张相镐二首》

躬耕本是英雄事，
老死南阳未必非。
宋 · 陆游《过野人家有感》

公门暇日少，
穷巷故人稀。
唐 · 王维《酬严少尹徐舍人见过不遇》

公卿有党排宗泽，
帷幄无人用岳飞。
宋 · 陆游《夜读范至能揽辔录言中原父老见使者多挥涕感其事作绝句》

公去蓬山轻，
公归蓬山重。
宋 · 陆游《喜杨廷秀秘监再入馆》

公来雪山重，
公去雪山轻。
唐 · 杜甫《八哀诗 · 赠左仆射郑国公严公武》

公若登台辅，
临危莫爱身。
唐 · 杜甫《奉送严公入朝十韵》

公道世间惟白发，
贵人头上不曾饶。
唐 · 杜牧《送隐者一绝》

公孙举贤良，
先弃后乃收。
清 · 程梦星《读史》

宫花争笑日，
池草暗生春。
唐 · 李白《宫中行乐词八首》

宫墙不隔东风断，
偷送天香到世间。
金 · 元好问《梁园春五首》

宫女如花满春殿，
只今惟有鹧鸪飞。
唐 · 李白《越中览古》

宫门长闭舞衣闲，
略识君王鬓便斑。
却羡落花春不管，
御沟流得到人间。

唐·李建勋《宫词》

宫中行乐秘，
少有外人知。

唐·杜甫《宿昔》

宫莺百啭愁厌闻，
梁燕双栖老休妒。

唐·白居易《上阳白发人》

共闲作伴无如鹤，
与老相宜只有琴。

唐·白居易《郡西亭偶咏》

共问寒江千里外，
征客关山路几重。

唐·王勃《采莲曲》

共君今夜不须睡，
未到晓钟犹是春。

唐·贾岛《三月晦日送春》

共看明月应垂泪，
一夜乡心五处同。

唐·白居易《自河南经乱关内阻饥兄弟离散各在一处因望月有感聊书所怀寄上浮梁大兄于潜七兄乌江十五兄兼示符离及下邽弟妹》

共待山头明月上，
照君行棹出长川。

唐·张谔《玩山月送百九》

共在人间说天上，
不知天上忆人间。

明·边贡《嫦娥》

共喜流觞修故事，
自怜霜鬓惜年华。

宋·欧阳修《三日赴宴口占》

共是他乡客，
俱为失路人。

唐·胡皓《滁州逢故人》

共道牡丹时，
相随买花去。

唐·白居易《买花》

共把十千沽一斗，
相看七十欠三年。

唐·白居易《与梦得沽酒闲饮且约后期》

勾践栖山中，
国人能致死。

明·顾炎武《秋山》

苟怀四方志，

所在可游盘。

晋·欧阳建《临终诗》

苟无济代心，
独善亦何益。

唐·李白《赠韦秘书子春》

苟能制侵陵，
岂在多杀伤。

唐·杜甫《前出塞九首》

苟无凌风翮，
徘徊守故林。

晋·陆机《赠冯文罴》

狗吠深巷中，
鸡鸣桑树颠。

晋·陶渊明《归园田居》

孤标百尺雪中见，
长啸一声风里闻。

唐·李山甫《松》

孤松盘曲径，
不改松性贞。

清·陆文铭《拟古》

孤松宜晚岁，
众木爱芳香。

唐·陈子昂《送东莱王学士无兢》

孤村芳草远，
斜日杏花飞。

宋·寇准《江南春二首》

孤村一犬吠，
残月几人行。

宋·苏轼《倦夜》

孤灯然客梦，
寒杵捣乡愁。

唐·岑参《宿关西客舍寄东山严许二山人时天宝初七月初三日在内学见有高道举徵》

孤灯不明思欲绝，
卷帷望月空长叹。

唐·李白《长相思》

孤飞一片雪，
百里见秋毫。

唐·李白《观放白鹰二首》

孤兽走索群，
衔草不遑食。

三国·魏·曹植《赠白马王彪》

孤烟村际起，
归雁天边去。

唐·孟浩然《南归阻雪》

孤烟出深竹，

道侣正焚香。
鸣磬爱山静，
步虚宜夜凉。

唐 · 钱起《夕游覆釜山道士观因登玄元庙》

孤亭一目尽天涯，
俯瞰烟村八九家。

宋 · 朱熹《再用韵题翠壁》

孤臣霜发三千丈，
每岁烟花一万重。

宋 · 陈与义《伤春》

孤臣昧死欲自荐，
君门万里无由通。

宋 · 陆游《夜观秦蜀地图》

孤臣泪已尽，
虚作断肠声。

唐 · 柳宗元《入黄溪闻猿》

孤芳忌太洁，
莫遣凡卉妒。

金 · 元好问《梨花海棠两首》

孤馆寒梅发，
春风款款来。

清 · 汪中《梅花》

孤林花发春当路，
十日雨晴红满枝。

清 · 张锡祚《杏花》

孤舟泻石滩，
双桨下云端。
浪涌分花落，
涛惊溅雪寒。

清 · 宋征舆《下滩》

孤舟夜泊东游客，
恨杀长江不向西。

明 · 李梦阳《夏口夜泊别友人》

孤舟三适楚，
羸马四经秦。

唐 · 白居易《朱陈村》

孤舟中夜笛，
感慨动吟魂。

元 · 叶颙《日暮江村杂兴》

孤舟且莫去，
前路水云深。

唐 · 刘长卿《酬张夏》

孤峰不与众山俦，
直入青云势未休。
会得乾坤融结意，
擎天一柱在南州。

唐 · 张固《独秀山》

孤猿更发秋风里，
不是愁人亦断肠。

唐 · 皇甫冉《夜发沅江寄李颍川刘侍郎》

孤客一身千里外，
未知归日是何年。

唐 · 崔涤《望韩公堆》

孤云将野鹤，
岂向人间住。

唐 · 刘长卿《送方外上人》

孤忠原不问升沉，
正气凌凌自古今。

清 · 许汝霖《送张侍卿归里》

菰蒲深处疑无地，
忽有人家笑语声。

宋 · 秦观《秋日》

菰蒲无边水茫茫，
荷花夜开风露香。
渐见灯明出远寺，
更待月黑看湖光。

宋 · 苏轼《夜泛西湖五绝》

古来圣贤皆寂寞，
惟有饮者留其名。

唐 · 李白《将进酒》

古来才命两相妨。

唐 · 李商隐《有感》

古来青史谁不见，
今见功名胜古人。

唐 · 岑参《轮台歌奉送封大夫出师西征》

古来荣利若浮云，
人生倚伏信难分。

唐 · 骆宾王《帝京篇》

古来多为虚名老，
不见阿房净如扫。

金 · 元好问《天门引》

古来存老马，
不必取长途。

唐 · 杜甫《江汉》

古来经济才，
何事独罕有。

唐 · 杜甫《上水遣怀》

古来芳饵下，
谁是不吞钩。

唐 · 张继《题严陵钓台》

古来拨乱非无策，
夜半潮平意未决。

宋 · 陆游《塔子矶》

古来万事东流水。

唐·李白《梦游天姥吟留别》

古来离别地，
清诗断人肠。

宋·范成大《过平望》

古来惟有竹林诸人称达生，
一醉之外万事鸿毛轻。

宋·陆游《醉中怀江湖旧游偶作短歌》

古来知己难，
万里犹比邻。

金·元好问《赠答杨焕然》

古来丈夫泪，
不洒别离间。

金·元好问《送李参军北上》

古苔生湿地，
秋竹隐疏花。

唐·杜甫《溪上》

古人学问无遗力，
少壮功夫老始成。
纸上得来终觉浅，
绝知此事要躬行。

宋·陆游《冬夜读书示子聿》

古人三语犹嗟赏，
况是珠玑满锦囊。

宋·陆游《谢张廷老司理录示山居诗》

古人日已远，
青史字不泯。

唐·杜甫《赠郑十八贲》

古人不可攀，
去若浮云没。

唐·李白《同友人舟行》

古人不得见，
世远久失真；
独留诗书在，
千载如有神。

清·尤珍《车轩遣兴》

古人大业成，
皆由忧患始。

清·刘岩《赠人》

古人唱歌兼唱情，
今人唱歌惟唱声。

唐·白居易《问杨琼》

古人愁不尽，
留与后人愁。

宋·范成大《江上》

古人有言，
善莫近名。

晋·嵇康《古诗源》

古木无人径，

深山何处钟。

唐·王维《过香积寺》

古木参天护碧池，
青钱弱叶战涟漪。

宋·范成大《白莲堂》

古木苍苍乱离后，
几家同住一孤城。

唐·刘长卿《穆陵关北逢人归渔阳》

古歌旧曲君休听，
听取新翻《杨柳枝》。

唐·白居易《杨柳枝词》

古调虽自爱，
今人多不弹。

唐·刘长卿《幽琴》

古琴无俗韵，
奏罢无人听。

唐·白居易《邓鲂张徹落第》

十年窗下无人问，
一举成名天下知。

金·刘祁《归潜志》

古往今来皆涕泪，
断肠分手各风烟。

唐·杜甫《公安送韦二少府匡赞》

古往今来共一时，
人生万事无不有。

唐·杜甫《可叹》

古寺寒山上，
远钟扬好风。
声余月树动，
响尽霜天空。
永夜一禅子，
泠然心境中。

唐·释皎然《闻钟》

古称国之宝，
谷米与贤才。

唐·白居易《杂兴三首》

古井无渊源，
千秋自涵养。

五代十国·吕从庄《傅婆井》

古墓犁为田，
松柏摧为薪。

汉·无名氏《去者日已疏》

古墙犹竹色，
虚阁自松声。

唐·杜甫《滕王亭子》

古路无行客，
寒山独见君。

唐·刘长卿《碧涧别墅喜皇甫侍御相访》

古情不尽东流水。

唐·李白《劳劳亭歌》

谷静泉愈响，
山深日易斜。

唐·王维《奉和圣制幸玉真公主山庄因题石壁十韵之作应制》

谷静秋泉响，
岩深青霭残。

唐·王维《东溪玩月》

谷静惟松响，
山深无鸟声。

唐·王维《游化感寺》

谷口云迎马，
溪边水照人。

唐·岑参《陪使君早春东郊游眺》

谷里花开知地暖，
林间鸟语作春声。

宋·欧阳修《和丁宝臣游甘泉寺》

鼓腹无所思，
朝起暮归眠。

晋·陶渊明《戊申岁六月中遇火》

鼓钟于宫，
声闻于外。

《诗经·小雅·白华》

故人西辞黄鹤楼，
烟花三月下扬州。
孤帆远影碧空尽，
惟见长江天际流。

唐·李白《黄鹤楼送孟浩然之广陵》

故人入我梦，
明我长相忆。

唐·杜甫《梦李白二首》

故人具鸡黍，
邀我至田家。

唐·孟浩然《过故人庄》

故人一别几时见，
春草还从旧处生。

唐·顾况《赠远》

故人故情怀故宴，
相望相思不相见。

唐·王勃《寒夜怀友杂题二首》

故人倘思我，
及此平生时。
莫待山阳路，
空闻吹笛悲。

北朝·北周·庾信《寄徐陵》

故人情怨知多少，
扬子江头月满船。

元 · 萨都剌《赠弹筝者》

故人相思雪满鬓，
客子独行风举衣。

元 · 戴表元《十月朔旦寄贵白兄弟》

故人家在桃花岸，
直到门前溪水流。

唐 · 常建《三日寻李九庄》

故人别后遥相望，
夜夜空随斗柄东。

元 · 贡师泰《风泾舟中》

故园东望路漫漫，
双袖龙钟泪不干。
马上相逢无纸笔，
凭君传语报平安。

唐 · 岑参《逢入京使》

故园蛱蝶最多情，
百草长时花乱开。
穷巷春风无不到，
一双谁遣过墙来。

宋 · 陆游《春日绝句》

故园花自发，
春日鸟还飞。

唐 · 杜甫《忆弟二首》

故园柳色催南客，
春水桃花待北归。

唐 · 刘长卿《时平后春日思归》

故园梅柳尚余春，
来时勿使芳菲歇。

唐 · 骆宾王《畴昔篇》

故园黄叶满青苔，
梦后城头晓角哀。

唐 · 顾况《听角思归》

故国青山万里梦，
老亲白发五更心。

清 · 丁耀元《久客浦城台
使屡檄不放夜坐达旦》

故国三千里，
深宫二十年。
一声《何满子》，
双泪落君前。

唐 · 张祜《宫词》

故国名园久别离，
今朝楚树发南枝。

唐 · 柳宗元《过衡山见新花开却寄弟》

故国犹兵马，
他乡亦鼓鼙。

唐·杜甫《出郭》

故国愁眉外，
长歌欲损神。

唐·杜甫《雨晴》

故乡今夜思千里，
愁鬓明朝又一年。

唐·高适《除夜作》

故交但有邱茔存，
白杨摧尽留枯根。

清·吴嘉纪《一钱行赠林茂之》

故交不可忘，
犹如兰桂芳；
新知虽可悦，
不异茱萸香。

南朝·梁·何思澄《拟古》

故交如花渐凋落，
欲话衷曲谁人同。

清·陈履平《花下独酌》

故老仰面啼，
疮痍向谁数。

唐·杜甫《雷》

故书不厌百回读，
熟读深思子自知。

宋·苏轼《送安惇落第诗》

故年花落不留人，
今年花发非故春。

唐·卢照邻《双槿树赋同崔少监作》

故友如黄叶，
伤心渐觉稀。

明·沈钦圻《乱后哭友》

故山风雪深寒夜，
只有梅花独自香。

宋·朱熹《夜雨》

故作小红桃杏色，
尚余孤瘦雪霜姿。

宋·苏轼《红梅》

故林归未得，
排闷强裁诗。

唐·杜甫《江亭》

故巢倘未毁，
会傍主人飞。

唐·杜甫《归燕》

故知有酒当勤醉，
自古宁闻死可逃。

宋·陆游《和范待制秋兴》

顾我无衣搜荩箧，
泥他沽酒拔金钗。

唐 · 元稹《遣悲怀三首》

顾惟蝼蚁辈，
但自求其穴。

唐 · 杜甫《自京赴奉先县咏怀五百字》

瓜田不纳履，
李下不正冠。

汉 · 无名氏《乐府古辞 · 君子行》

寡欲虽少病，
乐天心不忧。

唐 · 白居易《永崇里观居》

挂席几千里，
名山都未逢。
泊舟浔阳郭，
始见香炉峰。

唐 · 孟浩然《晚泊浔阳望香炉峰》

怪禽啼旷野，
落日恐行人。

唐 · 贾岛《暮过山村》

怪石奔秋涧，
寒藤挂古松。
若教临水畔，
字字恐成龙。

唐 · 韩偓《题怀素草书》

怪来醒后旁人泣，
醉里时时错问君。

唐 · 元稹《六年春遣怀八首》

怪来诗思清人骨，
门对寒流雪满山。

唐 · 韦应物《休暇日访王侍御不遇》

怪得鸟声如许好，
此身还在乱山中。

宋 · 欧阳铁《绝句》

关关雎鸠，
在河之洲。
窈窕淑女，
君子好逑。

《诗经 · 周南 · 关雎》

关山随地阔，
河汉近人流。

唐 · 杜甫《十六夜玩月》

关城树色催寒近，
御苑砧声向晚多。

唐 · 李颀《送魏万之京》

关门不锁寒溪水，
一夜潺湲送客愁。

唐 · 李涉《再宿武关》

关西老将不胜愁，
驻马听之双泪流。

身经大小百余战，
麾下偏裨万户侯。

唐·王维《陇头吟》

关塞三千里，
烟花一万重。

唐·杜甫《伤春五首》

关云常带雨，
塞水不成河。

唐·杜甫《寓目》

关山同一点，
乌鹊自多惊。

唐·杜甫《玩月呈汉中王》

观风欲问苍生事，
旋采童谣取次删。

唐·王绩《绩溪岭》

观理自难观势易，
弹丸累到十枚时。

清·龚自珍《己亥杂诗》

官仓老鼠大如斗，
见人开仓亦不走。

唐·曹邺《官仓鼠》

官职须由生处有，
文章不管用时无。
堪笑翰林陶学士，
年年依样画葫芦。

宋·陶谷《题玉堂壁》

官职声名俱入手，
近来诗客似君稀。

唐·白居易《闻杨十二新拜省郎遥以诗贺》

官职有何好，
凛凛蹈危机。

金·元好问《临汾李氏任运堂二首》

官拙自悲头白尽，
不如岩下偃前扉。

唐·岑参《西掖省即事》

冠盖满京华，
斯人独憔悴。

唐·杜甫《梦李白二首》

惯看浮世成陵谷。

宋·陆游《遣兴》

惯是湖边住，
舟轻不畏风。

唐·储光羲《江南曲四首》

光如一片水，
影照两边人。
月生无有桂，
花开不逐春。

北周·庾信《镜诗》

广开兮天门，
纷吾乘兮玄云；
令飘风兮先驱，
使涑雨兮洒尘。

战国·楚·屈原《九歌·大司命》

归来挂衲高林下，
自剪芭蕉写佛经。

唐·戴叔伦《赠鹤林上人》

归来宴平乐，
美酒斗十千。

三国·魏·曹植《名都篇》

归来饱饭黄昏后，
不脱蓑衣卧月明。

宋·牧童《答钟弱翁》

归时莫洗耳，
为我洗其心。
洗心得真情，
洗耳徒买名。

唐·李白《送裴十八图南归嵩山二首》

归老宁无五亩园，
读书本意在元元。

宋·陆游《读书·又二》

归老任乾坤。

唐·杜甫《赠比部萧郎中十兄》

归梦如春水，
悠悠绕故乡。

唐·刘昚虚《句》

归鸟赴乔林，
翩翩厉羽翼。

三国·魏·曹植《赠白马王彪》

归心凭短梦，
一夜几还乡。

清·侯铨《不寐》

闺阁不知戎马事，
月高还上望夫楼。

唐·薛涛《赠远二首》

鬼门关外莫言远，
四海一家皆弟兄。

宋·黄庭坚《竹枝词二首》

贵不若贱无忧，
富不若贫无求。

宋·晁补之《和关彦远秋风吹我衣》

贵贱结交心不移，
惟有严陵及光武。

唐·李白《箜篌谣》

贵者虽自贵，
视之若尘埃。
贱者虽自贱，

重之若千钧。

晋·左思《咏史八首》

贵贱交不易。

唐·李白《宣城送刘副使入秦》

贵贱俱物役。

唐·杜甫《陪李北海宴历下亭》

桂林山水甲天下，
绝妙漓江秋泛图。

清·金武祥《遍游桂林山岩》

桂林天小青山大，
山山都立青天外。

清·袁枚《望桂林诸山》

桂林风景异，
秋似洛阳春。

唐·宋之问《始安秋日》

桂林无落叶，
梅岭自花开。

唐·刘长卿《送裴二十端公使岭南》

桂岭瘴来云似墨，
洞庭春尽水如天。

唐·柳宗元《别舍弟宗一》

桂子月中落，
天香云外飘。

唐·骆宾王《灵隐寺》

桂树生南海，
芳香隔远山。
今朝天上见，
疑是月中攀。

唐·卢僎《题殿前桂叶》

国破山河在，
城春草木深。
感时花溅泪，
恨别鸟惊心。
烽火连三月，
家书抵万金。
白头搔更短，
浑欲不胜簪。

唐·杜甫《春望》

国破方知人种贱。

清·秋瑾《感怀》

国仇未报壮士老，
匣中宝剑夜有声。

宋·陆游《长歌行》

国亡家破欲何之？
西子湖头有我师。

明·张煌言《甲辰八月辞故里》

国色由来夸素面，
佳人原不借浓妆。

清 · 秋瑾《白莲》

国色天香人咏尽，
丹心独抱更谁知。

明 · 俞大猷《咏牡丹》

国色朝酣酒，
天香夜染衣。

唐 · 李正封《咏牡丹》

国朝盛文章，
子昂始高蹈。

唐 · 韩愈《荐士》

国步犹艰难，
兵革未衰息。

唐 · 杜甫《送韦讽上阆州录事参军》

国耻不言教战士，
时危亟欲选才人。

清 · 张笃庆《明季咏史》

国计在本根，
毛附先皮存。

清 · 龚鼎孳《蠲租行追同元次山春陵行韵》

国士恩难报，
书生志易酬。

元 · 陈孚《翰苑荐为应奉文字二十韵谢大司徒并呈诸学士》

果擘洞庭橘，
脍切天池鳞。

唐 · 白居易《轻肥》

裹尸马革英雄事，
纵死终令汗竹香。

明 · 张家玉《军中夜感》

裹疮犹出阵，
饮血更登陴。

唐 · 张巡《守睢阳作》

过爱翻成薄，
求全屡受笞。

清 · 邵长蘅《哭亡儿士騄》

过烟披雨见蒙茸，
平野高原望不穷。
同是一般春色里，
年年各自领东风。

明 · 李东阳《春草》

过眼浮云随燕雀，
多情明月下蓬蒿。

清 · 徐倬《酬章云李寄怀之作》

过而能改方无过。

清 · 洪秀全《原道救世歌》

过桥人似鉴中行。

宋·张先《题西溪无相院》

过时君未赏，
空媚幽林前。

唐·刘长卿《杂咏八首上礼部李侍郎·晚桃》

过时如发口，
君侧有谗人。

唐·杜甫《百舌》

过江千尺浪，
入竹万竿斜。

唐·李峤《风》

过险心犹悸，
思乡鬓欲斑。

清·孙敬弥《江行杂诗》

H

还从静处起，
却向静中消。

唐·韦应物《咏声》

还有小园桃李在，
留花不发待郎归。

唐·韩愈《镇州初归》

还有少年春气味，
时时暂到梦中来。

唐·白居易《春眠》

海内存知己，
天涯若比邻。

唐·王勃《送杜少府之任蜀州》

海内安宁，
兴文匽武。

《汉郊祀歌·帝临》

海内十年求识面，
江边一见即论心。

宋·陆游《寄邓公寿》

海内文章伯，
湖边意绪多。

唐·杜甫《暮春陪李尚书李中丞过郑监湖亭泛舟》

海上生明月，
天涯共此时。

唐·张九龄《望月怀远》

海上风雨至，
逍遥池阁凉。

唐 · 韦应物《郡斋雨中与诸文士宴集》

海上涛头一线来，
楼前指顾雪成堆。
宋 · 苏轼《望海楼晚景》

海近山常雨，
溪深地早寒。
唐 · 崔颢《发锦沙村》

海风吹不断，
江月照还空。
唐 · 李白《望庐山瀑布二首》

海枯终见底，
人死不知心。
唐 · 杜荀鹤《感遇》

海畔尖山似剑铓，
秋来处处割愁肠。
若为化作身千亿，
散上峰头望故乡。
唐 · 柳宗元《与浩初上人同看山寄京华亲故》

海客乘天风，
将船远行役。
譬如云中鸟，
一去无踪迹。
唐 · 李白《估客乐》

海客谈瀛洲，
烟涛微茫信难求。
唐 · 李白《梦游天姥吟留别》

海鸟不知钟鼓乐，
池鱼空结江湖心。
唐 · 白居易《驯犀》

海日生残夜，
江春入旧年。
唐 · 王湾《次北固山下》

海右此亭古，
济南名士多。
唐 · 杜甫《陪李北海宴历下亭》

海水桑田欲变时，
风涛翻覆沸天池。
唐 · 白居易《涧中鱼》

海水不满眼，
观涛难称心。
唐 · 李白《送纪秀才游越》

海水三清浅，
桃源一见寻。
唐 · 李白《拟古十二首》

海曙云浮日，
江遥水合天。
宋 · 魏庆之《诗人玉屑》引唐刘沧句

海外徒闻更九州，
他生未卜此生休。
唐·李商隐《马嵬》

海棠不惜胭脂色，
独立蒙蒙细雨中。
宋·陈与义《春寒》

酣歌激壮士，
可以摧妖氛。
唐·李白《九日登巴陵置酒望洞庭水军》

酣饮终日夜，
明灯继朝霞。
晋·张华《轻薄篇》

憨妆又怕旁人笑，
一柄荷花遮满头。
明·徐渭《镜湖竹枝词》

邯郸驿里逢冬至，
抱膝灯前影伴身。
唐·白居易《邯郸冬至夜思家》

含风鸭绿粼粼起，
弄日鹅黄袅袅垂。
宋·王安石《南浦》

含情凝睇谢君王，
一别音容两渺茫。
唐·白居易《长恨歌》

含情欲说独无处，
传与琵琶心自知。
宋·王安石《明妃曲》

含情欲说宫中事，
鹦鹉前头不敢言。
唐·朱庆馀《宫中词》

含情两相向，
欲语气先咽。
唐·孟郊《古怨别》

含情对孤灯，
永夜独相亲。
清·魏燮均《晚次沙河子》

韩信羞将绛灌比，
祢衡耻逐屠沽儿。
唐·李白《答王十二寒夜独酌有怀》

韩干画马，
毫端有神。
唐·杜甫《画马赞》

寒不能语，
舌卷入喉。
北朝·无名氏《陇头歌辞》

寒雪梅中尽，
春风柳上归。
唐·李白《宫中行乐词八首》

寒雨连江夜入吴，
平明送客楚山孤。
唐·王昌龄《芙蓉楼送辛渐二首》

寒风又变为春柳，
条条看即烟蒙蒙。
唐·李贺《野歌》

寒风乍卷涛如雪，
却忆淮南八月时。
清·龚鼎孳《登晴川阁小饮》

寒风摧树木，
严霜结庭兰。
汉·乐府古辞《古诗为焦仲卿妻作》

寒风疏落木，
旭日散鸡豚。
唐·杜甫《刘稻了咏怀》

寒山吹笛唤春归，
迁客相看泪满衣。
洞庭一夜无穷雁，
不待天明尽北飞。
唐·李益《春夜闻笛》

寒山转苍翠，
秋水日潺湲。
唐·王维《辋川闲居赠裴秀才迪》

寒山独过雁，
暮雨远来舟。
唐·韦应物《淮上遇洛阳李主簿》

寒山晴后绿，
秋月夜来孤。
唐·贾岛《宿孤馆》

寒树依微远天外，
夕阳明灭乱流中。
唐·韦应物《自巩洛舟行入黄河即事寄府县僚友》

寒树鸟初动，
霜桥人未行。
唐·刘禹锡《途中早发》

寒松无妖花，
枝下无人行。
唐·白居易《邓鲂、张徹落第》

寒暄世态吾偏拙，
贫贱交情尔最真。
清·陈学洙《与缪天自夜话》

寒梅最可恨，
常作去年花。
唐·李商隐《忆梅》

寒鸦飞数点，
流水绕孤村。
隋·杨广《失题》

寒鸡号荒林，
山壁月倒挂。

宋·欧阳修《水谷夜行寄子美圣俞》

寒鸟树间响，
落星川际浮。
繁霜白晓岸，
苦雾黑晨流。

南朝·梁·何逊《下方山》

寒花带雪满山腰，
著柳冰珠满碧条。

唐·元稹《西归绝句十二首》

寒花隐乱草，
宿鸟择深枝。

唐·杜甫《薄暮》

寒潭映白月，
秋雨上青苔。

唐·刘长卿《游休禅师双峰寺》

寒城一以眺，
平楚正苍然。

南朝·齐·谢朓《宣城郡内登望》

寒石自流水，
夕阳多远山。

清·曾传灿《将立春同友郊外眺望》

寒沙四面平，
飞雪千里惊。
风断阴山树，
雾失交河城。

南朝·梁·范云《效古诗》

寒沙蒙薄雾，
落月去清波。

唐·李白《将晓二首》

寒沙茫茫出关道，
骆驼夜吼黄云老。
征鸿一声起长空，
风吹草低山月小。

元·陈孚《居庸叠翠》

寒波淡淡起，
白鸟悠悠下。

金·元好问《颍亭留别》

寒窗儿女灯前泪，
客路风霜梦里家。

明·部登《保定途中偶成》

寒衣针线密，
家信墨痕新。

清·蒋士铨《岁暮到家》

寒天草木黄落尽，
犹自青青君始知。

唐·岑参《范公丛竹歌》

寒天催日短，
风浪与云平。
唐 · 杜甫《公安县怀古》

寒者愿为蛾，
烧死彼华膏。
唐 · 孟郊《寒地百姓吟》

寒江近户漫流声，
竹影临窗乱月明。
唐 · 戎昱《旅次寄湖南张郎中》

寒江流甚细，
有意待人归。
唐 · 杜甫《夜宿西阁呈元二十一曹长》

寒迥连天雪，
河深彻底冰。
唐 · 马戴《边将》

寒夜客来茶当酒，
竹炉汤沸火初红。
宋 · 杜耒《寒夜》

寒夜读书忘却眠，
锦衾香烬炉无烟。
美人含怒夺灯去，
问郎知是几更天。
清 · 袁枚《寒夜》

寒心未肯随春态，
酒晕无端上玉肌。
宋 · 苏轼《红梅》

寒柳翠添微雨重，
腊梅香绽细枝多。
唐 · 薛逢《奉和仆射相公送东川李支使归使府夏侯相公》

寒砧万户月如水，
塞雁一声霜满天。
元 · 萨都剌《题扬州驿》

寒随一夜去，
春逐五更来。
唐 · 史青《应诏赋得除夜》

寒鱼依密藻，
宿鹭起圆沙。
唐 · 杜甫《草堂即事》

寒雨暗深更，
流萤渡高阁。
唐 · 韦应物《寺居独夜寄崔主簿》

汉之广矣，
不可泳思。
《诗经 · 周南 · 汉广》

汉家不忆李将军，
楚王放却屈大夫。
唐 · 李白《悲歌行》

汉家城郭帝王州，
晋国衣冠车马流。

唐 · 刘希夷《北邙篇》

汉家旌帜满阴山，
不遣胡儿匹马还。
愿得此身长报国，
何须生入玉门关。

唐 · 戴叔伦《塞上曲二首》

汉地草应绿，
胡庭沙正飞。
愿逐三秋雁，
年年一度归。

唐 · 卢照邻《昭君怨》

汉月垂乡泪，
胡沙费马蹄。
寻河愁地尽，
过碛觉天低。

唐 · 岑参《碛西头送李判官入京》

汉庭卿相皆豪杰，
不遇何妨白发郎。

宋 · 张耒《夏日》

汉家青史上，
计拙是和亲。
社稷依明主，
安危托妇人。
岂能将玉貌，
便拟静胡尘。

唐 · 戎昱《咏史》

旱魃为虐，
如惔如焚。

《诗经 · 大雅 · 云汉》

瀚海阑干百丈冰，
愁云惨淡万里凝。

唐 · 岑参《白雪歌送武判官归京》

撼树蚍蜉自觉狂，
书生技痒爱论量。

金 · 元好问《论诗三十首》

杭土丽且康，
苏民富而庶。

唐 · 白居易《和〈三月三十日四十韵〉》

号呼卖卜谁家子，
想欠明朝粜米钱。

宋 · 范成大《夜坐有感》

号作乐天应不错，
忧愁时少乐时多。

唐 · 白居易《少年问》

毫发无遗憾，
波澜独老成。

唐 · 杜甫《敬赠郑谏议十韵》

豪华如电不可恃，
东升红日西山巅。
清 · 张景崧《弄潮儿歌》

豪华尽出成功后，
逸乐安知与祸双。
宋 · 王安石《金陵怀古》

豪门有利人争去，
陋巷无权客不来。
唐 · 徐夤《西寨寓居》

豪杰羞伍草木腐，
怀抱岂与常人同。
清 · 秋瑾《赠蒋鹿珊先生言志且为他日成功之鸿爪也》

豪俊何人在？
文章扫地无。
唐 · 杜甫《哭台州郑司户苏少监》

豪雄意气今何在？
坛场宫馆尽蒿蓬。
唐 · 李峤《汾阴行》

好雨知时节，
当春乃发生。
随风潜入夜，
润物细无声。
唐 · 杜甫《春夜喜雨》

好事尽从难处得，
少年无向易中轻。
唐 · 李咸用《送谭孝廉赴举》

好事须相让，
恶事莫相推。
唐 · 王梵志《王梵志诗一百一十首》

好峰随处改，
幽径独行迷。
宋 · 梅尧臣《鲁山山行》

好鸟枝头亦朋友，
落花水面皆文章。
宋 · 翁森《四时读书乐》

好鸟迎春歌后院，
飞花送酒舞前檐。
唐 · 李白《题东溪公幽居》

好鸟依嘉树，
飞雨洒高城。
唐 · 韦应物《奉同郎中使君郡斋雨中宴集》

好是日斜风定后，
半江红树卖鲈鱼。
清 · 王士祯《真州绝句》

好是绿窗风月夜，
一杯摇荡满怀春。
唐 · 孙氏《谢人送酒》

好是映墙花，
非是当轩树。

唐 · 白居易《有木诗八首》

好风时时动环佩，
明月翩翩来凤凰。

元 · 王冕《扬州成元章居竹轩》

好风若借低枝便，
莫遣青丝扫路尘。

唐 · 李益《途中寄李二》

好风吹落日，
流水引长吟。

唐 · 李白《杭州送裴大泽赴庐州长史》

好山万皱无人见，
都被斜阳拈出来。

宋 · 杨万里《舟过谢潭》

好人多在野，
春水自依村。

清 · 李因笃《登代州白人岩因饮孙园》

好官无生祠，
墨吏有生祠。

清 · 沈钦圻《生祠》

好诗真脱兔，
下笔先落鹘。

宋 · 苏轼《送欧阳推官赴华州监酒》

好诗如灵丹，
不杂膻荤肠。

宋 · 陆游《夜坐示桑甥十韵》

好色伤大雅，
多为世所讥。

唐 · 李白《感兴八首》

好客生平酒不空，
高歌零落痛无穷。

清 · 施闰章《见宋荔裳遗诗凄然有作》

昊天明明安可诬。

清 · 宋琬《诏狱行》

昊天积霜露，
正气有肃杀。

唐 · 杜甫《北征》

浩气还太虚，
丹心照千古。
生平未报国，
留作忠魂补。

明 · 杨继盛《就义诗》

浩荡乾坤小，
奔腾日月浮。

清 · 赵宾《海口柬李芳洲》

浩歌惊世俗，
狂语任天真。

宋·陆游《醉书》

浩歌野渡惊云起，
狂舞空庭挽月留。

宋·陆游《醉题》

浩浩尘扬海，
茫茫杵倚天。

宋·陆游《新晴午枕初起信笔》

皓首穷草隶，
时称太湖精。

唐·李颀《赠张旭》

禾黍离离半野蒿，
昔人城此岂知劳。

唐·许浑《登洛阳故城》

禾黍与稂莠，
雨来同日滋。

唐·白居易《读〈汉书〉》

何当击凡鸟，
毛血洒平芜。

唐·杜甫《画鹰》

何当摆俗累，
浩荡乘沧溟。

唐·杜甫《桥陵诗三十韵因呈县内诸官》

何方圜之能周兮，
夫孰异道而相安。

战国·楚·屈原《离骚》

何时俗之工巧兮，
背绳墨而改错。

战国·楚·宋玉《九辩》

何时一酌桃源酒，
醉倒春风数百年。

元·仇远《怀古》

何时眼前突兀见此屋，
吾庐独破受冻死亦足。

唐·杜甫《茅屋为秋风所破歌》

何时一樽酒，
重与细论文。

唐·杜甫《春日忆李白》

何时倚虚幌，
双照泪痕干。

唐·杜甫《月夜》

何时似春雁，
双入上林中。

唐·张说《南中别陈七李十》

何时得与平生友，
作字观书共一灯。

宋·陆游《有怀》

何时石门路，
重有金樽开。
唐·李白《鲁郡东石门送杜二甫》

何昔日之芳草兮，
今直为此萧艾也。
战国·楚·屈原《离骚》

何日平胡虏，
良人罢远征。
唐·李白《子夜吴歌·秋歌》

何日王道平，
开颜睹天光。
唐·李白《北上行》

何如学取胡孙弄，
一笑君王便著绯。
唐·罗隐《感弄猴人赐朱绂》

何如艳风日，
独自占芳辰。
宋·欧阳修《和梅圣俞杏花》

何如敛翅水边立，
飞上云松栖稳枝。
唐·白居易《代鹤答》

何须更探春消息，
自有幽香梦里通。
宋·张道洽《咏梅》

何须怨摇落，
多事是春风。
清·吴嘉纪《落叶》

何须身自得，
将相是门生。
唐·白居易《洛下送牛相公出镇淮南》

何须自生苦，
舍易求其难。
唐·白居易《岁晚》

何物最伤心，
马首鸣金环。
唐·李贺《送韦仁实兄弟入关》

何物令侬羡，
羡郎船尾燕。
衔泥趁樯竿，
宿食长相见。
唐·刘禹锡《淮阴行五首》

何以称我情，
浊酒且自陶。
晋·陶渊明《己酉岁九月九日》

何以解忧，
唯有杜康。
东汉·曹操《短歌行》

何意百炼钢，

化为绕指柔。

晋 · 刘琨《重赠卢谌》

何意久藏锋，
翻令世人弃。

唐 · 刘长卿《杂咏八首上礼部李侍郎 · 古剑》

何不借风雪，
一壮天地颜。

清 · 魏源《北上杂诗》

何不策高足，
先据要路津。
无为守穷贱，
轗轲长苦辛。

汉 · 无名氏《古诗十九首》

何为求荣自束缚，
一家飘散如飞烟。

清 · 沈天宝《公无渡河歌》

何世无奇才，
遗之在草泽。

晋 · 左思《咏史八首》

何事闭门外，
空对青山老。

唐 · 皇甫冉《门柳》

何事春风容不得，
和莺吹折数枝花。

宋 · 王禹偁《春居杂兴四首》

何用别寻方外去，
人间亦自有丹丘。

唐 · 韩翃《同题仙游观》

何缘交颈为鸳鸯，
胡颉颃兮共翱翔。

汉 · 司马相如《琴歌》

何处深春好，
春深稚子家。
争骑一竿竹，
偷折四邻花。

唐 · 刘禹锡《同乐天和微之深春二十首》

何处路最难，
最难在长安。

唐 · 岑参《送张秘书充刘相公通汴河判官便赴江外觐省》

何处最添诗客兴，
黄昏烟雨乱蛙鸣。

五代十国 · 无名氏《三堂东湖作》

何处期郎游，
小苑花台间。
相忆不可见，
且复乘月还。

唐·李暇《怨诗三首》

何人错忆穷愁日，
愁日愁随一线长。

唐·杜甫《至日遣兴奉寄北省旧阁老两院故人二首》

何人把酒慰深幽，
开自无聊落更愁。

宋·苏轼《梅花二首》

何人不爱牡丹花，
占断城中好物华。
疑是洛川神女作，
千娇万态破朝霞。

唐·徐凝《牡丹》

何人正得风涛便，
一点轻帆万里回。

唐·崔涂《鹦鹉洲即事》

何必桑干方是远，
中流以北即天涯。

宋·杨万里《初入淮河》

河汉清且浅，
相去复几许？
盈盈一水间，
脉脉不得语。

汉·无名氏《古诗十九首》

河源怒触风如刀，
剪断朔云天更高。

唐·温庭筠《塞寒行》

河梁日暮行人少，
犹望君归过板桥。

明·薄少君《哭夫诗一百首》

河流出郭静，
山色对楼寒。

唐·张祜《江城晚眺》

河清不可俟，
人命不可延。

汉·赵壹《疾邪诗二首》

河势昆仑远，
山形菡萏秋。

唐·杨虞卿《句》

河上逢落花，
花流东不息。
应见浣纱人，
为道长相忆。

唐·万楚《河上逢落花》

河水还高港水低，
千枝万泒曲穿畦。
斗门一闭君休笑，
要看水从人指挥。

宋·杨万里《圩丁词》

和风拂世民，
上下同欢宴。
唐·李渊《为秦王制诗》

和风引桂楫，
春日涨云岑。
唐·杜甫《过津口》

和议终非中国计，
穷兵才是帝王才。
清·王昙《汉武帝茂陵》

合者离之始，
乐兮忧所伏。
唐·白居易《和梦游春诗一百韵》

合昏尚知时，
鸳鸯不独宿。
唐·杜甫《佳人》

颔下藏珠当猛取，
身中有道更求谁。
五代十国·钟离权《诗寄太原学士》

荷风送香气，
竹露滴清响。
唐·孟浩然《夏日南亭怀辛大》

荷叶罗裙一色裁，
芙蓉向脸两边开。
乱入池中看不见，
闻歌始觉有人来。
唐·王昌龄《采莲曲》

荷叶生时春恨生，
荷叶枯时秋恨成。
唐·李商隐《暮秋独游曲江》

荷叶似云香不断，
小船摇曳入西陵。
宋·姜夔《湖上寓居杂咏》

荷尽已无擎雨盖，
菊残犹有傲霜枝。
宋·苏轼《赠刘景文》

荷花娇欲语。
唐·李白《渌水曲》

荷花菱叶不同种，
蝴蝶蜻蜓各自飞。
元·熊梦祥《西湖竹枝词》

荷花入暮犹愁热，
低面深藏碧伞中。
宋·杨万里《暮热游荷池上》

荷枯雨滴闻。
唐·孟浩然《初出关旅亭夜坐怀王大校书》

荷香随坐卧，
湖色映晨昏。
唐 · 刘长卿《留题李明府霅溪水堂》

荷香销晚夏，
菊气入新秋。
唐 · 骆宾王《晚泊》

荷深水风阔，
雨过清香发。
宋 · 欧阳修《和圣俞百花洲》

鹤鸣于九皋，
声闻于天。
《诗经 · 小雅 · 鹤鸣》

鹤林萦古道，
雁塔没归云。
唐 · 元稹《大云寺二十韵》

鹤盘远势投孤屿，
蝉曳残声过别枝。
唐 · 方干《旅次洋州寓居郝氏林亭》

鹤篆遍书苔满径，
犬声遥在月明村。
明 · 唐寅《和沈石田落花诗》

壑舟无须臾，
引我不得住。
晋 · 陶渊明《杂诗十二首》

黑云压城城欲摧，
甲光向日金鳞开。
唐 · 李贺《雁门太守行》

黑云翻墨未遮山，
白雨跳珠乱入船。
宋 · 苏轼《六月二十七日望湖楼醉书》

黑发不知勤学早，
白首方悔读书迟。
唐 · 颜真卿《劝学》

黑白分明是非定，
小人束手空怨嗟。
清 · 陈睿思《阅三朝要典》

恨如春草多，
事与孤鸿去。
唐 · 杜牧《题安州浮云寺楼》

横看成岭侧成峰，
远近高低各不同。
不识庐山真面目，
只缘身在此山中。
宋 · 苏轼《题西林壁》

横江欲渡风波恶，
一水牵愁万里长。
唐 · 李白《横江词六首》

横空过雨千峰出，
大野新霜万叶枯。

唐 · 耿沣《九日》

横空一鸟度，
照水百花燃。
唐 · 虞世南《侍宴应诏得前字》

横笛闻声不见人，
红旗直上天山雪。
唐 · 陈羽《从军行》

横天无有阵，
度海不成行。
唐 · 卢照邻《同临津纪明府观孤雁》

横石三五片，
长松一两株。
北朝 · 北周 · 庾信《拟咏怀诗》

衡门之下，
可以栖迟。
《诗经 · 陈风 · 衡门》

虹收青嶂雨，
鸟没夕阳天。
唐 · 李商隐《河清与赵氏昆季宴集得拟杜工部》

虹收仍白雨，
云动忽青山。
金 · 元好问《山居杂诗》

红豆生南国，
春来发几枝？
愿君多采撷，
此物最相思。
唐 · 王维《相思》

红树青山日欲斜，
长郊草色绿无涯。
游人不管春将老，
来往亭前踏落花。
宋 · 欧阳修《丰乐亭游春》

红树醉秋色，
碧溪弹夜弦。
唐 · 湘驿女子《题玉泉溪》

红罗袖里分明见，
白玉盘中看却无。
疑是老僧休念诵，
腕前推下水晶珠。
唐 · 李白《白胡桃》

红颜怆为别，
白发始相逢。
唯余昔时泪，
无复旧时容。
唐 · 高适《逢谢偃》

红颜只向爱中尽，
芳草先从愁处生。
唐 · 张祜《洛阳春望》

红颜不暇惜，
素发忽已稠。

金·元好问《放言》

红颜愁落尽，
白发不能除。

唐·李白《秋浦寄内》

红颜暗老白发新。

唐·白居易《上阳白发人》

红颜与壮志，
叹息此流年。

唐·沈佺期《览镜》

红颜零落岁将暮，
寒光宛转时欲沉。

南朝·宋·鲍照《拟行路难》

红叶有霜终日醉，
黄花多露一秋肥。

清·屈大均《九日舟经清远峡登高有作》

红烛秋光冷画屏，
轻罗小扇扑流萤。

唐·杜牧《秋夕》

红桥飞跨水当中，
一字阑干九曲红。

清·王士祯《冶春绝句十二首》

红日忽沉烟起处，
白杨自递雨来声。

清·查慎行《晚抵晏城》

红鲤二三寸，
白莲八九枝。

唐·白居易《草堂前新开一池养鱼种荷日有幽趣》

鸿雁于飞，
哀鸣嗷嗷。

《诗经·小雅·鸿雁》

洪波万里兼天涌，
一点金乌出海心。

金·萧贡《日观峰》

洪波经海，
百代生贤。

唐·李白《江宁杨利物画赞》

洪由纤起，
川广自源。

晋·张华《励志诗》

洪涛日日来东海，
碧嶂联联倚太穹。

五代十国·钱镠《青史楼引宾从同登》

洪涛啮山怪石出。

清·魏源《观往吟》

侯门一入深如海，
从此萧郎是路人。
唐 · 崔郊《赠去婢》

后当视今如视古，
对酒惜醉何为哉。
宋 · 陆游《池上醉歌》

后死青山在，
余生白发催。
清 · 卢元昌《哭李在湄》

厚贞退之风，
遏躁进之俗。
唐 · 白居易《伊阙山平泉处士韦楚》

呼童烹鸡酌白酒，
儿女嬉笑牵人衣。
唐 · 李白《南陵别儿童入京》

忽如一夜春风来，
千树万树梨花开。
唐 · 岑参《白雪歌送武判官归京》

忽反顾以流涕兮，
哀高丘之无女。
战国 · 楚 · 屈原《离骚》

忽见陌头杨柳色，
悔教夫婿觅封侯。
唐 · 王昌龄《闺怨》

忽见家家插杨柳，
始知今日是清明。
宋 · 陆游《春日绝句》

忽见寒梅树，
开花汉水滨。
不知春色早，
疑是弄珠人。
唐 · 王适《江滨梅》

忽忽百年行欲半，
茫茫万事坐成空。
唐 · 白居易《风雨晚泊》

忽然一夜清香发，
散作乾坤万里春。
元 · 王冕《白梅》

忽然更作渔阳掺，
黄云萧条白日暗。
变调如闻杨柳春，
上林繁花照眼新。
唐 · 李颀《听安万善吹觱篥歌》

忽然一曲称君心，
破却中人百家产。
唐 · 吴巩《残句》

忽惊夜半寒侵骨，
流水无声山皓然。

清·张实居《夜雪》

忽惊暮色翻成晓，
仰见双虹雨外明。

宋·杨万里《初秋暮雨》

忽惊鸟动行人起，
飞上千峰紫翠间。

宋·苏轼《浴日亭》

忽过新丰市，
还归细柳营。

唐·王维《观猎》

忽闻河东狮子吼，
拄杖落手心茫然。

宋·苏轼《寄吴德仁兼简陈季常》

忽起故园想，
泠然归梦长。

元·倪瓒《桂花》

忽来枝上啭，
还似谷中声。

唐·陶翰《柳陌听早莺》

狐狸何足道，
豺虎正纵横。

唐·杜甫《久客》

狐狸驰赴穴，
飞鸟翔故林。

三国·魏·王粲《七哀诗》

狐白足御冬，
焉念无衣客。

三国·魏·曹植《赠丁仪》

狐死归首丘，
故乡安可忘。

东汉·曹操《却东西门行》

狐兔怀窟志，
犬马恋主情。

南朝·宋·鲍照《从临海王上荆初发新渚》

胡马依北风，
越鸟巢南枝。

汉·无名氏《古诗十九首》

胡马秋肥宜白草，
骑来蹑影何矜骄。

唐·李白《行行游且猎篇》

胡雁哀鸣夜夜飞，
胡儿眼泪双双落。

唐·李颀《古从军行》

胡尘未尽不为家。

唐·韩翃《送刘将军》

湖上一回首，

青山卷白云。

唐 · 王维《欹湖》

湖声莲叶雨，
野色稻花风。

唐 · 张籍《送人及第归越》

湖水绿于染，
野花红欲燃。

宋 · 陆游《题跨湖桥下酒家》

湖水倒添疏影动，
屋檐斜入一枝低。

宋 · 林逋《梅花三首》

湖边无处看山色，
但爱千家带雨耕。

清 · 魏源《高邮州署秋日偶题》

湖上小桃三百树，
一齐弹泪过清明。

清 · 郭僎《积雨》

湖上萧萧疏雨过，
山头霭霭暮云横。
陂塘水落荷将尽，
城市人归虎欲行。

宋 · 苏轼《九月中曾题二小诗于南溪竹上既而志之昨日再游见而录之》

湖光潋滟晴方好，
山色空濛雨亦奇。
欲把西湖比西子，
浓妆淡抹总相宜。

宋 · 苏轼《饮湖上初晴雨后》

湖光秋月两相和，
潭面无风镜未磨。
遥望洞庭山水翠，
白银盘里一青螺。

唐 · 刘禹锡《望洞庭》

湖光返照青连屋，
荷气随风香入楼。

清 · 蒲松龄《夏客稷门僦居湖楼二首》

湖口楼船湖日阴，
湖中断桥湖水深。
楼船无柁是郎意，
断桥有柱是侬心。

元 · 杨维桢《西湖竹枝词》

湖清霜镜晓，
涛端雪山来。

唐 · 方干《送友人寻越中山水》

蝴蝶梦中家万里，
子规枝上月三更。

唐 · 崔涂《春夕》

蝴蝶双双入菜花，
日长无客到田家。

鸡飞过篱犬吠窦，
知有行商来卖茶。

宋·范成大《四时田园杂兴》

鹘入鸦群有谁敌。

唐·韩翃《寄哥舒仆射》

虎鼓瑟兮鸾回车，
仙之人兮列如麻。

唐·李白《梦游天姥吟留别》

虎啸谷而生风，
龙藏溪而吐云。

唐·李白《鸣皋歌送岑征君》

虎啸龙吟光世界，
太平一统乐如何。

清·洪秀全《吟剑诗》

虎啸深谷底，
鸡鸣高树巅。

晋·陆机《赴洛道中作》

虎狼休纵逸，
父老愿从戎。

清·陈廷敬《晋国》

虎狼遇猎难藏迹，
松柏因风易举头。

唐·杜荀鹤《山中对雪有作》

虎头食肉无不可，
鼠目求官空自忧。

金·元好问《送奉先从军》

虎尾难容足，
羊肠易覆轮。

唐·白居易《江南谪居十韵》

户大嫌甜酒，
才高笑小诗。

唐·白居易《久不见韩侍郎戏题四韵以寄之》

户外一秀峰，
阶前众壑深。

唐·孟浩然《题大禹寺义公禅房》

花间一壶酒，
独酌无相亲。
举杯邀明月，
对影成三人。

唐·李白《月下独酌》

花香鸟语随时变，
水色岚光到处同。

清·张实居《王秀才将卜居象山问风土因答》

花迎喜气皆知笑，
鸟识欢心亦解歌。

唐·王维《既蒙宥罪旋复拜官伏感圣

恩窃书鄙意兼奉简新除使君等诸公》

花迎剑珮星初落，
柳拂旌旗露未干。

唐·岑参《奉和中书舍人贾至早朝大明宫》

花飞有底急，
老去愿春迟。
可惜欢娱地，
都非少壮时。

唐·杜甫《可惜》

花径不曾缘客扫，
蓬门今始为君开。

唐·杜甫《客至》

花前独立无人会，
依旧去年双燕来。

唐·赵嘏《遣兴》

花开长恐赏花迟，
花落何曾报我知。
人自多情风不管，
强颜犹作送春诗。

宋·范成大《连夕天大风寒梅已零落殆尽》

花开笑春风，
却被风吹落；
自无坚贞性，
但怨风轻薄。

清·刘师恕《护花》

花开不同赏，
花落不同悲。
欲问相思处，
花开花落时。

唐·薛涛《春望》

花藏密叶多时在，
莺占高枝尽日啼。

宋·陆游《雨后集湖上》

花含春意无分别，
物感人情有浅深。

唐·白居易《西省对花忆忠州东坡新花树因寄题东楼》

花红易衰似郎意，
水流无限似侬愁。

唐·刘禹锡《竹枝词九首》

花经风雨人方惜，
士在江湖道益尊。

宋·陆游《春晓》

花落还再开，
人老无少期。

唐·戴叔伦《感怀二首》

花落辞故枝，
风回返无处。

唐·杜甫《得舍弟消息》

花残人散可怜春，
十处园林九处尘。

清·钱陆灿《牡丹花下集同表犛庵唐祖命方尔止张瑶星余淡心黄俞邰诸君子长句一首》

花须柳眼各无赖，
紫蝶黄蜂俱有情。

唐·李商隐《二月二日》

花须连夜发，
莫待晓风吹。

宋·计有功《武后》

花台欲暮春辞去，
落花起作回风舞。

唐·李贺《残丝曲》

花枝草蔓眼中开，
小白长红越女腮。
可怜日暮嫣香落，
嫁与春风不用媒。

唐·李贺《南园十三首》

花燃山色里，
柳卧水声中。

宋·范成大《清明日狸渡道中》

花丛乱数蝶，
风帘入双燕。

南朝·齐·谢朓《和王主簿怨情》

花妥莺捎蝶，
溪喧獭趁鱼。

唐·杜甫《重过何氏五首》

花近高楼伤客心，
万方多难此登临。

唐·杜甫《登楼》

花明柳暗绕天愁，
上尽重城更上楼。

唐·李商隐《夕阳楼》

花朝月夜动春心，
谁忍相思不相见。

南朝·梁·萧绎《春别应令四首》

花笼微月竹笼烟，
百尺丝绳拂地悬。

唐·元稹《杂忆五首》

花际裴回双蛱蝶，
池边顾步两鸳鸯。

唐·刘希夷《公子行》

花门楼前见秋草，
岂能贫贱相看老。

唐·岑参《凉州馆中与诸判官夜集》

花如解语迎人笑，

草不知名随意生。

宋·李彭《春日怀秦髯》

花随玉指添春色，
鸟逐金针长羽毛。

唐·罗隐《绣》

花发多临水，
云开始见人。

宋·郭祥正《翠樾堂》

花梢已点猩猩血，
水面初生瑟瑟文。

宋·陆游《携一樽寻春湖上》

花性飘扬不自持，
玉心皎洁终不移。

唐·李白《怨情》

花雨晴天落，
松风终日来。

唐·刘长卿《集梁耿开元寺所居院》

花非花，雾非雾，
夜半来，天明去。
来如春梦几多时？
去似朝云无觅处。

唐·白居易《花非花》

花树出墙头，
花里谁家楼？
一行书不读，
身封万户侯。

唐·聂夷中《公子行》

骅骝拳跼不能食，
蹇驴得志鸣春风。

唐·李白《答王十二寒夜独酌有怀》

华山秀作英雄骨，
黄河泻作纵横才。

唐·李山甫《代张孜幻梦李白歌》

画虎已成翻类狗，
登龙才变即为鱼。

唐·皮日休《宏词下第感恩献兵部侍郎》

画不徒写形，
正要形神在。

明·李贽《诗画》

画到生时是熟时。

清·郑板桥《题画》

画栏桂树悬秋香，
三十六宫土花碧。

唐·李贺《金铜仙人辞汉歌》

画栋朝飞南浦云，
珠帘暮卷西山雨。

唐·王勃《滕王阁诗》

画工须画云中龙，
为人须为人中雄。

清·秋瑾《赠蒋鹿珊先生言志且为他日成功之鸿爪也》

画师亦无数，
好手不可遇。

唐·杜甫《奉先刘少府新画山水障歌》

画竹不如真竹真，
枝叶易似难得神。

清·蒋廷锡《题小颠墨竹》

画梁才照日，
银烛已随风。

隋·薛德音《悼亡》

话别非容易，
相逢不偶然。

五代十国·孟晖《送成务崇》

怀此王佐才，
慷慨独不群。

三国·魏·曹植《薤露行》

怀归人自急，
物态本闲暇。

金·元好问《颍亭留别》

怀情入夜月，
含笑出朝云。

南朝·梁·萧衍《秋歌四首》

怀新道转迥，
寻异景不延。

南朝·宋·谢灵运《登江中孤屿》

淮水东边旧时月，
夜深还过女墙来。

唐·刘禹锡《石头城》

淮阴市井笑韩信，
汉朝公卿忌贾生。

唐·李白《行路难》

槐无颜色因经雨，
菊有精神为傍秋。

唐·翁承赞《晨兴》

坏墙萤出如渔火，
古壁蜂穿似射侯。

宋·刘克庄《华严知客寮》

欢乐极兮哀情多，
少壮几时兮奈老何。

汉·刘彻《秋风辞》

欢来苦夕短，
已复至天旭。

晋·陶渊明《归园田居》

欢笑情如旧，
萧疏鬓已斑。

唐·韦应物《淮上喜会梁川故人》

欢爱在枕席，
宿昔同衣衾。
三国·魏·曹植《种葛篇》

欢愁侬亦惨，
郎笑我便喜。
不见连理树，
异根同条起。
南朝·乐府民歌《子夜歌》

欢至独斟酒，
忧来辄赋诗。
南朝·宋·鲍照《答客》

还家万里梦，
为客五更愁。
唐·张谓《同王征君洞庭有怀》

还君明珠双泪垂，
恨不相逢未嫁时。
唐·张籍《节妇吟寄东平李司空师道》

还君与妾珥，
归妾奉君裘。
弦断犹可续，
心去最难留。
南朝·梁·王僧孺《代姬人自伤》

还山吟，
天高日暮寒山深，
送君还山识君心。
唐·高适《赋得还山吟送沈四山人》

还作江上会，
翻疑梦里逢。
唐·戴叔伦《客夜与故人偶集》

睆彼牵牛，
不以服箱。
《诗经·小雅·大东》

唤回痴梦尘机息。
宋·陆游《躬耕》

焕然丽藻传千古，
赫尔英名动两京。
五代十国·罗隐《滕王阁》

宦情薄似秋蝉翼，
乡思多于春蚕丝。
宋·陆游《宿武连县驿》

宦情抖擞随尘去，
乡思销磨逐日无。
唐·白居易《答州民》

宦情薄似纸，
乡思急于弦。
唐·白居易《忆洛中所居》

宦途气味已谙尽，
五十不休何日休？

唐·白居易《自问》

宦途自古多忧畏，
白首为农信乐哉。

宋·陆游《村居初夏》

宦途似风水，
君心如虚舟。

唐·白居易《赠吴丹》

患难思年改，
龙钟惜岁徂。

宋·唐庚《除夕》

荒堤经雨多牛迹，
村舍无人有碓声。

宋·陆游《郊行》

荒陂船护鸭，
断岸笛呼牛。

宋·陆游《小立》

荒台汉时月，
色与旧时同。

唐·岑参《司马相如琴台》

荒岁儿女瘦，
暮途涕泪零。

唐·杜甫《桥陵诗三十韵因呈县内诸官》

荒村带返照，
落叶乱纷纷。

唐·刘长卿《碧涧别墅喜皇甫侍御相访》

荒城背流水，
远雁入寒云。

唐·郎士元《盩厔县郑礒宅送钱大》

荒城临古渡，
落日满秋山。

唐·王维《归嵩山作》

荒涂无归人，
时时见废墟。

晋·陶渊明《和刘柴桑》

荒庭垂橘柚，
古屋画龙蛇。

唐·杜甫《禹庙》

皇恩若许归田去，
晚岁当为邻舍翁。

唐·柳宗元《重别梦得》

皇都陆海应无数，
忍剪凌云一寸心。

唐·李商隐《初食笋呈座中》

皇皇三十载，
书剑两无成。

唐·孟浩然《自洛之越》

黄河远上白云间，
一片孤城万仞山。
羌笛何须怨杨柳，
春风不度玉门关。

唐 · 王之涣《凉州词二首》

黄河之水天上来，
奔流到海不复回。

唐 · 李白《将进酒》

黄河九曲天边落，
华岳三峰马上来。

明 · 萧镃《送李佑之赴陕西参议》

黄河西来决昆仑，
咆哮万里触龙门。

唐 · 李白《公无渡河》

黄河落天走东海，
万里写入胸怀间。

唐 · 李白《赠裴十四》

黄河信有澄清日，
后代应难继此才。

五代十国 · 钱镠《题罗隐壁》

黄河捧土尚可塞，
北风雨雪恨难裁。

唐 · 李白《北风行》

黄河若不断，
白首长相思。

唐 · 李白《送王屋山人魏万还王屋》

黄河向东流，
弱水流向西。

唐 · 储光羲《同王十三维偶然作十首》

黄河如丝天际来。

唐 · 李白《西岳云台歌送丹丘子》

黄河流出有浮桥，
晋国归人此路遥。
若傍阑干千里望，
北风驱马雨萧萧。

唐 · 柳中庸《河阳桥送别》

黄沙百战穿金甲，
不破楼兰终不还。

唐 · 王昌龄《从军行》

黄沙碛里客行迷，
四望云天直下低。

唐 · 岑参《过碛》

黄鹤楼前日欲低，
汉阳城树乱乌啼。

明 · 李梦阳《夏口夜泊别友人》

黄鹤楼中吹玉笛，
江城五月落梅花。

唐 · 李白《与史郎中钦听黄鹤楼上吹笛》

黄鹤之飞尚不得过，
猿猱欲度愁攀援。

唐·李白《蜀道难》

黄鹤翅垂同燕雀，
青松心在任风霜。
黄鹄一举摩苍天，
谁念樊笼束修翼。

金·元好问《孤剑咏》

黄鸡紫蟹堪携酒，
红树青山好放船。

清·吴伟业《追叙旧约》

黄鸟翻红树，
青牛卧绿苔。

唐·薛琼《赋荆门》

黄鸟于飞，
集于灌木，
其鸣喈喈。

《诗经·周南·葛覃》

黄莺久住浑相识，
欲别频啼四五声。

唐·戎昱《移家别湖上亭》

黄梅时节家家雨，
青草池塘处处蛙。

宋·赵师秀《有约》

黄梅三时才出门，
蓑衣蒻帽必随身。

元·陆咏《吴下田家志》

黄金白璧买歌笑，
一醉累月轻王侯。

唐·李白《忆旧游寄谯郡元参军》

黄金白璧不足贵，
但愿男儿有笔如长杠。

明·方孝孺《吊李白》

黄金无足色，
白璧有微瑕。
求人不求备，
妾愿老君家。

宋·戴复古《寄兴二首》

黄金未是宝，
学问胜珍珠。

唐·王梵志《王梵志诗一百一十首》

黄金散尽交不成，
白首为儒身被轻。

唐·李白《答王十二寒夜独酌有怀》

黄金用尽教歌舞，
留与他人乐少年。

唐·韩滉《听乐怅然自述》

黄尘满面长须战，

白发生头未得归。

唐 · 令狐楚《塞下曲二首》

黄尘古渡迷飞挽，
白月横空冷战场。

明 · 李梦阳《秋望》

黄尘足今古，
白骨乱蓬蒿。

唐 · 王昌龄《塞下曲》

黄云万里动风声，
白波九道流雪山。

唐 · 李白《庐山谣寄卢侍御虚舟》

黄昏风雨打园林，
残菊飘零满地金。

宋 · 王安石《残菊》

黄昏胡骑尘满城，
欲往城南望城北。

唐 · 杜甫《哀江头》

黄昏正风雨，
白首独酸辛。

清 · 王锡《丁卯中秋》

黄禾起羸马，
有钱始作人。

北朝 · 无名氏《幽州马客吟歌辞》

黄花应笑关山客，
每岁登高在异乡。

明 · 王翃《客中九日》

黄花漠漠弄秋晖，
无数蜜蜂花上飞。

宋 · 王安石《城东寺菊》

黄泉不是黄河水，
闻否爷娘唤女声。

清 · 姚世钰《哭女》

黄菊倚风村酒熟，
绿蒲低雨钓船归。

唐 · 罗隐《忆九华》

黄柳影笼随棹月，
白蘋香起打头风。

唐 · 白居易《小舫》

黄四娘家花满蹊，
千朵万朵压枝低。
留连戏蝶时时舞，
自在娇莺恰恰啼。

唐 · 杜甫《江畔独步寻花七绝句》

黄纸蠲租白纸催，
皂衣旁午下乡来。
长官头脑冬烘甚，
乞汝青钱买酒回。

宋 · 范成大《冬日田园杂兴》

煌煌珠宫物，
寝处祸所婴。

唐·杜甫《太子张舍人遗织成褥段》

遑遑爱名人，
几何能贵达。

唐·白居易《偶作二首》

恍恍如闻神鬼惊，
时时只见龙蛇走。
左盘右蹙如惊电，
状同楚汉相攻战。

唐·李白《草书歌行》

恍疑天四合，
长见日当中。

清·查慎行《渡洞庭湖》

挥杯满目皆朋友，
乱世逢场即故乡。

清·许友《送郑一作客》

挥毫落纸墨痕新，
几点梅花最可人。
愿借天风吹得远，
家家门巷尽成春。

清·李方膺《题画梅》

挥镰若转月，
拂水生连珠。

唐·李白《鲁东门观刈蒲》

挥兹一觞，
陶然自乐。

晋·陶渊明《时运》

回乐烽前沙似雪，
受降城下月如霜。

唐·李益《夜上受降城闻笛》

回看官路三条线，
却望都城一片尘。

唐·白居易《春日题乾元寺上方最高峰亭》

回期直待烽烟静，
不遣征衣有泪痕。

唐·高骈《南征叙怀》

回眸一笑百媚生，
六宫粉黛无颜色。

唐·白居易《长恨歌》

回首沧桑生感慨，
孙刘兴废几茫然。

清·彭而述《再登黄鹤楼》

回观村闾间，
十室八九贫。

唐·白居易《村居苦寒》

回车在门前，
欲上心更悲。
路旁见花发，
似妾初嫁时。

唐 · 刘驾《弃妇》

回顾山光接水光，
凭栏十里芰荷香；
清风明月无人管，
并作南来一味凉。

宋 · 黄庭坚《鄂州南楼即事》

回头笑紫燕，
但觉尔辈愚。

唐 · 李白《天马歌》

会得离人无限意，
千丝万絮惹春风。

唐 · 郑谷《柳》

会聚乐不赀，
言别悽以恻。

金 · 元好问《示程孙四首》

会须各努力，
勤惰当自知。

清 · 俞玚《田居》

惠泽及飞走，
农夫尽归耕。

唐 · 李白《献从叔当涂宰阳冰》

蕙草饶淑气，
时鸟多好音。

晋 · 陆机《悲哉行》

蕙草生闲地，
梨花发旧枝。
芳菲自恩幸，
看却被风吹。

唐 · 刘长卿《长门怨》

昏旦变气候，
山水含清晖；
清晖能娱人，
游子憺忘归。

南朝 · 宋 · 谢灵运《石壁精舍还湖中作》

活水源流随处满，
东风花柳逐时新。

明 · 于谦《观书》

火不热真玉，
蝇不点清水。

唐 · 白居易《反鲍明远〈白头吟〉》

火落身上当头拔，
莫待临时叫菩萨。

唐 · 释一钵《一钵歌》

火力不能销地力，
乱前黄菊眼前开。

唐·郑谷《初还京师寓止府署偶题屋壁》

火透波穿不计春，
根如头面干如身。
偶然题作木居士，
便有无穷求福人。

唐·韩愈《题木居士》

火树银花合，
星桥铁锁开。

唐·苏味道《正月十五日夜》

火云满山凝未开，
飞鸟千里不敢来。

唐·岑参《火山云歌送别》

火山五月行人少，
看君马去疾如鸟。

唐·岑参《武威送刘判官赴碛西行军》

火烛银花触目红，
揭天鼓吹闹春风。

宋·朱淑真《元夜》

火壮则烟微，
性充则情约。

晋·陆机《演连珠五十首》

或看翡翠兰苕上，
未掣鲸鱼碧海中。

唐·杜甫《戏为六绝句》

或燕燕居息，
或尽瘁事国。

《诗经·小雅·北山》

或湛乐饮酒，
或惨惨畏咎。

《诗经·小雅·北山》

或出入风议，
或靡事不为。

《诗经·小雅·北山》

或红如丹砂，
或黑如点漆。

唐·杜甫《北征》

祸转亡胡岁，
势成擒胡月。

唐·杜甫《北征》

藿叶随光转，
葵心逐照倾。

唐·李世民《赋得白日半西山》

J

饥不从猛虎食，
暮不从野雀栖。

汉 · 乐府诗《猛虎行》

饥食猛虎窟，
寒栖野雀林。

晋 · 陆机《猛虎行》

饥乌不识太平年，
犹想城头啄人肉。

清 · 方式济《城上乌》

饥来驱我去，
不知竟何之。

晋 · 陶渊明《乞食》

机中织锦秦川女，
碧纱如烟隔窗语。
停梭怅然忆远人，
独宿孤房泪如雨。

唐 · 李白《乌夜啼》

鸡栖于埘，
日之夕矣，
羊牛下来。

《诗经 · 王风 · 君子于役》

鸡犬散墟落，
桑榆荫远田。

唐 · 王维《千塔主人》

鸡声茅店月，
人迹板桥霜。

唐 · 温庭筠《商山早行》

鸡鸣荒戍晓，
雁过古城秋。

唐 · 许浑《泊松江渡》

鸡鸣人当行，
犬鸣人当归。

宋 · 陈师道《田家》

鸡聚族以争食，
凤孤飞而无邻。

唐 · 李白《鸣皋歌送岑征君》

鸡与鸡并食，
鸾与鸾同枝。

唐 · 李白《于五松山赠南陵常赞府》

积金不积书，
守财一何鄙。

清 · 刘岩《杂诗》

积善之家有余庆，

积恶之家有余殃。

清·洪秀全《原道救世歌》

积怨落芳鬓，
长啼坏美目。

南朝·梁·王僧孺《春怨》

积雨见初日，
远山如故人。

元·方澜《石门晓行》

积雪巷深酬唱夜，
落花墙隔笑言时。

唐·郑谷《酬寄张茂枢》

羁鸟恋旧林，
池鱼思故渊。

晋·陶渊明《归园田居》

羁禽响幽谷，
寒藻舞沦漪。

唐·柳宗元《南涧中题》

即从巴峡穿巫峡，
便下襄阳向洛阳。

唐·杜甫《闻官军收河南河北》

即今江海一归客，
他日云霄万里人。

唐·高适《送桂阳孝廉》

即今千种恨，
惟共水东流。

唐·杜甫《忆弟二首》

即今画史无名手，
试把清诗当写真。

宋·陆游《射的山观梅》

即今衰病卧在床，
振臂犹思备征戍。

宋·陆游《十二月二十六日夜梦行南郑道中既觉恍然揽笔作此诗时且五更矣》

即今相对不尽欢，
别后相思复何益。

唐·张谓《湖上对酒行》

即看时节催人事，
更觉春愁恼客肠。

元·赵孟頫《见章得一诗因次其韵》

即此羡闲逸，
怅然吟《式微》。

唐·王维《渭川田家》

急流勇退平生意，
正要船以半道回。

宋·陆游《泛舟武夷九曲溪至六曲或云滩急难上遂回》

急滩未到先闻浪，

枯树遥看只见巢。

宋 · 杨万里《二月二十三日南雄解舟》

急弦无懦响，
亮节难为音。

晋 · 陆机《猛虎行》

疾风知劲草，
板荡识诚臣。

唐 · 李世民《赐萧瑀》

疾风冲塞起，
沙砾自飘扬；
马毛缩如猬，
角弓不可张。

南朝 · 宋 · 鲍照《代出自蓟北门行》

疾病时时须药物，
衰迟处处少交朋。

宋 · 陆游《衢州道中作》

疾雷作而蛰虫飞，
浮云兴而石碣润。

唐 · 卢照邻《双槿树赋同崔少监作》

戢兵天下安，
约法人心改。

唐 · 张说《唐封奉山乐章 · 凯安》

几处吹笳明月夜，
何人倚剑白云天。

唐 · 李益《盐州过胡儿饮马泉》

几处早莺争暖树，
谁家新燕啄春泥。

唐 · 白居易《钱塘湖春行》

几处觅不得，
有时还自来。

唐 · 贯休《诗》

几时心绪浑无事，
得及游丝百尺长。

唐 · 李商隐《日日》

几时拓土成王道，
从古穷兵是祸胎。

唐 · 李商隐《汉南书事》

几度欲归归未得，
空余遗恨满青山。

清 · 张玉书《挽马章民年文》

几竿清影映窗纱，
筛月梳风带雨斜。

明 · 吴孔嘉《咏竹》

几回天上葬神仙，
漏声相将无断绝。

唐 · 李贺《官街鼓》

几岁生成为大树，
一朝缠绕困长藤。
谁人与脱青罗帔，
看吐高花万万层。

唐 · 韩愈《楸树二首》

几见桑海变，
莫知龟鹤年。

唐 · 白居易《送毛仙翁》

几夜碍新月，
半江无夕阳。

宋 · 陈希夷《题西峰》

济济多士，
文王以宁。

《诗经 · 大雅 · 文王》

计拙无衣食，
途穷仗友生。

唐 · 杜甫《客夜》

济时肯杀身。

唐 · 杜甫《敬寄族弟唐十八使君》

济世才无取，
谋身智不周。

唐 · 白居易《履道新居二十韵》

霁天欲晓未明间，
满目奇峰总可观。
却有一峰忽然长，
方知不动是真山。

宋 · 杨万里《晓行望云山》

既含睇兮又宜笑，
子慕予兮善窈窕。

战国 · 楚 · 屈原《九歌 · 山鬼》

既明且哲，
以保其身。

《诗经 · 大雅 · 烝民》

既滋兰之九畹兮，
又树蕙之百亩。

战国 · 楚 · 屈原《离骚》

寄语洛城风日道，
明年春色倍还人。

唐 · 杜审言《春日京中有怀》

寄语悠悠行路人，
乾坤设险君勿嗔。

元 · 许谦《冯公岭》

寄语功名人，
进取休太疾。

清 · 张廷玉《杂兴》

寄言燕雀莫相啅，
自有云霄万里高。

唐 · 李白《观放白鹰二首》

寄心海上云，
千里常相见。
唐 · 崔曙《对雨送郑陵》

寂寂空庭孤坐处，
何人对案劝加餐。
清 · 张笃庆《悼亡》

寂寂空庭春欲晚，
梨花满地不开门。
唐 · 刘方平《春怨》

寂寂寥寥扬子居，
年年岁岁一床书。
唐 · 卢照邻《长安古意》

寂寂竟何待，
朝朝空自归。
唐 · 孟浩然《留别王侍御维》

寂寞柴门人不到，
空林独与白云期。
唐 · 王维《早秋山中作》

寂寞小桥和梦过，
稻田深处草虫鸣。
宋 · 陈与义《早行》

寂寞掩柴扉，
苍茫对落晖。
唐 · 王维《山居即事》

寂寥天地暮，
心与广川闲。
唐 · 王维《登黄河北城楼作》

嘉彼钓叟，
得鱼忘筌。
三国 · 魏 · 嵇康《赠秀才入军》

嘉肴与旨酒，
信是腐肠膏。
唐 · 白居易《寄卢少卿》

佳人自古多命薄，
风里杨花随处落。
元 · 萨都剌《织女图》

佳人空谷从来事，
莫恨桃花笑背时。
宋 · 陆游《梅花已过闻东村一树盛开特往寻之慨然有感》

佳人偏爱临池坐，
欲与荷花斗晚妆。
元 · 陈旅《题耿氏所藏艳图》

佳人慕高义，
求贤良独难。
三国 · 魏 · 曹植《美女篇》

佳句听人口上歌，
有如绝色眼前过。

清·袁枚《佳句》

佳节屡从愁里过。

金·元好问《同严公子大用东园赏梅》

佳时莫起兴士恨，
游乐今逢四海清。

唐·白居易《和柳公权登齐云楼》

家贫偏好客，
身健早休官。

清·刘青藜《宿友人宅有赠》

家贫气未馁，
礼薄情更厚。

宋·陆游《秋郊有怀》

家贫常畏客，
身老转怜儿。

唐·张籍《晚秋闲居》

家无烦老事，
人爱早晴天。

清·方拱乾《蚤起》

家无兄弟依朋友。

清·陈恭尹《发舟寄湛用喈钟裴仙湛天石》

家无忧累身无事，
正是安闲好病时。

唐·白居易《病中五绝句》

家居北斗星辰下，
剑挂南山月角头。

五代十国·吕岩《朗州戏笔》

家在梦中何日到，
春来江上几人还？

唐·卢纶《长安春望》

家国兴亡自有时，
吴人何苦怨西施！
西施若解倾吴国，
越国亡来又是谁。

唐·罗隐《西施》

夹岸桃花蘸水开。

宋·徐俯《春游湖》

贾生明王道，
卫绾工车戏，
同遇汉文时，
何人居贵位。

唐·刘禹锡《咏史二首》

假金只用真金镀，
若是真金不镀金。
十载长安得第一，
何须空腹用高心。

唐·李绅《答章孝标》

驾浪沉西月，
吞空接曙河。

唐·元稹《洞庭湖》

驾言登五岳，
然后小陵丘。

三国·魏·曹植《鰕䱇篇》

嫁得瞿塘贾，
朝朝误妾期。
早知潮有信，
嫁与弄潮儿。

唐·李益《江南曲》

嫁女莫望高，
女心愿所宜。

唐·李益《杂曲》

间关莺语花底滑，
幽咽泉流冰下难。

唐·白居易《琵琶行》

艰危深仗济时才。

唐·杜甫《送王十五判官扶侍还黔中》

蒹葭苍苍，
白露为霜。
所谓伊人，
在水一方。

《诗经·秦风·蒹葭》

俭存奢失今在目，
安用高墙围大屋。

唐·白居易《杏为梁》

俭约前王体，
风流后代希。

唐·杜甫《送卢十四弟侍御护韦尚书灵榇归上都二十四韵》

检书烧烛短，
说剑引杯长。

唐·杜甫《夜宴左氏庄》

减书存眼力，
省事养心王。

唐·刘禹锡《闲坐忆乐天以诗问酒熟未》

剪翎送笼中，
使看百鸟翔。

唐·韩愈《调张籍》

剪棘树兰芳。

唐·李白《叙旧赠江阴宰陆调》

见苦方知乐，
经忙始爱闲。

唐·白居易《看嵩洛有叹》

见贵当须避，
知强远离他。

唐·王梵志《王梵志诗一百一十首》

见客但倾酒，
为官不爱钱。
唐·李白《赠崔秋浦三首》

见桐犹识井，
看柳尚知门。
隋·江总《南还寻草市宅》

见说在天行苦雨，
为龙未必胜为鱼。
唐·白居易《点额鱼》

见说蚕丛路，
崎岖不易行。
唐·李白《送友人入蜀》

见买若耶溪水剑，
明朝归去事猿公。
唐·李贺《南园十三首》

见执辔者非其人兮，
故驹跳而远去。
战国·楚·宋玉《九辩》

涧底百重花，
山根一片雨。
北朝·北周·庾信《游山》

涧底松摇千涧雨，
庭中竹撼一窗秋。
唐·杜荀鹤《夏日留题张山人林亭》

涧户风前竹，
山空月下琴。
唐·王勃《幽居》

涧松寒转直，
山菊秋自香。
唐·王绩《赠李征君大寿》

涧竹生幽兴，
林风入管弦。
唐·孟浩然《岘山送萧员外之荆州》

贱贫固多忧，
长歌寄吾叹。
宋·陆游《久雨喜晴十韵》

贱贫未即死，
闻道期华颠。
宋·陆游《别曾学士》

贱日岂殊众，
贵来方悟稀。
唐·王维《西施咏》

贱物贵身，
志在守朴。
晋·嵇康《幽愤诗》

贱即苦冻馁，
贵则多忧患。
唐·白居易《中隐》

健儿宁斗死，
壮志耻为儒。

唐 · 杜甫《送蔡希鲁都尉还陇右因寄高三十五书记》

健儿须快马，
快马须健儿。

北朝 · 无名氏《折杨柳歌辞》

健妇持门户，
亦胜一丈夫。

汉 · 乐府诗《陇西行》

剑非万人敌，
文窃四海声。

唐 · 李白《经乱离后天恩流夜郎忆旧游书怀赠江夏韦太守良宰》

剑外忽传收蓟北，
初闻涕泪满衣裳。

唐 · 杜甫《闻官军收河南河北》

剑河风急雪片阔，
沙口石冻马蹄脱。

唐 · 岑参《轮台歌奉送封大夫出师西征》

渐老只谋欢，
虽贫不要官。

唐 · 白居易《寄李相公》

渐觉铅华尽，
谁怜憔悴新。
与余同下泪，
只有镜中人。

清 · 毛奇龄《览镜词》

渐蠲名利想，
无梦到长安。

唐 · 白居易《无梦》

渐与骨肉远，
转于奴仆亲。

唐 · 孟浩然《岁除夜有怀》

渐喜交游绝，
幽居不用名。

唐 · 杜甫《遣意二首》

箭空在，
人今战死不复回。

唐 · 李白《北风行》

将刀斫水水复连，
挥刃割情情不断。

唐 · 戴叔伦《相思曲》

将军角弓不得控，
都护铁衣冷难着。

唐 · 岑参《白雪歌送武判官归京》

将军夸宝剑，
功在杀人多。

唐 · 刘商《行营即事》

将军金甲夜不脱，
半夜军行戈相拨，
风头如刀面如割。

唐 · 岑参《走马川行奉送出师西征》

将缣来比素，
新人不如故。

汉 · 无名氏《古诗五首 · 上山采蘼芜》

将欲致千里，
可得差一毫。

唐 · 白居易《寄卢少卿》

江东子弟多才俊，
卷土重来未可知。

唐 · 杜牧《题乌江亭》

江东子弟今虽在，
肯为君王卷土来。

宋 · 王安石《乌江亭》

江东风光不借人，
枉杀落花空自春。

唐 · 李白《醉后赠从甥高镇》

江南可采莲，
莲叶何田田。

汉 · 乐府诗《江南》

江南多少前朝事，
说与人间不忍听。

清 · 毛奇龄《赠柳生》

江南佳丽地，
金陵帝王州。

南朝 · 齐 · 谢朓《隋王鼓吹曲 · 入朝曲》

江南佳丽地，
山水旧难名。

唐 · 孟浩然《送袁太祝尉豫章》

江南二月春，
东风转绿苹。

南朝 · 梁 · 江淹《咏美人春游》

江南无所有，
聊赠一枝春。

南朝 · 宋 · 陆凯《赠范晔诗》

江南有丹橘，
经冬犹绿林。
岂伊地气暖？
自有岁寒心。

唐 · 张九龄《感遇》

江南二月多芳草，
春在蒙蒙细雨中。

宋 · 释仲殊《绝句》

江南春色何处好，

燕子双飞故宫道。

唐 · 刘禹锡《乐天寄忆旧游因作报白君以答》

江南孟夏天，
慈竹笋如编。
蜃气为楼阁，
蛙声作管弦。

唐 · 贾弇《状江南 · 孟夏》

江南瘴疠地，
逐客无消息。

唐 · 杜甫《梦李白二首》

江山好处得新句，
风月佳时逢故人。

宋 · 陆游《遣兴》

江山不管兴亡事，
一任斜阳伴客愁。

唐 · 包佶《再过金陵》

江山如有待，
花柳更无私。

唐 · 杜甫《后游》

江山留胜迹，
我辈复登临。

唐 · 孟浩然《与诸子登岘山》

江山若有灵，
千载伸知己。

唐 · 杨炯《西陵峡》

江山岂不险，
归子念前涂。

晋 · 陶渊明《庚子岁五月中从都还阻风于规林二首》

江山不夜月千里，
天地无私玉万家。

元 · 黄庚《雪》

江山有限忧天醉，
草木无情长地肥。

清 · 吴璟《题顾亭林遗集和汪安公编修》

江山有巴蜀，
栋宇自齐梁。

唐 · 杜甫《上兜率寺》

江上秋风无限浪，
枕中春梦不多时。

宋 · 苏轼《次韵蒋颖叔》

江上人家桃树枝，
春寒细雨出疏篱。

唐 · 杜甫《风雨看舟前落花戏为新句》

江上往来人，
但爱鲈鱼美。
君看一叶舟，

出没风波里。

宋·范仲淹《江上渔者》

江山宜优游，
城中多毁誉。

唐·白居易《和三月三十日四十韵》

江头杨柳暗藏鸦，
江上鹅儿欲浅沙。

宋·萧梅坡《清明日早出太平门》

江头渔家结茅庐，
青山当门画不如。

宋·陆游《渔翁》

江头千树春欲暗，
竹外一枝斜更好。

宋·苏轼《和秦太虚梅花》

江月随人影，
山花趁马蹄。

唐·张谓《送裴侍御归上都》

江月去人只数尺，
风灯照夜欲三更。

唐·杜甫《漫成一首》

江月转空为白昼，
岭云分暝与黄昏。

宋·王安石《登宝公塔》

江云漠漠桂花湿，
梅雨翛翛荔子然。

宋·苏轼《舟行至清远县见顾秀才极谈惠州风物之美》

江汉春风起，
冰霜昨夜除。

唐·杜甫《远怀舍弟颖观等》

江汉思归客，
乾坤一腐儒。

唐·杜甫《江汉》

江汉光翻千里雪，
桂花香动万山秋。

明·谢榛《中秋宴集》

江边一树垂垂发，
朝夕催人自白头。

唐·杜甫《和裴迪登蜀州东亭送客逢早梅相忆见寄》

江水流春去欲尽，
江潭落月复西斜。

唐·张若虚《春江花月夜》

江声不尽英雄恨，
天意无私草木秋。

宋·陆游《黄州》

江花何处最肠断，
半落江流半在空。

唐 · 元稹《江花落》

江柳春花增别恨，
白头何日更相逢。

元 · 方行《送贾彦临训导霍丘》

江村独归处，
寂寞养残生。

唐 · 杜甫《奉济驿重别严公四韵》

江村暝色渐凄迷，
数点残鸦杂雁飞。
雁宿芦花鸦宿树，
各分一半夕阳归。

元 · 黄庚《江村即事》

江作青罗带，
山如碧玉簪。

唐 · 韩愈《送桂州严大夫同用南字》

江间波浪兼天涌，
塞上风云接地阴。

唐 · 杜甫《秋兴八首》

江天一色无纤尘，
皎皎空中孤月轮。

唐 · 张若虚《春江花月夜》

江天漠漠鸟双去，
风雨时时龙一吟。

唐 · 杜甫《滟滪》

江春不肯留归客，
草色青青送马蹄。

唐 · 刘长卿《送李判官之润州行营》

江绕屋，
水随船，
买得风光不著钱。

宋 · 徐积《谁学得》

江海三年客，
乾坤百战场。

唐 · 李商隐《夜饮》

江带峨眉雪，
川横三峡流。

唐 · 李白《经乱离后，天恩流夜郎，
忆旧游书怀赠江夏韦太守良宰》

江碧鸟逾白，
山青花欲然。

唐 · 杜甫《绝句二首》

江之永矣，
不可方思。

《诗经 · 周南 · 汉广》

江流天地外，
山色有无中。

唐 · 王维《汉江临眺》

江阔惟回首，
天高但抚膺。

唐·李商隐《哭刘司户蕡》

江湖多白鸟，
天地有青蝇。

唐·杜甫《寄刘峡州伯华使君四十韵》

江深竹静两三家，
多事红花映白花。

唐·杜甫《江畔独步寻花七绝句》

江草日日唤愁生。

唐·杜甫《愁》

江静潮初落，
林昏瘴不开。

唐·宋之问《题大庾岭北驿》

江涵秋影雁初飞，
与客携壶上翠微。
尘世难逢开口笑，
菊花须插满头归。

唐·杜牧《九日齐安登高》

江雨霏霏江草齐，
六朝如梦鸟空啼。
无情最是台城柳，
依旧烟笼十里堤。

五代十国·韦庄《台城》

江畔何人初见月？
江月何年初照人？
人生代代无穷已，
江月年年只相似。

唐·张若虚《春江花月夜》

僵卧孤村不自哀，
尚思为国戍轮台。
夜阑卧听风吹雨，
铁马冰河入梦来。

宋·陆游《十一月四日风雨大作》

绛帻鸡人报晓筹，
尚衣方进翠云裘。

唐·王维《和贾至舍人早朝大明宫之作》

交心不交面，
从此重相忆。

唐·白居易《伤唐衢二首》

交柯之木本同形，
东枝憔悴西枝荣。

唐·李白《上留田行》

交情老更亲。

唐·杜甫《奉简高三十五使君》

交态知浮俗。

唐·杜甫《赠虞十五司马》

交疏自古戒言深，

肝胆徒倾致铄金。

唐 · 司空图《狂题十八首》

浇风炽一时，
遗祸流异代。

清 · 冯廷櫆《论史》

蛟龙无定窟，
黄鹄摩苍天。

唐 · 杜甫《寄题江外草堂》

娇儿不离膝，
畏我复却去。

唐 · 杜甫《羌村三首》

骄人好好，
劳人草草。

《诗经 · 小雅 · 巷伯》

焦遂五斗方卓然，
高谈雄辩惊四筵。

唐 · 杜甫《饮中八仙歌》

蕉心不展待时雨，
葵叶为谁倾夕阳。

宋 · 苏轼《题净固壁》

鹪鹩栖未稳，
岂敢慕冲霄。

清 · 卢道悦《偶感再和时斋韵》

角声满天秋色里，
塞上燕脂凝夜紫。

唐 · 李贺《雁门太守行》

角枕粲兮，
锦衾烂兮。
予美亡此，
谁与独旦。

《诗经 · 唐风 · 葛生》

狡吏不畏刑，
贪官不避赃。

唐 · 皮日休《橡媪叹》

皎如飞镜临丹阙，
绿烟灭尽清辉发。

唐 · 李白《把酒问月》

脚力尽时山更好，
莫将有限趁无穷。

宋 · 苏轼《登玲珑山诗》

脚著谢公屐，
身登青云梯。
半壁见海日，
空中闻天鸡。

唐 · 李白《梦游天姥吟留别》

皆闻黄金多，
坐见悔吝生。

唐 · 杜甫《太子张舍人遗织成褥段》

接天莲叶无穷碧，
映日荷花别样红。
宋·杨万里《晓出净慈寺送林子方》

揭竿扶杖尽赤子，
休兵薄敛恩须终。
清·龚鼎孳《岁暮行》

嗟哉石崇空豪富，
终当埋没声不扬。
明·方孝孺《吊李白》

节物风光不相待，
桑田碧海须臾改。
唐·卢照邻《长安古意》

节近重阳念归否，
眼前篱菊带秋风。
唐·皇甫冉《寄权器》

结庐在人境，
而无车马喧。
问君何能尔？
心远地自偏。
晋·陶渊明《饮酒二十首》

结庐何日住深山，
竹月松风相对闲。
却笑溪声忙底事，
奔流偏欲到人间。
清·赵俞《溪声》

结发同枕席，
黄泉共为友。
汉·乐府诗《古诗为焦仲卿妻作》

结交须择善，
非识莫与心。
唐·王梵志《王梵志诗一百一十首》

结交淡若水，
履道直如弦。
唐·杜淹《赠齐公》

结交在相知，
骨肉何必亲。
汉·乐府诗《箜篌谣》

结交莫羞贫，
羞贫友不成。
汉·无名氏《古诗》

结交一言重，
相期千里至。
唐·虞世南《结客少年场行》

睫在眼前长不见，
道非身外更何求。
唐·杜牧《登池州九峰楼寄张祜》

戒子孙治生勿求富，
读书勿求荣。
元·王逢《题马洲书院》

借问梅花何处落？
风吹一夜满关山。

唐·高适《塞上闻笛》

借问堤上柳，
青青为谁春？
空游昨日地，
不见昨日人。

唐·韦应物《有所思》

借问别来太瘦生，
总为从前作诗苦。

唐·李白《戏赠杜甫》

借问高歌凡几转，
河低月落五更时。

唐·储光羲《同武平一员外游湖五首时武贬金坛令》

借问声何烦，
末俗不尚默。

唐·郑愔《百舌》

借问渔舟何处去？
夜深依旧宿芦花。

宋·释子淳《无题》

借问蜉蝣辈，
宁知龟鹤年。

晋·郭璞《游仙诗》

借问行几何，
咫尺视九州。

唐·韩愈《驽骥》

借车载家具，
家具少于车。

唐·孟郊《借车》

借水开花自一奇，
水沉为骨玉为肌。

宋·黄庭坚《次韵中玉水仙花》

今夕何夕？
见此良人。

《诗经·唐风·绸缪》

今夕为何夕，
他乡说故乡。
看人儿女大，
为客岁年长。

明·袁凯《客中除夜》

今人不见古时月，
今月曾经照古人。

唐·李白《把酒问月》

今人合笑古人拙，
除却雅言都不知。

金·元好问《论诗三十首》

今来县宰加朱绂，

便是生灵血染成。

唐·杜荀鹤《再经胡城县》

今年花似去年好，
去年人到今年老。

唐·岑参《韦员外家花树歌》

今年欢笑复明年，
秋月春风等闲度。

唐·白居易《琵琶行》

今日不见古时人，
依旧青山路如故。

五代十国·徐铉《绿珠渡》

今日花前追往事，
空留白发照婵娟。

清·李崧《宴溪亭玩牡丹感旧歌者》

今日暂同芳菊酒，
明朝应作断蓬飞。

唐·王之涣《九日送别》

今日送君须尽醉，
明朝相忆路漫漫。

唐·贾至《送李侍郎赴常州》

今日青门葬君处，
乱蝉衰草夕阳斜。

唐·王涣《悼亡》

今日朱门者，
曾恨朱门深。

唐·王镣《感事》

今日乐相乐，
别后莫相忘。

三国·魏·曹植《怨歌行》

今日送春心，
心如别亲故。

唐·白居易《送春》

今日涧底松，
明日山头檗。

唐·李商隐《房中曲》

今日向花醉，
明日枝头空。
开落固有时，
何用嗟东风。

清·梁逸《把酒桃花下》

今夕知何夕？
花然锦帐中。
自能当雪暖，
那肯待春红。

唐·韩愈《咏灯花同侯十一》

今夜偏知春气暖，
虫声新透绿窗纱。

唐·刘方平《夜月》

今朝有酒今朝醉，
明日愁来明日愁。

唐 · 权审《绝句》

今朝美酒注深爵，
明日残花辞故枝。

清 · 曹尔堪《金鱼池歌仿杜乐游园体》

今朝人事改，
一雨开百顺。

金 · 元好问《戊戌十月山阳雨夜二首》

今朝好晴景，
久雨不妨农。

唐 · 杜甫《雨晴》

今朝擎剑去，
何日刺蛟回。

唐 · 李贺《送秦光禄北征》

今古冥冥难借问，
且持玉爵破愁颜。

宋 · 杨蟠《甘露上方》

今古英雄当末路，
消磨岁月短檠中。

清 · 程简《冬夜读书》

今古长如白练飞，
一条界破青山色。

唐 · 徐凝《庐山瀑布》

今古一相接，
长歌怀旧游。

唐 · 李白《谢公亭》

今春看又过，
何日是归年。

唐 · 杜甫《绝句二首》

今彼征敛者，
迫之如火煎。

唐 · 元结《贼退示官吏》

金性虽质，
处剑即凶；
水性虽平，
经风即险。

北朝 · 北周 · 庾信《拟连珠四十四首》

金丹九转徒可闻，
玉兔千年空捣药。

宋 · 陆游《春愁曲》

金井梧桐秋叶黄，
珠帘不卷夜来霜。

唐 · 王昌龄《长信秋词五首》

金陵昔时何壮哉，
席卷英豪天下来。

唐·李白《金陵歌送别范宣》

金风浦上吹黄叶，
一夜纷纷满客舟。

唐·戎昱《宿湘江》

金尊有酒且沉醉，
何须惆怅风尘前。

清·吴兆骞《同陈子长坐毡帐中话吴门旧游怆然作歌》

金章紫绶如看梦，
皂盖朱轮别似空。

唐·白居易《新昌闲居招杨郎中兄弟》

金印系肘大如斗，
不如游山倦时一杯酒。

宋·杨万里《游蒲涧呈周帅蔡漕张舶》

金印煌煌未入手，
白发种种来无情。

宋·陆游《长歌行》

金尽无忧醉忘贫。

唐·白居易《狂吟七言十四韵》

金埋无土色，
玉坠无瓦声。

唐·元稹《思归乐》

金玉本光莹，
泥沙岂能埋。

宋·王安石《东方朔》

金汤既失险，
玉石乃同焚。

隋·孔绍安《别徐永元秀才》

锦囊言语虽奇绝，
不是人间有用诗。

宋·戴复古《论诗十绝》

锦瑟无端五十弦，
一弦一柱思华年。
庄生晓梦迷蝴蝶，
望帝春心托杜鹃。
沧海月明珠有泪，
蓝田日暖玉生烟。
此情可待成追忆，
只是当时已惘然。

唐·李商隐《锦瑟》

锦江春色来天地，
玉垒浮云变古今。

唐·杜甫《登楼》

锦城虽云乐，
不如早还家。

唐·李白《蜀道难》

禁门宫树月痕过，
媚眼惟看宿鹭窠。

斜拔玉钗灯影畔，
剔开红焰救飞蛾。

唐·张祜《赠内人》

进德智所拙，
退耕力不任。

南朝·宋·谢灵运《登池上楼》

进退是非俱是梦，
丘中阙下亦何殊。

唐·白居易《杨六尚书频寄新诗诗中多有思闲相就之志因书鄙意报而谕之》

进退存中道，
功名接上流。

金·元好问《闻希颜得英府记室》

近水楼台先得月，
向阳花木易为春。

宋·苏麟《断句》

近来时世轻先辈，
好染髭须事后生。

唐·刘禹锡《与歌者米嘉荣》

近人积水无鸥鹭，
时有归牛浮鼻过。

宋·黄庭坚《病起荆江亭即事十首》

近郭楼台隔云见，
邻峰钟磬出林幽。

宋·戴复古《题郡武熙春台呈王子文使君》

近郭乱山横古渡，
野庄乔木带新烟。

唐·张继《冯翊西楼》

近乡情更怯，
不敢问来人。

唐·宋之问《渡汉江》

近涧涓密石，
远山映疏木。

南朝·宋·谢灵运《过白岸亭》

近郊经战后，
处处骨成丘。

唐·马戴《邯郸驿楼作》

近泪无干土，
低空有断云。

唐·杜甫《别房太尉墓》

尽道丰年瑞，
丰年事若何？
长安有贫者，
为瑞不宜多。

唐·罗隐《雪》

尽道隋亡为此河，
至今千里赖通波。

若无水殿龙舟事，
共禹论功不较多。

唐·皮日休《汴河怀古二首》

尽诚可以绝嫌猜，
徇公可以弭谗诉。

唐·刘禹锡《上杜司徒书》

尽日问花花不语，
为谁零落为谁开。

唐·严恽《落花》

尽日无人看微雨，
鸳鸯相对浴红衣。

唐·杜牧《齐安郡后池绝句》

尽日望云心不系，
有时看月夜方闲。

唐·元稹《幽栖》

尽日寻春不见春，
芒鞋踏遍陇头云。
归来偶捻梅花嗅，
春在枝头已十分。

宋·无名氏《悟道诗》

尽日醉寻春，
归来月满身。

五代十国·尹鹗《醉公子》

尽日高斋无一事，
芭蕉叶上独题诗。

唐·韦应物《闲居寄诸弟》

尽卷风流入诗笔。

金·元好问《王学士熊岳图》

尽把好峰藏寺里，
不教幽境落人间。

宋·王禹偁《虎丘》

泾以渭浊，
湜湜其沚。

《诗经·邶风·谷风》

经危抱寒石，
指落层冰间。

唐·杜甫《前出塞九首》

经事还谙事，
阅人如阅川。

唐·刘禹锡《酬乐天咏老见示》

经纶中兴业，
何代无长才。

唐·杜甫《述古三首》

经心石镜月，
到面雪山风。

唐·杜甫《春日江村五首》

经年尘土满征衣，

特特寻芳上翠微。
好水好山看不足，
马蹄催趁月明归。

宋·岳飞《池州翠微亭》

京洛多风尘，
素衣化为缁。

晋·陆机《为顾彦先赠妇二首》

京师四方则，
五化之根本。

唐·白居易《赠友》

荆溪白石出，
天寒红叶稀。

唐·王维《阙题二首》

荆州麦熟茧成蛾，
缲丝忆君头绪多。

唐·李白《荆州歌》

惊回万里关河梦，
滴碎孤臣犬马心。

宋·陆游《夜雨》

惊风乱飐芙蓉水，
密雨斜侵薜荔墙。
岭树重遮千里目，
江流曲似九回肠。

唐·柳宗元《登柳州城楼寄漳汀封连四州刺史》

惊风飘白日，
光景驰西流。

三国·魏·曹植《箜篌引》

惊鸥飞过片片轻，
有似梅花落江水。

明·高启《忆昨行寄吴中故人》

惊蝉也解求高树，
旅雁还应厌后行。

唐·岑参《秋夕读书幽兴献兵部李侍郎》

惊起鸳鸯岂无恨?
一双飞去却回头。

唐·杜牧《入茶山下题水口草市绝句》

惊雉逐鹰飞，
腾猿看箭转。

北朝·北周·庾信《冬狩行四韵连句应诏》

惊涛来似雪，
一坐凛生寒。

唐·孟浩然《与颜钱塘登樟楼望潮作》

旌蔽日兮敌若云，
矢交坠兮士争先。

战国·楚·屈原《九歌·国殇》

旌旗日暖龙蛇动，
宫殿风微燕雀高。

唐·杜甫《奉和贾舍人早朝大明宫》

兢兢业业，
如霆如雷。

《诗经·大雅·云汉》

精卫衔微木，
将以填沧海。
刑天舞干戚，
猛志固常在。

晋·陶渊明《读〈山海经〉十三首》

精诚动天地，
忠义感明神。

唐·杨炯《和刘长史答十九兄》

鲸吞蛟斗波成血，
深涧游鱼乐不知。

唐·白居易《涧中鱼》

景翳翳以将入，
抚孤松而盘桓。

晋·陶渊明《归去来兮辞》

劲操比松寒不挠，
忠言如药苦非甘。

宋·王安石《送江宁彭给事赵阙》

静女其姝，
俟我于城隅。
爱而不见，
搔首踟蹰。

《诗经·邶风·静女》

静忆家人皆万里，
独看帘月到三更。

清·张问陶《月夜书怀》

静言念终始，
安坐看沉浮。

唐·储光羲《渔父词》

静言幽谷底，
长啸高山岭。

晋·陆机《猛虎行》

静坐山斋月，
清溪闻远流。
西峰下微雨，
向晓白云收。

唐·王昌龄《宿裴氏山庄》

静念园林好，
人间良可辞。

晋·陶渊明《庚子岁五月中从都还阻风于规林二首》

静看檐蛛结网低，
无端妨碍小虫飞。

宋·范成大《秋日田园杂兴》

境闲堪问道，

客雅好论文。

五代十国·吕从庆《夏日即事》

境以居人重，
情因遇故深。

清·俞南史《过顾茂伦村居》

境静人少来，
理悟心自赏。

元·贡师泰《秋夜和韩与玉》

镜湖俯仰两青天，
万顷玻璃一叶船。

宋·陆游《渔父》

镜虽明，
不能使丑者妍；
酒虽美，
不能使悲者乐。

宋·陆游《对酒叹》

九月天山风似刀，
城南猎马缩寒毛。

唐·岑参《赵将军歌》

九月寒砧催木叶，
十年征戍忆辽阳。

唐·沈佺期《独不见》

九月尚流汗，
炎风吹沙埃。

唐·岑参《使交河郡郡在火山脚其地苦热无雨雪献封大夫》

九州生气恃风雷，
万马齐喑究可哀。

清·龚自珍《己亥杂诗》

九州道路无豺虎，
远行不劳吉日出。

唐·杜甫《忆昔二首》

九州图迹夸谁胜，
万古乾坤只此山。

明·程敏政《黄山观汤泉白龙池小憩祥符东》

九州犹虎豹，
四海未桑麻。

明·刘基《古戍》

九江秀色可揽结，
吾将此地巢云松。

唐·李白《登庐山五老峰》

九天阊阖开宫殿，
万国衣冠拜冕旒。

唐·王维《和贾舍人早朝大明宫之作》

九天开出一成都，
万户千门入画图。

唐·李白《上皇西巡南京歌十首》

九十不衰真地仙。

唐·白居易《春夜宴席上戏赠裴淄州》

九十方称半，
归途讵有踪。

南朝·陈·阴铿《晚出新亭》

九十风光次第分，
天怜独得殿残春。
一枝剩欲簪双髻，
未有人间第一人。

宋·陈师道《谢赵生惠芍药三绝句》

九龄已老韩休死，
明日应无谏疏来。

宋·晁说之《明皇打球图》

九死南荒吾不恨，
兹游奇绝冠平生。

宋·苏轼《六月二十日夜渡海》

九章哀郢人如在，
三户亡秦气不除。

明·夏完淳《赠徐似之侯智含》

九鼎一发须人扶。

清·王士正《故明景帝陵怀古》

久旱逢甘雨，
他乡遇故知。
洞房花烛夜，
金榜挂名时。

宋·汪洙《喜》

久旱雨亦好，
既雨晴亦佳。

金·元好问《读书山月夕二首》

久在樊笼里，
复得返自然。

晋·陶渊明《归园田居》

久戍人将老，
长征马不肥。

唐·郭震《塞上》

久被浮名系，
能无愧海鸥。

唐·刘长卿《松江独宿》

久客长如梦，
危魂辄易惊。

清·王昊《久客》

久别名山凭梦到，
每思旧友取书看。

宋·陆游《春日园中作》

酒债寻常行处有，
人生七十古来稀。

唐·杜甫《曲江二首》

酒引眼前兴，
诗留身后名。

唐 · 白居易《初授秘监并赐金紫闲吟小酌偶写所怀》

酒军诗敌如相遇，
临老犹能一据鞍。

唐 · 白居易《和令狐相公寄刘郎中兼见示长句》

酒酣喝月使倒行。

唐 · 李贺《秦王饮酒》

酒钱自昔从人乞，
诗思出门何处无。

宋 · 陆游《病中绝句》

酒如浆静春江水，
人有鸿荒太古风。

宋 · 陆游《病起小饮》

酒量新来减，
交情老更深。

宋 · 叶适《送郑丈赴建宁》

酒能祛百虑，
菊为制颓龄。

晋 · 陶渊明《九日闲居》

酒无独饮理，
常恨欠佳客。

宋 · 陆游《酒无独饮理》

酒中有胜地，
名流所同归。

金 · 元好问《后饮酒五首》

酒中之乐人不省，
劝君饮酒君自领。

清 · 康瑄《拟将进酒》

厩中皆肉马，
不解上青天。

唐 · 李贺《马诗二十三首》

旧时王谢堂前燕，
飞入寻常百姓家。

唐 · 刘禹锡《乌衣巷》

旧书不厌百回读，
熟读深思子自知。

宋 · 苏轼《送安惇秀才失解西归》

旧侣分飞怜独立，
故交旧遇倍多情。

清 · 方拱乾《旧鹤》

旧巢天上重来燕，
残局灯前未了棋。

清 · 查慎行《修书竣重入南书房》

旧苑荒台杨柳新，

菱歌清唱不胜春。
只今惟有西江月，
曾照吴王宫里人。

唐·李白《苏台览古》

旧谷行将尽，
良苗未可希。

唐·王维《田家》

旧犬喜我归，
低徊入我裙。

唐·杜甫《草堂》

旧路青山在，
余生白首归。

唐·刘长卿《北归次秋浦界清溪馆》

旧学商量加邃密，
新知培养转深沉。
却愁说到无言处，
不信人间有古今。

宋·朱熹《鹅湖寺和陆子寿》

救火竭池鱼失水。

唐·白居易《偶然二首》

救荒于既荒，
所济何足论。

清·沈树本《大水叹五首》

救时事业须经术，
莫遣苍生笑谢安。

清·金渐皋《冬日杂咏》

居高声自远，
非是藉秋风。

唐·虞世南《蝉》

居常待其尽，
曲肱岂伤冲。

晋·陶渊明《五月旦作和戴主簿》

居欢惜夜促，
在戚怨宵长。

晋·张华《情诗》

掬水月在手，
弄花香满衣。

唐·于良史《春山夜月》

菊有秀兮松有蕤，
忧来年去容发衰。

南朝·宋·谢庄《怀园引》

菊花到死犹堪惜，
秋叶虽红不耐观。

宋·戴复古《怀徐渊子》

举贤才而授能兮，
循绳墨而不颇。

战国·楚·屈原《离骚》

举世皆浊我独清，

众人皆醉我独醒。

战国 · 楚 · 屈原《渔父》

举世知心少，
平生为口忙。

宋 · 陆游《僧饭》

举世何人肯自知，
须逢精鉴定妍媸。

唐 · 郑谷《闲题》

举世只知叹逝水，
何人微解误空花。

唐 · 释贯休《举世只知叹逝水》

举手长劳劳，
二情同依依。

汉 · 乐府诗《古诗为焦仲卿妻作》

举手弄清浅，
误攀织女机。

唐 · 李白《游泰山六首》

举头自引刃，
顾义谁顾形。
烈士不忘死，
所死在忠贞。

唐 · 柳宗元《韦道安》

举眼风光长寂寞，
满朝官职独蹉跎。
亦知合被才名折，
二十三年折太多。

唐 · 白居易《醉赠刘二十八使君》

聚散穷通何足道，
醉来一曲放歌行。

唐 · 白居易《答微之咏怀见寄》

聚散已愁云不定，
恩情须是水长流。

唐 · 鱼玄机《寄子安》

聚散虚空去复返，
野人闲处倚筇看。
不知身是无根物，
蔽月遮星作万端。

唐 · 郭震《云》

巨海纳百川。

唐 · 李白《金门答苏秀才》

俱怀逸兴壮思飞，
欲上青天揽明月。

唐 · 李白《宣州谢朓楼饯别校书叔云》

句妙唐风在，
心空汉月明。

元 · 宋无《答元住和太初韵见寄》

捐躯赴国难，
视死忽如归。

三国·魏·曹植《白马篇》

涓流积至沧溟水，
拳石崇成太华岑。

宋·陆游《鹅湖和教授兄韵》

卷葹心独苦，
抽却死还生。

唐·李白《寄远十二首》

卷帘天自高，
海水摇空绿。

南朝·梁·萧衍《西洲曲》

倦鸟得茂树，
涸鱼反清源。

唐·白居易《香炉峰下新置草堂即事咏怀题于石上》

绢绡白如雪，
轻华比蝉翼。

北朝·魏·元宝炬《诗》

觉来正是平阶雨，
独背寒灯枕手眠。

唐·李商隐《七月二十八日夜与王郑二秀才听雨后梦作》

觉来落笔不经意，
神妙独到秋毫颠。

宋·苏轼《鲜于子骏见遗吴道子画》

觉后不知明月上，
酒身花影倩人扶。

唐·陆龟蒙《和袭美春夕酒醒》

绝知春意好，
最奈客愁何。

唐·杜甫《江梅》

绝顶人来少，
高松鹤不群。

唐·贾岛《宿山寺》

绝溜飞庭前，
高林映窗里。

南朝·宋·谢朓《石壁立招提精舍诗》

绝域东风竟何事，
只应催我鬓边华。

宋·朱弁《春阴》

爵服无常玩，
如恶有屈伸。

晋·左思《招隐二首》

军中异苦乐，
主将宁有闻。

唐·杜甫《前出塞九首》

君不见黄河之水天上来，
奔流到海不复回。
君不见高堂明镜悲白发，
朝如青丝暮成雪。

唐 · 李白《将进酒》

君不见拂云百丈青松柯，
纵使秋风无奈何。
唐 · 岑参《感遇》

君不见同时多少偷生人，
一念蹉跎成瓦裂。
清 · 邵岷《赵忠愍公得谥诗》

君不见今人交态薄，
黄金用尽还疏索。
唐 · 高适《邯郸少年行》

君不见咫尺长门闭阿娇，
人生失意无南北。
宋 · 王安石《明妃曲》

君不见南山栋梁益稀少，
爱材养育谁复论。
唐 · 柳宗元《行路难三首》

君不见青海头，
古来白骨无人收。
唐 · 杜甫《兵车行》

君不见管鲍贫时交，
此道今人弃如土。
唐 · 杜甫《贫交行》

君不闻汉家山东二百州，
千村万落生荆杞。
唐 · 杜甫《兵车行》

君看随阳雁，
各有稻粱谋。
唐 · 杜甫《同诸公登慈恩寺塔》

君看白日驰，
何异弦上箭。
唐 · 李益《游子吟》

君看石芒砀，
掩泪悲千古。
唐 · 李白《丁都护歌》

君看磊落士，
不肯易其身。
唐 · 杜甫《三韵三篇》

君看长安道，
岂有饿死官。
清 · 赵翼《后园居诗》

君看老大逢花树，
未折一枝心已阑。
唐 · 元稹《看花》

君看白发诵经者，
半是宫中歌舞人。
唐 · 卢纶《过玉真公主影殿》

君今在罗网，
何以有羽翼。

唐·杜甫《梦李白二首》

君去试看汾水上，
白云犹似汉时秋。

唐·岑参《虢州后亭送
李判官使赴晋绛得秋字》

君失臣兮龙为鱼，
权归臣兮鼠变虎。

唐·李白《远别离》

君当作磐石，
妾当作蒲苇。
蒲苇韧如丝，
磐石无转移。

汉·乐府诗《古诗为焦仲卿妻作》

君自故乡来，
应知故乡事。
来日绮窗前，
寒梅著花未。

唐·王维《杂诗三首》

君问归期未有期，
巴山夜雨涨秋池。
何当共剪西窗烛，
却话巴山夜雨时。

唐·李商隐《夜雨寄北》

君家何处住，
妾住在横塘。
停船暂借问，
或恐是同乡。

唐·崔颢《长干曲四首》

君歌声酸辞且苦，
不能听终泪如雨。

唐·韩愈《八月十五夜赠张功曹》

君如载酒须尽醉，
醉来不复忧天涯。

清·成德《送荪友》

君王自爱倾城色，
却忘人从敌国来。

清·朱受新《吴宫词》

君王虽爱蛾眉好，
无奈宫中妒杀人。

唐·李白《玉壶吟》

君王城上竖降旗，
妾在深宫那得知。
十四万人同解甲，
更无一个是男儿。

五代十国·花蕊夫人《述国亡诗》

君王减玉膳，
早起思民饥。

唐·李白《登黄山凌歊台送族弟

溧阳尉济充泛舟赴华阴》

君言似曲屈为钩，
君言好直舒为箭。
唐 · 元稹《胡旋女》

君言丈夫无意气，
试问燕山那得碑。
北朝 · 北周 · 庾信《杨柳歌》

君言不得意，
归卧南山陲。
唐 · 王维《送别》

君听浊浪金焦外，
淘尽英雄是此声。
清 · 王图炳《渡江》

君恩如水向东流，
得宠忧移失宠愁。
唐 · 李商隐《宫辞》

君恩既断绝，
相见何年月。
悔倾连理杯，
虚作同心结。
唐 · 李白《去妇词》

君以明为圣，
臣以直为忠。
唐 · 白居易《贺雨》

君有长才不贫贱。
唐 · 杜甫《短歌行送祁录事归合州因寄苏使君》

君子交有义，
不必常相从。
三国 · 魏 · 郭遐叔《赠嵇康五首》

君子如春风，
可爱不可竭。
清 · 顾图河《息交》

君子忌苟合，
择交如求师。
唐 · 贾岛《送沈秀才下第东归》

君子死知己。
晋 · 陶渊明《咏荆轲》

君子慎所择，
休与毒兽伍。
清 · 张廷玉《杂兴》

君子慎自藏，
守身如处女。
清 · 王苍璧《咏古》

君若清路尘，
妾若浊水泥。
浮沉各异势，
会合何时谐。

三国·魏·曹植《七哀诗》

君若无定云，
妾若不动山。
云行出山易，
山逐云去难。

唐·雍陶《怨歌行》

君为塞下土，
妾为山头石。

明·刘绩《征妇词》

K

开编尧舜在，
得句鬼神愁。

宋·陆游《遥夜》

开春发岁兮，
白日出之悠悠。

战国·楚·屈原《九章·思美人》

开春理常业，
岁功聊可观。

晋·陶渊明《庚戌岁九月中于西田获早稻》

开门复动竹，
疑是故人来。

唐·李益《竹窗闻风寄苗发司空曙》

开门半山月，
立马一庭霜。

元·方夔《早行》

开帘见新月，
便即下阶拜。
细语人不闻，
北风吹裙带。

唐·李端《拜新月》

开花空道胜于草，
结实何曾济得民。

唐·郭震《米囊花》

凯风自南，
吹彼棘心。
棘心夭夭，
母氏劬劳。

《诗经·邶风·凯风》

堪笑牡丹大如斗，
不成一事又空枝。

五代十国·王溥《咏牡丹》

堪笑书生轻性命，
每逢险处更徘徊。

宋·陆游《嘉川铺遇小雨景物尤奇》

槛外低秦岭，
窗中小渭川。

唐·岑参《登总持阁》

看月不妨人去尽，
对花只恨酒来迟。

清·郑板桥《自遣》

看月嫌松密，
垂纶爱水深。

唐·姚合《闲居遣怀十首》

看花伴侣青春少，
种菜英雄白首多。

清·钱谦益《岁暮杂怀》

看花饮美酒，
听鸟临晴川。

唐·李白《饯校书叔云》

看花随节序，
不敢强为容。

唐·杜甫《庭草》

看来天地不知夜，
飞入园林总是春。

宋·盛次仲《雪夜》

渴不饮盗泉水，
热不息恶木阴。

晋·陆机《猛虎行》

渴人多梦饮，
饥人多梦飧。

唐·白居易《寄行简》

渴蜂窥砚水，
慵燕息帘钩。

宋·陆游《夏日》

渴者不思火，
寒者不求水。

唐·韦应物《城中卧病知阎薛二子屡从邑令吟以赠之》

可怜身上衣正单，
心忧炭贱愿天寒。

唐·白居易《卖炭翁》

可怜荒陇穷泉骨，
曾有惊天动地文。

唐·白居易《李白墓》

可怜夜半虚前席，
不问苍生问鬼神。

唐·李商隐《贾生》

可怜九月初三夜，
露似真珠月似弓。

唐·白居易《暮江吟》

可怜无定河边骨，
犹是春闺梦里人。

唐·陈陶《陇西行四首》

可怜一片秦淮月，
曾照降幡出石头。

清·吴伟业《台城》

可怜处处巢君室，
何异飘飘托此身。

唐·杜甫《燕子来舟中作》

可怜日暮嫣香落，
嫁与春风不用媒。

唐·李贺《南园》

可怜日晏忍饥面，
强作春深求友声。

宋·范成大《咏河市歌者》

可怜无益费精神，
有似黄金掷虚牝。

唐·韩愈《赠崔立之评事》

可怜痴人竞声利，
坐使方寸森五兵。

宋·陆游《醉中怀江湖旧游偶作短歌》

可怜一片如霜月，
惟有深闺独自看。

清·宋征舆《冬闺夜怨》

可怜闺里月，
长在汉家营。

唐·沈佺期《杂诗三首》

可怜白雪曲，
未遇知音人。

唐·韦应物《简卢陟》

可怜乌臼鸟，
强言知天曙。
无故三更啼，
欢子冒暗去。

南朝·乐府民歌《乌夜啼》

可怜谁家妇，
缘流洗素足。
明月在云间，
迢迢不可得。
可怜谁家郎，
缘流乘素舸。
但问情若为，
月就云中堕。

南朝·宋·谢灵运《东阳溪中赠答》

可堪风雨孤舟夜，
白发盈头哭故人。

清·许润《舟泊剑津怀亡友刘复庵》

可知遁世原持世，

始信逃名是爱名。

清 · 郑江《钓台》

可惜东园树，
无人也作花。

唐 · 苏颋《将赴益州题小园壁》

客从远方来，
遗我一书札。
上言长相思，
下言久离别。

汉 · 无名氏《古诗十九首》

客行虽云乐，
不如早旋归。

汉 · 无名氏《古诗十九首》

客路如天远，
侯门似海深。

唐 · 杜荀鹤《与友人对酒吟》

客散青天月，
山空碧水流。

唐 · 李白《谢公亭》

客愁西向尽，
乡梦北归难。

唐 · 孙逖《送越州裴参军充使入京》

客似秋叶飞，
飘飖不言归。

唐 · 李白《拟古十二首》

客心洗流水，
余响入霜钟。

唐 · 李白《听蜀僧濬弹琴》

客去莫叹息，
主人亦是客。

宋 · 苏轼《东府雨中别子由》

客去客来天地老，
潮生潮落古今愁。

元 · 萨都剌《吞海亭望焦山》

客里登临俱是感，
人间送别不宜秋。

元 · 张昱《赠沈生还江州》

客愁旧岁连新岁，
归路长亭间短亭。

宋 · 范成大《东郊故事》

客来梦觉知何处，
挂起西窗浪接天。

宋 · 苏轼《南堂》

客子光阴书卷里，
杏花消息雨声中。

宋 · 陈与义《怀天经智老因访之》

客久艰难悲世路，

病余憔悴感年华。

清·金侃《寄家祖生大兄郡中》

客久渐多新岁感，
边方倍起故园情。

清·李良年《宣城人日》

客久谁无归里梦，
官高偏忘倚门忧。

清·许汝霖《送杨自西少司马终养归里》

客舍并州已十霜，
归心日夜忆咸阳。
无端更渡桑干水，
却望并州是故乡。

唐·贾岛《渡桑干》

客舍休悲柳色新，
东西南北一般春。
若知四海皆兄弟，
何处相逢非故人。

宋·陈刚中《阳关词》

坑灰未冷山东乱，
刘项原来不读书。

唐·章碣《焚书坑》

空山不见人，
但闻人语响。
返景入深林，
复照青苔上。

唐·王维《鹿柴》

空山新雨后，
天气晚来秋。
明月松间照，
清泉石上流。

唐·王维《山居秋暝》

空山多雨雪，
独立君始悟。

唐·王昌龄《听弹风入松阕赠杨补阙》

空山秋欲来，
凉意先在户。

明·许继《夜坐》

空村惟见鸟，
落日未逢人。

唐·杜甫《东屯北崦》

空濛不自定，
况值暄风度。

唐·韦应物《叹杨花》

空濛如薄雾，
散漫似轻埃。

南朝·齐·谢朓《观朝雨》

空手无壮士，
穷居使人低。

唐·李白《登黄山凌歊台送族

弟溧阳尉济充泛舟赴华阴》

空忆雪留千颗玉，
谁怜雨洗一春红？
明珠弄罢浑无奈，
撒向晶盘影尽空。
清 · 周亮工《白樱桃二首》

恐鹈鴂之先鸣兮，
使夫百草为不芳。
战国 · 楚 · 屈原《离骚》

恐是仙家好别离，
故教迢递作佳期。
由来碧落银河畔，
可要金风玉露时。
唐 · 李商隐《辛未七夕》

恐伤游子意，
别泪不轻弹。
清 · 吴永和《赠外子玉苍北上》

恐畏无人识，
独自暗中明。
唐 · 虞世南《咏萤》

孔雀东南飞，
五里一徘徊。
汉 · 乐府诗《古诗为焦仲卿妻作》

口不言金帛，
心常任屈伸。
唐 · 李颀《送乔琳》

枯桑知天风，
海水知天寒。
汉 · 蔡邕《饮马长城窟行》

枯叶恋高枝，
自觉无颜色。
清 · 袁枚《枯叶》

枯淡足自乐，
勿为虚名牵。
金 · 元好问《继愚轩和党承旨雪诗四首》

枯鱼过河泣，
何时悔复及。
汉 · 无名氏《枯鱼过河泣》

枯枝无丑叶，
涸水吐清泉。
唐 · 李白《长歌行》

苦恨年年压金线，
为他人作嫁衣裳。
唐 · 秦韬玉《贫女》

苦遭白发不相放，
羞见黄花无数新。
唐 · 杜甫《九日》

苦吟莫向朱门里，

满耳笙歌不听君。

唐·郭震《蛩》

苦心虽呕何由出，
病骨非谗亦自销。

宋·陆游《龟堂独坐遣闷》

苦心岂免容蝼蚁，
香叶终经宿鸾凤。
志士幽人莫怨嗟，
古来材大难为用。

唐·杜甫《古柏行》

苦调琴先觉，
愁容镜独知。

唐·王适《古别离》

苦雾沉旗影，
飞霜湿鼓声。

明·林鸿《出塞曲》

快马常苦瘦，
剿儿常苦贫。

北朝·无名氏《幽州马客吟歌辞》

快鹰下鞲爪嘴健，
壮士抚剑精神生。

宋·陆游《秋生》

快剑长戟森相向。

唐·杜甫《李潮八分小篆歌》

狂风吹我心，
西挂咸阳树。

唐·李白《金乡送韦八之西京》

狂风落尽深红色，
绿叶成荫子满枝。

唐·杜牧《怅诗》

狂云妒佳月，
怒飞千里黑。
佳月了不嗔，
曾何污洁白。

宋·苏轼《妒佳月》

狂随柳絮有时见，
舞入梨花何处寻。

唐·谢学士《咏蝴蝶》

狂来欺酒浅，
愁尽觉天宽。

唐·王建《惜欢》

狂歌过于胜，
得醉即为家。

唐·杜甫《陪王侍御宴通泉东山野亭》

旷然小宇宙，
弃世何悠哉。

唐 · 李白《游泰山六首》

况是青春日将暮，
桃花乱落如红雨。

唐 · 李贺《将进酒》

葵藿倾太阳，
物性固难夺。

唐 · 杜甫《自京赴奉先县咏怀五百字》

葵枯犹向日。

唐 · 白居易《江南谪居十韵》

愧非流水韵，
叨入伯牙弦。

唐 · 李白《春日归山寄孟浩然》

昆山玉碎凤凰叫，
芙蓉泣露香兰笑。

唐 · 李贺《李凭箜篌引》

昆仑之高有积雪，
蓬莱之远有遗寒；
不能手提天下往，
何忍身去游其间。

宋 · 王令《暑旱苦热》

L

蜡烛有心还惜别，
替人垂泪到天明。

唐 · 杜牧《赠别二首》

来日苦少去日多，
高天厚地安可恃。

清 · 陈士芑《自述一百韵》

来日苦短，
去日苦长。

晋 · 陆机《短歌行》

来如雷霆收震怒，
罢如江海凝清光。

唐 · 杜甫《观公孙大娘弟子舞剑器行》

来帆出江中，
去鸟向日边。

唐 · 李白《秋登巴陵望洞庭》

来来先上上方看，
眼界无穷世界宽。

唐 · 方干《题报恩寺上方》

赖多山水趣，
稍解别离情。

唐 · 王维《晓行巴峡》

赖有政声远，
时闻行路传。

唐·王维《至滑州隔河望黎阳忆丁三寓》

兰有秀兮菊自芳，
怀佳人兮不能忘。

汉·刘彻《秋风辞》

兰生谷底人不锄，
云在高山空卷舒。

唐·李白《赠从弟南平太守之遥二首》

兰蕊残妆含露泣，
柳条长裙向风挥。

唐·刘禹锡《送春词》

兰溪三日桃花雨，
半夜鲤鱼来上滩。

唐·戴叔伦《兰溪棹歌》

兰陵美酒郁金香，
玉碗盛来琥珀光。
但使主人能醉客，
不知何处是他乡。

唐·李白《客中行》

兰秋香不死，
松晚翠方深。

唐·李群玉《赠元绒》

蓝水远从千涧落，
玉山高并两峰寒。

唐·杜甫《九日蓝田崔氏庄》

蓝溪之水厌生人，
身死千年恨溪水。

唐·李贺《老夫采玉歌》

览胜诗千首，
登高酒一壶。

唐·李华《题泽州石佛阁》

览云测变化，
弄水穷清幽。

唐·李白《与从侄杭州刺史良游天竺寺》

郎情柳叶短，
妾意柳枝长。
愿作柳花飞，
随郎还故乡。

清·屈大均《柳枝词》

郎今欲渡缘何事？
如此风波不可行。

唐·李白《横江词六首》

郎心如纸鸢，
断线随风去；
愿得上林枝，
为妾萦留住。

宋·许棐《乐府》

郎心只如菱刺短，
妾意未觉藕丝长。

金·元好问《后平湖曲》

狼藉满庭君莫扫，
且留春色到黄昏。

元·郝经《落花》

浪生湓浦千层雪，
云起炉峰一炷烟。

唐·来鹄《宛陵送李明府罢任归江州》

浪迹同生死，
无心耻贱贫。

唐·杜甫《赠王二十四侍御契四十韵》

浪迹未出世，
空名动京师。

唐·李白《窜夜郎于乌江留别宗十六璟》

劳思复劳望，
相见不相知。

唐·卢照邻《望宅中树有所思》

劳身焦思补四方。

唐·杜甫《忆昔二首》

牢落壮怀谁与语？
疏林残照乱鸦啼。

元·杨云鹏《登濮州北城》

老骥伏枥，
志在千里；
烈士暮年，
壮心不已。

东汉·曹操《步出夏门行·龟虽寿》

老骥思千里，
饥鹰待一呼。

唐·杜甫《赠韦左丞丈济》

老子犹堪绝大漠，
诸君何至泣新亭。

宋·陆游《夜泊水村》

老去一身须爱惜，
别来四体得如何。

唐·白居易《得微之到官后书备知通州之事怅然有感因成四章》

老去不知花有态，
乱来惟觉酒多情。

五代十国·韦庄《与东吴生相遇》

老去悲秋强自宽，
兴来今日尽君欢。

唐·杜甫《九日蓝田崔氏庄》

老去相逢无别计，
强开笑口展愁眉。

唐·白居易《新秋早起有怀元少尹》

老去人间乐事稀，
一年容易又春归。

宋·陆游《初夏行平水道中》

老去更无儿在膝，
惟君怜我我怜君。

清·陶琏《寄内》

老去无心听管弦，
病来杯酒不相便。

宋·姜夔《平甫见招不欲往》

老去读书随忘却，
醉中得句若飞来。

宋·范成大《明日分弓亭按阅再用西楼韵》

老去贫交难聚首，
眼前生客怕输心。

清·吴之振《迭韵送叶星期岁暮还山》

老去谋生拙，
时危作客难。

清·吴嘉纪《僻壤》

老去多悲事，
非惟见二毛。
眼昏书字大，
耳重觉声高。

唐·张籍《咏怀》

老去怕看新历日。

宋·苏轼《除夜野宿常州城外》

老去新知见面稀。

唐·杜甫《十二月一日三首》

老去身须惜，
归来梦亦安。

清·佟法海《送查悔余还乡兼寄贾莫坤》

老去光阴如小春，
如何比得少年人。
君看桃李春风后，
纵有花开不是真。

宋·楼钥《闾丘医视脉曰
老人之脉如小春有感》

老牛粗了耕耘债，
齧草坡头卧夕阳。

宋·孔平仲《禾熟》

老来行路先愁远，
贫里辞家更觉难。

金·元好问《羊肠坂》

老来诗更拙，
吟罢少人听。

唐·白居易《早春即事》

老冉冉其将至兮，
恐修名之不立。

战国·楚·屈原《离骚》

老母悯游子，
欲言先欷歔。
不问何日行，
先问何日归。

清 · 李因笃《纪别》

老妻画纸为棋局，
稚子敲针作钓钩。

唐 · 杜甫《江村》

老病忌拘束，
应接丧精神。

唐 · 杜甫《暇日小园散病将种秋菜督勒耕牛兼书触目》

老夫悲暮年，
壮士泪如水。

唐 · 杜甫《听杨氏歌》

老尽名花春不管，
年年啼鸟怨东风。

唐 · 张继《金谷园》

老尽行人路如故。

宋 · 陆游《晚过五门》

老爱东都好寄身，
足泉多竹少埃尘。

唐 · 白居易《赠侯三郎中》

老翁也学痴儿女，
扑得流萤露湿衣。

宋 · 陆游《月下》

老翁真个似童儿，
汲水埋盆作小池。

唐 · 韩愈《盆池五首》

老仙台上垂明月，
不钓凡鱼只钓龙。

宋 · 翁彦约《钓鱼台》

老僧如燕子，
乞食语呢喃。

清 · 查慎行《观音岩下泊舟》

老猿好饮常联臂，
野马依人自络头。

宋 · 苏辙《次韵张恕春暮》

老鹤无衰貌，
寒松有本心。

唐 · 刘长卿《寄会稽公徐侍郎》

老树呈秋色，
空池浸月华。

唐 · 刘得仁《池上宿》

老幼相别离，
哭泣无昏早。

唐 · 储光羲《效古二首》

乐往必悲生，
泰来犹否极。

唐·白居易《遣怀》

乐极伤头白，
更长爱烛红。

唐·杜甫《酬孟云卿》

乐莫乐于还故乡，
难莫难于全大节。

宋·苏轼《贺赵大资致仕启》

雷填填兮雨冥冥，
猿啾啾兮狖夜鸣。

战国·楚·屈原《九歌·山鬼》

雷声忽送千峰雨，
花气浑如百和香。

唐·杜甫《即事》

雷声千嶂落，
雨色万峰来。

明·李攀龙《广阳山道中》

雷惊天地龙蛇蛰，
雨足郊原草木柔。

宋·黄庭坚《清明》

雷劈老松疑虎怒，
雨冲阴洞觉龙腥。

唐·殷文圭《九华贺雨吟》

雷霆空霹雳，
云雨竟虚无。

唐·杜甫《热三首》

泪满罗巾梦不成，
夜深前殿按歌声。
红颜未老恩先断，
斜倚薰笼坐到明。

唐·白居易《后宫词》

泪眼描将易，
愁肠写出难。

唐·薛媛《写真寄夫》

冷似雀罗虽少客，
宽于蜗舍足容身。

唐·白居易《题新居寄宣州崔相公》

冷烛无烟绿蜡干，
芳心犹卷怯春寒。

唐·钱起《未展芭蕉》

冷艳全欺雪，
余香乍入衣。

唐·邱为《左掖梨花》

冷露滴梦破，
峭风梳骨寒。

唐 · 孟郊《秋怀》

离离原上草，
一岁一枯荣；
野火烧不尽，
春风吹又生。

唐 · 白居易《赋得古原草送别》

离娄微睇兮，
瞽以为明。

战国 · 楚 · 屈原《九章 · 怀沙》

离愁何从生？
生从情爱中。
不见行路人，
拂袖自西东。

金 · 元好问《送弋唐佐还平阳》

离愁不堪寄，
聊复报平安。

清 · 姚益敬《力疾作书寄外因题纸尾》

离人无语月无声，
明月有光人有情。
别后相思人似月，
云间水上到层城。

唐 · 李冶《明月夜留别》

篱间犬迎吠，
出屋候荆扉。
岁晏输井税，
山村人夜归。

唐 · 王维《赠刘蓝田》

骊山茂陵空白骨，
不死之药何时逢。

清 · 郁植《悲歌》

骊宫高处入青云，
仙乐风飘处处闻。

唐 · 白居易《长恨歌》

梨花院落溶溶月，
柳絮池塘淡淡风。

宋 · 晏殊《寓意》

梨花淡白柳深青，
柳絮飞时花满城。
惆怅东栏二株雪，
人生看得几清明。

宋 · 苏轼《和孔密州五绝 · 东栏梨花》

梨花千树雪，
杨叶万条烟。

唐 · 岑参《送杨子》

梨园弟子白发新，
椒房阿监青娥老。

唐 · 白居易《长恨歌》

李白乘舟将欲行，
忽闻岸上踏歌声。

桃花潭水深千尺，
不及汪伦送我情。

唐·李白《赠汪伦》

李白一斗诗百篇，
长安市上酒家眠。
天子呼来不上船，
自称臣是酒中仙。

唐·杜甫《饮中八仙歌》

李白杜甫生不遭，
英气死岂埋蓬蒿。

宋·陆游《记梦》

李陵苏武是吾师，
孟子论文更不疑。
一饭未曾留俗客，
数篇今见古人诗。

唐·杜甫《解闷十二首》

李杜文章在，
光焰万丈长。

唐·韩愈《调张籍》

李杜诗篇万口传，
至今已觉不新鲜。
江山代有才人出，
各领风骚数百年。

清·赵翼《论诗五绝》

李侯有佳句，
往往似阴铿。

唐·杜甫《与李十二白同寻范十隐居》

里巷鸣春鸠，
田园引流水。

唐·崔颢《结定襄狱效陶体》

理丝入残机，
何悟不成匹。

晋·无名氏《子夜歌四十二首》

力拔山兮气盖世，
时不利兮骓不逝。
骓不逝兮可奈何，
虞兮虞兮奈若何。

秦汉·项羽《垓下歌》

力尽不知热，
但惜夏日长。

唐·白居易《观刈麦》

力田岁取千箱稻，
好事家藏万卷书。

宋·王禹偁《寄题义门胡氏华林书院》

历尽人间行路难，
老来要觅数年闲。

宋·陆游《卜居》

丽景烛春余，
清阴澄夏首。

南朝·梁·王僧孺《侍宴》

枥上骅骝嘶鼓角，
门前老将识风云。

唐·耿沣《上将行》

荔枝非名花，
牡丹无甘实。

唐·白居易《叹鲁二首》

利眼临云，
不能垂照；
朗璞蒙垢，
不能吐辉。

晋·陆机《演连珠五十首》

利物不如流，
鉴形不如止。

唐·白居易《玩止水》

连峰去天不盈尺，
枯松倒挂倚绝壁。

唐·李白《蜀道难》

连云列战格，
飞鸟不能逾。

唐·杜甫《潼关吏》

连林人不觉，
独树众乃奇。

晋·陶渊明《饮酒二十首》

连玺耀前庭，
比之犹浮云。

晋·左思《咏史八首》

连理枝头花正开，
妒花风雨便相催。
愿教青帝常为主，
莫遣纷纷点翠苔。

宋·朱淑真《落花》

怜君身似江南燕，
又逐秋风望北飞。

清·周穉廉《送冯宝初》

帘幕萧萧竹院深，
客怀孤寂伴灯吟。
无端一夜空阶雨，
滴破思乡万里心。

宋·张咏《雨夜》

帘影窥池到藕根，
水光为我弄朝暾。
鱼儿解作晴天雨，
波面吹成落点痕。

宋·杨万里《晓坐荷桥》

莲花有佳色，
鹤唳无凡声。

唐·白居易《北亭卧》

莲花剑淬胡霜重，
柳叶衣轻汉月秋。

明·夏完淳《鱼服》

莲池旧是无波水，
莫逐狂风起浪心。

唐·元稹《寻西明寺僧不在》

廉夫惟重义，
骏马不劳鞭。

唐·李白《赠友人三首》

敛泪开星靥，
微步动云衣。

唐·杜审言《奉和七夕侍宴两仪殿应制》

敛眉语芳草，
何许太无情。
正见离人别，
春心相向生。

唐·万楚《题情人药栏》

良马不念秣，
烈士不苟营。

唐·张籍《西洲》

良友远离别，
各在天一方。

汉·苏武《诗四首》

良宰谋朝，
不必借威；
贞士卫主，
修身则足。

晋·陆机《演连珠五十首》

凉月如眉挂柳湾，
越中山色镜中看。

唐·戴叔伦《兰溪棹歌》

凉风开窗寝，
斜月垂光照。
中宵无人语，
罗幌有双笑。

南朝·乐府民歌《子夜四时歌》

凉州七里十万家，
胡人半解弹琵琶。

唐·岑参《凉州馆中与诸判官夜集》

量长复校短，
凫胫不愿续。

唐·刘蜕《览陈拾遗文集》

两岸山花似雪开，
家家春酒满银杯。

唐·刘禹锡《竹枝词九首》

两岸万山如走马，

一帆千里送归舟。

宋 · 杨万里《发赵屯得风宿杨林池是日行二百里》

两岸晓霞千里月，
半帆斜日一江风。

唐 · 许浑《送杜秀才归桂林》

两个黄鹂鸣翠柳，
一行白鹭上青天。
窗含西岭千秋雪，
门泊东吴万里船。

唐 · 杜甫《绝句》

两地相思不相见，
愁云共掩关山月。

清 · 方殿元《秋夜长》

两地春光同日尽，
居人思客客思家。

唐 · 白居易《望驿台》

两边山木合，
终日子规啼。

唐 · 杜甫《子规》

两水夹明镜，
双桥落彩虹。

唐 · 李白《秋登宣城谢朓北楼》

两纸京书临水读，
小桃花树满商山。

唐 · 元稹《西归绝句》

两心不语暗知情，
灯下裁缝月下行。
行到阶前知未睡，
夜深闻放剪刀声。

唐 · 无名氏《杂诗》

亮无晨风翼，
焉能凌风飞？

汉 · 无名氏《古诗十九首》

量浅酒痕先上面，
兴高琴曲不和弦。

清 · 袁枚《随园诗话》

辽东小妇年十五，
惯弹琵琶解歌舞。
今为羌笛出塞声，
使我三军泪如雨。

唐 · 李颀《古意》

撩乱边愁听不尽，
高高秋月照长城。

唐 · 王昌龄《从军行五首》

寥落古行宫，
宫花寂寞红。
白头宫女在，
闲坐说玄宗。

唐·元稹《行宫》

缭绫织成费功绩，
莫比寻常缯与帛。

唐·白居易《缭绫》

了然云霞气，
照见天地心。

唐·常建《张山人弹琴》

列郡讴歌惜，
三朝出入荣。

唐·杜甫《奉济驿重送严公四韵》

烈士多悲心，
小人偷自闲。

三国·魏·曹植《杂诗·其六》

烈士恶苟得，
俊杰思自致。

唐·杜甫《送顾八分文学适洪吉州》

烈火流金，
不能焚景；
沉寒凝海，
不能结风。

晋·陆机《演连珠五十首》

烈日如焚正蕴隆，
黑云带雨泻长空。
乖龙霹雳一声歇，
庭竹萧萧来好风。

宋·朱淑真《夏日生凉三首》

邻富鸡长往，
庄贫客渐稀。

唐·姚合《原上新居》

林深何处无芳草，
人静有时闻杜鹃。

元·戴表元《陪阮使君游玉几》

林园手种惟吾事，
桃李成荫归别人。

唐·耿沣《代园中老人》

林茂鸟有归，
水深鱼知聚。

唐·杜甫《遣兴五首》

林花扫更落，
径草踏还生。

唐·孟浩然《春中喜王九相寻》

林花著雨燕脂湿，
水荇牵风翠带长。

唐·杜甫《曲江对雨》

林断山更续，
洲尽江复开。

南朝·齐·王融《江皋曲》

林寒正下叶，
晚钓欲收纶。

南朝·陈·阴铿《江津送刘光禄不及》

林疏放得遥山出，
又被云遮一半无。

宋·赵师秀《数日》

林枫欲老柿将熟，
秋在万山深处红。

清·丘逢甲《山村即事》

林间纵有残花在，
留到明朝不是春。

唐·季方《三月晦》

林间暖酒烧红叶，
石上题诗扫绿苔。

唐·白居易《送王十八归山寄题仙游寺》

林间扫石安棋局，
岩下分泉递酒杯。

唐·许浑《游钱塘青山李隐居西斋》

林暗草惊风，
将军夜引弓。
平明寻白羽，
没在石棱中。

唐·卢纶《和张仆射塞下曲》

临川视万里，
何必栏槛为。

唐·杜甫《水槛》

临穴频抚棺，
至哀反无泪。

唐·孟云卿《古乐府挽歌》

临高始见人寰小。

唐·白居易《登灵应台北望》

临水一枝春占早，
照人千树雪同清。

唐·殷尧番《友人山中梅花》

临歧珍重加餐饭，
白首休歌行路难。

清·孙旸《送邓孝威南还》

临别殷勤重寄词，
词中有誓两心知。

唐·白居易《长恨歌》

凛然相对敢相欺，
直干凌云未要奇。
根到九泉无曲处，
世间惟有蛰龙知。

宋·苏轼《王复秀才所居双桧二首》

伶伦吹裂孤生竹，
却为知音不得听。

唐·李商隐《钧天》

瓴甋夸玙璠，
鱼目笑明月。

晋·张协《杂诗》

灵皇皇兮既降，
猋远举兮云中；
览冀州兮有馀，
横四海兮焉穷。

战国·楚·屈原《九歌·云中君》

凌冬不改清坚节，
冒雪何妨色转苍。

宋·朱淑真《竹》

凌烟阁上人，
未必皆忠烈。

唐·于渍《戍卒伤春》

菱叶萦波荷飐风，
荷花深处小船通。

唐·白居易《采莲曲》

零落梅花过残腊，
故园归去又新年。

唐·李频《湖口送友人》

岭上晴云披絮帽，
树头初日挂铜钲。

宋·苏轼《新城道中》

刘郎已恨蓬山远，
更隔蓬山一万重。

唐·李商隐《无题四首》

留得岁寒松柏在，
任他世纲乱如麻。

柳亚子《次韵和陈巢南岁暮感怀之作》

留得岁寒真气在，
梅花如雪照芜城。

清·黄燮清《广陵吊史阁部》

留得当时临别泪，
经年不忍浣衣裳。

清·董以宁《闺怨》

留得根蒂在，
岁岁有东风。

清·翁格《暮春》

骝马新跨白玉鞍，
战罢沙场月色寒。

唐·王昌龄《出塞》

流水淘沙不暂停，
前波未灭后波生。

唐·刘禹锡《浪淘沙九首》

流水旧声入旧耳，

此回呜咽不堪闻。

唐 · 杜牧《入商山》

流水如有意，
暮禽相与还。

唐 · 王维《归嵩山作》

流水生涯尽，
浮云世事空。

唐 · 杜甫《哭长孙侍御》

流水带花穿巷陌，
夕阳和树入帘栊。

五代十国 · 韦庄《贵公子》

流水有情空蘸影，
春风无色最销魂。

清 · 王丹林《白桃花次乾斋侍读韵》

流莺漂荡复参差，
度陌临流不自持。

唐 · 李商隐《流莺》

流莺不管伤春恨，
中落桃花满树红。

元 · 王逢《钱塘春感六首》

流莺自惜春将去，
衔住飞花不忍啼。

清 · 舒瞻《偶占》

流到前滩忙似箭，
不容雨点稍成纹。

宋 · 杨万里《小溪至新田》

流辈凋疏情话少，
年光迟暮壮心违。

宋 · 陆游《感事》

流光如有情，
徘徊上高柳。

宋 · 梅尧臣《七月十六日赴庚直有怀》

流落征南将，
曾驱十万师。

唐 · 刘长卿《送李中丞之襄州》

流血涂野草，
豺狼尽冠缨。

唐 · 李白《古风五十九首》

流光易蹉跎。

明 · 高攀龙《弢光静坐》

流年速似一弹指。

宋 · 陆游《亲旧书来多问近况以诗答之》

柳叶乱飘千尺雨，
桃花斜带一溪烟。

清 · 吴伟业《鸳湖曲》

柳叶眉间发，

桃花脸上生。

唐·徐贤妃《赋得北方有佳人》

柳丝袅袅风缫出，
草缕茸茸雨剪齐。

唐·白居易《天津桥》

柳花飞入正行舟，
卧引菱花信碧流。

唐·李益《行舟》

柳花满地无人扫，
隔水遥看是白云。

元·萨都剌《春日镇杨柳溪道院》

柳花还漠漠，
江燕正飞飞。

唐·韩愈《送李六协律归荆南》

柳含初绿风前舞，
梅带残香雪里飘。

明·袁宏道《辛卯元日》

柳初变后条犹重，
花未开前枝已稠。

唐·白居易《认春戏呈冯少尹李郎中陈主簿》

柳色黄金嫩，
梨花白雪香。

唐·李白《宫中行乐词八首》

柳色看犹浅，
泉声觉渐多。

唐·张籍《酬白二十二舍人早春曲江见招》

柳色参差掩画楼，
晓莺啼送满宫愁。

唐·司马札《宫怨》

柳枝经雨重，
松色带烟深。

唐·张谓《郡南亭子宴》

柳塘春水漫，
花坞夕阳迟。

唐·严维《酬刘员外见寄》

六十余年妄学诗，
工夫深处独心知。
夜来一笑寒灯下，
始是金丹换骨时。

宋·陆游《夜吟》

六月禾未秀，
官家已修仓。

唐·聂夷中《田家》

六朝有遗事，
尽在夕阳间。

元·陈旅《陪赵公子游蒋山即席次李五峰韵》

六朝金粉地，
落木更萧萧。

清 · 吴伟业《残画》

六朝文物草连空，
天淡云闲今古同。

唐 · 杜牧《题宣州开元寺水阁阁下宛溪夹溪居人》

六出飞花入户时，
坐看青竹变琼枝。
如今好上高楼望，
盖尽人间恶路歧。

唐 · 高骈《对雪》

六经以外文章尽，
三代而还世变兴。
天扶日月风云气，
史有龙门诗少陵。

清 · 宋湘《司马迁》

龙卷鱼虾并雨落，
人随鸡犬上墙眠。

宋 · 苏轼《连江雨涨》

龙欲升天须浮云，
人之仕进待中人。

三国 · 魏 · 曹植《当墙欲高行》

龙文百斛鼎，
笔力可独扛。

唐 · 韩愈《病中赠张十八》

龙门原上土，
埋骨不埋名。

唐 · 白居易《题故元少尹集后二首》

龙门非禹凿，
诡怪乃天地。

唐 · 沈佺期《过蜀龙门》

龙鱼失水难为用，
龟玉蒙尘未见珍。
正是圣朝全盛日，
讵知林下有闲人。

唐 · 牟融《春日山亭》

聋者目善视，
瞽者耳善闻；
缺一得专一，
用志斯不分。

清 · 刘岩《病中杂诗》

陇云晴半雨，
边草夏先秋。

唐 · 贺知章《送人之军》

陇雨耕时大，
人烟战后微。
年年禾与黍，
养得骆驼肥。

清·吴嘉纪《泊船观音门》

垅上扶犁儿，
手种腹长饥。

唐·于濆《辛苦吟》

楼船夜雪瓜洲渡，
铁马秋风大散关。

宋·陆游《书愤》

楼船一举风波静，
江汉翻为雁鹜池。

唐·李白《永王东巡歌》

楼台上下火照火，
车马往来人看人。

宋·熊知至《观灯》

楼台影落鱼龙骇，
钟磬声来水石寒。

宋·王令《金山寺》

楼阁玲珑五云起，
其中绰约多仙子。

唐·白居易《长恨歌》

楼上黄昏欲望休，
玉梯横绝月如钩。

唐·李商隐《代赠二首》

楼观沧海日，
门对浙江潮。

唐·宋之问《灵隐寺》

楼观岳阳尽，
川迥洞庭开。
雁引愁心去，
山衔好月来。

唐·李白《与夏十二登岳阳楼》

楼倚霜树外，
镜天无一毫。

唐·杜牧《长安秋望》

蝼蚁谋深穴，
鸲鹩占小枝。

唐·白居易《自题小草亭》

芦芽碧处重增岸，
梅子黄时早浚塘。

宋·范成大《检校后湖新田》

庐山秀出南斗傍，
屏风九叠云锦张，
影落明湖青黛光。

唐·李白《庐山谣寄卢侍御虚舟》

炉火照天地，
红星乱紫烟。

唐·李白《秋浦歌十七首》

鸬鹚杓，

鸚鹉杯。
百年三万六千日，
一日须倾三百杯。

唐 · 李白《襄阳歌》

鲈鱼正美不归去，
空戴南冠学楚囚。

唐 · 赵嘏《长安晚秋》

虏骑闻之应胆慑，
料知短兵不敢接，
车师西门伫献捷。

唐 · 岑参《走马川行奉送出师西征》

虏塞兵气连云屯，
战场白骨缠草根。

唐 · 岑参《轮台歌奉送封大夫出师西征》

鲁酒不可醉，
齐歌空复情。

唐 · 李白《沙丘城下寄杜甫》

鲁莽生何惜，
精灵死也豪。

清 · 陈璋《过张桓侯故居》

鲁叟谈五经，
白发死章句。
问以经济策，
茫如坠烟雾。

唐 · 李白《嘲鲁儒》

鹿鸣在深草，
蝉鸣隐高枝。
心自有所存，
旁人那得知。

南朝 · 宋 · 鲍照《代别鹤操》

路长催老易，
家近恨难归。

清 · 施闰章《叔父同弟阮迟予芜关次日予北发》

路长愁作客，
年老更思归。

唐 · 高适《赴彭州山行之作》

路长惟算月，
书远每题年。

唐 · 李约《从军行三首》

路危行木杪，
身远宿云端。

唐 · 杜甫《移居公安山馆》

路逢相识人，
附书与六亲。
哀哉两决绝，
不复同苦辛。

唐 · 杜甫《前出塞九首》

路旁垂柳古今情，
春草春泉咽又生。

唐·羊士谔《游西山兰若》

路旁花发无心看，
惟见枯枝乱眼明。

唐·蒋吉《樵翁》

路旁时卖故侯瓜，
门前学种先生柳。

唐·王维《老将行》

路从初日红边过，
人在野花香里行。

宋·真山民《春晓山行》

路平正好坐车中，
时有禽声山翠浓。

宋·许月卿《车中》

路转青山合，
峰迥白日曛。

唐·陈子昂《入峡》

路有饥妇人，
抱子弃草间。

三国·魏·王粲《七哀诗三首》

路有论冤谪，
言皆在中兴。

唐·李商隐《哭刘司户蕡》

路行僻处山山好，
春到晴时物物佳。
秀色连云原上麦，
清香夹道刺桐花。

宋·徐玑《永春路》

漉我新熟酒，
只鸡招近局。

晋·陶渊明《归园田居》

露从今夜白，
月是故乡明。

唐·杜甫《月夜忆舍弟》

露重飞难进，
风多响易沉。

唐·骆宾王《在狱咏蝉》

露带山花落，
云随野水流。

唐·张乔《送蜀客》

露浓山气冷，
风急蝉声哀。

隋·杨广《悲秋诗》

露湿寒塘草，
月映清淮流。

南朝 · 梁 · 何逊《与胡兴安夜别》

露涤铅粉节，
风摇青玉枝。
依依似君子，
无地不相宜。

唐 · 刘禹锡《庭竹》

露根堪系马，
空腹定藏人。

唐 · 张籍《古树》

露凝无游氛，
天高风景澈。

晋 · 陶渊明《和郭主簿二首》

露凝丹地初疑雨，
烟著红楼半是霞。

唐 · 杨巨源《赠红楼院宣供奉》

露如微霰下前池，
风过回塘万竹悲。

唐 · 李商隐《七月二十九日崇让宅宴作》

闾庭多落叶，
慨然知已秋。

晋 · 陶渊明《酬刘柴桑》

缕月成歌扇，
裁云作舞衣。

唐 · 李义府《堂堂词二首》

履危恨无机，
避祸欣有策。

金 · 元好问《临汾李氏任运堂二首》

律回岁晚冰霜少，
春到人间草木知。
便觉眼前生意满，
东风吹水绿参差。

宋 · 张栻《立春偶成》

律令何时方帖妥，
工夫深处却平夷。

宋 · 陆游《追怀曾文清公
呈赵教授赵近尝示诗》

绿遍山原白满川，
子规声里雨如烟。
乡村四月闲人少，
才了蚕桑又插田。

宋 · 翁卷《乡村四月》

绿树村边合，
青山郭外斜。

唐 · 孟浩然《过故人庄》

绿树连村暗，
黄花入麦稀。

唐 · 司空图《独望》

绿树阴浓夏日长，
楼台倒影入池塘。
水晶帘动微风起，
满架蔷薇一院香。

唐·高骈《山亭夏日》

绿树绕村含细雨，
寒潮背郭卷平沙。

唐·温庭筠《送人》

绿水青山知有君，
白云明月偏相识。

唐·任华《杂言寄李白》

绿水红莲一朵开，
千花万花无颜色。

唐·白居易《初及第赠长安妓人阿软绝句》

绿水逶迤去，
青山相向开。

唐·张说《下江向夔州》

绿杨枝上啭黄鹂，
红杏梢头挂酒旗。

明·唐寅《杏林春燕》

绿杨白鹭俱自得，
近水远山皆有情。

宋·苏舜钦《过苏州》

绿杨有意檐前舞，
凉月多情海上来。

宋·苏舜钦《和彦猷晚宴明月楼二首》

绿竹含新粉，
红莲落故衣。

唐·王维《山居即事》

绿竹入幽径，
青萝拂行衣。

唐·李白《下终南山过斛斯山人宿置酒》

绿竹半含箨，
新梢才出墙。
雨洗娟娟净，
风吹细细香。

唐·杜甫《严郑公宅同咏竹》

绿垂风折笋，
红绽雨肥梅。

唐·杜甫《陪郑广文游何将军山林十首》

绿阴生昼静，
孤花表春余。

唐·韦应物《游开元精舍》

绿苔人迹少，
黄叶雨声多。

宋·欧阳修《东阁雨中》

绿池落却红蕖尽，

荷花犹开最小钱。

宋 · 杨万里《秋凉晚步》

绿蚁新醅酒，
红泥小火炉。
晚来天欲雪，
能饮一杯无。

唐 · 白居易《问刘十九》

绿草蔓如丝，
杂树红英发。
无论君不归，
君归芳已歇。

南朝 · 齐 · 谢朓《王孙游》

绿萍与荷叶，
同此一水中。
风吹荷叶在，
绿萍西复东。

唐 · 孟郊《乐府》

绿叶成荫子满枝。

宋 · 计有功《唐诗纪事 · 杜牧》

鸾鸟凤凰，
日以远兮；
燕雀乌鹊，
巢堂坛兮。

战国 · 楚 · 屈原《九章 · 涉江》

乱花渐欲迷人眼，
浅草才能没马蹄。

唐 · 白居易《钱塘湖春行》

乱抛雪玉从天下，
散作云烟到地飞。

宋 · 戴复古《括苍石门瀑布》

乱条犹未变初黄，
倚得东风势便狂。
解把飞花蒙日月，
不知天地有清霜。

宋 · 曾巩《咏柳》

乱云深处水回环，
南亩无多屋数间。
晓起一犁南雨足，
夕阳牛角挂书还。

元 · 陶宗仪《题云庄耕隐图》

乱云低薄暮，
急雪舞回风。

唐 · 杜甫《对雪》

乱山残雪夜，
孤烛异乡人。

唐 · 孟浩然《岁除夜有怀》

乱山徐吐日，
积水远生烟。

宋 · 陆游《早行》

乱流争迅湍，
喷薄如雷风。

唐·岑参《冬夜守仙游寺南凉堂呈谦道人》

乱流趋正绝，
孤屿媚中川。

南朝·齐·谢朓《登江中孤屿》

乱鸦投落日，
疲马向空山。

唐·刘长卿《恩敕重推使牒追赴苏州次前溪馆作》

乱石绕东蒙，
崎岖古道通。
一身千里外，
匹马万山中。

清·洪昇《蒙山道中》

乱定几人还本土，
惟有官家重作主。

唐·张籍《废宅行》

乱来人不到，
芳草上阶生。

唐·钱起《宿洞口驿》

乱泉声里谁通屐？
黄叶林间自著书。

清·王苹《南园》

乱点碎红山杏发，
平铺新绿水蘋生。

唐·白居易《南湖早春》

乱世天心不可知，
归路迢迢百忧集。

清·方殿元《章贡舟中作歌六首》

轮台九月风夜吼，
一川碎石大如斗，
随风满地石乱走。

唐·岑参《走马川行奉送出师西征》

轮台东门送君去，
去时雪满天山路。
山回路转不见君，
雪上空留马行处。

唐·岑参《白雪歌送武判官归京》

轮台城头夜吹角，
轮台城北旄头落。

唐·岑参《轮台歌奉送封大夫出师西征》

论交不志期终始，
有道真堪托死生。

清·顾绍敏《赠山阳程爽林》

论文期摘瑕，
求友惟攻阙。

清·黎志远《汉阳舟次》

论文贵天然。

金·元好问《继愚轩和党承旨雪诗四首》

罗带因腰缓，
金钗逐鬓斜。

隋·罗爱爱《闺思诗》

洛阳亲友如相问，
一片冰心在玉壶。

唐·王昌龄《芙蓉楼送辛渐二首》

洛阳三月花如锦，
多少功夫织得成。

宋·刘克庄《莺梭》

洛阳东风几时来，
川波岸柳春全回。

唐·韩愈《感春五首》

洛阳城东桃李花，
飞来飞去落谁家。
幽闺女儿惜颜色，
坐见落花长叹息。

唐·宋之问《有所思》

洛阳城里见秋风，
欲作家书意万重。
复恐匆匆说不尽，
行人临发又开封。

唐·张籍《秋思》

洛阳春色擅中州。

宋·陆游《和谭德称送牡丹》

洛阳访才子，
江岭作流人。

唐·孟浩然《洛中访袁拾遗不遇》

洛阳古多士，
风俗犹尔雅。

宋·苏轼《司马君实独乐园》

落红不是无情物，
化作春泥更护花。

清·龚自珍《己亥杂诗》

落红无雨归春水，
弱絮多情上酒船。

清·张笃庆《忆旧》

落木千山天远大，
澄江一道月分明。

宋·黄庭坚《登快阁》

落木无边江不尽，
此身此日更须忙。

宋·陈师道《次韵李节推九日登南山》

落花芳草无寻处，
万壑千峰独闭门。

唐·刘长卿《过郑山人所居》

落花寂寂啼山鸟，
杨柳青青渡水人。

唐·王维《寒食汜上作》

落花流水浅深红，
尽日帆飞绣浪中。

宋·范成大《余杭道中》

落花绕树疑无影，
回雪从风暗有情。

唐·顾况《舞》

落花游丝白日静，
鸣鸠乳燕青春深。

唐·杜甫《题省中院壁》

落花如有意，
来去逐船流。

唐·储光羲《江南曲》

落花满春光，
疏柳映新塘。

唐·储光羲《答王十三维》

落日不将遗恨去，
秋风能使旅魂消。

元·陆仁《题金陵》

落日千帆低不渡，
惊涛一片雪山来。

明·李攀龙《送子相归广陵》

落日凤城佳气合，
满城春树雨濛濛。

唐·章八元《题慈恩寺塔》

落日无情最有情，
偏催万树暮蝉鸣。
听来咫尺无寻处，
寻到旁边却无声。

宋·杨万里《初秋行圃》

落日红霞收未尽，
淡云微月出东边。

元·萨都剌《九日渡淮喜得东南顺风二首》

落日下河源，
寒山静秋塞。

唐·王维《奉和圣制送不蒙都护兼鸿胪卿归安西应制》

落日照大旗，
马鸣风萧萧。

唐·杜甫《后出塞五首》

落日川渚寒，
愁云绕天起。

南朝·宋·鲍照《赠傅都曹别》

落日见秋草，

暮年逢故人。

唐 · 李端《江上喜逢司空文明》

落日心犹壮，
秋风病欲苏。

唐 · 杜甫《江汉》

落日松风起，
还家草露晞。
云光侵履迹，
山翠拂人衣。

唐 · 裴迪《华子冈》

落叶别树，
飘零随风。

唐 · 李白《独漉篇》

落叶满空山，
何处寻行迹。

唐 · 韦应物《寄全椒山中道士》

落叶他乡树，
寒灯独夜人。

唐 · 马戴《灞上秋居》

落月满屋梁，
犹疑照颜色。

唐 · 杜甫《梦李白》

落月如老妇，
苍苍无颜色。

宋 · 曹勋《望太行》

落月低轩窥烛尽，
飞花入户笑床空。

唐 · 李白《长相思》

落其实者思其树，
饮其流者怀其源。

北朝 · 北周 · 庾信《周五声调曲 · 徵调曲六首》

落落盘踞虽得地，
冥冥孤高多烈风。

唐 · 杜甫《古柏行》

落魄江湖载酒行，
楚腰纤细掌中轻。

唐 · 杜牧《遣怀》

落魄易多病，
艰危更百忧。

金 · 元好问《落魄》

落笔四座惊。

唐 · 杜甫《赠左仆射郑国公严公武》

M

马上谁家白面郎，
临阶下马坐人床。
不道姓名粗豪甚，
指点银瓶索酒尝。

唐·杜甫《少年行》

马上续残梦，
不知朝日升。
乱山横翠嶂，
落月淡孤灯。

宋·苏轼《太白山下早行至横渠镇》

马思边草拳毛动，
雕眄青云睡眼开。

唐·刘禹锡《始闻秋风》

马踏残云争晚渡，
鸟衔落日下晴川。

清·蒲松龄《途中》

马踏春泥半是花。

唐·窦巩《襄阳寒食寄宇文籍》

马辞辕下头高举，
鹤出笼中翅大开。

唐·白居易《百日假满》

马后桃花马前雪，
出关争得不回头。

清·徐兰《出关》

马骨空传当日价，
鸡声不到暮年心。

元·周庭震《登城》

马疾过飞鸟，
天穷超夕阳。

唐·岑参《武威送刘单判官赴安西行营便呈高开府》

马行边草绿，
旌卷曙霜飞。

唐·李白《送白利从金吾董将军西征》

麻鞋见天子，
衣袖露两肘。

唐·杜甫《述怀》

埋愁不著重泉底，
尽向人间种白头。

金·元好问《杂著九首》

麦行千里不见土，
连山没云皆种黍。

宋·王安石《歌元丰》

麦秋桑叶大，
梅雨稻田新。
篱落栽山果，
池塘养海鳞。

唐·戴叔伦《酬袁太祝长卿小湖村山居书怀见寄》

卖国仍将身自卖，
奸雄两字惜称君。

清·倪瑞璿《阅明史马士英传》

卖身买得千年名。

唐·李白《笑歌行》

卖花声里梦江南。

清·舒瞻《题杏花春雨图》

满城风雨近重阳。

宋·潘大临《断句》

满城桃李争春色，
不许梅花不成雪。

宋·陆游《庚子正月十八日送梅》

满川风雨独凭栏，
绾结湘娥十二鬟。

宋·黄庭坚《雨中登岳阳楼望君山》

满地芦花和我老，
旧家燕子傍谁飞？

宋·文天祥《金陵驿》

满地冰霜骡足动，
踏破千家万家梦。

清·徐倬《骡车谣》

满园花菊郁金黄，
中有孤丛色似霜；
还似今朝歌酒席，
白头翁入少年场。

唐·白居易《重阳席上赋白菊》

满阁白云随雨去，
一池寒月逐潮来。

唐·方干《许员外新阳别业》

满堂兮美人，
忽独与余兮目成。

战国·楚·屈原《九歌·少司命》

满眼悲凉今古恨，
人生辛苦竟何成。

宋·朱熹《秀野刘文寄示南昌诸诗和此两篇》

满眼儿孙身外事，
闲梳白发对残阳。

唐·窦巩《代邻叟》

满眼儿孙满檐日，
饭香时节午鸡啼。

清·汪绎《田家乐》

满眼青山未得过，
镜中无那鬓丝何。

唐·杜牧《书怀》

满眼生机转化钧，
天工人巧日争新。
预支五百年新意，
到了千年又觉陈。

清·赵翼《论诗五绝》

漫道闲人无一事，
逢春也似蜜蜂忙。

宋·陆游《闻傅氏庄紫笑花开急棹小舟观之》

漫向春风寻旧泽，
生平功过史书中。

清·李来泰《荆公故宅》

芒刺在我眼，
焉能待高秋。

唐·杜甫《除草》

芒芒旧事君莫说，
劝君且饮杯中物。

清·姜宸英《徐健庵编修筵上观洗象》

芒芒太仓中，
一米谁雌雄。

宋·苏轼《行琼儋间肩舆坐睡梦中得句云千山动鳞甲万谷酣笙钟觉而遇清风急雨戏作此数句》

茫茫禹迹，
浩浩长春。

唐·魏徵《砥柱山铭》

茫茫宇宙人无数，
几个男儿是丈夫。

唐·白居易《东山寺》

茫然不知身何处，
水色天光共蔚蓝。

宋·韩驹《夜泊宁陵》

茅茨隐不见，
鸡鸣知有人。

晋·帛道猷《陵峰采药触兴为诗》

茅飞渡江洒江郊，
高者挂罥长林梢，
下者飘转沉塘坳。

唐·杜甫《茅屋为秋风所破歌》

茅檐不似宫砖暖，
日满南窗也可人。

宋·陆游《晨起南窗晴日可爱戏作一绝》

茅檐长扫净无苔，
花木成畦手自栽。
一水护田将绿绕，
两山排闼送青来。

宋·王安石《书湖阴先生壁》

茅檐日出胜重裘，
饱饭看山倦即休。
识得个中真趣味，
自然无梦到封侯。

宋·薛嵎《冬日杂言》

茂陵封禅无遗稿，
始信文章到老醇。

清·史夔《林处士墓》

貌古眉如雪，
看经二十霜。
寻常对诗客，
只劝疗心疮。

唐·释贯休《赠景和尚院》

枚乘文章老，
河间礼乐存。

唐·杜甫《奉汉中王手札》

眉月晚生神女浦，
脸波春傍窈娘堤。

唐·白居易《天津桥》

梅花不老青山在，
姓名清绝留苍崖。

清·吴翊《西山探梅》

梅花带雪飞琴上，
柳色和烟入酒中。

唐·章孝标《早春初晴野宴》

梅花欲开不自觉，
棣萼一别永相望。

唐·杜甫《至后》

梅花竹里无人见，
一夜吹香过石桥。

宋·姜夔《除夜自石湖归苕溪》

梅花如高人，
枯槁道愈尊。

宋·陆游《宿龙华山中寂然无一人方丈前梅花盛开月下独观至中夜》

梅子留酸软齿牙，
芭蕉分绿上窗纱。

宋·杨万里《闲居初夏午睡起二绝句》

梅须逊雪三分白，
雪却输梅一段香。

宋·卢梅坡《雪梅》

梅衰未减态，
春嫩不禁寒。

唐·杜牧《初春有感寄歙州邢员外》

梅蕊腊前破，
梅花年后多。

唐·杜甫《江梅》

梅柳夹门植，
一条有佳花。

晋·陶渊明《蜡日》

每因楼上西南望，
始觉人间道路长。

唐·白居易《登西楼忆行简》

每疑曲径天边度，
不信奇峰地上生。

清·曹钤《坐掷钵庵偶成》

每恨闻名不相识。

金·元好问《酒门限邵和卿醉归图》

每笑成名皆竖子。

清·郭襄图《赠鲍子韶即送别》

每见先鸣早，
常惊后进多。

唐·李端《赠赵神童》

每选隙地居，
不踏要路行。

唐·白居易《丘中有一士》

美人既醉，
朱颜酡些。
嬉光眇视，
目曾波些。

战国·楚·宋玉《招魂》

美人舞如莲花旋，
世人有眼应未见。

唐·岑参《田使君美人舞如莲花北铤歌》

美人今何在？
灵芝徒有芳。

唐·杨炯《巫峡》

美人怨何深，
含情倚金阁。
不嚬复不语，
珠泪双双落。

唐·蒋维翰《古歌二首》

美人梳洗时，
满头间珠翠。
岂知两片云，
戴却数乡税。

唐·郑遨《富贵曲》

美人如花隔云端，
上有青冥之长天，
下有渌水之波澜。

唐·李白《长相思三首》

美人为黄土，
况乃粉黛假。

唐·杜甫《玉华宫》

美才须比玉，
直道岂如钩。
元 · 吾丘衍《次韵谢钱翼之》

美才应自料，
苦节岂无成。
唐 · 高适《别从甥万盈》

美酒饮教微醉后，
好花看到半时开。
宋 · 邵雍《安乐窝》

美恶不随天地老。
唐 · 无名氏《楚泊亭》

门前便是红尘地，
林外无非赤日天。
唐 · 白居易《池上逐凉二首》

门前桃李都飞尽，
又见春光到楝花。
元 · 朱希晦《寄友》

门前车马闹如市，
案上文檄高于山。
宋 · 陆游《游园觉乾明祥符三院至暮》

门前万事不挂眼，
头虽长低志不屈。
宋 · 苏轼《戏子由》

门前相对青峰小，
屋后流来白水斜。
可爱山翁无一事，
藤墙西畔看蜂衙。
宋 · 徐玑《泊马公岭》

门前雪满无人迹，
应是先生出未归。
唐 · 岑参《草堂村寻罗生不遇》

门外若无南北路，
人间应免别离愁。
唐 · 杜牧《赠别》

门外天涯迁客路，
桥边风雪蹇驴情。
清 · 钱谦益《南归感事》

门外无人问落花，
绿阴冉冉遍天涯。
林莺啼到无声处，
春草池塘独听蛙。
宋 · 曹豳《暮春》

门外鸬鹚去不来，
沙头忽见眼相猜。
自今以后知人意，
一日须来一百回。
唐 · 杜甫《三绝句》

门外韩擒虎，

楼头张丽华。

唐·杜牧《台城曲二首》

门不当官道，
行人到亦稀。

唐·贾岛《早春题友人湖上新居》

门开九江转，
枕下五湖连。

唐·李白《经乱离后天恩流夜郎忆旧游书怀赠江夏韦太守良宰》

门对寒流雪满山。

唐·韦应物《休假日访王侍御不遇》

门掩松萝一径深，
偶携藜杖出前林。
谁知尽日看山坐，
万古兴亡总在心。

唐·李九龄《山舍偶题》

扪虱雄豪空自许，
屠龙工巧竟何成。

宋·陆游《即事》

蒙人惠一恩，
终身酬不报。

唐·王梵志《王梵志诗一百一十首》

濛濛百花里，
罗绮竞秋千。

唐·张仲素《春游曲三首》

猛虎听经金磬动，
猕猴献蜜雪窗闲。

唐·李端《题觉公新兰若》

猛虎在山，
百兽莫敢侵。

北朝·北周·庾信《周五声调曲·商调曲四首》

猛志逸四海，
骞翮思远翥。

晋·陶渊明《杂诗十二首》

猛将宜尝胆，
龙泉必在腰。

唐·杜甫《寄董卿嘉荣十韵》

孟夏草木长，
绕屋树扶疏。
众鸟欣有托，
吾亦爱吾庐。

晋·陶渊明《读〈山海经〉十三首》

孟郊死葬北邙山，
从此风云得暂闲。
天恐文章浑断绝，
更生贾岛著人间。

唐·韩愈《赠贾岛》

梦回已悟人间世，

犹向邯郸话旧游。

元 · 张养浩《黄州道中》

梦回愁对一灯昏。

宋 · 陆游《枕上偶成》

梦得池塘生春草，
使我长价登楼诗。

唐 · 李白《赠从弟南平太守之遥二首》

梦断香消四十年，
沈园柳老不吹绵。

宋 · 陆游《沈园》

梦为远别啼难唤，
书被催成墨未浓。

唐 · 李商隐《无题四首》

梦魂不识天涯路，
愿作杨花片片飞。

元 · 胡天游《杨花吟》

梦里分明见关塞，
不知何路向金微。

唐 · 张仲素《秋闺思二首》

梦觉隔窗残月尽，
五更春鸟满山啼。

宋 · 张耒《福昌官舍》

梦作公侯醒作仙，
人间愿欲那能全。

清 · 屈复《黄粱梦卢生祠》

梦绕边城月，
心飞故国楼。

唐 · 李白《太原早秋》

梦君如鸳鸯，
比翼云间翔。
既觉寂无见，
旷如参与商。

晋 · 傅玄《饮马长城窟行》

梦随芳树远，
人去落花初。

明 · 汤显祖《园居示姜绪父》

梦中相聚笑，
觉见半床月。

唐 · 李贺《秋凉诗寄正字十二兄》

梦中不识路，
何以慰相思。

南朝 · 梁 · 沈约《别范安成》

梦中说梦两重虚。

唐 · 白居易《读禅经》

梦好心多感，
情深意已传。

元·李裕《次宋编修显夫南陌诗四十韵》

梦境原虚幻，
情真幻亦真。

清·翁志琦《连夜梦归故乡醒后偶成》

梦笑开娇靥，
眠鬟压落花。

南朝·梁·萧纲《咏内人昼眠》

迷津觉路失，
托势随风翻。

唐·李白《闻丹丘子于城北山营石门幽居中有高风遗迹仆离群远怀亦有栖遁之志因叙旧以寄之》

靡不有初，
鲜克有终。

《诗经·大雅·荡》

靡靡年时改，
冉冉老已及。

晋·陆机《遨游出西城》

靡靡风还落，
菲菲夜未央。

元·倪瓒《桂花》

米价贱如土，
酒味浓于饧。

唐·白居易《六年寒食洛下宴游赠冯李二少尹》

密林含余清，
远峰隐半规。

南朝·齐·谢朓《游南亭》

绵绵钟漏洛阳城，
客舍贫居绝送迎。
逢君贳酒因成醉，
醉后焉知世上情。

唐·蔡希寂《洛阳客舍逢祖咏留宴》

绵绵之葛，
在于旷野。
良工得之，
以为絺纻；
良工不得，
枯死于野。

汉·刘向《说苑》

面上减除忧喜色，
胸中消尽是非心。

唐·白居易《咏怀》

面结口头交，
肚里生荆棘。

唐·孟郊《择友》

妙质不为平世得，
微言惟有故人知。

宋 · 王安石《思王逢源》

庙古碑无字，
洲晴蕙有香。

唐 · 崔涂《屈原庙》

灭志身世表，
藏名琴酒间。

南朝 · 宋 · 鲍照《和王丞》

灭烛怜光满，
披衣觉露滋。

唐 · 张九龄《望月怀远》

灭除残梦想，
换尽旧心肠。

唐 · 白居易《郡斋暇日忆庐山草堂兼寄二林僧社三十韵多叙贬官已来出处之意》

民生各有所乐兮，
余独好修以为常。
虽体解吾犹未变兮，
岂余心之可惩。

战国 · 楚 · 屈原《离骚》

民何贵？
贵有德。

汉 · 唐山夫人《安世房中歌》

民间有病谁开口，
府下无人只点头。

五代十国 · 张义方《献冯李二相公》

民困必失所，
拯溺焉能尽。

清 · 龚鼎孳《蠲租行追同元次山舂陵行韵》

民为国本根，
岂不思培植。

宋 · 王迈《简同年刁时中俊卿诗》

敏捷诗千首，
飘零酒一杯。

唐 · 杜甫《不见》

名花倾国两相欢，
长得君王带笑看。
解释春风无限恨，
沉香亭北倚阑干。

唐 · 李白《清平调词二首》

名岂文章著，
官因老病休。
飘飘何所似？
天地一沙鸥。

唐 · 杜甫《旅夜书怀》

名飞日月上，
义与风云翔。

唐 · 李白《自溧水道哭王炎三首》

名高不择仕，
委世随虚舟。

唐·李颀《寄万齐融》

名高毁所集，
言巧智难防。

唐·刘禹锡《萋兮吟》

名高气益卑，
位显心弥肃。

清·张廷玉《杂兴》

名高折人爵，
思苦减天年。

唐·白居易《江楼夜吟元九律诗成三十韵》

名位未沾身欲老，
诗书宁救眼前贫。

唐·戎昱《感春》

名工绎思挥彩笔，
驱山走海置眼前。

唐·李白《当涂赵炎少府粉图山水歌》

名利苟可取，
杀身傍权要。

唐·杜甫《三韵三篇》

名利心既忘，
市朝梦亦尽。

唐·白居易《宿简叔观》

名利驱人心。

唐·白居易《过骆山人野居小池》

名宦无媒自古迟。

唐·钱起《送邬三落第还乡》

名声若日照四海。

战国·楚·屈原《大招》

名贤慎出处，
不肯妄行役。

唐·杜甫《郑典设自施州归》

名虚买实祸，
将相安足论。

金·元好问《饮酒五首》

名为公器无多取，
利是身灾合少求。

唐·白居易《感兴二首》

明灯照壁何愁蝎，
绿树当门定有蝉。

清·查慎行《王给谏移寓》

明日复明日，
明日何其多？
日日待明日，
万事成蹉跎。

明·文嘉《明日歌》

明日扁舟又南去，
天涯相望意如何。

元·雅琥《留别凯烈彦卿学士》

明日断炊何暇问，
且携鸦嘴种梅花。

清·毕著《村居》

明日巴陵道，
秋山又几重。

唐·李益《喜见外弟又言别》

明月不归沉碧海，
白云愁色满苍梧。

唐·李白《哭晁卿衡》

明月出天山，
苍茫云海间。
长风几万里，
吹度玉门关。

唐·李白《关山月》

明月出海底，
一朝开光耀。

唐·李白《古风五十九首》

明月自来还自去，
更无人倚玉阑干。

唐·崔橹《华清宫三首》

明月好同三径夜，
绿杨宜作两家春。

唐·白居易《欲与元八卜邻先有是赠》

明月照高楼，
流光正徘徊。

三国·魏·曹植《怨歌行》

明月照积雪，
朔风劲且哀。

南朝·齐·谢朓《岁暮》

明月流客思，
白云迷故乡。
谁能借风便，
一举凌苍苍。

唐·卢照邻《赠益府群官》

明月在浊流，
不改月色清；
孤松盘曲径，
不改松性贞。

清·陆文铭《拟古》

明月满街流水远，
华灯入望众星高。

宋·曾巩《上元》

明月一天风满地，

爽人秋意不须多。

明·唐寅《题画》

明月易亏轮，
好花难恋春。

唐·越溪杨女《春日》

明月澄清影，
列宿正参差。

三国·魏·曹植《公宴》

明月隐高树，
长河没晓天。

唐·陈子昂《春夜别友人》

明月本无心，
行人自回首。

唐·白居易《宿蓝桥对月》

明月净松林，
千峰同一色。

宋·欧阳修《自菩提步月归广化寺》

明月有情还约我，
夜来相见杏花梢。

清·袁枚《春日杂诗》

明月入绮窗，
仿佛想蕙质。

南朝·梁·江淹《潘黄门岳述哀》

明年此会知谁健，
醉把茱萸仔细看。

唐·杜甫《九日蓝田崔氏庄》

明年依旧花争发，
开落庭前知为谁？

清·徐釚《落花篇》

明朝望乡处，
应见陇头梅。

唐·宋之问《题大庾岭北驿》

明朝驿使发，
一夜絮征袍。

唐·李白《子夜吴歌四首》

明朝牵世务，
挥泪各西东。

唐·杜甫《酬孟云卿》

明断自天启，
大略驾群才。

唐·李白《古风五十九首》

明当临大江，
一洒壮士泪。

宋·陆游《梦笔驿》

明明日月光，
何所不光昭。

东汉 · 曹操《秋胡行五解》

明镜蒸食未为得所，
干将补履尤可伤嗟。

北朝 · 北周 · 庾信《拟连珠四十四首》

明湖映天光，
彻底见秋色。

唐 · 李白《秋登巴陵望洞庭》

明时未得用，
白首徒攻文。

唐 · 岑参《送王大昌龄赴江宁》

明时进用多英杰，
迂腐深惭守一经。

元 · 傅若金《登楼》

明知此恨古人少，
哭女偏当无子翁。

清 · 姚世钰《哭女》

明眸皓齿今何在，
血污游魂归不得。

唐 · 杜甫《哀江头》

明晨拟回棹，
乡思恨风波。

唐 · 祖咏《泗上冯使君南楼作》

明珠难暗投。

唐 · 李白《留别贾舍人至二首》

明珠世不重。

唐 · 沈佺期《黄鹤》

鸣筝金粟柱，
素手玉房前。
欲得周郎顾，
时时误拂弦。

唐 · 李端《听筝》

冥冥任所往，
脱略谁能驯。

唐 · 杜甫《通泉县署壁后薛少保画鹤》

冥心了无作，
无作乃无闷。

清 · 秦道然《老境》

溟蒙小雨来无际，
云与青山淡不分。

金 · 周昂《西城道中》

暝色赴春愁，
归人南渡头。

唐 · 皇甫冉《归渡洛水》

螟蛉有子，
蜾蠃负之。

《诗经 · 小雅 · 小宛》

命鸾凤兮逐雀，
驱龙骥兮捕鼠。

唐 · 卢照邻《悲才难》

嫫母衣锦，
西施负薪。

唐 · 李白《鸣皋歌奉饯从翁清归五崖山居》

摩挲数尺沙边柳，
待汝成阴系钓舟。

宋 · 董颖《江上》

末路成白首，
功归天下人。

唐 · 刘长卿《从军六首》

陌上花开蝴蝶飞，
江山犹是昔人非。

宋 · 苏轼《陌上花三首》

莫愁前路无知己，
天下谁人不识君。

唐 · 高适《别董大二首》

莫愁父母少黄金，
天下风尘儿亦得。

唐 · 杜甫《锦树行》

莫道桑榆晚，
为霞尚满天。

唐 · 刘禹锡《酬乐天咏老见示》

莫道谗言如浪深，
莫言迁客似沙沉。
千淘万漉虽辛苦，
吹尽狂沙始到金。

唐 · 刘禹锡《浪淘沙九首》

莫道官忙身老大，
即无年少逐春心。
凭君先到江头看，
柳色如今深未深。

唐 · 韩愈《早春呈水部张十八员外》

莫道弦歌愁远谪，
青山明月不曾空。

唐 · 王昌龄《龙标野宴》

莫道老株芳意少，
逢春犹胜不逢春。

唐 · 白居易《题州北路傍老柳树》

莫道韶华镇长在，
发白面皱专相待。

唐 · 李贺《嘲少年》

莫道绣衾无粉本，
朝朝镜里看双螺。

清 · 刘献廷《题闺秀雪仪画嫦娥便面》

莫道无人能报国，

红旗行去取凉州。

宋 · 王珪《闻种谔脂米川大捷》

莫上高楼看柳色，
春愁多在暮山中。

清 · 赵执信《社日》

莫对琵琶思往事，
声声弹出断人肠。

元 · 王士熙《李宫人琵琶引》

莫对明月思往事，
损君颜色减君年。

唐 · 白居易《赠内》

莫赤匪狐，
莫黑匪乌。

《诗经 · 邶风 · 北风》

莫见长安行乐处，
空令岁月易蹉跎。

唐 · 李颀《送魏万之京》

莫见九江平稳去，
还从三峡崄巇来。

唐 · 李群玉《浔阳观水》

莫负阳春好烟景，
且教办取踏青鞋。

清 · 李永祺《病起》

莫怪门前可罗雀，
诗家所得是清贫。

金 · 元好问《赠罗友卿三首》

莫怪杏园憔悴去，
满城多少插花人。

唐 · 杜牧《杏园》

莫怪常有千行泪，
只为阳台一片云。

唐 · 骆宾王《忆蜀地佳人》

莫怪时人笑疏懒，
宦情元不似诗情。

宋 · 陆游《舟行蕲黄间雨霁得便风有感》

莫向后庭歌玉树，
故宫风雨已全非。

清 · 赵进美《梨花》

莫向人间争胜负，
须知三教本同源。

五代十国 · 牛峤《评僧道二门论难》

莫问早行奇绝处，
四方八面野香来。

宋 · 杨万里《过百家渡》

莫听声声催去棹，
桃溪浅处不胜舟。

唐 · 王之涣《宴词》

莫言下岭便无难，
赚得行人错喜欢。
正入万山圈子里，
一山放出一山拦。

宋 · 杨万里《过松源晨炊漆公店》

莫言炙手手可热，
须臾火尽灰亦灭。
莫言贫贱即可欺，
人生富贵自有时。

唐 · 崔颢《长安道》

莫言草木委冬雪，
会应苏息遇阳春。

南朝 · 宋 · 鲍照《拟行路难十八首》

莫言富贵长可托，
木槿朝看暮还落。

唐 · 李颀《别梁锽》

莫言长是无心物，
还有随龙作雨时。

唐 · 张乔《孤云》

莫言材大难为用，
驯扰听受谙职司。

清 · 严允肇《洗象行》

莫言骐骥能千里，
只重黄金不重贤。

元 · 郝经《贤台行》

莫言归去无人伴，
自有中天月正明。

唐 · 顾况《送朱拾遗》

莫言人远天涯近，
书到楼头第几封。

清 · 濮淙《闻梁蘧玉已寓京口》

莫言春度芳菲尽，
别有中流采芰荷。

唐 · 贺知章《采莲曲》

莫言塞北无春到，
总有春来何处知。

唐 · 李益《度破讷沙二首》

莫言根蒂弱，
翻足奈秋寒。

清 · 陈珮《瘦菊为小婢作》

莫言名与利，
名利是身仇。

唐 · 杜牧《不寝》

莫奏开元旧乐章，
乐中歌曲断人肠。

唐 · 薛逢《开元后乐》

莫思身外无穷事，
且尽生前有限杯。
唐 · 杜甫《绝句漫兴九首 · 其四》

莫将边地比京都，
八月严霜草已枯。
唐 · 王缙《九日作》

莫将心事厌长沙，
云到何方不是家。
唐 · 元稹《放言五首》

莫将画竹论难易，
刚道繁难简更难。
君看萧萧只数叶，
满堂风雨不胜寒。
明 · 李东阳《柯敬仲墨竹》

莫将死句入诗中，
此诀传来自放翁。
清 · 袁枚《仿元遗山论诗》

莫将成败论英雄。
柳亚子《题太平天国战史》

莫将戏事扰真情，
且可随缘道我赢。
宋 · 王安石《棋诗》

莫嫌海角天涯远，
但肯摇鞭有到时。
清 · 袁枚《新正十一日还》

莫嫌麋鹿无情识，
比似人间少爱憎。
金 · 元好问《前高山杂诗七首》

莫嫌举世无知己，
未有庸人不忘才。
清 · 查慎行《三闾祠》

莫谓人间多别恨，
便疑天上有离愁。
清 · 吴绡《七夕》

莫谓陶诗恨枯槁，
细看字字可铭膺。
宋 · 陆游《杭湖夜归》

莫笑贱贫夸富贵，
共成枯骨两如何。
唐 · 白居易《放言五首》

莫笑关西将家子，
只将诗思入凉州。
唐 · 李益《边思》

莫笑田家老瓦盆，
自从盛酒长儿孙。
唐 · 杜甫《少年行二首》

莫倚高枝纵繁响，

也应回首顾螳螂。

唐 · 陆龟蒙《闻蝉》

莫倚儿童轻岁月，
丈人曾共尔同年。

唐 · 窦巩《赠王氏小儿》

莫羡三春桃与李，
桂花成实向秋荣。

唐 · 刘禹锡《答乐天所寄咏怀且释其枯树之叹》

莫说长江限南北，
建康原是小朝廷。

清 · 顾湄《感怀》

莫唱当年《长恨歌》，
人间亦自有银河。
石壕村里夫妻别，
泪比长生殿上多。

清 · 袁枚《马嵬》

莫怨他乡暂离别，
知君到处有逢迎。

唐 · 高适《夜别韦司士得城字》

莫作商人妇，
金钗当卜钱。
朝朝江口望，
错认几人船。

唐 · 刘采春《啰唝曲》

莫作天涯万里意，
溪边自有舞雩风。

宋 · 苏轼《被酒独行遍至子公徽先觉四黎之舍》

莫学秦时客，
音书便不通。

五代十国 · 李建勋《送喻炼师归茅山》

莫取金汤固，
长令宇宙新。

唐 · 杜甫《有感五首》

漠漠水田飞白鹭，
阴阴夏木啭黄莺。

唐 · 王维《积雨辋川庄作》

漠漠帆来重，
冥冥鸟去迟。

唐 · 韦应物《赋得暮雨送李胄》

漠漠世界黑，
驱驱争夺繁。

唐 · 杜甫《赠蜀僧闾丘师兄》

漠漠轻阴晚自开，
青天白日映楼台。
曲江水满花千树，
有底忙时不肯来。

唐·韩愈《同水部张员外籍
曲江春游寄白二十二舍人》

墨到乡书偏暗淡，
灯于客思最分明。
清·黄景仁《二十夜》

墨池阔类湘江水，
笔冢高齐太华峰。
五代十国·王著《赠梦莫大师》

默观幽患机，
推见生死本。
宋·陆游《北窗落叶坐间落四五有感》

谋夫孔多，
是用不集。
《诗经·小雅·小旻》

谋臧不从，
不臧覆用。
《诗经·小雅·小旻》

谋虑系安危，
威权主生杀。
唐·白居易《偶作二首》

谋身拙为安蛇足，
报国危曾捋虎须。
唐·韩偓《安贫》

谋事恨太锐，
临断恨太迟。
持论恨太高，
徇俗恨太卑。
金·元好问《送钦叔内翰并寄
刘达卿郎中白文举编修五首》

母慈家人肥，
女慧男垂绅。
宋·黄庭坚《留王郎》

牡丹花下死，
做鬼也风流。
明·民歌《劈破玉歌·怨》

木落江渡寒，
雁还风送秋。
南朝·宋·鲍照《登黄鹤矶》

木落山觉瘦，
雨晴天似高。
宋·刘敞《秋晴西楼》

木落知寒近，
山长见日迟。
唐·孙逖《淮阴夜宿二首》

木落雁南度，
北风江上寒。
唐·孟浩然《早寒江上有怀》

木末芙蓉花，
山中发红萼。
涧户寂无人，
纷纷开且落。

唐·王维《辛夷坞》

木有文章曾是病，
虫多言语不能天。

清·龚自珍《释言》

木叶下时惊岁晚，
人情阅尽见交难。

明·李东阳《寄彭民望》

木为连枝贵，
禽以比翼珍。

唐·吴融《和韩致光
侍郎无题三首十四韵》

目极千里兮伤春心，
魂兮归来哀江南。

战国·楚·屈原《招魂》

目随鸿雁穷苍翠，
心寄溪云任卷舒。

唐·武元衡《春暮郊居寄朱舍人》

目下坎壈何足悲，
人生富贵安可知。

清·董俞《赠西陵吴兴公》

目前虽有小得失，
天下岂无公是非。

宋·陆游《垂钓作》

目尽南飞雁，
何由寄一言。

唐·王维《寄荆州张丞相》

目送归鸿，
手挥五弦。

三国·魏·嵇康《赠秀才入军十九首》

沐猴而冠带，
知小而谋强。

东汉·曹操《薤露》

沐芳莫弹冠，
浴兰莫振衣。

唐·李白《沐浴子》

牧童归去横牛背，
短笛无腔信口吹。

宋·雷震《村晚》

牧童望村去，
猎犬随人还。

唐·王维《淇上田园即事》

牧人驱犊返，
猎马带禽归。

唐·王绩《野望》

牧羊驱马虽戎服，
白发丹心尽汉臣。

唐 · 杜牧《河湟》

墓门有棘，
斧以斯之。

《诗经 · 陈风 · 墓门》

暮江平不动，
春花满正开。
流波将月去，
潮水带星来。

隋 · 杨广《春江花月夜二首》

暮蝉不可听，
落叶不堪闻。
共是悲秋客，
那知此路分。

唐 · 郎士元《盩厔县郑砇宅送钱大》

暮从碧山下，
山月随人归。
却顾所来径，
苍苍横翠微。

唐 · 李白《下终南山过斛斯山人宿置酒》

暮雨朝云几日归，
如丝如雾湿人衣。

唐 · 杨凭《春情》

暮雨潮生早，
春寒雁到迟。

唐 · 崔涂《江上怀翠微寺空上人》

暮云空碛时驱马，
秋日平原好射雕。

唐 · 王维《出塞》

暮云收尽溢清寒，
银汉无声转玉盘。

宋 · 苏轼《中秋月》

暮色千山入，
春风百草香。

宋 · 苏轼《雨晴》

暮霭生深树，
斜阳下小楼。

唐 · 杜牧《题扬州禅智寺》

暮烟千壑里，
新月一山明。

唐 · 吉潜《题云居上寺》

暮天新雁起汀洲，
红蓼花疏水国秋。

唐 · 杜荀鹤《题新雁》

慕贤入室交先定。

唐 · 白居易《皇甫郎中亲家翁赴任绛州宴送出城赠别》

N

拏云心事人不知，
千首新诗怨枯槁。

金·元好问《去岁君远游送仲梁出山》

那知今日眼，
相见冷于秋。

唐·白居易《代人赠王员外》

那知病叶先摧落，
却羡寒龟巧缩藏。

宋·陆游《自笑》

那知沦落天涯日，
正是陶钧海内年。

唐·白居易《闻李尚书拜相因以长句寄贺微之》

乃知聪明能误身，
不知愚鲁全天真。

元·萨都剌《醉歌行》

乃知苦乐真相倚，
才隔衾裯同万里。

清·周龙藻《后怨歌行》

乃知择交难，
须有知人明。
莫将山上松，
结托水中萍。

唐·白居易《寓意诗》

乃知四体勤，
无衣亦自暖。
君着狐貉温，
转使腰肢懒。

明·钱秉镫《田园杂诗》

乃知青史上，
大半亦属诬。

清·赵翼《后园居诗》

乃知造化根，
终焉返虚静。

清·徐昂发《过彭蠡湖》

奈何冰雪操，
尚与蒿莱群。

唐·高适《酬马八效古见赠》

耐寒惟有东篱菊，
金蕊繁开晓更清。

宋·欧阳修《霜》

耐岁耐寒存苦节，
故于冷境发枯荄。

唐・李翊《梅花吟》

男儿生不成名身已老。

唐・杜甫《乾元中寓居同谷县作歌七首》

男儿宁当格斗死，
何能怫郁筑长城。

三国・魏・陈琳《饮马长城窟行》

男儿何不带吴钩，
收取关山五十州。
请君暂上凌烟阁，
若个书生万户侯。

唐・李贺《南国十三首》

男儿立身须自强，
十年闭户颍水阳。

唐・李颀《缓歌行》

男儿屈穷心不穷，
枯荣不等嗔天公。

唐・李贺《野歌》

男儿何必恋妻子，
莫向江村老却人。

唐・岑参《送费子归武昌》

男儿三十尚贫贱，
土室低头事笔砚。

清・郁植《悲歌》

男儿要展回天策，
都在千盘百折中。

清・丘逢甲《韩江有感》

男儿勿恃胆气粗，
要知踏险非良图。

清・沈用济《黄河大风行》

男儿爱后妇，
女子重前夫。
人生有新故，
贵贱不相逾。

汉・辛延年《羽林郎诗》

男儿生世间，
及壮当封侯。

唐・杜甫《后出塞五首》

男儿丁乱离，
安忍坐蓬蒿。

清・戴移孝《从军行》

男儿久为客，
不辨是他乡。

明・李流芳《黄河夜泊》

男儿重意气，
何用钱刀为。

汉・无名氏《白头吟》

男儿七尺纵复横。

清·毛奇龄《打虎儿行》

男耕女桑不相失。

唐·杜甫《忆昔二首》

南山栋梁益稀少，
爱材养育谁复论。

唐·柳宗元《行路难》

南山塞天地，
日月石上生。
高峰夜留景，
深谷昼未明。

唐·孟郊《游终南山》

南园桃李花落尽，
春风寂寞摇空枝。

唐·杨凌《句》

南陌青楼十二重，
春风桃李为谁容。

唐·贺知章《望人家桃李花》

南朝天子爱风流，
尽守江山不到头。

唐·李山甫《上元怀古二首》

南渡君臣轻社稷，
中原父老望旌旗。

元·赵孟頫《岳鄂王墓》

南枝向暖北枝寒，
一种春风有两般。

唐·刘元载妻《早梅》

南北东西春总好，
杜鹃何苦劝人归。

宋·王庭珪《次韵陈君授暮春感怀》

南湖秋水夜无烟，
耐可乘流直上天。

唐·李白《陪族叔刑部侍郎晔及中书贾舍人至游洞庭》

南国干戈征士泪，
西风刀剪美人心。

明·陈恭尹《虎丘题壁》

南风吹山作平地，
帝遣天吴移海水。
王母桃花千遍红，
彭祖巫咸几回死。

唐·李贺《浩歌》

南风知我意，
吹梦到西洲。

南朝·齐·无名氏《西洲曲》

南风吹归心，
飞堕酒楼前。

唐·李白《寄东鲁二稚子》

南登霸陵岸，
回首望长安。
三国·魏·王粲《七哀诗三首》

难将一人手，
掩得天下目。
唐·曹邺《读李斯传》

囊空恐羞涩，
留得一钱看。
唐·杜甫《空囊》

囊空莫与繁华竞。
清·张锡祚《寒食日龙友于旦招集归愚书屋感旧述怀用昌黎寒食出游韵》

曩者应交非势力，
老来同病是诗篇。
唐·白居易《酬元郎中同制加》

内惟省以端操兮，
求正气之所由。
战国·楚·屈原《远游》

嫩绿忍将茗碗试，
清香先向齿牙生。
清·袁枚《谢南浦太守赠芙蓉汗衫雨前茶叶》

嫩竹犹含粉，
初荷未聚尘。
南朝·陈·徐陵《侍宴》

能亏能缺既无为，
虽盈虽满则不危。
北朝·北周·庾信《周五声调曲·徵调曲六首·其四》

能吏寻常见，
公廉第一难。
金·元好问《薛明府去思口号七首》

能贵不能贱，
遂为物所攻。
清·张自超《咏怀》

能以忠贞酬重任，
不将富贵碍高情。
唐·白居易《和高仆射罢节度让尚书授少保分司喜遂游山之作》

能诗岂是经时策，
爱酒原非命世才。
五代十国·韦庄《对雨独酌》

能向花前几回醉，
十千沽酒莫辞贫。
唐·崔敏童《宴城东庄》

能令万里近，
不觉四时行。
唐·孙逖《奉和李右相书壁画山水》

能知稼穑艰，
天下自蒙福。
元·赵孟頫《题耕织图二十四首奉懿旨撰》

能来同宿否，
听雨对床眠。
唐·白居易《雨中招张司业宿》

泥埋剑戟终难久。
唐·白居易《闻李六景俭自河东令授唐邓行军司马以诗贺之》

泥融飞燕子，
沙暖睡鸳鸯。
唐·杜甫《绝句二首》

霓为衣兮风为马，
云之君兮纷纷而来下。
唐·李白《梦游天姥吟留别》

霓裳一曲千峰上，
舞破中原始下来。
唐·杜牧《过华清宫三绝句》

昵昵儿女语，
恩怨相尔汝；
划然变轩昂，
勇士赴敌场。
唐·韩愈《听颖师弹琴》

年年不作无家别，
半在他乡半故乡。
清·张安弦《送燕》

年年送客横塘路，
细雨垂杨系画船。
宋·范成大《横塘》

年年岁岁花相似，
岁岁年年人不同。
唐·刘希夷《代悲白头翁》

年年战骨埋荒外，
空见蒲桃入汉家。
唐·李颀《古从军行》

年年花落无人见，
空逐春泉出御沟。
唐·司马札《宫怨》

年年不带看花眼，
不是愁中即病中。
宋·杨万里《伤春》

年年只是人空老，
处处何曾花不开。
唐·白居易《与诸客携酒寻去年梅花有感》

年丰最喜惟贫客，
秋冷先知是瘦人。
唐·白居易《赠侯三郎中》

年丰稍变饥人色，
秋老谁怜倦客心。

元 · 吴师道《野中暮归有怀》

年来却恨相思树，
春至不生连理枝。

唐 · 徐夤《再幸华清宫》

年来白发欲星星，
误却生涯是一经。

唐 · 严维《书怀献相公》

年光弹指如飞电，
安能一室兀坐生烦忧。

清 · 董思凝《听周紫海先生话海外三山之胜》

年在桑榆间，
影响不能追。

三国 · 魏 · 曹植《赠白马王彪》

年高须告老，
名遂合退身。

唐 · 白居易《不致仕》

年岁虽少，
行比伯夷。

战国 · 楚 · 屈原《九章 · 橘颂》

年岁晚暮时已斜，
安得力士翻日车。

汉 · 李尤《九曲歌》

年颜近老空多感，
风雅含情苦不才。

宋 · 王安国《池上春日》

年随风雪桥边尽，
春向江梅枝上多。

清 · 蒲松龄《早春》

廿年塞外空归梦，
一夕镫前似隔生。

清 · 王掞《虹友兄斋同汉槎夜话》

念君拂衣去，
四海将安穷。

唐 · 王维《送綦毋校书弃官还江东》

鸟飞返故乡兮，
狐死必首丘。

战国 · 楚 · 屈原《九章 · 哀郢》

鸟飞不尽暮天碧，
渔歌忽断芦花风。

宋 · 郭祥正《金山行》

鸟飞天外山如镜，
人到云中海似杯。

清 · 徐元文《登岃岉峰》

鸟飞不度，

兽不敢临。

汉·马援《武溪深行》

鸟飞村觉晓，
鱼戏水知春。

唐·王勃《仲春郊外》

鸟归沙有迹，
帆过浪无痕。

唐·贾岛《登江亭晚望》

鸟宿池边树，
僧敲月下门。

唐·贾岛《题李凝幽居》

鸟近黄昏皆绕树，
人当暮岁定思乡。

清·崔岱齐《岁暮送戴衣闻还苕溪》

鸟去鸟来山色里，
人歌人哭水声中。

唐·杜牧《题宣州开元寺水阁阁下宛溪夹溪居人》

鸟下绿芜秦苑夕，
蝉鸣黄叶汉宫秋。

唐·许浑《咸阳城西楼晚眺》

鸟栖云而缴飞，
鱼藏渊而网沉。

晋·陆机《演连珠五十首》

鸟居晓嶂红霞外，
书读秋窗紫叶间。

唐·张萧远《借山观读书》

鸟啼花落人何处，
竹死桐枯凤不来。

唐·崔珏《哭李商隐》

鸟啼花影里，
人立粉墙头。

元·关汉卿《白鹤子》

鸟尽良弓藏，
谋极身必危。

三国·魏·嵇康《赠秀才入军十八首》

鸟爱碧山远，
鱼游江海深。

唐·李白《留别王司马嵩》

鸟道挂疏雨，
人家残夕阳。

唐·钱起《太子李舍人城东别业与二三文友逃暑》

鸟去天路长，
人愁春光短。

唐·李白《流夜郎至西塞驿寄裴隐》

鸟以能言缚，
龟缘入梦烹。

唐 · 白居易《江州赴忠州至江陵已来舟中示舍弟五十韵》

乌鸟投林过客稀，
前山烟暝到柴扉。
小童一棹舟如叶，
独处编阑鸭阵归。

宋 · 范成大《四时田园杂兴》

袅袅城边柳，
青青陌上桑。
提篮忘采叶，
昨夜梦渔阳。

唐 · 张仲素《春闺思》

袅袅兮秋风，
洞庭波兮木叶下。

战国 · 楚 · 屈原《九歌 · 湘夫人》

袅娜梢头扫秋月，
影穿林下疑残雪。

唐 · 无名氏《斑竹》

凝成紫塞风前泪，
惊破红楼梦里心。

唐 · 冯衮《子规》

宁静自致远，
何为营浮名。

清 · 程樊《咏怀》

宁昂昂若千里之驹。

战国 · 楚 · 屈原《卜居》

宁为宇宙闲吟客，
怕作乾坤窃禄人。

唐 · 杜荀鹤《自叙》

宁为百夫长，
胜作一书生。

唐 · 杨炯《从军行》

宁可枝头抱香死，
何曾吹落北风中。

宋 · 郑思肖《寒菊》

宁可抱香枝上老，
不随黄叶舞秋风。

宋 · 朱淑真《黄花》

宁从贱相守，
不愿贵相离。

唐 · 李益《杂曲》

宁与燕雀翔，
不随黄鹄飞。

三国 · 魏 · 阮籍《咏怀》

宁与骐骥亢轭乎？
将随驽马之迹乎？
宁与黄鹄比翼乎？
将与鸡鹜争食乎？

战国·楚·屈原《卜居》

宁知翻手明朝事，
咫尺人生不可期。

宋·晁补之《芳仪怨》

宁知乐极哀方始，
羯鼓未终鼙鼓起。

元·张昱《五王行春图》

宁知霜雪后，
独见松竹心。

南朝·梁·江淹《效古》

宁作野中之双凫，
不愿云间之别鹤。

南朝·宋·鲍照《拟行路难十八首》

牛羊下山小，
烟火隔云深。

唐·钱起《题玉山村叟屋壁》

牛羊归径险，
鸟雀聚枝深。

唐·杜甫《暝》

牛渚西江夜，
青天无片云。

唐·李白《夜泊牛渚怀古》

农家光景关心事，
不为无才也合归。

宋·陆游《九月初郊行》

农月须知课，
田家敢忘勤。

唐·杜甫《赠王二十四侍御契四十韵》

侬作北辰星，
千年无转移。
欢行白日心，
朝东暮还西。

南朝·乐府民歌《子夜歌》

浓绿万枝红一点，
动人春色不须多。

宋·王安石《咏石榴花》

秾丽最宜新著雨，
娇娆全在欲开时。

唐·郑谷《海棠》

弄风骄马跑空立，
趁兔苍鹰掠地飞。

宋·苏轼《常山小猎》

驽蹇无奔走之实，
朽薄非折冲之才。

隋·史祥《答隋太子广书一首》

努力毕农功，
租赋勿后输。

宋·陆游《晚秋农家·又三》

努力崇明义，
岂为威武屈。

清·成德《卢子谅时兴》

努力崇明德，
皓首以为期。

汉·李陵《李陵与苏武诗三首》

怒狸朝搏雁，
馋虎夜窥骡。

宋·王安石《乌塘》

女娲炼石补天处，
石破天惊逗秋雨。

唐·李贺《李凭箜篌引》

女弟新承宠，
诸兄近拜侯。

唐·崔颢《相逢行》

暖得曲身成直身。

唐·孟郊《谢人惠炭》

懦夫仰高节，
下里继阳春。

唐·杨炯《和刘长史答十九兄》

O

鸥栖心恋水，
鹏举翅摩天。

唐·白居易《奉酬淮南牛相公思黯见寄二十四韵》

偶来松树下，
高枕石头眠。
山中无历日，
寒尽不知年。

唐·太上隐者《答人》

偶得幽闲境，
遂忘尘俗心。

唐·白居易《玩新庭树因咏所怀》

偶与真意并，
顿觉世情薄。

唐·李白《题嵩山逸人元丹丘山居》

偶然临险地，
不信在人间。

清·李念慈《登浮山》

偶然值林叟，
谈笑无还期。

唐·王维《终南别业》

偶适不为贵，
人生易飘零。

元·周砥《夜坐怀孝常》

偶失万户侯，
遂老三家村。

宋·陆游《村饮示邻曲》

偶向江边采白蘋，
还随女伴赛江神。
众中不敢分明语，
暗掷金钱卜远人。

唐·于鹄《江南曲》

P

徘徊千古思，
风壑有余哀。

宋·张栻《题福严》

排云叫阊阖，
披腹呈琅玕。

唐·韩愈《龊龊》

排空峭石生玄笋，
落日奇峰挂赤霞。

元·萨都剌《九华山石墨驿》

攀龙附凤势莫当，
天下尽化为侯王。

唐·杜甫《洗兵马》

磐石方且厚，
可以卒千年。
蒲苇一时纫，
便作旦夕间。

卿当日胜贵，
吾独向黄泉。

汉·乐府诗《古诗为焦仲卿妻作》

抛金似泥涂，
不如富购书。

清·刘岩《杂诗》

抛却青云归白云。

唐·白居易《题崔常侍济上别墅》

培根利秋实，
仰天望年丰。

元·赵孟頫《题耕织图二十四首奉懿旨撰》

喷壁洒素雪，
空蒙生昼寒。

唐·李白《送王屋山人魏万还王屋》

蓬莱文章建安骨，

中间小谢又清发。

唐·李白《宣州谢朓楼饯别校书叔云》

蓬莱有路教人到，
亦应年年税紫芝。

唐·陆龟蒙《新沙》

蓬莱阁外海作山，
文殊院外山为海。

清·曹贞吉《文殊院观铺海歌》

蓬莱弱水今清浅，
满地花阴护月明。

唐·何仙姑《有道士自罗浮之城口占三绝寄家》

蓬山此去无多路，
青鸟殷勤为探看。

唐·李商隐《无题》

蓬鬓已衰言必贱，
竹门虽立意无关。

唐·张祜《所居即事六首》

蓬头稚子学垂纶，
侧坐莓台草映身。
路人借问遥招手，
怕得鱼惊不应人。

唐·胡令能《小儿垂钓》

披衣更向门前望，
不忿朝来鹊喜声。

唐·李端《闺情》

劈山泻黄河，
万古仰巨灵。

宋·陆游《赵将军并序》

蚍蜉撼大树，
可笑不自量。

唐·韩愈《调张籍》

琵琶一曲肠堪断，
风萧萧兮夜漫漫。

唐·岑参《凉州馆中与诸判官夜集》

琵琶起舞换新声，
总是关山旧别情。
撩乱边愁听不尽，
高高秋月照长城。

唐·王昌龄《从军行》

匹马西从天外归，
扬鞭只共鸟争飞。

唐·岑参《送崔子还京》

匹马路旁乘月别，
孤帆波上入云飞。

唐·无名氏《别》

匹马关塞远，
孤舟江海宽。

唐·岑参《送李翥游江外》

扁舟一棹归何处？
家在江南黄叶村。

宋·苏轼《书李世南所画秋景》

偏逢苟安主，
虚忆中兴年。

清·叶世佺《谒刘公祠》

篇篇无空文，
句句必尽规。

唐·白居易《寄唐生》

翩翩两骑来是谁？
黄衣使者白衫儿。
手把文书口称敕，
回车叱牛牵向北。

唐·白居易《卖炭翁》

翩翩新来燕，
双双入我庐。

晋·陶渊明《拟古九首》

片帆何处去，
匹马独归迟。
惆怅江南北，
青山欲暮时。

唐·刘长卿《瓜洲道中送李端公南渡后归扬州道中寄》

片云天共远，
永夜月同孤。

唐·杜甫《江汉》

片云头上黑，
应是雨催诗。

唐·杜甫《陪诸贵公子丈八沟携妓纳凉晚际遇雨二首》

片辞贵白璧，
一诺轻黄金。

唐·李白《经乱离后天恩流夜郎忆旧游书怀赠江夏韦太守良宰》

片心暗逐白云去，
日日向君行处飞。

宋·戴复古《林伯仁话别二绝》

飘飘西来风，
悠悠东去云。

晋·陶渊明《与殷晋安别》

飘飘何所似，
天地一沙鸥。

唐·杜甫《旅夜书怀》

飘零神女雨，
继续楚王风。

唐·杜甫《天池》

瓢弃樽无绿，

炉存火似红。

唐 · 杜甫《对雪》

拼将十万头颅血，
须把乾坤力挽回。

清 · 秋瑾《黄海舟中日人索句并见日俄战争地图》

贫穷心苦多无兴，
富贵身忙不自由。

唐 · 白居易《勉闲游》

贫穷汲汲求衣食，
富贵营营役心力。

唐 · 白居易《闲吟》

贫穷老乡里，
自休还力耕。

唐 · 元结《喻瀼溪乡旧游》

贫居往往无烟火，
不独明朝为子推。

唐 · 孟云卿《寒食》

贫者惟言可赠行，
临分握手尽交情。

宋 · 刘克庄《送赵信州》

贫里有诗工作祟，
乱来无泪可供愁。

金 · 元好问《梦归》

贫贱亦有乐，
乐在身自由。

唐 · 白居易《咏意》

贫贱固其常，
富贵任生涯。

唐 · 杜甫《柴门》

贫亲须拯济，
富眷不烦饶。

唐 · 王梵志《王梵志诗一百一十首》

贫病他乡老，
烦君万里传。

唐 · 杜甫《广州段功曹到得杨五长史谭书功曹却归聊寄此诗》

贫家羞好客，
语拙觉辞繁。

唐 · 李白《赠别从甥高五》

贫游不可忘，
久交念敦敬。

南朝 · 宋 · 鲍照《与伍侍郎别》

贫是儒家事。

清 · 沈受宏《忆母》

娉娉袅袅十三余，
豆蔻梢头二月初。

唐 · 杜牧《赠别二首》

平畴交远风，
良苗亦怀新。

晋·陶渊明《癸卯岁始春怀古田舍二首》

平生风露充蝉腹，
到处云山寄鹤躯。

宋·陆游《斋居书事》

平生不作皱眉事，
天下应无切齿人。

宋·邵雍《有感》

平生不敢轻言语，
一叫千门万户开。

明·唐寅《画鸡》

平生不解藏人善，
到处逢人说项斯。

唐·杨敬之《赠项斯》

平生自嫌亦自许，
妙处可识不可夸。

宋·陆游《梅花》

平生心事许谁知，
不是梅花不赋诗。
莫向西湖踏残雪，
东风多在向阳枝。

元·贡性之《题梅》

平生涉世似虚舟，
不着胸中一点愁。

宋·陆游《平生》

平生文字为吾累，
此去声名不厌低。

宋·苏轼《十二月二十八日蒙恩责授检校水部员外郎黄州团练副练复用前韵二首》

平生事业诗千首。

宋·陆游《北窗哦诗因赋》

平生忽如梦，
百事皆成昔。

唐·韦应物《东林精舍见故殿中郑侍御题诗追归书情涕泗横集因寄呈阎澧州冯少府》

平生见名山，
履险身忘悸。

清·吴苑《望后海诸峰》

平生三伏时，
道路无行车。
闭门避暑卧，
出入不相过。

晋·程晓《嘲热客诗》

平生青云心，
销化成死灰。

唐·白居易《谕友》

平生铁石心，
忘家思报国。

宋·陆游《太息·宿青山铺作》

平生五色线，
愿补舜衣裳。

唐·杜牧《郡斋独酌》

平生为幽兴，
未惜马蹄遥。

唐·杜甫《陪郑广文游何将军山林十首》

平生一杯酒，
及此慰飘零。

元·黄溍《陪仇仁父先生登石头城》

平生不止酒，
止酒情无喜。

晋·陶渊明《止酒》

平芜万里无人去，
落日千山空鸟飞。

唐·刘长卿《登松江驿楼北望故园》

平明分手空江上，
惟有猿声满水云。

唐·司空曙《发渝州都寄韦判官》

平明开户气氤氲，
宿雪初消风渐薰。

清·归庄《元日》

平沙草浅连天远，
落日孤城隔水看。

明·李东阳《游岳麓寺》

平沙到万幕，
部伍各见招。

唐·杜甫《后出塞五首》

凭君莫问当年事，
禾黍同归六代愁。

清·顾湄《阅江楼》

凭高欲纵乡关目，
肠断南归雁几群。

清·吴兆骞《赠吴稚恭散骑》

凭仗东风好相送。

唐·李贺《春怀引》

屏风有意障明月，
灯火无情照独眠。

南朝·陈·江总《闺怨篇》

破却千家作一池，
不栽桃李种蔷薇。
蔷薇花落秋风起，
荆棘满庭君自知。

唐·贾岛《题兴化寺园亭》

葡萄美酒夜光杯，
欲饮琵琶马上催。
醉卧沙场君莫笑，
古来征战几人回。

唐 · 王翰《凉州词》

溥天之下，
莫非王土；
率土之滨，
莫非王臣。

《诗经 · 小雅 · 北山》

Q

七夕今宵看碧霄，
牵牛织女渡河桥。
家家乞巧望秋月，
穿尽红丝几万条。

唐 · 林杰《乞巧》

七十战才余寸土，
八千人恨不同丘。
时来雉亦烹功狗，
事去人争笑沐猴。

清 · 孙原湘《霸王之墓诗后》

七雄雄雌犹未分，
攻城杀将何纷纷。

唐 · 王维《夷门歌》

妻子好合，
如鼓瑟琴。

《诗经 · 小雅 · 常棣》

妻孥怪我在，
惊定还拭泪。

唐 · 杜甫《羌村三首》

栖燕将雏苦，
征鸿失侣寒。

清 · 朱柔则《寄远曲》

凄凄岁暮风，
翳翳经日霜。
倾耳无希声，
在目皓已洁。

晋 · 陶渊明《癸卯岁十二月中作与从弟敬远》

漆有用而割，
膏以明自煎。

唐 · 杜甫《遣兴五首》

齐梁及陈隋，
众作等蝉噪。

唐 · 韩愈《荐士》

岐王宅里寻常见，

崔九堂前几度闻。
正是江南好风景，
落花时节又逢君。

唐·杜甫《江南逢李龟年》

其雨其雨，
杲杲出日。

《诗经·卫风·伯兮》

其新孔嘉，
其旧如之何。

《诗经·豳风·东山》

其人虽已没，
千载有余情。

晋·陶渊明《咏荆轲》

其奈无成空老去，
每临明镜若为情。

唐·刘禹锡《遥和韩睦州元相公二君子》

奇文共欣赏，
疑义相与析。

晋·陶渊明《移居》

棋中败局从谁覆，
镜里衰容只自羞。

金·元好问《送仲希兼简大方》

骑虎不敢下，
攀龙忽堕天。

唐·李白《留别广陵诸公》

骑马莫轻平地上，
收帆好在顺风时。

清·袁枚《示儿》

骑牛带蓑笠，
侵晓雨中耕。

五代十国·钱俶《村家》

岂余身之惮殃兮，
恐皇舆之败绩。

战国·楚·屈原《离骚》

岂知鸿鹄志，
不逐燕雀群。

清·蒋廷锡《续古诗》

岂知儒者心偏苦，
吟向秋风白发生。

唐·雍陶《少年行》

岂知人生亦有命，
天下贤豪贱如土。

清·董以宁《行路难》

岂知千载后，
万事水东流。

唐·耿沣《登乐游原》

岂知千丽句，

不敌一谗言。

唐·陆龟蒙《离骚》

岂知千仞坠，
只为一毫差。

唐·柳宗元《同刘二十八院长述旧言怀感时书事奉寄澧州张员外使君五十二韵之作因其韵增至八十一》

岂不郁陶而思君兮，
君之门以九重。

战国·楚·宋玉《九辩》

岂不罹凝寒？
松柏有本性。

三国·魏·刘桢《赠从弟》

岂有文章惊海内，
漫劳车马驻江干。

唐·杜甫《宾至》

岂有疏狂性，
堪为侍从臣。

唐·白居易《赠江州李十使君员外十四韵》

岂有功名到酒徒。

清·冯廷櫆《荆卿故里》

岂其马上破贼手，
哦诗长作寒螀鸣。

宋·陆游《长歌行》

岂独爱民兼爱客，
不惟能饮又能文。

唐·白居易《得杨湖州书，颇夸抚民接宾纵酒题诗因以绝句戏之》

岂是天公无皂白，
独悲世俗异酸咸。

宋·陆游《残春》

岂是不能扃户坐？
忍寒犹可忍饥难。

宋·范成大《雪中闻墙外鬻鱼菜者求售之声甚苦有感》

岂惟黄河为畏途，
波澜平地无时无。

清·沈用济《黄河大风行》

岂无晚岁新相识，
相识面亲心不亲。

唐·白居易《感旧》

岂无四方志，
悲与亲爱隔。

清·李霨《初发都门》

岂忘袭轻裘，
苟得非所钦。

晋·陶渊明《咏贫士七首》

岂曰无衣？

与子同袍。

《诗经 · 秦风 · 无衣》

杞国无事忧天倾。

唐 · 李白《梁甫吟》

起提一笔扫匹纸，
入卷飒飒奔龙蛇。

宋 · 陆游《冬夜》

起倾斗酒歌出塞，
弹压胸中十万兵。

宋 · 陆游《弋阳道中遇大雪》

气清更觉山川近，
意远从知宇宙宽。

元 · 许谦《三月十五夜登迎华观》

气蒸远水浮天动，
血染残霞照夜明。

清 · 查慎行《秋暑》

气寒西北何人剑，
声满东南几处箫。

清 · 龚自珍《秋心》

气钟太华中条山，
文在先秦两汉间。

宋 · 陆游《独孤生策字景略河中人工文善射喜击剑一世奇士也有自峡中来者言其死于忠涪间感涕赋诗》

气变悟时易，
不眠知夕永。

晋 · 陶渊明《杂诗》

气酣登吹台，
怀古视平芜。

唐 · 杜甫《遣怀》

气盛物所尤，
名高德之贼。

清 · 杨汝谷《杂诗》

弃妇可怜身已去，
向人犹整嫁时衣。

清 · 翁叔元《下第出都途中偶成》

弃我去者，
昨日之日不可留。
乱我心者，
今日之日多烦忧。

唐 · 李白《宣州谢朓楼饯别校书叔云》

弃本以趋末，
日富而岁贫。

唐 · 白居易《赠友》

弃身锋刃端，
性命安可怀。

三国 · 魏 · 曹植《白马篇》

泣尽继以血，

心摧两无声。

唐·李白《古风五十九首》

泣别目眷眷，
伤心步迟迟。

唐·李白《感时留别从兄徐王延年从弟延陵》

泣言官人勿加鞭，
囊中尚余卖儿钱。

清·钮琇《修塘谣》

恰似春风相欺得，
夜来吹折数枝花。

唐·杜甫《绝句漫兴九首》

千锤万凿出深山，
烈火焚烧若等闲。
粉身碎骨浑不怕，
要留青白在人间。

明·于谦《石灰吟》

千山鸟飞绝，
万径人踪灭。
孤舟蓑笠翁，
独钓寒江雪。

唐·柳宗元《江雪》

千尺丝纶直下垂，
一波才动万波随。
夜静水寒鱼不食，
满船空载月明归。

唐·释德诚《船子和尚偈》

千村万落如寒食，
不见人烟空见花。

唐·韩偓《自沙县抵龙溪县值泉州军过后村落一空因有一绝》

千古艰难惟一死，
伤心岂独息夫人。

清·邓汉仪《题息夫人庙》

千古是非同一笑，
不须作赋拟阿房。

金·元好问《西园》

千呼万唤始出来，
犹抱琵琶半遮面。

唐·白居易《琵琶行》

千金何足惜，
一士固难求。

元·迺贤《南城咏古》

千金何足重？
所存意气间。

南朝·宋·鲍照《代朗月行》

千金轻掷重意气，
百舍孤征赴然诺。

宋·陆游《对酒叹》

千金轻一诺。

清 · 周在浚《送屈翁山返岭南》

千里稻花应秀色，
五更桐叶最佳音。

宋 · 曾几《苏秀道中自七月二十五日夜大雨之日秋苗以苏喜而有作》

千里莺啼绿映红，
水村山郭酒旗风。
南朝四百八十寺，
多少楼台烟雨中。

唐 · 杜牧《江南春绝句》

千里归来人事改，
十年犹幸存此身。

宋 · 欧阳铁《无题》

千里一身袅泛泛，
十年万事海茫茫。

宋 · 陆游《烧香》

千里鹅毛意不轻。

宋 · 黄庭坚《谢陈适用惠送吴南雄所赠纸》

千里嘉陵江水色，
含烟带月碧于蓝。

唐 · 李商隐《望喜驿别嘉陵江水二绝》

千里关河动归兴，
九秋云物发诗愁。

金 · 元好问《甲辰秋留别丹阳》

千里风雨莺求友，
万里云天雁断行。

宋 · 黄庭坚《宜阳别元明用觞字韵》

千里客游仍暮景，
异乡人事又今朝。

元 · 丁复《九月一日游昭亭》

千里始足下，
高山起微尘。

唐 · 白居易《续座右铭》

千里山河眼，
百年耆旧心。

元 · 何中《饶州道上》

千里风云契，
一朝心赏同。

唐 · 骆宾王《初秋于窦六郎宅宴》

千里作远客，
五更思故乡。
寒鸦数声起，
窗外月如霜。

清 · 沈受宏《客晓》

千里有同心，
十年一会面。

唐·钱起《送崔十三东游》

千里一回首，
万里一长歌。

唐·李白《书情赠蔡舍人雄》

千里相思共秋月。

清·吕履恒《长歌行送友人游大梁》

千卷蠹书忘岁月，
一樽浊酒信乾坤。

宋·陆游《晚兴》

千家渔火秋风市，
一叶归舟暮雨湾。

宋·王安石《姑胥郭》

千家山郭静朝晖，
日日江楼坐翠微。

唐·杜甫《秋兴八首》

千钧势易压，
一柱力难支。

唐·白居易《代书诗一百韵寄微之》

千岩万壑不辞劳，
远看方知出处高。
溪涧岂能留得住，
终归大海作波涛。

唐·黄檗师、李忱《瀑布联句》

千秋万岁后，
谁知荣与辱。

晋·陶渊明《拟挽歌辞三首》

千秋万岁后，
寂寞身后事。

唐·杜甫《梦李白二首》

千秋万岁后，
荣名安所之。

三国·魏·阮籍《咏怀》

千秋钓艇歌明月，
万里沙鸥弄夕阳。

唐·杜牧《西江怀古》

千龄犹旦夕，
万世更浮沉。

南朝·梁·江淹《效古》

千龄人事一朝空。

唐·李峤《汾阳行》

千年万年老梅树，
三花五花无限春。
不比寻常野桃李，
只将颜色媚时人。

元·王冕《白梅》

千篇著述诚难得，
一字知音不易求。

唐 · 释齐己《谢人寄新诗集》

千群铁马云屯野，
百尺金蛇电掣空。
宋 · 陆游《南桥遇大风雨》

千虑静如水，
一身闲似云。
唐 · 江全铭《还故居》

千岩万转路不定，
迷花倚石忽已暝。
唐 · 李白《梦游天姥吟留别》

千岩泉洒落，
万壑树萦回。
唐 · 李白《送友人寻越中山水》

千寻独拔乾坤耸，
八面齐含日月明。
五代十国 · 钱弘佐《谒宝塔回赠僧录》

千松万松同一松，
干天直上无回容。
清 · 洪亮吉《松树塘万松歌》

千条弱柳垂青琐，
百啭流莺绕建章。
唐 · 贾至《早朝大明宫呈两省僚友》

千载伤情惟杜宇，
年年啼血树头红。
清 · 魏际瑞《诸葛公墓》

迁化有常然，
盛衰自相袭。
晋 · 陆机《遨游出西城》

牵经引礼人谁听，
是古非今世共憎。
宋 · 陆游《醉吟》

铅刀贵一割。
晋 · 左思《咏史八首》

谦谦君子德，
磬折欲何求。
三国 · 魏 · 曹植《箜篌引》

谦以表性，
恭惟立身。
唐 · 武则天《唐明堂乐章 · 皇嗣出入升降》

黔首不愚尔益愚，
千里函关囚独夫。
唐 · 杜牧《过骊山作》

黔首本骨肉，
天地本比邻。
一发不可牵，
牵之动全身。
清 · 龚自珍《自春徂秋偶有所触

拉杂书之漫不诠次得十五首》

前不见古人，
后不见来者。
念天地之悠悠，
独怆然而涕下。

唐 · 陈子昂《登幽州台歌》

前村深雪里，
昨夜一枝开。

唐 · 释齐己《早梅》

前村一片云将雨，
闲倚船窗看挂龙。

明 · 吴承恩《舟行》

前程笑到山多处，
上马愁逢岁尽时。

唐 · 杜荀鹤《冬末自长沙游桂岭留献所知》

前途也有谋生策，
负郭闲田莫废耕。

清 · 施海《留别聂象铉时象铉亦将行》

前途谁共语，
孤剑自长鸣。

清 · 张文光《送吴六益诗人南归》

前途苦逼仄，
绝境难久停。

清 · 盛锦《空舲峡》

前路崎岖君勿虑，
扬鞭更上青云去。

清 · 沈廉《出连云栈抵宿褒城》

前军夜战洮河北，
已报生擒吐谷浑。

唐 · 王昌龄《从军行七首》

前山雨过云无迹，
别浦潮回岸有痕。

宋 · 陆游《秋思》

前年去年花下醉，
今年冷落花应嗔。

金 · 元好问《南溪》

前险虽幸过，
后艰方未测。

元 · 戴良《宿高密》

钱刀焉足贵，
信义乃可任。

清 · 顾陈垿《分拟鲍参军白头吟》

钱钱何难得，
令我独憔悴。

汉 · 无名氏《刺巴郡守诗》

乾坤含疮痍，

忧虞何时毕。

唐 · 杜甫《北征》

乾坤无厚薄，
草木自荣衰。

唐 · 白居易《蔷薇花一丛独死不知其故因有是篇》

乾坤留眼观时变，
湖海论心有客同。

清 · 余思复《赠别》

乾坤青气蔼山川，
尽入诗人旧简编。

唐 · 许棠《赠处士》

乾坤青气依然在，
更向何人笔底收。

清 · 陈沂震《白雪楼》

乾坤一剑无人识，
夜夜光芒北斗殷。

金 · 元好问《华不注山》

乾坤浮一气，
今古浸双丸。

清 · 张照《观海》

乾坤有精物，
至宝无文章。
雕琢为世器，
真性一朝伤。

唐 · 韦应物《咏玉》

潜鱼不衔钩，
走鹿无反顾。

唐 · 杜甫《咏怀二首》

浅近轻浮莫交友，
地卑只解生荆棘。

唐 · 贯休《行路难五首》

浅深红白宜相间，
先后仍须次第栽。
我欲四时携酒去，
莫教一日不花开。

宋 · 欧阳修《谢判官幽谷种花》

强语戏同伴，
图郎闻笑声。

唐 · 韩偓《三忆》

墙上蒿，
自夸托根高。
根高苦不固，
萎落随风飘。

清 · 周龙藻《大墙上蒿行》

墙有茨，
不可埽也；
中冓之言，
不可道也。

《诗经·鄘风·墙有茨》

墙角数枝梅，
凌寒独自开。
遥知不是雪，
为有暗香来。

宋·王安石《梅花》

墙头语鹊衣犹湿，
楼外残雷气未平。

宋·陈与义《雨晴》

墙头丹杏雨余花，
门外绿杨风后絮。

宋·晁几道《木兰花》

墙头雨细垂纤草，
水面风回聚落花。

唐·张蠙《夏日题老将林亭》

樯出江中树，
波连海上山。

唐·孟浩然《广陵别薛八》

悄立市桥人不识，
一星如月看多时。

清·黄景仁《癸巳除夕偶成》

乔木生夏凉，
流云吐华月。

唐·韦应物《游开元精舍》

荞花著雨相争秀，
枣颊迎阳一半丹。

宋·苏辙《西行》

翘翘错薪，
言刈其楚。

《诗经·周南·汉广》

憔悴容华怯对春，
寂寥宫殿锁闭门。
此身却羡宫中树，
不失芳时雨露恩。

唐·周溃《重门曲》

憔悴一身在，
孀雌忆故雄。
双飞难再得，
伤我寸心中。

唐·李白《双燕离》

樵夫与耕者，
出入画屏中。

唐·李白《题窦圌山》

巧笑倩兮，
美目盼兮。

《诗经·卫风·硕人》

巧笑解迎人，

晴雪香堪惜。
随风蝶影翻，
误点朝衣赤。

唐 · 武元衡《左掖梨花》

巧笑知堪敌万机，
倾城最在著戎衣。

唐 · 李商隐《北齐二首》

巧言如簧，
颜之厚矣。

《诗经 · 小雅 · 巧言》

巧舌如簧总莫听，
是非多自爱憎生。

唐 · 刘兼《戒是非》

巧妇才人常薄命，
莫教男女苦多能。

唐 · 白居易《见小侄龟儿〈咏灯诗〉并腊娘制衣因寄行简》

巧未能胜拙，
忙应不及闲。

唐 · 白居易《宿竹阁》

且看欲尽花经眼，
莫厌伤多酒入唇。

唐 · 杜甫《曲江三首》

且乐生前一杯酒，
何须身后千载名。

唐 · 李白《行路难三首》

且待夜深明月去，
试看涵泳几多星。

唐 · 韩愈《盆池》

且要沉酣向文史，
未须辛苦慕功名。

宋 · 陆游《睡觉闻儿子读书》

且就洞庭赊月色，
将船买酒白云边。

唐 · 李白《陪族叔刑部侍郎晔及中书贾舍人至游洞庭》

且得身安泰，
从他世险艰。

唐 · 白居易《幽居早秋闲咏》

且极今朝乐，
明日非所求。

晋 · 陶渊明《游斜川》

妾弄青梅凭短墙，
君骑白马傍垂杨。
墙头马上遥相顾，
一见知君即断肠。

唐 · 白居易《井底银瓶》

妾乘油壁车，

郎跨青骢马。
何处结同心？
西陵松柏下。

南朝·齐·苏小小《同心歌》

妾有今朝恨，
君无旧日情。
愁来理弦管，
皆是断肠声。

唐·崔亘《春怨》

妾发初复额，
折花门前剧；
郎骑竹马来，
绕床弄青梅。

唐·李白《长干行》

妾自倒行郎自看，
省郎一步一回头。

清·鲍步江《竹枝》

妾家临渭北，
春梦著辽西。

唐·沈佺期《杂诗三首》

亲朋无一字，
老病有孤舟。

唐·杜甫《登岳阳楼》

亲戚或余悲，
他人亦已歌。
死去何所道，
托体同山阿。

晋·陶渊明《拟挽歌辞三首》

亲母舍我殁，
后母憎孤儿；
饥寒无衣食，
举动鞭捶施；
骨消肌肉尽，
体若枯树皮。

三国·魏·阮瑀《驾出北郭门行》

亲友若云霄，
可望不可攀。

唐·高适《自淇涉黄河途中作十三首》

亲知把臂他乡少，
贫贱论交此地难。

清·洪昇《柬李东琪》

侵陵雪色还萱草，
漏泄春光有柳条。

唐·杜甫《腊日》

秦时明月汉时关，
万里长征人未还。
但使龙城飞将在，
不教胡马度阴山。

唐·王昌龄《出塞》

秦时任商鞅，

法令如牛毛。

唐·杜甫《述古三首》

秦人万里筑长城，
不如壮士守北平。

宋·陆游《军中杂歌》

秦磨利刀斩李斯，
齐烧沸鼎烹郦其。

唐·白居易《咏史》

秦家李斯早追悔，
虚名拨向身之外。

唐·李白《悲歌行》

秦家故事随流水，
汉代高坟对石碑。

唐·李嘉祐《晚发咸阳寄同院补遗》

秦王骑虎游八极，
剑光照空天自碧。
羲和敲日玻璃声，
劫灰飞尽古今平。

唐·李贺《秦王饮酒》

秦坑儒耶？
儒坑秦耶。

唐·司空图《铭秦坑》

青青子衿，
悠悠我心。
纵我不往，
子宁不嗣音。

《诗经·郑风·子衿》

青青河畔草，
绵绵思远道。

汉·无名氏《饮马长城窟行》

青春虚度无所成，
白首衔悲亦何及。

唐·权德舆《放歌行》

青春不觉书边过，
白发无端镜上来。

宋·秦观《答曾存之》

青春须早为，
岂能长少年。

唐·孟郊《劝学》

青春留不住，
白发自然生。

唐·杜牧《送友人》

青山缭绕疑无路，
忽见千帆隐映来。

宋·王安石《江上》

青山是处可埋骨，
白发向人羞折腰。

宋·陆游《醉中出西门偶书》

青山未落诗人手，
白发谁知国士心。

宋·秦观《次韵裴仲谟和何先辈》

青山送我回头远，
红日迎人对面生。

清·袁枚《定远喜晴》

青山朝别暮还见，
嘶马出门思旧乡。

唐·李颀《送陈章甫》

青山一道同云雨，
明月何曾是两乡？

唐·王昌龄《送柴侍御》

青山似欲留人住，
百匝千遭绕郡城。

唐·李德裕《登崖州城作》

青山隐隐水迢迢，
秋尽江南草木凋。

唐·杜牧《寄扬州韩绰判官》

青山无情不留客，
单衣北风官路长。

金·元好问《雪后招邻舍王赞子襄饮》

青山满前掩书坐，
欲话怀抱无人同。

金·元好问《西窗》

青山入眼不干禄，
白发满头犹著书。

唐·徐夤《赠黄校书先辈璞闲居》

青山解隔尘中事，
流水能清物外心。

唐·斐公衍《春夜宿云际寺》

青山千载老英雄，
浊酒三杯失厄穷。

宋·陆游《野饮》

青山多秀木，
碧涧尽清流。

唐·储光羲《游茅山五首》

青山行不尽，
绿水去何长。

唐·崔颢《舟行入剡》

青山横北郭，
白水绕东城。

唐·李白《送友人》

青山阅人代，
今古一炊顷。

金·元好问《岳祠斋宫夜宿》

青山扪虱坐，
黄鸟挟书眠。

宋·王安石《无题》

青海戍头空有月，
黄沙碛里本无春。

唐·柳中庸《凉州曲二首》

青海长云暗雪山，
孤城遥望玉门关。

唐·王昌龄《从军行五首》

青女素娥俱耐冷，
月中霜里斗婵娟。

唐·李商隐《霜月》

青云衣兮白霓裳，
举长矢兮射天狼。

战国·楚·屈原《九歌·东君》

青云岂有窥梁燕，
浊水应无避钓鱼。

唐·许恽《姑孰官舍》

青云当自致，
何必求知音。

唐·李白《冬夜醉宿龙门觉起言志》

青云仍未达，
白发欲成丝。

唐·岑参《送王七录事赴虢州》

青天万古一明月，
只与行人生暮愁。

金·元好问《去岁君远游送仲梁出山》

青天作幕地为席，
醉倒不用旁人扶。

清·杨守知《咂嘛酒歌》

青天何处了？
白鸟入空无。

宋·杨万里《春日六绝句》

青天白云闲，
可望不可攀。

金·元好问《五松平》

青松寒不落，
碧海阔逾澄。

唐·杜甫《寄刘峡州伯华使君四十韵》

青松在东园，
众草没其姿。
凝霜殄异类，
卓然见高枝。

晋·陶渊明《饮酒二十首》

青蝇易相点，
《白雪》难同调。

唐·李白《翰林读书言怀呈集贤诸学士》

青蝇一相点，
白璧遂成冤。

唐·陈子昂《宴胡楚真禁所》

青鸟衔葡萄，
飞上金井栏。
美人恐惊去，
不敢卷帘看。

唐·捧剑仆《诗》

青苔石上净，
细草松下软。

唐·王维《戏赠张五弟諲三首》

青苔满阶砌，
白鸟故迟留。

唐·杜牧《题扬州禅智寺》

青苔依空墙，
蜘蛛网四屋。

晋·张协《杂诗》

青苔满地初晴后，
绿树无人昼梦余。
惟有南风旧相识，
偷开门户又翻书。

宋·刘攽《新晴》

青苍犹可濯，
黑色不可移。

唐·韦应物《感事》

青荷盖绿水，
芙蓉发红鲜。
下有并根藕，
上生同心莲。

南朝·乐府民歌《青阳歌曲》

青门独无恙，
种瓜以何伤。

宋·陆游《寓怀》

清明时节雨纷纷，
路上行人欲断魂。
借问酒家何处有，
牧童遥指杏花村。

唐·杜牧《清明》

清风两袖朝天去，
免得闾阎话短长。

明·于谦《入京诗》

清风朗月不用一钱买，
玉山自倒非人推。

唐·李白《襄阳歌》

清风吹歌入空去，
歌曲自绕行云飞。

唐·李白《忆旧游寄谯郡元参军》

清风明月苦相思，
荡子从戎十载余。

唐·王维《伊州歌》

清风掠地秋先到，
赤日行天午不知。

宋·陆游《新竹》

清风破暑连三日，
好雨依时抵万金。

元·王恽《过沙沟店》

清风北窗卧，
可以傲羲皇。

唐·白居易《竹窗》

清风两窗竹，
白露一庭松。

唐·白居易《秋斋》

清水出芙蓉，
天然去雕饰。

唐·李白《经乱离后天恩流夜郎忆旧游书赠江夏韦太守良宰》

清泉自爱江湖去，
流出红墙便不还。

清·查慎行《玉泉山》

清泉冷浸疏梅蕊，
共领人间第一香。

宋·陆游《初春书怀》

清泉荡玉渚，
文鱼跃中波。

晋·陆机《招隐》

清光门外一渠水，
秋色墙头数点山。

唐·刘禹锡《秋日题窦员外崇德里新居》

清光洞毫发，
皎洁照群情。

唐·李白《赠清漳明府侄聿》

清江一曲抱村流，
长夏江村事事幽。

唐·杜甫《江村》

清江一曲柳千条，
二十年前旧板桥。

唐·刘禹锡《杨柳枝》

清时有味是无能，
闲爱孤云静爱僧。

唐·杜牧《将赴吴兴登乐游原一绝》

清夜满城丝管散，
行人不信是边头。

唐·姚合《穷边词》

清夜沉沉动春酌，

灯前细雨檐花落。
但觉高歌有鬼神，
焉知饿死填沟壑。

唐·杜甫《醉时歌》

清梦初回秋夜阑，
床前耿耿一灯残。
忽闻雨掠蓬窗过，
犹作当时铁马看。

宋·陆游《秋雨渐凉有怀兴之三首》

清角声高非易奏，
优昙花好不轻开。

清·袁枚《箴作诗者》

清辉与灵气，
日夕供文篇。

唐·白居易《题浔阳楼》

清露坠素辉，
明月一何朗。

晋·陆机《又赴洛道中二首》

清露宿花应自得，
暖风和絮欲争高。

宋·林逋《咏蝶》

清禽百啭似迎客，
正在有情无思间。

宋·范成大《早发竹下》

清新庾开府，
俊逸鲍参军。

唐·杜甫《春日怀李白》

清新俱有得，
名誉底相伤。

唐·李商隐《漫成三首》

清吟微变旧诗律，
细字闲抄新酒方。

宋·陆游《北窗》

清晨闻叩门，
倒裳往自开。
问子为谁欤？
田父有好怀。

晋·陶渊明《饮酒二十首》

清溪深不测，
隐处惟孤云。
松际露微月，
清光犹为君。

唐·常建《宿王昌龄隐居》

清溪如委黛，
黄沙似舒金。

南朝·宋·谢庄《自浔阳至都集道里名为诗》

清霜初染满林秋，
仿佛残霞晚未收。

明 · 高启《红叶》

清霜醉枫叶，
淡月隐芦花。

元 · 许有壬《荻港早行》

清能律贪夫，
淡可交君子。

唐 · 白居易《玩止水》

清气澄余滓，
杳然天界高。

晋 · 陶渊明《己酉岁九月九日一首》

清香传得天心在，
未许寻常草木知。

明 · 方孝孺《画梅》

清歌散新声，
绿酒开芳颜。

晋 · 陶渊明《诸人共游周家墓柏下》

清尊未酌心先醉，
往事重论鬓欲华。

元 · 刘永之《题邹惟中西楼》

轻唇利舌傍侯门，
送谄承颜日月新。

唐 · 归处讷《咏奸汉》

倾家酿酒犹嫌少，
入海求诗未厌深。

宋 · 陆游《别王伯高》

倾壶绝余沥，
窥灶不见烟。
诗书塞座外，
日昃不遑研。

晋 · 陶渊明《咏贫士七首》

倾身营一饱，
少许便有余。
恐此非名计，
息驾归闲居。

晋 · 陶渊明《饮酒二十首》

卿相非所盼，
何况于千金。

南朝 · 宋 · 何承天《雉子游原泽篇》

情多最恨花无语，
愁破方知酒有权。

唐 · 郑谷《中年》

情冤见之日明兮，
如列宿之错置。

战国 · 楚 · 屈原《九章 · 惜往日》

情多自易含惆怅，
不为秋深怨路寒。

清 · 王泌《越女祠》

情知梦无益，
非梦见何期。

唐·元稹《江陵三梦》

情至断金石，
胶漆未为牢。

晋·杨方《合欢诗五首》

晴川历历汉阳树，
芳草萋萋鹦鹉洲。
日暮乡关何处是？
烟波江上使人愁。

唐·崔颢《黄鹤楼》

晴空一鹤排云上，
便引诗情到碧霄。

唐·刘禹锡《秋词二首》

晴日暖风生麦气，
绿阴幽草胜花时。

宋·王安石《初夏即事》

晴天摇动清江底，
晚日浮沉急浪中。

宋·陈师道《十七日观潮》

晴云似絮惹低空，
紫陌微微弄袖风。

唐·杜牧《长安杂题长句六首》

晴云如擘絮，
新月似磨镰。

唐·韩愈《晚寄张十八助教周郎博士》

晴虹桥影出，
秋雁橹声来。

唐·白居易《河亭晴望》

晴丝千尺挽韶光，
百舌无声燕子忙。

宋·范成大《初夏》

请君莫奏前朝曲，
听唱新翻杨柳枝。

唐·刘禹锡《杨柳枝词九首》

请君试问东流水，
别意与之谁短长。

唐·李白《金陵酒肆留别》

请君休说长安事，
膝上风清琴正调。

唐·白居易《赠谈客》

请量东海水，
看取浅深愁。

唐·李颀《杂诗》

磬声寂历宜秋夜，
手冷灯前自衲衣。

唐·秦系《秋日送僧志幽归山寺》

穷年忧黎元，
叹息肠内热。

唐·杜甫《自京赴奉先县咏怀五百字》

穷通不由己，
欢戚不由天。

唐·白居易《咏怀》

穷通何足论，
等是百年客。

宋·陆游《夜意》

穷死士所有，
权门不可谒。

宋·陆游《夜行湖上》

穷兵祸自爨，
矜名身自倾。

清·刘岩《杂感》

穷巷厌多雨，
贫家愁早寒。

唐·白居易《秋暮郊居书怀》

穷巷隔深辙，
颇回故人车。

晋·陶渊明《读山海经》

穷巷悄然车马绝，
案头干死读书萤。

唐·杜甫《题郑十八著作虔》

穷秋立日观，
矫首望八荒。

唐·杜甫《又上后园山脚》

穷秋旷野行人绝，
马首东来知是谁。

唐·李颀《百花原》

穷荒绝漠鸟不飞，
万碛千山梦犹懒。

唐·岑参《与独孤渐道别长句兼呈严八侍御》

丘墓蔽山冈，
万代同一时。

三国·魏·阮籍《咏怀》

秋风吹不尽，
总是玉关情。

唐·李白《子夜吴歌·秋歌》

秋风吹渭水，
落叶满长安。

唐·贾岛《忆江上吴处士》

秋风吹白波，
秋雨鸣败荷。
平湖三十里，
过客感秋多。

元·萨都剌《过高邮射阳湖杂咏九首》

秋风起兮白云飞，
草木黄落兮雁南归。

汉·刘彻《秋风辞》

秋风萧瑟天气凉，
草木摇落露为霜，
群燕辞归雁南翔。

三国·魏·曹丕《燕歌行》

秋风秋雨愁煞人，
寒宵独坐心如捣。

清·陶澹人《秋暮遣怀》

秋风弃扇知安命，
小炷留灯悟养生。

宋·陆游《冬暮》

秋风万里芙蓉国，
暮雨千家薜荔村。

唐·谭用之《秋宿湘江遇雨》

秋风吹绿潭，
明月悬高枝。

南朝·梁·柳恽《捣衣诗》

秋风人渡水，
落日雁飞天。

唐·柳中庸《扬子途中》

秋风万里动，
日暮黄云高。

唐·岑参《巩北秋兴寄崔明允》

秋风不相待，
先至洛阳城。

唐·张说之《蜀道后期》

秋风满衫泪，
泉下故人多。

唐·白居易《微之敦诗晦叔相次长逝岿然自伤因成二绝》

秋风萧瑟，
洪波涌起。

东汉·曹操《步出夏门行·观沧海》

秋风片帆急，
暮霭一山孤。

宋·苏轼《南康望湖亭》

秋山野客醉醒时，
百尺老松衔半月。

唐·施肩吾《秋夜山居》

秋山春雨闲吟处，
倚遍江南寺寺楼。

唐·杜牧《会昔游》

秋山敛余照，
飞鸟逐前侣。

唐・王维《木兰柴》

秋气堪悲未必然，
轻寒正是可人天。
绿池落尽红蕖却，
荷叶犹开最小钱。

宋・杨万里《秋凉晚步》

秋月晚生丹桂实，
春风新长紫兰芽。

唐・白居易《自嘲》

秋阴不散霜飞晚，
留得枯荷听雨声。

唐・李商隐《宿骆氏亭寄怀崔雍崔衮》

秋天万里净，
日暮澄江空。

唐・王维《送綦母校书弃官还江东》

秋景有时飞独鸟，
夕阳无事起寒烟。

宋・林逋《孤山寺端上人房写望》

秋宵月色胜春宵，
万里霜天静寂寥。

唐・戎昱《戏题秋月》

秋色无远近，
出门尽寒山。

唐・李白《赠卢司户》

秋色入林红暗淡，
日光穿竹翠玲珑。

宋・苏舜钦《沧浪怀贯之》

秋后见飞千里雁，
月中闻捣万家衣。

唐・刘方平《秋夜寄皇甫冉郑丰》

秋水才深四五尺，
野航恰受两三人。

唐・杜甫《南邻》

秋声万户竹，
寒色五陵松。

唐・李颀《望秦川》

秋声无深浅，
深浅在人心。

清・顾樵《秋夜柬顾茂伦》

秋声无不搅离心，
梦泽蒹葭楚雨深。

唐・杜牧《齐安郡中偶题二首》

秋坟鬼唱鲍家诗，
恨血千年土中碧。

唐・李贺《秋来》

秋来纨扇合收藏，

何事佳人重感伤？
请把世情详细看，
大都谁不逐炎凉。

明·唐寅《题秋风纨扇图》

秋来见月多归思，
自起开笼放白鹇。

唐·雍陶《和孙明府怀旧山》

秋晚卷帘看过雁，
月明凭槛数跳鱼。

唐·徐夤《茆亭》

秋菊有佳色，
裛露掇其英。

晋·陶渊明《饮酒二十首》

蚯蚓霸一穴，
神龙行九天。

明·方孝孺《闲居感怀》

求之不得，
寤寐思服。
悠哉悠哉，
辗转反侧。

《诗经·周南·关雎》

求仁义急于水火，
用礼让多于菽粟。

北朝·北周·庾信《周五声调曲·徵调曲六首》

求得轩车心愧天，
不如穷死却陶然。

宋·陆游《次韵鲁山新居绝句》

裘马清狂遍两川，
十年身是地行仙。

宋·陆游《病中久废游览怅然有感》

驱却坐上千重寒，
烧出炉中一片春。

唐·孟郊《答友人赠炭》

驱愁知酒力，
破睡见茶功。

唐·白居易《赠东邻王十三》

屈平词赋悬日月，
楚王台榭空山丘。

唐·李白《江上吟》

屈平岂要江山助，
却是江山遇屈平。

宋·李觏《遣兴》

瞿塘峡口曲江头，
万里风烟接素秋。

唐·杜甫《秋兴八首》

曲罢常教善才服，

妆成每被秋娘妒。

唐·白居易《琵琶行》

曲终收拨当心画，
四弦一声如裂帛。

唐·白居易《琵琶行》

曲终人不见，
江上数峰青。

唐·钱起《省试湘灵鼓瑟》

曲径通幽处，
禅房花木深。

唐·常建《题破山寺后禅院》

曲言恶者谁？
悦耳如弹丝。
直言好者谁？
刺耳如长锥。

唐·贾岛《送沈秀才下第东归》

取彼谮人，
投畀豺虎；
豺虎不食，
投畀有北；
有北不受，
投畀有昊。

《诗经·小雅·巷伯》

取义成仁在勇决，
不尔芳名何卓绝。

清·邵岷《赵忠愍公得谥诗》

取义成仁千古事。

柳亚子《吊刘烈士炳生》

取人最忌规模狭，
绝物常因议论严。

宋·刘克庄《圣贤》

取次花丛懒回顾，
半缘修道半缘君。

唐·元稹《离思》

娶妻莫恨无良媒，
书中有女颜如玉。

宋·赵恒《劝学诗》

去年今日此门中，
人面桃花相映红。
人面不知何处去，
桃花依旧笑春风。

唐·崔护《题都城南庄》

去年花里逢君别，
今日花开已一年。

唐·韦应物《寄李儋无锡》

去年米贵阙军食，
今年米贱大伤农。

唐·杜甫《岁晏行》

去时里正与裹头，
归来头白还戍边。

唐·杜甫《兵车行》

去时只道从军乐，
不道关山空白头。

金·元好问《望归吟》

去时儿女悲，
归来笳鼓竞；
借问行路人，
何如霍去病。

南朝·梁·曹景宗
《光华殿侍宴赋竞病韵诗》

去国哀王粲，
伤时哭贾生。

唐·杜甫《久客》

去来固无迹，
动息如有情。

唐·王勃《咏风》

去事不可想，
旧游难再过。

唐·李端《送友人还洛》

权门要路足身灾，
散地闲居少祸胎。

唐·白居易《闲卧有所思二首》

权重持难久，
位高势易穷。

唐·白居易《凶宅》

全盛已随流水去，
黄鹂空啭旧春声。

唐·武元衡《登阊阖古城》

全家都在西风里，
九月衣裳未剪裁。

清·黄景仁《都门秋思》

泉高下溜急，
松古上枝平。

北朝·北齐·萧悫《和崔侍中从驾经山寺》

泉清鳞影见，
树密鸟声幽。

唐·崔翘《郑郎中山亭》

泉声咽危石，
日色冷青松。

唐·王维《过香积寺》

犬吠寒烟里，
鸦鸣夕照中。

唐·刘长卿《赠西邻卢少府》

犬吠水声中，
桃花带雨浓。

唐·李白《访戴天山道士不遇》

劝君莫惜金缕衣，
劝君惜取少年时。

唐·杜秋娘《金缕衣》

劝君终日酩酊醉，
酒不到刘伶坟上土。

唐·李贺《将进酒》

劝君用却龙泉剑，
莫负平生国士恩。

唐·钱起《送傅管记赴蜀军》

劝君金屈卮，
满酌不须辞。
花发多风雨，
人生足别离。

唐·于武陵《劝酒》

劝君少干名，
名是锢身锁。

唐·白居易《闲坐看书贻诸少年》

劝君少求利，
利是焚身火。

唐·白居易《闲坐看书贻诸少年》

却看妻子愁何在，
漫卷诗书喜欲狂。

唐·杜甫《闻官军收河南河北》

却羡浮云与飞鸟，
因风吹去又吹还。

唐·李频《春日思归》

却羡卞和双刖足，
一生无复没阶趋。

唐·李商隐《任弘农尉献州刺史乞假归京》

却将覆毡草檄手，
小诗点缀西州春。

宋·陆游《夏夜大醉醒后有感》

却对酒杯浑似梦，
偶拈诗笔已如神。

宋·苏轼《十二月二十八日蒙恩责授检校水部员外郎黄州团练副使二首》

却绕井栏添个个，
偶经花蕊弄辉辉。

唐·杜甫《见萤火》

却是平流无石处，
时时闻说有沉沦。

唐·杜荀鹤《泾溪》

却是梅花无世态，
隔墙分送一枝春。

唐·戴叔伦《旅次寄湖南张郎中》

却骐骥而不乘兮，
策驽骀而取路。

战国·楚·宋玉《九辩》

却嫌脂粉污颜色，
淡扫蛾眉朝至尊。

唐·张祜《集灵台二首》

却下水晶帘，
玲珑望秋月。

唐·李白《玉阶怨》

却顾所来径，
苍苍横翠微。

唐·李白《下终南山过斛斯山人宿置酒》

却怪鸟飞平地上，
自惊人语半天中。

唐·章八元《题慈恩寺塔》

却望长安道，
空怀恋主情。

唐·李白《听胡人吹笛》

鹊惊随叶散，
萤远入烟流。

唐·钱起《裴迪南门秋夜对月》

群沙秽明珠，
众草凌孤芳。

唐·李白《古风五十九首》

群山万壑赴荆门，
生长明妃尚有村。

唐·杜甫《咏怀古迹》

群胡归来血洗箭，
仍唱胡歌饮都市。

唐·杜甫《悲陈陶》

郡邑浮前浦，
波澜动远空。

唐·王维《汉江临泛》

R

冉冉孤生竹，
结根泰山阿。
与君为新婚，
兔丝附女萝。

汉·无名氏《古诗十九首》

扰扰岐路间，
东西各行意。

清·陆师《之官真州述怀》

人从此时去，
却向何时归。

清 · 刘廷玑《折杨柳歌辞》

人从虎豹丛中健，
天在峰峦缺处明。

清 · 张问陶《煎茶坪题壁》

人从井底盘旋上，
天向关门豁达开。

清 · 王士禛《度仙霞关题天雨庵壁》

人到愁来无处会，
不关情处总伤心。

宋 · 黄庭坚《和陈君仪读太真外传》

人分千里外，
兴在一杯中。

唐 · 李白《江夏别宋之悌》

人非崑山玉，
安得长璀错。

唐 · 李白《拟古十二首》

人世几回伤往事，
山形依旧枕寒流。

唐 · 刘禹锡《西塞山怀古》

人世绝知非昨梦，
天真堪笑博浮名。

宋 · 陆游《怀谭德称》

人世无穷事，
山中了不闻。

元 · 黄庚《鹤林仙坛寺》

人马盘空细，
烟岚返照浓。

清 · 邓汉仪《过大庾岭》

人家不必论贫富，
才有读书声便佳。

明 · 文徵明《绝句》

人家见生男女好，
不知男女催人老。

唐 · 王建《短歌行》

人家在何处，
云外一声鸡。

宋 · 梅尧臣《鲁山山行》

人好千场醉，
花无百日开。

唐 · 刘长卿《早春》

人间多少沧桑事，
付与先生一醉眠。

清 · 沈受宏《赠吴事衍》

人间不自寻行迹，
一片孤云在碧天。

五代十国 · 韦庄《访山僧不遇》

人间万事君自知，
未必君才人尽识。
金·元好问《赠萧炼师公弼》

人间无路问天公，
自古才难更厄穷。
金·元好问《希颜挽诗五首》

人间四月芳菲尽，
山寺桃花始盛开。
长恨春归无觅处，
不知转入此中来。
唐·白居易《大林寺桃花》

人间岁月如流水，
客舍秋风今又起。
不知心事向谁论，
江上蝉鸣空满耳。
唐·岑参《客舍悲秋有怀两省旧游呈幕中诸公》

人间离别尽堪哭，
何况不知何日归。
唐·赵嘏《江上与兄别》

人间万事消磨尽，
只有清香似旧时。
宋·陆游《余年二十时尝作菊花枕诗颇传于人今秋偶复采菊缝枕囊凄然有感》

人间养鹰如养士，
一时效用三时休。
清·唐孙华《鹰坊歌与夏重恺功同赋》

人间痛伤别，
此是长别处。
唐·赵徵明《挽歌词》

人间何物是穷通，
终向烟波作钓翁。
宋·周紫芝《罗叔共五色线中得玄真子〈渔父词〉拟其体仆亦漫拟作六首》

人间黄屋贵，
物外只有洁。
金·元好问《箕山》

人间无限事，
不厌是桑麻。
元·戴表元《苕溪》

人间有闲地，
何必隐林丘。
唐·白居易《赠吴丹》

人间荣与利，
摆落如泥尘。
唐·白居易《效陶潜体诗十六首》

人事有代谢，
往来成古今。

唐·孟浩然《与诸子登岘山》

人皆养子望聪明，
我被聪明误一生。

宋·苏轼《洗儿》

人怜红艳多应俗，
天与清香似有私。

宋·林逋《梅花》

人怜直节生来瘦，
自许高材老更刚。
曾与蒿藜同雨露，
终随松柏到冰霜。

宋·王安石《与舍弟华藏院此君亭咏竹》

人攀明月不可得，
月行却与人相随。

唐·李白《把酒问月》

人若不知足，
贪欲浩无穷。

宋·陆游《对食》

人烟寒橘柚，
秋色老梧桐。

唐·李白《秋登宣城谢朓北楼》

人情旦暮有翻复，
平地倏忽成山谿。

明·刘基《梁甫吟》

人情静处看方见，
诗句穷来得最多。

宋·陆游《蓬户》

人情翻覆似波澜，
白首相知犹按剑。

唐·王维《酌酒与裴迪》

人情怀旧乡，
客鸟思故林。

晋·王赞《杂诗》

人情恋乡井，
冰霜况岁暮。

清·方式济《远行曲》

人情朝暮变，
景物古今同。

宋·戴复古《秋兴有感》

人情疑始变，
天性感还生。

唐·吕温《望思台》

人情总殊异，
世路多权诈。

唐·韩愈《县斋有怀》

人老多自愁，

水深难急流。

唐 · 李端《古别离二首》

人历冰霜倍老成。

清 · 黄与坚《沂州客店遇同乡友人》

人寿百年能几何？
后来新妇今为婆。

晋 · 无名氏《休洗红》

人寰尚有遗民在，
大节难随九鼎沦。

明 · 顾炎武《陈生芳绩两尊人先后即世适皆以三月十九日追痛之作词旨哀恻依韵奉和》

人去愁千迭，
心伤恨万端。

元 · 李裕《次宋编修显夫南陌诗四十韵》

人中有兽心，
几人能真识。

唐 · 孟郊《择友》

人游月边去，
舟在空中行。

唐 · 李白《送王屋山人魏万还王屋》

人瘦尚可肥，
士俗不可医。

宋 · 苏轼《于潜僧绿筠轩》

人生得意须尽欢，
莫使金樽空对月。

唐 · 李白《将进酒》

人生难得唯知己，
天下伤心是别离。

清 · 舒瞻《别竹田》

人生自古谁无死，
留取丹心照汗青。

宋 · 文天祥《过零丁洋》

人生飘忽百年内，
且须酣畅万古情。

唐 · 李白《答王十二寒夜独酌有怀》

人生在世不称意，
明朝散发弄扁舟。

唐 · 李白《宣州谢朓楼饯别校书叔云》

人生富贵有遗恨，
世事废兴无了期。

金 · 元好问《会善寺》

人生富贵驹隙过，
唯有荣名寿金石。

清 · 顾炎武《秋风行》

人生各自适意耳，
稷禹巢许知谁贤。

宋 · 陆游《泛湖上云门》

人生到处知何似，
应似飞鸿踏雪泥。
泥上偶然留指爪，
鸿飞那复计东西。

宋 · 苏轼《和子由渑池怀旧》

人生百年内，
疾速如过隙。

唐 · 白居易《咏怀》

人生百岁内，
天地暂寓形。

唐 · 白居易《和〈思归乐〉》

人生瀛海内，
忽如鸟过目。

晋 · 张协《杂诗》

人生天地间，
忽如远行客。

汉 · 无名氏《古诗十九首》

人生一世间，
忽若暮春草。
时不可再得，
何为自愁恼。

三国 · 魏 · 徐幹《室思》

人生譬朝露，
居世多屯蹇。

汉 · 秦嘉《留郡赠妇诗》

人生不满百，
常怀千岁忧。

汉 · 乐府古辞《西门行》

人生处一世，
去若朝露晞。

三国 · 魏 · 曹植《赠白马王彪》

人生寄一世，
奄忽若飚尘。

汉 · 无名氏《古诗十九首》

人生忽如寄，
寿无金石固。
万岁更相送，
圣贤莫能度。

汉 · 无名氏《古诗十九首》

人生无根蒂，
飘如陌上尘。

晋 · 陶渊明《杂诗》

人生似行客，
两足无停步；
日日进前程，
前程几多路。

唐 · 白居易《送春》

人生不再好，
鬓发自成丝。

唐·杜甫《薄暮》

人生百年中，
会合能几时。

唐·戴叔伦《感怀二首》

人生半哀乐，
天地有顺逆。

唐·杜甫《白水崔少府
十九翁高斋三十韵》

人生非寒松，
年貌岂长在。

唐·李白《古风五十九首》

人生弦上筈，
流光迅于矢。

清·陈祖范《感秋》

人生当贵显，
每淡布衣交。

清·陆次云《志感》

人生贵相知，
何必金与钱。

唐·李白《赠友人三首》

人生苟有累，
食肉常如饥。

唐·白居易《对酒示儿行简》

人生归有道，
衣食固其端。

晋·陶渊明《庚戌岁九月
中于西田获早稻》

人生何谓富，
山水绕吾庐。

清·汪应铨《题读书楼》

人生何为贵，
闭户读我书。

清·汪应铨《题读书楼》

人生达命岂暇愁，
且饮美酒登高楼。

唐·李白《梁园吟》

人生有酒须当醉，
一滴何曾到九泉。

宋·高翥《清明日对酒》

人生苦乐皆陈迹，
年去年来堪痛惜。

清·吴伟业《鸳湖曲》

人生交契无老少，
论心何必先同调。

唐·杜甫《徒步归行》

人生结交在终始，
莫以升沉中路分。

唐 · 贺兰进明《行路难》

人生何处不离群，
世路干戈惜暂分。

唐 · 李商隐《杜工部蜀中离席》

人生岂能无聚散，
亦逢佳节且看花。

宋 · 王安石《次吴氏女子》

人生千里与万里，
黯然消魂别而已。

清 · 吴伟业《悲歌赠吴季子》

人生七十古来稀。

唐 · 杜甫《曲江》

人生岂独官为贵。

元 · 马祖常《追和许浑游溪夜回韵》

人生万事须自为。

元 · 范梈《王氏能远楼》

人生意气贵一诺。

清 · 陈恭尹《柏舟行为区母陈太君赋》

人生忠佞看到头。

清 · 钱谦益《陆宣公墓道行》

人生难逢开口笑。

金 · 元好问《玄都观桃花》

人生几何时，
怀忧终年岁。

汉 · 蔡琰《悲愤诗二首》

人生如石火，
为乐常苦迟。

唐 · 白居易《秋怀》

人生无贤愚，
飘飖若埃尘。

唐 · 杜甫《寄薛三郎中璩》

人生无贤愚，
大节本所共。

明 · 顾绛《过矩亭拜李先生墓下》

人生天地间，
长路有险夷。

金 · 元好问《临汾李氏任运堂二首》

人生鲜百岁，
只有名常存。

清 · 马维翰《九折坂》

人生有离合，
岂择衰盛端。

唐 · 杜甫《垂老别》

人生不相见，
动如参与商。

唐·杜甫《赠卫八处士》

人生无家别，
何以为烝黎。

唐·杜甫《无家别》

人生要适情，
无荣复何辱。

金·元好问《漉亭》

人生意气豁，
不在相逢早。

唐·杜甫《奉赠射洪李四丈》

人生有何常？
但患年岁暮。

汉·孔融《杂诗二首》

人生在世间，
聚散亦暂时。

唐·杜甫《送殿中杨监赴蜀见相公》

人生末路佳方稳，
何用登舟祝顺风。

清·高珩《归舟杂兴》

人生眉眼不自见，
愿以妍丑烦青铜。

清·惠周惕《赠维杨顾书宣》

人生有情泪沾臆，
江水江花岂终极。

唐·杜甫《哀江头》

人生识字忧患始，
姓名粗记可以休。

宋·苏轼《石苍舒醉墨堂》

人生有情甘白首，
何乃不得长相随。

元·郭珏《长相思》

人似秋鸿来有信，
事如春梦了无痕。

宋·苏轼《与潘郭二生同游忆去岁旧迹》

人事百年梧叶老，
秋风万里稻花肥。

元·麻革《晚步张巩田间》

人事有代谢，
往来成古今。

唐·孟浩然《与诸子登岘山》

人事俄是非，
宦途遽得失。

清·黎志元《礼执客鄂城用和巨来韵见贻事牵未报阳舟次次韵寄答》

人虎相半居，
相伤终两存。

唐 · 杜甫《客居》

人亡典刑在，
百世留清尘。

金 · 元好问《萧斋》

人闲桂花落，
夜静春山空。
月出惊山鸟，
时鸣春涧中。

唐 · 王维《鸟鸣涧》

人心苦迷执，
慕贵忧贫贱。

唐 · 白居易《花下对酒二首》

人心似春色，
千里逐君船。

清 · 安乐《送别》

人心无路见，
时事只天知。

唐 · 颜真卿《句书〈奉使帖〉后》

人行明镜中，
鸟度屏风里。

唐 · 李白《清溪行》

人行山上高，
天在山中小。

清 · 王庭《栈道中作》

人言尺蠖屈，
要有黄鹄举。

宋 · 陆游《中夜起出门月露浩然归坐灯下有赋》

人言夫妇亲，
义合如一身。

唐 · 白居易《妇人苦》

人言诗穷人，
无诗吾自穷。

金 · 元好问《继愚轩和党承旨雪诗四首》

人言世事何时了，
我是人间事了人。

唐 · 白居易《百日假满少傅官亭自喜言怀》

人言落日是天涯，
望极天涯不见家。

宋 · 李觏《乡思》

人主不早虑，
因之致颠危。

清 · 张鹏翀《经史法戒诗》

人吹五更笛，
月照万家霜。

明·谢榛《大梁冬夜》

人各有偏好，
物莫能两全。

唐·白居易《截树》

人道青山归去好，
青山曾有几人归。

唐·杜牧《怀紫阁山》

忍断杯中物，
祇看座右铭。

唐·杜甫《戏题寄上汉中王三首》

忍辱生端正，
多嗔作毒蛇。

唐·王梵志《王梵志诗一百一十首》

忍泪佯低面，
含羞半敛眉。

五代十国·韦庄《女冠子》

忍看图画移颜色，
肯使江山付劫灰。

清·秋瑾《黄海舟中日人索句并见日俄战争地图》

忍剪凌云一寸心。

唐·李商隐《初食笋呈座中》

任是深山更深处，
也应无计避征徭。

唐·杜荀鹤《山中寡妇》

任从人弃掷，
自与我周旋。

唐·白居易《喜老自嘲》

仍连故乡水，
万里送行舟。

唐·李白《渡荆门送别》

日出而作，
日入而息。

先秦·《击壤歌》

日出渐看云雾散，
潮来先觉海风寒。

宋·刘子翚《次韵张守壶山诗》

日出远岫明，
鸟散空林寂。

隋·杨素《山斋独坐赠薛内史二首》

日出众鸟散，
山暝孤猿吟。

南朝·齐·谢朓《郡内高斋闲望答吕法曹》

日出东方隈，
似从地底来。

唐·李白《日出入行》

日烘细草香无价，
况有三枝两朵花。
宋 · 杨万里《午憩》

日沉红有影，
风定绿无波。
唐 · 白居易《湖亭望水》

日啖荔支三百颗，
不妨长作岭南人。
宋 · 苏轼《食荔支二首》

日入群动息，
归鸟趋林鸣。
晋 · 陶渊明《饮酒二十首》

日中有钱人所羡，
日夕饿死人谁怜。
清 · 屈复《邓通钱》

日日春光斗日光，
山城斜路杏花香。
唐 · 李商隐《日日》

日日愁仍揽镜看，
楚人憔悴尚南冠。
清 · 金渐皋《冬日杂咏》

日长似岁闲方觉，
事大如天醉亦休。
宋 · 陆游《秋思》

日长何计到黄昏，
郡僻官闲昼掩门。
宋 · 王禹偁《题张处士溪居》

日长睡起无情思，
闲看儿童捉柳花。
宋 · 杨万里《初夏睡起》

日长篱落无人过，
惟有蜻蜓蛱蝶飞。
宋 · 范成大《四时田园杂兴》

日暮东风怨啼鸟，
落花犹似堕楼人。
唐 · 杜牧《金谷园》

日暮北风吹雨去，
数峰清瘦出云来。
宋 · 张耒《初见嵩山》

日暮长廊闻燕语，
轻寒微雨麦秋时。
宋 · 寇准《夏日》

日暮碧云合，
佳人殊未来。
南朝 · 梁 · 江淹《拟休上人》

日暮鸟择木，

天阴山出云。

唐·权德舆《题隐者所居》

日暮飞鸟还，
行人去不息。

唐·王维《临高台送黎拾遗》

日暮浮云滋，
握手泪如霰。

南朝·梁·江淹《李都尉陵从军》

日暮途且远，
游子悲故乡。

汉·无名氏《古诗十九首》

日暮苍山远，
天寒白屋贫。
柴门闻犬吠，
风雪夜归人。

唐·刘长卿《逢雪宿芙蓉山主人》

日暮天无云，
春风扇微和。

晋·陶渊明《拟古》

日华川上动，
风光草际浮。

南朝·齐·谢朓《和徐都曹出新亭渚》

日昏笳乱动，
天曙马争嘶。

南朝·梁·吴均《渡易水》

日居月诸，
胡迭而微。

《诗经·邶风·柏舟》

日落江湖白，
潮来天地青。

唐·王维《送邢桂州》

日落长沙渚，
层阴万里生。

南朝·梁·江淹《登庐山香炉峰》

日落群山阴，
天秋石泉响。

唐·韦应物《蓝岭精舍》

日落沙明天倒开，
波摇石动水萦回。
轻舟泛月寻溪转，
疑是山阴雪后来。

唐·李白《东鲁门泛舟》

日色花上绮，
风光水中乱。

晋·陆机《当置酒》

日色隐孤树，
乌啼满城头。

唐·杜甫《发秦州》

日月忽其不淹兮，
春与秋其代序。

战国·楚·屈原《离骚》

日月双悬于氏墓，
乾坤半壁岳家祠。
惭将赤手分三席，
敢为丹心借一枝。

明·张煌言《甲辰八月辞故里》

日月无情也有情，
朝升夕没照均平。
虽催前代英雄死，
还促后来贤圣生。

唐·徐夤《日月无情》

日月有常，
星辰有行。

《〈古诗源〉卷一·帝载歌》

日月之行，
若出其中；
星汉灿烂，
若出其里。

东汉·曹操《步出夏门行·观沧海》

日月驱人世，
江湖动客心。

元·赵孟頫《鱼乐楼》

日月掷人去，
有志不获骋。

晋·陶渊明《杂诗十二首》

日月无偏照，
何由诉苍昊。

唐·李白《经乱离后天恩流夜郎忆旧游书怀赠江夏韦太守良宰》

日照香炉生紫烟，
遥看瀑布挂前川。
飞流直下三千尺，
疑是银河落九天。

唐·李白《望庐山瀑布》

日照澄州江雾开，
淘金女伴满江隈。
美人首饰侯王印，
尽是沙中浪底来。

唐·刘禹锡《浪淘沙九首》

日暖泥融雪半消，
行人芳草马声骄。

唐·杜牧《宣州送裴坦判官往舒州时牧欲赴官归京》

日斜深巷无人迹，
时见梨花片片飞。

唐·戴叔伦《过柳溪道院》

日典春衣非为酒，
家贫食粥已多时。

宋·秦观《呈钱尚书》

日欲没时红浪沸，
月初生处白烟开。

唐·白居易《江亭夕望》

日午独觉无余声，
山童隔竹敲茶臼。

唐·柳宗元《夏昼偶作》

日向花间留返照，
云从城上结层阴。

唐·李商隐《写意》

日隐桑柘外，
河明闾井间。

唐·王维《淇上田园即事》

荣华东流水，
万事皆波澜。

唐·李白《古风五十九首》

荣华难把玩，
俄顷皆变坏。

宋·陆游《秋夕大风松声甚壮戏作短歌》

荣枯催日夕，
去住皆须老。

唐·李端《野亭三韵送钱员外》

荣枯事过都成梦，
忧喜心忘便是禅。

唐·白居易《寄李相公崔侍郎钱舍人》

荣名等粪土，
携手随风翔。

唐·韦应物《清都观答幼遐》

荣名秽人身，
高位多灾患。

三国·魏·嵇康《与阮德如》

荣辱两不到，
淡如秋水澄。

宋·陆游《夙兴》

荣盛当作乐，
无令后贤吁。

唐·李白《春日陪杨江宁及诸官宴北湖感古作》

荣盛傍看好，
优闲自适多。

唐·白居易《问皇甫十》

荣销枯去无非命，
壮尽衰来亦是常。

唐·白居易《遣怀》

容颜岁岁愁边改，
乡国时时梦里还。

唐 · 杜俨《客中作》

肉食哂菜色，
少壮欺老翁。

唐 · 杜甫《赠苏四徯》

如可赎兮，
人百其身。

《诗经 · 秦风 · 黄鸟》

如月之恒，
如日之升。

《诗经 · 小雅 · 天保》

如彼雨雪，
先集维霰。

《诗经 · 小雅 · 頍弁》

如跂斯翼，
如矢斯棘，
如鸟斯革，
如翚斯飞。

《诗经 · 小雅 · 斯干》

如切如磋，
如琢如磨。

《诗经 · 卫风 · 淇奥》

如何同枝叶，
各自有枯荣。

唐 · 李白《树中草》

如何织执素，
自著蓝缕衣。

唐 · 孟郊《织妇辞》

如何得与凉风约，
不与尘沙一并来。

宋 · 陈与义《中牟道中》

如君莫叹少知音，
万古文章一寸心。

清 · 张居实《寄怀王秀才》

如今白发如霜草，
一饱茫然身已老。

宋 · 陆游《贫甚作短歌排闷》

如今非是秦时世，
更隐桃花亦笑人。

唐 · 秦系《山中赠耿拾遗沛兼两省故人》

如今贵者不读书，
腹中犹如酒食店。

明 · 袁宏道《赠陈正夫》

如今历尽风波恶，
飞栈连云是坦途。

宋 · 陆游《秋晚思梁益旧游》

如弦心自直，
秀木势恒孤。

唐·张说之《赠工部尚书冯公挽歌三首》

如有长风吹，
青云在俄顷。

唐·刘长卿《杂咏八首上
礼部李侍郎·白鹭》

儒生无力荷干戈，
乱后篇章感慨多。

宋·王庭珪《和康晋侯见赠》

儒生也爱长生术，
不见人间大笑人。

唐·刘威《赠道者》

儒生不作干时计，
且读人间未见书。

唐·詹敦仁《入局吟》

儒者重敬官，
市估乃竞利。

清·陆师《之官真州述怀》

汝果欲学诗，
工夫在诗外。

宋·陆游《示子遹》

汝家饶宾侣，
我家多鸟雀。

南朝·齐·王僧佑《赠王俭》

汝阳三斗始朝天，
道逢曲车口流涎，
恨不移封向酒泉。

唐·杜甫《饮中八仙歌》

乳乌啼断井栏西，
闺中一夜青丝老。

清·郁植《乌夜啼》

乳鸭池塘水浅深，
熟梅天气半晴阴。
东园载酒西园醉，
摘尽枇杷一树金。

宋·戴敏《夏日》

入春才七日，
离家已二年。
人归落雁后，
思发在花前。

隋·薛道衡《人日思归》

入春解作千般语，
拂曙能先百鸟啼。

唐·王维《听百舌鸟》

入世艰虞忧履虎，
当门芳馥怕锄兰。

清·徐乾学《请告得旨留别诸公》

入世逢迎拙，
依人去住难。

清·朱柔则《寄远曲》

入世性情古，
还乡面目真。

清·缪彤《送医士方际泰归茅山》

入世雄心老渐灰。

清·曹尔堪《钱牧斋先生挽词》

入市碎琴易，
依人弹铗难。

清·徐乾学《北征》

入妙文章本平淡，
等闲言语变瑰奇。

宋·戴复古《读放翁先生剑南诗草》

若不休官去，
人间到老忙。

唐·白居易《钱侍郎使君以题
庐山草堂诗见寄因酬之》

若道春风不解意，
何因吹送落花来。

唐·王维《戏题盘石》

若道巫山女粗丑，
何得此有昭君村。

唐·杜甫《负薪行》

若道平分四时气，
南枝为底发春偏。

唐·刘长卿《岁日见新历因寄都官裴郎中》

若夸郭璞五色笔，
江淹却是寻常人。

唐·李山甫《代张孜幻梦李白歌》

若为化得身千亿，
散上峰头望故乡。

唐·柳宗元《与浩初上人同看山寄京华亲故》

若将除害马，
慎勿信苍蝇。

唐·高适《饯宋八充彭中丞判官之岭外》

若无鸿雁飞，
生离即死别。

宋·罗与之《寄衣曲》

若无知足心，
贪求何日了。

唐·白居易《西掖早秋直夜书意》

若非先主垂三顾，
谁识茅庐一卧龙。

唐·汪遵《南阳》

若教解语应倾国，
任是无情亦动人。

唐·罗隐《牡丹花》

若有人兮山之阿，
被薜荔兮带女萝。

战国·楚·屈原《九歌·山鬼》

若言琴上有琴声，
放在匣中何不鸣？
若言声在指头上，
何不于君指上听。

宋·苏轼《琴诗》

若耶溪边采莲女，
笑隔荷花共人语。
日照新妆水边明，
风飘香袖空中举。

唐·李白《采莲曲》

弱柳从风疑举袂，
丛兰浥露似沾巾。

唐·刘禹锡《和乐天春词依忆江南曲拍为句》

弱柳千条杏一枝，
半含春雨半垂丝。

唐·温庭筠《题望苑驿》

弱女虽非男，
慰情良胜无。

晋·陶渊明《和刘柴桑》

S

洒以甘露言，
清凉润肌发。

唐·李白《登巴陵开元寺西阁赠衡岳僧方外》

飒飒东风细雨来，
芙蓉塘外有轻雷。

唐·李商隐《无题四首》

飒飒西风满院栽，
蕊寒香冷蝶难来。
他年我若为青帝，
报与桃花一处开。

唐·黄巢《题菊花》

飒飒秋雨中，
浅浅石溜泻。
跳波自相溅，
白鹭惊复下。

唐·王维《栾家濑》

飒飒松上雨，
潺潺石中流。
静言深溪里，

长啸高山头。

唐 · 王维《自大散以往深林密竹磴道盘曲四五十里至黄牛岭见黄花川》

塞鸿遇暖犹回翅，
江水因潮亦反波。

唐 · 白居易《悲歌》

塞鸿先秋去，
边草入夏生。

唐 · 朱景玄《句》

塞上长城空自许，
镜中衰鬓已先斑。

宋 · 陆游《书愤》

塞沙万里平铺月，
晓角一声高卷风。

唐 · 吴商浩《塞上即事》

塞花飘客泪，
边柳挂乡愁。

唐 · 岑参《武威春暮闻宇文判官西使还已到晋昌》

塞迥连天雪，
河深彻底冰。

唐 · 马戴《边将》

三楚多秀士。

三国 · 魏 · 阮籍《咏怀》

三春白雪归青冢，
万里黄河绕黑山。

唐 · 柳中庸《征人怨》

三春时有雁，
万里少行人。

唐 · 王维《送刘司直赴安西》

三点两点过云雨，
千株万株临路松。

元 · 萨都剌《青松林》

三点五点映山雨，
一枝两枝临水花。

唐 · 吴融《闲望》

三叠歌残人不见，
秋风吹泪古云中。

清 · 李孚青《早秋送宋又宜由太原归里》

三伏适已过，
骄阳化为霖。

唐 · 杜甫《阻雨不得归瀼西甘林》

三千宫女胭脂面，
几个春来无泪痕。

唐 · 白居易《后宫词》

三万里河东入海，
五千仞岳上摩天。

宋·陆游《秋夜将晓出篱门迎凉有感》

三五明月满，
四五蟾兔缺。

汉·无名氏《古诗十九首》

三更灯火五更鸡，
正是男儿读书时。

唐·颜真卿《劝学》

三更鹤唳惊回梦，
万户砧声送到愁。

清·孔传铎《秋日杂咏》

三更羁客梦，
万里故乡情。

清·于养志《不寐》

三顾频烦天下计，
两朝开济老臣心。

唐·杜甫《蜀相》

三年笛里关山月，
万国兵前草木风。

唐·杜甫《洗兵马》

三年奔走空皮骨，
信有人间行路难。

唐·杜甫《将赴成都草堂途中有作先寄严郑公五首》

三江潮水急，
五湖风浪涌。

唐·崔颢《长干曲四首》

三江行人绝，
万里无征船。

唐·岑参《阻戎泸间群盗》

三军甲马不知数，
但见动地银山来。

宋·陆游《出塞曲》

三日不作诗，
幽禽语撩人。

宋·陆游《闭户》

三日入厨下，
洗手作羹汤。
未谙姑食性，
先遣小姑尝。

唐·王建《新嫁娘词三首》

三月三日天气新，
长安水边多丽人。

唐·杜甫《丽人行》

三尺木皮断文理，
百石强车上河水。

唐·李贺《北中寒》

三百年间同晓梦，

钟山何处有龙盘。

唐·李商隐《咏史》

三杯吐然诺，
五岳倒为轻。

唐·李白《侠客行》

三杯通大道，
一斗合自然。

唐·李白《月下独酌四首》

三山半落青天外，
二水中分白鹭洲。

唐·李白《登金陵凤凰台》

三生不改冰雪霜，
万死常留社稷身。

明·海瑞《谒先师顾洞阳公祠》

三十年来坐对山，
唯将无事化人间。

唐·白居易《同钱员外题绝粮僧巨川》

三十年来世上行，
也曾狂走趁浮名。

唐·元稹《放言五首》

三十年前草上飞，
铁衣著尽著僧衣。

唐·黄巢《诗自题像》

三十犹布衣，
怜君头已白。

唐·刘长卿《湖上遇郑田》

三朝上黄牛，
三暮行太迟。
三朝又三暮，
不觉鬓成丝。

唐·李白《三峡》

三湘衰鬓逢秋色，
万里归心对月明。

唐·卢纶《晚次鄂州》

桑之未落，
其叶沃若。

《诗经·卫风·氓》

桑柘废来犹纳税，
田园荒后尚征苗。

唐·杜荀鹤《山中寡妇》

桑柘影斜春社散，
家家扶得醉人归。

唐·张演《社日村居》

桑叶隐村户，
芦花映钓船。

唐·岑参《寻巩县南李处士别业》

桑条无叶土生烟，

箫管迎龙水庙前。
朱门几处看歌舞，
犹恐春阴咽管弦。

唐·李约《观祈雨》

丧乱相依吾弟在，
艰危无奈老亲忧。

清·方琬《戊子避乱舟中寄弟》

搔首风尘双短鬓，
侧身天地一儒冠。

元·赵孟頫《和姚子敬秋怀》

缲成白雪桑重绿，
割尽黄云稻正青。

宋·王安石《木末》

扫开云雾呈光景，
流尽潢污见路歧。

唐·刘禹锡《酬皇甫十少尹暮秋久雨喜晴有怀见示》

扫地可怜花更落，
卷帘无奈燕还来。

宋·贺铸《海陵西楼寓目》

扫地焚香闭阁眠，
簟纹如水帐如烟。
客来梦觉知何处，
挂起西窗浪接天。

宋·苏轼《南堂》

杀气朝朝冲塞门，
胡风夜夜吹边月。

汉·蔡琰《胡笳十八拍》

杀气三时作阵云，
寒声一夜传刁斗。

唐·高适《燕歌行》

杀身有地初非惜，
报国无时未免愁。

宋·陆游《登慧照寺小阁》

杀人亦有限，
立国自有疆。

唐·杜甫《前出塞九首》

杀戍边将名，
名著生灵灭。

唐·于濆《陇头水》

杀贼计先除羽翼。

清·秋瑾《吊吴烈士樾》

沙沉白骨魂应在，
雨洗金疮恨未消。

清·吴伟业《雁门尚书行》

沙上草阁柳新暗，
城边野池莲欲红。

唐 · 杜甫《暮春》

沙上见日出，
沙上见日没。
悔向万里来，
功名是何物。

唐 · 岑参《日没贺延碛作》

沙头宿鹭联拳静，
船尾跳鱼泼剌鸣。

唐 · 杜甫《漫成一首》

沙头一水禽，
鼓翼扬清音。
只待高风便，
非无云汉心。

唐 · 张文姬《沙上鹭》

沙水有情留过雁，
乾坤多事泣秋虫。

金 · 元好问《寄杨飞卿》

沙飞朝似幕，
云起夜疑城。

南朝 · 梁 · 萧纲《陇西行》

沙平连白雪，
蓬卷入黄云。

唐 · 王维《送张判官赴河西》

沙村好处多逢寺，
山叶红时觉胜春。

唐 · 刘禹锡《自江陵沿流道中》

山不厌高，
水不厌深。
周公吐哺，
天下归心。

东汉 · 曹操《短歌行》

山上层层桃李花，
云间烟火是人家。

唐 · 刘禹锡《竹枝词九首》

山上自晴山下雨，
倚栏平立看风雷。

宋 · 文天祥《云端》

山上春云如我懒，
日高犹宿翠微巅。

清 · 袁枚《春日杂诗》

山外青山楼外楼，
西湖歌舞几时休？
暖风熏得游人醉，
直把杭州作汴州。

宋 · 林升《题临安邸》

山河破碎风飘絮，
身世浮沉雨打萍。

宋 · 文天祥《过零丁洋》

山河风景原无异，
城郭人民半已非。

宋·文天祥《金陵驿》

山河千里国，
城阙九重门。

唐·骆宾王《帝京篇》

山城酒薄不堪饮，
劝君且吸杯中月。

宋·苏轼《月夜与客饮杏花下》

山城无与乐，
好鸟亦求侣。

金·元好问《赠莺》

山重水复疑无路，
柳暗花明又一村。

宋·陆游《游山西村》

山川不共兴亡异，
天外嵩高对渺茫。

清·盛符升《洛阳怀古》

山川不为兴亡改，
风月应怜感慨非。

宋·陆游《舜庙怀古》

山川满目泪沾衣，
富贵荣华能几时？
不见即今汾水上，
惟有年年秋雁飞。

唐·李峤《汾阴行》

山无棱，
江水为竭，
冬雷震震夏雨雪，
天地合，
乃敢与君绝。

汉·无名氏《上邪》

山如碧浪翻江去，
水似青天照眼明。

宋·王安石《泊姚江二首》

山店不凿井，
百家同一泉。

唐·岑参《宿东溪王屋李隐者》

山店云迎客，
江村犬吠船。

唐·岑参《汉川山行呈成少尹》

山从人面起，
云傍马头生。

唐·李白《送友人入蜀》

山风吹空林，
飒飒如有人。

唐·岑参《暮秋山行》

山风起寒木，

野雀乱秋榛。

南朝·梁·柳恽《奉和竟陵王经刘瓛墓下》

山高树多日出迟。

宋·王质《东流道中》

山光悦鸟性，
潭影空人心。

唐·常建《题破山寺后禅院》

山光忽西落，
池月渐东上。
散发乘夕凉，
开轩卧闲敞。

唐·孟浩然《夏日南京怀辛大》

山光物态弄春晖，
莫为轻阴便拟归。
纵使晴明无雨色，
入云深处亦沾衣。

唐·张旭《山行留客》

山蜂却是有风味，
偏采桧花供蜜材。

宋·陆游《见蜂采桧花偶作》

山顶雨余青到地，
涛头风起白连云。

唐·姚合《酬薛奉礼见赠之作》

山气日夕佳，
飞鸟相与还。
此中有真意，
欲辨已忘言。

晋·陶渊明《饮酒二十首》

山气半为湖外雨，
松声遥答岭头钟。

元·张雨《范以善云林清远馆》

山花照坞复烧溪，
树树枝枝尽可迷。

唐·钱起《山花》

山花水鸟皆知己，
百遍相过不厌贫。

唐·戴叔伦《暮春怀感二首》

山花开处不知名，
野水绕田细有声。
经年谁怜农父老，
辛勤一半代牛耕。

清·满保《临江道中》

山花落尽山长在，
山水空流山自闲。

宋·王安石《游钟山》

山寺归来闻好语，
野花啼鸟亦欣然。

宋·苏轼《归宜兴题竹西寺》

山静似太古，
日长如小年。

宋·苏轼《醉眠》

山际见来烟，
竹中窥落日。
鸟向檐上飞，
云从窗里出。

南朝·梁·吴均《山中杂诗三首》

山接青霄水浸空，
山光滟滟水溶溶。

元·耶律楚材《过济源登裴公亭》

山峻高以蔽日兮，
下幽晦以多雨。
霰雪纷其无垠兮，
云霏霏而承宇。

战国·楚·屈原《九章·涉江》

山空霸气灭，
地古寒阴生。

唐·李白《登瓦官阁》

山空松子落，
幽人应未眠。

唐·韦应物《秋夜寄丘二十二员外》

山净江空水见沙，
哀猿啼处两三家。

唐·韩愈《答张十一》

山连鸟道天应尽，
日落蛮江浪未平。

清·吴伟业《送曹秋岳以少司农迁广东左辖》

山明水净夜来霜，
数树深红出浅黄。
试上高楼清入骨，
岂如春色嗾人狂。

唐·刘禹锡《秋词二首》

山泉未识幽人意，
自作穿林泻壑声。

宋·胡寅《题岳麓西轩》

山泉散漫绕阶流，
万树桃花映小楼。

唐·元稹《离思五首》

山路元无雨，
空翠湿人衣。

唐·王维《山中》

山苗与涧松，
地势随高卑。

唐·白居易《悲哉行》

山荒人民少，
地僻日夕佳。

唐·杜甫《柴门》

山临青塞断，
江向白云平。

唐·王维《送严秀才还蜀》

山随平野尽，
江入大荒流。

唐·李白《渡荆门送别》

山鸟下厅事，
檐花落酒中。

唐·李白《赠崔秋浦三首》

山泽久见招，
胡事乃踌躇。

晋·陶渊明《和刘柴桑》

山溜何泠泠，
飞泉漱鸣玉。

晋·陆机《招隐诗》

山成由一篑，
崇积始微尘。

南朝·宋·谢惠连《读书诗》

山色浅深随夕照，
江流日夜变秋声。

清·宋琬《九日同姜如龙王西樵程穆倩诸君登慧光阁饮于竹圃分韵》

山色好当晴后见，
泉声宜向醉中闻。

唐·白居易《题崔常侍济上别墅》

山色不厌远，
我行随处深。

唐·钱起《游辋川至南山寄谷口王十六》

山围故国周遭在，
潮打空城寂寞回。

唐·刘禹锡《石头城》

山桃红花满上头，
蜀江春水拍山流。

唐·刘禹锡《竹枝词九首》

山耶云耶远莫知，
烟空云散山依然。

宋·苏轼《书王定国所藏烟江叠嶂图》

山僧待客无俗物，
惟有窗前片碧云。

唐·释皎然《酬秦山人见寻》

山僧不解数甲子，
一叶落知天下秋。

宋·唐庚《文录》

山僧独在山中走，
惟有寒松见少年。

唐·刘长卿《寻盛禅师兰若》

山头日日风复雨，
行人归来石应语。

唐·王建《望夫石》

山头太古石，
不与万物春。

金·元好问《送诗人李正甫》

山有木兮木有枝，
心说君兮君不知。

战国·无名氏《越人歌》

山影酒摇千叠翠，
雨声窗纳一天秋。

元·刘因《高亭》

山阴道上霜天好，
安得相从赋早梅。

宋·陆游《寄溧阳周丞》

山压天中半天上，
洞穿江底出江南。
瀑布杉松常带雨，
夕阳苍翠忽成岚。

唐·王维《送方尊师归嵩山》

山月入松金破碎，
江风吹水雪崩腾。

宋·王安石《次韵平甫金山会宿寄亲友》

山岳不弃尘壤是以能高大，
江河不逆细流所以能深广。

唐·姚珽《上节愍太子书四首》

山岳自终古，
江海日夜流。

清·徐夜《咏意》

山岳起面前，
相看不相见。

唐·李益《杂曲》

山形朝阙去，
河势抱关来。

唐·许浑《行次潼关题驿后轩》

山虚风落石，
楼静月侵门。

唐·杜甫《西阁夜》

山下晨光晚，
林梢露滴升。
峰头斜见月，
野市早明灯。

宋·苏辙《次韵子瞻太白山下早行题崇寿院》

山中事事秋来好，
只恐浮云变态多。

清·张实居《初秋偶题》

山中月色忘怀易，
水上风心送寄难。

明·汤显祖《戏赠梅禹金》

山中何所有？
岭上多白云。

南朝·梁·陶弘景《诏问
山中何所有赋诗以答》

山中一夜雨，
树杪百重泉。

唐·王维《送梓州李使君》

山中饶霜露，
风气亦先寒。

晋·陶渊明《庚戌岁九
月中于西田获早稻》

山中人自正，
路险心亦平。

唐·孟郊《游终南山》

山中无历日，
寒尽不知年。

唐·太上隐者《答人》

山中相送罢，
日暮掩柴扉。
春草明年绿，
王孙归不归。

唐·王维《送别》

闪闪青崖落，
鲜鲜白日皎。
洒流湿行云，
溅沫惊飞鸟。

唐·张九龄《入庐山仰望瀑布水》

善不由外来兮，
名不可以虚作。

战国·楚·屈原《九章·抽思》

善贾笑蚕渔，
巧宦贼农牧。

南朝·宋·鲍照《观圃人艺植》

善走须得途，
邪径不可行。

清·顾图河《任运》

善戏谑兮，
不为虐兮。

《诗经·卫风·淇奥》

扇裁月魄羞难掩，
车走雷声语未通。

唐·李商隐《无题》

伤弓未息新惊鸟，
得水难留久卧龙。

唐·白居易《元十八从事南海欲出庐山临别旧居有恋泉声之什因以投和兼伸别情》

伤鸟有弦惊不定，
卧龙无水动应难。

唐·白居易《得微之到官后书备知通州之事怅然有感因成四章》

伤禽恶弦惊，
倦客恶离声。

南朝·宋·鲍照《代东门行》

伤心桥下春波绿，
曾是惊鸿照影来。

宋·陆游《沈园》

伤心江上客，
不是故乡人。

唐·卢僎《南望楼》

商君法令牛毛细，
王莽征徭鱼尾赪。
不信江南百万户，
锄耰只向陇头耕。

明·归庄《己丑元月》

商歌非吾事，
依依在耦耕。

晋·陶渊明《辛丑岁七月赴假还江陵夜行涂口》

赏灯那得工夫醉，
未必明年此会同。

宋·朱淑真《元夜》

赏奇好古自一癖，
感事忧国空余悲。

宋·陆游《龙眠画马》

上穷碧落下黄泉，
两处茫茫皆不见。

唐·白居易《长恨歌》

上邪下难正，
众枉不可矫。

南朝·宋·何承天《上邪篇》

上有无花之古树，
下有伤心之春草。

唐·李白《灞陵行送别》

上有弦歌声，
音响一何悲。

汉·无名氏《古诗十九首》

上天不雨黍，
何由活烝黎。

唐·姚合《庄居野行》

上天下天水，
出地入地舟。

唐 · 孟郊《峡哀》

上请减兵甲，
下请安井田。

唐 · 杜甫《湘江宴饯裴二端公赴道州》

上贵见肝胆，
下贵不相疑。

唐 · 杜甫《奉送魏六丈佑少府之交广》

上马击狂胡，
下马草军书。

宋 · 陆游《观大散关图有感》

上林如许树，
不借一枝栖。

唐 · 李义府《咏乌》

上方重阁晚，
百里见秋毫。

唐 · 杜甫《山寺》

尚达生死观，
宁为宠辱惊。

唐 · 白居易《和〈思归乐〉》

尚无筹策活目前，
岂有功名付身后。

宋 · 陆游《六十吟》

烧荒熊出坝，
树密虎窥人。

清 · 曾畹《鸡头关》

少年离别意非轻，
老去相逢亦怆情。

宋 · 王安石《示长安君》

少年已叹儒冠误，
暮境更知行路难。

宋 · 陆游《视陂至崇仁村落》

少年安得长少年，
海波尚变为桑田。

唐 · 李贺《嘲少年》

少年乐事总消歇，
落日澹澹天无穷。

金 · 元好问《西窗》

少年十五二十时，
步行夺得胡马骑。

唐 · 王维《老将行》

少年无事学诗赋，
岂意文章复相误。

唐 · 戎昱《苦辛行》

少年心事当拏云，
谁念幽寒坐鸣呃。

唐 · 李贺《致酒行》

少年妄起功名念，
岂信身闲心太平。

宋·陆游《独学》

少年远游无百里，
一饥能使行天涯。

宋·陆游《初到荣州》

少年把酒逢春色，
今日逢春头已白。

宋·欧阳修《春日西湖寄谢法曹歌》

少年猎得平原兔，
马后横捎意气归。

唐·王昌龄《观猎》

少年掣电须臾过，
努力不早奈老何，
何时矻矻休蹉跎。

清·翁诰《题金亦陶运甓图》

少年佳节倍多情，
老去谁知感慨生。
不动艾符趋习俗，
但祈蒲酒话升平。

唐·殷尧藩《端午日》

少年别有赠，
含笑看吴钩。

唐·杜甫《后出塞五首》

少年乐新知，
衰暮思故友。

唐·韩愈《除官赴阙至江州寄鄂岳李大夫》

少无适俗韵，
性本爱丘山。

晋·陶渊明《归园田居》

少小离家老大回，
乡音无改鬓毛衰。
儿童相见不相识，
笑问客从何处来。

唐·贺知章《回乡偶书》

少小虽非投笔吏，
论功还欲请长缨。

唐·祖咏《望蓟门》

少壮轻年月，
迟暮惜光辉。

南朝·梁·何逊《赠诸游旧》

少壮尚可力，
老大真难堪。

宋·陆游《村舍小酌》

少壮能几时？
鬓发各已苍。
访旧半为鬼，
惊呼热中肠。

唐·杜甫《赠卫八处士》

少壮几时奈老何，
向来哀乐何其多。

唐·杜甫《渼陂行》

少陵野老吞声哭，
春日潜行曲江曲。

唐·杜甫《哀江头》

少陵广厦空高歌，
江上秋风卷茅屋。

清·谢方琦《雪后送段介持归郾城》

少妇城南欲断肠，
征人蓟北空回首。

唐·高适《燕歌行》

少孤为客早，
多难识君迟。

唐·卢纶《送李端》

舌上有龙泉，
杀人不见血。

唐·无名氏《听谗诗》

舌端之孽，
惨乎楚铁。

唐·刘禹锡《口兵诫》

舌吐万里唾一世，
眼高四海空无人。

金·元好问《醉中送陈季渊》

蛇蝎性灵生便毒，
蕙兰根异死犹香。

宋·梅尧臣《续金针诗格》

舍长以就短，
智者难为谋。

清·顾嗣协《杂兴》

舍鱼正可取熊掌，
食肉何须知马肝。

宋·陆游《初春遣兴》

舍南舍北皆春水，
但见群鸥日日来。

唐·杜甫《客至》

社稷堪流涕，
安危在运筹。

唐·杜甫《西阁口号呈元二十一》

涉江采芙蓉，
兰泽多芳草。
采之欲遗谁，
所思在远道。

汉·无名氏《古诗十九首》

涉川之利，
谓易则难；

临渊之戒，
曰危乃安。

南朝 · 宋 · 鲍照《石帆铭》

身多疾病思田里，
邑有流亡愧俸钱。

唐 · 韦应物《寄李儋元锡》

身沉绝塞思千里，
心死穷庐客九年。

清 · 恽格《送滕子还闽》

身世蚕眠将作茧，
形容老牛已垂胡。

宋 · 陆游《七十》

身非无用贫偏暇，
事到难图念转平。

清 · 袁枚《随园诗话》

身后堆金拄北斗，
不如生前一樽酒。

唐 · 白居易《劝酒》

身后是非谁管得，
满村听说蔡中郎。

宋 · 陆游《小舟游近村舍舟步归》

身既死兮神以灵，
魂魄毅兮为鬼雄。

战国 · 楚 · 屈原《九歌 · 国殇》

身前欢乐身后悲，
空留瑟怨传相思。

元 · 宋无《乌夜啼》

身为野老已无责，
路有流民终动心。

宋 · 陆游《春日杂兴》

身当恩遇恒轻敌，
力尽关山未解围。

唐 · 高适《燕歌行》

身如枯叶方愁落，
心似残潮未肯平。

清 · 王摅《吕城病归》

身如巢燕年年客，
心羡游僧处处家。

宋 · 陆游《寒食》

身经大小百余战，
麾下偏裨万户侯。

唐 · 王维《陇头吟》

身上未曾染名利，
口中犹未知膻腥。

唐 · 高适《送郭处士往莱芜兼寄苟山人》

身轻一鸟过，

枪急万人呼。

唐 · 杜甫《送蔡希鲁都尉还陇右因寄高三十五书记》

身受才名误，
文从患难真。

清 · 汪琬《计甫草至寓斋》

身外浮名小，
胸中浩气全。

宋 · 陆游《有叟》

身在江海上，
云连京国深。

唐 · 王昌龄《别刘谓》

身没声名在，
多应万古传。

唐 · 贾岛《哭孟郊》

身加一日长，
心觉去年非。

唐 · 刘禹锡《元日感怀》

身闲境自胜，
城市亦山林。

宋 · 陆游《宿天庆道院》

身闲自为贵，
何必居荣秩。

唐 · 白居易《出府归吾庐》

身闲不厌频来客，
年老偏怜最小儿。

唐 · 徐夤《北园》

身羡渔蓑鸣急雨，
心怜鸦阵困狂风。
世间变态谁能测，
归路斜阳十里红。

宋 · 陆游《南遇大风雨》

身作医王心是药，
不劳和扁到门前。

唐 · 白居易《病中五绝》

深谷变为岸，
桑田成海水。

唐 · 白居易《读史五首》

深谷留风终夜响，
乱山衔月半床明。

宋 · 苏轼《宿于僧舍曾阁》

深林迷昏旦，
栈道凌空虚。

唐 · 岑参《酬成少尹骆谷行见呈》

深巷斜辉静，
闲门高柳疏。

唐 · 王维《济州过赵叟家宴》

深山催短景，

乔木易高风。

唐·杜甫《向夕》

深山大泽堪容剑，
天老地荒独有诗。

清·曹著伟《待南海先生游桂林题壁》

深山月黑风雨夜，
欲近晓天啼一声。

唐·崔道融《鸡》

深闺莫道秋砧冷，
夜夜寒光满铁衣。

清·傅昂霄《凉州词》

深红浅紫从争发，
雪白鹅黄也斗开。

宋·苏轼《次荆公韵四绝》

深秋帘幕千家雨，
落日楼台一笛风。

唐·杜牧《题宣州开元寺水阁阁下宛溪夹溪居人》

深松寒白石，
僻路到人稀。

清·汪征远《天平矼入师子林》

深心藏陷阱，
巧言织罗网。

唐·白居易《劝酒寄元九》

深者入黄泉，
高者出苍天。
大者含元气，
细者入无间。

汉·扬雄《解嘲》

神龟虽寿，
犹有竟时。
螣蛇乘雾，
终为土灰。

东汉·曹操《步出夏门行·龟虽寿》

神安形不凋，
迹高行自洁。

元·倪瓒《早春对雨寄怀张外史》

神功不测兮运阴阳，
包藏万宇兮孕八荒。

唐·武则天《唐大亨拜洛乐章·致和》

神功谅匪测，
盛德实难名。

唐·武则天《唐明堂乐章·宫音》

神女生涯原是梦，
小姑居处本无郎。

唐·李商隐《无题二首》

神龙藏深泉，
猛兽步高岗。

东汉・曹操《却东西门行》

神龙曾未失，
蝼蚁莫相裁。

唐・张祜《苦雨十二韵》

神全形枯近有道，
意庄色正知无邪。

宋・陆游《梅花》

神仙有无何渺茫，
桃源之说诚荒唐。

唐・韩愈《桃源图》

神专能陷石，
心大岂营鳣？
不到磻溪上，
安知自守坚。

宋・苏辙《磻溪石》

升沉自古无穷事，
愚智同归有限年。

宋・陆游《夜登白帝城楼少陵先生》

升沉应已定，
不必问君平。

唐・李白《送友人入蜀》

升平不在箫韶里，
只在诸村打稻声。

宋・杨万里《至后入城道中杂兴》

生女犹得嫁比邻，
生男埋没随百草。

唐・杜甫《兵车行》

生不并时怜我晚，
死无他恨惜公迟。

清・查慎行《拂山水庄》

生别且不忍，
何况死生分。

清・刘岩《哭家西谷侍御》

生天地之若过兮，
功不成而无效。

战国・楚・宋玉《九辩》

生材贵适用，
慎勿多苛求。

清・顾嗣协《杂兴》

生存华屋处，
零落归山岳。

三国・魏・曹植《箜篌引》

生当作人杰，
死亦为鬼雄。

宋・李清照《绝句》

生当复来归，

死当长相思。

汉 · 无名氏《诗四首》

生当为冠军，
死当为国殇。

清 · 沈用济《燕山》

生当作铁汉，
死当化金刚。

清 · 黄遵宪《小学校学生相和歌》

生为百夫雄，
死为壮士规。

三国 · 魏 · 王粲《咏史诗》

生者为过客，
死者为归人。

唐 · 李白《拟古十二首》

生计抛来诗是业，
家园忘却酒为乡。

唐 · 白居易《送萧处士游黔南》

生前富贵草头露，
身后风流陌上花。

宋 · 苏轼《陌上花三首》

生来不读半行书，
只把黄金买身贵。

唐 · 李贺《嘲少年》

生平操持力，
不敌一念非。

清 · 王懋竑《书座右二章》

生死如浮云，
素交山不移。

清 · 方式济《铁五送至蒲河赋别》

生死论交不易忘，
一回言别泪千行。

金 · 元好问《追怀曹征君》

生疏莫笑沧浪叟，
白首直竿是直钩。

唐 · 张祜《酬余姚郑模
明府见赠长句四韵》

生成傲骨秋方劲，
嫁得西风晚更奇。

清 · 黄体元《菊花》

生涯能几何？
常在羁旅中。

唐 · 杜甫《遣兴三首》

生长太平日，
不知太平欢。

唐 · 韦应物《广德中洛阳作》

生年不满百，
常怀千岁忧。

昼短苦夜长，
何不秉烛游。

汉·无名氏《古诗十九首》

生还对童稚，
似欲忘饥渴。

唐·杜甫《北征》

生憎飞絮吹难定，
一出红窗便不归。

清·成德《柳枝词》

生憎绿鬓人将老，
犹抱遗经亦可怜。

清·张笃庆《述怀》

生憎一片江南月，
不是离筵不肯明。

清·陈维崧《别紫云》

声来枕上千年鹤，
影落杯中五老峰。

唐·白居易《题元十八谿居》

声早鸡先知夜短，
色浓柳最占春多。

唐·白居易《早春忆微之》

声当彻九天，
泪当达九泉。

宋·陆游《长门怨》

声喧乱石中，
色静深松里。

唐·王维《青溪》

笙歌鼎沸君莫矜，
豪奢未必长多金。

唐·武元衡《行路难》

笙歌归院落，
灯火下楼台。

唐·白居易《宴散》

笙镛间玉宇，
文物昭清晖。

唐·武则天《唐明堂乐章·配飨》

绳尺君子心，
之死靡所夺。

清·陈学洙《君子行》

圣教难为功，
乃见酒力神。

金·元好问《饮酒五首》

圣人不利己，
忧济在元元。

唐·陈子昂《感遇诗》

圣时未用征辽将，

虚老龙门一少年。

宋·陆游《建安遣兴》

圣朝尚实抑虚文，
纵产芝芳非上瑞。

宋·陆游《题梁山军瑞丰亭》

圣朝无阙事，
自觉谏书稀。

唐·岑参《寄左省杜拾遗》

圣朝无隐者，
早晚罢渔竿。

唐·李端《赋得山泉送房造》

圣代无隐者，
英灵尽来归。

唐·王维《送綦毋潜落第还乡》

圣者如非圣，
贤者不自贤。

唐·王棨《省题诗二十一首·上德不德》

圣主爱才非强志，
大儒报国岂须官。

清·王项龄《送李天生归养》

圣主好文兼好武，
封侯莫比汉皇年。

唐·钱起《卢龙塞行送韦掌记》

胜概销沉几今昔，
中年登览足悲哀。

金·元好问《颍亭》

胜败兵家事不期，
包羞忍耻是男儿。
江东子弟多才俊，
卷土重来未可知。

唐·杜牧《题乌江亭》

胜事经非少，
芳辰过亦多。

唐·白居易《闲游即事》

胜事谁复论，
丑声日已播。

唐·韩愈《合江亭》

盛满易为灾，
谦冲恒受福。

清·张廷玉《杂兴》

盛年不重来，
一日难再晨。

晋·陶渊明《杂诗》

盛衰等朝暮，
世道若浮萍。

隋·大义公主《书屏风诗》

盛衰治乱互倚伏。

清・金志章《因树亭观唐明皇摩崖碑》

盛业留青史，
浮荣逐逝波。
唐・钱起《故相国苗公挽歌》

盛世朝廷倍重儒。
清・胡介《吴梅村被征入都》

剩有垂杨吹不断，
丝丝缩恨上高楼。
清・姜宸英《惜花》

失道非无素，
乘时不偶然。
唐・张祜《读西汉书十四韵》

失既不足忧，
得亦不为喜。
唐・戴叔伦《古意》

失侣雁如秦逐客，
畏寒花似楚遗民。
元・陈基《淮阴杂兴》

失名谁肯访，
得意争相亲。
唐・孟郊《长安羁旅行》

失意雅不惬，
见花如见仇。

清・袁枚《随园诗话》

失身取高位，
爵禄反为耻。
清・沈德潜《咏史》

失物每从无意得，
怀人恰好有书来。
清・袁枚《春日偶吟》

诗不在画外，
正写画中态。
明・李贽《诗画》

诗成流水上，
梦尽落花间。
唐・钱起《送夏侯审校书东归》

诗成有共赋，
酒熟无孤斟。
唐・韩愈《县斋读书》

诗成不管鬼神泣，
笔下自有烟云飞。
明・方孝孺《吊李白》

诗肠搜苦白头生，
故纸尘昏枉乞灵。
金・元好问《论诗三首》

诗称国手徒为尔，

命压人头不奈何。

唐·白居易《醉赠刘二十八使君》

诗从病后功殊少，
酒到愁边量自增。

宋·陆游《晚自白鹿泉上归》

诗豪酒敌皆登座，
野老溪僧亦伴游。

清·吴翊《洞庭山馆呈司寇东海公二首》

诗酒一年谈笑隔，
江山千里梦魂通。

宋·黄庭坚《夏日梦伯兄寄江南》

诗句对君难出手，
云泉劝我早抽身。

宋·苏轼《李颀秀才善画山以两轴见寄仍有诗次韵答之》

诗句近吟知律变，
易书穷讨觉才难。

唐·张祜《寓居临平山下三首》

诗画本一律，
天工与清新。

宋·苏轼《书鄢陵王主簿所画折枝二首》

诗尽人间兴，
兼须入海求。

唐·杜甫《西阁二首》

诗名满天下，
终日掩柴关。

唐·戴叔伦《遣兴》

诗僻降千古，
官卑误子孙。

唐·弘秀《贾岛墓》

诗穷莫写愁如海，
酒薄难将梦到家。

宋·朱弁《春阴》

诗人安得有青衫，
今岁和戎百万缣！
从此西湖休插柳，
剩栽桑树养吴蚕。

宋·刘克庄《戊辰即事》

诗人窘笔力，
但咏秋月寒。

宋·陆游《金山观日出》

诗人玉为骨，
往往坠尘滓。

金·元好问《别李周卿三首》

诗家清景在新春，
绿柳才黄半未匀。

唐·杨巨源《城东早春》

诗家总爱西昆好，

独恨无人作郑笺。

金·元好问《论诗绝句》

诗诗思苦家人骂，
捣药声高邻居闻。

元·萨都剌《病中夜坐》

诗思禅心共竹闲，
任他流水向人间。

唐·李嘉祐《题道虔上人竹房》

诗思长桥蹇驴上，
棋声流水古松间。

宋·陆游《冬晴日得闲游偶作》

诗心鲸背雪，
归思马头云。

清·秋瑾《失题（断句）》

诗情也似并刀快，
剪得秋光入卷来。

宋·陆游《秋思》

诗真岂在分唐宋，
语妙何曾露刻雕。

清·袁枚《随园诗话》

拾穗虽利，
不如躬耕。

清·施国章《警志诗》

十里陂塘春鸭闹，
一川桑柘晚烟平。

金·元好问《被檄夜赴邓州幕府》

十里烟笼村店小，
一枝风压酒旗偏。

清·袁枚《春柳》

十年别泪知多少，
不道相逢泪更多。

明·徐熥《酒店逢李大》

十年苦思耽诗卷，
三日清斋写道经。

元·周砥《芝云堂》

十年丧乱无人识，
万里羁孤泣路穷。

清·吴兆骞《赠吴稚恭散骑》

十年士女河边骨，
一笑君王镜里头。

清·陈恭尹《隋宫》

十年天地干戈老，
四海苍生痛哭深。

明·顾炎武《海上》

十年一觉扬州梦，
赢得青楼薄幸名。

唐 · 杜牧《遣怀》

十年戎马暗万国，
异域宾客老孤城。

唐 · 杜甫《愁》

十年种田滨五湖，
十年遭涝尽为芜。
频年井税常不足，
今年缗钱谁为输。

唐 · 丁仙芝《赠朱中书》

十年勤面壁，
一灯传立雪。

清 · 黄遵宪《锡兰岛卧佛》

十年天涯秋，
摇落几芳菲。

宋 · 倪涛《次韵毛达可给事秋怀念归》

十年离乱后，
长大一相逢。
问姓惊初见，
称名忆旧容。

唐 · 李益《喜见外弟又言别》

十年磨一剑，
霜刃未曾试。
今日把示君，
谁有不平事。

唐 · 贾岛《剑客》

十年朝夕泪，
衣袖不曾干。

唐 · 杜甫《第五弟丰独在江左近三四载寂无消息觅使寄此二首》

十年经转战，
几处更芳菲。

唐 · 刘长卿《送友人西上》

十子若不肖，
不如一女英。

唐 · 李白《东海有勇妇》

十户手胼胝，
凤凰钗一只。

唐 · 于濆《古宴曲》

十日过沙碛，
终朝风不休。

唐 · 岑参《初过陇山途中呈宇文判官》

十月清霜重，
飘零何处归。

唐 · 杜甫《萤火》

十五从军征，
八十始得归。

汉 · 无名氏《十五从军征》

十五能文西入秦，
三十无家作路人。
时命不将明主合，
布衣空染洛阳尘。

唐·綦毋潜《早发上东门》

十室几人在，
千山空自多。

唐·杜甫《征夫》

石龟尚怀海，
我宁忘故乡。

晋·陆机《失题》

石险天貌分，
林交日容缺。

南朝·齐·孔稚珪《游太平山》

石泉远愈响，
山鸟时一喧。

唐·柳宗元《中夜起望西园值月上》

石栏斜点笔，
桐叶坐题诗。

唐·杜甫《重游何氏五首》

石脉水流泉滴沙，
鬼灯如漆点松花。

唐·李贺《南山田中行》

时辈已争先，
吾君未着鞭。

唐·韩翃《家兄自山南罢归献诗叙事》

时辈想鹏举，
他人嗟陆沉。

唐·高适《别王徹》

时来偶卿相，
功名亦余事。

宋·陆游《夜过鲁墟》

时来天地皆同力，
运去英雄不自由。

唐·罗隐《筹笔驿》

时难年饥事业空，
弟兄羁旅各西东。

唐·白居易《自河南经乱关内阻饥兄弟离散各在一处因望月有感聊书所怀寄上浮梁大兄于潜七兄乌江十五兄兼示符离及下邽弟妹》

时平壮士无功老，
乡远征人有梦归。

宋·陆游《春残》

时鸟解人怜，
相向各自如。

清·谢重辉《春来》

时清疑武略，

世乱跼文场。

唐·杜甫《遣闷》

时穷节乃现，
一一垂丹青。

宋·文天祥《正气歌》

时人趋缨弁，
高鸟违罗网。

唐·皇甫冉《题高云客舍》

时人不识余心乐，
将谓偷闲学少年。

宋·程颢《春日偶成》

时人莫小池中水，
浅池不妨有卧龙。

唐·窦庠《醉中赠符载》

时人不识凌云木，
直待凌云始道高。

唐·杜荀鹤《小松》

时泰岁丰无事日，
功成名遂自由身。

唐·白居易《对酒劝令公开春游宴》

时命苟不谐，
不如安固穷。

清·唐孙华《闲居写怀》

时命或大谬，
仲尼将奈何。

唐·李白《纪南岭题五松山》

时无重至，
华不再扬。

晋·陆机《短歌行》

时危见臣节，
世乱识忠良。
投躯报明主，
身死为国殇。

南朝·宋·鲍照《代出自蓟北门行》

时危频虎穴，
路绝更羊肠。

金·元好问《送杨次公兼简秦彦容李天成》

时危弃硕儒，
谷贵殁潜夫。

唐·杜甫《哭台州郑司户少监》

时危始识不世才。

唐·杜甫《寄秋明府博济》

时危人事急，
风逆羽毛伤。

唐·杜甫《暮春题瀼西新赁草屋五首》

时有落花至，
远随流水香。

唐·刘昚虚《积雪为小山》

时挑野菜和根煮，
旋斫生柴带叶烧。
唐·杜荀鹤《山中寡妇》

时时引领望天末，
何处青山是越中。
唐·孟浩然《渡浙江问舟中人》

时倚檐前树，
远看原上村。
唐·王维《辋川闲居》

食不媮而为饱兮，
衣不苟而为温。
战国·楚·宋玉《九辩》

食梅常苦酸，
衣葛常苦寒。
南朝·宋·鲍照《代东门行》

识字粗堪供赋役，
不须辛苦慕公卿。
宋·陆游《观村童戏溪上》

始聚终成散，
朝欢暮不同。
唐·李端《慈恩寺怀旧》

始知无价宝，
出自有名山。
唐·赵嘏《览卷赠张山人》

始知丹青笔，
能夺造化功。
唐·岑参《刘相公中书江山画障》

始知吏役身，
不病不得闲。
唐·白居易《病假中南亭闲望》

始知五岳外，
别有他山尊。
唐·杜甫《木皮岭》

始知物外情，
簪绂同刍狗。
唐·李颀《裴尹东溪别业》

始怜幽竹山窗下，
不改清阴待我归。
唐·刘长卿《晚春归山居题窗前竹》

士生一代间，
谁不有浮沉。
唐·白居易《读史五首》

市人日中集，
于利竞锥刀。
唐·杜甫《述古三首》

世溷浊而不分兮，
好蔽美而嫉妒。

战国·楚·屈原《离骚》

世溷浊而嫉贤兮，
好蔽美而称恶。

战国·楚·屈原《离骚》

世间大有虚荣贵，
百岁无君一日欢。

唐·白居易《寄太原李相公》

世间行乐亦如此，
古来万事东流水。

唐·李白《梦游天姥吟留别》

世间富贵应无分，
身后文章合有名。

唐·白居易《编集拙诗成一十五卷因题卷末戏赠元九李二十》

世间动步即有狗，
常恨不如禽意乐。

宋·陆游《游合江园戏题》

世间回首真一梦，
谁能更念酬恩仇。

宋·陆游《夜登江楼》

世间万事难自料，
为龙为蠖须臾成。

清·李澄中《题丁野鹤先生鱼龙卷》

世间万事一海市，
且看梅萼开春风。

清·宋荦《吴汉槎归自塞外邀同王阮亭祭酒毛会侯太令钱介维小集作歌以赠用东坡海市诗韵》

世间好句世人共，
明月自满千家墀。

宋·苏轼《次韵孔毅父集古人诗见赠五首》

世间难舍割，
无过财色深。

唐·王梵志《王梵志诗一百一十首》

世道良自退，
荣名亦空虚。

唐·韦应物《休沐东还胄贵里示端》

世道如弈棋，
变化不容覆。

宋·苏轼《和李太白》

世短意恒多，
时驶不可追。

金·元好问《杂著五首》

世界和平赖武装。

清·秋瑾《宝刀歌》

世路虽多梗，
吾生亦有涯。

唐 · 杜甫《春归》

世路山河险，
君门烟雾深。

唐 · 刘禹锡《九日登高》

世乱奴欺主，
年衰鬼弄人。

唐 · 杜荀鹤《诗》

世情薄恩义，
俗态轻穷厄。

唐 · 刘长卿《送元八游汝南》

世情恶衰歇，
万事随转烛。

唐 · 杜甫《佳人》

世名检束为朝士，
心性疏慵是野夫。

唐 · 白居易《闲夜咏怀因招周协律刘薛二秀才》

世人不解结交者，
惟重黄金不重人。

唐 · 高适《赠任华》

世人不识东方朔，
大隐金门是谪仙。

唐 · 李白《玉壶吟》

世人结交须黄金，
黄金不多交不深。

唐 · 张谓《题长安壁主人》

世人逐势争奔走，
沥胆隳肝惟恐后。

唐 · 李颀《古行路难》

世人见我恒殊调，
闻余大言皆冷笑。

唐 · 李白《上李邕》

世人莫重《霓裳曲》，
曾致干戈是此中。

唐 · 李益《过马嵬二首》

世人皆欲杀，
吾意独怜才。

唐 · 杜甫《不见》

世如阅水应堪叹，
名似浮云岂足论。

唐 · 白居易《同王十七庶子李六员外郑二侍御同年四人游龙门有感而作》

世上初无物外缘，
人间却有洞中天。

金 · 元好问《前高山杂诗七首》

世上岂无千里马，
人中难得九方皋。

宋·黄庭坚《过平舆怀李子先时在并州》

世上功名兼将相，
人间声价是文章。

唐·刘禹锡《同乐天送令狐相公赴东都留守》

世上荣华如转蓬，
朝随阡陌暮云中。

唐·沈佺期《凤箫曲》

世上自乱家自理，
闭门别有无边春。

清·陈祖范《咏史》

世味年来薄似纱，
谁令骑马客京华。

宋·陆游《临安春雨初霁》

世事纷纷人易老，
春阴漠漠絮飞迟。

宋·陈与义《寓居刘仓廨中晚步过郑仓台上》

世事蹉跎成白首。

唐·王维《老将行》

世事风尘外，
诗情水石间。

金·元好问《同周帅梦卿崔振之游七岩》

世事劳心非富贵，
人生实事是欢娱。

唐·白居易《老夫》

世俗但知从仕乐，
书生只合在家贫。

金·元好问《帝城二首》

世俗不足论，
天岂无皂白。

宋·陆游《秋兴》

世态云多幻，
人情雪易消。

唐·吕从庆《偶兴》

世途旦复旦，
人情玄又玄。

北朝·北周·庾信《伤王司徒褒》

世途亟流易，
人事殊今昔。

唐·李世民《经破薛举战地》

世危看柱石，
时难识忠贞。

唐·刘长卿《至德二年春正月时谬蒙差摄海盐令闻王师收二京因书事寄上浙西节度李侍郎中丞行营五十韵》

世义随波久，
人生知己稀。

唐 · 钱起《客舍赠郑贲》

世胄蹑高位，
英俊沉下僚。
地势使之然，
由来非一朝。

晋 · 左思《咏史八首》

仕宦愈知林下贵，
穷愁方策酒中勋。

宋 · 陆游《夜坐》

事机一失应难再，
时乎时乎不我待。

清 · 秋瑾《赠蒋鹿珊先生言志且为他日成功之鸿爪也》

事去千年犹恨速，
愁来一日即为长。

唐 · 李益《同崔邠登鹳雀楼》

事父尽孝敬，
事君端忠贞。

唐 · 陈子昂《座右铭》

事了拂衣去，
深藏身与名。

唐 · 李白《侠客行》

事有得而失，
物有损而益。

唐 · 白居易《咏怀》

事业何由垂竹帛，
笑谈空觉负交朋。

宋 · 陆游《晚自白鹿泉上归》

事之毫发无谓轻，
虑远防微乃不倾。

北朝 · 北周 · 庾信《周五声调曲 · 徵调曲六首》

室因地僻知音少，
人到无聊感慨多。

清 · 秋瑾《秋日独坐》

试玉要烧三日满，
辨材须待七年期。

唐 · 白居易《放言》

试登绝顶望乡国，
江南江北青山多。

宋 · 苏轼《游金山寺》

试酌百情远，
重觞忽忘天。

晋 · 陶渊明《连雨独饮》

试登山岳高，
方见草木微。

唐·孟郊《上河阳李大夫》

视身如传舍，
阅世任东流。

唐·白居易《宿诚禅师山房题赠》

是凡是圣谁能测？
试问西邻织屦翁。

宋·陆游《述怀》

是非好恶随君口，
南北东西逐君眄。

唐·元稹《胡旋女》

是非生倚伏，
荣辱系悲欢。

唐·刘长卿《瓜州驿奉饯张侍御公拜膳部郎中却复宪台充贺兰大夫留后使之岑南侍御先在淮南幕府》

是以达人观，
万化同一途。

唐·白居易《效陶潜体诗十六首》

是时新晴天井溢，
谁把长剑倚太行。
冲风吹破落天外，
飞雨白日洒洛阳。

唐·韩愈《卢郎中云夫寄示送盘谷子诗两章歌以和之》

嗜酒几曾群众小，
为文多是讽诸侯。

唐·张祜《到广陵》

誓以智慧水，
永洗烦恼尘。

唐·白居易《自觉二首》

手中十指有长短，
截之痛惜皆相似。

唐·刘商《胡笳十八拍》

手折衰杨悲老大，
故人零落已无多。

唐·严维《重送新安刘员外》

守直虽多忤，
视险方宴如。

唐·韦应物《再游西山》

寿陵失本步，
笑杀邯郸人。

唐·李白《古风五十九首》

受风燕子轻相逐，
著雨杨花湿更飞。

元·黄溍《即事》

受屈不改心，
然后知君子。

唐·李白《赠韦侍御黄裳二首》

兽乐在山谷，
鲸乐在陂池，
虫乐在深草，
鸟乐在高枝。

唐·白居易《咏所乐》

书当快意读易尽，
客有可人期不来。

宋·陈师道《绝句》

书难尽信何如默，
人各为家枉自私。

金·元好问《留别龙兴汴禅师普照鉴禅师》

书卷多情似故人，
晨昏忧乐每相亲。

明·于谦《观书》

书生识字亦聊尔，
莫作扬雄老投阁。

宋·陆游《丰年行》

书生终日苦求官，
及做官时步步难。

清·于成龙《有感》

书秃千兔毫，
诗裁两牛腰。

唐·李白《醉后赠王历阳》

书中岁月仍为客，
枕上江山屡梦归。

元·钱惟善《述怀寄光远并简城南诸友》

殊方又喜故人来，
重镇还须济世才。

唐·杜甫《奉待严大夫》

倏忽搏风生羽翼，
须臾失浪委泥沙。

唐·骆宾王《帝京篇》

菽麦实所羡，
孰敢慕甘肥。

晋·陶渊明《有会而作》

舒之弥宇宙，
卷之不盈分。

唐·陈子昂《感遇诗》

疏峰时吐月，
密树不开天。

南朝·梁·吴均《登寿阳八公山》

疏钟何处来，
度竹兼拂水。
渐逐微风声，
依依犹在耳。

唐·李嘉祐《远寺钟》

疏花个个团冰雪，
羌笛吹他不下来。

元·王冕《素梅》

疏影横斜水清浅，
暗香浮动月黄昏。

宋·林逋《山园小梅》

孰知不向边庭苦，
纵死犹闻侠骨香。

唐·王维《少年行》

暑雨留蒸湿，
江风借夕凉。

唐·杜甫《遣闷》

蜀道之难，
难于上青天。

唐·李白《蜀道难》

蜀道荒凉身万里，
不闻铃雨亦消魂。

清·高其倬《剑门》

蜀江水碧蜀山青，
圣主朝朝暮暮情。

唐·白居易《长恨歌》

蜀道如天夜雨淫，
乱铃声里倍沾襟。
当时更有军中死，
自是君王不动心。

宋·李觏《读长恨辞》

蜀川风候隔秦川，
今年节物异常年。

唐·王勃《春思赋》

蜀国曾闻子规鸟，
宣城还见杜鹃花。

唐·李白《宣城见杜鹃花》

蜀麻吴盐自古通，
万斛之舟行若风。

唐·杜甫《夔州歌十绝句》

蜀酒浓无敌。

唐·杜甫《戏题寄上汉中王三首》

束炬夜驰，
不如早行。

清·施国章《警志诗》

树善滋于务本，
除恶穷于塞源。

北朝·北周·庾信
《周五声调曲·羽调曲五首》

树色远分芳草路，
鸟行斜断夕阳天。

宋·张耒《泊舟候水》

树头树底觅残红，
一片西飞一片东。
自是桃花贪结子，
错教人恨五更风。

唐·王建《宫词》

树头宿鸟惊弓影，
水面游鱼怯钓钩。

清·许飞云《新月》

树声随关迥，
河声入海遥。

唐·许浑《秋日赴阙题潼关驿楼》

树接前山暗，
溪承瀑水凉。

唐·沈佺期《乐城白鹤寺》

树树皆秋色，
山山惟落晖。

唐·王绩《野望》

树阴满地日当年，
梦觉流莺时一声。

宋·苏舜钦《夏意》

树影中流见，
钟声两岸闻。

唐·张祜《题润州金山寺》

树影不随明月去，
溪声常送落花来。

唐·方干《再题路支使南亭》

数丛沙草群鸥散，
万顷江田一鹭飞。

唐·温庭筠《利州南渡》

数丛如雪白，
一旦冒霜开。
寒蕊差池落，
清香断续来。

唐·刘禹锡《酬令狐相公庭前白菊花谢偶书所怀见寄》

数声羌笛落梅怨，
一曲秦筝边月愁。

清·徐乾学《陇山歌送许天玉之官新安》

数家茅屋清溪上，
千树蝉声落日中。

唐·戴叔伦《题友人山居》

数茎白发生浮世，
一盏寒灯共故人。

唐·谭用之《秋夜同友人话旧》

数株溪柳色依依，
深巷斜阳暮鸟飞。

唐·岑参《草堂村寻罗生不遇》

数亩荒园留我住，
半瓶浊酒待君温。

宋·苏轼《郡人潘、古、郭三人送余于女王城东禅庄院》

数州消息断，
愁坐正书空。

唐·杜甫《对雪》

数重云外树，
不隔眼中人。

唐·钱起《再得毕侍御书闻巴中卧病》

衰病久废诗，
笔端叹荆棘。

宋·陆游《题山家壁》

衰年那与世相关，
苦被诗魔不放闲。

金·元好问《乙卯端四日感怀》

衰年逢世乱，
故国几时还。

明·方维仪《旅秋闻寇》

衰鬓朝临镜，
将看即自疑。
惭君明似月，
照我白如丝。

唐·李益《照镜》

衰兰送客咸阳道，
天若有情天亦老。

唐·李贺《金铜仙人辞汉歌》

双剑将别离，
先在匣中鸣。

南朝·宋·鲍照《赠故人马子乔六首》

双眸剪秋水，
十指剥春葱。

唐·白居易《筝》

双燕复双燕，
双飞令人羡。
玉楼珠阁不独栖，
金窗绣户长相见。

唐·李白《双燕离》

霜侵黄菊人俱瘦，
露下红阑梦亦寒。

清·叶舒崇《秋日杂感》

霜皮溜雨四十围，
黛色参天二千尺。

唐·杜甫《古柏行》

霜树草枯鹰欲下，
江天云湿雁相呼。

宋 · 陆游《郊行》

霜花草上大如钱，
挥刀不入迷蒙天。

唐 · 李贺《北中寒》

霜落荆门江树空，
布帆无恙挂秋风。

唐 · 李白《秋下荆门》

霜黄树色暗，
地白人影小。

清 · 史夔《合涧桥步月》

霜歇兰犹败，
风多木屡摧。

唐 · 骆宾王《幽絷书情通简知己》

霜严衣带断，
指直不得结。

唐 · 杜甫《自京赴奉先县咏怀五百字》

霜凋两岸柳，
水浸一天星。

宋 · 陆游《城西晚眺》

霜中能作花，
露中能作实。

南朝 · 宋 · 鲍照《梅花落》

谁言寸草心，
报得三春晖。

唐 · 孟郊《游子吟》

谁言捐躯易，
杀身诚独难。

三国 · 魏 · 曹植《浪诗》

谁言碧山曲？
不废青松直。
谁言浊水泥？
不污明月色。

唐 · 孟郊《寓言》

谁言水是无情物，
也到宫前咽不流。

唐 · 杨洵美《宫词》

谁言南海无霜雪，
试向愁人两鬓看。

唐 · 裴宜直《忆家》

谁知临老相逢日，
悲叹声多语笑稀。

唐 · 白居易《初见二十八郎中有感》

谁知将相王侯外，
别有优游快活人。

唐 · 白居易《快活》

谁知颂德山头石，
却与他人戒后车。

唐 · 张继《读峄山碑》

谁知竹西路，
歌吹是扬州。

唐 · 杜牧《题扬州禅智寺》

谁知小别竟千年，
梦幻韶华逐逝川。

清 · 汪俊《哭少宗伯春晖姊丈》

谁道田家乐，
春税秋未足。

宋 · 梅尧臣《田家语》

谁道风波不可涉，
风波危处却平安。

清 · 魏际瑞《金山》

谁道芙蓉水中种，
青铜镜里一支开。

唐 · 贾岛《友人婚杨氏催妆》

谁道群花如锦绣，
人将锦绣学群花。

宋 · 司马光《看花》

谁挥鞭策驱四运，
万物兴歇皆自然。

唐 · 李白《日出入行》

谁人得似张公子，
千首诗轻万户侯。

唐 · 杜牧《登池州九峰楼寄张祜》

谁家玉笛暗飞声，
散入春风满洛城。
此夜曲中闻折柳，
何人不起故园情。

唐 · 李白《春夜洛城闻笛》

谁家鹅鸭横波去？
日暮牛羊饮道边。

宋 · 苏辙《槛泉亭》

谁家独夜愁灯影，
何处空楼思月明。

唐 · 柳中庸《听筝》

谁家见月能闲坐，
何处闻灯不看来。

唐 · 崔液《上元夜》

谁怜爱国千行泪，
说到胡尘意不平。

梁启超《读陆放翁集》

谁怜越女颜如玉，
贫贱江头自浣纱。

唐 · 王维《洛阳女儿行》

谁怜弃置久，
却与驽骀亲。

犹恋长城外，
青青寒草春。

唐·刘长卿《杂咏八首上礼部李侍郎·疲马》

谁怜一片影，
相失万重云。

唐·杜甫《孤雁》

谁肯居台阁，
犹能念草茅。

清·陆次云《志感》

谁生厉阶，
至今为梗。

《诗经·大雅·桑柔》

谁能将旗鼓，
一为取龙城。

唐·沈佺期《杂诗三首》

谁能事音律，
焦尾蔡邕家。

唐·李颀《题僧房双桐》

谁能扣君门，
下令减征赋。

唐·杜甫《宿花石戍》

谁谓古今殊？
异代可同调。

南朝·齐·谢朓《七里濑》

谁谓青天阔，
浮云亦碍空。

清·方登峄《七兄以诗慰病和答》

谁谓波澜才一水，
已觉山川是两乡。

唐·王勃《秋江送别二首》

谁谓荼苦，
其甘如荠。

《诗经·邶风·谷风》

谁谓含愁独不见，
更教明月照流黄。

唐·沈佺期《古意呈补阙乔知之》

谁云江水广，
一苇可以航。

三国·魏·曹丕《至广陵于马上作》

谁云秦军众，
摧却鲁连舌。

唐·李白《别鲁颂》

谁收春色将归去，
慢绿妖红半不存。
榆荚只能随柳絮，
等闲撩乱走空园。

唐·韩愈《晚春》

谁似浮云知进退，
才成霖雨便归山。

宋·王安石《雨过偶书》

谁将平地万堆雪，
剪刻作此连天花。

唐·韩愈《李花二首》

水光潋滟晴方好，
山色空濛雨亦奇。
欲把西湖比西子，
淡妆浓抹总相宜。

宋·苏轼《饮湖上初晴后雨》

水光悬荡壁，
山翠下添流。

南朝·梁·庾肩吾《奉和春夜应令诗》

水光知月出，
花落见风行。

清·厉鹗《晚步》

水抱孤村远，
山通一径斜。
不知深树里，
还住几人家。

明·于谦（一作刘球）《山居》

水从天上落，
路向石中分。

清·张衍懿《瞿塘峡》

水从天汉落，
山逼画屏新。

唐·李白《赠崔秋浦三首》

水心如镜面，
千里无纤毫。

唐·白居易《初领郡政衙退登东楼作》

水穿盘石透，
藤系古松生。

唐·王维《春过贺遂员外药园》

水到衢路尽，
梅花岭上生。
不如寄明月，
步步送君行。

宋·谢翱《友人自杭回建寄别》

水生春缆没，
日出野船开。

唐·杜甫《登白马潭》

水生初涨一溪绿，
花落已浮千点红。

宋·陆游《幽事》

水静楼阴直，
山昏塞日斜。

唐·杜甫《遣兴》

水国多台榭，
吴风尚管弦。
唐·白居易《和梦得夏至忆苏州呈卢宾客》

水国舟中市，
山桥树杪行。
唐·王维《晓行巴峡》

水涵天影阔，
山拔地形高。
唐·释可朋《赋洞庭》

水渌天青不起尘，
风光和暖胜三秦。
唐·李白《上皇西巡南京歌十首》

水回青嶂合，
云度绿溪阴。
唐·孟浩然《武陵泛舟》

水何澹澹，
山岛竦峙。
东汉·曹操《观沧海》

水精帘动微风起，
满架蔷薇一院香。
唐·高骈《山亭夏日》

水际柴门一半开，
小桥分路入青苔。
宋·王安石《金陵绝句四首》

水际浮云起，
孤城日暮阴。
万山秋叶下，
独坐一灯深。
明·何景明《十四夜》

水急客舟疾，
山花拂面香。
唐·李白《秋浦歌十七首》

水声冰下咽，
沙路雪中平。
唐·刘长卿《酬张夏雪夜赴州访别途中苦寒作》

水烟晴吐月，
山火夜烧云。
唐·岑参《江行夜宿龙吼滩临眺思峨眉隐者兼寄幕中诸公》

水深鱼极乐，
林茂鸟知归。
唐·杜甫《秋野五首》

水深桥梁绝，
中路正徘徊。
东汉·曹操《苦寒行》

水深不觉渔舟过，
橹动先看月影摇。

清·袁枚《随园诗话》

水真绿净不可唾，
鱼若空行无所依。

宋·楼钥《顷游龙井》

水流心不竞，
云在意俱迟。

唐·杜甫《江亭》

水流曲曲树重重，
树里春山一两峰。

清·郑燮《潍县竹枝词四十首》

水落鱼龙失归宿，
天长鸿雁独哀芳。

金·元好问《寄希颜二首》

水能性淡为吾友，
竹解心虚即我师。

唐·白居易《池上竹下作》

水接西江天外声，
小斋松影拂云平。

唐·杜牧《题宣州开元寺水阁阁下宛溪夹溪居人》

水殿清风玉户开，
飞光千点去还来。

唐·罗邺《萤》

水边无数木芙蓉，
露染燕脂色未浓。
正似美人初醉着，
强抬青镜欲妆慵。

宋·王安石《木芙蓉》

水边春寺静，
柳下小舟藏。

宋·萧梅坡《西湖杂咏》

水波澜者源必远，
树扶疏者根必深。

北朝·北周·庾信《周五声调曲·徵调曲六首》

水清石出鱼可数，
林深无人鸟相呼。

宋·苏轼《腊日游孤山访惠勤惠思二僧》

水瓢贮月归春瓮，
小杓分江入夜瓶。

宋·苏轼《汲江煎茶》

水吞三楚白，
山接九疑青。

明·杨基《岳阳楼》

水作琴中听，
山疑画里看。

唐 · 杜审言《经行岚州》

水性自云静，
石中本无声。
如何两相激，
雷转空山惊。

唐 · 韦应物《听嘉陵江水声寄深上人》

睡到午时欢到夜，
回看官职是泥沙。

唐 · 白居易《喜罢郡》

舜既躬耕，
禹亦稼穑。

晋 · 陶渊明《劝农》

顺人人心悦，
先天天意从。

唐 · 白居易《贺雨》

顺水舟，
多狂澜。

唐 · 查淑英《行路难》

顺时而动，
得意忘忧。

晋 · 嵇康《幽愤诗》

顺天者存，
逆天亡。

清 · 洪秀全《原道救世歌》

说诗能累夜，
醉酒或连朝。

唐 · 杜甫《奉赠卢五丈参谋（琚）》

朔气传金柝，
寒光照铁衣。

北朝 · 无名氏《木兰诗》

朔风吹飞雨，
萧条江上来。

南朝 · 齐 · 谢朓《观朝雨》

朔风吹发透刀瘢，
饮马长城窟更寒。

唐 · 卢汝弼《和李秀才边庭四时怨》

朔吹飘夜香，
繁霜滋晓白。

唐 · 柳宗元《早梅》

硕人久沦射，
乔木自森罗。

唐 · 张九龄《商洛山行怀古》

司空见惯浑闲事，
断尽苏州刺史肠。

唐 · 刘禹锡《赠李司空妓》

丝缫细雨沾衣润，

刀剪良苗出水齐。

清·查慎行《自湘东驿遵陆至卢溪》

思出宇宙外，
旷然在寥廓。

唐·王维《苦热》

思归若汾水，
无日不悠悠。

唐·李白《太原早秋》

思妇楼头月，
征人马上霜。

明·章美中《初秋感怀》

思旧故以想象兮，
长太息而掩涕。

战国·楚·屈原《远游》

思夫君兮太息，
极劳心兮忡忡。

战国·楚·屈原《九歌·云中君》

思得琼树枝，
以解长渴饥。

汉·无名氏《别诗三首》

思君如百草，
撩乱逐春生。

唐·李康成《自君之出矣》

思君如流水，
何有穷已时。

三国·魏·徐幹《室思》

思君如满月，
夜夜减清辉。

唐·张九龄《赋得自君之出矣》

思君如日月，
回环昼夜生。

南朝·宋·许瑶芝《拟自君之出矣》

思君如明烛，
煎心且衔泪。

南朝·陈·贾冯吉《自君之出矣》

思君不见望江阁，
夜夜江潮向妾家。

清·李雯《横江词》

思家步月清宵立，
忆弟看云白日眠。

唐·杜甫《恨别》

思苦自看明月苦，
人愁不是月华愁。

唐·戎昱《秋月》

思量入道苦，
自哂同婴孩。

唐 · 杜甫《山寺》

思幽屈子歌山鬼，
语妙陈王赋洛神。

宋 · 陆游《次韵陈机宜见赠》

斯须九重真龙出，
一洗万古凡马空。

唐 · 杜甫《丹青引赠曹将军霸》

斯文如大厦，
倾坏要力扶。

宋 · 陆游《和陈鲁山十诗
孟夏草木长绕屋树扶疏为韵》

斯人不重见，
将老失知音。

唐 · 杜甫《哭李常侍峄二首》

死去元知万事空，
但悲不见九州同。
王师北定中原日，
家祭毋忘告乃翁。

宋 · 陆游《示儿》

死别已吞声，
生别常恻恻。

唐 · 杜甫《梦李白二首》

死甘为厉鬼，
生岂负人伦。

清 · 陈叶筠《张睢阳庙》

死辱片时痛，
生辱长年羞。

唐 · 孟郊《失志夜坐思归楚江》

死难报恩如饮食，
一言投合此身轻。

清 · 方兆及《刘生》

死生容易如翻掌，
得意失意由一言。

唐 · 李益《轻薄篇》

死后是非谁管得，
满村听说蔡中郎。

宋 · 陆游《小舟游近村舍舟步归》

死犹未肯输心去，
贫亦其能奈我何。

明 · 黄宗羲《山居杂咏》

死是等闲生也得，
拟将何事奈吾何。

唐 · 元稹《放言五首》

死是征人死，
功是将军功。

唐 · 刘湾《出塞曲》

死为星辰终不灭。

唐·杜甫《可叹》

四更山吐月，
残夜水明楼。

唐·杜甫《月》

四海皆兄弟，
谁为行路人。

汉·无名氏《别诗四首》

四海无闲田，
农夫犹饿死。

唐·李绅《悯农》

四海变秋气，
一室难为春。

清·龚自珍《自春徂秋偶有所触拉杂书之漫不诠次得十五首》

四海安危居掌内，
百王治乱悬心中。

唐·白居易《百炼镜》

四山旗似晴霞卷，
万马蹄如骤雨来。

清·徐珽《大猎》

四边伐鼓雪海涌，
三军大呼阴山动。

唐·岑参《轮台歌奉送封大夫出师西征》

四邻竞丰屋，
我独好卑室。

唐·储光羲《同王十三维偶然作十首》

四气自潜运，
阴阳互来往。

清·焦袁熹《杂诗》

四十二年弹指过，
只疑来处是前生。

金·元好问《济南杂诗十首》

四十无成还浪迹，
云山何处可回头。

清·张远《还至延平遥望先墓有作》

四时不得一日乐，
朝夕催人自白头。

清·周篔《七歌集句》

四时更变化，
岁暮一何速。

汉·无名氏《古诗十九首》

似将海水添宫漏，
共滴长门一夜长。

唐·李益《宫怨》

似火山榴映小山，
繁中能薄艳中间。
一朵佳人玉钗上，

只疑烧却翠云鬟。

唐 · 杜牧《山石榴》

似畏群芳妒，
先春发故林。
曾无莺燕恋，
空被雪霜侵。

宋 · 梅尧臣《梅花》

松柏本孤直，
难为桃李颜。

唐 · 李白《古风五十九首》

松柏生深山，
无心自贞直。

唐 · 储光羲《泛茅山东溪》

松柏虽苦寒，
羞逐桃李春。

唐 · 李白《颍阳别元丹丘之淮阳》

松下问童子，
言师采药去。
只在此山中，
云深不知处。

唐 · 贾岛《寻隐者不遇》

松风吹解带，
山色有无中。

唐 · 王维《汉江临泛》

松筠与金石，
未足喻坚密。

唐 · 白居易《和〈寄乐尺〉》

松生数寸时，
遂为草所没。

南朝 · 梁 · 吴均《赠王桂阳》

松高枝叶茂，
鹤老羽毛新。

唐 · 柳公绰《赠毛仙翁》

松浮欲尽不尽云，
江动将崩未崩石。

唐 · 杜甫《阆山歌》

松萝掩映似无路，
猿鸟往来如有人。

元 · 白珽《游天竺寺》

松排山面千重翠，
月点波心一颗珠。

唐 · 白居易《春题湖上》

松下无人一局残，
空山松子落棋盘。
神仙更有神仙著，
千古输赢下不完。

明 · 释苍雪《无题》

松阅千年弃涧壑，

不如杀身扶明堂。

宋 · 陆游《松骥行》

崧高为岳，
骏极于天。

《诗经 · 大雅 · 崧高》

竦长剑兮拥幼艾，
荪独宜兮为民正。

战国 · 楚 · 屈原《九歌 · 少司命》

送君东行在岐路，
努力功名莫返顾。

清 · 秦松龄《金陵司马行》

送君别有八月秋，
飒飒芦花复益愁。

唐 · 李白《送别》

送君江浦已惆怅，
更上西楼看远帆。

唐 · 韦应物《送王校书》

苏门昼寂闻舒啸，
函谷秋清候度关。

宋 · 陆游《赠道侣》

苏晋长斋绣佛前，
醉中往往爱逃禅。

唐 · 杜甫《饮中八仙歌》

苏州十万户，
尽作婴儿啼。

唐 · 刘禹锡《白太守行》

苏世独立，
横而不流。

战国 · 楚 · 屈原《九章 · 橘颂》

俗薄江山好，
时危草木苏。

唐 · 杜甫《续得观书迎就当阳居止正月中旬定出三峡》

夙兴夜寐，
靡有朝矣。

《诗经 · 卫风 · 氓》

肃肃花絮晚，
菲菲红素轻。
日长惟鸟雀，
春远独柴荆。

唐 · 杜甫《春远》

素琴弹复弹，
会有知音知。

唐 · 贾岛《送别》

素交冷落尽，
白首泪双垂。

唐 · 杜甫《过故斛斯校书庄二首》

素心常耐冷，
晚节本无瑕。

清·许廷鑅《白菊》

素手把芙蓉，
虚步蹑太清。
霓裳曳广带，
飘拂升天行。

唐·李白《古风五十九首》

宿昔不梳头，
丝发被两肩。
婉伸郎膝下，
何处不可怜。

南朝·乐府民歌《子夜歌》

虽非策云骥，
实鄙作茧蚕。

宋·陆游《村舍小酌》

虽为赏心遇，
岂有岩中缘。

唐·韦应物《郡斋移松》

虽为尚书郎，
不及村野人。

唐·杜甫《寄薛三郎中(璩)》

虽无三台位，
不借四豪名。

唐·李白《献从叔当涂宰阳冰》

虽有数斗玉，
不如一盘粟。

唐·李白《书怀赠南陵常赞府》

虽有玉山禾，
不能疗苦饥。

唐·李白《天马歌》

虽云志气高，
岂免颜色低。

唐·白居易《伤友》

虽在风尘里，
陶潜身自闲。

唐·皇甫冉《送朱逸人》

虽居世网常清净，
夜对高僧无一言。

唐·韦应物《县内闲居赠温公》

随分自安心自断，
是非何用问闲人。

唐·白居易《自咏》

随人作计终后人，
自成一家始逼真。

宋·黄庭坚《以右军书数种赠丘十四》

随人黄犬搀前去，

走到溪边忽自回。

宋・范成大《四时田园杂兴》

随富随贫且欢乐，
不开口笑是痴人。

唐・白居易《对酒五首》

随波混淆浊，
与物同丑丽。

唐・高适《赠别王七十管记》

遂令天下父母心，
不重生男重生女。

唐・白居易《长恨歌》

遂性在耕稼，
所交惟贱贫。

唐・卢纶《过司空曙山居》

岁丰仍节俭，
时泰更销兵。

唐・白居易《太平词二首》

岁华尽摇落，
其意竟何成。

唐・陈子昂《感遇》

岁老根弥壮，
阳骄叶更阴。

宋・王安石《孤桐》

岁老岂能充上驷，
力微当自慎前程。

唐・韩愈《入关咏马》

岁去红颜尽，
愁来白发新。
今朝开镜匣，
疑是别逢人。

唐・李崇嗣《览镜》

岁去人头白，
秋来树叶黄。
搔头向黄叶，
与尔共悲伤。

唐・钱起《伤秋》

岁岁还乡梦，
今朝梦始真。
到家仍作客，
天地可容身。

清・孙暘《还家》

岁岁金河复玉关，
朝朝马策与刀环。

唐・柳中庸《征人怨》

岁月相从过，
吾生梦寐间。

清・戴本孝《葺山中田庐》

岁月俱因戎马驰，

壮心不与沧桑改。

清 · 丁澎《题曾青藜尊人传后》

损心诗思里，
伐性酒狂中。

唐 · 白居易《新秋病起》

所逢苟非义，
粪土千黄金。

唐 · 白居易《丘中有一士》

所惧非饥寒，
所乐非穷通。

晋 · 陶渊明《咏贫士》

所遇多被伤，
呻吟更流血。

唐 · 杜甫《北征》

所是同袍者，
相逢尽衰老。

唐 · 王昌龄《长歌行》

所亲惊老瘦，
辛苦贼中来。

唐 · 杜甫《喜达行在所三首》

所愧为人父，
无食至夭折。

唐 · 杜甫《自京赴奉先县咏怀五百字》

所务虽不同，
同归于不闲。

唐 · 白居易《别杨颖士卢克柔殷尧藩》

所欲不求大，
得欢常有余。

清 · 袁枚《随园诗话》

所志在不苟，
食力甘苦辛。

清 · 萧诗《答董子绍舒》

T

他年拟把补造化，
穿江入海剜天涯。

唐 · 张碧《答张郎中分寄翰林贡余笔歌》

他日差池春燕影，
只今憔悴晚烟痕。

清 · 王士祯《秋柳》

他日卧龙终得雨，
今朝放鹤且冲天。

唐 · 刘禹锡《刑部白侍郎谢病长告玫宾客分司以诗赠别》

他日南归吾未老，
与君同醉晋溪春。

金·元好问《送崔梦臣北上》

他日相逢话畴昔，
应怜憔悴不胜衣。

元·陈雷《寄刘仲原经历》

他皆任厚地，
尔独近高天。

唐·杜甫《白盐山》

他人方寸间，
山海几千重。

唐·李白《箜篌谣》

他人骑大马，
我独跨驴子。
回顾担柴汉，
心下较些子。

唐·王梵志《王梵志诗一百一十首》

他人有心，
予忖度之。

《诗经·小雅·巧言》

他时礼白云，
应上最高顶。

清·王戬《秋日游白茅寺次少陵韵》

他乡有明月，
千里照相思。

唐·李峤《送崔主簿赴沧州》

他乡生白发，
旧国见青山。

唐·司空曙《贼平后送人北归》

他乡阅迟暮，
不敢废诗篇。

唐·杜甫《归》

他山有砺石，
良璧逾晶莹。

清·郑世元《感怀杂诗》

他家本是无情物，
一向南飞又北飞。

唐·薛涛《柳絮》

它山之石，
可以攻玉。

《诗经·小雅·鹤鸣》

踏破中华窥两戒，
无双毕竟是家山。

清·龚自珍《己亥杂诗》

踏曲兴无穷，
调同词不同。
愿郎千万寿，
长作主人翁。

唐・刘禹锡《纥那曲二首》

台上看山徐举酒，
潭中见月慢回舟。

唐・刘禹锡《和思黯忆南庄见示》

台城六代竞豪华，
结绮临春事最奢。
万户千门成野草，
只缘一曲后庭花。

唐・刘禹锡《台城》

苔新禽迹少，
泉冷树阴重。

唐・刘得仁《青龙寺僧院》

苔花如米小，
也学牡丹开。

清・袁枚《苔》

太阳初出光赫赫，
千山万水如火发。
一轮顷刻上天衢，
逐退群星与残月。

宋・赵匡胤《咏初日》

太阳偏不及，
非是未倾心。

唐・刘长卿《游南园偶见
在阴墙下葵因以成咏》

太行之路能摧车，
若比人心是坦途。
巫峡之水能覆舟，
若比人心是安流。

唐・白居易《太行路》

太行天下脊，
黄河出昆仑。
山川形胜地，
历世多名臣。

宋・陆游《哀北》

太官荐玉食，
野人徒美芹。

宋・陆游《秋夜读书有感》

太平多扈从，
文物有光辉。

唐・王昌龄《驾出长安》

太古以来无寸草，
借问春从何处归。

宋・陆游《明妃曲》

太虚为室月为烛，
醉倒不用春风扶。

金・元好问《此日不足惜》

泰山不自高，
因丘垤以形；
河海不自广，

因沟浍以名。

清·郑世元《感怀杂诗》

泰山可为砺，
东海可扬尘。
惟有壮士志，
死生要一伸。

宋·陆游《神君歌谒英显庙作》

泰山高不让，
沧海阔难穷。

唐·张祜《投陈许崔尚书二十韵》

泰山不要欺毫末。

唐·白居易《放言五首》

泰山嵯峨夏云在，
疑是白波涨东海。

唐·李白《早秋单父南楼酬窦公衡》

泰山岩岩，
鲁邦所詹。

《诗经·鲁颂·閟宫》

贪看忘却还家饭，
恰似儿童放学时。

宋·陆游《蔬圃绝句》

贪看白鹭横秋浦，
不觉青林没晚潮。

宋·苏轼《澄迈驿通潮阁二首》

贪财爱惜费，
但为后世嗤。

汉·无名氏《西门行》

滩声不是无情思，
呜咽随君为送行。

清·施闰章《送李万安罢官归里》

潭清疑水浅，
荷动知鱼散。

唐·储光羲《钓鱼湾》

探道好渊玄，
观书鄙章句。

南朝·宋·颜延之《向常氏》

叹凤嗟身否，
伤麟怨道穷。

唐·李隆基《经鲁祭孔子而叹之》

叹息人间万事非，
被驱不异犬与鸡。
不知明月为谁好，
来岁如今归未归。

宋·文天祥《胡笳曲·一拍》

叹息知人真未易，
流芳遗臭尽书生。

宋·陆游《过广安吊张才叔谏议》

唐宋八家已足嗤，
宇宙佳文宁止此。

清·陈士芑《自述一百韵》

唐虞乃可让天下，
光被万世常如新。

宋·陆游《感寓》

堂前扑枣任西邻，
无食无儿一妇人。
不为困穷宁有此？
只缘恐惧转须亲。

唐·杜甫《又呈吴郎》

堂上不合生枫树，
怪底江山起烟雾。

唐·杜甫《奉先刘少府新画山水障歌》

挑兮达兮，
在城阙兮。
一日不见，
如三月兮。

《诗经·郑风·子衿》

涛色入枕愁先觉，
寒气侵人酒易醒。

清·梁逸《泊舟古渡》

韬略岂劳平大敌，
文章亦足主齐盟。

宋·陆游《有怀独孤景略》

滔滔不可测，
一苇讵能航。

南朝·陈·阴铿《渡青草湖》

滔滔江汉，
南国之纪。

《诗经·小雅·四月》

滔滔武溪一何深，
鸟飞不度，
兽不敢临。

汉·马援《武溪深》

饕餮贪污，
臭腐是食。
填肠满膝，
嗜欲无极。

汉·朱穆《与刘伯宗绝交诗》

桃花一簇开无主，
可爱深红爱浅红。

唐·杜甫《江畔独步寻花七绝句》

桃花嫣然出篱笑，
似开未开最有情。

宋·汪藻《春日》

桃花春色暖先开，

明媚谁人不看来？
可惜狂风吹落后，
殷红片片点莓苔。

唐·王建《宫词》

桃花细逐杨花落，
黄鸟时兼白鸟飞。

唐·杜甫《曲江对酒》

桃花尽日随流水，
洞在清溪何处边。

唐·张旭《桃花溪》

桃花脸薄难藏泪，
柳叶眉长易觉愁。
密迹未成当面笑，
几回抬眼又低头。

唐·韩偓《复偶见三绝》

桃花复含宿雨，
柳绿更带朝烟。
花落家童未归，
莺啼山客犹眠。

唐·王维《田园乐》

桃花岭上觉天低，
人上青山马隔溪。

唐·顾况《寻桃花岭潘三姑台》

桃花流水在人世，
武陵岂必皆神仙。

宋·苏轼《书王定国所藏烟江叠嶂图》

桃红李白皆夸好，
须得垂杨相发挥。

唐·刘禹锡《杨柳枝词九首》

桃李春风一杯酒，
江湖夜雨十年灯。

宋·黄庭坚《寄黄几复》

桃李栽来几度春，
一回落花一回新。

唐·李白《少年行》

桃李盛时虽寂寞，
雪霜多后始青葱。

唐·李商隐《题小松》

桃李何处开？
此花非我春。

唐·李白《古风五十九首》

桃蹊李径年虽古，
栀子红椒艳复殊。

唐·杜甫《寒雨朝行视园树》

桃生露井上，
李树生桃傍。
虫来啮桃根，
李树代桃僵。

汉 · 乐府诗《鸡鸣》

桃之夭夭，
灼灼其华。

《诗经 · 周南 · 桃夭》

陶尽门前土，
屋上无片瓦。
十指不沾泥，
鳞鳞居大厦。

宋 · 梅尧臣《陶者》

陶庐闲自爱，
颜巷陋谁知。

唐 · 白居易《自题小草亭》

陶冶性灵存底物，
新诗改罢长自吟。

唐 · 杜甫《解闷十二首》

特于悔悟时，
一语发天理。

金 · 元好问《颍谷封人庙》

腾云似涌烟，
密雨如散丝。

晋 · 张协《杂诗十首》

腾沙郁黄雾，
翻浪扬飞鸥。

南朝 · 宋 · 鲍照《还都道中作》

腾身转觉三天近，
举足回看万岭低。

唐 · 李白《别山僧》

啼鸟惊残梦，
飞花搅独愁。

唐 · 杜审言《赋得妾薄命》

啼枯湘水竹，
哭坏杞梁城。

北朝 · 北周 · 庾信《咏怀》

啼鸟似逢人劝酒，
好山如为我开眉。

宋 · 张耒《二十三日即事》

题诗更相忆，
一字重千金。

唐 · 韩翃《奉和元相公家园即事寄王相公》

体君歌，
逐君音。
不贵声，
贵意深。

南朝 · 宋 · 鲍照《代夜坐吟》

体无纤微疾，
安用问良医。

三国·魏·毌丘俭《答杜挚》

天边见月光，
千里忆离群。

清·朱铉鼎《拟西北有高楼》

天边树若荠，
江畔舟如月。

唐·孟浩然《秋登兰山寄张五》

天边圆月少，
世上苦人多。

清·赵翼《瓯北诗话》

天边红日不肯回，
头上白发仍相催。

清·高其倬《与熊敏思登蟠龙山顶望都城值大风有感呈敏思》

天不与爵寿，
惟与好文词。

唐·白居易《读邓鲂诗》

天苍苍，
野茫茫，
风吹草低见牛羊。

北朝·乐府民歌《敕勒歌》

天长地久有时尽，
此恨绵绵无绝期。

唐·白居易《长恨歌》

天长路远魂飞苦，
梦魂不到关山难。

唐·李白《长相思》

天长落日远，
水净寒波流。

唐·李白《登新平楼》

天长路易迷，
水深舟难渡。

元·戴良《赠别祝彦明》

天垂甘泽朝朝降，
地秀佳苗处处香。

五代十国·钱镠《秋景》

天道有迭代，
人道无久盈。

晋·陆机《齐讴行》

天道有迁易，
人理无常全。

晋·陆机《塘上行》

天道夷且简，
人道险而难。

晋·陆机《君子行》

天道或可问，
微兮不忍言。

北朝 · 北周 · 庾信《咏怀 · 其五》

天地存肝胆，
江山阅鬓华。

明 · 顾绛《酬王处士九日见怀之作》

天地日流血，
朝廷谁请缨？
济时敢爱死，
寂寞壮心惊。

唐 · 杜甫《岁暮》

天地莫施恩，
施恩强者得。

唐 · 邵谒《岁丰》

天地无凋换，
容颜有迁改。

唐 · 李白《对酒行》

天地有正气，
杂然赋流形。

宋 · 文天祥《正气歌》

天地莫生金，
生金人竞争。

唐 · 孟郊《吊国殇》

天地为幕席，
富贵如泥沙。

唐 · 白居易《和新楼北园偶集》

天地为我垆，
万物一何小。

晋 · 孙楚《征西官属送》

天地无终极，
人命若朝霜。

三国 · 魏 · 曹植《送应氏》

天地有反覆，
宫城尽倾倒。

唐 · 李白《金陵白杨十字巷》

天地则疮痍，
朝廷多正臣。

唐 · 杜甫《别蔡十四著作》

天地长不没，
山川无改时。
草木得常理，
霜露荣悴之。

晋 · 陶渊明《形赠影》

天低垂旷野，
风壮撼高城。

宋 · 陆游《大堤》

天高云去尽，
江迥月来迟。

唐 · 杜甫《观作桥成月夜

舟中有述还呈李司马》

天分固有定，
躁进非良谋。

清·尤怡《杂感》

天工作民良久艰，
谁知不如牛马福。

宋·张耒《劳歌》

天孤一轮月，
星散万家灯。

清·查慎行《夜坐》

天寒旗彩坏，
地暗鼓声低。

南朝·陈·江总《雨雪曲》

天寒色青苍，
北风叫枯桑。
厚冰无裂文，
短日有冷光。

唐·孟郊《苦寒吟》

天寒翠袖薄，
日暮倚修竹。

唐·杜甫《佳人》

天寒远山净，
日暮长河急。

唐·王维《齐州送祖三》

天寒知被薄，
忧思知夜长。

汉·乐府诗《古乐府》

天寒一雁叫，
夜半几人闻。

宋·杨万里《和周仲觉》

天河只在南楼上，
不借人间一滴凉。

明·宗泐《暑夜》

天河挂绿水，
秀出九芙蓉。

唐·李白《望九华山赠青阳韦仲堪》

天迥云垂草，
江空雪覆沙。

明·刘基《古戍》

天花落不尽，
处处鸟衔飞。

唐·綦毋潜《宿龙兴寺》

天机衮衮山新瘦，
世事悠悠日自斜。

宋·陈与义《次韵周教授秋怀》

天机云锦用在我，
剪裁妙处非刀尺。

宋·陆游《九月一日夜读

诗稿有感走笔作歌》

天际识归舟，
云中辨江树。

南朝・齐・谢朓《之宣城郡出新林浦向板桥》

天际霞光入水中，
水中天际一时红。

唐・韩偓《晓日》

天街小雨润如酥，
草色遥看近却无。
最是一年春好处，
绝胜烟柳满皇都。

唐・韩愈《早春呈水部张十八员外》

天津桥上醉骑驴，
一锦囊诗一束书。

宋・陆游《还家》

天近易回三辅雁，
地高先得九州秋。

清・袁枚《秦中杂感》

天净笙歌临路发，
日高车马隔尘行。

唐・司空曙《长安晓望寄程补阙》

天可度，
地可量，
惟有人心不可防。

唐・白居易《天可度》

天门中断楚江开，
碧水东流至此回。
两岸青山相对出，
孤帆一片日边来。

唐・李白《望天门山》

天门一长啸，
万里清风来。

唐・李白《游泰山六首》

天末楼台横北固，
夜深灯火见扬州。

宋・杨蟠《陪润州裴如晦学士游金山作》

天马长鸣待驾驭，
秋鹰整翮当云霄。

唐・杜甫《醉歌行赠公安颜十少府请顾八题壁》

天平山上白云泉，
云自无心水自闲。
何必奔冲山下去，
更添波浪向人间。

唐・白居易《白云泉》

天山雪后海风寒，
横笛偏吹行路难。
碛里征人三十万，

一时回首月中看。

唐·李益《从军北征》

天山三丈雪，
岂是远行时。

唐·李白《独不见》

天台四万八千丈，
对此欲倒东南倾。

唐·李白《梦游天姥吟留别》

天台众峰外，
华顶当寒空。
有时半不见，
崔嵬在云中。

唐·释灵澈《天姥岑望天台山》

天气常如二三月，
花枝不断四时春。

明·杨慎《滇海曲》

天清江月白，
心静海鸥知。

唐·李白《赠汉阳辅录事二首》

天清远峰出，
水落寒沙空。

唐·李白《岘山怀古》

天清一雁远，
海阔孤帆迟。

唐·李白《送张舍人之江东》

天清江作带，
地阔海为门。

清·潘镠《金山》

天秋木叶下，
月冷莎鸡悲。

唐·李白《秋思》

天阙象纬逼，
云卧衣裳冷。

唐·杜甫《游龙门奉先寺》

天若不爱酒，
酒星不在天；
地若不爱酒，
地应无酒泉。

唐·李白《月下独酌四首》

天若无霜雪，
青松不如草。

唐·唐备《失题二首》

天如镜面都来静，
地似人心总不平。

唐·罗隐《晚眺》

天生丽质难自弃，
一朝选在君王侧。

唐 · 白居易《长恨歌》

天生我材必有用，
千金散尽还复来。

唐 · 李白《将进酒》

天生烝民，
有物有则；
民之秉彝，
好是懿德。

《诗经 · 大雅 · 烝民》

天上浮云似白衣，
斯须改变如苍狗。

唐 · 杜甫《可叹》

天上真妃玉镜台，
醉中遗下紫霞杯。
已从香国偏熏染，
更惜花神巧剪裁。

金 · 元好问《紫牡丹》

天上欢华春有限，
世间漂泊海无边。

唐 · 白居易《寄李相公崔侍郎钱舍人》

天上秋期近，
人间月影清。

唐 · 杜甫《月》

天上多官府，
文章不可轻。

元 · 宋元《李翰林墓二首》

天上多鸿雁，
池中足鲤鱼。
相看过半百，
不寄一行书。

唐 · 杜甫《寄高三十五詹事》

天时人事日相催，
冬至阳生春又来。

唐 · 杜甫《小至》

天势围平野，
河流入断山。

唐 · 畅当《登鹳雀楼》

天无涯兮地无边，
我心愁兮亦复然。

汉 · 蔡琰《胡笳十八拍》

天霜河白夜星稀，
一雁声嘶何处归？
早知半路应相失，
不如从来本独飞。

南朝 · 梁 · 萧纲《夜里单飞雁》

天虽长，
地虽久，
金玉满堂应不守。

唐·李白《悲歌行》

天堂与地狱，
善恶人自召。

清·黄遵宪《锡兰岛卧佛》

天外黑风吹海立，
浙东飞雨过江来。

宋·苏轼《有美堂暴雨》

天下三分明月夜，
二分无赖是扬州。

唐·徐凝《忆扬州》

天下三分秋月色，
二分多在水心亭。

元·萨都剌《寄奎章学士济南李溉之》

天下郡国向万城，
无有一城无甲兵。

唐·杜甫《蚕谷行》

天下可忧非一事，
书生无地效孤忠。

宋·陆游《溪上作》

天下无虞国论深，
书生端合老山林。

宋·陆游《寄陈鲁山》

天下何曾有山水，
人间不解重骅骝。

唐·杜甫《存殁口号二首》

天下尽乐土，
何为久留兹。

三国·魏·王粲《七哀诗》

天下尚未宁，
健儿胜腐儒。

唐·杜甫《草堂》

天下无正声，
悦耳即为娱；
人间无正色，
悦目即为姝。

唐·白居易《秦中吟·议婚》

天下伤心处，
劳劳送客亭。

唐·李白《劳劳亭》

天晓非因钟鼓动，
月明非为夜行人。

宋·释智本《无题》

天涯十载无穷恨，
老泪灯前语罢垂。

宋·严羽《临川逢郑遐之之云梦》

天涯疏影伴黄昏，
玉笛高楼自掩门。

清·龚鼎孳《百嘉村见梅花》

天涯浮云生，
争蔽日月光。
穷巷秋风起，
先摧兰蕙芳。

唐·刘禹锡《萋兮吟》

天涯静处无征战，
兵气销为日月光。

唐·常建《塞下曲四首》

天涯未觉远，
处处各樵渔。

宋·苏轼《发广州》

天眼何时开，
古剑庸一吼。

唐·李贺《赠陈商》

天意高难问，
人情老易悲。

唐·杜甫《暮春江陵送马大卿公恩命追赴阙下》

天意怜幽草，
人间重晚晴。

唐·李商隐《晚晴》

天意君须会，
人间要好诗。

唐·白居易《读李杜诗集因题卷后》

天欲雪，
云满湖，
楼台明灭山有无。
水清石出鱼可数，
林深无人鸟相呼。

宋·苏轼《腊日游孤山访惠勤、惠思二僧》

天阶夜色凉如水，
卧看牵牛织女星。

唐·杜牧《秋夕》

天云如地阵，
汉月带胡秋。

南朝·陈·徐陵《出自蓟北门行》

天子好征战，
百姓不种桑。
天子好年少，
无人荐冯唐。
天子好美女，
夫妇不成双。

唐·曹邺《捕鱼谣》

天子俭为德，
而能清约身。

唐·储光羲《贻袁三拾遗谪作》

天宇淡青成卵色，
水波微皱作靴纹。

宋·陆游《题庵壁》

天籁自鸣天趣足，
好诗不过近人情。

清·张问陶《论诗十二绝句》

田父草际归，
村童雨中牧。

唐·王维《宿郑州》

田夫荷锄至，
相见语依依。

唐·王维《渭川田家》

田家少闲月，
五月人倍忙。

唐·白居易《观刈麦》

田家秋作苦，
邻女夜舂寒。

唐·李白《宿五松山下荀媪家》

田家衣食无厚薄，
不见县门身即乐。

唐·王建《田家行》

田鸡叫得哑，
低田好稻把；
田鸡叫得响，
田里好牵桨。

明·徐应秋《玉芝堂谈荟》

田硗借人力，
粪壤要锄理。

元·赵孟頫《题耕织图二十四首奉懿旨撰》

田中三亩宅，
水上一轩开。

宋·王安石《题友人郊居水轩》

田园寥落干戈后，
骨肉流离道路中。

唐·白居易《自河南经乱关内阻饥兄弟离散各在一处因望月有感聊书所怀》

填平沧海怜精卫，
啼断空山泣鹧鸪。

柳亚子《吊鉴湖秋女士》

迢迢东海出，
渐渐入云衢。
此夜一轮满，
清光何处无。

唐·僧谦明《中秋咏月》

迢迢新秋夕，
亭亭月将圆。

晋·陶渊明《戊申岁六月中遇火》

迢递高城百尺楼，
绿杨枝外尽汀洲。

唐 · 李商隐《安定城楼》

跳踯虽云高，
竟不离污淖。
鸣声相呼和，
无理只取闹。

唐 · 韩愈《答柳柳州食虾蟆》

铁马夜嘶千里月，
雕旗秋卷万重云。

清 · 顾嗣协《题宋宫赞药州北征图》

铁马云雕共绝尘，
柳营高压汉宫春。

唐 · 温庭筠《过五丈原》

铁衣远戍辛勤久，
玉箸应啼别离后。

唐 · 高适《燕歌行》

铁衣银碛苦思家，
红粉空房愁远道。

清 · 严我斯《闻砧曲》

铁柔不为剑，
木曲不为辕。

唐 · 白居易《养拙》

汀洲采白蘋，
日落江南春。

南朝 · 梁 · 柳恽《江南曲》

听琴知思静，
说剑觉神扬。

唐 · 杨巨源《上刘侍中》

听笛遥寻岸，
闻香暗识莲。

唐 · 柳中庸《夜渡江》

听雨寒更彻，
开门落叶深。

唐 · 无可《秋寄从兄贾岛》

亭皋木叶下，
陇首秋云飞。

南朝 · 梁 · 柳恽《捣衣诗》

亭亭山上松，
瑟瑟谷中风。
风声一何盛，
松枝一何劲。

三国 · 魏 · 刘桢《赠从弟》

亭亭画舸系春潭，
直到行人酒半酣。
不管烟波与风雨，
载将离恨过江南。

宋 · 郑文宝《柳枝词》

亭亭宿鹭明菰叶，

闪闪凉萤入稻花。
月下片云应夜雨，
山根炬火忽人家。

宋·范成大《七月二日上沙夜泛》

庭树不知人去尽，
春来还发旧时花。

唐·岑参《山房春事二首》

庭前时有东风入，
杨柳千条尽向西。

唐·刘方平《代春怨》

庭梅对我有怜意，
先露枝头一点春。

隋·侯夫人《看梅》

庭花春易尽，
璧月夜难沉。

五代十国·钱弦俶《陈国》

同是天涯沦落人，
相逢何必曾相识。

唐·白居易《琵琶行》

同心而离别，
忧伤以终老。

汉·无名氏《古诗十九首》

同尽无贵贱，
殊愿有穷伸。

南朝·宋·鲍照《代蒿里行》

同客如鸿雁，
天边自作群。

清·沈受宏《舟暮》

同类相鼓舞，
触物成讴吟。

唐·储光羲《牧童词》

同声自相应，
同心自相知。
外合不由中，
虽固终必离。

晋·傅玄《何当行》

同居长千里，
两小无嫌猜。

唐·李白《长干行》

同学少年多不贱，
五陵裘马尽轻肥。

唐·杜甫《秋兴八首》

同来玩月人何在，
风景依稀似去年。

唐·赵嘏《江楼感旧》

彤庭所分帛，
本自寒女出。
鞭挞其夫家，

聚敛贡城阙。

唐 · 杜甫《自京赴奉先县咏怀五百字》

桐花万里丹山路，
雏凤清于老凤声。

唐 · 李商隐《韩冬郎即席为诗相送一座尽惊他日余方追吟连宵侍坐徘徊久之句有老成之风因成二绝寄酬兼呈畏之员外》

童稚尽成人，
园林半乔木。

唐 · 白居易《六十六》

童子柳阴眠正着，
一牛吃过柳阴西。

宋 · 杨万里《桑茶坑道中》

童心便有爱书癖，
手指今余把笔痕。

唐 · 刘禹锡《送周鲁儒赴举诗》

痛饮狂歌空度日，
飞扬跋扈为谁雄？

唐 · 杜甫《赠李白》

投笔书生古来有，
从军乐事世间无。

宋 · 陆游《独酌有怀南郑》

投鞭沧海横流断，
倚剑重霄对月磨。

清 · 秋瑾《失题》

投荒万死鬓毛斑，
生入瞿塘滟滪关。
未到江南先一笑，
岳阳楼上对君山。

宋 · 黄庭坚《雨中登岳阳楼望君山二首》

投石入水岂有碍，
走丸下坡安得留。

唐 · 韦应物《易言》

投冠旋旧墟，
不为好爵萦。

晋 · 陶渊明《辛丑岁七月赴假还江陵夜行途口》

投我以木瓜，
报之以琼琚。
匪报也，
永以为好也。

《诗经 · 卫风 · 木瓜》

投我以桃，
报之以李。

《诗经 · 大雅 · 抑》

秃笔卖文差可活，
痛医求药总无灵。

清 · 周肇《病中元夕有感》

途穷见交态，
世梗悲路涩。

唐 · 杜甫《送率府程录事还乡》

途穷天地窄，
世乱死生微。

明 · 沈钦圻《乱后哭友》

途穷蹶骏足，
运适伸庸材。

清 · 邵长蘅《杂诗》

途穷那免哭，
身老不禁愁。

唐 · 杜甫《暮秋将归秦留别湖南幕府亲友》

途穷厌见俗眼白，
饿死不食嗟来食。

清 · 陈睿思《赠张永夫》

吐纳江流九派小，
平压雉堞群峰低。

清 · 唐孙华《同宋药州太史登滕王阁》

吐言贵珠玉，
落笔回风霜。

唐 · 李白《赠刘都使》

兔从狗窦入，
雉从梁上飞。
中庭生旅谷，
井上生旅葵。

汉 · 无名氏《十五从军征》

团圆便是家肥事，
何必盈仓与满箱。

唐 · 杜荀鹤《和舍弟题书堂》

退身江湖应无用，
忧国朝廷自有贤。

唐 · 白居易《舟中晚起》

退食从容北窗卧，
今古起灭真浮云。

金 · 元好问《云峡》

退藏只合卧蜗庐。

宋 · 陆游《读书》

吞啄渐稀如老鹤，
鸣声已断似寒蝉。

宋 · 陆游《僧房假榻》

脱身戎马怜今日，
回首关山哭故人。

清 · 沈受宏《许九日闽归》

脱却朝衣独归去，
青云不及白云高。

唐 · 赵嘏《送李给事》

W

蛙跳聚浮沫，
羊饮留余羶。

金 · 元好问《舜泉效远祖道州府君体》

蛙声经雨壮，
萤点避风稀。

宋 · 陆游《露坐》

外厉贞素淡，
户内灭芬芳。

三国 · 魏 · 阮籍《咏怀诗》

外地见花终寂寞，
异乡闻乐更凄凉。

唐 · 韦庄《思归》

外布芳菲虽笑日，
中含芒刺欲伤人。

唐 · 陆龟蒙《蔷薇》

弯弓挂扶桑，
长剑倚天外。
泰山成砥砺，
黄河为裳带。

三国 · 魏 · 阮籍《咏怀诗》

弯弓若转月，
白雁落云端。

出门不顾后，
报国死何难。

唐 · 李白《幽州胡马客歌》

纨袴不饿死，
儒冠多误身。

唐 · 杜甫《奉赠韦左丞丈二十二韵》

挽弓当挽强，
用箭当用长。
射人先射马，
擒贼先擒王。

唐 · 杜甫《前出塞九首》

晚节不嫌知己少，
香心如为故人留。

清 · 袁枚《题菊和蔗泉观察韵》

晚泊孤舟古祠下，
满川风雨看潮生。

宋 · 苏舜钦《淮中晚泊犊头》

晚趁寒潮渡江去，
满林黄叶雁声多。

清 · 王士祯《江上》

晚来弄水船头湿，
更脱红裙裹鸭儿。

唐·皇甫松《采莲子二首》

晚风庭竹已秋声，
初听空阶蛩夜鸣。

宋·张耒《闻蛩》

晚年惟好静，
万事不关心。

唐·王维《酬张少府》

晚识交态薄，
老识宦途难。

元·袁桷《次韵仲章过
陈氏城南书隐十韵》

万丈赤幢潭底日，
一条白练峡中天。

唐·白居易《入峡次巴东》

万山秋叶下，
独坐一灯深。

明·何景明《十四夜》

万山迎落日，
一鸟堕孤烟。

清·谭嗣同《病起》

万乘尚僚友，
公卿何芥蒂。

宋·李纲《读四家诗选》

万乘旌旗分一半，
八方风雨会中央。

唐·刘禹锡《郡内书情献裴侍中留守》

万点落花舟一叶，
载将春色过江南。

明·陆娟《代父送人之新安》

万重山水隔，
归梦亦途穷。

清·盛锦《峡夜》

万重关塞断，
何日是归年。

唐·李白《奔亡道中》

万鼓雷殷地，
千旗火生风。

唐·高适《塞下曲》

万古东南多壮观，
百年豪杰几登临。

元·周棐《送曹广文赋得富览亭》

万壑有声含晚籁，
数峰无语立斜阳。

宋·王禹偁《村行》

万壑泉声松外去，
数行秋色雁边来。

元 · 萨都剌《梦登高山得诗二首》

万壑树声满，
千崖秋气高。

唐 · 杜甫《奉酬十一舅惜别之作》

万壑树参天，
千山响杜鹃。

唐 · 王维《送梓州李使君》

万化相寻绎，
人生岂不劳。

晋 · 陶渊明《己酉岁九月九日》

万化成於渐，
渐衰看不觉。

唐 · 白居易《叹老三首》

万户膏血穷，
一筵歌舞价。

唐 · 陆龟蒙《村夜二篇》

万户千门成野草，
只缘一曲《后庭花》。

唐 · 刘禹锡《台城》

万户千门皆寂寂，
月中清露点朝衣。

唐 · 李德裕《长安秋夜》

万户楼台临渭水，
五陵花柳满秦川。

唐 · 崔颢《渭城少年行》

万水千山路，
孤舟几月程。

唐 · 贾岛《送耿处士》

万叶秋声里，
千家落照时。

唐 · 钱起《题苏公林亭》

万曲不关心，
一曲动情多。

南朝 · 宋 · 鲍照《代堂上歌行》

万卉有情风暖后，
一筇无伴月明边。

宋 · 叶适《丁少明挽诗》

万花扫迹春将暮，
百草吹香日正长。

宋 · 陆游《春晚》

万金散尽犹存骨，
一剑长留岂学仙。

清 · 刘献廷《赠向语可》

万金买高爵，
何处买青春。

清 · 屈復《偶然作》

万里悲秋常作客，
百年多病独登台。
艰难苦恨繁霜鬓，
潦倒新停浊酒杯。

唐·杜甫《登高》

万里苍茫故国悲，
侧身天地何时归。

清·吴兆骞《赠孔叟》

万里无人收白骨，
家家城下招魂葬。

唐·张籍《征妇怨》

万里寒光生积雪，
三边曙色动危旌。

唐·祖咏《望蓟门》

万里风涛接瀛海，
千年豪杰壮山丘。

金·元好问《横波亭》

万里风波双眼内，
三年悲喜一灯前。

清·王崇简《姚若侯至感赠》

万里桥西一草堂，
百花潭水即沧浪。

唐·杜甫《狂夫》

万里客经三峡路，
千篇诗费十年功。

宋·陆游《舟过小孤有感》

万里因循成久客，
一年容易又秋风。

宋·陆游《宴西楼》

万里相逢贪握手，
高才仰望足离筵。

唐·杜甫《惠义寺园送辛员外》

万里家山一梦中，
吴音渐已变儿童。

宋·苏轼《秀州报本禅院乡僧文长老方丈》

万里飞腾仍有路，
莫愁四海正风尘。

明·夏完淳《舟中忆邵景说寄张子退》

万里乾坤此江水，
百年风日几重阳。

明·李东阳《九日渡江》

万里赴戎机，
关山度若飞。

北朝·无名氏《木兰诗》

万里长征战，
三军尽衰老。

唐·李白《战城南》

万里奉王事，
一身无所求。
也知塞垣苦，
岂为妻子谋。

唐·岑参《初过陇山途中呈宇文判官》

万里人南去，
三春雁北飞。
不知何岁月，
得与尔同归。

唐·韦承庆《南中咏雁诗》

万里人同节，
中秋影共怜。

清·许廷鑅《中秋大风雨后看月有作》

万里遥相思，
何益心独伤。

汉·无名氏《别诗》

万里桥边女校书，
枇杷花里闭门居。
扫眉才子知多少，
管领春风总不如。

唐·王建《寄蜀中薛涛校书》

万木已清霜，
江边村事忙。
故溪黄稻熟，
一夜梦里香。

唐·钱起《江行无题》

万顷湖天碧，
一星飞鹭白。

唐·皮日休《秋江晓望》

万虑消停百神泰，
唯应寂寞杀三尸。

唐·白居易《斋月静居》

万事多翻覆，
萧兰不辨真。

宋·吕本中《兵乱后杂诗》

万事非予备，
仓卒恐不易。

元·赵孟頫《题耕织图二十四首奉懿旨撰·右耕》

万事无不可，
通变有余地。

唐·刘长卿《洛阳主簿叔知和驿承恩赴选伏辞一首》

万事无穷极，
知谋苦不饶。

三国·魏·阮籍《咏怀诗》

万事一旦暮，
万里犹比邻。

金·元好问《赠答赵仁甫》

万事有不平，
尔何空自苦。
长将一寸身，
衔木到终古。

明·顾炎武《精卫》

万事废兴无足问，
登临吾乐正从容。

宋·彭汝砺《城上》

万事尽付形骸外，
百年未见欢娱毕。

唐·杜甫《从事行赠严二别驾》

万事纠纷犹绝粒，
一官羁绊实藏身。

唐·杜甫《寄常徵君》

万事无成心力少，
一生有几别离多。

清·刘献廷《卧病》

万事无成虚过日，
百年多难未还乡。

唐·杜甫《七言逸句》

万事夷险如转烛，
天公好生民寿康。

清·颜光敏《送宋观察荔裳之蜀》

万树江边杏，
新开一夜风。
满园深浅色，
照在绿波中。

唐·王维《春游曲》

万树寒无色，
南枝独发花。
香闻流水处，
影落野人家。

明·释道源《早梅》

万国皆戎马，
酣歌泪欲垂。

唐·杜甫《云安九日郑十八携酒陪诸公宴》

万国尽征戍，
烽火被冈峦。

唐·杜甫《垂老别》

万国笙歌醉太平，
倚天楼殿月分明。
云中乱拍禄山舞，
风过重峦下笑声。

唐·杜牧《过华清宫绝句三首》

万箭千刀一夜杀，
平明流血浸空城。

唐·岑参《献封大夫破播仙凯歌六首》

万影皆因月，

千声各为秋。

唐 · 刘方平《秋夜泛舟》

万象皆春气，
孤槎自客星。

唐 · 杜甫《宿白沙驿》

万族各有托，
孤云独无依。

晋 · 陶渊明《饮酒二十首》

万言亿语因陈陈，
谁翻旧调出新理。

清 · 陈士芑《自述一百韵》

亡国生春草，
离宫没古丘。

唐 · 李白《金陵三首》

王城七里通天台，
紫微斜照影徘徊。

北朝 · 北周 · 庾信《周祀圆丘歌 · 昭夏》

王侯第宅皆新主，
文武衣冠异昔时。

唐 · 杜甫《秋兴八首 · 其四》

王侯与蝼蚁，
同尽随丘墟。

唐 · 杜甫《谒文公上方》

王气销残帝宅荒，
悠悠江水不胜长。

清 · 王士正《丹徒行吊宋武帝》

王濬楼船下益州，
金陵王气黯然收。
千寻铁锁沉江底，
一片降幡出石头。

唐 · 刘禹锡《西塞山怀古》

王杨卢骆当时体，
轻薄为文哂未休。
尔曹身与名俱灭，
不废江河万古流。

唐 · 杜甫《戏为六绝句》

王孙游兮不归，
春草生兮萋萋。

汉 · 刘安《招隐士》

王谢风流满晋书。

唐 · 羊士谔《忆江南旧游二首》

往者余弗及兮，
来者吾不闻。

战国 · 楚 · 屈原《远游》

往事青灯里，
浮生白发前。

金 · 元好问《癸巳除夜》

往事逐云散，
故山依渭斜。

宋·苏轼《至下马碛憩于北山僧舍有阁曰怀贤南直斜谷西临五丈原诸葛孔明所以出师也》

往来黄叶路，
结交白头翁。

唐·李端《题山中别业》

往燕无遗影，
来雁有余声。

晋·陶渊明《九日闲居》

往往诗歌泣鬼神，
时时谈笑惊流俗。

清·朱彝尊《送林佳玑还莆田》

忘荣知足委天和，
亦应得尽生生理。

唐·白居易《吟四虽》

忘我大德，
思我小怨。

《诗经·小雅·谷风》

望美人兮未来，
临风怳兮浩歌。

战国·楚·屈原《九歌·少司命》

望庐思其人，
入室想所历。

晋·潘岳《悼亡诗》

望云惭高鸟，
临水愧游鱼。

晋·陶渊明《始作镇军参军经曲阿》

望欢四五年，
实情将懊恼。
愿得无人处，
回身与郎抱。

南朝·乐府民歌《孟珠十曲》

望尽似犹见，
哀多如更闻。

唐·杜甫《孤雁》

望乡惜别分南北，
并作离魂一夕销。

清·曹炳曾《九日送人北归》

望中不见远行人，
河桥摇曳伤心绿。

清·刘廷玑《折杨柳歌辞》

危坐得愁悲，
一笑黄河清。

宋·陆游《次韵杨嘉父先辈赠行》

危栈飞流万仞山，
戍楼遥指暮云间。

西风忽送潇潇雨，
满路槐花过故关。

清 · 王士禛《雨中度故关》

微风万顷靴纹细，
断霞半空鱼尾赤。

宋 · 苏轼《游金山寺》

微萤不自知时晚，
犹抱余光照水飞。

宋 · 周紫芝《秋晚》

微风萧萧吹菰蒲，
开门看雨月满湖。

宋 · 苏轼《舟中夜起》

微酣意自佳，
兴至境多适。

清 · 廖燕《饮酒》

微言入孤梦，
恍与屈宋游。

宋 · 陆游《阻风》

微云淡河汉，
疏雨滴梧桐。

唐 · 孟浩然《句》

微雨夜来过，
不知春草生。

唐 · 韦应物《幽居》

微雨随风收，
蒙蒙傍山去。

唐 · 王昌龄《山行入泾州》

微雨从东来，
好风与之俱。

晋 · 陶渊明《读〈山海经〉》

微雨洗高林，
清飚矫云翮。

晋 · 陶渊明《乙巳岁三月为建威参军使都经钱溪》

微雨池塘见，
好风襟袖知。

唐 · 杜牧《秋思》

微君之躬，
胡为乎泥中。

《诗经 · 邶风 · 式微》

巍巍登坛臣，
独正天柱倾。

唐 · 卢纶《寄夏侯侍御审侯仓曹钊》

为草当作兰，
为木当作松。

唐 · 李白《于五松山赠南陵常赞府》

为吏非所堪，
径去如避走。

金·元好问《虞乡麻长官成趣园二首》

为人性僻耽佳句，
语不惊人死不休。

唐·杜甫《江上值水如海势聊短述》

为人莫作妇人身，
百年苦乐由他人。

唐·白居易《太行路》

为僧为道两悠悠，
若个能分圣主忧。

五代十国·刘隐辞《咏僧道二门论难》

为天有眼兮何不见我独漂流，
为神有灵兮何事处我天南海北头。

汉·蔡琰《胡笳十八拍》

为雁为鸿弟与兄，
如雕如鹗杰连英。
天旋地转烟云里，
共鼓长风六合情。

唐·欧阳詹《赠山南严兵马史》

为客黄金尽，
还家白发新。

唐·王维《送丘为落第归江东》

为我一挥手，
如听万壑松。

唐·李白《听蜀僧濬弹琴》

为鱼有深水，
为鸟有高木。

唐·白居易《归田三首》

为重凌霜节，
能虚应物心。

唐·卢象《和徐侍郎丛筱咏》

为问寒沙新到雁，
来时还下杜陵无。

唐·杜牧《秋浦途中》

为问淮南米贵贱，
老夫乘兴欲东游。

唐·杜甫《解闷十二首》

为问故人谁白发，
忽惊孺子变缁衣。

清·李未泰《觉尘余故人子也以僧来谒书此赠之》

为爱名花抵死狂，
只愁风日损红芳。
绿章夜奏通明殿，
乞借春阴护海棠。

宋·陆游《花时遍游诸家园》

惟草木之零落兮，
恐美人之迟暮。

战国 · 楚 · 屈原《离骚》

惟郢路之辽远兮，
魂一夕而九逝。

战国 · 楚 · 屈原《九章 · 抽思》

惟有牡丹真国色，
花开时节动京城。

唐 · 刘禹锡《咏牡丹》

惟有门前镜湖水，
春风不改旧时波。

唐 · 贺知章《回乡偶书》

惟有河边衰柳村，
蝉声相送到扬州。

唐 · 朱晦《秋日送别》

惟有南风旧相识，
径开门户又翻书。

宋 · 刘攽《绝句》

惟有绿荷红菡萏，
舒展开合任天真。

唐 · 李商隐《赠荷花》

惟有落红官不禁，
尽教飞舞出宫墙。

宋 · 武衍《宫词》

惟有落花无俗态，
不嫌憔悴满头来。

唐 · 刘禹锡《陪崔大尚书及诸阁老宴杏园》

惟有相思似春色，
江南江北送君归。

唐 · 王维《送沈子归江东》

惟有贫兼病，
能令亲爱疏。

唐 · 包佶《岭下卧疾寄刘长卿员外》

惟有身后名，
空留无远近。

唐 · 高适《哭单父梁九少府》

惟有孤明月，
犹能送远人。

南朝 · 陈 · 陈昭《昭君词》

惟见独飞鸟，
千里一扬音。
推其感物情，
则知游子心。

南朝 · 宋 · 鲍照《日落望江赠荀丞》

惟歌生民病，
愿得天子知。

唐·白居易《寄唐生》

惟留一湖水，
与汝救凶年。

唐·白居易《别州民》

惟余幽径草，
尚待日光催。

唐·张九龄《答太常靳博士见赠一绝》

惟天有设险，
剑门天下壮。
连山抱西南，
石角皆北向。

唐·杜甫《剑门》

惟看万树合，
不见一枝开。

唐·杜牧《龙丘途中二首》

惟看一点火，
遥认是行舟。

唐·白居易《西河雨夜送客》

惟爱门前双柳树，
枝枝叶叶不相离。

唐·张籍《忆远》

惟将终夜长开眼，
报答平生未展眉。

唐·元稹《遣悲怀》

惟我有文无卖处，
笔锋销尽墨池荒。

唐·陆龟蒙《顾道士亡弟子奉束帛乞铭于袭美因赋戏赠》

惟将迟暮供多病，
未有涓埃答圣朝。

唐·杜甫《野望》

维南有箕，
不可以簸扬；
维北有斗，
不可以挹酒浆。

《诗经·小雅·大东》

维鹊有巢，
维鸠居之。

《诗经·召南·鹊巢》

伟哉旷达士，
知命固不忧。

唐·卢照邻《咏史》

为国忘私仇，
千秋思廉蔺。

清·严允肇《古风》

未容君王得见面，
已被杨妃遥侧目。

唐 · 白居易《上阳白发人》

未恨光阴疾驹隙，
但惊世界等河沙。

宋 · 陆游《适闽》

未能抛得杭州去，
一半勾留是此湖。

唐 · 白居易《春题湖上》

未应湖海无豪士，
长恨乾坤有腐儒。

宋 · 陆游《江夏与章冠之遇别后寄赠》

未收天子河湟地，
不拟回头望故乡。

唐 · 令狐楚《年少行四首》

未央墙西青草路，
宫人斜里红妆墓。
一边载出一边来，
更衣不减寻常数。

唐 · 王建《宫人斜》

未会牵牛意若何，
须邀织女弄金梭。
年年乞与人间巧，
不道人间巧已多。

五代十国 · 杨璞《七夕》

未离海底千山黑，
才到天中万国明。

宋 · 赵匡胤《咏月》

未言心先醉，
不在接杯酒。

晋 · 陶渊明《拟古九首》

未游沧海早知名，
有骨还从肉上生。
莫道无心畏雷电，
海龙王处也横行。

唐 · 皮日休《咏蟹》

未知古人心，
且从性所玩。

南朝 · 宋 · 谢惠连《秋怀》

位极者高危，
自守者身全。

汉 · 扬雄《解嘲》

位下曷足伤，
所贵者圣贤。

唐 · 杜甫《陈拾遗故宅》

位卑未敢忘忧国，
事定犹须待阖棺。

宋 · 陆游《病起书怀》

渭城朝雨浥轻尘，
客舍青青柳色新。

劝君更尽一杯酒，
西出阳关无故人。

唐·王维《送元二使安西》

渭水东流去，
何时到雍州？
凭添两行泪，
寄向故园流。

唐·岑参《西过渭州见渭水思秦川》

文须字字作，
亦要字字读。
咀嚼有余味，
百过良未足。

金·元好问《与张仲杰郎中论文》

文寡和兮思深，
道难知兮行独。

唐·王维《送友人归山歌二首》

文以达吾心，
画以适吾意。

宋·苏轼《书朱象先画后》

文物多师古，
朝廷半老儒。

唐·杜甫《行次昭陵》

文章出苦心，
谁以苦心为。

金·元好问《与张仲杰郎中论文》

文章从何生，
其道本自然。

清·秦道然《偶作》

文章二百年，
不救四壁空。

金·元好问《送钦叔内翰并寄刘达卿郎中白文举编修五首》

文章负奇色，
和鸣多好音。

唐·陈子昂《鸳鸯篇》

文章千古事，
得失寸心知。

唐·杜甫《偶题》

文章憎命达，
魑魅喜人过。

唐·杜甫《天末怀李白》

文章一小技，
于道未为尊。

唐·杜甫《贻华阳柳少府》

文章实公器，
当与天下共。

宋·陆游《喜杨廷秀秘监再入馆》

文章有废兴，
盖与治乱符。

宋 · 陆游《书叹》

文章自得方为贵，
衣钵相传岂是真。

金 · 王若虚《论诗诗》

文章自古通造化，
息心下意毋躁忙。

清 · 郑板桥《偶然作》

文章才尽欲焚稿，
仕宦兴阑当拂衣。

宋 · 陆游《累曰文符沓至怅然有感》

文章随世作低昂，
变尽风骚到晚唐。

宋 · 戴复古《论诗十绝》

文章均得江山助，
但觉前贤畏后贤。

宋 · 王十朋《游东坡十一绝》

文章垂世自一事，
忠义凛凛令人思。

宋 · 陆游《游锦屏山谒少陵祠堂》

文章当以气为主，
无怪今人不如古。

宋 · 陆游《桐江行》

文章草草皆千古，
仕宦匆匆只十年。

清 · 黄景仁《呈袁简斋太史》

文章与画共一法，
腕力要可回千钧。

宋 · 陆游《夜梦与数客观画有八幅龙湫图特奇客请予和诗其上书数十字而觉不复能记明旦乃追补之亦仿佛梦中意也》

文籍虽满腹，
不如一囊钱。

汉 · 赵壹《秦客诗》

闻道春还未相识，
走傍寒梅访消息。

唐 · 李白《早春寄王汉阳》

闻道长安似弈棋，
百年世事不胜悲。

唐 · 杜甫《秋兴八首》

闻道风光满扬子，
天晴共上望乡楼。

唐 · 李益《行舟》

闻道玉门犹被遮，
应将性命逐轻车。

唐 · 李颀《古从军行》

闻道欲来相问讯，
西楼望月几回圆。

唐·韦应物《寄李儋元锡》

闻道黄龙戍，
频年不解兵。
可怜闺里月，
长在汉家营。

唐·沈佺期《杂诗》

闻道衡阳外，
由来雁不飞。
送君从此去，
书信定应稀。

唐·贾至《送夏侯参军赴广州》

闻道杀人汉水上，
妇女多在官军中。

唐·杜甫《三绝句》

闻道郭西千树雪，
欲将君去醉如何。

唐·韩愈《闻梨花发赠刘师命》

闻毁勿戚戚，
闻誉勿欣欣。

唐·白居易《续座右铭》

闻说故园香稻熟，
片帆归去就鲈鱼。

唐·李郢《江亭晚望》

闻说梅花早，
何如北地春。

唐·孟浩然《洛中访袁拾遗不遇》

闻多素心人，
乐与数晨夕。

晋·陶渊明《移居二首》

问渠何法牛驯扰，
鞭挞无惊刍牧多。

清·陆师《骑牛曲》

问余别恨知多少，
落花春暮争纷纷。

唐·李白《忆旧游寄谯郡元参军》

问余何意栖碧山，
笑而不答心自闲。
桃花流水窅然去，
别有天地非人间。

唐·李白《山中问答》

问春从此去，
几日到秦原。
凭寄还乡梦，
殷勤入故园。

唐·柳宗元《零陵早春》

问他鹬蚌缘何事，

袖手神州大有人。

清·楚卿《感事四绝》

蜗牛负庐亦自容。

宋·陆游《新粘竹隔作暖阁》

我非贪生而恶死，
不能捐身兮心有以。

汉·蔡琰《胡笳十八拍》

我已思归眠不得，
乱虫莫更作秋声。

清·冯煦《枕上作》

我今垂翅附冥鸿，
他日不羞蛇作龙。

唐·李贺《高轩过》

我心匪石，
不可转也；
我心匪席，
不可卷也。

《诗经·邶风·柏舟》

我心既无苦，
饮水亦可肥。

唐·白居易《对酒示行简》

我心与世两相忘，
时事虽闻如不闻。

唐·白居易《诏下》

我本不弃世，
世人自弃我。

唐·李白《送蔡山人》

我本楚狂人，
凤歌笑孔丘。

唐·李白《庐山谣寄卢侍御虚舟》

我本淮王旧鸡犬，
不随仙去落人间。

清·吴伟业《过淮阴有感》

我手写我口，
古岂能拘牵。

清·黄遵宪《杂感》

我见瞒人汉，
如篮盛水走。

唐·释寒山《我见瞒人汉》

我见被人瞒，
一似园中韭。
日日被刀伤，
天生还自有。

唐·释寒山《我见瞒人汉》

我归宴平乐，
美酒斗十千。

三国·魏·曹植《名都篇》

我恨不如月，
两处能相照。

清·郑世元《出门别妻子》

我既媚君姿，
君亦悦我颜。

三国·魏·繁钦《定情诗》

我觉秋兴逸，
谁云秋兴悲？
山将落日去，
水与晴空宜。

唐·李白《宴别杜补阙范侍御》

我贫不全贫，
尚有百本书。

金·元好问《学东坡移居八首》

我寄愁心与明月，
随风直到夜郎西。

唐·李白《闻王昌龄迁龙标遥有此寄》

我劝天公重抖擞，
不拘一格降人才。

清·龚自珍《己亥杂诗》

我未成名君未嫁，
可能俱是不如人。

唐·罗隐《赠妓云英》

我只自如常日醉，
满川风月替人愁。

宋·黄庭坚《夜发分宁寄杜涧叟》

我生功名付樽酒，
衣如枯荷马如狗。

元·陈孚《河间府》

我生渐与老为邻，
虚负须眉著此身。

清·冯廷櫆《岁暮书怀》

我生本无乡，
心安是归处。

唐·白居易《初出城留别》

我生之后，
逢此百罹。

《诗经·王风·兔爰》

我且为君捶碎黄鹤楼，
君亦为吾倒却鹦鹉洲。

唐·李白《江夏赠韦南陵冰》

我有吴越曲，
无人知此音。

唐·李白《赠薛校书》

我有鄙介性，

好刚不好柔。

唐 • 白居易《折剑头》

我有辞乡剑，
玉锋堪截云。

唐 • 李贺《走马引》

我有迷魂招不得，
雄鸡一声天下白。

唐 • 李贺《致酒行》

我无一事行万里，
青山白云聊散愁。

宋 • 陆游《与青城道人饮酒作》

我当二十不得意，
一心愁谢如枯兰。

唐 • 李贺《开愁歌》

我自横刀向天笑，
去留肝胆两昆仑。

清 • 谭嗣同《狱中题壁》

我来提壶饮花下，
闲愁如雪皆消融。

清 • 陈履平《花下独酌》

我所思兮在桂林，
欲往从之湘水深。

汉 • 张衡《四愁诗》

我愿君王心，
化作光明烛。
不照绮罗筵，
只照逃亡屋。

唐 • 聂夷中《咏田家》

我愿平东海，
身沉心不改！
大海无平期，
我心无绝时。

明 • 顾炎武《精卫》

我愿身为云，
东野变为龙，
四方上下逐东野，
虽有离别无由逢。

唐 • 韩愈《醉留东野》

我愿天公怜赤子，
莫生尤物为疮痏。

宋 • 苏轼《荔支叹》

我醉君复乐，
陶然共忘饥。

唐 • 李白《下终南山过斛斯山人宿置酒》

我酌一杯酒，
持劝天上月，
劝尔长照人相逢，
莫向关山照离别。

元·萨都剌《相逢行赠别旧友治将军》

我来自东，
零雨其濛。
鹳鸣于垤，
妇叹于室。

《诗经·豳风·东山》

卧龙跃马终黄土，
人事音书漫寂寥。

唐·杜甫《阁夜》

卧看满天云不动，
不知云与我俱东。

宋·陈与义《襄邑道中》

卧听海潮吹地转，
起看江月向人低。

元·周棐《西津夜泊》

卧听松音临水石，
坐看山色老烟霞。

五代十国·吕岩《游灵显观》

卧闻百舌呼春风，
起寻花柳村村同。

宋·苏轼《安国寺寻春》

卧读陶诗未终卷，
又乘微雨去锄瓜。

宋·陆游《小园》

卧病识山鬼，
为农知地形。

唐·杜甫《奉酬薛十二丈判官见赠》

握手十年才一夕，
惊心明日又重阳。

清·张文光《九月八日喜禹峰至》

握雪海上餐，
拂沙陇头寝。

唐·李白《塞下曲六首》

乌纱略戴心情变，
黄阁旋登面目新。

清·郑燮《历览》

巫峡忽如瞻华岳，
蜀江犹似见黄河。

唐·杜甫《峡中览物》

巫山秋夜萤火飞，
帘疏巧入座人衣。

唐·杜甫《见萤火》

呜呼古人已粪土，
独觉志士甘渔樵。

唐·杜甫《严氏溪放歌》

无边天作岸，

有力浪攻山。

清·赵翼《渡太湖登马迹山》

无草不死，
无木不萎。

《诗经·小雅·谷风》

无人为唱《阳关》曲，
惟有青山送我行。

明·郑之升《留别》

无人且无事，
独酌还独眠。

唐·卢照邻《于时春也慨然有江湖之思寄赠柳九陇》

无人信高洁，
谁为表予心。

唐·骆宾王《在狱咏蝉》

无波古井水，
有节秋竹竿。

唐·白居易《赠元稹》

无嗔即是戒，
心净即出家。

唐·寒山《题竹木上》

无处避愁应择地，
有山送老不嫌贫。

清·叶燮《同人夜坐康贻侄斋限人字》

无道人之短，
无说己之长。

汉·崔瑗《座右铭》

无端更渡桑乾水，
却望并州是故乡。

唐·贾岛《渡桑乾》

无端又被春风误，
吹落西家不得归。

唐·韩愈《落花》

无端陌上狂风急，
惊起鸳鸯出浪花。

唐·刘禹锡《浪淘沙九首》

无端隔水抛莲子，
遥被人知半日羞。

唐·皇甫松《采莲子二首》

无端满阶叶，
共白几人头。

唐·杜牧《夜雨》

无风云出塞，
不夜月临关。

唐·杜甫《秦州杂诗二十首》

无风杨柳漫天絮，
不雨棠梨满地花。

宋·范成大《碧瓦》

无贵贱不悲，
无富贫亦足。

唐·杜甫《写怀二首》

无花无酒过清明，
兴味萧然似野僧。
昨日邻家乞新火，
晓窗分与读书灯。

宋·王禹偁《清明》

无酒可供千日醉，
有钱难买一生闲。

元·马臻《秋日闲咏》

无力买田聊种水，
近来湖面亦收租。

宋·范成大《四时田园杂兴》

无可奈何花落去，
似曾相识燕归来。

宋·晏殊《示张寺丞王校勘》

无论海角与天涯，
大抵心安即是家。

唐·白居易《种桃杏》

无恋亦无厌，
始是逍遥人。

唐·白居易《逍遥咏》

无钱沽得临家酒，
不敢开窗看菊花。

元·萨都剌《客中九日二首》

无情水任方圆器，
不系舟随去住风。

唐·白居易《偶吟》

无情有恨何人觉？
月晓风清欲堕时。

唐·陆龟蒙《白莲》

无情尚不离，
有情安可别。

汉·无名氏《古绝句四首》

无轻吾未用，
世事有行藏。

唐·严维《示外生》

无求安有悔，
遗身自忘情。

清·叶士宽《司马悔山即和司马承桢居洗心韵》

无日无夜兮不思我乡土，
禀气含生兮莫过我最苦。

汉·蔡琰《胡笳十八拍》

无书求出狱，
有舌到临刑。
“宋故忠臣墓”，
真吾五字铭。

宋 · 文天祥《己卯十月一日至燕越五日罹狴犴有感而赋》

无才不敢累明时，
思向东溪守故篱。

唐 · 王维《早秋山中作》

无如饮此销愁物，
一饷愁消直万金。

唐 · 白居易《对酒》

无计驱愁得，
还推到酒边。

宋 · 唐庚《春归》

无诗排世累，
有酒纵天真。

元 · 杨载《春晚喜晴》

无数蜻蜓齐上下，
一双鸂鶒对沉浮。

唐 · 杜甫《卜居》

无私乃时雨，
不杀是天声。

宋 · 石延年《曹太尉西师》

无物结同心，
烟花不堪剪。

唐 · 李贺《苏小小墓》

无限旱苗枯欲尽，
悠悠闲处作奇峰。

唐 · 来鹄《云》

无限塞鸿飞不度，
秋风卷入小单于。

唐 · 李益《听晓角》

无奈今年又苦旱，
塘水少于衣上汗。

清 · 赵俞《踏车曲》

无心无肝无脑筋，
支那大魔首推此。

清 · 秋瑾《支那逐魔歌》

无心已破浮生梦，
有力聊轻造化权。

宋 · 陆游《累日倦甚不能觞客睡起戏作》

无心与时竞，
何苦绿葱葱。

宋 · 王安石《芳草》

无心何自热，
有本得长清。

清·方拱乾《宁远温泉》

无涯毁誉何劳诘，
骨朽人间论自公。

宋·陆游《落魄》

无路从容陪语笑，
有时颠倒著衣裳。

唐·杜甫《至日遣兴奉寄北省旧阁老两院故人二首》

无翼如何度，
艰难方此始。

清·王又旦《自千尺嶂缘猢狲愁行》

无忧无乐者，
长短任生涯。

唐·白居易《食后》

无衣无褐，
何以卒岁。

《诗经·豳风·七月》

无罪无辜，
谗口嚣嚣。

《诗经·小雅·十月之交》

吾不能变心而从俗兮，
固将愁苦而终穷。

战国·楚·屈原《九章·涉江》

吾令羲和弭节兮，
望崦嵫而勿迫。
路曼曼其修远兮，
吾将上下而求索。

战国·楚·屈原《离骚》

吾不识青天高，
黄地厚，
惟见月寒日暖，
来煎人寿。

唐·李贺《苦昼短》

吾观权势者，
苦以身殉物。

唐·白居易《出府归吾庐》

吾人诗家秀，
博采世上名。

唐·杜甫《同元使君春陵行》

吾谋适不用，
勿谓知音稀。

唐·王维《送綦毋潜落第还乡》

吾棋一局千年事，
从使旁观烂斧柯。

宋·陆游《世上》

吾生何拙亦何工，
忧患如山一笑空。

宋 · 陆游《和谭德称送牡丹》

吾生也似梅花淡，
燕未归来蝶不知。

宋 · 陆游《雪后出游戏作》

吾生千载后，
展卷如相亲。

清 · 翁荃《读武侯靖节合集》

吾观自古贤达人，
功成不退皆殒身。

唐 · 李白《行路难三首》

吾诗不徒歌，
持配湘娥弦。

宋 · 陆游《置酒梅花下作短歌》

吾爱孟夫子，
风流天下闻。
红颜弃轩冕，
白首卧松云。

唐 · 李白《赠孟浩然》

吾闻聪明主，
治国用轻刑。

唐 · 杜甫《奉酬薛十二丈判官见赠》

吾闻天下雄，
以德不以诈。

清 · 张远《下建溪诸滩》

吾闻良骥老始成，
此马数年人更惊。

唐 · 杜甫《骢马行》

吾心似秋月，
碧潭清皎洁。
无物堪比伦，
叫我如何说。

唐 · 释寒山《吾心似秋月》

毋逝我梁，
毋发我笱；
我躬不阅，
遑恤我后。

《诗经 · 邶风 · 谷风》

吴楚东南坼，
乾坤日夜浮。

唐 · 杜甫《登岳阳楼》

吴洲如见月，
千里幸相思。

唐 · 李白《送张舍人之江东》

吴牛喘月时，
拖船一何苦。
水浊不可饮，
壶浆半成土。

唐·李白《丁都护歌》

吴王事事堪亡国，
未必西施胜六宫。

唐·陆龟蒙《吴宫怀古》

吴丝蜀桐张高秋，
空山凝云颓不流。

唐·李贺《李凭箜篌引》

吴质不眠倚桂树，
露脚斜飞湿寒兔。

唐·李贺《李凭箜篌引》

吴歌楚舞欢未毕，
青山欲衔半边日。

唐·李白《乌栖曲》

吴宫花草埋幽径，
晋代衣冠成古丘。

唐·李白《登金陵凤凰台》

吴楚青苍分极浦，
江山平远入新秋。

清·王士祯《晓雨复登燕子矶绝顶》

五更鼓角声悲壮，
三峡星河影动摇。

唐·杜甫《阁夜》

五更归梦二百里，
一日思亲十二时。

宋·黄庭坚《思亲汝州作》

五更月照他乡影，
万里河流故国声。

清·张文光《清淮晓发》

五更千里梦，
残月一城鸡。

宋·梅尧臣《梦后寄欧阳永叔》

五更疏欲断，
一树碧无情。

唐·李商隐《蝉》

五湖三亩宅，
万里一归人。

唐·沈佺期《句》

五花马，
千金裘，
呼儿将出换美酒，
与尔同销万古愁。

唐·李白《将进酒》

五岳寻仙不辞远，
一生好入名山游。

唐·李白《庐山谣寄卢侍御虚舟》

五岳为辞锋，
四海作胸臆。

惜哉千万年，
此俊不可得。

唐 · 皮日休《李翰林》

五刃之伤，
药后可平；
一言成疴，
智不能明。

唐 · 刘禹锡《口兵戒》

五十无产业，
心轻百万资。

唐 · 李颀《赠别高三十五》

五月天山雪，
无花只有寒。

唐 · 李白《塞下曲六首》

五月山雨热，
三峰火云蒸。

唐 · 岑参《出关经华岳寺访法华云公》

五月火云屯，
气烧天地红。
鸟且不敢飞，
子行如转蓬。

唐 · 岑参《送祁乐归河东》

五月披裘者，
应知不取金。

唐 · 李白《杭州送裴大泽时赴庐州长史》

五月榴花照眼明，
枝间时见子初成。

宋 · 朱熹《题榴花》

五月五日天晴明，
桃花绕江啼晓莺。
使君未出郡斋外，
江上早闻齐和声。

唐 · 张建封《竞渡歌》

午夜江声推月上，
浪花如雪寺门前。

元 · 郑元祐《寄金山普衲》

怃然坐相思，
秋风下庭绿。

南朝 · 齐 · 王融《同沈右率
诸公赋鼓吹曲 · 巫山高》

忤物虽至愚，
许国有孤忠。

宋 · 陆游《夜香》

武侯祠堂不可忘，
中有松柏参天长。

唐 · 杜甫《夔州歌十绝句》

勿矜朱门是，
陋此白屋非。

唐·杜甫《甘林》

勿论荣与悴，
今古恨无穷。

清·陈恭尹《边草》

勿慕贵与富，
勿忧贱与贫。

唐·白居易《续座右铭》

勿轻直折剑，
犹胜曲金钩。

唐·白居易《折剑头》

勿谓寸阴短，
既过难再获；
勿谓一丝微，
既缁难再白。

清·朱经《责己》

勿为新婚念，
努力事戎行。

唐·杜甫《新婚别》

勿为霜寒忆温暖，
少林立雪彼何人。

宋·陆游《禅堂》

勿叹蹉跎白发新，
应须守道勿羞贫。

唐·岑参《送费子归武昌》

勿言一樽酒，
明日难重持。
梦中不识路，
何以慰相思。

南朝·梁·沈约《别范安成》

勿使燕然上，
惟留汉将功。

唐·陈子昂《送魏大从军》

物枯识节异，
鸿来知客寒。

南朝·齐·鲍令晖《题书后寄行人》

物苦不知足，
得陇又望蜀。

唐·李白《古风五十九首》

物情翻覆难可论，
莫言权势长头存。

唐·樊铸《及第后读书院咏物十首上礼部李侍郎》

物情苟有合，
莫问玉与泥。

唐·韦应物《杂体五首》

物情有报复，
快意贵目前。

唐 · 杜甫《义鹘行》

物情无巨细，
自适固其常。

唐 · 杜甫《夏夜叹》

物情小可念，
人意老多慈。

唐 · 白居易《弄龟罗》

物盛必有衰，
有隆还有替。

五代十国 · 范质《诫儿侄八百字》

物役水虚照，
魂伤山寂然。

唐 · 杜甫《自阆州领妻子却赴蜀山行三首》

物有所不足，
智有所不明。

战国 · 楚 · 屈原《卜居》

物在人亡无见期，
闲庭系马不胜悲。
窗前绿竹生空地，
门外青山如旧时。

唐 · 李颀《题卢五旧居》

误尽平生是一官，
弃家容易变名难。

清 · 吴伟业《自叹》

误向花间问春色，
不知春在未开时。

明 · 李东阳《先春亭》

雾露隐芙蓉，
见莲不分明。

晋 · 乐府民歌《子夜歌四十二首》

X

夕阳无限好，
只是近黄昏。

唐 · 李商隐《乐游原》

夕阳天外云归尽，
乱见青山无数峰。

唐 · 杨凌《秋原野望》

夕阳茅舍客沽酒，
明月小桥人钓鱼。

宋 · 王十朋《题湖边庄》

夕阳一片寒鸦外，

目断东南四百州。

宋·汪元量《湖州歌》

夕阳牛背无人卧，
带得寒鸦两两归。

宋·张舜民《村居》

夕雨红榴折，
新秋绿芋肥。

唐·王维《田家》

夕殿萤飞思悄然，
孤灯挑尽未成眠。

唐·白居易《长恨歌》

西风吹堕红蕖里，
照见鸳鸯自在眠。

清·安期《流莺词》

西风野火蓑草死，
由来豪贵尽如此。

清·顾大申《饮太白酒楼醉后走笔成篇》

西风吹渭水，
落叶满长安。

唐·贾岛《江上忆吴处士》

西风酒旗市，
细雨菊花天。

宋·欧阳修《秋怀》

西陆蝉声唱，
南冠客思深。
不堪玄鬓影，
来对白头吟。

唐·骆宾王《在狱咏蝉》

西江万里向东流，
今夜江边驻客舟。
月色更添春色好，
芦风似胜竹风幽。

唐·贾至《别裴九弟》

西南万壑注，
勍敌两崖开。
地与山根裂，
江从月窟来。

唐·杜甫《瞿塘怀古》

西忆故人不可见，
东风吹梦到长安。

唐·李白《江夏赠韦南陵冰》

西岭生云将作雨，
东风无力不飞花。

清·岳端《春郊晚眺次韵》

西蜀地形天下险，
安危须仗出群材。

唐·杜甫《诸将五首》

西岳峥嵘何壮哉！

黄河如丝天际来。

唐 · 李白《西岳云台歌送丹丘子》

西湖今日清如许，
一树梅花压水开。

元 · 王冕《白梅》

西湖一勺水，
阅尽古来人。

清 · 洪昇《己卯春日湖上》

西宫南内多秋草，
落叶满阶红不扫。

唐 · 白居易《长恨歌》

西宫夜静百花香，
欲卷珠帘春恨长。

唐 · 王昌龄《西宫春怨》

西施且一笑，
众女安得妍。

唐 · 韦应物《广陵遇孟九云卿》

昔人已乘黄鹤去，
此地空余黄鹤楼。
黄鹤一去不复返，
白云千载空悠悠。

唐 · 崔颢《黄鹤楼》

昔人豪贵信陵君，
今人耕种信陵坟。

唐 · 李白《梁园吟》

昔人精微意，
岂独在简册。

宋 · 陆游《游镜湖》

昔日戏言身后意，
今朝都到眼前来。

唐 · 元稹《遣悲怀》

昔日曾虎步，
即日似禽笼。

唐 · 佚名《青海卧疾之作》

昔去雪如花，
今来花似雪。

南朝 · 梁 · 范云《别诗》

昔在长安醉花柳，
五侯七贵同杯酒。
气岸遥凌豪士前，
风流肯落他人后。

唐 · 李白《流夜郎赠辛判官》

昔在童子日，
已闻老成名。

唐 · 杜甫《八哀诗 · 赠
左仆射郑国公严公武》

昔有佳人公孙氏，
一舞剑器动四方。

观者如山色沮丧，
天地为之久低昂。

唐·杜甫《观公孙大娘弟子舞剑器行》

昔时金阶白玉堂，
即今惟见青松在。

唐·卢照邻《长安古意》

昔时青楼对歌舞，
今日黄埃聚荆棘。

唐·李峤《汾阴行》

昔时抽心耀白日，
今旦卧死黄沙中。

南朝·梁·吴均《行路难》

昔时横波目，
今作流泪泉。

唐·李白《长相思》

昔时鸳鸯翼，
今日东西云。

清·赵执信《弃妇词》

昔别君未婚，
儿女忽成行。

唐·杜甫《赠卫八处士》

昔别是何处，
相逢皆老夫。

唐·杜甫《赠高式颜》

昔如纵壑鱼，
今如丧家狗。

唐·杜甫《将适吴楚留别章使君留后兼幕府诸公》

昔如鞲上鹰，
今似槛中猿。

南朝·宋·鲍照《东武吟》

昔为鸳与鸯，
今为参与辰。

汉·苏武《诗四首》

昔为匣中玉，
今为粪上英。

晋·石崇《明君辞》

昔为娼家女，
今为荡子妇。
荡子行不归，
空床难独守。

汉·无名氏《古诗十九首》

昔闻长老言，
掩耳每不喜。
奈何五十年，
忽已亲此事。

晋·陶渊明《杂诗十二首》

昔我往矣，
杨柳依依；
今我来思，
雨雪霏霏。

《诗经 · 小雅 · 采薇》

昔我同门友，
高举振六翮。
不念携手好，
弃我如遗迹。

汉 · 无名氏《古诗十九首》

昔三后之纯粹兮，
固群芳之所在。

战国 · 楚 · 屈原《离骚》

析薪如之何？
匪斧不克。

《诗经 · 齐风 · 南山》

息交游闲业，
卧起弄书琴。

晋 · 陶渊明《和郭主簿二首》

息阴无恶木，
饮水必清源。

唐 · 王维《郑霍二山人》

息轩笔底真龙出，
凡马一空无古今。

金 · 元好问《奚官牧马图息轩画》

惜诵以致愍兮，
发愤以抒情。

战国 · 楚 · 屈原《九章 · 惜诵》

惜哉时不遇，
适与飘风会。

三国 · 魏 · 曹丕《杂诗》

惜哉时未遇，
林下聊优游。

清 · 柴静仪《与冢妇朱柔则》

惜竹不除当路笋，
爱松留得碍人枝。

五代十国 · 释贯休《山居》

溪边古路三叉口，
独立斜阳数过人。

宋 · 苏轼《纵笔三首》

溪深树密无人处，
惟有幽花渡水香。

宋 · 王安石《天童山溪上》

溪深难受雪，
山冻不流云。

清 · 洪昇《雪望》

溪声夜涨寒通枕，

山色朝晴翠染衣。

宋·张耒《屋东》

溪云初起日沉阁，
山雨欲来风满楼。

唐·许浑《咸阳城西楼晚眺》

溪涨清风拂面，
月落繁星满天。

宋·陆游《夏日六言》

羲和敲日玻璃声。

唐·李贺《秦王饮酒》

羲皇受图抚上古，
神禹治水开中原。

宋·陆游《送潘德久使蓟门》

洗心得真情，
洗耳徒买名。

唐·李白《送裴十八图南归嵩山》

洗眼看轻薄，
虚怀任屈伸。

唐·杜甫《赠王二十四侍御契四十韵》

洗兵条支海上波，
放马天山雪中草。

唐·李白《战城南》

喜极乃更悲，
不觉泪如泻。

清·杨宾《至宁古塔二首》

喜极不得语，
泪尽方一哂。

宋·陈师道《示三子（时三子已归自外家）》

喜极至无言，
笑余翻不悦。

唐·杜牧《池州送孟迟先辈》

喜心翻倒极，
呜咽泪沾巾。

唐·杜甫《喜达行在所三首》

戏场也有真歌泣，
骨肉非无假应酬。

清·俞樾《齐物诗》

细看造物初无物，
春到江南花自开。

宋·苏轼《和荆公绝句》

细看高人忘宠辱，
始知吾辈可怜伤。

宋·陆游《次韵范文渊》

细推物理须行乐，
何用浮名绊此身。

唐·杜甫《曲江二首》

细风吹雨湿清明。

宋 · 沈与求《清明日晚晴》

细书时读眼犹明。

宋 · 陆游《独夜》

细思万古名何用。

宋 · 陆游《遣怀》

细柳夹道生，
方塘含清源。

三国 · 魏 · 刘桢《赠徐翰》

细烟生水上，
圆月在舟中。

唐 · 祖咏《过郑曲》

细草微风岸，
危樯独夜舟。

唐 · 杜甫《旅夜书怀》

细微苟不慢，
堤溃自蚁穴。

三国 · 魏 · 应璩《杂诗》

细数落花因坐久，
缓寻芳草得归迟。

宋 · 王安石《北山》

细水浮花归别涧，
断云含雨入孤村。

唐 · 韩偓《春尽》

细雨湿衣看不见，
闲花落地听无声。

唐 · 刘长卿《别严士元》

细雨鱼儿出，
微风燕子斜。

唐 · 杜甫《水槛遣心二首》

鰕䱇游潢潦，
不知江海流。

三国 · 魏 · 曹植《鰕䱇篇》

匣中有长剑，
为君鸣不平。

金 · 元好问《去岁君远游送仲梁出山》

侠气峥嵘盖九州，
一生常耻为身谋。

宋 · 陆游《西村醉归》

狭巷短兵相接处，
杀人如草不闻声。

明 · 沈明臣《凯歌》

下国卧龙空寤主，
中原得鹿不由人。

唐 · 温庭筠《过五丈原》

下悯百鸟在罗网，

黄雀最小犹难逃。
愿分竹实及蝼蚁，
尽使鸱鸮相怒号。

唐·杜甫《朱凤行》

下愚不自还，
大惑终身迷。

宋·陆游《访客至西郊》

下窥指高鸟，
俯听闻惊风。

唐·岑参《与高适薛据登慈恩寺浮图》

夏禹崩来一万秋，
水从嶓冢至今流。
当时若诉胼胝苦，
更使何人别九州。

唐·胡曾《嶓冢》

夏半阴气始，
淅然云景秋。

唐·韩愈《送刘师服》

夏日抱长饥，
寒夜无被眠。

晋·陶渊明《怨诗楚调示庞主簿邓治中》

先民谁不死，
知命复何忧。

三国·魏·曹植《箜篌引》

先柔后为害，
有似谀佞徒。

唐·白居易《紫藤》

先师有遗训，
忧道不忧贫。

晋·陶渊明《癸卯岁始春怀古田舍二首》

先生两耳不须洗，
利名不到先生耳。

宋·陆游《饮酒》

先生胸次海天宽，
只爱桃花不爱官。

清·方肇夔《桃花坞吊唐六如墓》

纤纤不绝林薄成，
涓涓不止江河生。

北朝·北周·庾信《周五声调曲·徵调曲六首》

纤云四卷天无河，
清风吹空月舒波。

唐·韩愈《八月十五夜赠张功曹》

闲上山来看野水，
忽于水底见青山。

宋·翁卷《野望》

闲居非吾志，
甘心赴国忧。

三国 · 魏 · 曹植《杂诗》

闲时田亩中，
搔背牧鸡鹅。

唐 · 李白《书情赠蔡舍人雄》

闲阶有鸟迹，
禅室无人开。

唐 · 李白《寻山僧不遇》

闲云潭影日悠悠，
物换星移几度秋。

唐 · 王勃《滕王阁诗》

闲花半落犹邀蝶，
白鸟双飞不避人。

唐 · 方干《题睦州环溪亭》

闲花满岩谷，
瀑水映杉松。
啼鸟忽临涧，
归云时抱峰。

唐 · 王维《韦侍郎山居》

闲依柳带参差起，
困傍桃花独自飞。

五代十国 · 李建勋《蝶》

闲趁牧童吹短笛，
倒骑牛背入柴扉。

宋 · 王庭珪《从叔君冕见访山间自云平生躬耕钓无求于人中有至乐令某作诗写其萧散之状为赋此篇》

闲坐悲君亦自悲，
百年都是几多时。

唐 · 元稹《遣悲怀三首》

闲坐小窗读《周易》，
不知春去几多时。

宋 · 叶采《暮春即事》

闲夜思君坐到明，
追寻往事倍伤情。

唐 · 元稹《寄乐天》

贤人识定分，
进退固其宜。

唐 · 杜甫《述古三首》

贤智苟有时，
贫贱何所论。

唐 · 王昌龄《咏史》

险道屡颠仆，
颠仆不回头。

清 · 徐用锡《得何义门太史凶信》

险语破鬼胆，
高词媲皇坟。

唐 · 韩愈《醉赠张秘书》

美尔百鸟有毛羽，
冰雪满山犹解飞。

宋·郑獬《道旁稚子》

线不因针何处入，
水难投石古来知。

唐·李郢《试日上主司侍郎》

乡泪客中尽，
孤帆天际看。

唐·孟浩然《早寒江上有怀》

乡语忽惊闻，
相看是故人。

清·戴梓《逢子先上人》

乡梦渐生灯影外，
客愁多在雨声中。

宋·汪元量《邳州》

乡国茫茫何处是，
珠江一片夕阳愁。

清·王摅《重阳前一日登镇海楼》

乡树扶桑外，
主人孤岛中。

唐·王维《送秘书晁监还日本国》

相嘲相咏何时了，
争利争名早晚休。

五代十国·刘隐辞《咏僧道二门论难》

相从一笑乐，
来事无庸知。

金·元好问《学东坡移居八首》

相在尔室，
尚不愧于屋漏。

《诗经·大雅·抑》

相酬无别物，
徒有好贤心。

金·元好问《赠答刘御史云卿四首》

相对疑梦寐，
言别百愁生。

清·方京《送孟调大侄南还》

相对尽日言，
不及利与名。

唐·白居易《寄李十一》

相逢方一笑，
相送还成泣。

唐·王维《齐州送祖三》

相逢不得语，
别去徒殷勤。

金·元好问《赠答杨焕然》

相逢且同乐，

何必旧新知。

唐 · 白居易《江楼偶宴赐同座》

相逢不用忙归去，
明日黄花蝶也愁。

宋 · 苏轼《九日次韵王巩》

相见时难别亦难，
东风无力百花残。

唐 · 李商隐《无题》

相见不得亲，
不如不相见。

唐 · 李白《相逢行》

相见无杂言，
但道桑麻长。

晋 · 陶渊明《归园田居五首》

相见情已深，
未语可知心。

唐 · 李白《相逢行》

相看俱年衰，
出处各努力。

唐 · 杜甫《别赞上人》

相看常不足，
相见乃忘饥。

南朝 · 梁 · 沈约《六忆诗四首》

相看万里外，
同是一浮萍。

唐 · 杜甫《又呈窦使君》

相看不得语，
密意眼中来。

南朝 · 陈 · 徐陵《洛阳道》

相看白刃血纷纷，
死节从来岂顾勋。

唐 · 高适《燕歌行》

相看掩泪情难说，
别有伤心事岂知。

唐 · 白居易《览卢子蒙侍御旧诗多与微之唱和感今伤昔因赠子蒙题于卷后》

相思无日夜，
浩荡若流波。

唐 · 李白《寄远十一首》

相思如明月，
可望不可攀。

唐 · 李白《自梁园至敬亭山见会公谈陵阳山水兼期同游因有此赠》

相思不相见，
沾裳泪如雨。

清 · 张实居《巫山高》

相思一樽酒，

幽恨寄山间。

金·元好问《别李周卿三首》

相思三十年，
忆昨犹儿童。

唐·高适《酬秘书弟兼寄幕下诸公》

相思岭上相思泪，
不到三声合断肠。

唐·常建《岭猿》

相思不隔长淮水，
一夜乡心落洞庭。

清·张玉裁《忆橘》

相思人在青山外，
尽日舟行细雨中。

明·文林《舟中有怀林待用》

相思相见知何日，
此时此夜难为情。

唐·李白《三五七言》

相思一夜梅花发，
忽到窗前疑是君。

唐·卢仝《有所思》

相思一夜情多少？
地角天涯未是长。

唐·关盼盼《燕子楼三首》

相知何必旧，
倾盖定前言。

晋·陶渊明《答庞主簿》

相知在急难，
独好亦何益。

唐·李白《君马黄》

相知无远近，
万里尚为邻。

唐·张九龄《送韦城李少府》

相送天涯里，
怜君更远人。

唐·刘长卿《送张起崔载华之闽中》

香稻啄余鹦鹉粒，
碧梧栖老凤凰枝。

唐·杜甫《秋兴八首》

香炉初上日，
瀑水喷成虹。

唐·孟浩然《彭蠡湖中望庐山》

香随青霭散，
钟过白云来。

唐·刘长卿《自道林寺西入石路至麓山寺过法崇禅师故居》

香雾云鬟湿，
清辉玉臂寒。

唐 · 杜甫《月夜》

香风难久居，
空令蕙草残。

汉 · 无名氏《古诗四坐且莫喧》

香销南国美人尽，
怨入东风芳草多。

唐 · 刘沧《经炀帝行宫》

香兰自判前生误，
生不当门也被锄。

清 · 龚自珍《己亥杂诗》

香能损肺熏宜少，
露渐沾花摘莫频。

清 · 徐柯《寄少妇》

湘妃雨后来池看，
碧玉盘中弄水晶。

唐 · 郭震《莲花》

想得家中夜深坐，
还应说着远行人。

唐 · 白居易《邯郸冬至夜思家》

想见故园蔬甲好，
一畦春水辘轳声。

宋 · 张耒《二月二日挑菜节大雨不能出》

巷僻过从少，
官闲气味长。

宋 · 黄庭坚《呻吟斋睡起》

向北望星提剑立，
一生长为国家忧。

唐 · 张为《渔阳将军》

向来枉费推移力，
此日中流自在行。

宋 · 朱熹《观书有感》

向来误有功名念，
欲挽天河洗此心。

宋 · 陆游《夜坐偶书》

向来映当时，
岂独劝后世。

唐 · 杜甫《八哀诗 · 赠秘书监江夏李公邕》

向来戎马志，
辛苦为中华。

明 · 李梦阳《朱仙镇》

向来忧国泪，
寂寞洒衣巾。

唐 · 杜甫《谒先主庙》

向君投此曲，
所贵知音难。

唐·刘长卿《幽琴》

向晚寻征路，
残云傍马飞。

唐·杜甫《重题郑氏东亭》

向晚多愁思，
闲窗桃李时。

唐·王维《晚春归思》

向前敲瘦骨，
犹自带铜声。

唐·李贺《马诗二十三首》

向日但疑酥滴水，
含风浑讶雪生香。

唐·皮日休《咏白莲》

枭骑战斗死，
驽马徘徊鸣。

汉·无名氏《战城南》

消长各有数，
聚散亦有时。

清·钱之青《归里后亲朋枉过有作》

萧何下狱子房归，
左右功臣皆掣肘。

元·萨都剌《登歌风台》

萧萧马鸣，
悠悠旆旌。

《诗经·小雅·车攻》

萧萧长草没骐驎。

宋·王安石《破冢二首》

萧萧北风劲，
抚事煎百虑。

唐·杜甫《羌村三首》

萧萧楚客帆，
暮入寒江雨。

唐·柳中庸《江行》

萧萧远树疏林外，
一半秋山带夕阳。

宋·寇准《书河上亭壁》

萧条秋雨夕，
苍茫楚江晦。
时见一舟行，
蒙蒙水云外。

清·王士祯《即目》

萧条亭障远，
凄惨风尘多。
关门临白狄，
城影入黄河。

北朝·北周·庾信《拟咏怀诗二十七首》

萧条人吏疏，

鸟雀下空庭。

唐 · 王维《赠房卢氏琯》

小儿造化多戏人，
世上俗子徒劳神。

元 · 萨都剌《连夜雨晴》

小丑跳梁谁殄灭？
中原执辔望澄清。

清 · 林则徐《次韵答陈子茂德培》

小荷才露尖尖角，
早有蜻蜓立上头。

宋 · 杨万里《小池》

小楼一夜听春雨，
深巷明朝卖杏花。

宋 · 陆游《临安春雨初霁》

小麦青青大麦枯，
谁当获者妇与姑。

汉 · 桓帝时期童谣歌二首

小溪清水平如镜，
一叶飞来细浪生。

宋 · 徐玑《行秋》

小桥清水过古寺，
竹篱茅舍通人家。

元 · 萨都剌《清明游鹤林寺》

小人好争利，
昼夜心营营。

元 · 赵孟頫《题耕织图二十四首奉懿旨撰》

小人计其功，
君子道其常。

晋 · 阮籍《咏怀》

小人如酒颜，
但得暂时热。

清 · 顾图河《息交》

小人塞道路，
为态何喧喧。

唐 · 杜甫《园官送菜》

小人无远略，
所怀在私仇。

宋 · 陆游《北岩》

小人自龌龊，
安知旷士怀。

南朝 · 宋 · 鲍照《代放歌行》

小园桃李东风后，
却看杨花自在飞。

宋 · 王令《滰滰》

小院回廊春寂寂，
浴凫飞鹭晚悠悠。

唐·杜甫《涪城县香积寺官阁》

小院无人雨长苔，
满庭修竹间疏槐。

唐·杜牧《即事》

小树嫣然一两枝，
晴熏雨醉总相宜。
才怜欲白仍红处，
正是微开半吐时。

宋·杨万里《郡圃杏花》

小鱼出水圆纹见，
轻燕穿帘折势成。

宋·陆游《龟堂晚兴》

小桃无主自开花，
烟草茫茫带晚鸦。

宋·戴复古《淮村兵后》

小桃知客意，
春尽始开花。

唐·杜甫《五言逸句》

小池残暑退，
高树早凉归。

唐·沈佺期《夏晚寓直省中》

小市人归尽，
孤舟鹤踏翻。

宋·苏轼《新年》

小涧香为刹，
危峰石作龛。

唐·沈佺期《九真山净居寺谒无碍上人》

小雨数千点，
淡烟三四峰。
峰峰看不足，
山寺已鸣钟。

元·何中《南居寺》

小雨丝丝欲网春。

宋·李弥逊《春日即事》

小智空自贵，
大愚元不灵。

宋·陆游《衰病有感》

小来思报国，
不是爱封侯。

唐·岑参《送人赴安西》

小时怜母大怜婿，
何不早嫁论家计。

北朝·乐府民歌《捉搦歌四曲》

小子读书不用心，
不知书中有黄金。

唐·坎曼尔《教子》

晓窥玉镜双蛾眉，
怨君却是怜君时。

元 · 郭珏《长相思》

晓侵雉堞乌先觉，
春入关山雁独知。

唐 · 胡曾《交河塞下曲》

晓寒料峭尚欺人，
春态苗条先到柳。

宋 · 毛滂《己卯岁元旦》

晓鸦无数盘旋处，
绿树枝头一线红。

明 · 唐寅《晓起图》

晓来急雨春风颠，
睡美不闻钟鼓传。

唐 · 杜甫《逼仄行赠毕曜》

晓来江气连城白，
雨后山光满郭青。

唐 · 张籍《寄和州刘使君》

晓角分残漏，
孤灯落碎花。

汉 · 戎昱《桂州腊夜》

晓月临窗近，
天河入户低。

唐 · 沈佺期《夜宿七盘岭》

晓日照江水，
游鱼似玉瓶。

宋 · 苏轼《鳊鱼》

晓战随金鼓，
宵眠抱玉鞍。

唐 · 李白《塞下曲六首》

笑揽清溪月，
清辉不厌多。

唐 · 张旭《清溪泛舟》

邪径败良田，
谗口乱善人。

汉 · 成帝时期歌谣

斜影风前合，
圆文水上开。

唐 · 李峤《雨》

斜阳疏竹上，
残雪乱山中。

唐 · 张继《诸主簿宅会毕庶子钱员外郎使君》

斜光照墟落，
穷巷牛羊归。

唐 · 王维《渭川田家》

斜竹垂清沼，
长纶贯碧虚。

唐·李贺《钓鱼诗》

斜抱云和深见月，
朦胧树色隐昭阳。

唐·王昌龄《西宫春怨》

斜对酒缸偏觉好，
静笼棋局最多情。

唐·秦韬玉《题竹》

写取一枝清瘦竹，
秋风江上作渔竿。

清·郑板桥《予告归里
画竹别潍县绅士民》

薤上露，
何易晞！
露晞明朝更复落，
人死一去何时归。

汉·乐府民歌《薤露歌》

心畅百虑销，
境闲万籁静。

唐·权德舆《秋疾初愈月夜咏
左思招隐诗因而成咏》

心广体自舒，
泰然不肉肥。

宋·陆游《云门过何山》

心之忧矣，
如匪浣衣。

《诗经·邶风·柏舟》

心不怡之长久兮，
忧与愁其相接。

战国·楚·屈原《九章·哀郢》

心絓结而不解兮，
思蹇产而不释。

战国·楚·屈原《九章·哀郢》

心非木石岂无感，
吞声踯躅不敢言。

南朝·宋·鲍照《拟行路难十八首》

心轻万事如鸿毛。

唐·李颀《送陈章甫》

心同野鹤与尘远，
诗似冰壶见底清。

唐·韦应物《赠王信御》

心画心声总失真，
文章宁复见为人。

金·元好问《论诗三十首》

心灰不及炉中火，
鬓雪多于砌下霜。

唐·白居易《冬至夜》

心求安乐少思钱，
无辱无荣本自然。

元 · 萨都剌《安分》

心如止水愁已散，
文锋未钝老犹争。

唐 · 刘禹锡《酬乐天斋满日裴令公置宴席上戏赠》

心如老马虽知路，
身似鸣蛙不属官。

宋 · 陆游《自述》

心如老骥常千里，
身似春蚕已再眠。

宋 · 陆游《赴成都之舟自三泉至益昌谋以明年下三峡》

心曲千万端，
悲来却难说。

唐 · 孟郊《古怨别》

心空物莫挠，
气老笔愈纵。

宋 · 陆游《玉局观拜东坡先生海外画像》

心思不能言，
肠中车轮转。

汉 · 无名氏《古歌》

心虽非兰膏，
安得不自燃。

唐 · 白居易《秋暮西归途中书情》

心随郎日高，
志与秋霜洁。

唐 · 唐太宗李世民《经破薛举战地》

心随长风去，
吹散万里云。

唐 · 李白《赠何七判官昌浩》

心似已灰之木，
身如不系之舟。

宋 · 苏轼《自题金山画像》

心似虚舟浮水上，
身同宿鸟寄林间。

唐 · 白居易《咏怀》

心似百花开未得，
年年争发被春催。

唐 · 曹松《南海旅次》

心泰身宁是归处，
故乡可独在长安。

唐 · 白居易《香炉峰下新卜山居草堂初成偶题东壁五首》

心未曾求过分事，
身常少有不安时。

唐 · 白居易《自问此心呈诸老伴》

心因忧国浑如醉，
鬓为论兵半有霜。

清·钱谦益《奉谒少师高阳公于里第感旧述怀》

心为论文合，
眉因劝善开。

唐·白居易《酬卢秘书二十韵》

心为杀人剑，
泪似报恩珠。

唐·李白《句》

心足即非贫，
岂惟金满室。

唐·白居易《出府归吾庐》

心足即为富，
身闲乃当贵。

唐·白居易《闲居》

心中为念农桑苦，
耳里如闻饥冻声。

唐·白居易《新制绫袄成感而有咏》

心中志气大，
眼前爵禄轻。

唐·白居易《和思归乐》

心之忧矣，
自诒伊戚。

《诗经·小雅·小明》

心之忧矣，
视丹如绿。

三国·魏·郭遐叔《赠嵇康五首》

辛勤得茧不盈筐，
灯下缫丝恨更长。
著处不知来处苦，
但贪衣上绣鸳鸯。

唐·蒋贻恭《咏蚕》

新丰美酒斗十千，
咸阳游侠多少年。

唐·王维《少年行》

新鬼烦冤旧鬼哭，
天阴雨湿声啾啾。

唐·杜甫《兵车行》

新年鸟声千种啭，
二月杨花满路飞。

北朝·北周·庾信《春赋》

新年都未有芳华，
二月初惊见草芽。
白雪却嫌春色晚，
故穿庭树作飞花。

唐·韩愈《春雪》

新茎未遍半犹枯，

高架支离倒复扶。
若欲满盘堆马乳，
莫辞添竹引龙须。

唐 · 韩愈《蒲萄》

新竹高于旧竹枝，
全凭老干为扶持。

清 · 郑燮《题画竹》

新蒲新柳三年大，
便与儿孙作屋梁。

清 · 龚自珍《己亥杂诗》

新沐者必弹冠，
新浴者必振衣。

战国 · 楚 · 屈原《渔父》

新篇日日成，
不是爱声名。
旧句时时改，
无妨悦性情。

唐 · 白居易《诗解》

新诗绮语亦安用，
相与变灭随东风。

宋 · 苏轼《登州海市》

新诗一纸吹清风，
文章要须到屈宋。

宋 · 陆游《答郑虞任检法见赠》

新筑场泥镜面平，
家家打稻趁霜晴。
笑歌声里轻雷动，
一夜连枷响到明。

宋 · 范成大《四时田园杂兴》

新松恨不高千尺，
恶竹应须斩万竿。

唐 · 杜甫《将赴成都草堂途中有作先寄严郑公五首》

新林二月孤舟还，
水满清江花满山。

唐 · 储光羲《寄孙山人》

新篁压水低，
昨夜鸳鸯宿。

唐 · 钱起《竹屿》

新裂齐纨素，
皎洁如霜雪。
裁为合欢扇，
团团似明月。

汉 · 班婕妤《怨歌行》

馨香易销歇，
繁荣会枯槁。

汉 · 无名氏《新树兰蕙葩》

信誓旦旦，
不思其反。

《诗经·卫风·氓》

信意落笔，
自然超妙。

宋·罗大经《画马》

信书成自误，
经事渐知非。

唐·柳宗元《三赠刘员外》

信知生男恶，
反是生女好。
生女犹得嫁比邻，
生男埋没随百草。

唐·杜甫《兵车行》

信当喜极翻愁误，
物到难求得尚疑。

清·袁枚《举京兆》

信宿渔人还泛泛，
清秋燕子故飞飞。

唐·杜甫《秋兴八首》

兴废由人事，
山川空地形。

唐·刘禹锡《金陵怀古》

兴亡千古在，
立马依长松。

清·张一鹄《辰龙关》

兴亡谁识天公意，
留着青城阅古今。

金·元好问《癸巳四月二十九日出京》

星垂平野阔，
月涌大江流。

唐·杜甫《旅夜书怀》

星尽四方高，
万物知天曙。

唐·李贺《感讽五首》

星临万户动，
月傍九霄多。

唐·杜甫《春宿左省》

星河尽涵泳，
俯仰迷上下。

唐·韩愈《岳阳楼别窦司直》

星河秋一雁，
砧杵夜千家。

唐·韩翃《酬程延秋夜即事见赠》

星辰让光彩，
风露发晶英。
能变人间世，
翛然是玉京。

唐·刘禹锡《八月十五夜玩月》

刑天舞干戚，
猛志故常在。

晋·陶渊明《读山海经》

行遍天涯等断蓬，
作诗博得一生穷。

宋·陆游《贫甚戏作绝句》

行遍天涯千万里，
却从邻父学春耕。

宋·陆游《小园》

行遍天涯身尚健，
却嫌陶令爱吾庐。

宋·陆游《弥牟镇驿舍小酌》

行到中庭数花朵，
蜻蜓飞上玉搔头。

唐·刘禹锡《和乐天春词》

行到水穷处，
坐看云起时。

唐·王维《终南别业》

行客念故里，
劳者思少休。

宋·张栻《斜川日雪观所赋》

行凭孤竹立，
诺为一言终。

唐·张祜《投陈许崔尚书二十韵》

行人刁斗风沙暗，
公主琵琶幽怨多。

唐·李颀《古从军行》

行人无限秋风思，
隔水青山似故乡。

唐·戴叔伦《题稚川山水》

行人犹未有归期，
万里初程日暮时。
惟爱门前双柳树，
枝枝叶叶不相离。

唐·张籍《忆远》

行人稍度乔木外，
渔舟一叶江吞天。

宋·苏轼《书王定国所藏烟江叠嶂图》

行人莫听宫前水，
流尽年光是此声。

唐·韩琮《暮春浐水送别》

行人半出稻花上，
宿鹭孤明菱叶中。

宋·范成大《初归石湖》

行人细如蚁，
扰扰争红尘。

金·元好问《緱山置酒》

行宫见月伤心色，
夜雨闻铃肠断声。

唐·白居易《长恨歌》

行行重行行，
与君生别离。
相去万余里，
各在天一涯。

汉·无名氏《古诗十九首》

行行循归路，
计日望旧居。

晋·陶渊明《庚子岁五月中从都还阻风于规林二首》

形容虽是丧家狗，
未肯弭耳争投骨。

宋·苏轼《次韵孔毅父久旱已而甚雨三首》

形骸久已化，
心在复何言。

晋·陶渊明《连雨独饮》

兴酣落笔摇五岳，
诗成笑傲凌沧洲。

唐·李白《江上吟》

兴阑啼鸟换，
坐久落花多。

唐·王维《从岐王过杨氏别业应教》

兴来谁共醉，
事往独含情。

金·元好问《寄王丈德新二首》

兴移无洒扫，
随意坐莓苔。

唐·杜甫《陪郑广文游何将军山林十首》

杏花杨柳年年好，
南去北来人自老。

宋·王安石《送吴显道》

幸逢尧舜无为日，
得作羲皇向上人。

唐·白居易《池上吟二首》

幸与松筠相近栽，
不随桃李一时开。

唐·白居易《代迎春花招刘郎中》

性豪业嗜酒，
嫉恶怀刚肠。

唐·杜甫《壮游》

性拙身多暇，
心慵事少缘。

唐·白居易《北院》

姓名三字金瓯重，
事业千年片简青。

金 · 元好问《内相杨文献公哀挽三章效白少傅体》

兄弟阋于墙，
外御其侮。

《诗经 · 小雅 · 常棣》

兄及弟矣，
式相好矣，
无相犹矣。

《诗经 · 小雅 · 斯干》

兄弟敦和睦，
朋友笃诚信。

唐 · 陈子昂《座右铭》

胸中广厦千万间，
天地一身无着处。

金 · 元好问《戏题新居二十韵》

胸中有誓深于海，
肯使神州竟陆沉。

宋 · 郑思肖《二砺》

胸中浩浩了无物，
世上纷纷徒可怜。

宋 · 陆游《偶读山谷老境五十六翁之句作六十二翁吟》

胸中壮气犹须遣，
身外浮荣何足论。

唐 · 白居易《香炉峰下新卜山居草堂初成偶题东壁五首》

胸中襞积千般事，
到得相逢一语无。

宋 · 尤袤《寄友人》

胸中磈磊正须酒，
东海可揽北斗斟。

宋 · 黄庭坚《次韵答张沙河》

胸中悬明镜，
照耀无巨细。

唐 · 岑参《送狄员外巡按西山军得雾字》

胸中元浩浩，
白眼望青天。

宋 · 陆游《排闷》

雄兔脚扑朔，
雌兔眼迷离。
双兔傍地走，
安能辨我是雄雌？

北朝 ·《木兰诗》

雄发指危冠，
猛气充长缨。

晋 · 陶渊明《咏荆轲》

雄吞已觉云梦小，
寒缩宁作书生穷。

金 · 元好问《南湖先生雪景乘骡图》

雄鸡一声天下白。

唐 · 李贺《致酒行》

休问梁园旧宾客，
茂陵秋雨病相如。

唐 · 李商隐《寄令狐郎中》

休夸此地分天下，
只得徐妃半面妆。

唐 · 李商隐《南朝》

休嫌华发功名薄，
毕竟青山岁月难。

清 · 方登峰《与毛会侯》

休唱贞元供奉曲，
当时朝士已无多。

唐 · 刘禹锡《听旧宫人穆氏唱歌》

修心对闲镜，
明月印秋池。

唐 · 释贯休《偶作》

修竹多夹路，
扁舟皆到门。

唐 · 元结《与瀼溪邻里》

羞将短发还吹帽，
笑倩旁人为正冠。

唐 · 杜甫《九日蓝田崔氏庄》

朽株难免蠹，
空穴易来风。

唐 · 白居易《初病风》

秀句出寒饿，
身穷诗乃亨。

宋 · 苏轼《次韵仲殊雪中游西湖》

秀气结成象，
孟氏之文章。

唐 · 白居易《游襄阳怀孟浩然》

秀色掩今古，
荷花羞玉颜。

唐 · 李白《西施》

秀色似堪餐，
秾华如可掬。

唐 · 白居易《和梦游春诗一百韵》

秀出天南笔一枝，
为官风骨称其诗。

清 · 龚自珍《己亥杂诗》

须除爱名障，
莫作恋家囚。

唐 · 白居易《重修香山寺毕

题二十二韵以纪之》

须知香饵下，
触口是铦钩。

唐 · 李群玉《放鱼》

须识治兵先治吏，
自来防盗在防饥。

清 · 陈沆《有感》

须沾巴雪添新白，
鬓占关霜失旧青。

清 · 王材任《和李梅谷选君赠别韵》

虚传此地繁华久，
谁念当年战伐深。

清 · 章静宜《夏日杂感》

虚名不值一钱轻，
唤得呶呶百谤生。

金 · 元好问《虚名》

虚负凌云万丈才，
一生襟抱未曾开。

唐 · 崔珏《哭李商隐》

虚疑世有桃源路，
共笑人忧杞国天。

清 · 沈元沧《夜雨与友人感赋》

虚心动耳，
荡气回肠。

三国 · 魏 · 曹丕《大墙上蒿行》

虚室绝尘想，
闲居离世纷。

清 · 顾易《律陶》

徐行不记山深浅，
一路莺啼送到家。

明 · 杨基《天平山中》

许愁亦当有许酒，
吾酒酿尽银河流。

宋 · 陆游《江楼吹笛饮酒大醉中作》

旭日衔青嶂，
晴云洗绿潭。

唐 · 寒山《诗》

宣父犹能畏后生，
丈夫未可轻年少。

唐 · 李白《上李邕》

宣室求贤访逐臣，
贾生才调更无伦。

唐 · 李商隐《贾生》

喧鸟覆春洲，
杂英满芳甸。

南朝 · 齐 · 谢朓《晚登三山还望京邑》

轩辕龙气郁苍苍，
沮水环流日月长。

明·练国事《谒轩辕庙》

旋扑珠帘过粉墙，
轻于柳絮重于霜。

唐·李商隐《对雪二首》

璇玑盘胸次，
灿烂皆文章。

唐·李郃《贺州思疑作》

学向勤中得，
萤窗万卷书。

宋·汪洙《神童诗》

学问藏之身，
身在则有余。

唐·韩愈《符读书城南》

学非探其花，
要自拔其根。

唐·杜牧《留诲曹师等诗》

学古心犹壮，
忧时语自悲。

宋·陆游《寓叹》

学总八千卷，
文倾三百篇。

唐·杜审言《和李大夫嗣真奉使存抚河东》

学母无不为，
晓妆随手抹。
移时施朱铅，
狼籍画眉阔。

唐·杜甫《北征》

学似海收天下水，
性如桂奈月中寒。

宋·曾巩《寄晋州孙学士》

雪暗凋旗画，
风多杂鼓声。

唐·杨炯《从军行》

雪暗天山道，
冰寒交河源。
雾烽黯无色，
霜旗冻不翻。

隋·虞世基《出塞二首》

雪压竹枝低，
低下欲沾泥。
一朝红日起，
依旧与天齐。

明·朱元璋《雪竹》

雪花似掌难遮眼，
风力如刀不断愁。

清·钱谦益《雪夜次刘敬仲韵》

雪后园林才半树，
水边篱落忽横枝。

宋·林和靖《梅花三首》

雪里开花却是迟，
何如独占上春时？
也知造物含深意，
故与施朱发妙姿。

宋·苏轼《红梅》

雪里芬芳亦偶然，
世人便谓占春前。

宋·陆游《雪里寻梅偶得绝句十首》

雪里高山头白早，
海中仙果子生迟。

唐·刘禹锡《苏州白舍人寄新诗有叹早白无儿之句因以赠之》

雪虐风饕愈凛然，
花中气节最高坚。
过时自合飘零去，
耻向东君更乞怜。

宋·陆游《落梅》

雪消门外千山绿，
花发江边二月晴。

宋·欧阳修《春日西湖寄谢法曹歌》

雪罢冰复开，
春潭千丈绿。

唐·孟浩然《初春汉中漾舟》

雪声偏傍竹，
寒梦不离家。

唐·戎昱《桂州腊夜》

雪岸丛梅发，
春泥百草生。

唐·杜甫《陪裴使君》

勋业频看镜，
行藏独倚楼。

唐·杜甫《江上》

勋业文章意已阑，
暮年不足是看山。

宋·陆游《初冬杂题》

寻春易过佳风月，
送老难忘好墓田。

清·徐元正《广陵怀古》

寻常一样窗前月，
才有梅花便不同。

宋·杜耒《寒夜》

寻章摘句老雕虫，
晓月当帘挂玉弓。
不见年年辽海上，

文章何处哭秋风。

唐·李贺《南园十三首》

寻芳不觉醉流霞，
倚树沉眠日已斜。
客散酒醒深夜后，
更持红烛赏残花。

唐·李商隐《花下醉》

寻真自得心源静，
观色非贪眼界空。

五代十国·段义宗《题大慈寺芍药》

寻河愁地尽，
过碛觉天低。

唐·岑参《碛西头送李判官入京》

浔阳江头夜送客，
枫叶荻花秋瑟瑟。

唐·白居易《琵琶行》

Y

鸭头春水浓如染，
水面桃花弄春脸。

宋·苏轼《送别诗》

崖口悬瀑流，
半空白皑皑。
喷壁四时雨，
傍村终日雷。

唐·岑参《终南云际精舍寻法澄上人不遇归高冠东潭石淙望春岭微雨作贻友人》

衙斋卧听萧萧竹，
疑是人间疾苦声。
些小吾曹州县吏，
一枝一叶总关情。

清·郑燮《潍县署中画竹呈年伯包大中丞括》

雅曲终难和，
徒自奏巴人。

唐·骆宾王《和王记室从赵王春日游陀山寺》

烟浪溅篷寒不睡，
更将枯蚌点渔灯。

唐·皮日休《钓侣二章》

烟水初销见万家，
东风吹柳万条斜。

唐·窦巩《襄阳寒食寄宇文籍》

烟波半落新沙地，
鸟雀群飞欲雪天。

唐 · 刘禹锡《初冬》

烟波淡荡摇空碧，
楼殿参差倚夕阳。

唐 · 白居易《西湖晚归回望孤山寺赠诸客》

烟花宜落日，
丝管醉春风。

唐 · 李白《宫中行乐词八首》

烟开兰叶香风暖，
岸夹桃花锦浪生。

唐 · 李白《鹦鹉洲》

烟添柳色看犹浅，
鸟踏梅花落已频。

唐 · 戴叔伦《和汴州李相公人日喜春》

烟炉销尽寒灯晦，
童子开门雪满松。

唐 · 李商隐《忆住一师》

烟霄微月澹长空，
银汉秋期万古同。
几许欢情与离恨，
年年并在此宵中。

唐 · 白居易《七夕》

烟消门外青山近，
露重窗前绿竹低。

唐 · 郑师冉《题戴孝廉别业》

烟笼寒水月笼沙，
夜泊秦淮近酒家。
商女不知亡国恨，
隔江犹唱《后庭花》。

唐 · 杜牧《泊秦淮》

烟中人语前村树，
雪里鸡声隔岸山。

清 · 金侃《雨泛湖上观梅》

烟芜敛暝色，
霜菊发寒姿。

唐 · 权德舆《九日宴》

焉得并州快剪刀，
剪取吴松半江水。

唐 · 杜甫《戏题王宰画山水图歌》

焉得铸甲作农器，
一寸荒田牛得耕。

唐 · 杜甫《蚕谷行》

焉能作堂上燕，
衔泥附炎热。

唐 · 杜甫《去矣行》

嫣然一笑竹篱间，
桃花漫山总粗俗。

宋 · 苏轼《寓居定惠院之东杂花

满山有海棠一株土人不知贵也》

燕山雪花大如席，
片片吹落轩辕台。

唐·李白《北风行》

严陵高揖汉天子，
何必长剑拄颐事玉阶。

唐·李白《答王十二寒夜独酌有怀》

严冬不肃杀，
何以见阳春。

唐·吕温《孟冬蒲津关河亭作》

言而无文，
行之不远。

北朝·北周·庾信《周五声调曲·角调曲》

言者志之苗，
行者文之根。

唐·白居易《读张籍古乐府》

妍蚩优劣宁相远，
大都只在人抬举。

唐·白居易《霓裳羽衣歌》

岩高日气薄，
秀色如新洗。

宋·苏辙《灵岩寺》

沿涧水声喧户外，
卷帘山色入窗来。

唐·温庭筠《山居》

颜色只从霜后好，
不知人世有春风。

清·许廷鑅《题画菊》

颜衰重喜归乡国，
身贱多惭问姓名。

唐·卢纶《至德途中书事却寄李侗》

檐重月没早，
树密风声饶。

南朝·梁·萧纲《秋夜》

眼见客愁愁不醒，
无赖春色到江亭。

唐·杜甫《绝句漫兴九首》

眼前无俗物，
多病也身轻。

唐·杜甫《漫成二者》

眼暗文字废，
身闲道心精。

唐·韦应物《寓居永定精舍》

眼底一无事，
心中百不知。

唐·白居易《自问行何迟》

眼逢闹处合，
心向闲时用。

唐 · 白居易《安稳眠》

眼枯即见骨，
天地终无情。

唐 · 杜甫《新安吏》

眼看人尽醉，
何忍独为醒。

唐 · 王绩《过酒家》

眼看帆去远，
心逐江水流。

唐 · 李白《江夏行》

眼看好景懒下马，
心随流水先还家。

宋 · 苏舜钦《寄王几道同年》

眼前得丧等云烟，
身后是非悬日月。

清 · 陈恭尹《赠余鸿客》

眼前俗子败人意，
安得与翁同醉醒。

宋 · 陆游《岳阳楼》

眼前一杯酒，
谁论身后名。

北朝 · 北周 · 庾信《咏怀》

眼涩书难读，
心摇梦易惊。

宋 · 陆游《欲行雨未止》

眼波向我无端艳，
心火因君特地然。

唐 · 韩偓《偶见背面是夕兼梦》

眼中战国成争鹿，
海内人才孰卧龙？
抚剑长号归去也，
千山风雨啸青锋。

清 · 康有为《出都留别诸公》

眼中形势胸中策，
缓步徐行静不哗。

宋 · 宗泽《早发》

眼中万事尽飘篷，
尔我安能日携手。

清 · 吴兆骞《同陈子长夜饮即席作歌》

艳冶随朝露，
馨香逐晚风。
何须待零落，
然后始知空。

唐 · 释文益《无题》

宴座寂不动，

大千入毫发。

唐·李白《夜怀》

宴尔新婚，
如兄如弟。

《诗经·邶风·谷风》

雁持一足倚，
猿将两臂飞。

北朝·北周·庾信《和宇文内史春日游山》

雁引愁心去，
心衔好月来。

唐·李白《与夏十二登岳阳楼》

雁断知风急，
潮平见月多。

唐·白居易《松江亭携乐观观渔宴宿》

雁尽书难寄，
愁多梦不成。

唐·沈如筠《闺怨二首》

雁将天作路，
雀以树为家。

清·刘廷玑《晚投村庄》

雁到秋来却南去，
南人北渡几时回。

金·元好问《续小娘歌十首》

雁飞白草年年雪，
人老黄榆夜夜笳。

清·吴兆骞《帐夜》

雁飞难辨空中字，
橹过惟闻暗里声。

清·汪文柏《登烟雨楼》

雁来不得中原信，
抚剑何人识壮心。

宋·陆游《秋思》

滟滟随波千万里，
何处春江无月明。
江流宛转绕芳甸，
月照花林皆似霰。

唐·张若虚《春江花月夜》

燕归知入谁家巷，
凤去愁看旧日台。

清·孙致弥《至江宁再叠前韵》

燕子不归春事晚，
一汀烟花杏花寒。

唐·戴叔伦《苏溪亭》

燕子归来迷旧垒，
桃花何处笑春风。

清·楼锜《春日归泊阊门》

燕子家家入，

杨花处处飞。

唐 · 孟浩然《赋得盈盈楼上女》

燕雀戏藩柴，
安知鸿鹄游。

三国 · 魏 · 曹植《鰕䱇篇》

燕外晴丝卷，
鸥边水叶开。

唐 · 杜甫《春日江村五首》

燕草如碧丝，
秦桑低绿枝。

唐 · 李白《春思》

燕来枝益软，
风飘花转光。

南朝 · 梁 · 萧纲《咏蔷薇》

燕雏掠地飞无力，
梅子临池坠有声。

宋 · 陆游《夏日》

燕知社日辞巢去，
菊为重阳冒雨开。

唐 · 皇甫冉《秋日东郊》

燕歌未断塞鸿飞，
牧马群嘶边草绿。

唐 · 李益《塞下曲四首》

燕燕于飞，
颉之颃之。

《诗经 · 邶风 · 燕燕》

扬鞭骤急白汗流，
弄影行骄碧蹄碎。

唐 · 岑参《卫节度赤骠马歌》

扬子江头杨柳春，
杨花愁杀渡江人。
数声风笛离亭晚，
君向潇湘我向秦。

唐 · 郑谷《淮上与友人别》

扬论展寸心，
壮笔过飞泉。

唐 · 杜甫《赠李十五丈别》

阳春白日风花香。

晋 · 乐府诗《晋白纻舞歌诗三首》

阳春二三月，
草与水同色。

晋 · 乐府古辞《孟珠》

阳春布德泽，
万物生光辉。

汉 · 乐府诗《长歌行》

《阳春》无和者，
《巴人》皆下节。

晋·张协《杂诗》

阳春曲调高难和，
淡水交情老始知。

唐·白居易《张十八员外以新诗二十五首见寄郡楼月下吟玩通夕因题卷后封寄微之》

杨花榆荚无才思，
惟解漫天作雪飞。

唐·韩愈《晚春》

杨花不倚东风势，
怎好漫天独自狂。

清·袁枚《偶作》

杨花雪落覆白苹，
青鸟飞去衔红巾。

唐·杜甫《丽人行》

杨花知得人孤寂，
故故飞来入竹窗。

宋·杨万里《题青山市汪家店》

杨柳不遮春色断，
一枝红杏出墙头。

宋·陆游《马上作》

杨柳不随春争老，
贞松惟有岁寒知。

金·元好问《寄谢常君卿》

杨柳晚风深巷酒，
桃花春水隔帘人。

清·李葂《上巳忆白下》

杨柳千条花欲绽，
葡萄百丈蔓初萦。

唐·沈佺期《奉和春日幸望春宫应制》

杨柳阴里新酒店，
葡萄架底小渔船。

宋·杨万里《过杨村》

杨柳东门树，
青青夹御河。
近来攀折苦，
应为别离多。

唐·王之涣《送别》

杨柳非花树，
依楼自觉春。

南朝·梁·萧绎《咏阳云楼檐柳》

仰天大笑出门去，
我辈岂是蓬蒿人。

唐·李白《南陵别儿童入京》

仰喷三山雪，
横吞百川水。

唐·李白《古风五十九首》

仰羡黄昏鸟，

投林羽翮轻。

唐 · 杜甫《独坐》

仰面贪看鸟，
回头错应人。

唐 · 杜甫《漫成二首》

仰视浮云驰，
奄忽互相逾。
风波一失所，
各在天一隅。

汉 · 李陵《与苏武诗》

仰视百鸟飞，
大小必双翔。
人事多错迕，
与君永相望。

唐 · 杜甫《新婚别》

养蚕不满百，
那得罗绣襦。

晋 · 无名氏《采桑度》

养花如养贤，
去草如去恶。

唐 · 宋齐丘《陪游凤凰台献诗》

养拙江湖外，
朝廷记忆疏。

唐 · 杜甫《酬韦韶州见寄》

养勇期除恶，
输忠在灭私。

唐 · 白居易《代书诗一百韵寄微之》

养真衡茅下，
庶以善自名。

晋 · 陶渊明《辛丑岁七月
赴假还江陵夜行涂口》

腰缠十万贯，
骑鹤下扬州。

南朝 · 宋 · 殷芸《小说》

邀欢空伫立，
望美频回顾。

唐 · 郭震《子夜四时歌六首 · 秋歌》

尧年舜日乐未央。

宋 · 陆游《夜宴即席作》

摇笔起风霜，
推诚结仁爱。

唐 · 李白《赠从弟宣州长史昭》

摇落深知宋玉悲，
风流儒雅亦吾师。

唐 · 杜甫《咏怀古迹》

遥怜小儿女，
未解忆长安。

唐 · 杜甫《月夜》

遥怜故园菊，
应傍战场开。

唐·岑参《行军九日思长安故园》

遥看鹊山转，
却似送人来。

唐·李白《陪从祖济南太守泛鹊山湖三首》

遥看汉水鸭头绿，
恰似葡萄初酦醅。

唐·李白《襄阳歌》

遥原树若荠，
远水舟如叶。

隋·薛道衡《敬酬杨仆射山斋独坐》

遥夜复遥夜，
遥夜忧未歇。
坐对风动帷，
卧见云间月。

南朝·梁·宗夬《遥夜吟》

遥兴沧溟阔，
悲歌白发长。

元·黄溍《寄方韶文先生》

遥望齐州九点烟，
一泓海水怀中泻。

唐·李贺《梦天》

遥羡青云里，
祥鸾正引雏。
自怜沧海畔，
老蚌不生珠。

唐·白居易《见李苏州示男阿武诗自感成咏》

遥知湖上一樽酒，
能忆天涯万里人。

宋·欧阳修《春日西湖寄谢法曹歌》

遥指来从初日外，
始知更有扶桑东。

唐·刘长卿《同崔载华赠日本聘使》

瑶台雪花数千点，
片片吹落春风香。

唐·李白《酬殷明佐见赠五六裘歌》

杳杳天低鹘没处，
青山一发是中原。

宋·苏轼《澄迈驿通潮阁》

咬定青山不放松，
立根原在破岩中。
千磨万击还坚劲，
任尔东西南北风。

清·郑板桥《竹石》

窈渺朱弦寂寞心，
得诗何啻得黄金。

金 · 元好问《寄答商孟乡》

药饵及时身尚健，
无风无雨且闲游。

宋 · 陆游《春日》

药来贼境灵何用，
米出胡奴死不炊。

宋 · 陆游《感兴》

药灵丸不大，
棋妙子无多。

唐 · 徐仲雅《赠江处士》

药物从人乞，
文章畏客传。

宋 · 陆游《寄唐生》

要势危身早，
浮荣败德多。

五代十国 · 延寿《闲居》

要以我用书，
勿为书所绊。

清 · 彭兆荪《读书》

要路风波险，
权门市井忙。

唐 · 白居易《分司洛中多暇数与诸客宴游醉后狂吟偶成十韵因招梦得宾客兼呈思黯奇章公》

要识人间盛衰理，
岸沙君看去年痕。

宋 · 陆游《山寺》

耶溪采莲女，
见客棹歌回。
笑入荷花去，
佯羞不出来。

唐 · 李白《越女词五首》

也知造物有深意，
故遣佳人在空谷。

宋 · 苏轼《寓居定惠院之东杂花满山有海棠一株土人不知贵也》

野凫眠岸有闲意，
老树着花无丑枝。

宋 · 梅尧臣《东溪》

野夫怒见不平事，
磨损胸中万古刀。

唐 · 刘叉《偶书》

野鹤巢边松最老，
毒龙潜处水偏清。

唐 · 李端《夜投丰德寺谒海上人》

野岸平沙合，
连山远雾浮。
客悲不自已，
江上望归舟。

南朝 · 梁 · 何逊《慈姥矶》

野岸柳黄霜正白，
五更惊破客愁眠。

宋 · 欧阳修《沐河闻雁》

野船著岸偎春草，
水鸟带波飞夕阳。

唐 · 朱庆馀《南湖》

野风吹秋木，
行子心肠断。

南朝 · 宋 · 鲍照《代东门行》

野火初烟细，
新月半轮空。

南朝 · 陈 · 江总《秋日登广州城南楼》

野旷沙岸净，
天高秋月明。

南朝 · 宋 · 谢灵运《初去郡》

野旷天低树，
江清月近人。

唐 · 孟浩然《宿建德江》

野旷天清无战声，
四万义军同日死。

唐 · 杜甫《悲陈陶》

野老相过无一事，
白头喜对酒盈缸。

元 · 郯韶《题渔家壁》

野老与人争席罢，
海鸥何事更相疑。

唐 · 王维《积雪辋川庄作》

野老柴门日日开，
且无栏槛碍飞回。
劝君莫入珠帘去，
羯鼓如雷打出来。

宋 · 刘克庄《燕》

野老念牧童，
倚仗候荆扉。

唐 · 王维《渭川田家》

野蔓有情萦战骨，
残阳何意照空城。

金 · 元好问《岐阳》

野菊荒苔各铸钱，
金黄铜绿各争妍。
天公支与穷诗客，
只买清愁不买田。

宋 · 杨万里《戏笔》

野水无人渡，
孤舟尽日横。

宋 · 寇准《春日登楼怀归》

野戍孤烟起，
春山百鸟啼。
北朝·北周·庾信《至老子庙》

野戍荒烟断，
深山古木平。
唐·陈子昂《晚次乐乡县》

野戍岸边留画舸，
绿萝阴下到山庄。
唐·刘禹锡《送周使君罢渝州归郢州别墅》

野竹分青霭，
飞帘挂碧峰。
唐·李白《送王屋山人魏万还王屋》

野禽喧曙色，
山树动秋声。
北齐·萧悫《经山寺》

野花成子落，
江燕引雏飞。
唐·殷遥《春晚山行》

野花丛发好，
谷鸟一声幽。
唐·王维《过感化寺昙兴上人山院》

野花愁对客，
泉水咽迎人。
唐·王维《过沈居士山居哭之》

野含时雨润，
山杂夏云多。
唐·宋之问《夏日仙萼亭应制》

野日分戈影，
天星合剑文。
唐·骆宾王《从军行》

野流行地日，
江入度山云。
唐·杜甫《江阁对雨有怀行营裴二端公》

野径云俱黑，
江船火独明。
唐·杜甫《春夜喜雨》

野人时独往，
云木晚相参。
唐·杜甫《朝二首》

野客思茅宇，
山人爱竹林。
唐·王勃《赠李十四四首》

野色浩无主，
秋明空旷间。
唐·李贺《送韦仁实兄弟入关》

野庙向江春寂寂，

古碑无字草芊芊。

唐·李远《黄陵庙》

野草芳菲红锦地，
游丝撩乱碧罗天。

唐·刘禹锡《春日书怀寄东洛白二十二杨八二庶子》

野水自添田水满，
晴鸠却唤雨鸠归。

宋·黄庭坚《自巴陵略平江临湘入通城无日不雨至黄龙奉谒清禅师继而晚晴邂逅禅客戴道纯款语作长句呈道纯》

野桃含笑竹篱短，
溪柳自摇沙水清。

宋·苏轼《新城道中》

野哭千家闻战伐，
夷歌数处起渔樵。

唐·杜甫《阁夜》

野鸭成群忽惊起，
定知城背有船来。

宋·杨万里《晚登净远亭》

野性本怜松下月，
幽情惟爱洞中春。

唐·庄翱《欲归山》

野云万里无城郭，
雨雪纷纷连大漠。

唐·李颀《古从军行》

野情遗世累，
醉态任天真。

唐·白居易《早春西湖闲游怅然兴怀忆与微之同赏因思在越官重事殷镜湖之游或恐未暇偶成十八韵寄微之》

野渡花争发，
春塘水乱流。

唐·李嘉祐《送王牧往吉州谒王使君叔》

野梅烧不尽，
时见两三花。

明·刘基《古戍》

野桥经雨断，
涧水向田分。

唐·刘长卿《碧涧别墅喜皇甫侍御相访》

野桥连寺月，
高竹半楼风。

唐·赵嘏《越中寺居》

野寺垂杨里，
春畦乱水间。

唐·杜甫《奉陪郑驸马韦曲》

野战格斗死，
败马号鸣向天悲。

唐 · 李白《战城南》

野鸦无意绪，
鸣噪自纷纷。

唐 · 杜甫《孤雁》

野棠自发空临水，
江燕初归不见人。

唐 · 李嘉祐《自苏台至望亭驿人家尽空春物增思怅然有作因寄从弟纾》

野蔬充膳甘长藿，
落叶添薪仰古槐。

唐 · 元稹《遣悲怀三首》

叶密鸟飞碍，
风轻花落迟。

南朝 · 梁 · 萧纲《折杨柳》

叶低知露密，
崖断识云重。

南朝 · 齐 · 谢朓《移病还园示亲属》

叶重碧云片，
花簇紫霞英。

唐 · 白居易《答桐花》

夜长春梦短，
人远天涯近。

宋 · 欧阳修《千秋岁》

夜长梦已尽，
愁绝令人老。

金 · 元好问《梦归》

夜半酒醒人不觉，
满地荷叶动秋风。

唐 · 窦巩《秋夕》

夜半宴归宫漏永，
薛王沉醉寿王醒。

唐 · 李商隐《龙池》

夜半呼儿趁晓耕，
羸牛无力渐艰行。
时人不识农家苦，
将谓田中谷自生。

唐 · 颜仁郁《农家》

夜半醒来红蜡短，
一枝寒泪作珊瑚。

唐 · 皮日休《春夕酒醒》

夜耿耿而不寐兮，
魂营营而至曙。

战国 · 楚 · 屈原《远游》

夜蝉当夏急，
阴虫先秋闻。

南朝 · 宋 · 颜延之《夏夜呈从兄散骑车长沙》

夜江雾里阔，
新月迥中明。

南朝·陈·阴铿《五洲夜发》

夜峰何离离，
明月落石底。
徘徊沿石寻，
照出高峰外。

唐·李贺《长歌续短歌》

夜阑更秉烛，
相对如梦寐。

唐·杜甫《羌村》

夜深静卧百虫绝，
清月出岭光入扉。

唐·韩愈《山石》

夜深忽梦少年事，
梦啼妆泪红阑干。

唐·白居易《琵琶行》

夜深经战场，
寒月照白骨。

唐·杜甫《北征》

夜深露湿簟，
月出风惊蝉。

唐·岑参《送永寿王赞府径归县》

夜宿月近人，
朝行云满车。

唐·岑参《酬成少尹骆谷行见呈》

夜宿最高峰，
瞻望浩无邻。
海黑天宇旷，
星辰来逼人。

唐·刘禹锡《有僧言罗浮事因为诗以写之》

夜市桥边火，
春风寺外船。

唐·杜荀鹤《送友游吴越》

夜闻归雁生乡思，
病入新年感物华。

宋·欧阳修《戏答元珍》

夜视太白收光芒，
报国欲死无战场。

宋·陆游《陇头水》

夜天曈曈不见星，
宫中火照西江明。

唐·王建《白纻歌》

夜悬明镜青天上，
独照长门宫里人。

唐·李白《长门怨二首》

夜夜月为青冢镜，

年年雪作黑山花。

唐 · 尉迟匡《塞上曲》

夜夜如织妇，
寻丝待成匹。

唐 · 曹邺《风人体》

夜雨滴空阶，
晓灯暗离室。

南朝 · 梁 · 何逊《临行与故游夜别》

夜雨剪春韭，
新炊间黄粱。
主称会面难，
一举累十觞。
十觞亦不醉，
感子故意长。

唐 · 杜甫《赠卫八处士》

夜静群动息，
时闻隔林犬。

唐 · 王维《春夜竹亭赠钱少府归蓝田》

一饱百情足，
一酣万事休。

唐 · 白居易《老热》

一别隔千里，
荣枯异炎凉。

唐 · 李白《经乱离后天恩流夜郎忆旧游书怀赠江夏韦太守良宰》

一别隔炎凉，
君衣忘短长。
裁缝无处等，
以意忖情量。

唐 · 孟浩然《闺情》

一别蹉跎朝市间，
青云之交不可攀。

唐 · 李白《走笔赠独孤驸马》

一别长安路几千，
遥知旧日主人怜。
贾生只是三年谪，
独自无才已四年。

唐 · 顾况《寄秘书包监》

一杯酒向今朝别，
万里船从此地分。

元 · 贡师泰《朱仲文编修还江西诸公分题赋诗为饯予适同载南归约至杨子桥分别因为赋此》

一钵即生涯，
随缘度年华。
是山皆有寺，
何处不为家。

宋 · 苏轼《僧》

一唱万夫叹，

再唱梁尘飞。

晋·陆机《拟东城一何高》

一沉一浮会有时，
弃我翻然如脱屣。

唐·李欣《缓歌行》

一塍芳草碧芊芊，
活水穿花暗护田。
蚕事正忙农事急，
不知春色为谁妍。

宋·朱淑真《东马塍》

一川碎石大如斗，
随风满地石乱走。

唐·岑参《走马川行奉送封大夫出师西征》

一船灯照浪，
两岸树凝霜。

唐·卢纶《送乐平苗明府》

一春花信二十四，
纵有此香无此格。

宋·陆游《芳华楼赏梅》

一从恩谴度潇湘，
塞北江南万里长。
莫道蓟门书信少，
雁飞犹得到衡阳。

唐·王昌龄《寄穆侍御出幽州》

一丛深色花，
十户中人赋。

唐·白居易《买花》

一寸丹心图报国，
两行清泪为思亲。

明·于谦《立春日感怀》

一寸名场心已灰，
十年长路梦初回。

金·元好问《示崔雷诗社诸人》

一代悲歌成国史，
二南风化在诗人。

清·屈绍隆《杜曲谒杜工部祠》

一灯游子梦，
双泪老亲书。

清·汤懋统《岁暮得家书》

一道残阳铺水中，
半江瑟瑟半江红。

唐·白居易《暮江吟》

一道鹊桥横渺渺，
千声玉佩过玲玲。
别离还有经年客，
怅望不如河鼓星。

唐 · 徐凝《七夕》

一点孤灯人梦觉，
万重寒叶雨声多。

唐 · 无名氏《句》

一段好春藏不住，
粉墙斜露杏花梢。

宋 · 张良臣《偶题》

一朵忽先变，
百花皆后香。

宋 · 陈亮《梅花》

一番桃李花开尽，
惟有青青草色齐。

宋 · 曾巩《城南》

一番花信一番新，
半属东风半属尘。
惟有此花开不厌，
一年长占四时春。

明 · 张新《月季花》

一翻一覆兮如掌，
一生一死兮若轮。

唐 · 卢照邻《悲人生》

一封朝奏九重天，
夕贬潮州路八千。

唐 · 韩愈《左迁至蓝关示侄孙湘》

一风三日吹倒山，
白浪高于瓦官阁。

唐 · 李白《横江词六首》

一夫当关，
万夫莫开。

唐 · 李白《蜀道难》

一夫不得意，
四海行路难。

唐 · 苏涣《变律诗十九首》

一顾倾人城，
再顾倾人国。

汉 · 李延年《北方有佳人》

一顾重尺璧，
千金轻一言。

北朝 · 北周 · 庾信《咏怀》

一行书不读，
身封万户侯。

唐 · 聂夷中《公子行》

一行书信千行泪，
寒到君边衣到无。

唐 · 王驾《古意》

一泓秋水一轮月，

今夜故人来不来？

唐·喻凫《绝句》

一泓镜水谁能羡，
自有胸中万顷湖。

唐·白居易《酬微之夸镜湖》

一花一竹如有意，
不语不笑能留人。

唐·刘长卿《戏赠干越尼子歌》

一缄书札藏何事，
会被东风暗拆看。

唐·钱珝《未展芭蕉》

一见如相识，
重游即故乡。

清·柴绍炳《酬毗陵刘庆云湖上见赠》

一径野花落，
孤村春水生。

唐·杜甫《遣意二首》

一径入寒竹，
小桥穿野花。

唐·储光羲《张谷田舍》

一叫千回首，
天高不为闻。

唐·李商隐《哭刘司户二首》

一叫一回肠一断，
三春三月忆三巴。

唐·李白《宣城见杜鹃花》

一论耳目清，
再论心骨惊。

唐·李山甫《代张孜幻梦李白歌》

一帘晚日看收尽，
杨柳微风百媚生。

宋·陈与义《清明》

一路稻花谁是主，
红蜻蛉伴绿螳螂。

宋·乐雷发《秋日行村路》

一路野花开似雪，
但闻香气不知名。

清·吴嵩梁《江南道中》

一鹭南飞道偶然，
忽然百百复千千。
江淮总属天家管，
不肯营巢向北边。

宋·杨万里《江天暮景有叹二首》

一落风尘下，
方知为吏难。

唐·白居易《酬李少府曹长官舍见赠》

一年三百六十日，

多是横戈马上行。

明 · 戚继光《马上作》

一年始有一年春，
百岁曾无百岁人。

唐 · 崔敏童《宴城东庄》

一年好景君须记，
最是橙红橘绿时。

宋 · 苏轼《赠刘景文》

一年湖上春如梦，
二月江南水似天。

元 · 迺贤《春日怀江南》

一年春色摧残尽，
更觅姚黄魏紫看。

宋 · 范成大《再赋简养正》

一年明月今宵多，
人生由命非由他，
有酒不饮奈明何！

唐 · 韩愈《八月十五日夜赠张功曹》

一年逢好夜，
万里见明时。

唐 · 张祜《中秋月》

一年将尽夜，
万里未归人。

唐 · 戴叔伦《除夜宿石头驿》

一念入奇邪，
百世人不齿；
愿尔顾修名，
慎勿污青史。

清 · 翁照《咏史》

一念尚自欺，
百年宁有终。

宋 · 陆游《夜香》

一鸟过寒木，
数花摇翠藤。
茗煎冰下水，
香炷佛前灯。

宋 · 赵师秀《岩居僧》

一鸟死，
百鸟鸣；
一兽走，
百兽惊。

唐 · 李白《上留田行》

一女不得织，
万夫受其寒。

唐 · 苏涣《变律诗十九首》

一诺休轻许，
千金未是恩。

明·潘纬《送友人北游》

一片水光飞入户，
千竿竹影乱登墙。

唐·韩翃《张山人草堂会王方士》

一片花飞减却春，
风飘万点正愁人。

唐·杜甫《曲江》

一片秋云一点霞，
十分荷叶五分花。
湖边不用关门睡，
夜夜凉风香满家。

清·曹寅《荷花》

一片伤心金粉地，
落花时节到江南。

清·程之鵕《抵金陵》

一片青山几今昔，
百年华屋记生存。

金·元好问《高平道中望陵川二首》

一片夕阳横白骨，
江枫红作战场花。

清·洪昇《衢州杂感》

一篇长恨有风情，
十首秦吟近正声。

唐·白居易《编集拙诗成一十五卷因题卷末戏题元九李二十》

一品也须妨白发，
千金莫惜买青春。

宋·丁谓《公舍春日》

一骑红尘妃子笑，
无人知是荔枝来。

唐·杜牧《过华清宫三绝句》

一气浑噩渺无尽，
乾坤不觉如浮萍。

清·沈廉《锦江观潮》

一千里色中秋月，
十万军声半夜潮。

唐·赵嘏《钱塘》

一千五百年间事，
只有滩声似旧时。

宋·陆游《楚城》

一去塞垣空别泪，
重来京洛是衰颜。

清·吴兆骞《奉酬徐建庵见赠之作次原韵》

一穷缚双脚，
寸步百里难。

金·元好问《寄英禅师时住龙门宝应寺》

一秋千古梦，

万树别离思。

清 · 陈玉瑾《落叶》

一曲听初彻，
几年愁暂开。

唐 · 刘得仁《听歌》

一阕声长听不尽，
轻舟短楫去如飞。

宋 · 欧阳修《晚泊岳阳》

一日不见，
如三秋兮。

《诗经 · 王风 · 采葛》

一日不作诗，
心源如废井。

唐 · 贾岛《戏赠友人》

一日不力作，
一日食不足。

元 · 赵孟頫《题耕织图二十四首奉懿旨撰》

一日十纸不厌速，
贵取绘意非传形。

清 · 严沆《田凝只索画久不得报歌以代柬》

一身报国有万死，
双鬓向人无再青。

宋 · 陆游《夜泊水村》

一身去国六千里，
万死投荒十二年。

唐 · 柳宗元《别舍弟宗一》

一身转战三千里，
一剑曾当百万师。

唐 · 王维《老将行》

一身已无累，
万事更何欲。

唐 · 陈子昂《望荆门》

一山桃杏同时发，
谁似东风不厌贫。

唐 · 许浑《郊居春日有怀府中诸公并柬王兵曹》

一山未了一山迎，
百里都无半里平。

唐 · 贾岛《题安业县》

一声雷起地中蛰，
万树花开天上春。

清 · 允禧《圆明园召看烟火恭纪》

一声鸡唱两年分，
旧雨当筵酒正醺。
岁尽未消残腊雪，
堂高留宿远山云。

清 · 袁枚《除夕宿州庄抚军署中作》

一声似向天上来，
月下美人望乡哭。

唐·李贺《龙夜吟》

一生大笑能几回，
斗酒相逢须醉倒。

唐·岑参《凉州馆中与诸判官夜集》

一生几许伤心事，
不向空门何处销。

唐·王维《叹白发》

一生辛苦兮缘别离，
十拍悲深兮泪成血。

汉·蔡琰《胡笳十八拍》

一生复能几，
倏如流电惊。

晋·陶渊明《饮酒二十首》

一生忧国心，
千古敢言气。

宋·楼钥《送刘德修》

一时人物风尘外，
千古英雄草莽间。

元·萨都剌《台山怀古》

一时种了黄连种，
万代令人苦不休。

唐·陈长宫《下狱有作》

一时今夕会，
万里故乡情。

唐·杜甫《季秋苏五弟缨江楼夜宴崔十三评事韦少府侄三首》

一世荣枯无异同，
百年哀乐又归空。

唐·包佶《观壁画九想图》

一世皆尚同，
愿君汩其泥。

晋·陶渊明《饮酒二十首》

一树寒梅白玉条，
迥临村路傍溪桥。

唐·张谓《早梅》

一树春风千万枝，
嫩于金色软于丝。

唐·白居易《杨柳枝词》

一树梨花一溪月，
不知今夜属何人。

唐·无名氏《杂诗》

一树梅花开一朵，
恼人偏在最高枝。

宋·杨万里《探梅》

一水牵愁万里长。

唐 · 李白《横江词六首》

一觞虽独进，
杯尽壶自倾。

晋 · 陶渊明《饮酒二十首》

一弹再三叹，
慷慨有余哀。

汉 · 无名氏《西北有高楼》

一条藤径绿，
万点雪峰晴。

唐 · 李白《冬日归旧山》

一为迁客去长沙，
西望长安不见家。

唐 · 李白《与史郎中钦听黄鹤楼上吹笛》

一闻战鼓意气生，
犹能为国平燕赵。

宋 · 陆游《老马行》

一闻边烽动，
万里忽争先。

唐 · 孟浩然《送陈七赴西军》

一宵光景潜相忆，
两地阴晴远不知。
谁料江边怀我夜，
正当池畔望君时。

唐 · 白居易《江楼月》

一溪初入千花明，
万壑度尽松风声。

唐 · 李白《忆旧游寄谯郡元参军》

一笑双白璧，
再歌千黄金。

唐 · 李白《古风五十九首》

一笑岂云无觅处，
百花多在未开时。

清 · 杜诏《花朝宴集》

一心似水惟平好，
万事如棋不著高。

宋 · 戴石屏《达观》

一凶乃一吉，
一是复一非。

唐 · 韦应物《答令狐侍郎》

一言芬若桂，
四海臭如兰。

唐 · 骆宾王《咏怀》

一言知己重，
片议杀身轻。

唐 · 刘长卿《按复后归睦州赠苗侍御》

一夜绿荷霜剪破，

赚他秋雨不成珠。

唐·来鹄《偶题》

一夜思量十年事，
几人强健几人无。

唐·元稹《西归绝句十二首》

一夜雨声能几许，
晓来落尽一城花。

宋·张耒《伤春》

一夜雨声三月尽，
万般人事五更头。

唐·韩偓《惜春》

一夜梦游千里月，
五更霜落万家钟。

清·濮淙《闻梁蘧玉已寓京口》

一夜花光如积雪，
误他啼鸟到天明。

清·查慎行《白丁香花下》

一夜好风吹，
新花一万枝。

唐·令狐楚《春游曲三首》

一夜思亲泪，
天明又复收。
恐伤慈母意，
暗向枕边流。

清·周淑媛《元日哭先大人》

一语天然万古新，
豪华落尽见真淳。

金·元好问《论诗三十首》

一叶离骚酒一杯，
滩声空助故臣哀。

清·屈绍隆《吊雪庵和尚》

一叶不妨危地过，
此心平处水皆平。

清·蒋深《麻阳船口号》

一雁下投天尽处，
万山浮动雨来初。

清·查慎行《登宝婺楼》

一雨池塘水面平，
淡磨明镜照檐楹。

宋·刘攽《雨后池上》

一饮五百年，
一醉三千秋。

宋·陆游《红楼吹笛饮酒大醉中作》

一章三遍读，
一句十回吟。

唐·白居易《初与元九别后忽梦见之用寤而书适至兼寄〈桐花诗〉怅然感怀因以此寄》

一朝被谗言，
二桃杀三士。

汉 · 无名氏《梁甫吟》

一朝沟陇出，
看取拂云飞。

唐 · 李贺《马诗二十三首》

一朝辞故枝，
飘飘难为情。

清 · 张实居《落叶》

一朝飞鸟尽，
良弓自摧折。

清 · 翁照《咏史》

一朝自罪己，
万里车书通。

唐 · 杜甫《往在》

一朝谢病还乡里，
穷巷苍苔绝知己。

唐 · 李颀《行路难》

一枝一叶总关情。

清 · 郑板桥《潍县署中画竹呈年伯包大中丞括》

一枝红艳露凝香，
云雨巫山枉断肠。
借问汉宫谁得似？
可怜飞燕倚新妆。

唐 · 李白《清平调词三首》

一枝月桂和烟秀，
万树江桃带雨红。

唐 · 鱼玄机《和新及第悼亡诗二首》

一枝何足贵，
怜是故园春。

唐 · 张九龄《折杨柳》

一掷千金浑是胆，
家无四壁不知贫。

唐 · 吴象之《少年行》

一阵风来一阵沙，
有人行处没人家。
黄河九曲冰先合，
紫塞三春不见花。

唐 · 周朴《塞上曲》

一字新声一颗珠，
转喉疑是击珊瑚。

唐 · 薛能《赠歌者》

一自风涛愁里听，
真怜兄弟别时难。

清 · 陈玉堪《兴济寄怀家兄其年》

一樽何处无风月，
自是人生苦欠闲。

宋·陆游《采莲》

衣不如新，
人不如故。

汉·无名氏《古艳歌》

衣上征尘杂酒痕，
远游无处不消魂。

宋·陆游《剑门道中遇微雨》

衣裳已施行看尽，
针线犹存未忍开。

唐·元稹《遣悲怀三首》

衣食当须纪，
力耕不吾欺。

晋·陶渊明《移居二首》

衣食苟给足，
礼义自此生。

元·赵孟頫《题耕织图二十四首奉懿旨撰》

依迟动车马，
惆怅出松萝。
忍别青山去，
其如绿水何。

唐·王维《别辋川别业》

依然极浦生秋水，
终古寒潮送夕阳。

清·彭孙遹《重建滕王阁落成》

夷险难预谋，
倚伏昧前算。

南朝·宋·谢惠连《秋怀》

夷狄日开张，
黎元愈憔悴。

唐·杜牧《感怀诗一首》

移家南渡久，
童稚解方言。

唐·皇甫冉《同诸公有怀绝句》

移床独向秋风里，
卧看蜘蛛结网丝。

宋·王安石《寄碧岩道光法师》

遗民泪尽胡尘里，
南望王师又一年。

宋·陆游《秋夜将晓出篱门迎凉有感》

遗民忍死望恢复，
几处今宵垂泪痕。

宋·陆游《关山月》

遗书暗洒孤臣血，
垂死仍衔故国恩。

清·魏象枢《哭友》

已白穷经首，

仍丹许国心。

宋 · 唐庚《自笑》

已恨亲皆远，
谁怜友复稀。

唐 · 王维《送崔兴宗》

已恨碧山相阻隔，
碧山还被暮云遮。

宋 · 李觏《乡思》

已过才追问，
相看是故人。

清 · 吴伟业《遇旧友》

已教清彻骨，
更向月中看。

宋 · 陆游《梅花》

已将四海名声去，
又占三春风景来。

唐 · 白居易《喜梦得自冯翊归洛兼呈令公》

已分将身著地飞，
那羞践踏损光辉。

唐 · 韩愈《落花》

已见松柏摧为薪，
更闻桑田变成海。

唐 · 刘希夷《代悲白头翁》

已是霜林叶烂红，
那禁动地晚来风。

宋 · 杨万里《晚风寒林》

已诉征求贫到骨，
正思戎马泪沾巾。

唐 · 杜甫《又呈吴郎》

已忍伶俜十年事，
强移栖息一枝安。

唐 · 杜甫《宿府》

已嫌刻蜡春宵短，
最恨鸣珂晓鼓催。

唐 · 韩偓《妒媒》

已因积毁成高卧，
更借阳狂护散才。

宋 · 陆游《幽居书事》

已讶衾枕冷，
复见窗户明。
夜深知雪重，
时闻折竹声。

唐 · 白居易《夜雪》

已知泉路近，
欲别故乡难。
毅魄归来日，
灵旗空际看。

明·夏完淳《别云间》

已知生死断，
犹作别离看。

清·周准《怀阳》

已作沧洲调，
无心恋一官。

唐·刘长卿《送卢判官南湖》

以道治心气，
终岁得晏然。

唐·白居易《雨夜有念》

以胶投漆中，
谁能别离此。

汉·无名氏《客从远方来》

以人为可爱，
而我亦可爱；
以人为可恶，
而我亦可恶。

清·郑板桥《淮安舟中寄舍弟墨》

以色事他人，
能得几时好？

唐·李白《妾薄命》

以杀止杀天下仁，
宝刀所愿从圣人。

清·陈恭尹《日本刀歌》

以文常会友，
惟德自成邻。

唐·祖咏《清明宴司勋刘郎中别业》

蚁壤漏山阿，
丝泪毁金骨。

南朝·宋·鲍照《代陆平原君子有所思行》

倚阑莫怪多时立，
为爱孤云尽日闲。

宋·陆游《孤云》

倚伏良难定，
荣枯岂易通。

唐·骆宾王《边夜有怀》

倚杖柴门外，
临风听暮蝉。

唐·王维《辋川闲居赠裴秀才迪》

旖旎绿杨楼，
依傍秦淮住。
朝朝见潮生，
暮暮见潮去。

明·黄省曾《江南曲》

刈兰争芬芳，
采菊竞葳蕤。

南朝 · 宋 · 鲍照《梦还乡》

忆君心似西江水，
日夜东流无歇时。

唐 · 鱼玄机《江陵愁望寄子安》

忆君泪落东流水，
岁岁花开知为谁。

唐 · 李颀《题卢五旧居》

忆君遥在潇湘月，
愁听清猿梦里长。

唐 · 王昌龄《送魏二》

忆昔开元全盛日，
小邑犹藏万家室。

唐 · 杜甫《忆昔二首》

忆昔亭前柳，
分携曾系船。
至今攀折处，
犹是锁愁烟。

清 · 谢志发《过旧送别处》

忆昨尚如春日花，
悲今已作秋时草。

唐 · 崔颢《邯郸宫人怨》

忆昨东园桃李红碧枝，
与君此时初别离。

唐 · 李白《寄远十二首》

亦余心之所善兮，
虽九死其犹未悔。

战国 · 楚 · 屈原《离骚》

亦知无住著，
随处得安心。

元 · 傅若金《送云闲师游浙》

异彩奇文相隐映，
转侧看花花不定。

唐 · 白居易《缭绫》

异乡物态与人殊，
惟有东风旧相识。

宋 · 欧阳修《春日西湖寄谢法曹歌》

异乡无旧识，
车马到门稀。

唐 · 刘禹锡《元日感怀》

邑犬之群吠兮，
吠所怪也。

战国 · 楚 · 屈原《九章 · 怀沙》

易代一抔土，
累累葬宦官。

清 · 方登峄《出西郊道过
摩诃庵经前明宦寺葬地》

易求无价宝，
难得有心郎。

唐·鱼玄机《赠邻女》

易俗去猛虎，
化人似驯鸥。

唐·岑参《送颜平原》

《易》虽病里犹能读，
诗到愁边始欲工。

宋·陆游《山园晚兴》

逸思乃天纵，
微才应陆沉。

唐·高适《淇上别刘少府子英》

意匠如神变化生，
笔端有力任纵横。
须教自我胸中出，
切忌随人脚后行。

宋·戴复古《论诗十绝》

因病得闲殊不恶，
安心是药更无方。

宋·苏轼《病中游祖塔院》

因风离海上，
伴月到人间。

唐·于邺《孤云》

因怜儿被薄，
转忆客衣单。

清·朱柔则《寄远曲》

阴风搜林山鬼啸，
千丈寒藤绕崩石。

宋·黄庭坚《上大蒙笼》

阴生古苔绿，
色染秋烟碧。
何当凌云霄，
直上数千尺。

唐·李白《南轩松》

阴阳神变皆可测，
不测人间笑是瞋。

唐·白居易《天可度》

阴阳为炭地为炉，
铸出金钱不用模。
莫向人间逞颜色，
不知还解济贫无。

唐·皮日休《金钱花》

殷勤大河水，
东注不还流。

唐·武元衡《长相思》

吟成五字句，
用破一生心。

唐·方干《贻钱塘县路明府》

吟安一个字，
拈断数茎须。
险觅天应闷，
狂搜海亦枯。

唐 · 卢延让《苦吟》

吟君诗罢看双鬓，
斗觉霜毛一半加。

唐 · 韩愈《答张十一》

吟诗作赋北窗里，
万言不直一杯水。
世人闻此皆掉头，
有如东风射马耳。

唐 · 李白《答王十二寒夜独酌有怀》

吟似候虫秋更苦，
梦和寒鹊夜频惊。

金 · 元好问《秋怀》

吟咏流千古，
声名动四夷。

唐 · 白居易《读李杜诗集因题卷后》

银瓶乍破水浆迸，
铁骑突出刀枪鸣。

唐 · 白居易《琵琶行》

银山碛口风似箭，
铁门关西月如练。

唐 · 岑参《银山碛西馆》

银烛秋光冷画屏，
轻罗小扇扑流萤。
天阶夜色凉如水，
卧看牵牛织女星。

唐 · 杜牧《秋夕》

引杯快似黄河泻，
落笔声如白雨来。

宋 · 陆游《合江夜宴归马上作》

饮罢为君登绝顶，
俯临落日看跳丸。

宋 · 惠洪《将登南岳绝顶而志
上人以小团斗夸见遗作诗谢之》

饮酣视八极，
俗物都茫茫。

唐 · 杜甫《壮游》

饮马鱼惊水，
穿花露滴衣。

唐 · 元稹《早归》

饮马渡秋水，
水寒风似刀。

唐 · 王昌龄《塞下曲四首》

饮马长城窟，
水寒伤马骨。

三国·魏·陈琳《饮马长城窟行》

饮酒任真性，
挥笔肆狂言。

唐·韦应物《答僩奴重阳二甥》

英雄都付浪淘沙，
逝者如斯总不归。

清·秋瑾《观瀑布》

英雄一去豪华尽，
惟有江山似洛中。

唐·杜牧《金陵怀古》

英雄已尽中原泪，
臣主元无北渡心。

明·张以宁《过辛稼轩神道吊以诗》

英雄短气莫须有，
明哲保身归去来。

清·尤侗《题韩蕲王庙》

英雄有恨余湖水，
天地忘怀入酒杯。

元·张昱《西山亭留题》

英雄有事在烽烟，
红粉生离未足怜。

清·方殿元《爱妾换马》

英雄有迍邅，
由来自古昔。

晋·左思《咏史八首》

英雄漫青史，
富贵亦黄埃。

宋·陆游《小宴》

英雄自古出巾帼。

清·沈钦圻《秦良玉遗像》

莺随入户树，
花逐下山风。
栋里归白云，
窗外落晖红。

南朝·陈铿《开善寺》

莺入新年语，
花开满故枝。

唐·杜甫《伤春五首》

莺啼燕语报新年，
马邑龙堆路几千。

唐·皇甫冉《春思》

嘤其鸣矣，
求其友声。

《诗经·小雅·伐木》

樱桃花下送君时，
一寸春心逐折枝。
别后相思最多处，

千株万片绕林垂。

唐 · 元稹《折枝花赠行》

鹦为能言长剪翅，
龟缘难死久搘床。

唐 · 白居易《寄微之》

迎得春来非自足，
百花千卉共芬芳。

唐 · 韩琦《迎春花》

盈盈一水间，
脉脉不得语。

汉 · 无名氏《古诗十九首》

萤光起腐草，
云翼腾沉鲲。

唐 · 钱起《初黄绶赴蓝田县作》

营己良有极，
过足非所钦。

晋 · 陶渊明《和郭主簿》

萦回百折至绝顶，
俯视众岭来儿孙。

元 · 许谦《冯公岭》

影端缘守直，
心劲懒藏锋。

唐 · 唐沛《赋咏宣州笔》

影高群木外，
香满一轮中。

唐 · 张荐《月中桂》

影镂碎金初透月，
声敲寒玉乍摇风。

唐 · 刘兼《新竹》

永夜角声悲自语，
中天月色好谁看。

唐 · 杜甫《宿府》

永忆江湖归白发，
欲回天地入扁舟。

唐 · 李商隐《安定城楼》

忧端齐终南，
澒洞不可掇。

唐 · 杜甫《自京赴奉先县咏怀五百字》

忧方知酒圣，
贫始觉钱神。

唐 · 白居易《江南谪居十韵》

忧国孤臣泪，
平胡壮士心。

宋 · 陆游《新春》

忧民怀凛凛，
谋己耻营营。

宋·陆游《送客至望云门外》

忧思能伤人，
谁禁迟暮年。

清·汪洪度《芦中老人》

呦呦鹿鸣，
食野之苹。
我有嘉宾，
鼓瑟吹笙。

《诗经·小雅·鹿鸣》

幽谷元非隐，
高人自喜闲。

元·何中《雨后晚行》

幽谷那堪更北枝，
年年自分着花迟。
高标逸韵君知否？
正是层冰积雪时。

宋·陆游《梅花绝句二首》

幽兰吐芳烈，
芙蓉发红晖。

汉·王粲《杂诗》

幽兰生前庭，
含薰待清风。

晋·陶渊明《饮酒二十首》

幽人偏爱青山好，
为是青山常不老。
山中出云雨太虚，
一洗尘埃山更好。

宋·胡宪《答朱元晦》

幽溪鹿过苔还静，
深树云来鸟不知。
青琐同心多逸兴，
春山载酒远相随。

唐·钱起《山中酬杨补阙见过》

悠然且作寻山想，
梦里功名莫自期。

宋·陆游《初发建安》

悠悠生死别经年，
魂魄不曾来入梦。

唐·白居易《长恨歌》

由来香国中，
不立贰臣传。

清·丘逢甲《蜂》

由来蚕老后，
方是茧成时。

唐·白居易《三年冬随事铺设小堂寝处稍似稳暖因念衰病偶吟所怀》

由来富与权，
不系才与贤。

唐·白居易《叹鲁二首》

由来君臣间，
宠辱在朝暮。

唐·白居易《寄隐者》

由来征战地，
不见有人还。

唐·李白《关山月》

由来骨鲠材，
喜被软弱吞。

唐·韩愈《送进士刘师服东归》

由来才命相磨折。

唐·白居易《酬微之》

由来不是池中物。

唐·薛能《又和留山鸡》

由浅渐入深，
得新讵忘故。

清·毛锡繁《沈石田秋林读书图》

游蜂掠尽粉丝黄，
落蕊犹收蜜露香。

宋·苏轼《王晋叔所藏画跋尾五首·山茶》

游宦京都二十春，
贫中无处可安贫。

唐·白居易《卜居》

游人莫笑白头醉，
老醉花间有几人。

唐·刘禹锡《杏园花下酬乐天见赠》

游人脚底一声雷，
满座顽云拨不开。

宋·苏轼《有美堂暴雨》

游人五陵去，
宝剑值千金。
分手脱相赠，
平生一片心。

唐·孟浩然《送朱大入秦》

游山如读书，
深浅皆可乐。

宋·陆游《天王广教院在山东麓予年二十余时与老僧惠迪游略无十日不到也淳熙甲辰秋观潮海上偶系舟其门曳杖再游恍如隔世矣》

游仙半壁画，
隐士一床书。

北朝·北周·庾信《寒园即目》

游子久不归，
不识陌与阡。

三国·魏·曹植《送应氏两首》

游子思故居，
离客迟新乡。

南朝·宋·鲍照《登翻车岘》

游子春衫已试单，
桃花飞尽野梅酸。
怪来一夜蛙声歇，
又作东风十日寒。

宋·吴涛《绝句》

友如作画须求淡，
山似论文不喜平。

清·袁枚《随园诗话》

有弟皆分散，
无家问死生。

唐·杜甫《月夜忆舍弟》

有才不肯学干谒，
何用年年空读书。

唐·高适《行路难二首》

有此倾城好颜色，
花开时节动京城。

唐·刘禹锡《赏牡丹》

有官固当归，
无官归亦好。

元·郑祐《送友还乡》

有官真似水，
无梦不还家。

清·施润章《怀侯韩振兰山》

有国由来在得贤，
莫言兴废是循环。
武侯星落周瑜死，
平蜀降吴似等闲。

唐·李九龄《读三国志》

有怀长不释，
一语一酸辛。

宋·郑思肖《德祐二年岁旦》

有家皆掩映，
无处不潺湲。

唐·杜牧《睦州四韵》

有酒且斟酌，
万事付一醉。

清·陆文铭《杂诗》

有酒易倾不夜之圆月，
有金难铸不谢之名花。

清·顾文渊《余锦泉席上听众姬琵琶筝》

有念尽为烦恼相，
无私方称水晶宫。

唐·释贯休《山居诗》

有琴耻向贵主弹，
有门耻为丞相扫。

清·郁植《悲歌》

有琴方是乐，
无竹不成家。

宋·王禹偁《闲居》

有情皓月怜孤影，
无赖闲花照独眠。

清·黄景仁《绮怀》

有情芍药含春泪，
无力蔷薇卧晓枝。

宋·秦观《春日》

有如兔走鹰隼落，
骏马下注千丈坡；
断弦离柱箭脱手，
飞电过隙珠翻波。

宋·苏轼《百步洪》

有身莫犯飞龙鳞，
有手莫辫猛虎须。

唐·李白《对雪醉后赠王历阳》

有山皆种麦，
有水皆种粳。
牛领疮见骨，
叱叱犹夜耕。

宋·陆游《农家叹》

有诗酬岁月，
无梦到功名。

宋·陈与义《道中寒食》

有时三点两点雨，
到处十枝五枝花。

唐·李山甫《寒食二首》

有时忽得惊人句，
费尽心机做不成。

宋·戴复古《论诗十绝》

有时无人行，
沙石乱飘扬。
夜静天萧条，
鬼哭夹道傍。

唐·岑参《武威送刘单判官赴安西行营便呈高开府》

有生必有死，
早终非命促。

晋·陶渊明《拟挽歌辞三首》

有书堆数仞，
不如读盈寸。

清·刘岩《杂诗》

有书有子愿已足，
翁不痛饮胡为哉。

清·吴嘉纪《劝酒歌赠乔功偕》

有影自随还对语，

无家可老尚思归。

清·翁叔元《下第出都途中偶成》

有约不来过夜半，
闲敲棋子落灯花。

宋·赵师秀《有约》

有子与无子，
祸福未可原。

唐·韩愈《孟东野失子》

有子且勿喜，
无子固勿叹。

唐·韩愈《孟东野失子》

淤泥解作白莲藕，
粪壤能开黄玉花。

宋·黄庭坚《次韵中玉水仙花》

于今腐草无萤火，
终古垂杨有暮鸦。

唐·李商隐《隋宫》

余固知謇謇之为患兮，
忍而不能舍也。

战国·楚·屈原《离骚》

余霞散成绮，
澄江静如练。

南朝·齐·谢朓《晚登三山还望京邑》

鱼得自忘荃，
鸟尽必藏弓。

唐·刘知幾《读〈汉书〉作》

鱼吹细浪摇歌扇，
燕蹋飞花落舞筵。

唐·杜甫《城西陂泛舟》

鱼恋江湖鸟厌笼。

唐·白居易《忆微之》

鱼龙寂寞秋江冷，
故国平居有所思。

唐·杜甫《秋兴八首》

鱼能深入宁忧钓，
鸟解高飞岂触罗。

唐·白居易《感兴二首》

鱼书欲寄何由达，
水远山长处处同。

宋·晏殊《无题》

鱼戏新荷动，
鸟散余花落。

南朝·齐·谢朓《游东田》

鱼跃青池满，
莺吟绿树低。

唐·李白《晓晴》

鱼意思在藻，
鹿心怀食苹。
唐 · 张九龄《南还湘水言怀》

鱼游乐深池，
鸟栖欲高枝。
唐 · 张九龄《感遇诗十九首》

鱼游沸鼎知无日，
鸟覆危巢岂待风。
唐 · 李商隐《行次昭应县道上送户部李郎中充昭义攻讨》

鱼在深泉鸟在云，
从来只得影相亲。
唐 · 项斯《赠别》

谀言反复那可道，
能令君心不自保。
唐 · 崔颢《孟门行》

渔村樵市过残春，
八十三年老病身。
残虏游魂苗渴雨，
杜门忧国复忧民。
宋 · 陆游《春晚即事》

渔夫晚唱烟生浦，
桑妇迟归月满筐。
清 · 宗元鼎《题郊居》

渔翁夜傍西岩宿，
晓汲清湘燃楚竹。
烟销日出不见人，
欸乃一声山水绿。
唐 · 柳宗元《渔翁》

渔阳鼙鼓动地来，
惊破霓裳羽衣曲。
唐 · 白居易《长恨歌》

渔舟曲折只穿花，
溪上人多种树家。
清 · 屈大均《陈村口号》

榆柳萧疏楼阁闲，
月明直见嵩山雪。
唐 · 孟郊《洛桥晚望》

与老无期约，
到来如等闲。
唐 · 刘禹锡《答乐天见忆》

与君相别分流处，
春草春花易断肠。
清 · 陈廷敬《分流水送人北归》

与君白黑太分明，
纵不相亲莫见轻。
唐 · 白居易《乌赠鹤》

与乾坤齐其寿，

与日月齐其明。

唐·卢照邻《悲人生》

与女游兮九歌，
冲风起兮横波；
乘水车兮荷盖，
驾两龙兮骖螭。

战国·楚·屈原《九歌·河伯》

与世无营，
神气晏如。

晋·嵇康《幽愤诗》

与天地兮同寿，
与日月兮齐光。

战国·楚·屈原《九章·涉江》

雨断淮山出，
帆扬楚树移。

唐·刘得仁《送友人下第归扬州觐省》

雨过一村暗，
风回百草香。

宋·陆游《初归偶到近村戏书》

雨过潮平江海碧，
电光时掣紫金蛇。

宋·苏轼《望海楼晚景五首》

雨后明月来，
照见山下路。
人语隔溪烟，
借问停舟处。

清·王士禛《惠山下邹流绮过访》

雨荒深院菊，
霜倒半池莲。

唐·杜甫《宿赞公房》

雨狂风正恶，
勿厌草堂低。

清·查慎行《燕来巢》

雨露之所濡，
甘苦齐结实。

唐·杜甫《北征》

雨露何时及，
京华若个边。

唐·沈佺期《初达驩州》

雨露施恩无厚薄，
蓬蒿随分有枯荣。

唐·白居易《初到江州寄翰林张、李、杜三学士》

雨落不上天，
水覆难再收。

唐·李白《妾薄命》

雨径绿芜合，
霜园红叶多。

唐 · 白居易《司马宅》

雨去花光湿，
风归叶影疏。

唐 · 王勃《郊兴》

雨前初见花间蕊，
雨后兼无叶里花。
蛱蝶飞来过墙去，
却疑春色在邻家。

唐 · 王驾《雨晴》

雨色秋来寒，
风严清江爽。

唐 · 李白《酬裴侍御对雨感时见赠》

雨添山翠重，
舟压浪花分。

宋 · 陆游《涪州道中》

雨洗平沙静，
天衔阔岸纡。

唐 · 杜甫《舟中出江陵南浦奉寄郑少尹审》

雨洗娟娟净，
风吹细细香。

唐 · 杜甫《严郑公宅同咏竹》

雨洗东坡月色清，
市人行尽野人行。
莫嫌荦确坡头路，
自爱铿然曳杖声。

宋 · 苏轼《东坡一绝》

雨意欲晴山鸟乐，
寒声初到井梧知。

宋 · 黄公度《悲秋》

雨外峰明灭，
风前花偃仰。

清 · 朱徽《舟行雩都道中》

雨中草色绿堪染，
水上桃花红欲然。

唐 · 王维《辋川别业》

雨中山果落，
灯下草虫鸣。

唐 · 王维《秋夜独坐》

雨中黄叶树，
灯下白头人。

唐 · 司空曙《喜外弟卢纶见宿》

庾信平生最萧瑟，
暮年诗赋动江关。

唐 · 杜甫《咏怀古迹》

庾信文章真健笔，
可怜江北望江南。

明 · 吴麒《书李舒章诗后》

庾信文章老更成，
凌云健笔意纵横。
今人嗤点流传赋，
不觉前贤畏后生。

唐·杜甫《戏为六绝句》

玉窗萤影度，
金殿人声绝。
秋夜守罗帏，
孤灯耿不灭。

唐·王维《班婕妤三首》

玉关道路远，
金陵信使疏。
独下千行泪，
开君万里书。

北朝·北周·庾信《寄王琳》

玉户帘中卷不去，
捣衣砧上拂还来。

唐·张若虚《春江花月夜》

玉阶生白露，
夜久侵罗袜。
却下水晶帘，
玲珑望秋月。

唐·李白《玉阶怨》

玉经磨琢多成器，
剑拔沉埋更倚天。

唐·王涣《上裴侍郎》

玉露凋伤枫树林，
巫山巫峡气萧森。

唐·杜甫《秋兴八首》

玉门关外何妨死，
饭颗山头不怕穷。

宋·陆游《野兴》

玉台妆罢时时拂，
莫使浮尘又暗生。

清·吴若华《新磨古镜》

玉玺不缘归日角，
锦帆应是到天涯。

唐·李商隐《隋宫》

玉颜不及寒鸦色，
犹带昭阳日影来。

唐·王昌龄《长信秋词》

玉颜自古为身累，
肉食何人与国谋。

宋·欧阳修《唐崇徽公主手痕和韩内翰》

玉隐且在石，
兰枯还见春。

唐·李白《南陵五松山别荀七》

郁郁涧底松，

离离山上苗。
以彼径寸茎，
荫此百尺条。

晋·左思《咏史八首》

欲变节而从俗兮，
愧易初而屈志。

战国·楚·屈原《九章·思美人》

欲并老容羞白发，
每看儿戏忆青春。

唐·刘长卿《戏题赠二小男》

欲陈济世策，
已老尚书郎。

唐·杜甫《暮春题瀼西新赁草屋五首》

欲渡黄河冰塞川，
将登太行雪满山。

唐·李白《行路难二首》

欲归还小立，
为爱夕阳红。

宋·陆游《东村》

欲交天下士，
未面已虚襟。

唐·贺遂亮《赠韩思彦》

欲寄征衣问消息，
居延城外又移军。

唐·刘禹锡《秋思二首》

欲寄两行迎尔泪，
长江不肯向西流。

唐·白居易《得行简书闻欲下峡先以此寄》

欲剪湘中一尺天，
吴娥莫道吴刀涩。

唐·李贺《罗浮山人与葛篇》

欲将血泪寄山河，
去洒东山一抔土。

宋·李清照《上枢密韩肖胄诗》

欲就麻姑买沧海，
一杯春露冷如冰。

唐·李商隐《谒山》

欲觉闻晨钟，
令人发深省。

唐·杜甫《游龙门奉先寺》

欲倾天上河汉水，
净洗关中胡虏尘。

宋·陆游《夏夜大醉醒后有感》

欲取鸣琴弹，
恨无知音赏。

唐·孟浩然《夏日南亭怀辛大》

欲收禾黍善，
先去蒿莱恶。

宋·王安石《钱镈》

欲识潮头高几许，
越山浑在浪花中。

宋·苏轼《八月十五看潮五绝》

欲投人处宿，
隔水问樵夫。

唐·王维《终南山》

欲为圣朝除弊事，
肯将衰朽惜残年。

唐·韩愈《左迁至蓝关示侄孙湘》

欲问吴江别来意，
青山明月梦中看。

唐·王昌龄《李四仓曹宅夜饮》

欲献济世策，
此心谁见明。

唐·李白《邺中赠王大》

欲邀击筑悲歌饮，
正值倾家无酒钱。

唐·李白《醉后赠从甥高镇》

欲言无予和，
挥杯劝孤影。

晋·陶渊明《杂诗十二首》

欲知此后相思梦，
长在荆门郢树烟。

唐·柳宗元《别舍弟宗一》

鸳鸯可羡头俱白，
飞去飞来烟雨秋。

唐·李商隐《代赠》

鸳鸯交颈期千岁，
琴瑟谐和愿百年。

唐·李郢《为妻作生日寄意》

鸳鸯荡漾双双翅，
杨柳交加万万条。

唐·白居易《正月三日闲行》

鸳鸯且莫飞，
我有好针线，
绣在合欢被，
与汝日相见。

清·李锴《江南》

鸳鸿得路争先翥，
松柏凌寒独后凋。

唐·武元衡《送张谏议归朝》

元化本大公，
何用分形骸。

清 · 沈钦圻《春日招诸生》

园荒惟有薪堪采，
门冷兼无雀可罗。

唐 · 白居易《与梦得偶同到敦诗宅感而题壁》

园林鸣好鸟，
闲居犹独眠。
不觉朝已晏，
起来望青天。

唐 · 韦应物《园林晏起寄昭应韩明府卢主簿》

园禽与时变，
兰根应节抽。

南朝 · 梁 · 沈约《休沐寄怀》

园翁莫把秋荷折，
留与游鱼盖夕阳。

宋 · 周密《西塍废园》

沅湘流不尽，
屈子怨何深！
日暮秋烟起，
萧萧枫树林。

唐 · 戴叔伦《过三闾庙》

沅有芷兮澧有兰，
思公子兮未敢言。

战国 · 楚 · 屈原《九歌 · 湘夫人》

圆荷浮小叶，
细麦落轻花。

唐 · 杜甫《为农》

猿愁鱼踊水翻波，
自古流传是汨罗。

唐 · 韩愈《湘中》

援玉枹兮击鸣鼓，
天时怼兮威灵怒。

战国 · 楚 · 屈原《九歌 · 国殇》

远岸秋沙白，
连山晚照红。

唐 · 杜甫《秋野五首》

远村云里出，
遥船天际归。

南朝 · 梁 · 萧绎《出江陵县还诗二首》

远草平中见牛背，
新秧疏处有人踪。

宋 · 杨万里《过百家渡》

远峰带雨色，
落日摇川光。

唐 · 岑参《林卧》

远峰带云没，
流烟乱雨飘。

南朝 · 梁 · 鲍至《奉和往虎窟山寺》

远风南浦万重波，
未似生离别恨多。

唐 · 杜牧《见刘秀才与池州妓别》

远海高于岸，
空烟聚作云。

清 · 赵执信《赴登州留别康海》

远害全身诚得计，
一生幽暗又如何。

唐 · 白居易《洞中蝙蝠》

远见群山来，
莽莽乱奔马。

清 · 黄景仁《龙寓寺》

远梦归侵晓，
家书到隔年。

唐 · 杜牧《旅宿》

远梦如水急，
白发如草新。
归期待春至，
春至还送人。

唐 · 曹邺《愁》

远鸥浮水静，
轻燕受风斜。

唐 · 杜甫《春归》

远磬秋山里，
清猿古木中。
众溪连竹路，
诸岭共松风。

唐 · 刘长卿《登思禅寺上方题修竹茂松》

远山芳草外，
流水落花中。

唐 · 司空曙《题鲜于秋林园》

远山银鹤聚，
老树玉龙斜。

唐 · 聂夷中《雪》

远声如有洞，
迷色似无山。

唐 · 薛能《春雨》

远上寒山石径斜，
白云深处有人家。
停车坐爱枫林晚，
霜叶红于二月花。

唐 · 杜牧《山行》

远树带行客，
孤村当落晖。

唐 · 王维《送綦毋潜落第还乡》

远书归梦两悠悠，

只有空床敌素秋。

唐 · 李商隐《端居》

远水非无浪，
他山自有春。

唐 · 杜甫《郪城西原送李判官兄武判官弟赴成都府》

远水兼天净，
孤城隐雾深。

唐 · 杜甫《野望》

远途始悟乾坤大，
晚节偏惊岁月遒。

宋 · 陆游《柳林酒家小楼》

远天连雪暗，
落日入沙黄。

清 · 谭嗣同《白草原》

远雁临空翻夕照，
残云带雨过春城。

唐 · 武元衡《南徐别业早春有怀》

远志出山成小草，
神鱼失水困沙虫。

明 · 文徵明《感怀》

愿得一心人，
白头不相离。

汉 · 乐府诗《皑如山上雪》

愿得金波明似镜，
镜中照出月中仙。

唐 · 白居易《戏答思黯》

愿飞安得翼，
欲济河无梁。

三国 · 魏 · 曹丕《杂诗》

愿将万古色，
照我万古心。

金 · 元好问《饮酒五首》

愿教青帝常为主，
莫遣纷纷点翠苔。

宋 · 朱淑真《落花》

愿将腰下剑，
直为斩楼兰。

唐 · 李白《塞下曲六首》

愿君学长松，
慎勿作桃李。

唐 · 李白《赠韦侍御黄裳二首》

愿随孤月影，
流照伏波营。

唐 · 沈如筠《闺怨二首》

愿同比翼鸟，
生死恒相随。

清·史夔《长干曲》

愿同尧舜意，
所乐在人和。

唐·白居易《太平乐词二首》

愿为双鸿鹄，
奋翅起高飞。

汉·无名氏《古诗十九首》

愿为双飞鸟，
比翼共翱翔。

三国·魏·阮籍《咏怀》

愿为连根同死之秋草，
不作飞空之落花。

唐·李白《代寄情楚辞体》

愿言思伯，
甘心首疾。

《诗经·卫风·伯兮》

愿言昭代举大纲，
亦有枳棘栖鸾凰。

元·萨都剌《京都寒夜和葛秀才床字韵》

愿以潺湲水，
沾君缨上尘。

南朝·梁·沈约《新安江至清浅深见底贻京邑同好》

愿以儿童爱，
每从仁者求。

唐·卢纶《秋夜同畅当宿藏公院》

愿欲一轻济，
惜哉无方舟。

三国·魏·曹植《杂诗》

愿逐三秋雁，
年年一度秋。

唐·卢照邻《昭君怨》

愿作鸳鸯被，
长覆有情人。

唐·李德裕《鸳鸯篇》

月出皎兮，
佼人僚兮。
舒窈纠兮，
劳心悄兮。

《诗经·陈风·月出》

月出浮云尽，
风生中夜清。

宋·刘敞《月夜》

月出惊山鸟，
时鸣春涧中。

唐·王维《鸟鸣涧》

月淡烟深听牧笛，

死生长事不须愁。

宋・陆游《看梅绝句》

月宫幸有闲田地，
何不中央种两株。

唐・白居易《东城桂三首》

月光浸水水浸天，
一派空明互回荡。

清・查慎行《中秋夜洞庭湖对月歌》

月光欲到长门殿，
别作深宫一段愁。

唐・李白《长门怨二首》

月黑雁飞高，
单于夜遁逃。
欲将轻骑逐，
大雪满弓刀。

唐・卢纶《和张仆射塞下曲》

月晃长江上下同，
画桥横绝冷光中。

宋・苏舜饮《中秋松江新桥对月和柳令之作》

月昏天有晕，
风软水无痕。

宋・陆游《村夜》

月皎疑非夜，
林疏似更秋。

南朝・梁・庚肩吾《奉和春夜应令》

月既不解饮，
影徒随我身。
暂伴月将影，
行乐须及春。

唐・李白《月下独酌四首》

月来满地水，
云起一天山。

清・郑燮《即目》

月落乌啼霜满天，
江枫渔火对愁眠。
姑苏城外寒山寺，
夜半钟声到客船。

唐・张继《枫桥夜泊》

月落星稀天欲明，
孤灯未灭梦难成。

唐・李端《闺情》

月明三峡曙，
潮满九江春。

唐・沈佺期《巫山高》

月明潭色澄空性，
夜静猿声证道心。

唐・李端《寄庐山真上人》

月明星稀，
乌鹊南飞。

东汉 · 曹操《短歌行》

月色醉远客，
山花开欲燃。

唐 · 李白《寄韦南陵冰余江上乘兴访之遇寻颜尚书笑有此赠》

月色横分窗一半，
秋声正在树中间。

宋 · 陆游《枕上》

月下江流静，
村荒人语稀。

唐 · 钱起《江行无题一百首》

月下高低影，
风前远近香。
夜深清到骨，
幽梦绕胡床。

宋 · 刘克庄《桂花》

月下望乡双泪落，
天涯多病一身遥。

清 · 王材任《鲁港夜泊》

月下沉吟久不归，
古来相接眼中稀。

唐 · 李白《金陵城西楼月下吟》

月圆未圆月逾皎，
春深未深春更好。

清 · 黄景仁《十四夜赵舍人秉渊招集酒后偕步灯市》

月正树无影，
露浓荷有声。

宋 · 陆游《徙倚》

月子弯弯照九州，
几家欢乐几家愁。
愁煞人来关月事，
得休休处且休休。

宋 · 杨万里《竹枝歌》

云白山青万余里，
愁看直北是长安。

唐 · 杜甫《小寒食舟中作》

云蔽望乡处，
雨愁为客心。

唐 · 谈戭《清溪馆作》

云边雁断胡天月，
陇上羊归塞草烟。

唐 · 温庭筠《苏武庙》

云垂大鹏翻，
波动巨鳌没。

唐 · 李白《天台晓望》

云淡风轻近午天，
傍花随柳过前川。
时人不识余心乐，
将谓偷闲学少年。

宋·程颢《春日偶成》

云帆望远不相见，
日暮长江空自流。

唐·李白《送别》

云翻一天墨，
浪蹴半空花。

宋·陆游《冒雨登似砚台观江潮》

云高火落，
露白蝉寒。

北朝·北周·庾信
《周祀五帝歌·白帝云门舞》

云光侵履迹，
山翠拂人衣。

唐·裴迪《华子岗》

云和发韵，
孤竹扬清。

隋·乐府民歌《圆丘歌》

云横秦岭家何在，
雪拥蓝关马不前。

唐·韩愈《左迁至蓝关示侄孙湘》

云髻半偏新睡觉，
花冠不整下堂来。

唐·白居易《长恨歌》

云开远见汉阳城，
犹是孤帆一日程。
估客昼眠知浪静，
舟人夜语觉潮生。

唐·卢纶《晚次鄂州》

云开巫峡千峰出，
路转巴江一字流。

明·吴本泰《送人之巴蜀》

云开半夜千林静，
月上中峰万壑明。

唐·耿沣《宿万固寺因寄严补阙》

云开汶水孤帆远，
路绕梁山匹马迟。

唐·高适《东平别前卫县李寀少府》

云开逗夕阳，
水落穿浅土。
时见叱牛翁，
一犁带残雨。

清·何绍基《山雨》

云开孤鸟出，
浪起白鸥沉。

唐·朱庆馀《留别卢玄休归荆门》

云里寒溪竹里桥，
野人居处绝尘嚣。

宋·王禹偁《题张处士溪居》

云里烟村雨里滩，
看之容易画之难。
早知不入时人眼，
多买胭脂画牡丹。

宋·李唐《题画》

云漫漫兮白日寒，
天荆地棘行路难。

明·刘永锡《行路难》

云晴鸥更舞，
风逆雁无行。

唐·杜甫《冬晚送长孙渐舍人归州》

云日相辉映，
空水共澄鲜。

南朝·宋·谢灵运《登江中孤屿》

云散月明谁点缀？
天容海色本澄清。

宋·苏轼《元月二十日渡海》

云山一一看皆美，
竹树萧萧画不成。

唐·苏颋《扈从鄠杜间奉呈刑部尚书舅崔黄门马常侍》

云山渐慰思乡梦，
风雪仍含出塞愁。

清·王摅《喜吴弘人闻夏南还》

云山万里别，
天地一身孤。

清·陆苍培《咏怀》

云山万重隔，
音信千里绝。

唐·李白《姑苏十咏·望夫山》

云山海上出，
人物镜中来。

唐·李白《赠王判官时余归隐居庐山屏风叠》

云生半岩润，
麝过一林香。

宋·陆游《暇日登东冈》

云深不见千岩秀，
水涨初闻万壑流。

宋·吕本中《柳州开元寺夏雨》

云头艳艳开金饼，
水面沈沈卧彩虹。

宋·苏舜钦《中秋松江新桥对月和柳令之作》

云卧三十年，
好闲复爱仙。
蓬壶虽冥绝，
鸾鹤心悠然。
归来桃花岩，
得憩云窗眠。
对岭人共语，
饮潭猿相连。

唐 · 李白《安陆白兆山桃花岩寄刘侍御绾》

云外山高龙虎踞，
人间松老凤凰栖。

元 · 柯九思《送赵虚一还金陵书虞翰林诗后》

云想衣裳花想容，
春风拂槛露华浓。
若非群玉山头见，
会向瑶台月下逢。

唐 · 李白《清平调词三首》

云霞出海曙，
梅柳渡江春。
淑气催黄鸟，
晴光转绿蘋。

唐 · 杜审言《和晋陵陆丞早春游望》

云斜花影没，
日落荷心香。

南朝 · 梁 · 萧纲《苦热行》

云掩初弦月，
香传小树花。

唐 · 杜甫《遣意二首》

运至慕荣华，
愁来忆贫贱。

清 · 陈维崧《刘逸民隐如》

韵惭高手压，
文岂拙词褒。

唐 · 张祜《又陪楚州韦舍人阊门游宴次韵北阊门》

Z

栽培剪伐须勤力，
花易凋零草易生。

宋 · 苏舜钦《题花山寺壁》

栽种成阴十年事，
仓皇求买万金无。

宋 · 苏轼《傅尧俞济源草堂》

在火辨良玉，
经霜识贞松。

唐·白居易《题赠郑秘书征君石沟溪隐居》

在晦不绝俗，
处乱不为亲。

唐·卢照邻《咏史四首》

在家常早起，
忧国愿年丰。

唐·杜甫《吾宗》

在家同一愁，
出门成两悲。

清·高其倬《行役晓发》

在山泉水清，
出山泉水浊。

唐·杜甫《佳人》

在生本求多子孙，
及有谁知更辛苦。

唐·张谓《代北州老翁答》

在天愿作比翼鸟，
在地愿为连理枝。

唐·白居易《长恨歌》

在乡须下意，
为客莫高心。

唐·王梵志《王梵志诗一百一十首》

葬骨九源江上月，
思家百口陇头云。

清·吴伟业《过维扬吊卫少司马紫岫》

凿井当及泉，
张帆当济川。

唐·李白《赠友人三首》

凿破苍苔地，
偷他一片天。
白云生镜里，
明月落阶前。

唐·杜牧《盆池》

早秋惊落叶，
飘零似客心。
翻飞未肯下，
犹言惜故林。

唐·孔绍安《落叶》

早荣亦早枯，
易得还易失。

清·张廷玉《杂兴》

早是有家归未得，
杜鹃休向耳边啼。

唐·无名氏《杂诗》

早岁那知世事艰，
中原北望气如山。

宋·陆游《书愤》

早知今日读书是，
悔作从前任侠非。

唐·李颀《缓歌行》

枣花至小能成实，
桑叶虽柔解吐丝。

五代十国·王溥《咏牡丹》

皂雕寒始急，
天马老能行。

唐·杜甫《赠陈二补阙》

造化钟神秀，
阴阳割昏晓。

唐·杜甫《望岳》

造化从来不负人，
万般红紫见天真。
满城车马空撩乱，
未必逢春便得春。

宋·邵雍《和张子望洛城观花》

造物无情吾辈老，
古人不死此心传。

宋·陆游《简章德茂》

造作庄田犹未已，
堂上哭声身已死。
哭人尽是分钱人，
口哭原来心里喜。

唐·王梵志《王梵志诗一百一十首》

泽被鱼鸟悦，
令行草木春。

唐·李白《赠张相镐二首》

泽国江山入战图，
生民何计乐樵苏。
凭君莫话封侯事，
一将功成万骨枯。

唐·曹松《己亥岁二首》

曾参岂是杀人者，
谗言三及慈母惊。

唐·李白《答王十二寒夜独酌有怀》

乍见翻疑梦，
相悲各问年。

唐·司空曙《云阳馆与韩绅宿别》

乍向草中耿介死，
不求黄金笼下生。

唐·李白《雉子斑》

摘取芙蓉花，
莫摘芙蓉叶。
将归问夫婿，
颜色何如妾。

唐·王昌龄《越女》

沾衣欲湿杏花雨，
吹面不寒杨柳风。

宋·释志南《绝句》

粘衣不嫌花雾重，
压帽更爱花枝偏。

清·吴翊《西山探梅》

瞻彼淇奥，
绿竹猗猗。

《诗经·卫风·淇奥》

展翅开帆只待风，
吹嘘成事古今同。

唐·方干《别从兄部》

战伐乾坤破，
疮痍府库贫。

唐·杜甫《送陵州路使君之任》

战鼓声未齐，
乌鸢已相贺。

唐·于濆《塞下曲》

战士食糟糠，
贤者处蒿莱。

三国·魏·阮籍《咏怀八十二首》

战士军前半死生，
美人帐下犹歌舞。

唐·高适《燕歌行》

战死士所有，
耻复守妻孥。

宋·陆游《夜读兵书》

战退玉龙三百万，
败鳞残甲满天飞。

宋·张元《雪》

战血流依旧，
军声动至今。

唐·杜甫《风疾舟中伏枕书怀三十六韵奉呈湖南亲友》

战战兢兢，
如履薄冰。

《诗经·小雅·小宛》

战战栗栗，
日谨一日。

《古诗源·尧歌》

湛然方寸间，
不受尘事撄。

宋·陆游《夜漏欲尽行度浮桥至钱清驿待舟》

湛湛长江去，
冥冥细雨来。

唐·杜甫《梅雨》

湛湛江水兮上有枫，
目极千里兮伤春心。
魂兮归来哀江南。

战国 · 楚 · 屈原《招魂》

张旭三杯草圣传，
脱帽露顶王公前，
挥毫落纸如云烟。

唐 · 杜甫《饮中八仙歌》

掌握有权柄，
衣马自肥轻。

唐 · 杜甫《太子张舍人遗织成褥段》

长者能博爱，
天下寄其身。

三国 · 魏 · 曹植《当欲游南山行》

丈夫本忧世，
儿女乃畏死。

宋 · 陆游《夜雨枕上》

丈夫不学曹孟德，
生子当如孙仲谋。

元 · 吴师道《赤壁图》

丈夫不作儿女别，
临岐涕泪沾衣巾。

唐 · 高适《别韦参军》

丈夫当为国，
破敌如摧山。

唐 · 韦应物《寄畅当》

丈夫非无泪，
不洒离别间。
杖剑对尊酒，
耻为游子颜。
蝮蛇一螫手，
壮士即解腕。
所志在功名，
离别何足叹。

唐 · 陆龟蒙《别离》

丈夫贵不挠，
成败何足论。

宋 · 陆游《入瞿塘登白帝庙》

丈夫贵壮健，
惨戚非朱颜。

唐 · 杜甫《遣兴》

丈夫贵兼济，
岂独善一身。

唐 · 白居易《新制布裘》

丈夫会有志，
岂为儿女私。

清 · 陈衣《临终诗二首留别诸同志》

丈夫皆有志，
会见立功勋。

唐 · 杨炯《出塞》

丈夫结交须结贫，
贫者结交交始亲。

唐 · 高适《赠任华》

丈夫立身须自省，
知祸知福如形影。

唐 · 樊铸《及第后读书院咏物十首上礼部李侍郎》

丈夫可为酒色死，
战场横尸胜床笫。

宋 · 陆游《前有樽酒行》

丈夫七尺即泰山，
取义成仁在勇决。

清 · 邵岷《赵忠愍公得谥诗》

丈夫轻别离，
所志在四方。

明 · 屈安人《送夫人觐》

丈夫生世能几时，
安能蹀躞垂羽翼。

南朝 · 宋 · 鲍照《拟行路难十八首》

丈夫四方志，
安可辞固穷。

唐 · 杜甫《前出塞九首》

丈夫誓许国，
愤惋复何有。

唐 · 杜甫《前出塞九首》

丈夫五十功未立，
提刀独立顾八荒。

宋 · 陆游《金错刀行》

丈夫无成忽老大，
箭羽凋零剑锋涩。

宋 · 陆游《夏夜不寐有赋》

丈夫一饭亦有报，
我穷报德惟诗篇。

清 · 程梦星《归画行》

丈夫一生有二志，
兼济独善难得并。

唐 · 白居易《秋月与张宾客舒著作同游龙门醉中狂歌凡二百三十八字》

丈夫意气贵卓荦，
安用狭隘趋时流。

清 · 姚世钧《饶州舟次独酌醉后放歌》

丈夫志四方，
不受儿女羁。

清 · 黄九何《北上于袁浦发家书》

丈夫志四方，
钱刀非所求。

清 · 柴静仪《与冢妇朱柔则

丈夫志四海，
万里犹比邻。
三国 · 魏 · 曹植《赠白马王彪》

丈室可容身，
斗储可充腹。
唐 · 白居易《秋居书怀》

朝辞白帝彩云间，
千里江陵一日还。
两岸猿声啼不住，
轻舟已过万重山。
唐 · 李白《早发白帝城》

朝餐是草根，
暮食乃木皮。
出言气欲绝，
意速行步迟。
追呼尚不忍，
况乃鞭扑之。
唐 · 元结《舂陵行》

朝登剑阁云随马，
夜渡马江雨洗兵。
唐 · 岑参《奉和相公发益昌》

朝见宠者辱，
暮见安者危。
唐 · 白居易《昔与微之在朝日

同蓄休退之心迨今十年
沦落老大追寻前约见结后期》

朝见扬扬拥盖来，
暮看寂寂回车去。
明 · 杨慎《三岔驿》

朝扣富儿门，
暮随肥马尘。
残杯与冷炙，
到处潜悲辛。
唐 · 杜甫《奉赠韦左丞丈二十二韵》

朝来庭树有鸣禽，
红绿扶春上远林。
宋 · 陈与义《春日》

朝来新火起新烟，
湖色春光净客船。
唐 · 杜甫《清明二首》

朝来明镜里，
不忍白头人。
唐 · 刘长卿《正朝览镜作》

朝露贪名利，
夕阳忧子孙。
唐 · 白居易《不致仕》

朝暮看云百态新，
人心如云险尤怖。

清·郭嵩焘《云谷》

朝日残莺伴妾啼，
开帘只见草萋萋。

唐·刘方平《代春怨》

朝日敛红烟，
垂竿向绿川。
人疑天上坐，
鱼似镜中悬。

唐·沈佺期《钓竿篇》

朝日乐相乐，
酣饮不知醉。

三国·魏·曹丕《善哉行》

朝闻游子唱离歌，
昨夜微霜初度河。

唐·李颀《送魏万之京》

朝喜花艳春，
暮悲花委尘。
不悲花落早，
悲妾似花身。

唐·杜荀鹤《春闺怨》

朝饮木兰之坠露兮，
夕餐秋菊之落英。

战国·楚·屈原《离骚》

朝与仁义生，
夕死复何求。

晋·陶渊明《咏贫士七首》

朝云浮四海，
日暮归故山。

三国·魏·应玚《别诗》

朝朝暮暮落复开，
岁岁年年红似翠。

唐·卢照邻《双槿树赋同崔少监作》

朝真暮伪何人辨？
古往今来底事无。

唐·白居易《放言五首》

赵氏连城璧，
由来天下传。

唐·杨炯《夜送赵纵》

棹穿波底月，
船压水中天。

唐·贾岛《过海》

照之有余辉，
揽之不盈手。

晋·陆机《拟明月何皎皎》

蛰龙三冬卧，
老鹤万里心。

唐·杜甫《遣兴五首》

折花逢驿使，
寄与陇头人。
江南无所有，
聊赠一枝春。

南朝·宋·陆凯《赠范晔》

折戟沉沙铁未销，
自将磨洗认前朝。
东风不与周郎便，
铜雀春深锁二乔。

唐·杜牧《赤壁》

哲夫成城，
哲妇倾城。

《诗经·大雅·瞻卬》

浙江八月何如此？
涛似连山喷雪来。

唐·李白《横江词六首》

贞脆由人，
祸福无门。

晋·陶渊明《荣木一首》

珍重送君无别语，
高堂代我问平安。

清·周淑履《冬日送别表妹》

真得意时惟啸咏，
不如人处是功名。

清·汪灏《送谢方山郎中告归》

真珠每被尘泥陷，
病鹤多遭蝼蚁侵。

唐·李旭《及第后呈朝中知己》

真心扶社稷，
风雨应时来。

唐·王勃《题九江英烈庙》

枕戈忆勾践，
渡浙想秦皇。

唐·杜甫《壮游》

枕上酬佳句，
诗成梦不成。

唐·白居易《酬梦得〈霜夜对月·见怀〉》

枕上一诗成，
灯花落红烬。

金·元好问《戊戌十月山阳雨夜二首》

阵云横塞起，
赤日下城圆。

南朝·梁·何逊《学古诗三首》

振衣千仞冈，
濯足万里流。

晋·左思《咏史八首》

争得大裘长万丈，
与君都盖洛阳城。

唐·白居易《新制绫袄成感而有咏》

争高千仞山皆让，
并秀三峰色也寒。

唐·韦绶《郡治楼望黄山》

争将世上无期别，
换得年年一度来。

唐·李商隐《七夕》

征车自念尘土计，
惆怅溪边书细沙。

唐·杜牧《商山麻涧》

征夫怀远路，
游子恋故乡。

汉·无名氏《别诗四首》

征夫语征妇，
死生不可知。
欲慰泉下魂，
但视褓中儿。

明·刘绩《征夫词》

征人拔剑起，
儿女牵衣泣。

南朝·梁·何逊《见征人分别诗》

征骑才门外，
喧声已户间。

清·方膏茂《归家》

蒸沙烁石燃虏云，
沸浪炎波煎汉月。

唐·岑参《热海行送崔侍御还京》

正当海晏河清日，
便是修文偃武时。

唐·薛逢《九日曲池游眺》

正怜日破浪花出，
更复春从沙际归。

唐·杜甫《阆水歌》

正色摧强御，
刚肠嫉喔咿。

唐·白居易《代书诗一百韵寄微之》

正有一朝乐，
不偿百年忧。

金·元好问《放言》

正直枉者非，
妍好丑者妒。

清·唐孙华《述古》

政化错迕失大体，
坐看倾危受厚恩。

唐·杜甫《石笋行》

之死矢靡它。

《诗经 · 鄘风 · 柏舟》

之子于狩，
言韔其弓；
之子于钓，
言纶之绳。

《诗经 · 小雅 · 采绿》

枝间新绿一重重，
小蕾深藏数点红。

金 · 元好问《同儿辈赋未开海棠》

枝枝总到地，
叶叶自开春。

唐 · 杜甫《柳边》

知己犹未报，
鬓毛飒已苍。

唐 · 岑参《陪狄员外早秋登府西楼因呈院中诸公》

知己片言应不负，
乱离儿女藉提携。

明 · 陈恭尹《发舟寄湛用喈钟裴仙湛天石》

知君命不偶，
同病亦同忧。

唐 · 孟浩然《送席大》

知人固不易，
人亦未易知。

金 · 元好问《杂诗四首》

知音不易得，
抚剑增感慨。

唐 · 李白《赠从弟宣州长史昭》

知有前期在，
难分此夜中。

唐 · 司空曙《别卢秦卿》

知有杏园无路入，
马前惆怅满枝红。

唐 · 温庭筠《经李徵君故居》

知有儿童挑促织，
夜深篱落一灯明。

宋 · 叶绍翁《夜书所见》

知章骑马似乘船，
眼花落井水底眠。

唐 · 杜甫《饮中八仙歌》

织为云外秋雁行，
染作江南春水色。

唐 · 白居易《缭绫》

脂韦小人态，
临难思苟活。

清·陈学沫《君子行》

蜘蛛网小如钱许，
也展经纶据一方。

清·袁枚《寓目即书》

蜘蛛自道张罗巧，
网得飞花误当虫。

清·袁枚《寓目即书》

执心守时信，
岁寒终不凋。

晋·陆机《拟兰若生朝阳》

直发上冲冠，
壮气横三秋。
愿得斩马剑，
先断佞臣头。

唐·卢照邻《咏史》

直令贫到骨，
未害气如虹。

宋·陆游《炭尽地炉危坐至夜分戏作》

直如朱丝绳，
清如玉壶冰。

南朝·宋·鲍照《代白头吟》

直摅血性为文章。

清·郑燮《偶然作》

直言珠可吐，
宁知炭欲吞。

北朝·北周·庾信《咏怀》

直以慵疏招物议，
休将文字占时名。

唐·柳宗元《衡阳与梦得分路赠别》

植林虽各树，
开荣岂异春。

隋·杨素《赠薛播州》

止性如止水，
惜身如惜玉。

金·元好问《郎文炳心远斋二首》

只爱莲花步步生，
曾知国步艰难否。

清·张鹏翀《经史法戒诗》

只愁歌舞散，
化作彩云飞。

唐·李白《宫中行乐词八首》

只道花无十日红，
此花无日不春风。

宋·杨万里《月季花》

只见火光烧润屋，
不闻风浪覆虚舟。

唐 · 白居易《感兴二首》

只解沙场为国死，
何须马革裹尸还。
清 · 徐锡麟《出塞》

只今相对休惆怅，
人生苦乐犹回掌。
清 · 吴兆骞《同陈子长坐毡帐中话》

只今已勒燕然石，
此地无人空月明。
唐 · 李益《统汉峰下》

只将五字句，
用破一生心。
宋 · 孙光宪《北梦琐言》

只恐夜深花睡去，
故烧高烛照红妆。
宋 · 苏轼《海棠》

只是白头慈母在，
不教容易别人间。
清 · 濮淙《赠方望子入黄山修炼》

只谓此生常近鬼，
岂知今日又逢人。
清 · 高述明《人日塞外马上口占》

只言旋老转无事，
欲到中年事更多。
唐 · 杜牧《书怀》

只言燕赵多奇士，
岂必书生尽腐儒。
宋 · 陆游《十一月三日过升仙桥作》

只言一寸丹心在，
无奈千茎白发何。
宋 · 陆游《对酒戏作》

只言花是雪，
不悟有香来。
南朝 · 陈 · 苏子卿《梅花落》

只言今似昔，
不悟新非故。
元 · 何中《春风如少年效程汉翁》

只要明是非，
何曾虞祸福。
唐 · 白居易《和梦游春诗一百韵》

只要天和在，
无令物性违。
唐 · 白居易《自咏》

只应万事推枰外，
夜雨秋灯话后期。
清 · 陈廷敬《张东山少司冠宅观弈》

只有泪可出，
无复情可吐。

南朝·宋·孝武帝刘骏《丁督护歌六首》

只有一身宜爱护，
少教冰炭逼心中。

唐·白居易《读〈道德经〉》

只余鸥鹭无拘管，
北去南来自在飞。

宋·杨万里《初入淮河四绝句》

只缘山远无来客，
更觉心清闻妙香。

金·元好问《空山何巨川虚白庵二首》

只缘五斗米，
辜负一渔竿。

唐·岑参《初授官题高冠草堂》

只知诗遣兴，
未觉酒忘忧。

金·元好问《甲寅正月二十三日故关道中三首》

只知事逐眼前去，
不觉老从头上来。

唐·罗隐《水边偶题》

纸上得来终觉浅，
绝知此事要躬行。

宋·陆游《冬夜读书示子聿》

指点旧朝形胜在，
吹愁何处起悲笳。

清·王曜升《登北固山》

指麾能事回天地，
训练强兵动鬼神。

唐·杜甫《奉寄章十侍御》

咫尺但愁雷雨至。

唐·杜甫《渼陂行》

至竟江山谁是主，
苔矶空属钓鱼郎。

唐·杜牧《题横江馆》

至竟息亡缘底事？
可怜金谷坠楼人。

唐·杜牧《题桃花夫人庙》

至论本求编简上，
忠言乃在里闾间。

宋·陆游《识愧》

至人贵其身，
不使事物绕。

宋·陆游《和陈鲁山十诗以孟夏草木长绕屋树扶疏为韵》

至人虽死神不灭，

终古长庚伴月明。

明・丘濬《丁卯岁过采石吊李白》

至柔反成坚，
造化安可恒。

唐・韦应物《酬韩质舟行阻冻》

至损当受益，
苦寒必生温。

唐・韦应物《登高望洛城作》

制度移诋俗，
文章变国风。

唐・白居易《开成大行皇帝挽歌词四首・奉敕撰进》

志存天下食不足，
节慕古人谗愈来。

宋・陆游《新秋感事》

志大浩无期，
醉胆空满躯。

宋・陆游《观大散关图有感》

志士凄凉闲处老，
名花零落雨中看。

宋・陆游《病起》

志士惜白日，
久客籍黄金。

唐・杜甫《上后园山脚》

志士惜日短，
愁人知夜长。

晋・傅玄《杂诗》

志士营事业，
小人亦不闲。

三国・魏・曹植《赠徐幹》

志适不期贵，
道存岂偷生。

唐・柳宗元《游石角过小岭至长乌村》

志为气之帅，
志锐气自役。

清・计元坊《励志诗》

志须预定自远到，
世事岂得终无成。

元・许谦《冯公岭》

志欲富天下，
一身常苦饥。

宋・陆游《三江舟中大醉作》

志远学不逮，
名高实难副。

清・杨度《赠梁启超》

志在守朴，
养素全真。

晋·嵇康《幽愤诗》

志在四海而尚恭俭，
心包宇宙而无骄盈。

北朝·北周·庾信《周五声调曲·角调曲二首》

炙手可热势绝伦，
慎莫近前丞相嗔。

唐·杜甫《丽人行》

致君尧舜上，
再使风俗淳。

唐·杜甫《奉赠韦左丞丈二十二韵》

秩秩斯干，
幽幽南山。

《诗经·小雅·斯干》

鸷鸟将击，
卑飞敛翼。

唐·杜甫《孙武子》

鸷鸟化为鸠，
远窜江汉边。
遭遇风云会，
托身鸾凤间。

三国·魏·王粲《诗》

智者不愁，
多为少忧。

汉·乐府诗《满歌行》

置膏烈火上，
哀哀自煎熬。

唐·杜甫《述古三首》

置身高处称知了，
毕竟何曾一事知。

清·沈汝瑾《咏蝉》

置心思虑外，
灭迹是非间。

唐·白居易《松斋偶兴》

置心世事外，
无喜亦无忧。

唐·白居易《适意二首》

置心为止水，
视身如浮云。

唐·白居易《自觉二首》

雉雊麦苗秀，
蚕眠桑叶稀。

唐·王维《渭川田家》

雉之朝雊，
尚求其雌。

《诗经·小雅·小弁》

稚子就花拈蛱蝶，

人家依树系秋千。

宋 · 王禹偁《寒食》

踬马破车，
恶妇破家。

《易纬引古诗》

中峰落照时，
残雪翠微里。

唐 · 钱起《东阳郡斋中诣南山诏韦十》

中峰云已合，
绝顶日犹晴。

北朝 · 北周 · 王褒《云居寺高顶》

中国最推鼙鼓地，
大臣先选栋梁材。

唐 · 张祜《题河阳新鼓角楼》

中流抚身世，
万里一浮萍。

清 · 黄子云《大洋》

中岁颇好道，
晚家南山陲。

唐 · 王维《终南别业》

中天悬明月，
令严夜寂寥。

唐 · 杜甫《后出塞五首》

中庭地白树栖鸦，
冷露无声湿桂花。
今夜月明人尽望，
不知秋思落谁家。

唐 · 王建《十五日夜望月寄杜郎中》

中庭有奇树，
荣早衰复疾。

唐 · 储光羲《同王十三维偶然作十首》

中心一调伏，
外累尽空虚。

唐 · 白居易《岁暮》

中兴十世生文叔，
后起三分托武侯。

清 · 阎古古《题汉高庙》

中园陷萧艾，
老圃永为耻。

唐 · 杜甫《种莴苣》

中原初逐鹿，
投笔事戎轩。
纵横计不就，
慷慨志犹存。

唐 · 魏征《述怀》

中原干戈古亦闻，
岂有逆胡传子孙。

宋·陆游《关山月》

中夜间道归，
故里但空村。

唐·杜甫《后出塞五首》

中夜四五叹，
常为大国忧。

唐·李白《经乱离后天恩流夜郎忆旧游书怀赠江夏韦太守良宰》

中野何萧条，
千里无人烟。

三国·魏·曹植《送应氏》

忠厚可师，
廉耻须知。

清·洪秀全《原道救世歌》

忠良屏黜奸邪升，
朝局如棋互废兴。

清·张鹏翀《经史法戒诗》

忠泉出井流不涸，
孝笋拔地天能参。

清·陈维崧《寄黄黎洲先生求为先人志墓》

忠信良非易，
好学古所难。

清·高斌《次韵奉和西林先生》

忠贞者必信，
所信交道深。

唐·罗隐《挂剑处》

终南阴岭秀，
积雪浮云端。
林表明霁色，
城中增暮寒。

唐·祖咏《终南望余雪》

终年登险阻，
不复忧安危。

唐·储光羲《樵夫词》

终年帝城里，
不识五侯门。

唐·张继《感怀》

终日风与雪，
连天沙复山。

唐·岑参《寄宇文判官》

终日相逢不相见，
两心相去一何遥。

唐·白居易《谕亲友》

终日望夫夫不归，
化为孤石苦相思。
望来已是几千载，
只似当时初望时。

唐 · 刘禹锡《望夫石》

终朝卖卜无人识，
敝服徒行入市中。

唐 · 李端《赠道士》

钟鼓馔玉不足贵，
但愿长醉不复醒。

唐 · 李白《将进酒》

钟山如龙独西上，
欲破巨浪乘长风。

明 · 高启《登金陵雨花台望大江》

衷情欲诉谁能会？
惟有清风明月知。

唐 · 吕岩《题黄鹤楼石照》

种豆南山下，
草盛豆苗稀。

晋 · 陶渊明《归园田居》

种瓜黄台下，
瓜熟子离离。
一摘使瓜好，
再摘令瓜稀。
三摘尚犹可，
摘绝抱蔓归。

唐 · 李贤《黄台瓜辞》

众毁心自可，
身困气愈完。

宋 · 陆游《寓怀》

众流归海意，
万国奉君心。

唐 · 杜甫《长江二首》

众目悦芳艳，
松独守其贞。

唐 · 白居易《邓鲂、张徹落第》

众鸟高飞尽，
孤云独自闲。
相看两不厌，
只有敬亭山。

唐 · 李白《独坐敬亭山》

众女嫉余之蛾眉兮，
谣诼谓余以善淫。

战国 · 楚 · 屈原《离骚》

众星罗列夜明深，
岩点孤灯月未沉。
圆满光华不磨镜，
挂在青天是我心。

唐 · 释寒山《众星罗列》

重露成涓滴，
稀星乍有无。

唐 · 杜青《倦夜》

重新而忘故，
君子所尤讥。

三国·魏·徐幹《室思》

舟轻不觉动，
缆急始知牵。

唐·柳中庸《夜渡江》

舟如空里泛，
人似镜中行。

南朝·陈·释惠标《咏水》

舟行有返棹，
水去无还流。

唐·沈佺期《古别离》

舟移城入树，
岸阔水浮村。

唐·岑参《与鄠县群官泛渼陂》

州桥南北是天街，
父老年年等驾回。
忍泪失声询使者：
“几时真有六军来？”

宋·范成大《州桥》

周公恐惧流言后，
王莽谦恭未篡时。

唐·白居易《放言五首》

昼出耘田夜绩麻，
村庄儿女各当家。
童孙未解供耕织，
也傍桑阴学种瓜。

宋·范成大《四时田园杂兴》

昼短苦夜长，
何不秉烛游。

汉·乐府诗《长歌行》

昼吟庭花落，
夜讽山月移。

唐·岑参《虢中酬陕西甄判官赠》

朱门沉沉按歌舞，
厩马肥死弓断弦。

宋·陆游《关山月》

朱门酒肉臭，
路有冻死骨。

唐·杜甫《自京赴奉先县咏怀五百字》

朱门务倾夺，
赤族迭罹殃。

唐·杜甫《壮游》

朱门何足荣，
未若托蓬莱。

晋·郭璞《游仙诗》

朱雀桥边野草花，
乌衣巷口夕阳斜。

旧时王谢堂前燕，
飞入寻常百姓家。

唐 · 刘禹锡《乌衣巷》

朱实陨劲风，
繁英落素秋。

晋 · 刘琨《重赠卢谌》

朱颜君未老，
白发我先秋。

唐 · 李白《忆襄阳旧游赠马少府巨》

朱颜谢春晖，
白发见生涯。

唐 · 李白《寄王屋山人孟大融》

朱颜今日虽欺我，
白发他时不放君。

唐 · 白居易《对答诸少年》

珠玉买歌笑，
糟糠养贤才。

唐 · 李白《古风五十九首》

诸公可叹善谋身，
误国当时岂一秦。

宋 · 陆游《追感往事》

竹村莎径映柴扉，
地近江天客到稀。
日暮柳边吹笛过，
只应邻艇卖鱼归。

明 · 高启《江村》

竹风能醒酒，
花月解留人。

唐 · 张谓《夜同宴用人字》

竹径有时风各扫，
柴门无事日常关。

唐 · 朱庆馀《归故园》

竹径通幽处，
禅房花木深。

唐 · 常建《题破山寺后禅院》

竹怜新雨后，
山爱夕阳时。

唐 · 钱起《谷口书斋寄杨补阙》

竹林上拔高高笋，
荷叶中藏小小莲。

唐 · 张祜《题临平驿亭》

竹林近水半边绿，
桃树连林一片红。

宋 · 司马光《寒食许昌道中》

竹批双耳峻，
风入四蹄轻。

唐 · 杜甫《房兵曹胡马》

竹色溪下绿，
荷花镜里香。

唐·李白《别储邕至剡中》

竹死不变节，
花落有余香。

唐·邵谒《金谷园怀古》

竹外桃花三两枝，
春江水暖鸭先知。
蒌蒿满地芦芽短，
正是河豚欲上时。

宋·苏轼《惠崇春江晚景二首》

竹香新雨后，
莺语落花中。

唐·张籍《晚春过崔驸马东园》

竹喧归浣女，
莲动下渔舟。

唐·王维《山居秋暝》

主人事事居人后，
因使幽花亦缓期。

清·程简《庭梅迟开诗以志概》

主人劝我养心骨，
莫受俗物相填豗。

唐·李贺《开愁歌》

主人不在花长在，
更胜青松守岁寒。

唐·钱起《故王维右丞堂前芍药花开凄然感怀》

渚畔鲈鱼舟上钓，
羡君归老向东吴。

唐·崔颢《维扬送友还苏州》

渚烟空翠合，
滩月碎光流。

唐·皇甫冉《归渡洛水》

煮豆持作羹，
漉豉以为汁。
萁在釜下燃，
豆在釜中泣。
本是同根生，
相煎何太急？

三国·魏·曹植《七步诗》

柱国勋成私自问，
有何功德及生人。

唐·白居易《初加朝散大夫又转上柱国》

祝汝一分留作伴，
可怜处士已无家。

清·叶熟《梅花开到九分》

著论准过秦，
作赋拟子虚。

晋 · 左思《咏史八首》

著书亦何急，
寂寞身后名。

宋 · 陆游《晚步》

著书多念虑，
许国减欢娱。

宋 · 苏轼《夷陵县欧阳永叔至喜堂》

著书不复为穷愁，
独乐园林散百忧。

清 · 吴暻《和振西赠王将军紫厓》

著书不为丹铅误，
中有风雷老将心。

清 · 龚自珍《己亥杂诗》

著书敢望垂千载，
嗜酒犹须隐一官。

宋 · 陆游《春寒连日不出》

转轴拨弦三两声，
未成曲调先有情。

唐 · 白居易《琵琶行》

转蓬离本根，
飘摇随长风。
何意回飙举，
吹我入云中。

三国 · 魏 · 曹植《杂诗》

妆似临池出，
人疑向月来。

唐 · 杨容华《新妆诗》

壮年闲处老，
佳日病中过。

宋 · 陆游《老境》

壮年学书剑，
他日委泥沙。

唐 · 杜甫《暮春题瀼西新赁草堂五首》

壮士怀远略，
志在解世纷。

唐 · 李白《送张秀才从军》

壮岁忽已去，
浮荣何足论。

唐 · 白居易《晚年》

壮惜身名晚，
衰惭应接多。

唐 · 杜甫《将晓二首》

壮心欲填海，
苦胆为忧天。

宋 · 文天祥《赴阙》

壮心与身退，

老病随年侵。

唐 · 王维《送韦大夫东京留守》

壮心埋不朽，
千载犹可作。

宋 · 陆游《醉歌》

壮心未与年俱老，
死去犹能作鬼雄。

宋 · 陆游《书愤》

壮志未酬三尺剑，
故乡空隔万里山。

唐 · 李频《春日思归》

状似明月泛云河，
体如轻风动流波。

南朝 · 宋 · 刘铄《白纻曲》

追北归来血洗刀，
白日不动苍天高。

明 · 李梦阳《石将军战场歌》

骓不逝兮可奈何！
虞兮虞兮奈若何。

秦 · 项羽《垓下歌》

坠叶岂更荣，
流波无重回。

清 · 宋琬《先大夫讳日》

惴惴小心，
如临于谷。

《诗经 · 小雅 · 小宛》

灼灼园中花，
早发还先萎。

五代十国 · 范质《诫侄儿八百字》

酌酒与君君自宽，
人情翻覆似波澜。

唐 · 王维《酌酒与裴迪》

斫却月中桂，
清光应更多。

唐 · 杜甫《一百五日夜对月》

浊醪谁造汝，
一酌散千愁。

唐 · 杜甫《落日》

浊酒不妨留客醉，
好山长是被云遮。

元 · 叶颙《题幽居》

浊酒难销忧国泪，
救时应仗出群才。

清 · 秋瑾《黄海舟中日人索句
并见日俄战争地图》

琢雕自是文章病，
奇险尤伤气骨多。

宋 · 陆游《读近人诗》

濯锦江边两岸花，
春风吹浪正淘沙。
女郎剪下鸳鸯锦，
将向中流匹晚霞。

唐 · 刘禹锡《浪淘沙词》

子房未虎啸，
破产不为家。

唐 · 李白《经下邳圯桥怀张子房》

子规夜半犹啼血，
不信东风唤不回。

宋 · 王令《送春》

子交手兮东行，
送美人兮南浦。
波滔滔兮来迎，
鱼鳞鳞兮媵予。

战国 · 楚 · 屈原《九歌 · 河伯》

子美千间厦，
香山万里裘。

清 · 叶舒璐《读杜白二集》

子虽躯干小，
老气横九州。

唐 · 杜甫《送韦十六评事充同谷防御判官》

紫房日照胭脂拆，
素艳风吹腻粉开。
怪得独饶脂粉态，
木兰曾作女郎来。

唐 · 白居易《戏题木兰花》

紫陌纵荣争及睡，
朱门虽富不如贫。

五代十国 · 陈抟《归隐》

紫陌红尘拂面来，
无人不道看花回。
玄都观里桃千树，
尽是刘郎去后栽。

唐 · 刘禹锡《元和十年自朗州召至京戏赠看花诸君子》

紫藤挂云木，
花蔓宜阳春。
密叶隐歌鸟，
香风留美人。

唐 · 李白《紫藤树》

紫艳半开篱菊静，
红衣落尽渚莲愁。

唐 · 赵嘏《长安晚秋》

自把玉钗敲砌竹，
清歌一曲月如霜。

唐 · 高适《听张立本女吟》

自伯之东，
首如飞蓬。
岂无膏沐？
谁适为容！

《诗经·卫风·伯兮》

自牧归荑，
洵美且异。
匪女之为美，
美人之贻。

《诗经·邶风·静女》

自卑而尊人，
先彼而后己。

五代十国·范质《诫儿侄八百字》

自此光阴为己有，
从前日月属官家。

唐·白居易《喜罢郡》

自从大驾去奔西，
贵落深坑贱出泥。

唐·无名氏《潜书七言四句(韵)》

自从建安来，
绮丽不足珍。

唐·李白《古风五十九首》

自从兵戈动，
遂觉天地窄。

唐·岑参《西蜀旅舍春叹寄朝中故人呈狄评事》

自惭居处崇，
未睹斯民康。

唐·韦应物《郡斋雨中与诸文士燕集》

自当甘朽拙，
安敢慕羲皇。

唐·张祜《江南杂题三十首》

自到青冥里，
休着白发生。

唐·杜甫《赠陈二补阙》

自滴阶前大梧叶，
干君何事动哀吟。

唐·杜牧《齐安郡中偶题二首》

自非千里姿，
焉得追骅骝。

清·尤怡《杂感》

自甘白发为迁客，
谁道青山非故乡。

清·张文光《怀李龙衮》

自古浮云蔽白日，
洗天风雨几时来。

唐·薛能《汉南春望》

自古逢秋悲寂寥，

我言秋日胜春朝。
晴空一鹤排云去，
便引诗情到碧霄。

唐 · 刘禹锡《秋词二首》

自古江山感游子，
今人谁解赋登楼。

金 · 元好问《邓州城楼》

自古经纶足是非，
阴谋最忌夺天机。

唐 · 司空图《有感》

自古驱民在信诚，
一言为重百金轻。

宋 · 王安石《商鞅》

自古情钟在吾辈，
尊前莫怪泪沾衣。

宋 · 陆游《别梅》

自古圣贤多薄命，
奸雄恶少尽封侯。

唐 · 杜甫《锦树行》

自古圣贤尽贫贱，
何况我辈孤且直。

南朝 · 宋 · 鲍照《拟行路难十八首》

自古盛衰如转烛，
六朝兴废同棋局。

清 · 劳之辨《眺玄武湖歌》

自古有羁旅，
我何苦哀伤。

唐 · 杜甫《成都府》

自顾非金石，
咄唶令心悲。

三国 · 魏 · 曹植《赠白马王彪》

自恨志不遂，
泣涕如涌泉。

三国 · 魏 · 徐幹《室思》

自恨开迟还落早，
纵横只是怨春风。

唐 · 王维《牡丹花》

自恨不如云际雁，
南来犹得过中原。

宋 · 陆游《枕上偶成》

自红无假染，
真白不须妆。

北朝 · 北周 · 庚信《咏园花》

自寄一封书，
今已十月后。
反畏消息来，
寸心亦何有。

唐·杜甫《述怀》

自矜林湍好，
不羡市朝乐。

唐·李白《题嵩山逸人元丹丘山居》

自经罗网苦，
益觉天地宽。

清·方拱乾《放雉》

自家飞絮犹未定，
争把长条绊得人。

唐·罗隐《柳》

自家夫婿无消息，
却恨桥头卖卜人。

唐·施肩吾《望夫词》

自怜头白不归去，
空倚西风泣路难。

清·张元《曹叔方以久客夜吟题请予赋诗》

自怜头白江山里，
回首中原正鼓鼙。

宋·李弥逊《东岗晚步》

自料青云未有期，
谁知白发偏能长。

唐·岑参《送魏升卿擢第归东都因怀魏校书、陆浑、乔潭》

自笑此身浑似叶，
不知于世复何求。

清·张远《岁暮寄怀故园亲友》

自去自来梁上燕，
相亲相近水中鸥。

唐·杜甫《江村》

自明无月夜，
强笑欲风天。

唐·李商隐《李花》

自能明似镜，
何用曲如钩。

唐·骆宾王《玩初月》

自能成羽翼，
何必仰云梯。

唐·王勃《观内怀仙》

自然富贵出天姿，
不待金盘荐华屋。

宋·苏轼《寓居定惠院之东杂花满山有海棠一株土人不知贵也》

自生自灭成何事，
能逐东风作雨无。

唐·白居易《岭上云》

自是君恩薄如纸，
不须一向恨丹青。

唐 · 白居易《昭君怨》

自是生寒门，
良媒不相识。

唐 · 张碧《贫女》

自是麒麟种，
卑栖又几年。

元 · 萨都剌《山中怀友》

自是桃李树，
何患不成蹊。

唐 · 李贺《奉和二兄罢使遣马归延州》

自是不开开便好，
清高从未合时宜。

清 · 张向陶《梅花》

自伤迟暮眼，
丧乱饱经过。

唐 · 杜甫《寓目》

自问寒灯夜半起，
何如暖被日高眠。

唐 · 白居易《早朝思退居》

自谓颇挺出，
立登要路津。

唐 · 杜甫《野望》

自昔文章关治道，
即今台阁要名流。

宋 · 陆游《送范西叔赴召》

自笑归装轻似叶，
不防多载岭南云。

清 · 曹溶《观工人琢砚》

自笑年来常送客，
不知身是未归人。

明 · 王越《与李布政彦硕冯佥宪景阳对饮》

自笑平生为口忙，
老来事业转荒唐。

宋 · 苏轼《初到黄州》

自笑与君三岁别，
头衔依旧鬓丝多。

唐 · 杜牧《陕州醉赠裴四同年》

自言万物有移改，
始信桑田变成海。

唐 · 李端《赠康洽》

自以蛙声为鼓乐，
聊将草色当屏风。

唐 · 张祜《题李戡山居》

自愿苟安增币帛，
谁抒孤愤报仇雠。

清 · 毛秀惠《钱塘怀古》

自知白发非春事，
且尽芳樽恋物华。

唐 · 杜甫《曲江陪郑八丈南史饮》

自知桃李世，
有爱岁寒人。

唐 · 齐已《卖松者》

自种自收还自足，
不知尧舜是吾君。

宋 · 王禹偁《畲田调》

自酌还自饮，
非名又非利。

唐 · 李益《来从窦车骑行》

字人无异术，
至论不如清。

唐 · 杜荀鹤《送人宰吴县》

字须熟后生，
画须生外熟。

明 · 董其昌《画诀》

字字看来皆是血，
十年辛苦不寻常。

清 · 曹雪芹题《红楼梦》诗

宗之潇洒美少年，
举觞白眼望青天，
皎如玉树临风前。

唐 · 杜甫《饮中八仙歌》

总为浮云能蔽日，
长安不见使人愁。

唐 · 李白《登金陵凤凰台》

总无虚岁月，
何用补蹉跎。

清 · 汪楫《赠别澹公》

纵被春风吹作雪，
绝胜南陌碾作尘。

宋 · 王安石《北陂杏花》

纵被微云掩，
终能永夜清。

唐 · 杜甫《天河》

纵横正有凌云笔，
俯仰随人亦可怜。

金 · 元好问《论诗三十首》

纵酒莫辞今夜月，
悲秋俱是异乡人。

清 · 陈学洙《与缪天自夜话》

纵使养痈终必溃，
乾坤无恙且从容。

清 · 张笃庆《明季咏史》

纵死侠骨香，

不惭世上英。

唐 · 李白《侠客行》

纵有健妇把锄犁，
禾生陇亩无东西。

唐 · 杜甫《兵车行》

纵有千年铁门限，
终须一个土馒头。

宋 · 范成大《重九日行营寿藏之地》

纵醉还须上山去，
白云那肯下山来。

唐 · 秦系《山中赠诸暨丹丘明府》

纵志游霄汉，
俯仰随翱翔。

明 · 朱鹤龄《感遇》

邹枚未用争诗酒，
且饮梁王贺喜杯。

唐 · 白居易《喜梦得自冯翊归洛兼呈令公》

邹生枚叟非无兴，
惟待梁王召即来。

唐 · 白居易《酬令公雪中见赠讶不与梦得同相访》

租船满载候开仓，
粒粒如珠白似霜。

不惜两钟输一斛，
尚赢糠核饱儿郎。

宋 · 范成大《四时田园杂兴》

最爱湖东行不足，
绿杨阴里白沙堤。

唐 · 白居易《钱塘湖春行》

最爱东山晴后雪，
软红光里涌银山。

宋 · 杨万里《雪后晚晴四山皆青惟东山全白》

最爱五更红浪沸，
忽吹万里紫霞开。

宋 · 杨万里《南海东庙浴日亭》

最怜帆远浮天阔，
始信江空得月多。

清 · 张玉书《息浪庵夜坐别叔敦让木诸子》

最怜霜月怀人夜，
鸿雁声中独倚楼。

清 · 恽格《寄虞山五石谷》

最是秋风管闲事，
红他枫叶白人头。

清 · 赵翼《野步》

最是多情汴堤柳，

春来依旧带栖鸦。

明·曾棨《维扬怀古》

最是蜜蜂无意思，
忍将尘脚涴梅花。

宋·杨万里《多稼亭前小步》

最喜立春晴一日，
农夫不用力耕田。

清·曹廷栋《古谚闲谭》

最喜晚凉风月好，
紫荷香里听泉声。

宋·曾巩《西湖纳凉》

最忆门前柳，
闲居手自栽。

唐·刘长卿《酬秦系》

醉不成欢惨将别，
别时茫茫江浸月。

唐·白居易《琵琶行》

醉别何须更惆怅，
回头不语但垂鞭。

唐·王昌龄《留别郭八》

醉和金甲舞，
雷鼓动山川。

唐·卢纶《和张仆射塞下曲》

醉红不自力，
狂艳如索扶。

唐·孟郊《邀人赏蔷薇》

醉后不思时节异，
半欹乌帽任风吹。

元·叶颙《至正戊戌九日感怀》

醉觉乾坤大，
闲知日月长。

宋·陆游《初归偶到近村戏书》

醉来身边穷通小，
老去人间毁誉轻。

宋·陆游《即事》

醉来枕麹贫如富，
身后堆金有若亡。

唐·白居易《尝黄醅新酎忆微之》

醉来卧空山，
天地即衾枕。

唐·李白《友人会宿》

醉里不知时节改，
漫随儿女打秋千。

宋·徐铉《柳枝词》

醉眠芳树下，
半被落花埋。

唐·卢纶《春词》

醉眠秋共被，
携手日同行。

唐·杜甫《与李十二白同寻范十隐居》

醉轻浮世事，
老重故乡人。

五代十国·李度《句》

醉翁宾客散九州，
几人白发还相收。

宋·苏轼《送晁美叔发运右司年兄赴阙》

醉折残梅一两枝，
不妨桃李自逢时。
向来冰雪凝严地，
力斡春回竟是谁。

宋·陆游《落梅》

尊前故旧凋零半，
乱后文章感慨多。

清·陆元辅《送袁重其归吴门》

尊中酒满身强健，
未恨飘零过此生。

宋·陆游《成都书事》

昨别今已春，
鬓丝生几缕。

唐·韦应物《长安遇冯著》

昨日屋头堪炙手，
今朝门外好张罗。

唐·白居易《放言五首》

昨日扁舟雨一蓑，
满江风浪夜如何？
今朝试卷孤篷看，
依旧青山绿水多。

宋·朱熹《水口行舟》

昨日南园新雨后，
樱桃花发旧枝柯。
天明不待人同看，
绕树重重履迹多。

唐·张籍《和裴仆射看樱桃花》

昨日之日不可追，
今日之日须臾期。

唐·卢仝《叹昨日》

昨闻咸阳败，
杀戮净如扫。
积尸若丘山，
流血涨丰镐。

唐·岑参《行军诗二首》

昨夜风开露井桃，
未央前殿月轮高。

唐·王昌龄《春宫曲》

昨夜秋风入汉关，
朔云边月满西山。
更催飞将追骄虏，
莫遣沙场匹马还。

唐·严武《军城早秋》

昨夜春风吹血腥，
东来橐驼满旧都。

唐·杜甫《哀王孙》

昨夜江南春雨足，
桃花瘦了鳜鱼肥。

清·孙原湘《观钓者》

昨夜星辰昨夜风，
画楼西畔桂堂东。
身无彩凤双飞翼，
心有灵犀一点通。

唐·李商隐《无题二首》

昨夜三更雨，
临明一阵寒。

唐·韩偓《绝句》

左相日兴费万钱，
饮如长鲸吸百川，
衔杯乐圣称避贤。

唐·杜甫《饮中八仙歌》

作茧才成便弃捐，
可怜辛苦为谁寒？
不如蛛腹长丝满，
连结朱檐与画栏。

元·郝经《蚕》

作诗火急追亡逋，
清景一失后难摹。

宋·苏轼《送欧阳推官赴华州监酒》

作书报鲸鲵，
勿恃风涛势。

唐·李白《枯鱼过河泣》

坐觉苍茫万古意，
远自荒烟落日之中来。

明·高启《登金陵雨花台望大江》

坐看红树不知远，
行尽青溪不见人。

唐·王维《桃源行》

坐看西日落湖滨，
不是山衔不是云。
寸寸低来忽全没，
分明入水只无痕。

宋·杨万里《湖天暮景》

坐看征骑没，
惟见远山青。

唐·陈子昂《送殷大入蜀》

坐看苍苔色，
欲上人衣来。

唐·王维《书事》

坐念绮窗空，
翻伤清景好。

唐·韦应物《月夜》

坐上客恒满，
樽中饮不空。

汉·孔融《诗》

坐食知何益，
行吟只自愁。

金·元好问《九月晦日王村道中》

坐闻西床琴，
冻折两三弦。

唐·贾岛《朝饥》

坐忘宾主宵嫌短，
思入乡关酒易亭。

清·顾陈垿《寅鉴堂后灯筵即事》

坐有湖山趣，
行无风浪忧。

唐·白居易《想东游五十韵》

座中亦有江南客，
莫向春风唱《鹧鸪》。

唐·郑谷《席上贻歌者》

座中醉客延醒客，
江上晴云杂雨云。

唐·李商隐《杜工部蜀中离席》

词

A

哀音似诉，
正思妇无眠，
起寻机杼。

宋 · 姜夔《齐天乐》

哀筝一弄湘江曲，
声声写尽湘波绿。

宋 · 晏几道《菩萨蛮》

爱朔云边雪，
一声寒角，
平沙细草，
几点飞鸿。

元 · 许有壬《沁园春 · 寿同馆虎贲百夫长邓仁甫》

爱贴地争飞，
竞夸轻俊。
红楼归晚，
看足柳昏花暝。

宋 · 史达祖《双双燕 · 咏燕》

爱惜芳时，
莫待无花空折枝。

宋 · 欧阳修《减字木兰花》

安得此身如柳絮，
随风去，
穿帘透幕寻朱户。

宋 · 欧阳修《渔家傲》

安得万垂杨，
系教春日长。

宋 · 程垓《菩萨蛮 · 访江东外家作》

暗想玉容何所似？
一枝春雪冻梅花。

五代十国 · 韦庄《浣溪沙》

黯乡魂，
追旅思，
夜夜除非，
好梦留人睡。

宋 · 范仲淹《苏幕遮 · 怀旧》

昂昂千里，
泛泛不作水中凫。

宋 · 辛弃疾《水调歌头 · 将迁新居不成有感戏作时以病止酒且遣去歌者末章及之》

B

八百里分麾下炙，
五十弦翻塞外声，
沙场秋点兵。

宋·辛弃疾《破阵子·为陈同甫赋壮词以寄之》

把酒问梅花，
知我离情否？
若使梅花知我时，
料得花须瘦。

宋·陈师道《卜算子》

把酒送春春不语，
黄昏却下潇潇雨。

宋·朱淑真《蝶恋花》

把酒祝东风，
且共从容。

宋·欧阳修《浪淘沙》

把吴钩看了，
栏杆拍遍，
无人会，
登临意。

宋·辛弃疾《水龙吟·登建康赏心亭》

白发渔樵江渚上，
惯看秋月春风。

明·杨慎《临江仙》

白发宁有种，
一一醒时栽。

宋·辛弃疾《水调歌头·汤朝美司谏允和用韵为谢》

白发镜中，
青萍匣里，
和泪相看。

明·张煌言《柳梢青》

白鸥问我泊孤舟，
是身留？
是心留？
心若留时，
何事锁眉头。

宋·蒋捷《梅花引·荆溪阻雪》

白云苍狗变浮云，
千古功名一聚尘。

宋·张元干《瑞鹧鸪·彭德器出示胡邦衡新句,次韵》

百尺游丝当绣户，
不系春晖，
只系闲愁住。

宋·李弥逊《蝶恋花》

百花头上占排场。
问他桃和李，
谁敢雪中香。

明·吴孙恩《临江仙·题红梅》

百年垂死今何日？
曾是开天乐世人。

清·张尔田《鹧鸪引·六十自述》

百年复几许？
慷慨一何多。

清·张惠言《水调歌头》

百年总是逢场戏。

元·王恽《鹧鸪天·赠驭说高秀英》

百舌无言桃李尽，
柘林深处鹁鸪鸣。

宋·苏轼《望江南·暮春》

百岁颠毛斑白，
千年翰墨丹青。

清·吴伟业《木兰花慢·寿汲古阁主人毛子晋》

百种旧愁分不去，
枉被落花留住。

宋·吕本中《清平乐》

半壕春水一城花，
烟雨暗千家。

宋·苏轼《望江南》

半夜潇潇窗外响，
多在梅边竹上。

宋·孙道绚《清平乐·咏雪》

半紫半红山树，
如歌如哭泉声。

清·宋琬《破阵子·关山道中》

傍珠帘散漫，
垂垂欲下，
依前被、风扶起。

宋·章楶《水龙吟·杨花》

悲风流水。
写出寥寥千古意，
归去无眠，
一夜余音在耳边。

宋·苏轼《减字木兰花》

悲欢离合总无情，
一任阶前，
点滴到天明。

宋·蒋捷《虞美人·听雨》

彼此空有相怜意，
未有相怜计。

宋·柳永《婆罗门令》

毕竟花开谁作主？

记取，
大都花属惜花人。

宋·辛弃疾《定风波·赋杜鹃花》

毕竟韶华何尝老，
休道春归太遽。

清·俞樾《金缕曲》

碧桃天上栽和露，
不是凡花数。

宋·秦观《虞美人》

碧瓦烟昏沉柳岸，
红绡香润入梅天。

宋·王淇《望江南·江景》

碧野朱桥当日事，
人不见，
水空流。

宋·秦观《江城子》

碧云天，
黄叶地。
秋色连波，
波上寒烟翠。

宋·范仲淹《苏幕遮·怀旧》

碧云犹作山头恨，
一片西飞一片东。

金·刘仲尹《鹧鸪天》

碧云冉冉蘅皋暮，
彩笔新题断肠句。
试问闲愁都几许？
一川烟草，
满城风絮，
梅子黄时雨。

宋·贺铸《青玉案》

避暑信船轻浪里，
闲游戏，
夹岸荔枝红蘸水。

五代十国·李珣《南乡子》

汴水流，
泗水流，
流到瓜洲古渡头，
吴山点点愁。

唐·白居易《长相思》

便尘沙出塞，
封侯万里，
印金如斗，
未惬平生。

宋·刘过《沁园春》

便挽取长江入尊罍，
浇胸臆。

宋·赵鼎《满江红》

便做春江都是泪，
流不尽，

许多愁。

宋·秦观《江城子》

别后悠悠君莫问，
无限事，
不言中。

宋·秦观《江城子》

别来尘土污人衣，
空役梦魂飞。

宋·潘阆《酒泉子》

别离滋味浓于酒，
著人瘦。
此情不及墙东柳，
春色年年依旧。

宋·张耒《秋蕊香》

别时容易见时难。
流水落花春去也，
天上人间。

五代十国·李煜《浪淘沙》

别语缠绵不成句。

宋·黄大临《青玉案》

鬓底青春留不住，
功名薄似风前絮。

宋·毛滂《渔家傲》

鬓华虽改心无改，
试把金觥，
旧曲重听，
犹似当年醉里声。

宋·欧阳修《采桑子》

冰肌玉骨清无汗，
水殿风来暗香满。

五代十国·孟昶《玉楼春》

冰轮斜辗镜天长，
江练隐寒光。

宋·陈亮《一丛花》

病来身似瘦梧桐，
觉道一枝一叶怕秋风。

清·蒋春霖《虞美人》

波渺渺，
柳依依；
孤村芳草远，
斜日杏花飞。

宋·寇准《江南春》

薄雾浓云愁永昼，
瑞脑消金兽。

宋·李清照《醉花阴》

薄雪消时春已半，
踏遍苍苔，
手挽花枝看。

宋·叶梦得《蝶恋花》

不爱黄金，
只爱人长久。

宋·苏轼《蝶恋花·佳人》

不道枝头无可落，
东风犹作恶。

金·王庭筠《谒金门》

不管烟波与风雨，
载将离恨过江南。

宋·郑文宝《柳枝词》

不恨古人吾不见，
恨古人不见吾狂耳。

宋·辛弃疾《贺新郎》

不恨天涯行役苦，
只恨西风，
吹梦成今古。

清·纳兰性德《蝶恋花》

不经人事意相关。

明·汤显祖《阮郎归》

不念英雄江左老，
用之可以尊中国。

宋·辛弃疾《满江红》

不忍登高临远，
望故乡渺邈，
归思难收。

宋·柳永《八声甘州》

不洒世间儿女泪，
难堪亲友中年别。

宋·严羽《满江红·送廖叔仁赴阙》

不是渭城西去客，
休唱阳关。

宋·张舜民《卖花声·题岳阳楼》

不为捣衣勤不睡，
破除今夜夜如年。

宋·贺铸《古捣练子》

不与群芳争绝艳，
化工自许寒梅。

宋·叶梦得《临江仙》

不愿酒中有圣，
但愿心头无事，
高枕卧烟霞。

元·白朴《水调歌头》

不知魂已断，
空有梦相随。
除却天边月，
没人知。

五代十国·韦庄《女冠子》

不知筋力衰多少，
但觉新来懒上楼。

宋 · 辛弃疾《鹧鸪天 · 鹅湖归，病起作》

不知天上宫阙，
今夕是何年。

宋 · 苏轼《水调歌头》

不知庭下有荼蘼，
偷得十分春色，
怕春知。

宋 · 辛弃疾《虞美人 · 赋荼蘼》

不知墙外夜来梅，
忍寒添得疏花否。

宋 · 侯真《踏莎行》

不知烟水西树舍，
燕子今年宿傍谁。

清 · 孔尚任《鹧鸪天》

C

才伴游蜂来小院，
又随飞絮过东墙，
长是为花忙。

宋 · 欧阳修《望江南》

才始送春归，
又送君归去。
若到江南赶上春，
千万和春住。

宋 · 王观《卜算子 · 送鲍浩然之浙东》

彩索身轻长趁燕，
红窗睡重不闻莺。

宋 · 苏轼《浣溪沙 · 春情》

彩舟载得离愁动，
无端更借樵风送。

宋 · 贺铸《菩萨蛮》

残日照平芜，
双双飞鹧鸪。

五代十国 · 李珣《菩萨蛮》

苍头华发，
故山归计何时决。

宋 · 苏轼《醉落魄 · 忆别》

插天翠柳，
被何人，
推上一轮明月？
照我藤床凉。
蚕事正忙农事急，
不知春色与谁妍。

宋 · 朱淑真《东马塍》

蝉蜕尘埃外，
蝶梦水云乡。

宋·张孝祥《水调歌头·泛湘江》

长安多少晓鸡声，
管不到江南春睡。

元·许有壬《鹊桥仙·赠可行弟》

长安故人问我，
道愁肠殢酒只依然。
目断秋霄落雁，
醉来时响空弦。

宋·辛弃疾《木兰花慢·滁州送范倅》

长沟流月去无声，
杏花疏影里，
吹笛到天明。

宋·陈与义《临江仙·
夜登小阁，忆洛中旧游》

长恨此身非我有，
何时忘却营营。

宋·苏轼《临江仙》

长记曾携手处，
千树压，
西湖寒碧。

宋·姜夔《暗香》

长情短恨难凭寄，
枉费红笺。

试拂幺弦，
却恐琴心可暗传。

宋·晏几道《采桑子》

长条故惹行客，
似牵衣待话，
别情无极。

宋·周邦彦《六丑·蔷薇谢后作》

常恨世人新意少，
爱说南朝狂客，
把破帽年年拈出。

宋·刘克庄《贺新郎·九日》

常记溪亭日暮，
沉醉不知归路。
兴尽晚回舟，
误入藕花深处。

宋·李清照《如梦令》

唱彻《阳关》泪未干，
功名余事且加餐。

宋·辛弃疾《鹧鸪天·送人》

唱得红梅字字香，
柳枝桃叶尽深藏。

宋·晏几道《浣溪沙》

怅恨不逢如意酒，
寻思难值有情人。

宋 · 晏几道《浣溪沙》

怅望关河空吊影，
正人间鼻息鸣鼍鼓。

宋 · 张元干《贺新郎》

车如流水马如龙，
花月正春风。

五代十国 · 李煜《望江南》

郴江幸自绕郴山，
为谁流下潇湘去。

宋 · 秦观《踏莎行》

尘世难逢开口笑，
人生待足何时足。

宋 · 赵善括《满江红》

尘事塞翁心，
浮世庄生梦。

宋 · 方资《黄鹤引》

尘心消尽道心平。

宋 · 苏轼《临江仙》

沉恨细思，
不如桃杏，
犹解嫁东风。

宋 · 张先《一丛花令》

城上楼高重倚望，
愿身能似月亭亭，
千里伴君行。

宋 · 张先《江南柳》

城上风光莺语乱，
城下烟波春拍岸。

宋 · 钱惟演《木兰花》

城中桃李愁风雨，
春在溪头荠菜花。

宋 · 辛弃疾《鹧鸪天 · 代人赋》

乘风好去，
长空万里，
直下看山河。
斫去桂婆娑，
人道是清光更多。

宋 · 辛弃疾《太常引 ·
建康中秋夜为吕叔潜赋》

持杯月下花前醉，
休问荣枯事。

宋 · 苏轼《虞美人》

持酒劝云云且住，
凭君碍断春归路。

宋 · 秦观《蝶恋花》

池上碧苔三四点，
叶底黄鹂一两声。

宋·晏殊《破阵子·春景》

赤壁矶头落照，
肥水桥边衰草，
渺渺唤人愁。

宋·张孝祥《水调歌头》

重到故乡交旧少，
凄凉，
却恐他乡胜故乡。

宋·陆游《南乡子》

重叠泪痕缄锦字，
人生只有情难死。

清·文廷式《蝶恋花》

重过阊门万事非，
同来何事不同归。

宋·贺铸《半死桐》

重湖叠巘清嘉，
有三秋桂子，
十里荷花。

宋·柳永《望海潮》

重门不锁相思梦，
随意绕天涯。

宋·赵令畤《锦堂春》

宠柳娇花寒食近，
种种恼人天气。

宋·李清照《念奴娇》

惆怅惜花人不见，
歌一阕，
泪千行。

宋·秦观《江城子》

惆怅落花风不定。

五代十国·李璟《应天长》

惆怅墙东，
一树樱桃带雨红。

五代十国·冯延巳《罗敷艳歌》

惆怅双鸳不到，
幽阶一夜苔生。

宋·吴文英《风入松》

愁病相仍，
剔尽寒灯梦不成。

宋·朱淑真《减字木兰花·春怨》

愁肠已断无由醉，
酒未到，
先成泪。

宋·范仲淹《御街行》

愁如溪水暂时平，
雨声一夜依然满。

明·刘基《踏莎行》

愁无际，
暮云过了，
秋光老尽，
故人千里，
竟日空凝睇。

宋·柳永《诉衷情》

愁心似醉兼如病，
欲语还慵，
日暮疏钟，
双燕归栖画阁中。

五代十国·冯延巳《采桑子》

楚城满目春华，
可堪游子思家。
惟有夜来归梦，
不知身在天涯。

宋·贺铸《清平乐》

楚天千里清秋，
水随天去秋无际。

宋·辛弃疾《水龙吟·登建康赏心亭》

船上管弦江面绿，
满城飞絮混轻尘，
愁杀看花人。

五代十国·李煜《望江梅》

窗间岩岫，
看尽昏朝。
夜山低，
晴山近，
晓山高。

金·许古《行香子》

窗外芭蕉窗里人，
分明叶上心头滴。

宋·无名氏《眉峰碧》

垂下帘栊，
双燕归来细雨中。

宋·欧阳修《采桑子》

垂杨只解惹春风，
何曾系得行人住。

宋·晏殊《踏莎行》

春愁离恨重于山，
不信马儿驮得动。

宋·石孝友《更漏子》

春风不解禁杨花，
濛濛乱扑行人面。

宋·晏殊《踏莎行》

春风欲动座中人，
一片落红当眼坠。

元·刘因《玉楼春》

春风解绿江南树，
不与人间染白须。

宋·赵师侠《鹧鸪天》

春光还与美人同：
论心空眷眷，
分袂却匆匆。

宋·陆游《临江仙·离果州作》

春归何处？
寂寞无行路。
若有人知春去处，
唤取归来同住。

宋·黄庭坚《清平乐》

春花秋月何时了？
往事知多少！
小楼昨夜又东风，
故国不堪回首月明中。

五代十国·李煜《虞美人》

春来依旧生芳草。

宋·王诜《蝶恋花》

春路雨添花，
花动一山春色。

宋·秦观《好事近》

春且住，
见说道，
天涯芳草无归路。

宋·辛弃疾《摸鱼儿》

春去也，
飞红万点愁如海。

宋·秦观《千秋岁》

春去几时还，
问桃李无言。
燕子归栖风劲，
梨香乱西园。

宋·黄庭坚《好女儿》

春去能来，
人去能来否。

清·王鹏运《点绛唇·余春》

春去，
最谁苦？
但箭雁沉边，
梁燕无主，
杜鹃声里长门暮。

宋·刘辰翁《兰陵王》

春日游，
杏花吹满头。
陌上谁家年少足风流，
妾拟将身嫁与，
一生休！
纵被无情弃，
不能羞。

五代十国·韦庄《思帝乡》

春如旧，

人空瘦，
泪痕红浥鲛绡透。

宋 · 陆游《钗头凤》

春入平原荠菜花，
新耕雨后落群鸦。

宋 · 辛弃疾《鹧鸪天 · 游鹅湖醉书酒家壁》

春色三分，
二分尘土，
一分流水。

宋 · 苏轼《水龙吟 · 次韵章质夫杨花词》

春山烟欲收，
天淡星稀小。

五代十国 · 牛希济《生查子》

春事到清明，
十分花柳。

宋 · 辛弃疾《感皇恩 · 滁州为范倅寿》

春水碧于天，
画船听雨眠。

五代十国 · 韦庄《菩萨蛮》

春似酒杯浓，
醉得海棠无力。

宋 · 周紫芝《好事近》

春未来时先借问，
晚恨开迟，
早又飘零近。

宋 · 辛弃疾《蝶恋花 · 戊申元日立春席间作》

春未绿，
鬓先丝，
人间别久不成悲。

宋 · 姜夔《鹧鸪天 · 元夕有所梦》

春无踪迹谁知？
除非问取黄鹂；
百啭无人能解，
因风飞过蔷薇。

宋 · 黄庭坚《清平乐》

春宵一刻值千金，
花有清香月有阴。

宋 · 欧阳修《蝶恋花》

春雨足，
染就一溪新绿。

五代十国 · 韦庄《谒金门》

春在乱花深处鸟声中。

宋 · 陈亮《南歌子》

差池欲住，
试入旧巢相并。
还相雕梁藻井，
又软语商量不定。

飘然快拂花梢，
翠尾分开红影。

宋·史达祖《双双燕·咏燕》

此情无计可消除，
才下眉头，
却上心头。

宋·李清照《一剪梅》

此去经年，
应是良辰美景虚设。
便纵有千种风情，
更与何人说。

宋·柳永《雨霖铃》

此身忘世浑容易，
使世相忘却自难。

宋·辛弃疾《鹧鸪天》

此生谁料，
心在天山，
身老沧州。

宋·陆游《诉衷情》

此水几时休，
此恨何时已。

只愿君心似我心，
定不负相思意。

宋·李之仪《卜算子》

从别后，
忆相逢，
几回魂梦与君同。

宋·晏几道《鹧鸪天》

从今认得归田乐，
何必桃源是故乡。

宋·李之仪《鹧鸪天》

丛菊漫淹词客泪。

清·夏孙桐《南楼令·秋怀次韵》

翠叶吹凉，
玉容销酒，
更洒菰蒲雨。
嫣然摇动，
冷香飞上诗句。

宋·姜夔《念奴娇》

寸心万绪，
咫尺千里。

宋·柳永《婆罗门令》

D

大都一点宫黄，
人间直恁芬芳。

怕是秋天风露，
染教世界都香。

宋 · 辛弃疾《清平乐 · 谢叔良惠木犀》

大儿锄豆溪东，
中儿正织鸡笼。
最喜小儿无赖，
溪头卧剥莲蓬。

宋 · 辛弃疾《清平乐 · 村居》

大江东去，
浪淘尽，
千古风流人物。

宋 · 苏轼《念奴娇 · 赤壁怀古》

大笑了今古，
乘兴便西东。

宋 · 张元干《水调歌头 · 赠汪秀才》

带得无边春下，
等待江山都老，
教看鬓方鸦。

宋 · 辛弃疾《水调歌头 · 寿赵漕介庵》

待他重与画眉时，
细数郎轻薄。

清 · 汪懋麟《误佳期 · 闺怨》

但怪得竹外疏花，
香冷入瑶席。

宋 · 姜夔《暗香》

但使情亲千里近；
须信，
无情对面是山河。

宋 · 辛弃疾《定风波》

淡云孤雁远，
寒日暮天红。

宋 · 徐昌图《临江仙》

当路游丝萦醉客，
隔花啼鸟唤行人。

宋 · 欧阳修《浣溪沙》

当年不肯嫁春风，
无端却被秋风误。

宋 · 贺铸《惜余春 · 踏莎行七首》

当年万里觅封侯，
匹马戍梁州。
关河梦断何处？
尘暗旧貂裘。

宋 · 陆游《诉衷情》

当时相候赤栏桥，
今日独寻黄叶路。

宋 · 周邦彦《玉楼春》

道有精粗，
志有清浊。

元 · 张野《沁园春 · 泉南作》

道是天公果惜花，

雨洗风吹了。

宋·刘克庄《卜算子》

道是天公不惜花，
百种千般巧。

宋·刘克庄《卜算子》

稻花香里说丰年，
听取蛙声一片。

宋·辛弃疾《西江月·夜行黄沙道中》

灯火钱塘三五夜，
明月如霜，
照见人如画。

宋·苏轼《蝶恋花·密州上元》

灯前写了书无数，
算没个人传与。

宋·黄庭坚《望江东》

登楼遥望秦宫殿，
茫茫只见双飞燕。

唐·李晔《菩萨蛮》

堤上游人逐画船，
拍堤春水四垂天，
绿杨楼外出秋千。

宋·欧阳修《浣溪沙》

笛里谁知壮士心，
沙头空照征人骨。

宋·陆游《关山月》

笛声依约芦花里，
白鸟成行忽惊起。

宋·潘阆《酒泉子》

底事昆仑倾砥柱，
九地黄流乱注。

宋·张元干《贺新郎》

底事轻抛形胜地，
把笙歌，
恋定西湖水。

宋·王奕《贺新郎·金陵怀古》

地角天涯，
我随君去，
掘井为盟无改移。

宋·黄庭坚《沁园春》

等闲莫把栏干倚，
马蹄去便三千里。

宋·万俟咏《忆秦娥》

雕栏玉砌应犹在，
只是朱颜改。
问君能有几多愁，
恰似一江春水向东流。

五代十国·李煜《虞美人》

雕梁画栋原无数，

不问主人随意住。

清·宋徵舆《玉楼春·燕》

叠嶂西驰，
万马回旋，
众山欲东。

宋·辛弃疾《沁园春·灵山齐庵赋时筑偃湖未成》

蝶飞芳草花飞路，
把酒已嗟春色暮。
当时枝上落残花，
今日水流何处去。

宋·欧阳修《玉楼春》

定巢新燕子，
睡起雕梁，
对立整乌衣。

明·刘基《渡江云》

东风恶，
欢情薄，
一怀愁绪，
几年离索。
错、错、错。

宋·陆游《钗头凤》

东风吹雨细于尘。

宋·辛弃疾《浣溪沙》

东风且伴蔷薇住，
到蔷薇春已堪怜。

宋·张炎《高阳台·西湖春感》

东风无一事，
妆出万重花。

清·张惠言《水调歌头》

东风夜放花千树，
更吹落，
星如雨。

宋·辛弃疾《青玉案》

东风有信无人见，
露微意，
柳际花边。

宋·苏轼《一丛花》

东风已有过来信，
先返梅魂。

宋·王灼《丑奴儿》

东风着意，
先上小桃枝。

宋·韩元吉《六州歌头·桃花》

东篱把酒黄昏后，
有暗香盈袖。
莫道不消魂，
帘卷西风，
人比黄花瘦。

宋·李清照《醉花阴》

东南形胜，
三吴都会，
钱塘自古繁华。

宋·柳永《望海潮》

东厢月，
一天风露，
杏花如雪。

宋·范成大《秦楼月》

都道无人愁似我，
今夜雪，
有梅花，
似我愁。

宋·蒋捷《梅花引·荆溪阻雪》

都将泪作梅黄雨，
尽把情为柳絮风。

宋·向子諲《鹧鸪天》

斗大江山，
经几度，
兴亡事业。

明·吴易《满江红》

独抱浓愁无好梦，
夜阑犹剪灯花弄。

宋·李清照《蝶恋花》

独驾一舟千里去，
心与长天共渺。

宋·秦观《念奴娇》

独立寒阶望月华，
露浓香泛小庭花。

五代十国·张泌《浣溪沙》

独立寒楼风满袖，
平林新月人归后。

五代十国·冯延巳《鹊踏枝》

独上高楼云渺渺，
天涯一点青山小。

宋·王诜《蝶恋花》

独倚栏干凝望远，
一川烟草平如剪。

宋·谢逸《蝶恋花》

独倚栏干人窈窕，
闲中数尽行人小。

清·王国维《蝶恋花》

独自莫凭栏，
无限江山，
别时容易见时难。
流水落花春去也，
天上人间。

五代十国·李煜《浪淘沙》

独自倚危栏，
欲向荷花语。
无奈荷花不应人，
背立啼红雨。

宋·张孝祥《卜算子》

断肠人在栏干角。
山远水远人远，
音信难托。
这滋味黄昏又恶。

宋·柳永《凤凰阁》

断肠片片飞红，
都无人管，
更谁劝，
啼莺声住。

宋·辛弃疾《祝英台近·晚春》

断虹霁雨，
净秋空，
山染修眉新绿。

宋·黄庭坚《念奴娇》

断送一生憔悴，
只消几个黄昏。

宋·赵令峙《清平乐》

断无蜂蝶慕幽香，
红衣脱尽芳心苦。

宋·贺铸《踏莎行·荷花》

断霞散彩，
残阳倒影，
天外云峰，
数朵相倚。

宋·柳永《玉山枕》

堆盘买得迎年菜，
但喜红椒一味辛。

清·文廷式《鹧鸪天·即事》

对潇潇暮雨洒江天，
一番洗清秋。

宋·柳永《八声甘州》

多病题诗无好句。

宋·陈与义《定风波·重阳》

多情多感仍多病。

宋·苏轼《采桑子》

多情帘燕独徘徊，
依旧满身花雨，
又归来。

宋·田为《南柯子·春景》

多情谁似南山月，
特地暮云开。

宋·陆游《长相思·七月十六日
晚登高兴亭望长安南山》

多情却被无情恼。

宋·苏轼《蝶恋花》

多情惟有影，
和月伴黄昏。

清·秋瑾《临江仙·中元》

多情应笑我，
早生华发。

宋·苏轼《念奴娇》

多情自古伤离别，
更那堪，
冷落清秋节！
今宵酒醒何处，
杨柳岸，
晓风残月。

宋·柳永《雨霖铃》

多少恨，
昨夜梦魂中。
还似旧时游上苑，
车如流水马如龙，
花月正春风。

五代十国·李煜《望江南》

多少红颜天上落，
总添了数抔黄土。

明·陈子龙《二郎神·清明感旧》

多少六朝兴废事，
尽入渔樵闲话。

宋·孙浩然《离亭燕》

多少蓬莱旧事，
空回首，
烟霭纷纷。

宋·秦观《满庭芳》

多谢月相怜，
今宵不忍圆。

宋·朱淑真《菩萨蛮》

多因身在翠微间，
归看双鸾妆镜里，
一样春山。

明·王泰际《浪淘沙》

E

恩如明月家家到，
无处无清照。

宋·张先《虞美人·述古移南郡》

而今识尽愁滋味，
欲说还休；
欲说还休，
却道“天凉好个秋”。

宋·辛弃疾《丑奴儿》

二十四桥千步柳，
春风十里上珠帘。

宋 · 韩琦《维扬好》

二十四桥仍在，
波心荡，
冷月无声。

宋 · 姜夔《扬州慢》

二十余年如一梦，
此身虽在堪惊。

宋 · 陈与义《临江仙 · 夜登小阁忆洛中旧游》

二月风光浓似酒，
小楼新湿青红。

宋 · 葛胜仲《临江仙》

F

帆迎山色来还去，
橹破滩痕散复圆。

宋 · 韩淲《鹧鸪天 · 兰溪舟中》

繁华易觉光阴迅。

明 · 瞿祐《摸鱼子 · 苏堤春晓》

芳草不迷行客路，
垂杨只碍离人目。

宋 · 辛弃疾《满江红》

芳草有情，
夕阳无语，
雁横南浦，
人依西楼。

宋 · 张耒《风流子》

芳菲消息到，
杏梢红。

宋 · 贺铸《小重山》

芳菲次第长相续，
自是情多无处足。
尊前百计得春归，
莫为伤春眉黛蹙。

五代十国 · 冯延巳《玉楼春》

仿佛梦魂归帝所，
闻天语，
殷勤问我归何处。

宋 · 李清照《渔家傲》

放花无语对斜晖，
此恨谁知。

宋 · 秦观《画堂春》

飞絮落花时候，
一登楼，

便做春江都是泪，
流不尽，
许多愁。

宋 · 秦观《江城子》

肥水东流无尽期，
当初不合种相思。

宋 · 姜夔《鹧鸪天 · 元夕有新梦》

风吹梅蕊闹，
雨细杏花香。

宋 · 晏几道《临江仙 · 浅浅余寒春半》

风定落花深，
帘外拥红堆雪。

宋 · 李清照《好事近》

风高帆影疾，
目送舟痕碧。

宋 · 李弥逊《菩萨蛮》

风急花飞昼掩门，
一帘残雨滴黄昏。

宋 · 赵令峙《浣溪沙》

风老莺雏，
雨肥梅子，
午阴嘉树清圆。

宋 · 周邦彦《满庭芳 · 夏景》

风里一池杨柳，
月边满树梨花。

宋 · 周紫芝《朝中措》

风泠泠，
露泠泠，
一叶扁舟深处横，
垂杨鸥不惊。

宋 · 王质《长相思》

风流不在谈锋胜，
袖手无言味最长。

宋 · 黄昇《鹧鸪天》

风销绛蜡，
露浥红莲，
灯市光相射。
桂华流瓦，
纤云散，
耿耿素娥欲下。

宋 · 周邦彦《解语花 · 上元》

风压轻云贴水飞，
乍晴池馆燕争泥。

五代十国 · 李璟《浣溪沙》

风一更，
雪一更，
聒碎乡心梦不成，
故园无此声。

清 · 纳兰性德《长相思》

风也萧萧，
雨也萧萧，
瘦尽灯花又一宵。

清 · 纳兰性德《采桑子》

风乍起，
吹皱一池春水。

五代十国 · 冯延巳《谒金门》

枫落早鸿过，
洞庭无限波。
相望终不见，
只是白云多。

清 · 宋乐《潇湘曲》

枫叶落，
荻花干，
醉宿渔舟不觉寒。

唐 · 张志和《渔父歌》

峰回路转，
云舒霞卷，
了非人世。

宋 · 张孝祥《水龙吟 · 望九华山作》

蜂儿辛苦多官府，
蝴蝶花间自在飞。

宋 · 辛弃疾《鹧鸪天 · 有感》

凤阁龙楼连霄汉，
琼枝玉树作烟萝，
几曾识干戈。

五代十国 · 李煜《破阵子》

浮名浮利，
虚苦劳神。

宋 · 苏轼《行香子》

浮世欢会少，
劳生怨别多。

宋 · 张先《南歌子》

浮天水送无穷树，
带雨云埋一半山。

宋 · 辛弃疾《鹧鸪天 · 送人》

浮云出处元无定，
得似浮云也自由。

宋 · 辛弃疾《鹧鸪天》

浮云遮月不分明，
谁挽长江一洗放天青。

清 · 董士锡《忆旧游》

父老争言雨水匀，
眉头不似去年颦。

宋 · 辛弃疾《浣溪沙》

富贵非吾事，
归与白鸥盟。

宋 · 辛弃疾《水调歌头》

G

干名利禄终无益。

宋·柳永《轮台子》

高柳垂阴，
老鱼吹浪，
留我花间住。

宋·姜夔《念奴娇》

高楼目尽欲黄昏，
梧桐叶上萧萧雨。

宋·晏殊《踏莎行》

高楼把酒愁独语，
借问春归何处所？
暮天空阔不知音，
惟有绿杨芳草路。

宋·欧阳修《玉楼春》

高树鹊衔巢，
斜月明寒草。

五代十国·冯延巳《醉花间》

歌断一声天外去，
清音遏行云住。

宋·了元《蝶恋花》

歌舞樽前，
繁华镜里，
暗换青春发。

元·萨都剌《念奴娇·登石头城》

歌韵巧共泉声，
间杂琮琤玉。

宋·周邦彦《六幺令》

隔岸桃花红未半，
枝头已有蜂儿乱。

宋·王安石《渔家傲》

隔岸两三家，
出墙红杏花。

宋·魏夫人《菩萨蛮》

隔江人在雨声中，
晚风菰叶生秋怨。

宋·吴文英《踏莎行》

更能销几番风雨，
匆匆春又归去。

宋·辛弃疾《摸鱼儿》

更漏咽，
滴破忧心，
万感并生，
都在离人愁耳。

宋·柳永《十二时·秋夜》

更携取胡床上南楼，
看玉做人间，
素秋千顷。

宋·晁补之《洞仙歌·泗州中秋作》

功名富贵久寒灰，
翰墨文章新讳却。

宋·黄庭坚《木兰花令》

孤村芳草远，
斜日杏花飞。

宋·寇准《江南水》

孤忠大义，
冰清玉烈。

明·张煌言《满江红》

古今多少事，
渔唱起三更。

宋·陈与义《临江仙·夜登小阁忆洛中旧游》

古来多被虚名误，
宁负虚名身莫负。

宋·晏几道《玉楼春·雕鞍好为莺花住》

古庙依青嶂，
行宫枕碧流。

唐·李珣《巫山一段云》

故巢似与人留恋，
最多情，
欲黏还坠，
落泥片片。

清·梁启超《金缕曲》

故国神游，
多情应笑我，
早生华发。

宋·苏轼《念奴娇·赤壁怀古》

故人慷慨多奇节。

清·吴伟业《贺新郎·病中有感》

故乡何处是，
忘了除非醉。

宋·李清照《菩萨蛮》

归棹晚，
载荷花十里，
一钩新月。

宋·黄裳《喜迁莺·端午泛湖》

归梦已随芳草绿，
先到江南。

宋·谢懋《浪淘沙》

归时休放烛花红，
待踏马蹄清夜月。

五代十国·李煜《玉楼春·宫词》

归雁，
归雁，
饮啄江南南岸，
将飞却下盘桓。

宋 · 苏轼《调笑令》

闺中陌上，
到处欲断还匀。
摇荡春风形影，
连绣户、翠接无痕。

清 · 邹祗谟《恋芳春慢 · 咏草》

龟鹤命长松寿远，
阳春一曲情千万。

宋 · 晏殊《蝶恋花》

滚滚长江东逝水，
浪花淘尽英雄。
是非成败转头空。
青山依旧在，
几度夕阳红。

明 · 杨慎《临江仙》

国事如今谁倚仗，
衣带一江而已。

宋 · 文及翁《贺新郎 · 西湖》

过春风十里，
尽荠麦青青。

宋 · 姜夔《扬州慢》

过尽千帆皆不是，
斜晖脉脉水悠悠，
肠断白苹洲。

唐 · 温庭筠《梦江南》

H

还似旧时游上苑，
车如流水马如龙，
花月正春风。

五代十国 · 李煜《望江南》

海变桑田都不记，
蟠桃一熟三千岁。

宋 · 晏殊《鹊踏枝》

海枯石烂情缘在。

金 · 元好问《迈陂塘》

海枯石烂两鸳鸯，
只合双飞便双死。

金 · 元好问《西楼曲》

海阔山遥，
未知何处是潇湘。

宋 · 柳永《玉蝴蝶》

海南芳菲留不住。
笔下生风，
吹入青云去。
宋 · 黄庭坚《蝶恋花》

海棠开后春谁主，
日日催花雨。
宋 · 李弥逊《虞美人》

海棠开后月明前，
纵有千金无处买。
宋 · 王诜《玉楼春 · 海棠》

酣歌一曲太平人。
宋 · 贺铸《频载酒》

寒蝉凄切，
对长亭晚，
骤雨初歇。
宋 · 柳永《雨霖铃》

菡萏香销翠叶残，
西风愁起绿波间。
五代十国 · 李璟《浣溪沙》

汉阙唐陵回首望，
渭水无情东去。
清 · 陈维崧《贺新郎》

汗血盐车无人顾，
千里空收骏骨。
宋 · 辛弃疾《贺新郎》

好风如扇雨如帘，
时见岸花汀草，
涨痕添。
宋 · 李鹰《虞美人令》

好风休簸战旗红，
早送鲥鱼如雪过江东。
清 · 陈维崧《虞美人 · 无聊》

好花须映好楼台，
休傍秦关蜀栈战场开。
清 · 陈维崧《虞美人 · 无聊》

好景难常占，
过眼韶华如箭。
宋 · 晁补之《梁州令 · 叠韵》

皓月浮空，
人尽道端的清圆如璧。
宋 · 李纲《念奴娇》

皓月十分光正满，
清光畔，
年年常愿琼筵看。
宋 · 欧阳修《渔家傲》

何处飞来双白鹭，
如有意，
慕娉婷。

宋·苏轼《江城子·江景》

何处合成愁？
离人心上秋，
纵芭蕉不雨也飕飕。

宋·吴文英《唐多令·惜别》

何处青旗夸酒好，
醉乡路上芳草多。

宋·黄庭坚《渔家傲》

何处是归程，
长亭更短亭。

唐·李白《菩萨蛮》

何处望神州？
满眼风光北固楼。
千古兴亡多少事，
悠悠。
不尽长江滚滚流。

宋·辛弃疾《南乡子·登京口北固亭有怀》

何处最多情，
练湖秋水明。

元·宋䌹《菩萨蛮·丹阳道中》

何代无狂客。

清·陈澧《百字令》

何人解系天边日，
占取春风，
免使繁红，
一片西飞一片东。

宋·晏殊《采桑子》

何时赋得归来，
倚松对柳，
开樽醉倒。

明·刘基《瑞龙吟》

何物最关情？
黄鹂两三声。

宋·王安石《菩萨蛮》

何须浅碧深红色，
自是花中第一流。

宋·李清照《鹧鸪天·桂花》

河畔青芜堤上柳，
为问新愁，
何事年年有。

五代十国·冯延巳《鹊踏枝》

恨春去不与人期，
弄夜色，
空余满地梨花雪。

宋·周邦彦《浪淘沙慢》

恨此生，
长向别离中，
添华发。

宋·苏轼《满江红》

恨芳菲世界，
游人未赏，
都付与，
莺和燕。

宋·陈亮《水龙吟·春恨》

恨君不似江楼月，
南北东西。
南北东西，
只有相随无别离。

宋·吕本中《采桑子》

恨君都似江楼月，
暂满还亏。
暂满还亏，
待到团圆是几时。

宋·吕本中《采桑子》

恨如芳草，
萋萋刬尽还生。

宋·秦观《八六子》

恨无千日酒，
空断九回肠。

宋·刘彤《临江仙》

横枝消瘦一如无，
但空里疏花数点。

宋·朱敦儒《鹊桥仙》

红笺着意写，
不尽相思意。
为个甚，
相思只在心儿里。

宋·欧阳修《千秋岁》

红莲相倚浑如醉，
白鸟无言定自愁。

宋·辛弃疾《鹧鸪天·鹅湖归病起作》

红旗高举，
飞出深深杨柳渚。
鼓击春雷，
直破烟波远远回。

宋·黄裳《减字木兰花·竞渡》

红酥手，
黄藤酒，
满城春色宫墙柳。

宋·陆游《钗头凤》

红杏枝头寒食雨，
燕子泥新，
不住飞来去。

宋·毛滂《蝶恋花》

红杏初开第一枝。

宋·晏几道《采桑子》

红袖女郎相引去，
游南浦，
笑倚春风相对语。

五代十国·欧阳炯《南乡子》

红绣被，
两两间鸳鸯。
不是鸟中偏爱尔，
为缘交颈睡南塘，
全胜薄情郎。

五代十国·牛峤《梦江南》

红颜能得几时新。

宋·欧阳修《定风波·其四》

红英落尽青梅小。

宋·寇准《踏莎行》

红烛自怜无好计，
夜寒空替人垂泪。

宋·晏几道《临江仙》

忽觉天风吹海立，
好似春霆初发。
白马凌空，
琼鳌驾水，
日夜朝天阙。

宋·吴琚《酹江月》

湖边柳外楼高处，
望断云山多少路。

宋·欧阳修《玉楼春》

虎踞龙蟠何处是，
只有兴亡满目。

宋·辛弃疾《念奴娇·
登建康赏心亭呈史致道留守》

花好却愁春去。

宋·欧阳修《鹤冲天》

花接旧枝新蕊吐。

宋·张先《天仙子》

花开花谢蝶应知，
春来春去莺能问。

宋·晏几道《踏莎行》

花落未须悲，
红蕊明年又满枝。

宋·晏几道《南乡子》

花满渚，
酒满瓯，
万顷波中得自由。

五代十国·李煜《渔父》

花虽不语莺能语，
莫放韶光容易去。

宋·王诜《玉楼春·海棠》

花褪残红青杏小。

燕子飞时，
绿水人家绕。

宋 · 苏轼《蝶恋花 · 春景》

花外轩窗排远岫，
竹间门巷带长流，
风物更清幽。

宋 · 韩琦《安阳好》

花外春来路，
芳草不曾遮。

清 · 张惠言《水调歌头 · 春日赋示杨生子掞》

花香满院，
花阴满地，
夜静月明风细。

元 · 许有壬《鹊桥仙》

花叶脱霜红，
流萤残月中。

五代十国 · 冯延巳《菩萨蛮》

花易飘零人易老。

宋 · 秦观《江城梅花引》

花影压重门，
疏帘铺淡月，
好黄昏。

宋 · 李清照《小重山》

花自飘零水自流，
一种相思，
两处闲愁。

宋 · 李清照《一剪梅》

画船载得春归去，
余情寄、湖水湖烟。

宋 · 俞国宝《风入松 · 题酒肆》

画虎文章，
屠龙事业，
凄绝商歌入破时。

清 · 王鹏远《沁园春》

画梁燕子睡方浓，
落尽香泥却飞去。

清 · 曹贞吉《玉楼春 · 春晚》

画楼朱户玉人家，
帘外一眉新月浸梨花。

宋 · 谢无逸《南柯子 · 春夜》

画堂南畔见，
一晌偎人颤。
奴为出来难，
教君恣意怜。

五代十国 · 李煜《菩萨蛮》

淮南皓月冷千山，
冥冥归去无人管。

宋 · 姜夔《踏莎行 · 自沔东来

丁未元日至金陵江上感梦而作》

槐绿低窗暗，
榴红照眼明。
玉人邀我少留行，
无奈一帆烟雨画船轻。

宋·黄庭坚《南歌子》

换我心，
为你心，
始知相忆深。

五代十国·顾敻《诉衷情》

唤起《九歌》忠愤，
拂拭三闾文字，
还与日争光。

宋·张孝祥《水调歌头·泛湘江》

唤起一天明月，
照我满怀冰雪，
浩荡百川流。

宋·辛弃疾《水调歌头·
和马叔度游月波楼》

黄鹤断矶头，
故人今在不？
旧江山浑是新愁。

宋·刘过《唐多令·重过武昌》

黄昏疏雨湿秋千。

宋·李清照《浣溪沙》

黄昏院落人归去，
犹有流莺对语。

宋·康与之《杏花天·慈宁殿春晚出游》

黄金榜上，
偶失龙头望。

宋·柳永《鹤冲天》

黄菊枝头生晓寒，
人生莫放酒杯干。

宋·黄庭坚《鹧鸪天》

回首夕阳红尽处，
应是长安。

宋·张舜民《卖花声·题岳阳楼》

蕙兰有恨枝尤绿，
桃李无言花自红。

宋·欧阳修《舞春风》

J

急水浮萍风里絮，
恰似人情，
恩爱无凭据。

宋 · 吴礼之《蝶恋花 · 别恨》

几个轻鸥，
来点破，
一泓澄绿。

宋 · 辛弃疾《满江红 · 山居即事》

几许渔人飞短艇，
尽载灯火归村落。

宋 · 柳永《满江红》

几叶秋声和雁声，
愁人不要听。

宋 · 万俟咏《长相思 · 山驿》

寄到玉关应万里，
戍人犹在玉关西。

宋 · 贺铸《古捣练子 · 杵声齐》

寄我相思千点泪，
流不到，
楚江东。

宋 · 苏轼《江城子》

记取春来杨柳，
风流全在轻黄。

明 · 杨基《清平乐》

记得小蘋初见，
两重心字罗衣，
琵琶弦上说相思。
当时明月在，
曾照彩云归。

宋 · 晏几道《临江仙》

家在翠微深处住，
生计一犁春雨。

宋 · 王炎《清平乐》

驾长车、踏破贺兰山阙。
壮志饥餐胡虏肉，
笑谈渴饮匈奴血。
待从头收拾旧山河，
朝天阙。

宋 · 岳飞《满江红》

剪不断，
理还乱，
是离愁，
别是一般滋味在心头。

五代十国 · 李煜《乌夜啼》

拣尽寒枝不肯栖，
寂寞沙洲冷。

宋 · 苏轼《卜算子》

渐霜风凄紧，
关河冷落，
残照当楼。

宋 · 柳永《八声甘州》

渐行渐远渐无书，

水阔鱼沉何处问。

宋·欧阳修《玉楼春》

见有人来，
袜刬金钗溜，
和羞走。
倚门回首，
却把青梅嗅。

宋·李清照《点绛唇》

江边一望楚天长，
片帆烟际闪孤光。

五代十国·孙光宪《浣溪沙》

江湖满地皆矰缴，
何处西风有稻粱。

明·文徵明《鹧鸪天·秋雁》

江梅含日暖，
照水花枝短，
密叶似商量，
向人春意长。

宋·舒亶《菩萨蛮》

江南春早，
春到南枝花更好。

宋·赵师罼《减字木兰花》

江南几度梅花发，
人在天涯鬓已斑。

金·刘著《鹧鸪天》

江南人去路缈，
信未通，
愁已先到。

宋·周邦彦《伤情怨》

江南三月，
犹有枝头千点雪。

宋·释仲殊《减字木兰花》

江山如许大，
不用一钱沽。

明·魏大中《临江仙·钱塘怀古》

江山王气空千劫，
桃李春风又一年。

元·耶律楚材《鹧鸪天》

江上柳如烟，
雁飞残月天。

唐·温庭筠《菩萨蛮》

江上雪初消，
暖日晴烟弄柳条。

宋·吴亿《南乡子》

江声卷暮涛，
林影留残照，
兰舟把愁都载了。

元 · 贯云石《清江引》

江水西头隔烟树，
望不见江东路。
思量只有梦来去，
更不怕江阑住。

宋 · 黄庭坚《望江东》

江头未是风波恶，
别有人间行路难。

宋 · 辛弃疾《鹧鸪天 · 送人》

江月知人念远，
上楼来照黄昏。

宋 · 秦观《木兰花慢》

狡兔依然在，
良犬已先烹。

宋 · 刘过《六州歌头 · 题岳鄂王庙》

角声寒，
夜阑珊，
怕人寻问，
咽泪装欢。
瞒、瞒、瞒。

宋 · 唐琬《钗头凤》

解将天上千年艳，
翻作人间九月黄。

宋 · 张孝祥《鹧鸪天》

今古恨，
几千般，
只应离合是悲欢？

宋 · 辛弃疾《鹧鸪天 · 送人》

今年花谢，
明年花谢，
白了人头。

金 · 赵秉文《青杏儿》

今年花胜去年红，
可惜明年花更好，
知与谁同。

宋 · 欧阳修《浪淘沙》

今年元夜时，
月与灯依旧。
不见去年人，
泪湿春衫袖。

宋 · 欧阳修《生查子》

今宵剩把银釭照，
犹恐相逢是梦中。

宋 · 晏几道《鹧鸪天》

今夜故人来不来？
教人立尽梧桐影。

唐 · 吕岩《梧桐影》

今夜山深处，
断魂分付潮回去。

宋·毛滂《惜分飞》

金碧楼西，
衔得锦标第一归。

宋·黄裳《减字木兰花·竞渡》

金风玉露一相逢，
便胜却、人间无数。

宋·秦观《鹊桥仙》

金谷年年，
乱生春色谁为主。

宋·林逋《点绛唇·咏草》

金瓯已缺总须补，
为国牺牲敢惜身。

清·秋瑾《鹧鸪天》

锦瑟年华谁与度。

宋·贺铸《青玉案》

近来始觉古人书，
信着全无是处。

宋·辛弃疾《西江月·遣兴》

尽日含毫难比兴。

宋·王安石《甘露歌》

尽挹西江，
细斟北斗，
万象为宾客。

宋·张孝祥《念奴娇》

经行几处江山改，
多少亲朋尽白头。

宋·辛弃疾《鹧鸪天》

镜里花难折。

宋·辛弃疾《念奴娇·书东流村壁》

镜里朱颜都变尽，
只有丹心难灭。

宋·文天祥《酹江月·和邓光荐》

九万里风鹏正举，
风休住，
蓬舟吹取三山去。

宋·李清照《渔家傲》

酒酣耳热说文章，
惊倒邻墙，
推倒胡床。
旁观拍手笑疏狂，
疏又何妨，
狂又何妨。

宋·刘克庄《一剪梅·
余赴广东实之夜饯于风亭》

酒酣胸胆尚开张，
鬓微霜，
又何妨！
持节云中，

何日遣冯唐？
会挽雕弓如满月，
西北望，
射天狼。

宋 · 苏轼《江城子 · 密州出猎》

酒困路长唯欲睡，
日高人渴漫思茶。

宋 · 苏轼《浣溪沙》

酒浓春入梦，
窗破月寻人。

宋 · 毛滂《临江仙 · 都城元夕》

酒入愁肠，
化作相思泪。

宋 · 范仲俺《苏幕遮》

旧恨春江流不断，
新恨云山千叠。

宋 · 辛弃疾《念奴娇 · 书东流村壁》

旧梦风云销侠气，
繁华看破知荣辱。

明 · 刘昺《满江红 · 寄水北山人徐宗周》

旧时天气旧时衣，
只有情怀不似，
旧家时。

宋 · 李清照《南歌子》

菊花开，
菊花残，
塞雁高飞人未还，
一帘风月闲。

五代十国 · 李煜《长相思》

菊花全不厌衰颜，
一岁一回看。

清 · 陈洵《风入松 · 重九》

卷絮风头寒欲尽，
坠粉飘红，
日日香成阵。

宋 · 晏殊《蝶恋花》

觉人间，
万事到秋来，
都摇落。

宋 · 辛弃疾《满江红 · 游南岩和范廓之韵》

绝壁衔飞阁，
倚寒空，
嶒崚窈窕，
是谁雕琢。

清 · 宋琬《贺新凉》

君泪盈，
妾泪盈，
罗带同心结未成，
江边潮已平。

宋 · 林逋《长相思》

君莫舞，
君不见，
玉环飞燕皆尘土。

宋 · 辛弃疾《摸鱼儿 · 淳熙己亥自湖北漕移湖南同官王正之置酒小山亭为赋》

君要花满县，
桃李趁时栽。

宋 · 辛弃疾《水调歌头 · 和赵景明知县韵》

L

来疑沧海尽成空，
万面鼓声中。

宋 · 潘阆《忆余杭》

离愁渐远渐无穷，
迢迢不断如春水。

宋 · 欧阳修《踏莎行》

立谈中，
死生同，
一诺千金重。

宋 · 贺铸《六州歌头》

两河萧瑟惟狐兔，
问当年祖生去后，
有人来否？
多少新亭挥泪客，
谁梦中原块土？

宋 · 刘克庄《贺新郎 · 送陈真州子华》

两情若是久长时，
又岂在朝朝暮暮？

宋 · 秦观《鹊桥仙》

蓼岸风多橘柚香，
江边一望楚天长，
片帆烟际闪孤光。

五代十国 · 孙光宪《浣溪沙》

林花谢了春红，
太匆匆，
常恨朝来寒重晚来风。

五代十国 · 李煜《乌夜啼》

临断岸，
新绿生时，
是落红，
带愁流处；
记当日，
门掩梨花，
剪灯深夜雨。

宋 · 史达祖《绮罗香 · 咏春雨》

临水登山漂泊地，

落花中酒寂寥天。

宋 · 贺铸《减字浣溪沙》

柳径春深，
行到关情处。
颦不语，
意凭风絮，
吹向郎边去。

五代十国 · 冯延巳《点绛唇》

六朝旧事随流水，
但寒烟芳草凝绿。
至今商女，
时时犹唱，
后庭遗曲。

宋 · 王安石《桂枝香》

陇禽有恨犹能说，
江月无情也解圆。

宋 · 欧阳修《瑞鹧鸪》

楼外垂杨千万缕，
欲系青春，
少住春还去。
犹自风前飘柳絮，
随春且看归何处。

宋 · 朱淑真《蝶恋花》

绿酒一杯歌一遍，
再拜陈三愿：
一愿郎君千岁，
二愿妾身长健，
三愿如同梁上燕，
岁岁长相见。

五代十国 · 冯延巳《长命女》

绿杨烟处晓寒轻，
红杏枝头春意闹。

宋 · 宋祁《玉楼春》

乱石穿空，
惊涛拍岸，
卷起千堆雪。
江山如画，
一时多少豪杰。

宋 · 苏轼《念奴娇 · 赤壁怀古》

落花人独立，
微雨燕双飞。

宋 · 晏几道《临江仙》

落日送归鸿，
夕岚千万重。

宋 · 苏庠《菩萨蛮 · 宜兴作》

落日熔金，
暮云合壁，
人在何处？

宋 · 李清照《永遇乐》

M

马作的卢飞快，
弓如霹雳弦惊。
了却君王天下事，
赢得生前身后名，
可怜白发生。

宋 · 辛弃疾《破阵子 · 为陈同甫赋壮词以寄》

满地黄花堆积，
憔悴损，
如今有谁堪摘？

宋 · 李清照《声声慢》

满目山河空念远，
落花风雨更伤春，
不如怜取眼前人。

宋 · 晏殊《浣溪沙》

谩道愁须殢酒，
酒未醒，
愁已先回。

宋 · 秦观《满庭芳》

梦里不知身是客，
一晌贪欢。

五代十国 · 李煜《浪淘沙》

梦难成，
恨难平。
不道愁人不喜听，
空阶滴到明。

宋 · 万俟咏《长相思 · 雨》

梦绕神州路。
怅秋风，
连营画角，
故宫离黍。
底事昆仑倾砥柱，
九地黄流乱注？

宋 · 张元干《贺新郎 · 送胡邦衡待制赴新州》

明月楼高休独倚，
酒入愁肠，
化作相思泪。

宋 · 范仲淹《苏幕遮》

莫把阑干频倚，
一望几重烟水，
何处是京华？

宋 · 万俟咏《昭君怨》

莫道不消魂，
帘卷西风，
人比黄花瘦。

宋·李清照《醉花阴》

莫等闲、白了少年头，
空悲切。

宋·岳飞《满江红》

脉脉人千里，
念两处风情，
万重烟水。

宋·柳永《卜算子》

暮景萧萧雨霁，
云淡天高风细。
正月华如水，
金波银汉，
潋滟无际。

宋·柳永《佳人醉》

N

念双燕，
难凭远信，
指暮天，
空识归航。
黯相望，
断鸿声里，
立尽斜阳。

宋·柳永《玉蝴蝶》

念往昔，
繁华竞逐，
叹门外楼头，
悲恨相续。
千古凭高对此，
谩嗟荣辱。

宋·王安石《桂枝香》

念腰间箭，
匣中剑，
空埃蠹，
竟何成！
时易失，
心徒壮，
岁将零。

宋·张孝祥《六州歌头》

弄潮儿向潮头立，
手把红旗旗不湿。
别来几向梦中看，
梦觉尚心寒。

宋·潘阆《忆余杭》

弄影西厢侵户月，
分香东畔拂墙花，
此时相望抵天涯。

宋·贺铸《减字浣溪沙》

暖雨晴风初破冻，

柳眼梅腮，
已觉春心动。

宋·李清照《蝶恋花》

P

平山栏槛倚晴空，
山色有无中。

宋·欧阳修《朝中措·平山堂》

凭阑半日独无言，
依旧竹声新月似当年。

五代十国·李煜《虞美人》

凭谁问，
廉颇老矣，
尚能饭否？

宋·辛弃疾《永遇乐·京口北固亭怀古》

Q

千古江山，
英雄无觅，
孙仲谋处。
舞榭歌台，
风流总被，
雨打风吹去。

宋·辛弃疾《永遇乐·京口北固亭怀古》

千金纵买相如赋，
脉脉此情谁诉？

宋·辛弃疾《摸鱼儿》

墙头丹杏雨余花，
门外绿杨风后絮。

宋·晏几道《木兰花》

青箬笠，
绿蓑衣，
斜风细雨不须归。

唐·张志和《渔歌子》

青山无限好，
犹道不如归。

宋·晁补之《临江仙·信州作》

R

染柳烟浓，
吹梅笛怨，
春意知几许？

宋 · 李清照《永遇乐》

人如风后入江云，
情似雨余粘地絮。

宋 · 周邦彦《玉楼春》

人生自是有情痴，
此恨不关风与月。

宋 · 欧阳修《玉楼春》

人有悲欢离合，
月有阴晴圆缺，
此事古难全。
但愿人长久，
千里共婵娟。

宋 · 苏轼《水调歌头 · 丙辰中秋欢饮达旦大醉作此篇兼怀子由》

日出江花红胜火，
春来江水绿如蓝。

唐 · 白居易《忆江南》

如今憔悴，
风鬟霜鬓，
怕见夜间出去。
不如向帘儿底下，
听人笑语。

宋 · 李清照《永遇乐》

润逼琴丝，
寒侵枕障，
虫网吹粘帘竹。

宋 · 周邦彦《大酺 · 春雨》

若问闲情都几许，
一川烟草，
满城风絮，
梅子黄时雨。

宋 · 贺铸《青玉案》

弱柳从风疑举袂，
丛兰裛露似沾巾。

唐 · 刘禹锡《忆江南》

S

塞鸿难问，
岸柳何穷，
别愁纷绪。

宋 · 廖世美《烛影摇红 · 安陆齐云楼》

三十功名尘与土，
八千里路云和月。

宋 · 岳飞《满江红》

三五夜，
偏有恨，
月明中。

宋·欧阳炯《献衷心》

山抹微云，
天粘衰草，
画角声断谯门。

宋·秦观《满庭芳》

山泼黛，
水挼蓝，
翠相挽。

宋·黄庭坚《诉衷情》

山绕平湖波撼城，
湖光倒影侵山青。

宋·张元干《浣溪沙》

山寺月中寻桂子，
郡亭枕上看潮头。

唐·白居易《忆江南》

山无重数周遭碧，
花不知名分外娇。

宋·辛弃疾《鹧鸪天·代人赋》

伤高怀远几时穷？
无物似情浓。

宋·张先《一丛花令》

谁道人生无再少，
门前流水尚能西，
休将白发唱黄鸡。

宋·苏轼《浣溪沙·游蕲水清泉寺寺临兰溪溪水西流》

谁知闲凭阑干处，
芳草斜晖，
水远烟微，
一点沧洲白鹭飞。

宋·欧阳修《采桑子·西湖念语》

深院静，
小庭空，
断续寒砧断续风；
无奈夜长人不寐，
数声和月到帘栊。

五代十国·李煜《捣练子令》

剩水残山无态度，
被疏梅料理成风月。
两三雁，
也萧瑟。

宋·辛弃疾《贺新郎》

十年一梦扬州路，
倚高寒，
愁生故国，
气吞骄虏。

宋·张元干《贺新郎·寄李伯纪丞相》

时时横短笛，
清风皓月，
相与忘形。

宋·秦观《满庭芳》

世路如今已惯，
此心到处悠然；
寒光亭下水如天，
飞起沙鸥一片。

宋·张孝祥《西江月·丹阳湖》

世上功名，
老来风味，
春归时候。

宋·晁补之《水龙吟·次韵林圣予惜春》

试问：岭南应不好？
却道：此心安处是吾乡。

宋·苏轼《定风波》

试问卷帘人，
却道"海棠依旧"。
知否，
知否？
应是绿肥红瘦。

宋·李清照《如梦令》

是处红衰翠减，
苒苒物华休；
惟有长江水，
无语东流。

宋·柳永《八声甘州》

是他春带愁来，
春归何处？
却不解将愁归去。

宋·辛弃疾《祝英台近·晚春》

霜日明霄水蘸空，
鸣鞘声里绣旗红，
澹烟衰草有无中。

宋·张孝祥《浣溪沙·荆州约马举先登城楼观塞》

水穷行到处，
云起坐看时。

宋·晁补之《临江仙·信州作》

水是眼波横，
山是眉峰聚，
欲问行人去那边？
眉眼盈盈处。

宋·王观《卜算子·送鲍浩然之浙东》

四面边声连角起，
千嶂里，
长烟落日孤城闭。

宋·范仲淹《渔家傲》

似水，
飞入瑶台琼阙。

宋·朱敦儒《念奴娇》

宿鹭眠鸥非旧浦，

去年沙觜是江心。

唐·皇甫松《浪淘沙》

算空有并刀，
难剪离愁半缕。

宋·姜夔《长亭怨慢》

T

叹人生，
最难欢聚易离别。

宋·寇准《阳关引》

叹人间哀乐转相寻，
今犹昔。

宋·辛弃疾《满江红·江行和杨济翁韵》

天不老，
情难绝。
心似双丝网，
中有千千结。

宋·张先《千秋岁》

天意从来高难问，
况人情老易悲难诉。

宋·张元干《贺新郎·送胡邦衡待制赴新州》

铁锁横江，
锦帆冲浪，
孙郎良苦，
但愁敲桂棹，
悲吟梁父，
泪流如雨。

宋·朱敦儒《水龙吟》

桐江好，
烟漠漠；
波似染，
山如削。
绕严陵滩畔，
鹭飞鱼跃。

宋·柳永《满江红》

W

晚霁波声带雨，
悄无人，
舟横古渡。
数峰江上，
芳草天涯，
参差烟树。

宋·廖世美《烛影摇红·安陆齐云楼》

晚来风定钓丝闲，
上下是新月。

千里水天一色，
看孤鸿明灭。

宋 · 朱敦儒《好事近 · 渔父词》

晚霞红，
看山迷暮霭，
烟暗孤松。

宋 · 孙道绚《醉思仙 · 寓居妙湛悼亡作此》

万家掩映翠微间，
处处水潺潺；
异花四季当窗放，
出入分明在屏障。

宋 · 潘阆《忆余杭》

万顷琉璃，
一轮金鉴，
与我成三客。
碧空寥廓，
瑞星银汉争白。

宋 · 朱敦儒《念奴娇 · 垂虹亭》

万事到头都是梦，
休休，
明日黄花蝶也愁。

宋 · 苏轼《南乡子 · 重九涵辉楼呈徐君猷》

望处定无千里眼，
断来能有几回肠，
少年禁取恁凄凉！

宋 · 贺铸《减字浣溪沙》

闻道中原，
遗老常南望，
翠葆霓旌。
使行人到此，
忠愤气填膺，
有泪如倾。

宋 · 张孝祥《六州歌头》

我欲乘风归去，
又恐琼楼玉宇，
高处不胜寒；
起舞弄清影，
何似在人间！

宋 · 苏轼《水调歌头 · 丙辰中秋欢饮达旦大醉作此篇兼怀子由》

无风水面琉璃滑，
不觉船移。
微动涟漪，
惊起沙禽掠岸飞。

宋 · 欧阳修《采桑子 · 西湖念语》

无限江山，
别时容易见时难，
流水落花春去也，
天上人间！

五代十国 · 李煜《浪淘沙》

无言独上西楼，

月如钩。
寂寞梧桐深院锁清秋。

五代十国·李煜《乌夜啼》

无穷无尽是离愁，
天涯地角寻思遍。

宋·晏殊《踏莎行》

无可奈何花落去，
似曾相识燕归来。

宋·晏殊《浣溪沙》

无意苦争春，
一任群芳妒；
零落成泥碾作尘，
只有香如故。

宋·陆游《卜算子·咏梅》

吴楚地，
东南坼。
英雄事，
曹刘敌。
被西风吹尽，
了无陈迹。

宋·辛弃疾《满江红·江行和杨济翁韵》

梧桐树，
三更雨，
不道离情正苦。
一叶叶，
一声声，
空阶滴到明。

唐·温庭筠《更漏子》

舞低杨柳楼心月，
歌尽桃花扇底风。

宋·晏几道《鹧鸪天》

雾柳暗时云度月，
露荷翻处水流萤。

宋·张元干《浣溪沙》

X

西窗下，
风摇翠竹，
疑是故人来。

宋·秦观《满庭芳》

西风残照，
汉家陵阙。

唐·李白《忆秦娥》

细看来，
不是杨花，
点点是离人泪。

宋·苏轼《水龙吟·次韵章质夫杨花词》

细雨梦回清漏永，
小楼吹彻玉笙寒。

五代十国 · 李璟《浣溪沙》

系我一生心，
负你千行泪。

宋 · 柳永《忆帝京》

想佳人妆楼颙望，
误几回、天际识归舟。
争知我，
倚阑干处，
正恁凝愁。

宋 · 柳永《八声甘州》

想乡关何处？
自别后、风亭月榭孤欢聚。
刚断肠、惹得离情苦。

宋 · 柳永《安公子》

想绣阁深沉，
争知憔悴损天涯行客。
楚峡云归，
高阳人散，
寂寞狂踪迹。

宋 · 柳永《倾杯》

斜阳独倚西楼，
遥山恰对帘钩。
人面不知何处，
绿波依旧东流。

宋 · 晏殊《清平乐》

斜阳外，
寒鸦万点，
流水绕孤村。

宋 · 秦观《满庭芳》

斜照后，
新月上西城。
城上楼高重倚望，
愿身能似月亭亭，
千里伴君行。

宋 · 张先《江南柳》

心似鉴，
鬓如云，
弄清影，
月明中。
谩悲凉，
岁冉冉，
蕣华潜改衰容。

宋 · 孙道绚《醉思仙 · 寓居妙谌悼亡作此》

心折，
长庚光怒，
群盗纵横，
逆胡猖獗。
欲挽天河，
一洗中原膏血。

宋 · 张元干《石州慢 · 己酉秋吴兴舟中》

新愁易积，
故人难聚，
凭高尽日凝伫，
赢得消魂无语。

宋·柳永《竹马子》

行云却在行舟下，
空水澄鲜，
俯仰留连，
疑是湖中别有天。

宋·欧阳修《采桑子·西湖念语》

雪似梅花，
梅花似雪，
似和不似都奇绝。

宋·吕本中《踏莎行》

寻寻觅觅，
冷冷清清，
凄凄惨惨戚戚。
乍暖还寒时候，
最难将息。

宋·李清照《声声慢》

Y

胭脂泪，
留人醉，
几时重？
自是人生长恨水长东！

五代十国·李煜《乌夜啼》

烟月不知人事改，
夜阑还照深宫。
藕花相向野塘中，
暗伤亡国，
清露泣香红。

五代十国·鹿虔扆《临江仙》

烟中列岫青无数，
雁背夕阳红欲暮。

宋·周邦彦《玉楼春》

雁来音信无凭，
路遥归梦难成。
离恨恰如春草，
更行更远还生。

五代十国·李煜《清平乐》

燕子楼空，
佳人何在？
空锁楼中燕。
古今如梦，
何曾梦觉？
但有旧欢新怨。

宋·苏轼《永遇乐·彭城夜宿

燕子楼梦盼盼因作此词》

也拟临朱户，
叹因郎憔悴，
羞见郎招。

宋·周邦彦《忆旧游》

夜半萧萧窗外响，
多在梅边竹上。

宋·孙道绚《清平乐·雪》

夜深风竹敲秋韵，
万叶千声皆是恨。
故攲单枕梦中寻，
梦又不成灯又烬。

宋·欧阳修《玉楼春》

夜夜相思更漏残，
伤心明月凭阑干，
想君思我锦衾寒。

五代十国·韦庄《浣溪沙》

夜月一帘幽梦，
春风十里柔情。

宋·秦观《八六子》

一点浩然气，
千里快哉风。

宋·苏轼《水调歌头·
黄州快哉亭赠张偓佺》

一千顷，
都镜净，
倒碧峰。
忽然浪起，
掀舞一叶白头翁。

宋·苏轼《水调歌头·
黄州快哉亭赠张偓佺》

一声声，
一更更。
窗外芭蕉窗里灯，
此时无限情。

宋·万俟咏《长相思·雨》

一种相思，
两处闲愁。
此情无计可消除，
才下眉头，
却上心头。

宋·李清照《一剪梅》

衣带渐宽终不悔，
为伊消得人憔悴。

宋·柳永《凤栖梧》

倚危亭，
恨如芳草，
萋萋刬尽还生。

宋·秦观《八六子》

异花四季当窗放，

出入分明在屏障。
别来隋柳几经秋，
何日得重游？

宋 · 潘阆《忆余杭》

吟诗日日待春风，
及至桃花开后却匆匆。

宋 · 陈与义《虞美人 · 大光祖席醉中赋长短句》

雨暗初疑夜，
风回便报晴。
淡云斜照著山明，
细草软沙溪路马蹄轻。

宋 · 苏轼《南歌子》

雨横风狂三月暮，
门掩黄昏，
无计留春住，
泪眼问花花不语，
乱红飞过秋千去。

五代十国 · 冯延巳《鹊踏枝》

雨脚半收檐断线，
雪床初下瓦跳珠。

宋 · 苏轼《浣溪沙》

语已多，
情未了，
回首犹重道：
记得绿罗裙，
处处怜芳草。

五代十国 · 牛希济《生查子》

玉鉴琼田三万顷，
著我扁舟一叶。
素月分辉，
明河共影，
表里俱澄澈。

宋 · 张孝祥《念奴娇》

欲将心事付瑶筝，
知音少，
弦断有谁听？

宋 · 岳飞《小重山》

欲凭江水寄离愁，
江已东流那肯更西流。

宋 · 范成大《南柯子》

怨无大小，
生于所爱；
物无美恶，
过则为灾。

宋 · 辛弃疾《沁园春 · 将止酒戒酒杯使勿近》

月到柳梢头，
人约黄昏后。

宋 · 欧阳修《生查子》

月解重圆星解聚，

如何不见人归？

宋·朱敦儒《临江仙》

月送征鸿飞杳杳，
思随流水去茫茫，
兰红波碧忆潇湘。

五代十国·孙光宪《浣溪沙》

阅人多矣，
谁得似长亭树？
树若有情时，
不会得青青如此！

宋·姜夔《长亭怨慢》

云出无心，
鸟倦知还，
本非有意。

宋·苏轼《哨遍》

云破月来花弄影。

宋·张先《天仙子·时为嘉禾小倅以病眠不赴府会》

云雨朝还暮，
烟花春复秋。
啼猿何必近孤舟，
行客自多愁。

五代十国·李珣《巫山一段云》

Z

展转数寒更，
起了还重睡；
毕竟不成眠，
一夜长如岁。

宋·柳永《忆帝京》

照花前后镜，
花面交相映。

唐·温庭筠《菩萨蛮》

执手相看泪眼，
竟无语凝咽。

宋·柳永《雨霖铃》

直须看尽洛城花，
始共春风容易别。

宋·欧阳修《玉楼春》

咫尺画堂深似海，
忆来唯把旧书看，
几时携手入长安？

五代十国·韦庄《浣溪沙》

中庭月色正清明，
无数杨花过无影。

宋·张先《木兰花·乙卯吴兴寒食》

众里寻他千百度，

蓦然回首，
那人却在灯火阑珊处。

宋·辛弃疾《青玉案·元夕》

壮志饥餐胡虏肉，
笑谈渴饮匈奴血。
待从头收拾旧山河，
朝天阙。

宋·岳飞《满江红》

坠雨已辞云，
流水难归浦。
遗恨几时休？
心抵秋莲苦。

宋·晏几道《生查子》

浊酒一杯家万里，
燕然未勒归无计。
羌管悠悠霜满地，
人不寐，
将军白发征夫泪。

宋·范仲淹《渔家傲》

自胡马窥江去后，
废池乔木，
犹厌言兵。
渐黄昏，
清角吹寒，
都在空城。

宋·姜夔《扬州慢》

自在飞花轻似梦，
无边丝雨细如愁，
宝帘闲挂小银钩。

宋·秦观《浣溪沙》

最是仓惶辞庙日，
教坊犹奏别离歌，
垂泪对宫娥。

五代十国·李煜《破阵子》

醉别西楼醒不记，
春梦秋云，
聚散真容易。

宋·晏几道《蝶恋花》

昨夜雨霏霏，
临明寒一阵；
偏忆戍楼人，
久绝边庭信。

五代十国·毛文锡《醉花间》

昨夜西风凋碧树，
独上高楼，
望尽天涯路。

宋·晏殊《蝶恋花》

昨夜松边醉倒，
问松：我醉何如？
只疑松动要来扶，
以手推松曰：去！

宋·辛弃疾《西江月·遣兴》

坐看落花空叹息，
罗袂湿斑红泪滴；
千山万水不曾行，
魂梦却教何处觅？

五代十国·韦庄《木兰花》

曲

A

鹌鹑嗉里寻豌豆，
鹭鸶腿上劈精肉，
蚊子腹内刳脂油，
亏老先生下手。

元·无名氏［正宫］
《醉太平·讥贪小利者》

暗敲窗有影无形，
偷入户潜踪蹑迹。

元·唐毅夫［南吕］《一枝花·怨雪》

傲尘世山无古今，
避风波鸥自浮沉。

元·张可久［双调］《折桂令·石塘道中》

傲杀人间万户侯，
不识字烟波钓叟。

元·白朴［双调］《沉醉东风·渔夫》

B

白鹭荒堤老葑，
黄云远水长空，
百尺蒲帆饱西风。

元·张可久［中吕］《红绣鞋·洞庭道中》

白鹭交飞溪脚，
玉龙横卧山腰，
满乾坤无处不琼瑶。

元·徐再思［中吕］《红绣鞋·雪》

白鹿洞谁谈旧史？
黄鹤楼又有新诗。
拈断吟髭，
笑把霜毫，
满写乌丝。

元·周德清［双调］《蟾宫曲·送客之武昌》

白云流水无人禁，
胜似山林。
钓晚霞寒波濯锦，
看秋潮夜海熔金。

元·乔吉［中吕］《满庭芳·渔父词》

半生未得文章力，
空自胸藏锦绣，
口唾珠玑。

元·钟嗣成［南吕］《一枝花·自序丑斋》

伴柳怪花妖，
麟祥凤瑞，
酒圣诗禅。
不应举江湖状元，
不思凡风月神仙。

元·乔吉[双调]《折桂令·自述》

北邙山多少英雄，
青史南柯，
白骨西风；
八阵图成，
《六韬》书在，
百战尘空。

元·王举之[双调]《折桂令·读史有感》

本无，
间阻，
山林城市俱同路。
解到此中趣，
便觉平生百虑疏，
遐迩何如？

元·汤式[南吕]《一枝花·题心远轩》

比江上金山小小，
望天边银海迢迢；
醉倚红桥，
休说江南，
西子妖娆。

元·张可久[双调]《折桂令·小金山》

笔端写出惊人句，
解翻腾今是古，
词坛老将输伏；
翰林风月，
梨园乐府，
端的是曾下功夫。

元·钟嗣成[双调]《折桂令·吊郑德辉》

鄙高位羊质虎皮，
见非辜兔死狐悲。

元·汪元亨[双调]《折桂令·归隐》

别离情古今悠悠，
南徐城下，
西津渡口，
北固山头。

元·赵善庆[双调]《水仙子·渡瓜洲》

不呈六出祥，
岂应三白瑞？
易添身上冷，
能使腹中饥。

元·唐毅夫[南吕]《一枝花·怨雪》

不从方外游，
且向寰中住，
但能通大道，
何必厌亨衢？
吾爱吾庐，
选得陶诗句。

元·汤式[南吕]《一枝花·题心远轩》

不达时皆笑屈原非，
但知音尽说陶潜是。

元·白朴［仙吕］《寄生草·饮》

不读书有权，
不识字有钱，
不晓事倒有人夸荐。
老天只恁忒心偏，
贤和愚无分辨。

元·无名氏［中吕］《朝天子·志感》

不占龙头选，
不入名贤传；
时时酒圣，
处处诗禅。

元·乔吉［正宫］《绿幺遍·自述》

C

才上马齐声儿喝道，
只这的便是送了人的根苗，
直引到深坑里恰心焦。

元·张养浩［中吕］《朱履曲》

残花剩柳，
摧垣废屋，
新冢荒丘。
海门天堑还依旧，
滚滚东流。

元·汤式［中吕］《满庭芳·京口感怀》

藏剑心肠利己，
吞舟度量容谁？

元·周德清［双调］《沉醉东风·有所感》

草茫茫秦汉陵阙，
世代兴亡，
却便似月影圆缺。

元·倪瓒［双调］《折桂令·拟张鸣善》

曾闭门不受征贤诏，
自休官懒上长安道，
但探梅常过灞陵桥。

元·汪元亨［正宫］《醉太平·警世》

钗分凤凰，
杯斟鹦鹉，
人折鸳鸯。

元·赵善庆［中吕］《普天乐·秋江忆别》

柴门红树村，
钓艇青山渡，
惊起沙鸥飞无数，
倒晴光金缕扶疏。

元·鲜于必仁［中吕］《普天乐·
潇湘八景·渔村落照》

柴似灵芝，

油如甘露，
米若丹砂；
酱瓮儿恰才梦撒，
盐瓶儿又告消乏。

元·周德清[双调]《蟾宫曲》

长江万里白如练，
淮山数点青如靛，
江帆几片疾如箭，
山泉千尺飞如电。

元·周德清[正宫]《塞鸿秋·浔阳即景》

长江浩浩西来，
水面云山，
山上楼台；
山水相辉，
楼台相映，
天与安排。

元·赵禹圭[双调]《蟾宫曲·题金山寺》

长江远映青山，
回首难穷望眼；
扁舟来往蒹葭岸，
人憔悴云林又晚。

元·顾德润[中吕]
《醉高歌过摊破喜春来·旅中》

长空雁，
老树鸦，
离思满烟沙；
墨淡淡王维画，
柳疏疏陶令家，
春脉脉武陵花。

元·张可久[商调]《梧叶儿·春日郊行》

长天落彩霞，
远水涵秋镜；
花如人面红，
山似佛头青。

元·张可久[南吕]《一枝花·湖上归》

长天落霞，
方池睡鸭，
老树昏鸦。
几句杜陵诗，
一幅王维画。

元·曹德[双调]《庆东原·江头即事》

长亭柳短亭酒留连去人，
南山云北山雨狼藉残春。
蝶妒莺嗔，
草怨花颦；
今夜歌尘，
明日啼痕。

元·张可久[双调]《折桂令·西湖送别》

潮生玉马来，
沙涌金鳌动；
水天涵上下，
浦溆控西东。

元·汤式[南吕]《一枝花·

题崇明顾彦升洲上居》

趁西风闲袖手，
重整理钓鱼钩；
看，
一江春水向东流。

元·无名氏[越调]《柳营曲·范蠡》

愁多似山市晴岚，
泣多似潇湘夜雨；
少一个心上才郎，
多一个脚头丈夫。

元·王氏[中吕]《粉蝶儿·寄情人》

愁极处消除是酒，
酒醒时依旧多愁。

元·查德卿[双调]《蟾宫曲·层楼有感》

愁切切恨绵绵，
待要团圆，
除非梦中见。

元·程景初[双调]《新水令·春情》

愁又愁，
楼上楼，
九月九。

元·张可久[南吕]《四块玉·客中九日》

出落他平生聚敛的情，
都写做临刑犯罪由。

元·钱霖[般涉调]《哨遍》

出岫白云笑，
入山明月愁，
两字功名四十秋。
羞，
死封不义侯。

元·张可久[南吕]《金字经·次韵》

楚天秋万顷烟霞，
孤雁声悲，
凄切伤咱。
铁马叮当，
寒蛩不住，
砧杵声杂。

元·丘士元[中吕]《普天乐·秋晚》

传芳名玉兔挥毫，
谱遗音彩凤衔箫。

元·郴经[双调]《蟾宫曲·题〈录鬼谱〉》

船系谁家古岸，
人归何处青山，
且将诗做画图看。

元·张可久[中吕]《红绣鞋·虎丘道上》

垂杨柳丝丝长翠捻，
碧琅玕掩映梨花面，
似丹青图画展。

元·张鸣善[双调]《水仙子》

春光错过，
媚景轻抛，
虚辜艳杏，
忍负夭桃；
梦魂杳不在花梢，
精神懒岂解争高。

元·吕天用[南吕]《一枝花·秋蝶》

春来南国花如绣，
雨过西湖水似油，
小瀛洲外小红楼。

元·曹德[中吕]《喜春来,和则明韵》

春日临风醉，
秋宵对月吟，
舞闲阶碎影筛金。

元·马谦斋[双调]《水仙子·咏竹》

春若有情春更苦，
暗里韶光度。
夕阳山外山，
春水渡傍渡，
不知那答儿是春住处。

元·薛昂夫[双调]《楚天遥过清江引》

春意两丝牵，
秋水双波溜。

元·关汉卿[正宫]《白鹤子》

春云巧似山翁帽，
古柳横为独木桥，
风微尘软落红飘。

元·卢挚[中吕]《喜春来·和则明韵》

莼羹张翰，
渔舟范蠡，
茶灶龟蒙。

元·张可久[黄钟]《人月圆·客垂虹》

辞龙楼凤阙，
纳象简乌靴，
栋梁材取次尽摧折，
况竹头木屑。

元·汪元亨[正宫]《醉太平·警世》

此身如在清凉界，
尘虑绝，
天地宽，
胸襟快。

元·钟嗣成[南吕]《骂玉郎过
感皇恩采茶歌·四景·风》

从来好事天生俭，
自古瓜儿苦后甜；
奶娘催逼紧拘钳，
甚是严，
越间阻越情忺。

元·白朴[中吕]《阳春曲·题情》

崔烈富一生铜臭，
伯夷贫千古清声；
山可逃名，

水可濯缨；
用舍何难，
去就皆轻。

元·汪元亨[双调]《折桂令·归隐》

翠树擎残月，
绿波浮嫩烟，
正是新晴雨后天。

元·张可久[南吕]《金字经·江上即事》

翠岩峣天近山椒，
绿蒙茸雨涨溪毛，
白叆叇云埋树腰。

元·汤式[越调]《天净沙·小景》

D

大火西流，
明月中秋；
气萧条，
光皎洁，
景清幽。

元·钟嗣成[南吕]《骂玉郎过感皇恩采茶歌·四时佳兴·秋》

淡抹浓妆山如画，
酒旗儿三两人家；
斜阳落霞，
娇云嫩水，
剩柳残花。

元·张可久[中吕]《普天乐·暮春即事》

倒悬玉镜无尘垢，
皓彩浮，
素影澄，
清光透。

元·钟嗣成[南吕]《骂玉郎过感皇恩采茶歌·四景·月》

稻粱肥，
蒹葭秀，
黄添篱落，
绿淡汀洲；
木叶空，
山容瘦。

元·赵善庆[中吕]《普天乐·江头秋行》

得一日过一日无了一日，
争何名利？
想人生自古七十稀。

元·吕止庵[商调]《集贤宾·叹世》

灯残瘦影孤，
花落流年度，
春去佳期误；
离鸾有恨，
过雁无书。

元·张可久[双调]《殿前欢·离思》

低韵吐游丝飏飏，
柔腔度细缕萦萦；
颠狂非《落梅》之趣，
悠扬有《折柳》之情。

元·汤式[南吕]《一枝花·赠教坊张韶舞善吹箫》

点破潇湘万顷秋，
是几叶儿传黄败柳。

元·赵善庆[双调]《沉醉东风·秋日湘阴道中》

雕阑一目天之尽，
洞庭半掬，
云梦平吞，
荆襄俯瞰，
汉沔中分；
长空远水沄沄，
光风霁月纷纷。

元·汤式[南吕]《一枝花·黄鹤楼》

钓苍烟七里滩，
耕白云富春天，
强如宰相五更寒。

元·无名氏[越调]《柳营曲·子陵》

钓晚霞寒波濯锦，
看秋潮夜海熔金。

元·乔吉[中吕]《满庭芳·渔父词》

蝶使双双，
蜂媒对对；
燕语关关，
莺声呖呖。

元·宋方壶[越调]《斗鹌鹑·踏青》

东湖景最奇：
两三行鸥鹭清闲，
七十二峰峦秀美。

元·任昱[南吕]《一枝花·题东湖》

动蜿蜒幽壑潜蛟舞跃，
感婵娟孤舟嫠妇魂惊。

元·汤式[南吕]《一枝花·赠教坊张韶舞善吹箫》

冻河堤上，
玉龙战倒，
百万愁鳞。

元·张可久[黄钟]《人月圆·开吴淞江遇雪》

斗筲之器成何用？
粪土之墙不可圬。

元·王氏[中吕]《粉蝶儿·寄情人》

断云舍雨峰千朵，
钓艇披烟玉一蓑，
藕花香气小亭多。

元·李致远[中吕]《喜春来·秋夜》

对黄花人自羞，
花依旧，
人比黄花瘦；
问花不语，
花替人愁。

元 · 张养浩［双调］《殿前欢 · 对菊自叹》

对人娇杏花，
扑人飞柳花，
迎人笑桃花。

元 · 白朴［双调］《庆东原》

夺泥燕口，
削铁针头，
刮金佛面细搜求，
无中觅有。

元 · 无名氏［正宫］《醉太平 · 讥贪小利者》

F

翻腾祸患千钟禄，
搬载忧愁四马车，
浮名浮利待何如。

元 · 张养浩［中吕］《喜春来》

翻银汉，
战玉龙，
遍乾坤似粉妆胡洞。

元 · 陈德和［双调］《落梅风 · 雪中十事 · 李愬击鹅》

芳尘滚滚，
香雾氲氲，
东风何地不精神？
流莺也唤人。

元 · 汤式［正宫］《醉太平 · 约游春友不至效张鸣善句里用韵》

飞鲸涌绿，
樯乌点墨，
江鸟逾白。

元 · 徐再思［中吕］《普天乐 · 前村远帆》

飞来千丈玉蜈蚣，
横驾三天白蝃蝀，
凿开万窍黄云洞。

元 · 乔吉［双调］《水仙子 · 吴江垂虹桥》

翡翠亭低垂燕嗔，
水精寒深秘龙珍；
云雨难亲，
咫尺天涯，
别是乾坤。

元 · 王举之［双调］《折桂令 · 虾须帘》

分曙色流云有影，
冻晴光老树无声；
醉眼空惊，

樵子归来，
蓑影青青。

元·鲜于必仁[双调]《折桂令·燕山八景·西山晴雪》

风波几场，
急疏利锁，
顿解名缰。

元·张可久[中吕]《满庭芳·山中杂兴》

风风雨雨清明，
莺莺燕燕关情；
柳擎和泪眼，
花坠断肠英；
望海亭，
何处越山青。

元·张可久[中吕]《普天乐·忆鉴湖》

风过处丝篁嘹亮，
月来时金碧光辉；
檐露洒珠玑点滴，
篆烟生紫黛霏微。

元·汤式[南吕]《一枝花·桧轩为越中沙子正赋》

风酿楚天秋，
霜浸吴江月，
明日落红多去也。

元·杨朝英[双调]《清江引》

枫林晚家家步锦，
菊篱秋处处分金。

元·曹德[双调]《沉醉东风·村居》

凫短鹤长不能齐，
且休题，
谁是非。

元·关汉卿[双调]《乔牌儿》

富贵无骄，
贫穷何辱？
贫不忧愁，
富莫贪图。

元·马致远[双调]《夜行船》

富贵荣华待何如？
斩白蛇高祖胜，
举鼎霸王输：
都做了北邙山下土。

元·无名氏[中吕]《红绣鞋》

富之余，
贵之余，
望将后代儿孙护。
富贵不依公道取，
儿，也受苦；
孙，也受苦。

元·陈草庵[中吕]《山坡羊·叹世》

G

肝肠百炼炉间铁，
富贵三更枕上蝶，
功名两字酒中蛇。

元·乔吉[双调]《卖花声·悟世》

感离愁，
动别兴，
万事萦怀百样增，
一洗尘清。

元·班惟志[南吕]《一枝花·秋夜闻筝》

高官鼎内鱼，
小吏罝中兔，
争似闭门闲看书。

元·任昱[双调]《清江引·题情》

功名万里忙如燕，
斯文一脉微如线，
光阴寸隙流如电，
风霜两鬓白如练。

元·薛昂夫[正宫]《塞鸿秋》

孤树落日残霞，
轻烟老树寒鸦，
一点飞鸿影下。

元·白朴[越调]《天净沙·秋》

挂三尺壁上飞泉，
响半夜床头骤雨。

元·施惠[南吕]《一枝花·咏剑》

官法滥刑法重黎民怨，
人吃人钞买钞何曾见?
贼做官官做贼混愚贤，
哀哉可怜!

元·无名氏[正宫]《醉太平》

官居极品，
欺天误主，
贱土轻民；
把一场和议为公论，
妒害功臣。

元·周德清[中吕]《满庭芳·误国贼秦桧》

归棹晚，
湖光荡，
一钩新月，
十里芰荷香。

元·贯云石[正宫]《小梁州·夏》

滚香绵柳絮轻，
飘白雪梨花淡；
怨东风墙杏色，
醉晓日海棠酣。

元·张可久[南吕]《一枝花·春景》

H

海树黑风号浪惊，
越山青月暗云生。

元·张可久［双调］《折桂令·江上次刘时中韵》

寒梅不顾栋梁材，
别样情怀。

元·赵显宏［黄钟］《刮地风·叹世》

好山如凤凰，
新水似琉璃。

元·任昱［南吕］《一枝花·题东湖》

何水曹一生心爱得绸缪，
林和靖两句诗联得妙巧，
宋广平八韵赋撰得风骚。

元·汤式［南吕］《一枝花·题白梅深处》

鹤立花边玉，
莺啼树杪弦。

元·张养浩［双调］《庆东原》

赫蛮书醉墨云飘，
秦楼月诗酒风骚；
鲍参军般俊逸，
庾开府似清高，
沉醉也把明月水中捞！

元·无名氏［越调］《柳营曲·李白》

狠毒性如狼狗，
把平人骨肉，
做自己膏油。

元·钱霖［般涉调］《哨遍》

红尘不到山家，
赢得清闲，
当了繁华。
画列青山，
烟铺细草，
鼓奏鸣蛙。

元·张可久［双调］《折桂令·幽居》

红馥馥落尽桃花片，
青丝丝舞困垂杨线，
扑簌簌满地堕榆钱。

元·王元鼎［正宫］《醉太平·寒食》

红叶荒林酒兴，
黄花老圃诗情，
柳塘新雁两三声；
湖光扶不定，
山色画难成。

元·王举之［中吕］《红绣鞋·秋日湖上》

侯门深何须刺谒？

白云自可怡悦。

元・倪瓒[双调]《折桂令・拟张鸣善》

湖水清，
江潮漾，
天边斜月，
新雁两三行。

元・贯云石[正宫]《小梁州・秋》

湖平远水宽，
天阔孤帆瘦。

元・鲜于必仁[中吕]《普天乐・潇湘八景・平沙落雁》

湖海襟怀阔，
山林兴味长。

元・汪元亨[双调]《雁儿落过得胜令・归隐》

花自老青山路边，
梦不到白玉堂前。

元・张可久[中吕]《满庭芳・野梅》

花已飘零去，
山曾富贵来，
俯仰伤怀！

元・张可久[双调]《水仙子・西湖废圃》

花开人正欢，
花落春如醉；
春醉有时醒，
人老难欢会。

元・薛昂夫[双调]《楚天遥过清江引》

花尚有重开日，
人决无再少年。

元・范康[仙吕]《寄生草・酒色财气》

花萼折香风拂鼻，
柳丝垂翠蔼攒眉，
我则见蜂蝶趁花莺燕飞。

元・宋方壶[越调]《斗鹌鹑・踏青》

怀古，
怀古，
兴废两字，
干戈几度。
问当时富贵谁家？
陈宫后主。

元・庾天锡[商角调]《黄莺儿》

淮甸迷渺渺离愁，
淮水流滔滔离恨，
淮山远点点离情。

元・汤式[双调]《天香引・留别友人》

黄金带缠着忧患，
紫罗襕裹着祸端，
怎如俺藜杖藤冠。

元・张养浩[双调]《水仙子》

黄金不富英雄汉，

一片世情天地间；
白，
也是眼；
青，
也是眼。

元·乔吉[中吕]《山坡羊·寓兴》

黄金半吐，
翠烟微妒，
相伴月儿孤。

元·李致远[越调]《小桃红·新柳》

黄金销范蠡身，
花露滴西施泪；
一代英雄如昨日，
卧麒麟高冢累累。

元·汤式[中吕]《普天乐·姑苏怀古》

回首有情风万里，
渺渺天无际；
愁共海潮来，
潮去愁难退。

元·薛昂夫[双调]《楚天遥过清江引》

诲不厌学不倦，
伴侣猿鹤，
生涯琴剑，
设柴门常自掩。

元·汪元亨[中吕]《朝天子·归隐》

火龙鳞红叶潇潇，
金兽眼黄花冉冉。

元·张可久[南吕]《一枝花·秋景》

J

积素堆琼，
幻出冰壶镜，
妆成白玉京。

元·沈禧[南吕]《一枝花·咏雪景》

几枝红雪墙头杏，
数点青山屋上屏，
一春能得几晴明？

元·胡祗遹[中吕]《阳春曲·春景》

几点青山，
一泓素月，
满地丹枫。

元·李致远[双调]《折桂令·秋景》

寂寞日偏长，
别离人最苦。

元·王氏[中吕]《粉蝶儿·寄情人》

寂寂落花伤暮景，

萋萋芳草怕黄昏。

元 · 钟嗣成[南吕]《骂玉郎过感皇恩采茶歌 · 四时佳兴 · 春》

记湖山堂上春行:
花港观鱼,
柳巷闻莺,
一派湖光,
四围山色,
九里松声。

元 · 王举之[双调]《折桂令 · 怀钱塘》

见一个玉胡蝶体态娇:
描不成雅淡风流,
画不就轻盈瘦小。

元 · 吕天用[南吕]《一枝花 · 秋蝶》

建旌旗五百沙陀,
送琵琶三两宫娥;
翠车前白橐驼,
雕笼内锦鹦哥。
他,强似马嵬坡。

元 · 张可久[中吕]《普天乐 · 题昭君出塞图》

江中斩蛟,
云间射雕,
席上挥毫;
他得志笑闲人,
他失脚闲人笑。

元 · 张可久[双调]《庆东原 · 次马致远先辈韵》

江山万里天然画,
落日烟霞;
垂袖舞风生鬓发,
扣舷歌声撼渔槎。

元 · 乔吉[中吕]《满庭芳 · 渔父词》

江山空寂寞,
宫殿久荒凉;
君试详,
都一枕梦黄粱。

元 · 马谦斋[越调]《柳营曲 · 楚汉遗事》

江山好处追游遍,
古意翛然;
琵琶恨青衫乐天,
洞箫寒赤壁坡仙。

元 · 张可久[中吕]《满庭芳 · 山中杂兴》

娇滴滴三春佳景,
翠巍巍一带青山,
锦重重满目芳菲。

元 · 宋方壶[越调]《斗鹌鹑 · 踏青》

结诗仙酒豪,
伴柳怪花妖;
白云边盖座草团瓢,
是平生事了。

元 · 汪元亨[正宫]《醉太平 · 警世》

节序宜，
景物奇；
丽日迟迟，
和风习习。

元·宋方壶[越调]《斗鹌鹑·踏青》

戒之在得因何意？
老不必争名夺利。

元·周文质[越调]《斗鹌鹑·自悟》

金碧王维画，
管弦苏小家，
酒船回落日归鸦。

元·张可久[双调]《水仙子·春行即事》

金风凋杨柳衰，
玉露养芙蓉艳；
竹轻摇苍凤尾，
松密映老龙潜。

元·张可久[南吕]《一枝花·秋景》

近深林，
烹嫩笋，
煮新茶；
披襟散发，
沉李浮瓜。

元·钟嗣成[南吕]《骂玉郎过感皇恩采茶歌》

近来论世态，
世态有高低；
有钱的高贵，
无钱的低微。

元·钟嗣成[南吕]《一枝花·自序丑斋》

酒旗花影里，
钓艇树阴中，
好山千万重。

元·张可久[中吕]《红绣鞋·洞庭道中》

九里青松路，
千家碧玉泉，
佛国绮罗边。

元·无名氏[商调]《梧叶儿·灵隐寺》

就着这花满溪，
柳满堤，
掩映着数株红杏出疏篱。

元·宋方壶[越调]《斗鹌鹑·踏青》

居山林清幽淡雅，
远城市富贵奢华。

元·汪元亨[双调]《沉醉东风·归田》

绝顶峰攒雪剑，
悬崖水挂冰帘，
倚树哀猿弄云尖；
血华啼杜宇，
阴洞吼飞廉；
比人心，
山未险。

元·张可久[中吕]《红绣鞋·天台瀑布寺》

君家饱暖，
他人冻馁，
于汝安乎？

元·滕斌[中吕]《普天乐·财》

K

堪嗟尘事手抟沙，
较世味如嚼蜡；
杖屦梅边，
琴樽松下，
锁心猿拴意马。

元·汪元亨[中吕]《朝天子·归隐》

看荞麦开花，
绿豆生芽，
无是无非，
快活煞庄家。

元·卢挚[双调]《蟾宫曲·田家》

看儿女如衔泥燕，
爱钱财似竞血蝇，
无明夜攒金银，
都做充饥画饼。

元·无名氏[商调]《梧叶儿·嘲贪汉》

渴时饮，
饥时餐，
醉时歌，
困来时就向莎茵卧；
日月长，
天地阔，
闲快活。

元·关汉卿[南吕]《四块玉·闲适》

客有钟期，
座有韩娥；
吟既能吟，
听还能听，
歌也能歌。

元·周德清[双调]《蟾宫曲·别友》

枯藤老树昏鸦，
小桥流水人家，
古道西风瘦马。

元·马致远[越调]《天净沙·秋思》

鲲化鹏飞未必，
鲤从龙去安知；
漏网难，
吞钩易，
莫过前溪。

元·周德清[双调]《沉醉东风·有所感》

L

来时春社，
去时秋社，
年年来去搬寒热。

元·赵善庆［中吕］《山坡羊·燕子》

兰舟直入空明镜，
碧天夜凉秋月冷；
天，
湖外影；
湖，
天上景。

元·刘时中［中吕］《山坡羊·侍牧庵先生西湖夜饮》

阑干外闲花有影，
柳梢头宿鸟无声。

元·王举之［中吕］《满庭芳·春夜》

烂银盘涌，
冰轮动，
辗玻璃万顷，
无辙无踪。

元·朱庭玉［仙吕］《点绛唇·中秋月》

老梅盘鹤膝，
新柳舞蛮腰，
嫩茶舒凤爪。

元·张可久［中吕］《红绣鞋·山中》

老木枯枝寒藤挂，
槎牙，
似玉龙搭撒乱披麻。

元·朱庭玉［仙吕］《祆神急·雪景》

老树悬藤挂，
落日映残霞；
隐隐平林噪晚鸦，
一带山如画。

元·无名氏［仙吕］《醉中天》

蕾破嫩黄金的皪，
枝横柔碧玉玲珑，
不与杏桃同。

元·朱庭玉［大石调］《青杏子·咏梅》

冷无香柳絮扑将来，
冻成片梨花拂不开，
大灰泥漫了三千界。

元·乔吉［双调］《水仙子·咏雪》

冷暖年来只自知，
捱不彻凄凉滋味；
鸳鸯无梦，
鸿雁无音，
灵鹊无依。

元 · 汤式[商调]《集贤宾 · 客窗值雪》

离汗漫飘蓬九有，
向壶山小隐三秋。

元 · 阿鲁威[双调]《蟾宫曲》

篱边黄菊经霜暗，
囊底青蚨逐日悭；
破清思晚砧鸣，
断愁肠檐马韵，
惊客梦晓钟寒。

元 · 顾德润[中吕]《醉高歌过摊破喜春来》

梨花乱撒，
柳絮飘零。

元 · 沈禧[南吕]《一枝花 · 咏雪景》

里湖，
外湖，
无处是无春处；
真山真水真画图，
一片玲珑玉。

元 · 徐再思[中吕]《朝天子 · 画湖》

立身则小学，
修身则大学，
智和能都不及鸭青钞。

元 · 无名氏[中吕]《朝天子 · 志感》

帘外荷香，
楼前柳影，
井上桐阴；
七宝树天风古林，
六铢衣水月观音。

元 · 张可久[双调]《折桂令 · 小崆峒燕集》

莲花相似，
情断藕丝长。

元 · 杨果[越调]《小桃红》

莲舟撑入荷花荡，
拂天风两袖清香。

元 · 张可久[正宫]《小梁州 · 避暑即事》

良辰媚景换今古，
赏心乐事暗乘除，
人生四事岂能无？

元 · 无名氏[中吕]《快活三过朝天子四换头》

鳞脯行犀箸，
驼峰出翠釜，
都不如莼菜鲈鱼。

元 · 汤式[双调]《湘妃引 · 送友归家乡》

临水临山寺塔，
半村半郭人家。

元 · 赵善庆[双调]《折桂令 · 西湖》

临池鱼恐坠，
出塞雁惊飞，
入园林俗鸟应回避；

生前难入画，
死后不留题。

元 · 钟嗣成［南吕］《一枝花 · 自序丑斋》

流水桃花鳜美，
秋风莼菜鲈肥；
不共时，
皆佳味，
几个人知？

元 · 周德清［双调］《沉醉东风》

榴花红照眼，
杨柳青迷岸，
荷舒翡翠盘，
梅结黄金弹。

元 · 无名氏［双调］《雁儿落过得胜令》

柳依依花可可，
云淡淡月弯弯，
长安迷望眼。

元 · 张可久［中吕］《红绣鞋 · 秋望》

柳絮凋残，
蝶翅翩翩；
洒歌楼，
添酒价，
助吟坛。

元 · 钟嗣成［南吕］《骂玉郎过感皇恩采茶歌 · 四景 · 雪》

柳屯云护城闉两岸黄金嫩，
杏酣春映山村万树胭脂喷，
草铺茵绕湖滨一片绿绒新，
不闲游是蠢。

元 · 汤式［正宫］《醉太平 · 约游春友不至效张鸣善句里有韵》

六桥锦绣，
十里画图，
二月西湖。

元 · 赵善庆［双调］《水仙子 · 仲春湖上》

六一泉亭上诗成，
三五夜花前月明，
十四弦指下风生。

元 · 张可久［南吕］《一枝花 · 湖上归》

陋巷箪瓢亦乐哉；
贫，
气不改；
达，
志不改。

元 · 宋方壶［中吕］《山坡羊 · 道情》

芦汀淅淅蟹行沙，
梅月昏昏鹤到家，
梨云冉冉蝶初化。

元 · 张可久［双调］《水仙子 · 维扬遇雪》

露瀼瀼万籁沉，
风淡淡三更静，
天空空千里水，

月朗朗一壶冰。

元 · 汤式[南吕]《一枝花 · 赠教坊张韶舞善吹箫》

露点滴珠融腻粉，
烟朦胧翠护轻绡；
风摇曳香飘麝脑，
雪模糊玉压琼瑶。

元 · 汤式[南吕]《一枝花 · 题白梅深处》

吕岩笛夜夜闻音，
陶令柳年年报春，
崔颢诗句句绝伦。

元 · 汤式[南吕]《一枝花 · 黄鹤楼》

绿悠悠，
软风吹动玻璃皱，
烟波顺流，
乾坤如昼。

元 · 盍西村[越调]《小桃红 · 临川八景 · 市桥月色》

绿树秋千，
青山钟鼓，
画舫琵琶；
铜雀台边破瓦，
金鱼池上残花。

元 · 张可久[双调]《折桂令 · 湖上怀古次疏斋学士韵》

绿苔撒点点青钱，
碧草铺茸茸翠毯。

元 · 张可久[南吕]《一枝花 · 春景》

落花时节怨良宵。
银台灯影淡，
绣枕泪痕交，
团圆春梦少。

元 · 任昱[中吕]《红绣鞋 · 春情》

落花飞上笋牙尖，
宫叶犹将冰箸粘，
抵牙关越显得樱唇艳。

元 · 徐再思[双调]《水仙子 · 红指甲》

M

满眼云山画图开，
清风明月还诗债。

元 · 马致远[南吕]《四块玉 · 恬退》

帽沾飞絮雪，
衣染落花泥。
知，何处度寒食？

元 · 汤式[越调]《柳营曲 · 途中春暮》

梅开寒玉，

清香时度，
何须蹇驴，
不必前村去。

元 · 马谦斋［中吕］《快活三过朝天子四边静》

梅花漏泄阳和信，
才残腊又新春，
东风北岸冰消尽。

元 · 钟嗣成［南吕］《骂玉郎过感皇恩采茶歌 · 四时佳兴 · 春》

面瓮儿里袁安舍，
盐堆儿里党尉宅，
粉缸儿里舞榭歌台。

元 · 乔吉［双调］《水仙子 · 咏雪》

名缰厮缠挽，
利锁相牵绊；
孤舟乱石湍，
羸马连云栈。

元 · 庾天锡［双调］《雁儿落带得胜令》

名利酒吞蛇，
富贵梦迷蝶，
蚁阵攻城破，
蜂衙报日斜。

元 · 乔吉［双调］《雁儿落过得胜令 · 回省》

明时难遇，
百岁光阴过隙驹；
休教辜负，
春来春去。

元 · 马谦斋［中吕］《快活三过朝天子四边静》

明妃万里出长安，
和泪琵琶马上弹；
意迟迟盼煞南来雁，
雁还时人未还。

元 · 无名氏［双调］《水仙子》

墨磨北海乌龙角，
笔沾南山紫兔毫。

元 · 姚燧［中吕］《阳春曲 · 志气》

墨淡淡王维画，
柳疏疏陶令家，
春脉脉武陵花。

元 · 张可久［商调］《梧叶儿 · 春日郊行》

木犀风淅淅喷雕棂，
兰麝香氲氲绕画屏，
梧桐月淡淡悬青镜。

元 · 汤式［双调］《湘妃引 · 秋夕闺思》

暮云闲聒聒蝉鸣，
晚风轻点点萤飞；
天阶夜凉清似水，
鹊桥图高挂偏宜。

元 · 杜仁杰［商调］《集贤宾（北）· 七夕》

暮云收，
冷风飕，
到中宵月来清更幽。

元・周德清［越调］《柳营曲・冬夜怀友》

N

那老子爱清闲主意别，
钓桐江江上雪，
泛桐江江上月。

元・徐再思［黄钟］《红锦袍》

纳清风台榭开怀，
傍流水亭轩赏心。

元・张可久［南吕］《一枝花・夏景》

南浦离情，
西子秾妆；
远岫螺青，
平坡鸭绿，
嫩柳鹅黄。

元・张可久［双调］《折桂令・湖上》

南陌笙歌地，
西湖锦绣天，
都不如松菊田园。

元・汤式［双调］《湘妃引・送友归家乡》

你几曾见贵公子锦裀绣褥？
你多曾伴老渔翁箬笠蓑衣。

元・唐毅夫［南吕］《一枝花・怨雪》

逆取，
顺取，
一分也将不去；
千间大厦驷马车，
总不是安身处。

元・无名氏［中吕］《快活三过朝天子》

酿新酒烘春醉色，
染霜毫艳锦诗才；
磊落襟怀，
放浪形骸。

元・汪元亨［双调］《折桂令・归隐》

P

怕不是堆金积玉连城富，
眨眼早野草闲花满地愁；
干生受，
生财有道，
受用无由。

元・钱霖［般涉调］《哨遍》

鹏俯沧溟，

蜃横城市，
鳌驾蓬莱。

元·乔吉［双调］《折桂令·登姑苏台》

捧砚的娇，
脱靴的焦，
调羹的帝王空懊恼。

元·无名氏［越调］《柳营曲·李白》

偏宜雪月交，
不惹蜂蝶戏，
有时节暗香来梦里。

元·贯云石［双调］《清江引·咏梅》

平沙细草斑斑，
曲溪流水潺潺，
塞上清秋早寒。

元·无名氏［越调］《天净沙》

铺眉苫眼早三公，
裸袖揎拳享万钟，
胡言乱语成时用，
大纲来都是哄。

元·张鸣善［双调］《水仙子·讥时》

Q

七窍达八荒广漠，
一帘隔万里空虚。

元·汤式［南吕］《一枝花·题心远轩》

栖云山上小崆峒，
蟠桃仙路种，
诗句古苔封，
教清名天地中。

元·王举之［中吕］《红绣鞋·栖云吊贯酸斋》

凄凉比汉昭君塞上琵琶，
清韵如王子乔风前玉笙，
悠扬似张君瑞月下琴声。

元·班惟志［南吕］《一枝花·秋夜闻筝》

麒麟冢衣冠坎坷，
凤凰城人物蹉跎；
生待如何？
死待如何？
纸上清名，
万古难磨！

元·周浩［双调］《蟾宫曲·题〈录鬼簿〉》

岂不闻“自古太平时，
不许将军见？”

元·薛昂夫［双调］《庆东原·韩信》

恰便似溅石窟寒泉乱涌，
集瑶台鸾凤和鸣，
走金盘乱撒骊珠迸；
嘶风骏偃，

潜沼鱼惊，
天边雁落，
树梢云停。

元·班惟志[南吕]《一枝花·秋夜闻筝》

千古恩仇，
浪卷胥魂，
山锁吴愁。

元·乔吉[双调]《折桂令·风雨登虎丘》

乾坤一玉壶，
表里无瑕。

元·朱庭玉[仙吕]《袄神急·雪景》

蔷薇满院香，
菡萏双池锦，
海榴浓喷火，
萱草淡堆金。

元·张可久[南吕]《一枝花·夏景》

敲风修竹珊珊，
润花小雨斑斑，
有恨心情懒懒。

元·李致远[越调]《天净沙·离愁》

切齿仇冤，
捧心钩饵，
尝胆权谋；
三千尺侵云粪土，
十万家泣血膏腴。

元·徐再思[双调]《蟾宫曲·姑苏台》

且登楼，
试凝眸，
眼前景物堪追游。
远水长天同一色，
白苹红叶满汀洲。

元·钟嗣成[南吕]《骂玉郎过感皇恩采茶歌·四时佳兴·秋》

亲眷至煨香芋，
宾朋来煮嫩茶，
富贵休夸。

元·孙周卿[双调]《水仙子·山居自乐》

沁梅疏影缺，
攀桂片云愁，
待团圆掬在手。

元·徐再思[中吕]《红绣鞋·半月泉》

青山绿水，
白草红叶黄花。

元·白朴[越调]《天净沙·秋》

青山衔好月，
丹桂吐香风，
中，
人在广寒宫。

元·张可久[越调]《寨儿令·西湖秋夜》

青苔古木萧萧，
苍云秋水迢迢，
红叶山斋小小。

元·张可久[越调]《天净沙·鲁卿庵中》

青松影里，
红藕香中，
千机云锦重，
一片银河冻。

元·张可久［中吕］《普天乐·西湖即事》

青山失翠微，
白玉无瑕玷，
梨花和雨舞，
柳絮带风捋。

元·张可久［南吕］《一枝花·冬景》

青山相待，
白云相爱，
梦不到紫罗袍共黄金带。

元·宋方壶［中吕］《山坡羊·道情》

青山隐隐水茫茫，
时节登高却异乡，
孤城孤客孤舟上，
铁石人也断肠。

元·无名氏［双调］《水仙子》

青山招我赋归来，
放浪形骸外。

元·汪元亨［中吕］《朝天子·归隐》

轻便如宰相权，
冷淡如名贤传，
自在如彭泽县。

元·乔吉［双调］《殿前欢·里西瑛号懒云窝自叙有作奉和》

清风睡煞，
淡烟难画，
掩映两三家。

元·盍西村［越调］《小桃红·临川八景·金堤风柳》

情缘不到头，
寸心灰未休。

元·乔吉［越调］《凭阑人·香篆》

秋风飒飒撼苍梧，
秋雨潇潇响翠竹，
秋云黯黯迷烟树。

元·刘庭信［双调］《水仙子》

屈指数春来，
弹指惊春去；
蛛丝网落花，
也要留春住。

元·薛昂夫［双调］《楚天遥过清江引》

驱驰，
尘事多兴废；
依栖，
云林少是非。

元·汪元亨［双调］《雁儿落带得胜令·归隐》

泉声，
响时仔细听，
转觉柴门静。

元·张养浩［中吕］《十二月兼尧民歌》

犬吠村居静，
鹤眠诗梦清，
老树冰花结水精。

元 · 张可久[南吕]《金字经 · 雪夜》

鹊桥横低沾银河，
鸾帐飞香，
凤辇凌波；
两意绸缪，
一宵恩爱，
万古蹉跎。

元 · 王举之[双调]《折桂令 · 七夕》

群鸦噪晚千万点，
寒雁书空三四行。

元 · 鲜于枢[仙吕]《八声甘州》

R

人生幻化如泡影，
哪个临危自省？

元 · 姚燧[中吕]《醉高歌 · 感怀》

人来图画帧间行，
船在琉璃影内撑。

元 · 乔吉[双调]《水仙子 · 玉壶园题水亭赠国公十一公子》

人凭画阑，
舟横锦岸；
一线苏堤，
两点高峰，
四面湖山。

元 · 吴弘道[中吕]《上小楼 · 西湖宴饮》

人立冰壶，
诗留玉带，
塔语金铃；
摇碎月中流树影，
撼崩崖半夜江声。

元 · 张可久[双调]《折桂令 · 游金山寺》

日月似撺梭过，
富贵比花开落；
青春去也，
不乐如何？

元 · 阿里西瑛[双调]《殿前欢 · 懒云窝》

日盈昃，
月满亏蚀，
地下东南，
天高西北，
天地尚无完体。

元 · 关汉卿[双调]《乔牌儿》

日月居诸，
台殿丘墟；
何似灵岩，
山色如初。

元 · 徐再思[双调]《蟾宫曲 · 姑苏台》

柔条不奈晓风梳，
乱织新丝绿，
瘦倚春寒灞陵路。

元·李致远［越调］《小桃红·新柳》

入万顷玻璃世界，
望三山翡翠楼台。

元·乔吉［中吕］《满庭芳·渔父词》

软风吹动玻璃皱，
烟波顺流，
乾坤如昼。

元·盍西村［越调］《小桃红·临川八景·市桥月色》

蕊疏疏花密密蓓蕾葳蕤，
干盘盘枝挺挺槎枒夭矫。

元·汤式［南吕］《一枝花·题白梅深处》

S

散诞似李元贞松阴内干禄求名，
逍遥似赵师雄梅花下开樽按舞，
廓落似淳于棼槐柯上架室安居。

元·汤式［南吕］《一枝花·梦游江山为友人赋》

山山水水，
诗诗酒酒，
古古今今。

元·徐再思［黄钟］《人月圆·兰亭》

山远横眉，
波平消雪，
月缺沉钩。

元·周文质［双调］《折桂令·过多景楼》

山光如淀，
湖光如练，
一步一个生绡面。

元·薛昂夫［中吕］《山坡羊·西湖杂咏》

山，
淡云秋树间，
芦花岸，
钓船沙上滩。

元·张可久［南吕］《金字经·秋望》

山隐隐藏君旧游，
雨丝丝织我新愁。

元·张可久［双调］《折桂令·送别》

山光浓似蓝，
水色明如练。

元·任昱［双调］《清江引·湖上九日》

山竹炊粳，
山水煎茶；
山芋山薯，
山葱山韭，

山果山花。

元 · 孙周卿[双调]《蟾宫曲 · 自乐》

山色元佳，
山景堪夸，
山外晴霞，
山下人家。

元 · 孙周卿[双调]《蟾宫曲 · 自乐》

闪杀人望旌节中原士夫，
误杀人弃丘陵南渡銮舆；
钱塘路，
愁风怨雨，
长是洒西湖！

元 · 周德清[中吕]《满庭芳 · 看岳王传》

善的人欺，
贫的人笑，
读书人都累倒。

元 · 无名氏[中吕]《朝天子 · 志感》

伤心秦汉经行处，
宫阙万间都做了土；
兴，
百姓苦；
亡，
百姓苦。

元 · 张养浩[中吕]《山坡羊 · 潼关怀古》

伤心秦汉，
生民涂炭，
读书人一声长叹。

元 · 张可久[中吕]《卖花声 · 怀古》

韶华过，
春色休，
红瘦绿阴稠。

元 · 吴弘道[商调]《梧叶儿 · 暮春》

舍梅花谁是交游，
饮松醪自想期俦；
王子猷干罢手，
戴安道且蒙头，
休，
谁驾剡溪舟？

元 · 周德清[越调]《柳营曲 · 冬夜怀友》

身似浮云，
心如飞絮，
气若游丝。

元 · 徐再思[双调]《蟾宫曲 · 春情》

生前酒一杯，
死后名千载，
淮阴侯不如彭泽宰。

元 · 张可久[双调]《清江引 ·
张子坚运判席上》

声嘹呖云霄应，
逐轻风过短棂；
耳才闻天上仙韶，
身疑在人间胜境。

元 · 班惟志[南吕]《一枝花 · 秋夜闻筝》

失又何愁，
得之何喜，
闷也何为？

元·徐再思［双调］《蟾宫曲·江淹寺》

诗成神鬼愁，
笔落龙蛇走，
才展山川秀。

元·大食惟寅［双调］《燕引雏·奉寄小山前辈》

诗情放，
剑气豪，
英雄不把穷通较。

元·张可久［双调］《庆东原·次马致远先辈韵九篇》

诗豪与风雪争先，
雪片与风鏖战，
诗和雪缴缠，
一笑琅然。

元·孙周卿［双调］《水仙子·舟中》

湿翠横千嶂，
清风响万松，
寒玉奏孤桐。

元·张可久［商调］《梧叶儿·湖山夜景》

十里晴湖，
二月韶华。
浓淡峰峦，
高低杨柳，
远近桃花。

元·赵善庆［双调］《折桂令·西湖》

十里松声画难描，
枫林霜叶舞，
荞麦雪花飘。

元·周德清［中吕］《红绣鞋·郊行》

十万家画栋朱帘，
百数曲红桥绿沼，
三千里锦缆龙舟。

元·汤式［双调］《天香引·忆维扬》

石上云生，
山间树老，
桥外霞收。

元·吴西逸［双调］《蟾宫曲·山间书事》

始为天下忧，
后为天下羞。

元·徐再思［越调］《凭阑人·无题》

世情推物理，
人生贵适意；
想人间造物搬兴废，
吉藏凶凶暗吉。

元·关汉卿［双调］《乔牌儿》

世事秋蓬，
惟有渔樵，
跳出樊笼。

元·王举之［双调］《折桂令·读史有感》

试将历代从头数，
忠孝臣，
贤明主，
泉下土。

元·刘致［南吕］《四块玉·叹世》

试问屈原醒，
争似渊明醉？
早寻个稳便处闲坐地。

元·钟嗣成［双调］《清江引》

是谁家剪下琼花瓣？
飞六出遍长安，
琼楼玉宇连霄汉。

元·钟嗣成［南吕］《骂玉郎过感皇恩采茶歌·四景·雪》

瘦伶仃腿似蛛丝，
薄支辣翅如苇煤，
快稜憎嘴似钢锥。

元·宋方壶［南吕］《一枝花·蚊虫》

疏林红叶，
芙蓉将谢，
天然妆点秋屏列。

元·薛昂夫［中吕］《山坡羊·秋》

蜀道铜山，
石崇金谷，
祸临身财未足。

元·无名氏［中吕］《快活三过朝天子》

数九点齐州，
八景湘江；
吊古词香，
招仙笛响，
引兴杯长。

元·张可久［双调］《折桂令·次酸斋韵》

数枝黄菊勾诗兴，
一川红叶迷仙径，
四山白月共秋声。

元·张可久［正宫］《醉太平·金华山中》

数声孤雁哀，
几点昏鸦噪；
桂花随雨落，
梧叶带霜凋。

元·吕天用［南吕］《一枝花·秋蝶》

树顶蟾明，
水面风生，
听渔歌三四声。

元·张可久［中吕］《朝天子·山中杂书》

霜后园林，
万绿枝头，
一点黄金。

元·张可久［双调］《折桂令·石塘道中》

水边杨柳丝丝垂，

倒影奇峰坠，
万叠苍山洞庭水，
碧玻璃，
一川烟景涵珠媚。

元·王恽［越调］《平湖乐》

水空秋月冷，
山小暮天青，
苏公堤上景。

元·冯子振［中吕］《红绣鞋·题小山苏堤渔唱》

水晶环入面糊盆，
才沾粘便滚。

元·张可久［正宫］《醉太平·叹世》

水多寒气早，
野阔暮空低，
隔岸秋云渔唱起。

元·任昱［中吕］《红绣鞋·重到吴门》

水深水浅东西涧，
云去云来远近山，
秋风征棹钓鱼滩。

元·徐再思［中吕］《喜春来·皇亭晚泊》

水竹幽居，
金碧浮图，
倒影浸冰壶。

元·张可久［越调］《柳营曲·湖上》

四围不尽山，
一望无穷水。

元·卢挚［双调］《沉醉东风·秋景》

四季春为贵，
万紫千红引人意，
啭黄鹂，
鸳鸯如锦池塘睡。

元·宋方壶［越调］《斗鹌鹑·踏青》

四望无穷，
一片玻璃莹，
梯航万里通。

元·汤式［南吕］《一枝花·题崇明顾彦升洲上居》

似白虹饮涧，
玉龙下山，
晴雪飞滩。

元·乔吉［双调］《水仙子·重观瀑布》

松风古砚寒，
藓上白石烂，
蕉雨疏花绽；
青山爱我，
我爱青山。

元·张可久［双调］《殿前欢·爱山亭上》

虽无刎颈交，
却有忘机友，
点秋江白鹭沙鸥；

傲杀人间万户侯，
不识字烟波钓叟。
元·白朴[双调]《沉醉东风·渔夫》

孙康朱颜变，
袁安绿鬓改，
看青山一夜头白。
元·马谦斋[双调]《水仙子·雪夜》

蓑笠纶竿钓今古，
一任他斜风细雨。
元·胡祗遹[双调]《沉醉东风》

T

台空江自流，
凤去人不至；
晋阙吴宫梁王寺，
费古今多少诗词！
元·汤式[中吕]《普天乐·金陵怀古》

太行如砺，
黄河如带，
等是尘埃；
不须更叹，
花开花落，
春去春来。
元·刘因[黄钟]《人月圆》

太湖水光摇酒瓯，
洞庭山影落渔舟。
元·乔吉[中吕]《满庭芳·渔父词》

贪饕贿赂显荣华，
似镜中看花；
浮名浮利不贪他，
万事无牵挂。
元·无名氏[双调]《快活年》

叹乌衣一旦非王谢，
怕青山两岸分吴越，
厌红尘万丈混龙蛇。
元·汪元亭[正宫]《醉太平·警世》

叹功名一张故纸，
冒风霜两鬓新丝；
何苦孜孜，
莫待偲偲；
细看渊明，
归去来辞。
元·汪元亨[双调]《折桂令·归隐》

叹芳辰，
已三分，
二分流水一分尘。
元·钟嗣成[南吕]《骂玉郎过感皇恩采茶歌》

叹世人用尽千般计，

笑时人倚尽十分势，
看高人着尽一枰棋。

元·汪元亨［正宫］《醉太平·警世》

叹光阴似水流，
看日月如翻手；
论颜回岂少年？
算彭祖非长寿。

元·无名氏［双调］《雁儿落过得胜令》

堂堂大元，
奸佞专权，
开河变钞祸根源，
惹红巾万千。

元·无名氏［正宫］《醉太平》

啼莺舞燕，
小桥流水飞红。

元·白朴［越调］《天净沙·春》

天机织罢月梭闲，
石壁高垂雪练寒；
冰丝带雨悬霄汉，
几千年晒未干。

元·乔吉［双调］《水仙子·重观瀑布》

天时凉捻指天时热，
花枝开回首花枝谢，
日头高眨眼日头斜。

元·汪元亨［正宫］《醉太平·警世》

天长雁影稀，
月落山容瘦，
冷清清暮秋时候。

元·卢挚［双调］《沉醉东风》

天然一笔无穷意，
秋蛇春蚓，
野鹜家鸡，
跳龙卧虎，
渴骥狰猊。

元·汤式［南吕］《一枝花·赠草圣》

添一岁长一分白发，
治一经饱一世黄齑。

元·汤式［商调］《集贤宾·客窗值雪》

田连阡陌心犹窄，
架插诗书眼不瞅。

元·钱霖［般涉调］《哨遍》

跳出狼虎丛中，
不入麒麟画里，
想爵禄高，
性命危。

元·周文质［越调］《斗鹌鹑·自悟》

听春深杜宇啼，
瞻天表玄鹤唳，
看沙暖鸳鸯睡；
有诗有酒，
无是无非。

元 · 赵显宏[双调]《殿前欢 · 闲居》

彤云遍野，
瑞雪漫空；
压寒梅，
欺劲竹，
秀孤松。

元 · 钟嗣成[南吕]《骂玉郎过感皇恩采茶歌 · 四时佳兴 · 冬》

兔走如梭，
乌飞如箭，
早秋霜两鬓边。

元 · 刘致[中吕]《朝天子》

W

玩青史低头袖手，
问红尘缄口回头。

元 · 吴西逸[双调]《蟾宫曲 · 山间书事》

晚风花雨晴，
小楼山月明。

元 · 张可久[越调]《凭阑人 · 晚晴小景》

晚云都变露，
新月初学扇，
塞鸿一字来如线。

元 · 周德清[正宫]《塞鸿秋 · 浔阳即景》

万木天寒冻欲折，
一枝冷艳开清绝。

元 · 吴弘道[双调]《拨不断 · 闲乐》

万古虚心，
百年贞节，
一世故人。

元 · 徐再思[双调]《蟾宫曲 · 竹夫人》

万里长江，
半空烟浪，
惊涛响；
东去茫茫，
远水天一样。

元 · 孙季昌[仙吕]《点绛唇》

万物静观皆自得，
四时佳兴与人同。

元 · 钟嗣成[南吕]《骂玉郎过感皇恩采茶歌 · 四时佳兴 · 冬》

望晴空莹然如片纸，
一行雁一行愁字。

元 · 赵善庆[双调]《落梅风 · 江楼晚眺》

惟西湖山水希奇。
水澄清玻璃万顷欺蓬岛，
山峻峭蓝翠千层胜武夷。

元 · 睢玄明[般涉调]《耍孩儿 · 咏西湖》

文藻珠玑，
醉墨淋漓；
何似班超，
投却毛锥！

元·徐再思[双调]《蟾宫曲·江淹寺》

问城南春事何如，
细草如烟，
小雨如酥。

元·曹德[双调]《折桂令·江头即事》

问什么南邻富贵，
北里奢华，
只有此身无价。

元·杨立斋[般涉调]《哨遍》

我是个蒸不烂、煮不熟、捶不扁、炒不爆、响当当一粒铜豌豆。

元·关汉卿[南吕]《一枝花·不伏老》

我头低气不低，
身屈心难屈。

元·马致远[双调]《夜行船》

我这里行想行思，
行写行读，
雨泪如珠；
都是些道不出，
写不出，
忧愁思虑。

元·王氏[中吕]《粉蝶儿·寄情人》

我上船时如上木驴，
下舱时如下地府，
靠桅杆似靠着将军柱。

元·王氏[中吕]《粉蝶儿·寄情人》

无是无非快活煞，
锁住了心猿意马。

元·卢挚[双调]《沉醉东风·闲居》

无是无非，
问什么富贵荣华。

元·卢挚[双调]《蟾宫曲·田家》

无福效同俦并侣，
有分受枕剩衾余。

元·王氏[中吕]《粉蝶儿·寄情人》

五斗米腰懒折，
百里侯心便舍。

元·徐再思[黄钟]《红锦袍》

梧桐一叶秋，
砧杵千家月。

元·钱霖[双调]《清江引》

物情螳捕蝉，
世态蛇吞象。

元·汪元亨[双调]《雁儿落过得胜令·归隐》

X

西风篱菊灿秋花，
落日枫林噪晚鸦，
数椽茅屋青山下。

元·孙周卿[双调]《水仙子·山居自乐》

恓惶运环海般相连，
烦恼乡石城般围绕，
离愁阵铁壁般坚牢。

元·沙正卿[南吕]《一枝花·安庆湖雪夜》

细雨洒芭蕉，
铁马檐前闹，
长吁几声儿得到晓。

元·丘士元[双调]《清江引·秋夜》

先生志在乾坤外，
敢嫌他天地窄；
辞章压倒元白，
凭心地，
据手策，
是无比英才。

元·钟嗣成[双调]《凌波仙·吊宫大用》

羡归鸦，
趁残霞，
暮云呈巧月如牙。

元·钟嗣成[南吕]《骂玉郎过感皇恩采茶歌·四时佳兴·夏》

想起来相思最苦，
空教人好梦全无，
撺飞了清歌妙舞，
受了些寂寞消疏。

元·王氏[中吕]《粉蝶儿·寄情人》

向陇首寻梅，
着杖头挑酒，
就驴背吟诗。

元·汪元亨[双调]《折桂令·归隐》

小小西湖，
总是诗情；
天际浮图，
云间旧隐，
水上新亭。

元·张可久[双调]《折桂令·松江怀古》

晓来烟断香篝，
春归绿遍芳洲，
影乱风梳弱柳。

元·李致远[越调]《天净沙·初夏即事》

笑谈便是编修院，
谁贵谁贤？不应举江湖状元，
不思凡蓑笠神仙。

元·乔吉[中吕]《满庭芳·渔父词》

心事鱼缘木，
前程羝触藩。

元·吕止庵[仙吕]《后庭花·怀古》

新啼痕压旧啼痕，
断肠人忆断肠人。

元·王德信[中吕]
《十二月过尧民歌·别情》

兴亡遗恨，
一丘黄土，
千古青山。

元·张可久[黄钟]《人月圆·雪中游虎丘》

兴亡千古繁华梦，
诗眼倦天涯；
孔林乔木，
吴宫蔓草，
楚庙寒鸦。

元·张可久[黄钟]《人月圆·山中书事》

醒来明月，
醉后清风。

元·元好问[黄钟]《人月圆·
卜居外家东园》

胸次天诚，
口角河倾，
席上风生；
吞学海波澜万顷，
战词坛甲胄千兵。

元·钟嗣成[双调]《折桂令·
咏西域吉诚甫》

羞栽并蒂莲，
懒整合欢带，
怕见双飞燕。

元·程景初[双调]《新水令·春情》

玄参黄老，
《易》论程朱，
诗敲险怪，
棋较赢。

元·汤式[南吕]《一枝花·题心远轩》

学捧心山颦翠色，
怅悬头土湿腥苔。

元·乔吉[双调]《折桂令·登姑苏台》

雪飞柳絮梨花，
梅开玉蕊琼葩，
云淡帘筛月华。

元·商道[越调]《天净沙》

雪晴天气，
松腰玉瘦，
泉眼冰寒。

元·张可久[黄钟]《人月圆·雪中游虎丘》

雪模糊小树莓苔，

月朦胧近水楼台。

元 · 张可久[中吕]《普天乐 · 鉴湖上寻梅》

雪藕丝霞十缕，
镂枣斑血半点，
掐刘郎春在纤纤。

元 · 徐再思[双调]《水仙子 · 红指甲》

雪飘时絮飞还恁，
七言句儿夸到今，
偏梨花比他争甚？

元 · 陈德和[双调]《落梅风 · 雪中十事 · 谢女比絮》

Y

鸭头绿一江浪花，
鱼尾红几缕残霞；
云帆挂，
星河客槎，
万里寄天涯。

元 · 无名氏[中吕]《满庭芳》

烟水茫茫晚凉后，
捕鱼舟，
冲开万顷玻璃皱。

元 · 盍西村[越调]《小桃红 · 杂咏》

烟中树，
山外楼，
水边鸥，
扇面儿潇湘暮秋。

元 · 徐再思[商调]《梧叶儿 · 即景》

烟霞状元，
江湖醉仙，
笑谈便是编修院；
留连，
批风抹月四十年。

元 · 乔吉[正宫]《绿幺遍 · 自述》

烟水间，
乾坤大，
缓步云山无遮碍，
胜王家舞榭歌台。

元 · 张养浩[中吕]《普天乐》

烟水间，
乾坤大，
四面云山无遮碍，
影摇动城郭楼台。

元 · 张养浩[中吕]《普天乐 · 大明湖泛舟》

烟水悠悠，
有句相酬，
无计相留。

元·张可久[双调]《折桂令·西陵送别》

厌襟裾马牛，
笑衣冠沐猴，
拂破我归山袖。

元·汪元亨[中吕]《朝天子·归隐》

厌红尘拂袖而归，
为丘壑情浓，
名利心灰。

元·汪元亨[双调]《折桂令·归隐》

雁啼红叶天，
人醉黄花地，
芭蕉雨声秋梦里。

元·张可久[双调]《清江引·秋怀》

燕归，
雁飞，
霜染芙蓉醉。

元·马谦斋[中吕]《快活三过朝天子四边静·秋》

杨柳风轻生浪迟，
漾动玻璃。

元·任昱[南吕]《一枝花·题东湖》

椰子瓢，
松花酝，
山中风韵，
乐道岂忧贫。

元·任昱[正宫]《小梁州·闲居》

野水明于月，
沙鸥闲似云，
喜村深地偏人静。

元·张养浩[双调]《落梅引》

业贯盈，
横祸添，
无处闪。

元·曾瑞[南吕]《四块玉·酷吏》

一点相思几时绝，
凭阑袖拂杨花雪；
溪又斜，
山又遮，
人去也。

元·关汉卿[南吕]《四块玉·别情》

一帘红雨桃花谢，
十里清阳柳影斜。

元·胡祗遹[中吕]《阳春曲·春景》

一片闲情任卷舒，
挂尽朝云暮雨。

元·胡祗遹[双调]《沉醉东风·赠妓朱帘秀》

一两字天边白雁，
百千重楼外青山，
别君容易寄书难。

元 · 张可久[中吕]《红绣鞋 · 秋望》

一江春水流，
万点杨花坠；
谁道是杨花，
点点离人泪。

元 · 薛昂夫[双调]《楚天遥过清江引》

一叶梧桐飘坠，
万方秋意皆知。

元 · 杜仁杰[商调]《集贤宾(北) · 七夕》

一溪烟水奁开镜，
四面云山锦簇屏。

元 · 张养浩[中吕]《喜春来》

一点雕盘萤度秋，
半缕宫奁云弄愁；
情缘不到头，
寸心灰未休。

元 · 乔吉[越调]《凭阑人 · 香篆》

一榻白云竹径，
半窗明月松声，
红尘无处是蓬瀛。

元 · 徐再思[中吕]《红绣鞋 · 道院》

一声梧叶一声秋，
一点芭蕉一点愁，
三更归梦三更后。

元 · 徐再思[双调]《水仙子 · 夜雨》

衣冠济楚人钦敬，
更心无宠辱惊，
乐幽闲不解趋承；
身如在，
死若生。

元 · 钟嗣成[双调]《凌波仙 · 吊曾瑞卿》

宜晴宜雨宜阴旸，
比西施淡抹浓妆。

元 · 贯云石[正宫]《小梁州 · 春》

宜酒宜诗，
宜晴宜雨，
销金锅锦绣窟。

元 · 徐再思[中吕]《朝天子 · 西湖》

倚遍江楼，
望断汀洲，
雪月照人愁。

元 · 周德清[越调]《柳营曲 · 冬夜怀友》

隐隐的如闻管弦，
却原来是流水溅溅。

元 · 张养浩[中吕]
《十二月兼尧民歌 · 寒食道中》

隐隐林峦，
小小仙家；
楼外白云，

窗前翠竹，
井底硃砂。
元·张可久[双调]《折桂令·村庵即事》

隐隐浮图，
层层罨画，
小小蓬瀛。
随月去长空雁影，
唤秋多高树蝉声。
元·张可久[双调]《折桂令·三衢平山亭》

莺莺燕燕春春，
花花柳柳真真，
事事风风韵韵。
元·乔吉[越调]《天净沙》

映苏堤红绿参差，
浅绛雪缄桃萼，
嫩黄金搓柳丝。
元·刘时中[双调]《水仙操》

有声名谁识廉颇，
广才学不用萧何。
元·马谦斋[越调]《柳营曲·叹世》

有诗有酒，
无是无非。
元·赵显宏[双调]《殿前欢·闲居》

有意送春归，
无计留春住；
明年又着来，
何似休归去。
元·薛昂夫[双调]《楚天遥过清江引》

有阴阳偃仰精微，
无偏枯向背支离。
元·汤式[南吕]《一枝花·赠草圣》

渔樵闲访，
先生豪放，
诗狂酒狂，
志不在凌烟上。
元·马谦斋[中吕]《快活三过朝天子四边静·夏》

渔村落照船归住，
烟寺晚钟夕阳暮，
洞庭秋月照人孤。
元·王氏[中吕]《粉蝶儿·寄情人》

榆钱小难酬化工，
柳丝长不系东风。
元·王举之[双调]《折桂令·春暮》

雨晴云散，
满江明月，
风微浪息，
扁舟一叶。
元·卢挚[黄钟]《节节高·题洞庭鹿角庙壁》

雨痕著物润如酥，
草色和烟近似无，
岚光照日浓如雾。

元・赵善庆[双调]《水仙子・仲春湖上》

欲拈斑管书心事，
无那可乾坤天样般纸，
意悬悬诉不尽相思。

元・无名氏[双调]《水仙子》

遇景逢时随意赏，
也胜潘岳在河阳。

元・钟嗣成[南吕]《骂玉郎过感皇恩采茶歌》

远树烟云渺茫，
空山雪月苍凉。

元・张可久[双调]《折桂令・次酸斋韵》

远树重重，
幽花淡淡，
小竹珊珊；
黄卷掩灯青夜阑，
紫箫吹月白风寒。

元・张可久[双调]《折桂令・皆山楼即事》

远城市人稠物穰，
近村居水色山光；
薰陶成野叟情，
铲削去时官样。

元・汪元亨[双调]《沉醉东风・归田》

院粉宫黄，
国色天香；
逞娇柔，
增秀媚，
竞芬芳。

元・钟嗣成[南吕]《骂玉郎过感皇恩采茶歌・四景・花》

月冷玉壶秋，
粼粼浅水，
丝丝老柳，
点点盟鸥。

元・张可久[黄钟]《人月圆・子昂学士小景》

月空圆，
人何在？
寒蛩切切，
塞雁哀哀；
菊渐衰，
荷残败，
叶落西风雕阑外。

元・丘士元[中吕]《普天乐・秋夜感怀》

月晃银河淡，
庭空珠露湿，
天阔玉绳低；
觱篥城头奏，
蝼蛄阶下泣，

络纬井边啼。

元·汤式［商调］《知秋令·秋夜》

云来山更佳，
云去山如画；
山因云晦明，
云共山高下。

元·张养浩［双调］《雁儿落兼得胜令·退隐》

云边日月尽如梭，
槐根梦觉兴亡破，
依旧南柯。

元·乔吉［双调］《殿前欢·里西瑛号懒云窝自叙有作奉和》

云低四野，
霜摧万木，
雪老千峰。

元·朱庭玉［大石调］《青杏子·咏梅》

云结就心间愁闷，
雨少似眼中泪珠，
风做了口内长吁。

元·刘庭信［双调］《水仙子》

Z

泽畔行吟，
涤尽尘襟，
闲看浮云，
出岫无心。

元·汪元亨［双调］《折桂令·归隐》

憎苍蝇竞血，
恶黑蚁争穴；
急流中勇退是豪杰，
不因循苟且。

元·汪元亨［正宫］《醉太平·警世》

蘸海渎东南半天，
望金焦西北双拳。

元·乔吉［双调］《折桂令·登澄江君山有平原君墓并手植桧至绝顶甚壮人气宇》

张良辞汉全身计，
范蠡归湖远害机，
乐山乐水总相宜。

元·白朴［中吕］《阳春曲·知几》

朝吟暮醉两相宜，
花落花开总不知；
虚名嚼破无滋味，
比闲人惹是非。

元·孙周卿［双调］《水仙子·山居自乐》

棹涟漪水皱罗纹，
破韶华桃露朱唇；

湖风肥柳线，
堤雨厚莎茵。
元·赵善庆[越调]《寨儿令·早春湖游》

折腰时心已愧，
伸脚处梦先惊。
听，千古圣贤评。
元·鲜于必仁[越调]《寨儿令》

这财曾燃了董卓脐，
曾枭了元载头，
聚而不散遭殃咎。
元·钱霖[般涉调]《哨遍》

浙江秋，
吴山夜，
愁随潮去，
恨与山叠。
元·姚燧[中吕]《普天乐·别友》

砧声摧动一天霜，
过雁声嘹亮；
叫起离情，
敲残愁况，
梦家山身异乡。
元·周德清[中吕]《朝天子·秋夜客怀》

峥嵘倚上流，
突兀当雄镇，
高明临大道，
迢递接通津。
元·汤式[南吕]《一枝花·黄鹤楼》

只知敬明眸皓齿，
不想共肥马轻裘。
元·钱霖[般涉调]《哨遍》

指其掌画其腹云崩露垂，
得之心应乎手电走风飞。
元·汤式[南吕]《一枝花·赠草圣》

志高如鲁连，
德过如闵骞，
依本分只落的人轻贱。
元·无名氏[中吕]《朝天子·志感》

志不愿官高禄显，
心只图子肖妻贤。
元·汪元亨[双调]《沉醉东风》

骤雨过，
珍珠乱撒，
打遍新荷。
元·元好问[双调]《骤雨打新荷》

诸莲花脱锦衣收，
风蓼青雕红穗秋，
堤柳绿减长条瘦。
元·赵善庆[双调]《水仙子·渡瓜州》

竹篱茅舍，
淡烟衰草孤村。

元·白朴[越调]《天净沙·冬》

竹篱边沽酒去，
驴背上载诗来。
猜，昨夜一枝开。

元·张可久[中吕]《普天乐·鉴湖上寻梅》

竹里行厨，
花下提壶，
共友联诗，
临水观鱼。

元·曹德[双调]《折桂令·江头即事》

煮茶香扫梅梢雪，
中酒酣迷纸帐蝶，
枕书睡足松窗月。

元·乔吉[双调]《钱丝泫》

自天飞下九龙涎，
走地流为一股泉，
带风吹作千寻练。

元·徐再思[双调]《水仙子·惠山泉》

最宜观赏，
堪图画；
破墙酒旆，
古岸渔艖，
筠梢密洒，
松梢重压。

元·朱庭玉[仙吕]《祆神急·雪景》

樽前更有忘机友：
波上鸥，
花底鸠，
湖畔柳。

元·刘致[南吕]《四块玉·游赏》

昨朝深雪前村，
今宵淡月黄昏，
春到南枝几分？

元·徐再思[越调]《天净沙·探梅》

佐中兴一代贤明将，
怎生来险幸如狼？
蓄祸心奸私放党，
附权臣构陷忠良。

元·周德清[中吕]《满庭芳·张俊》

赋

A

哀莫哀于永绝，
悲莫悲于生离。

三国·魏·曹植《愍志赋》

爱桂枝而不见，
怅浮云而离居。

南朝·梁·江淹《去故乡赋》

暧昧以变，
依稀不常，
非虚非实，
乍阴乍光。

南朝·梁·江淹《赤虹赋》

暗谦盈之效，
迷损益之数，
骋驽骀于修路，
慕骐骥而增驱。

汉·蔡邕《释诲》

黯然销魂者，
唯别而已矣。

南朝·梁·江淹《别赋》

B

白羽虽白，
质以轻兮。
白玉虽白，
空守贞兮。
未若此雪，
因时兴灭。
玄阴凝不昧其洁，
太阳耀不固其节。

南朝·宋·谢惠连《雪赋》

白露暧空，
素月流天。

南朝·宋·谢庄《月赋》

百年迅于分嘘兮，
千岁疾于一息；
咏大椿之万祀兮，
同蟪蛄于未识。

晋·陆云《岁暮赋》

邦换壤别，
爰用丧生；
处彼不凋，
在此先零。

三国·魏·曹植《植橘赋》

抱魄寂处，
凝神空居，

泯邈深昼，
窈郁重虚；
觇炫耀而可见，
听泬寥而有余。

南朝・梁・江淹《丹砂可学赋》

抱景者咸叩，
怀响者毕弹。

晋・陆机《文赋》

卑俯乎外戚之门，
乞助乎近贵之誉，
荣显未副，
从而颠踣；
下获熏胥之辜，
高受灭家之诛。

东汉・蔡邕《释诲》

悲顾盼而有余，
思俯仰而自足；
留兹情于江介，
寄瘁貌于河曲。

晋・陆机《怀土赋》

悲缘情以自诱，
忧触物而生端；
昼辍食而发愤，
宵假寐而兴言。

晋・陆机《思归赋》

悲年岁之晚暮，
殉修名而竞心。

晋・陆云《九愍》

悲愁心之难状，
振枯形而独立。

晋・陆云《涉江》

悲怨思之多感，
情惆怅而远慕；
世玄黄而既渝，
心居贞而抱素。

晋・陆云《行吟》

悲晨曦之易夕，
感人生之长勤；
同一尽于百年，
何欢寡而愁殷。

晋・陶潜《闲情赋》

北溟浩以扬波兮，
青林焕其兴蔚；
扶桑细于毫末兮，
昆仑卑乎覆篑。

晋・陆云《登台赋》

本轻死以邀得，
虽糜烂其何伤；
岂学山南之文豹，
避云雾而岩藏。

南朝・宋・鲍照《飞蛾赋》

崩榛塞路，
峥嵘古馗；

白杨早落，
塞草前衰。

南朝·宋·鲍照《芜城赋》

比文豹而无恤，
方珠蛤而自宁；
冀湖涛之蔽迹，
愿洲渚以沦形。

南朝·梁·江淹《石蜐赋》

彼峥峥而行溢，
此冉冉而逾衰；
抚寸心而未改，
指分光而永违。

南朝·宋·鲍照《观漏赋》

彼一息之短景，
乃累恨之长晖；
寻平生之好丑，
成黄尘之是非。

南朝·宋·鲍照《伤逝赋》

彼木兰与豫章，
既中绳而获夭；
及薜荔与蘼芜，
又怀芬而见表；
至哉青苔之无用，
吾孰知其多少。

南朝·梁·江淹《青苔赋》

彼寻常之污渎兮，
岂能容夫吞舟之巨鱼；
横江湖之鳣鲸兮，
固将受制于蝼蚁。

汉·贾谊《吊屈原赋》

彼凌霄之伟鸟，
播鲜辉之蒨蒨；
隐九皋以凤鸣，
游芳田而龙见。

晋·陆机《羽扇赋》

碧出苌弘之血，
鸟生杜宇之魄；
妄变化而非常，
羌见伟于畴昔。

晋·左思《蜀都赋》

碧茎凌露，
玉根生霜，
翠叶暮媚，
紫荣晨光；
非锦罽之可学，
讵琼瑾之能方。

南朝·梁·江淹《金灯草赋》

边风起兮城上寒，
井径灭兮丘陇残；
千龄兮万代，
共尽兮何言。

南朝·宋·鲍照《芜城赋》

变祸为福，
易曲成直，

宁关天命，
在我人力。

唐·柳宗元《膏肓疾赋》

遍周流而无过，
悲穷思之永久；
听幽荒而罔诏，
眷寥廓而无友。

晋·陆云《纡思》

彪炳以蒨藻，
翠景而红波；
青房兮规接，
紫的兮圆罗。

南朝·宋·鲍照《芙蓉赋》

别方不定，
别理千名，
有别必怨，
有怨必盈，
使人意夺神骇，
心折骨惊。

南朝·梁·江淹《别赋》

冰冽冽而寝兴，
风漫漫而妄作；
鸣枯条之泠泠，
飞落叶之漠漠。

晋·陆机《感时赋》

并家于国，
等朝于野；

荣在此而贵身兮，
神居形而忘我。

晋·陆云《逸民赋》

波沉沉而东注，
日滔滔而西属；
落繁馨于纤草，
殒丰华于乔木。

南朝·宋·鲍照《观漏赋》

播威灵于兹乐，
亮圣器而成文；
骋逸气而愤壮，
绕烦手乎曲折。

晋·陆机《鼓吹赋》

不穷乐以训俭，
不殚物以昭仁；
慕天乙之弛罟，
因教祝以怀民。

汉·张衡《东京赋》

不容毛群，
斥逐羽族；
下不蹈陆，
上不冯木。

三国·魏·曹植《蝙蝠赋》

步东池兮夜未艾，
卧西窗兮月向山；
引一息于魂内，
扰百绪于眼前。

南朝·梁·江淹《悦曲池》

C

采耀秋月，
文丽冬霞；
有体有艳，
光国光家。

南朝·梁·江淹《知己赋》

彩霞绕绕，
卿云缦缦；
石琼文而翕赩，
山龙鳞而熠烂。

南朝·梁·江淹《水上神女赋》

藏若景灭，
行犹响起；
方天机之骏利，
夫何纷而不理。

晋·陆机《文赋》

草忌霜而逼秋，
人恶老而逼衰；
诚衰耋之可忌，
或甘愿而志违。

南朝·宋·鲍照《伤逝赋》

草无忘忧之意，
花无长乐之心；
鸟何事而逐酒，
鱼何情而听琴。

南朝·梁·庾信《小园赋》

层台耸翠，
上出重霄；
飞阁流丹，
下临无地。

唐·王勃《滕王阁序》

长叹息而永怀兮，
感逝物而伤悲；
哀年岁之攸往兮，
伊行人之思归。

晋·陆云《岁暮赋》

长桥卧波，
未云何龙？
复道行空，
不霁何虹？
高低冥迷，
不知西东。

唐·杜牧《阿房宫赋》

常翘翘以危惧，
若乘奔而无辔。

汉·张衡《东京赋》

常戢心以怀惧，
虽处安其若危。

三国·魏·曹植《鹦鹉赋》

怅分手于东津，
望祖舟而延伫；
虑古今之为隔，
岂山川之云阻。

南朝·齐·谢朓《酬德赋》

超世独步，
怀玉被褐；
交不苟合，
仕不期达。

晋·嵇康《卜疑集》

超尘冥以绝绪，
岂世网之能加。

晋·陆机《幽人赋》

车挂轊，
人驾肩，
廛闬扑地，
歌吹沸天。

南朝·宋·鲍照《芜城赋》

沉辞怫悦，
若游鱼衔钩而出重渊之深；
浮藻联翩，
若翰鸟缨缴而坠层云之峻。

晋·陆机《文赋》

陈书有念，
横瑟无从；
虽乏张范通灵之感，
庶同嵇向笃徒之哀。

南朝·梁·江淹《伤友人赋》

乘河汉之光气，
骑列星之彩色；
辍阴阳于形有，
传变化于心识。

南朝·梁·江淹《丹砂可学赋》

乘彩霞于西海，
驷行雨于丹渊；
山差池而镜壑，
水清明而抱天。

南朝·梁·江淹《丹砂可学赋》

乘渍水以胶船，
驭奔驹以朽索；
小人则将及水火，
君子则方成猿鹤。

南朝·梁·庾信《哀江南赋》

乘理虽死而非亡，
违义虽生而匪存。

汉·赵壹《刺世疾邪赋》

池中水影悬胜镜，
屋里衣香不如花。

北朝·北周·庾信《春赋》

出涧幽而泉冽，
入山户而松凉，

眇神王于丘壑，
独超远于孤觞，
斯则幽人之风也。

南朝·齐·谢朓《拟宋玉风赋》

出金沙而延曜，
被绿波而覃拖；
冠百草而绝群，
出异类之众伙。

南朝·梁·江淹《莲花赋》

初淅沥以萧飒，
忽奔腾而砰湃，
如波涛夜惊，
风雨骤至。
其触于物也，
鏦鏦铮铮，
金铁皆鸣，
又如赴敌之兵，
衔枚疾走，
不闻号令，
但闻人马之行声。

宋·欧阳修《秋声赋》

储西国之阙文，
采东京之逸记，
阅歆向之旧旨，
阐钟王之新意。

南朝·梁·江淹《知己赋》

楚汉争衡，
袁曹竞逐，
兽食无草，
禽巢无木。

北朝·北周·庾信《竹杖赋》

触类而长，
所致非一，
同归殊途，
或文或质；
总中和以统物，
咸日用而不失，
其感人动物，
盖亦弘矣。

晋·嵇康《琴赋》

椽并散节，
若山若谷，
或象翔鸟，
或拟森竹；
藻棁鲜华而粲色，
山节珍形而曜目。

南朝·梁·萧统《殿赋》

春宫闷此青苔色，
秋帐含兹明月光；
夏簟青兮昼不暮，
冬釭凝兮夜何长。

南朝·梁·江淹《别赋》

春草碧色，
春水绿波；
送君南浦，
伤如之何。

南朝·梁·江淹《别赋》

春草暮兮秋风惊，
秋风罢兮春草生；
绮罗毕兮池馆尽，
琴瑟灭兮丘垄平；
自古皆有死，
莫不饮恨而吞声。

南朝·梁·江淹《恨赋》

辞欲壮丽，
义归博远。

唐·李白《大猎赋》

此日中其几时，
彼月满而将蚀；
生无患于不老，
奚引忧以自逼。

南朝·宋·鲍照《游思赋》

从善如不及，
去恶如探汤。

三国·吴·杨泉《赞善赋》

从容泽畔，
肆志汪洋；
朝戏兰渚，
夕息中塘。

晋·陆机《鳖赋》

从方而应，
何虑何思；
是以军算慕其权，
国容拟其变，
高贤图之以隐沦，
智士以之而藏见。

南朝·宋·鲍照《尺蠖赋》

促织兮始鸣，
秋蛾兮载飞；
识桂茎之就罢，
知兰叶之行衰；
愿解珮而捐玦，
指黄墟而先归。

南朝·梁·江淹《扇上彩画赋》

爨松柏之火，
焚兰麝之芳；
荧荧内曜，
芬芬外扬；
似卿云之呈色，
若景星之舒光。

南朝·梁·萧统《铜博山香炉赋》

存倏忽而风迈，
逝挥霍而云散；
方轻焱而炯迟，
比收电而景晏。

晋·陆云《考志》

寸管俯而阴阳效其诚，
尺表仰而日月与之期。

晋·陆机《漏刻赋》

D

达人苦富贵之桎梏，
修士伤声名之顿撼。

清 · 黄宗羲《雁来红赋》

带以珉色，
扣以琼文，
润如沉水，
华若浮云，
赤緅紫驳，
星含露分。

南朝 · 梁 · 江淹《横吹赋》

丹琼譬而非宝，
绿兰比而无芳；
每赏矜其如契，
贵怀允而不忘。

南朝 · 梁 · 江淹《知己赋》

当青春而离散，
方仲冬而遂徂，
寒蒹葭于余马，
伤雾露于农夫。

南朝 · 梁 · 江淹《待罪江南思北归赋》

荡然任心，
乐道安命；
春风夕来，
秋日晨映。

南朝 · 宋 · 鲍照《园葵赋》

悼良会之永绝兮，
哀一逝而异乡；
无微情以效爱兮，
献江南之明珰。

三国 · 魏 · 曹植《洛神赋》

悼孤生之已晏，
恨亲没之何速；
排虚房而永念，
想遗尘其如玉。

晋 · 陆机《怀土赋》

悼当年之晚暮，
恨此岁之欲殚。

晋 · 陶潜《闲情赋》

登高山以遐望，
悲悠处之淹流；
岂大川之难济，
悲利涉之莫由。

晋 · 陆云《悲郢》

登金华以问道，
得石室之名篇；
悟寰中之迫胁，
欲轻举而舍旃。

南朝 · 齐 · 谢朓《酬德赋》

登东皋以舒啸，
临清流而赋诗；
聊乘化以归尽，
乐夫天命复奚疑？

晋 · 陶潜《归去来兮辞》

点拂浓薄，
如隐如见；
山水万象，
丹青曲变；
咸百镒之可珍，
亦千金而不贱。

南朝 · 梁 · 江淹《空青赋》

凋碧玉之神树，
销紫石之灵根，
永远书于江滋，
结深痛于尔魂。

南朝 · 梁 · 江淹《伤友人赋》

东都妙姬，
南国佳人，
蕙心纨质，
玉貌绛唇；
莫不埋魂幽石，
委骨穷尘；
岂忆同辇之愉乐，
离宫之苦辛哉！

南朝 · 宋 · 鲍照《芜城赋》

东南出兮不一山，
西北来兮乃双鹤；
池中莲兮十色红，
窗前树兮万叶落。

南朝 · 梁 · 江淹《访道经》

冬阴北边，
永夜不晓，
平芜际海，
千里飞鸟；
何不梦帝城之阡陌，
忆故都之台沼。

南朝 · 梁 · 江淹《四时赋》

动无常则，
若危若安；
进止难期，
若往若还。

三国 · 魏 · 曹植《洛神赋》

独酌南轩，
拥琴孤听，
篇章间作，
以歌以咏；
鱼深沉而鸟高飞，
孰知美色之为正。

南朝 · 宋 · 鲍照《园葵赋》

度九冬而廓处，
遥十秋以分居；
伤营魄之已尽，
畏松柏之无余。

南朝 · 梁 · 江淹《娼妇自悲赋》

断绝百意，
缭绕万情；
吟黄烟及白草，
泣虏军与汉兵。

南朝 · 梁 · 江淹《横吹赋》

对蒹葭之遂黄，
视零露之方白；
鸿晨惊以响湍，
泉夜下而鸣石。

南朝 · 宋 · 鲍照《游思赋》

对楚汉之赡墨，
览魏晋之鸿策；
校远近之真假，
削古今之名实。

南朝 · 梁 · 江淹《知己赋》

E

蛾飘则碎花乱下，
风起则流星细落。

北朝 · 北周 · 庾信《灯赋》

尔挂情于霜柏，
我发意于冬桂，
揽千品之消散，
镜百侯之衰替。

南朝 · 梁 · 江淹《伤友人赋》

F

发彼适此，
迭相经过，
熙朗日以熠耀，
扇和风其如波，
有葛藟之覃及，
相椒聊之众多。

晋 · 陆机《瓜赋》

发金荣于秀翘，
结玉实于柔柯，
蔽翠景以自育，
缀修茎而星罗。

晋 · 陆机《瓜赋》

发迎忧而送华，
貌先悴而收藻；
共甘苦其几人，
曾无得而偕老。

南朝 · 宋 · 鲍照《伤逝赋》

繁巧神怪，

变名异形，
班输无所措其斧斤，
离娄为之失睛。

三国·魏·曹植《七启》

泛明彩于宵波，
飞澄华于晓月；
陋荆姬之朱颜，
笑夏女之光发。

南朝·宋·鲍照《芙蓉赋》

方其用财取物，
常畏生类之殄也；
赋政任役，
常畏人力之尽也；
取之以道，
用之以时。

汉·张衡《东京赋》

方不应矩，
圆不中规，
随皓腕以徐转，
发惠风之寒微。

三国·魏·曹植《九华扇赋》

方夏鼎之瑰异，
类山经之俶诡；
制一器而备众质，
谅兹物之为侈。

南朝·梁·萧统《铜博山香炉赋》

芳洲之草行欲暮，
桂水之波不可渡，
绝世独立兮报君子之一顾。

南朝·梁·江淹《去故乡赋》

仿佛兮若轻云之蔽月，
飘飖兮若流风之回雪。

三国·魏·曹植《洛神赋》

飞鱼跃渚，
潜鼋浮岸；
鸟张翼而近栖，
兽交游而云散。

三国·魏·曹植《大暑赋》

飞声激尘，
依威厉响；
才捷若神，
形难为象。

三国·魏·曹植《七启》

飞云驰霰，
飘沙舞蓬；
视清池之初涸，
望绿林之始空。

南朝·宋·鲍照《野鹅赋》

非英非蕊非香非馥，
而珍跨仙草宝逾灵木；
夹池水而檀栾，
绕园塘而林矗。

南朝·梁·江淹《灵邱竹赋》

非云非雾，
如烟如霞；
诸光诸色，
杂卉杂花。

南朝 · 梁 · 江淹《水上神女赋》

非银非珠，
无藻无缛；
心不贵丽，
器穷于朴。

南朝 · 梁 · 江淹《灯赋》

非郢路之辽远，
实寸忧之相接；
欷美人于心底，
愿山与川之可涉。

南朝 · 梁 · 江淹《爱远山》

分双袂之一断，
何四气之可周；
斯乃向像恍惚，
仿佛幽暧，
耳之无闻，
目之无缋。

南朝 · 齐 · 谢朓《七夕赋》

丰约之裁，
俯仰之形，
因宜适变，
曲有微情；
或言拙而喻巧，
或理朴而词轻，
或袭故而弥新，
或沿浊而更清。

晋 · 陆机《文赋》

风颓山以离谷，
波平渊而为陵；
道旷世而朴散，
化固滞而物凝。

晋 · 陆云《考志》

风梢梢而过树，
月苍苍而照台，
冰依岸而早结，
霜抚草而先摧；
敛双翮于水裔，
翘孤趾于林隈。

南朝 · 宋 · 鲍照《野鹅赋》

风止雨霁，
云无处所。

战国 · 楚 · 宋玉《高唐赋》

风生于地，
起于青苹之末，
侵淫溪谷，
盛怒于土囊之口。

战国 · 楚 · 宋玉《风赋》

夫江海之为大，
实涓浍之所归；
瞻衡恒之峻极，
不让壤于尘微。

南朝·齐·谢朓《高松赋》

抚凝肌于迁滞，
鉴雕容于仿佛；
景有坠而易昏，
忧无方而难歇。

南朝·宋·鲍照《观漏赋》

俯贻则于来叶，
仰观象乎古人；
济文武于将坠，
宣风声于不泯。

晋·陆机《文赋》

俯投迹而世湾，
仰晞志而道隆；
耻蒙垢于同尘，
思振辉于别风。

晋·陆云《纡思》

俯瞰太一，
下视流星；
既投冠而弃剑，
亦抗魄而荡灵。

南朝·梁·江淹《学梁王兔园赋》

俯金波兮百丈，
见碧沙兮来往，
雾蓋蒀兮半出，
云杂错兮飞上。

南朝·梁·江淹《哀千里赋》

富贵非吾愿，
帝乡不可期；
怀良辰以孤往，
或植杖而耘耔。

晋·陶潜《归去来兮辞》

覆阳精之炎景，
散流耀以增鲜。

三国·魏·曹植《槐赋》

G

改奢即俭，
则合美乎《斯干》。

汉·张衡《东京赋》

盖夫秋之为状也，
其色惨淡，
烟霏云敛；
其容清明，
天高日晶；
其气栗冽，
砭人肌骨；
其意萧条，
山川寂寥；
故其为声也，
凄凄切切，

呼号愤发。

宋 · 欧阳修《秋声赋》

甘旨蒨脆，
柔滑芬芳，
消淋逐水，
润胃调肠。

南朝 · 宋 · 鲍照《园葵赋》

感阳和而振翼，
遁太阴以存形。

三国 · 魏 · 曹植《鹦鹉赋》

感应之会，
通塞之纪，
来不可遏，
去不可止。

晋 · 陆机《文赋》

感秋华于衰木，
瘁零露于丰草；
在殷忧而弗违，
夫何云乎识道。

晋 · 陆机《叹逝赋》

感芳华之志学兮，
悲时暮而难考；
远图逝而辞怀兮，
密思集而盈抱。

晋 · 陆云《岁暮赋》

感衣裳于楚赋，
咏忧思于陈诗；
访群英之艳绝，
标高名于泽芝。

南朝 · 宋 · 鲍照《芙蓉赋》

高以下为基，
民以食为天。

晋 · 潘岳《藉田赋》

高殿博敞，
华色照朗，
内备杂藻，
外发珍象；
延脰观之，
欣然俯仰。

南朝 · 梁 · 萧统《殿赋》

割慈忍爱，
离邦去里，
沥泣共诀，
抆血相视。

南朝 · 梁 · 江淹《别赋》

根虽割而琯彻，
柯既解而丝萦；
感盛衰之可怀，
质始终而常清。

南朝 · 宋 · 鲍照《芙蓉赋》

功德著乎祖宗，
膏泽洽乎黎庶。

汉·班固《西都赋》

功有横而当天，
讨有逆而顺民。

汉·班固《东都赋》

功不可以虚成，
名不可以伪立。

汉·班固《答宾戏》

苟民志之不谅，
何云岩险与襟带？
秦负阻于二关，
卒开项而受沛。

汉·张衡《东京赋》

苟时至而理尽，
譬摧枯而振败；
因天地以运动，
恒才躁而功大。

晋·陆机《豪士赋》

苟时启于天，
理尽于民，
庸夫可以济圣贤之功，
斗筲可以定烈士之业。

晋·陆机《豪士赋》

苟余心之无慊，
虽众毁而何疑？

元·朱德润《幽怀赋》

苟其聪明蔽于嗜好，
智虑溺于爱憎，
因其所喜而为善，
虽有愿忠而孰能？

宋·苏轼《明君可与为忠言赋》

姑屏忧以愉思，
乐兹情于寸光，
从江河之纡直，
委天地之圆方；
漏盈兮漏虚，
长无绝兮芬芳。

南朝·宋·鲍照《观漏赋》

孤臣危涕，
孽子坠心，
迁客海上，
流戍陇阴，
此人但闻悲风汩起，
血下沾衿，
亦复含酸茹叹，
销落湮沉。

南朝·梁·江淹《恨赋》

挂青萝兮万仞，
竖丹石兮百重，
嵯峨兮岩崿，
如研兮如削。

南朝·梁·江淹《江上之山赋》

关山难越，
谁悲失路之人？

萍水相逢，
尽是他乡之客。

唐 · 王勃《滕王阁序》

观游龙于神渊，
聆鸣凤于高冈。

三国 · 魏 · 曹植《七启》

观古今于须臾，
抚四海于一瞬。

晋 · 陆机《文赋》

观基扃之固护，
将万祀而一君；
出入三代，五百余载，
竟瓜剖而豆分。

南朝 · 宋 · 鲍照《芜城赋》

观龟鹄之千祀，
年能富而情少；
反灵质于二途，
乱感悦于双抱。

南朝 · 宋 · 鲍照《伤逝赋》

灌莽杳而无际，
丛薄纷其相依；
通池既已夷，
峻隅又已颓。

南朝 · 宋 · 鲍照《芜城赋》

广结发以从政，
不愧赏于万邑，
屈雄志于戚竖，
竟尺土之莫及；
留诚信于身后，
动众人之悲泣。

晋 · 陶潜《感士不遇赋》

广树恩不足以敌怨，
勤兴利不足以补害，
故曰代大匠斫者必伤其手。

晋 · 陆机《豪士赋》

H

海外之云处处而秋色，
河中之雁一一而学飞；
素野黯以风暮，
金天艳以霜威。

南朝 · 梁 · 江淹《横吹赋》

害稼者有时，
害民者无期。

宋 · 孙因《蝗虫辞》

含天地之醇和兮，
吸日月之休光；
郁纷纭以独茂兮，
飞英蕤于昊苍。

晋 · 嵇康《琴赋》

含二仪之和气，
禀乾元之清灵，
体贞精之淑质，
吐哞嚶之哀声；
希庆云以优游，
遁太阴以自宁。

晋 · 陆云《寒蝉赋》

寒暑相推，
阴阳代兴，
运极则化，
理乱相承。

汉 · 蔡邕《释诲》

寒鸟悲而饶音，
衰林愁而寡色，
嗟余情之屡伤，
负大悲之无力。

晋 · 陆机《述思赋》

寒与暑其代谢兮，
年冉冉其将老；
丰颜晔而朝荣兮，
玄发粲其夕皓。

晋 · 陆云《岁暮赋》

寒蝉哀鸣，
其声也悲，
四时云暮，
临河徘徊；
感北门之忧殷，
叹卒岁之无衣。

晋 · 陆云《寒蝉赋》

寒往暑来而不穷，
哀极乐反而有终。

南朝 · 宋 · 鲍照《伤逝赋》

好荣恶辱，
有生之所大期；
忌盈害上，
鬼神犹且不免。

晋 · 陆机《豪士赋》

何天地之辽阔，
而人生之不可久长；
日引月而并陨，
时维岁而俱丧。

晋 · 陆机《大暮赋》

何佳树之洪丽，
超托居乎紫庭；
罗万根以下洞，
矫千条而上征。

晋 · 陆机《桑赋》

何旷世之无才，
罕无路之不涩；
伊古人之慷慨，
病奇名之不立。

晋 · 陶潜《感士不遇赋》

和音变而改律，
乘风革而为商；
感秋林之夙暮，
悲芳草之中霜。

晋 · 陆云《考志》

荷天下之重任，
匪怠皇以宁静。

汉 · 张衡《东京赋》

恨狎世而贻贱，
徒爱存而赏没；
虽凌群以擅奇，
终从岁而零歇。

南朝 · 宋 · 鲍照《芙蓉赋》

恒患意不称物，
文不逮意，
盖非知之难，
能之难也。

晋 · 陆机《文赋》

横被六合，
三成帝畿，
周以龙兴，
秦以虎视。

汉 · 班固《西都赋》

横羽觞而淹望，
抚玉琴兮何亲；
瞻层山而蔽日，
流余涕以沾巾。

南朝 · 梁 · 江淹《去故乡赋》

弘宽裕于便辟兮，
纠忠谏其骎急；
怀伊吕而黜逐兮，
道无因而获入。

汉 · 蔡邕《述行赋》

红花舒春，
黄鸟飞时，
绀蕙初嫩，
赪兰始滋。

南朝 · 梁 · 江淹《丽色赋》

红唇写朱，
真眉学月，
美目艳起，
秀色烂发；
窈窕暂见，
偃蹇还没，
冶异绝俗，
奇丽不常。

南朝 · 梁 · 江淹《水上神女赋》

鸿雁既鸣，
秋光亦穷，
水黯黯兮莲叶动，
山苍苍兮树色红。

南朝 · 梁 · 江淹《哀千里赋》

呼翕九阳，
抱一含元，

引新吐故，
云饮露餐；
违品物以长盼，
妙群生而为言。

晋 · 陆机《列仙赋》

忽焉俯仰，
天地既翕，
宇宙同区，
万物为一；
原千变之常钧兮，
齐亿载于今日。

晋 · 陆云《登台赋》

虎豹奓骇，
鲸鲵奔蹙；
类巨鹿之战，
殷声呼之动地；
似昆阳之役，
举百万于一覆。

宋 · 苏轼《飓风赋》

花实各名，
根叶异辞，
既号芙渠，
亦曰泽芝。

南朝 · 梁 · 江淹《莲花赋》

画台殿兮霞蔚，
图绨缟兮炳烁，
永含灵于洲渚，
长不绝兮川壑。

南朝 · 梁 · 江淹《莲花赋》

怀瑶林之珍秀，
握兰野之芳香，
命巫咸以启期，
访百神而考祥。

晋 · 陆云《行吟》

怀风音而送声，
当月露而留影；
既芊眠于广隰，
亦迢遰于孤岭。

南朝 · 齐 · 谢朓《高松赋》

涣若天星之罗，
浩如涛水之波。

汉 · 扬雄《羽猎赋》

焕如星绝，
黯如火灭；
星绝难光，
火灭可伤；
故从师而问道，
冀幽路之或旸。

南朝 · 梁 · 江淹《丹砂可学赋》

黄鹤戒露，
非有意于轮轩；
爰居避风，
本无情于钟鼓。

北朝 · 北周 · 庾信《小园赋》

挥袂则九野生风，
慷慨则气成虹霓。

三国·魏·曹植《七启》

恢廓其度，
寂寥疏阔；
方而不制，
廉而不割。

晋·嵇康《卜疑集》

毁方城于秦川，
投江汉于泥渭，
悲彼黍之在郢，
悼宗楚之莫饩；
抚伤心以告哀，
将斯情之孰慰。

晋·陆云《涉江》

惠气湛兮帷殿肃，
清阴起兮池馆凉；
陈象设兮以玉瑱，
粉兰藉兮咀桂浆。

南朝·齐·谢朓《游后园赋》

混贵贱而一节，
风无往而不清；
宪灵朴于造化，
审真则而妙观。

晋·陆机《羽扇赋》

魂凭虚以飘荡，
形息景于重阴；
虎鸣飙以拂谷，
螭回云而结林。

晋·陆云《涉江》

魂终朝以三夺，
心一夜而九摧；
徒望悲其何及，
铭此恨于黄埃。

南朝·梁·江淹《哀千里赋》

或曲而不屈，
直而不倨；
或相凌而不乱；
或相离而不殊。

晋·嵇康《琴赋》

或因枝以振叶，
或沿波而讨源，
或本隐以之显，
或求易而得难，
或虎变而兽扰，
或龙见而鸟澜，
或妥帖而易施，
或岨峿而不安。

晋·陆机《文赋》

或寄辞于瘁音，
言徒靡而弗华，
混妍蚩而成体，
累良质而为瑕。

晋·陆机《文赋》

或奔放以谐合，
务嘈囋而妖冶；
徒悦目而偶俗，
固声高而曲下。

晋 · 陆机《文赋》

或清虚以婉约，
每除烦而去滥，
阙太羹之遗味，
同朱弦之清泛；
虽一唱而三叹，
固既雅而不艳。

晋 · 陆机《文赋》

或命巾车，
或棹孤舟，
既窈窕以寻壑，
亦崎岖而经丘。

晋 · 陶潜《归去来兮辞》

祸无景而易逢，
福有时而难学。

晋 · 陆机《遂志赋》

J

鸡鹜以稻粱致忧，
燕雀以堂构贻愁；
既衔利之情近，
又遁害之无由。

南朝 · 梁 · 江淹《翡翠赋》

积芳兮选木，
幽兰兮翠竹，
上芜芜以荫景，
下田田兮被谷。

南朝 · 齐 · 谢朓《游后园赋》

积是为治，
积非为虐。

唐 · 刘禹锡《山阳城赋》

激悬泉以远射，
跨飞途而遥集；
伏阴虫以承波，
吞恒流其如挹。

晋 · 陆机《漏刻赋》

及远者箭也，
而定远非箭之功；
为生者我也，
而制生非我之情。

南朝 · 宋 · 鲍照《观漏赋》

疾而不速，
留而不滞，
翩绵飘邈，
微音迅逝。

晋 · 嵇康《琴赋》

集陈之隼以自远而称神，
栖汉之雀乃出幽而见珍；
此璅禽其何取，
亦厕景而承仁。

南朝 · 宋 · 鲍照《野鹅赋》

集九仙之羽仪，
栖五凤之光景；
固松木之为选，
贯山川而自永。

南朝 · 齐 · 谢朓《高松赋》

记事者必提其要，
纂言者必钩其玄。

唐 · 韩愈《进学解》

忌纤阿之方驾，
吝长庚之末光，
抚鸣琴而修况，
浩安歌而自伤。

南朝 · 齐 · 谢朓《七夕赋》

迹同尘而攘绝，
景和光而天分；
俯陨息于萦波，
仰颓叹而崩云。

晋 · 陆云《征》

既丰赡以多姿，
又善始而令终；
嗟姣妙以弘丽，
何变态之无穷。

晋 · 嵇康《琴赋》

既轩冕之非荣，
岂缊袍之为耻；
诚谬会以取拙，
且欣然而归止。

晋 · 陶潜《感士不遇赋》

既自以心为形役，
奚惆怅而独悲；
悟已往之不谏，
知来者之可追；
实迷途其未远，
觉今是而昨非。

晋 · 陶潜《归去来兮辞》

既散魂而荡目，
迷不知其所之；
忽星离而云罢，
整神容而自持。

南朝 · 宋 · 鲍照《舞鹤赋》

既敷容以照景，
亦避翮以排云；
虽居物以成偶，
终在我以非群。

南朝 · 宋 · 鲍照《野鹅赋》

既间霜而无凋，
亦中暑而增肃；

每冠名于华戎，
将擅奇于水陆。

南朝·梁·江淹《灵丘竹赋》

既游遇兮可寻，
乃协好兮契心；
怀爱重于素璧，
结分珍于黄金。

南朝·梁·江淹《伤友人赋》

既灭志于云霄，
遂甘心于园沼。

南朝·梁·何逊《穷鸟赋》

既因方而为珪，
亦遇圆而成璧；
眄隰则万顷同缟，
瞻山则千岩俱白。

南朝·宋·谢惠连《雪赋》

既反黑以为白，
恒怀蛆以自盈。

晋·傅咸《青蝇赋》

寄冲气于大象，
解心累于世罗；
袭三闾之奇服，
咏南荣之清歌。

晋·陆机《应嘉赋》

寄蜉蝣于天地，
渺沧海之一粟；
哀吾生之须臾，
羡长江之无穷；
挟飞仙以遨游，
抱明月而长终。

宋·苏轼《前赤壁赋》

寂然尸居，
俨焉山立，
遵渚龙见，
在林凤戢。

晋·陆云《逸民赋》

冀斯气之一清，
要佳人于天路，
考年载以迟之，
悲岁聿之已暮。

晋·陆云《行吟》

骥伏枥而已老，
鹰在鞲而有情；
聆朔风而心动，
眄天籁而神惊；
力将痑兮足受绁，
犹奋迅于秋声。

唐·刘禹锡《秋声赋》

嘉鱼龙之逸豫，
乐百卉之荣滋，
理重华之遗操，
慨远慕而长思。

晋·嵇康《琴赋》

假妙道以达观，
考责龟而贞卜，
苟形骸之可忘，
岂投簪其必谷。

晋 · 陆机《应嘉赋》

假青条兮总翠，
借黄华兮舒金；
游梁之客徒马疲而不能去，
兔园之女虽蚕饥而不自禁。

南朝 · 梁 · 江淹《学梁王兔园赋》

驾鹤上汉，
骖鸾腾天，
暂游万里，
少别千年；
惟世间兮重别，
谢主人兮依然。

南朝 · 梁 · 江淹《别赋》

坚冰作于履霜，
寻木起于蘖栽。

汉 · 张衡《东京赋》

肩若削成，
腰如约素，
延颈秀项，
皓质呈露，
芳泽无加，
铅华弗御。

三国 · 魏 · 曹植《洛神赋》

检水陆之具品，
阅山海之异名，
珍尔秀之不定，
乃天地之精英。

南朝 · 梁 · 江淹《莲花赋》

见红草之交生，
眺碧树之四合；
草自然而千花，
树无情而百色。

南朝 · 梁 · 江淹《江上之山赋》

建高殿之嵯峨，
浮双阙乎太清，
立冲天之华观，
连飞阁乎西城，
临漳川之长流，
望众果之滋荣。

三国 · 魏 · 曹植《登台赋》

剑阁虽嶛，
凭之者蹶，
非所以深根固蒂也；
洞庭虽浚，
负之者北，
非所以爱人治国也。

晋 · 左思《魏都赋》

鉴之积也无厚，
而纳穷神之照；
心之径也有域，
而怀重渊之深。

南朝·齐·谢朓《思归赋》

箭既没而复登，
波长泻而弗归；
注沉穴而海漏，
射悬涂而电飞。

南朝·宋·鲍照《观漏赋》

江淡泽芬，
则照电烁日；
池光沼绿，
则明璧洞室。

南朝·梁·江淹《莲花赋》

江流有声，
断岸千尺，
山高月小，
水落石出。

宋·苏轼《后赤壁赋》

将矫翼而涂险，
思振清而世浊，
羌释策而评子，
谅不疑其何卜。

晋·陆云《悲郢》

将灭耶而尚在，
何有去而无归；
惟桃李之零落，
生有促而非夭。

南朝·宋·鲍照《伤逝赋》

交不为利，
仕不谋禄，
鉴乎古今，
涤情荡欲。

晋·嵇康《卜疑集》

嗟大化之移易，
悲性命之攸遭；
愁慊慊而继怀，
惟惨惨而情挽。

三国·魏·曹植《九愁赋》

嗟冤结而无诉，
乃愁苦以长穷，
恨无愆而见弃，
悼君施之不终。

三国·魏·曹植《出妇赋》

嗟神龟之奇物，
体乾坤之自然；
下夷方以则地，
上规隆而法天。

三国·魏·曹植《神龟赋》

嗟行迈之弥留，
感时逝而怀悲；
彼离思之在人，
恒戚戚而无欢。

晋·陆机《思归赋》

嗟人生之短期，
孰长年之能执？

时飘忽其不再，
老晼晚其将及。

晋 · 陆机《叹逝赋》

嗟沉哀之愁思兮，
瞻日月而增忧；
减年华之行暮兮，
思乘烟而远游。

晋 · 陆云《喜霁赋》

嗟哲士之足叹，
伤邦家之殄瘁；
痛灵修之匪怀，
颓九成于一篑。

晋 · 陆云《涉江》

嗟有生之必死，
固逸我以自休；
彼达人之遗物，
甘褰裳而赴流。

晋 · 陆云《征》

嗟岁晏之鲜欢，
曾阴默以凄恻；
玄武伏于重介，
宛虹潜以自匿。

南朝 · 齐 · 谢朓《酬德赋》

嗟民生之知用，
知莫深于知己；
彼知己之为深，
信怀之其何已。

南朝 · 齐 · 谢朓《酬德赋》

嗟孤陋之无取，
幸闻道于清徽；
理弱羽于九万，
愧不能兮奋飞。

南朝 · 齐 · 谢朓《高松赋》

嗟青苔之依依兮，
无色类而可方；
必居闲而就寂，
以幽意之深伤。

南朝 · 梁 · 江淹《青苔赋》

嗟秋日之哀兮，
谅无愁而不尽；
野有归雁，
隰有翔隼，
游氛朝兴，
槁叶夕殒。

晋 · 潘岳《秋兴赋》

节应气以舒卷，
响随风而浮沉；
马顿迹而增鸣，
士嚬蹙而沾襟。

晋 · 陆机《鼓吹赋》

节岂我名，
洁岂我贞，

凭云升降，
从风飘零；
值物赋象，
任地班形，
素因遇立，
污随染成，
纵心皓然，
何虑何营？

南朝·宋·谢惠连《雪赋》

结中洲之云萝，
托绵思于遥夕；
瞻荆吴之远山，
望邯郸之长陌。

南朝·宋·鲍照《游思赋》

结根擢色，
发曜垂英；
缘春峦以纤布，
荫凉潭而影清。

南朝·齐·谢朓《杜若赋》

藉风云之化景，
申游好于兰菊；
结德言而为佩，
带芳猷而为服。

南朝·齐·谢朓《酬德赋》

藉高文兮清谈，
预含毫兮握芳；
则观海兮为富，
乃游圣兮知方。

南朝·齐·谢朓《游后园赋》

金生砂砾，
珠出蚌泥；
叹兹窈窕，
产于卑微。

汉·蔡邕《青衣赋》

金塘洒演，
绿竹被坂；
缭绕青翠，
若近复远。

南朝·梁·江淹《学梁王兔园赋》

金虽重而见铸，
桂徒芳而被折，
百年一尽兮，
贵扬蕤于后烈。

南朝·梁·江淹《伤友人赋》

尽不可益，
盈难久持；
超然自引，
高揖而退，
则巍巍之盛，
仰邈前贤，
洋洋之风，
俯冠来籍。

晋·陆机《豪士赋》

尽若穷烟，
离若箭弦，
如影灭地，
犹星殒天。

南朝 · 宋 · 鲍照《伤逝赋》

尽大智兮弗机，
躬力行兮弗驰；
享尊荣兮弗荣，
临患难兮弗欺。

元 · 朱德润《幽怀赋》

进明德而崇业，
涤饕餮之贪欲。

汉 · 张衡《东京赋》

进无路以效功，
退无隐以营私，
俯无鳞以游遁，
仰无翼以翻飞。

三国 · 魏 · 曹植《临观赋》

进南荆，
发西秦，
绍陵阳，
度巴人；
变用杂而并起，
竦众听而骇神。

晋 · 嵇康《琴赋》

进不求于闻达兮，
退不营于荣利。

北朝 · 后魏 · 阳固《演赜赋》

近观物运，
远访师圣，
声数后彰，
律理前定；
乌非黔黑，
鹤岂浴净，
彼圆行而方止，
固得之于天性。

南朝 · 宋 · 鲍照《园葵赋》

墐户牖而知天，
掩云雾而测晖，
创百龄于纤隐，
积千里于空微。

南朝 · 宋 · 鲍照《观漏赋》

荆轲有寒水之悲，
苏武有秋风之别，
关山则风月凄怆，
陇水则肝肠断绝。

南朝 · 梁 · 庾信《小园赋》

惊驷马之素沫，
耸渊鱼之赤鳞，
造分手而衔涕，
感寂寞而伤神。

南朝 · 梁 · 江淹《别赋》

精含丹而星耀，
顶凝紫而烟华。

南朝 · 宋 · 鲍照《舞鹤赋》

景奕奕以四照，
枝靡靡而叶倾，
冒霜蹊以独蒨，
当春郊而迳平。

南朝 · 齐 · 谢朓《杜若赋》

静芬响于永言兮，
灭绝景于无质，
相荒土而卜居兮，
度山阿而考室。

晋 · 陆云《逸民赋》

九河盈溢，
非一块所防；
带甲百万，
非一勇所抗。

汉 · 蔡邕《释诲》

九重已闭，
高门自芜；
青苔积兮银阁涩，
网罗生兮玉梯虚。

南朝 · 梁 · 江淹《娼妇自悲赋》

俱收并蓄，
待用无遗。

唐 · 韩愈《进学解》

捐江鱼之言志，
营玄寝于汨罗；
苟怀忠而死节，
岂有生之足嘉。

晋 · 陆云《悲郢》

卷风飙之吸欻，
积霰雪之严霏，
岂雕贞于岁暮，
不受令于霜威。

南朝 · 齐 · 谢朓《高松赋》

眷言薄暮，
南眺悠然，
将整归辔，
愿受一廛。

南朝 · 齐 · 谢朓《思归赋》

眷徐扬兮阻关梁，
咏河兖兮路未央；
道尺折而寸断，
魂十逝而九伤。

南朝 · 梁 · 江淹《泣赋》

眷崇冈而引领，
望大夏而长思；
虽曲街之委陋，
犹寤寐而见之。

南朝 · 齐 · 谢朓《思归赋》

君子推微达著，
寻端见绪，
履霜知冰，
践露知暑。

汉 · 蔡邕《释诲》

君子不遁俗而遗名，
智士不背世而灭勋。

三国 · 魏 · 曹植《七启》

君子乐奋节以显义，
烈士甘危躯以成仁；
是以雄俊之徒，
交党结伦，
重气轻命，
感分遗身。

三国 · 魏 · 曹植《七启》

K

考计历之潜虑，
测日月之幽情；
信探赜之妙术，
虽无神其若灵。

晋 · 陆机《漏刻赋》

考华城之直陌，
相洛浦之回阡，
连飞甍于故友，
接闲馆以怀仙。

南朝 · 齐 · 谢朓《思归赋》

客亦知夫水与月乎？
逝者如斯，
而未尝往也；
盈虚者如彼，
而卒莫消长也。

宋 · 苏轼《前赤壁赋》

空秽君之园池，
徒惭君之稻粱，
愿引身而剪迹，
抱末志而幽藏。

南朝 · 宋 · 鲍照《野鹅赋》

口纳胸吐，
水无滞咽，
形微独茧之绪，
逝若垂天之电。

晋 · 陆机《漏刻赋》

苦与乐其何言，
悼人生之长役，
舍堂宇之密亲，
坐江潭而为客。

南朝·宋·鲍照《游思赋》

夸目者尚奢，
惬心者贵当，
言穷者无隘，
论达者唯旷。

晋·陆机《文赋》

跨金峰与翠峦，
涉桂水与碧湍，
云清泠而多绪，
风萧条而无端。

南朝·梁·江淹《待罪江南思北归赋》

L

来象神造，
去犹鬼幻，
因势相引，
乘灵自荐。

晋·陆机《漏刻赋》

览百卉之英茂，
无斯花之独灵，
结修根于重壤，
泛清流而擢茎。

三国·魏·曹植《芙蓉赋》

乐不极盘，
杀不尽物。

汉·班固《东都赋》

雷凭虚以振庭兮，
电凌牖而辉室；
溜鼎沸以骏奔兮，
潦风驱而竞疾。

晋·陆云《愁霖赋》

雷同毁异，
物恶其上；
妙算者谓迷，
直道者云妄。

晋·陶潜《感士不遇赋》

篱插芳槿，
门拂长杨，
园桃春发，
窗竹夏凉。

南朝·齐·谢朓《思归赋》

黎庶徙倚，
棋布叶分，
机女绝综，
农夫释耘；
背暑者不群而齐迹，
向阴者不会而成群。

三国 · 魏 · 曹植《大暑赋》

礼度疏兮豪猾僭，
兼并盛兮良民饥；
饥寒迫兮廉耻丧，
苞苴行兮仕禄卑。

元 · 朱德润《幽怀赋》

理正声，
奏妙曲，
扬白雪，
发清角；
纷淋浪以流离，
奂淫衍而优渥。

晋 · 嵇康《琴赋》

理扶质以立干，
文垂条而结繁；
信情貌之不差，
故每变而在颜。

晋 · 陆机《文赋》

理洞彻于俗听，
物惊怪于世心；
恨精影之不滞，
悼光晷之难惜。

南朝 · 梁 · 江淹《水上神女赋》

理贵在于得要兮，
事终成于会机。

北朝 · 后魏 · 阳固《演赜赋》

立片言而居要，
乃一篇之警策；
虽众辞之有条，
必待兹而效绩。

晋 · 陆机《文赋》

立菰蒲之寒渚，
托只影而为双。

南朝 · 宋 · 鲍照《野鹅赋》

唳乎其音，
翩乎其翔；
容丽蜩螗，
声美宫商。

晋 · 陆云《寒蝉赋》

丽咏楚赋，
艳歌陈诗；
非独瑞草，
爰兼上药。

南朝 · 梁 · 江淹《莲花赋》

利之所在，
若鸟之追鸾；
富为积蠹，
贵为聚怨，
动者多累，
静者鲜患。

晋·嵇康《卜疑集》

恋逐云飞，
思随蓬卷；
观江水之寂寥，
愿从流而东返。

南朝·梁·萧纲《述羁赋》

亮相见之几何，
又离居而别域；
观尺景以伤悲，
抚寸心而凄恻。

晋·陆机《述思赋》

谅天道之微昧，
追渔夫以同嬉；
超尘埃以遐逝，
与世事乎长辞。

汉·张衡《归田赋》

列宿掩缛，
长河韬映，
柔祇雪凝，
圆灵水镜，
连观霜缟，
周除冰净。

南朝·宋·谢庄《月赋》

临惊风之萧条，
对流光之照灼；
唳清响于丹墀，
舞容飞于金阁。

南朝·宋·鲍照《舞鹤赋》

临南场以艺藿，
寄北池而采莲；
睇微茎之霍霍，
望水叶之田田。

南朝·齐·谢朓《思归赋》

临瑶席而宴语，
绵含睇而蛾扬；
嗟兰夜之难永，
泣会促而怨长。

南朝·齐·谢朓《七夕赋》

临曲江之回荡，
望南山之葱青；
郁春华于石岸，
艳夏彩于沙汀。

南朝·梁·江淹《灵丘竹赋》

临飞鸟而魄绝，
视浮云而意长；
测代序而饶感，
知四时之足伤。

南朝·梁·江淹《四时赋》

临虹霓以筑室，
凿山楹以为柱，
上曷曷以临月，
下淫淫而愁雨。

南朝·梁·江淹《待罪江南思北归赋》

临星朏兮树暗，
看日烁兮霞浅；
浅霞兮驳云，
一合兮一分。

南朝·梁·江淹《爱远山》

临水则池中月出，
照日则壁上菱生。

北朝·北周·庾信《镜赋》

林不槎桥，
泽不伐夭，
斧斨以时，
罾网以道。

晋·左思《魏都赋》

林中电兮雨冥冥，
江上风兮木飒飒。

南朝·梁·江淹《悦曲池》

灵岳幽峻，
长林参差，
爰蝉集止，
轻羽涉池。

晋·陆云《寒蝉赋》

流长则难竭，
柢深则难朽。

汉·张衡《西京赋》

笼天地于形内，
挫万物于笔端；
始踯躅于燥吻，
终流离于濡翰。

晋·陆机《文赋》

露团秋槿，
风卷寒萝，
凄怆伤心，
悲如之何。

南朝·宋·鲍照《伤逝赋》

露冷帷幔，
风结罗纨，
萤已别桂，
蛾欲辞兰。

南朝·梁·江淹《灯赋》

陆断犀革，
水断龙角；
轻系浮截，
刃不纤流；
逾南越之巨阙，
超西楚之泰阿。

三国·魏·曹植《宝刀赋》

陆断犀象，
未足称隽，
随波截鸿，

水不渐刃。

三国·魏·曹植《七启》

履巉岩，
披蒙茸，
踞虎豹，
登虬龙；
攀栖鹘之危巢，
俯冯夷之幽宫。

宋·苏轼《后赤壁赋》

绿叶兴而盈尺，
崇条蔓而层寻；
希太极以延峙，
映承明而广临。

晋·陆机《桑赋》

绿�绕岫，
翠篁绵岭，
参差黛色，
陆离绀影。

南朝·梁·江淹《灵丘竹赋》

鸾翔凤翥，
鸿惊鹤奋，
鲸鲵溯波，
鲛鳄冲遁。

晋·陆机《浮云赋》

论十代兮兴毁，
访五都兮异同，
谈天理之开基，
辩人道之始终。

南朝·梁·江淹《知己赋》

落叶俟微风以陨，
而风之力盖寡；
孟尝遭雍门以泣，
而琴之感以末。

晋·陆机《豪士赋》

落叶半床，
狂花满屋，
名为野人之家，
是谓愚公之谷。

南朝·梁·庾信《小园赋》

落花与芝盖同飞，
杨柳共春旗一色。

南朝·梁·庾信《三月三日华林园马射赋》

M

迈姮娥而擢质，
凌瑶华而擅芳，
厌白玉以为饰，
霏丹霞而为裳。

南朝 · 齐 · 谢朓《七夕赋》

眉将柳而争绿，
面共桃而竞红；
影来池里，
花落衫中；
苔始绿而藏鱼，
麦才青而覆雉。

北朝 · 北周 · 庾信《春赋》

美物者贵依其本，
赞事者宜本其实。

晋 · 左思《三都赋序》

美人迈兮音尘阙，
隔千里兮共明月。

南朝 · 齐 · 谢庄《月赋》

每骧首以瞰途，
常伫景而翻路；
故身不预托，
地无前期，
动静必观于物，
消息各随乎时。

南朝 · 宋 · 鲍照《尺蠖赋》

每齐韵而等迳，
辄同怀而共术；
吐情志而深赏，
忘年齿而隆眷。

南朝 · 梁 · 江淹《知己赋》

每意远而生短，
恒轮平而路仄；
信悬天兮窈昧，
岂系命于才力。

南朝 · 梁 · 江淹《江上之山赋》

盟清泠兮适潺湲，
白云起兮吊石莲；
客子思兮心断绝，
心断绝兮愁无闲。

南朝 · 梁 · 江淹《悦曲池》

弭节安怀，
妙思天造，
精浮神沦，
忽在世表；
寤大暮之同寐，
何矜晚以怨早。

晋 · 陆机《叹逝赋》

密网裁而鱼骇，
宏罗制而鸟惊；
彼达人之善觉，
乃逃禄而归耕。

晋 · 陶潜《感士不遇赋》

渺天末以流目兮，
涕潺湲而沾襟；
何人生之倏忽，

痛存亡之无期。

晋·陆云《愁霖赋》

妙自然以为言，
故不积而能散。

晋·陆机《羽扇赋》

妙声无形，
奇色非质，
丽于嫔嫱，
精于琴瑟；
寻汉女而空佩，
观清角而无匹。

南朝·梁·江淹《水上神女赋》

妙器奇制，
见贵历代；
所以韵起西国，
响流东都，
浮江绕泗，
历楚传吴。

南朝·梁·江淹《横吹赋》

灭六国者，
六国也，
非秦也；
族秦者，
秦也，
非天下也。

唐·杜牧《阿房宫赋》

民枕倚于墙壁，
路交横于豺虎。

北朝·北周·庾信《哀江南赋》

民各有心，
勿壅惟口。

南朝·梁·刘勰《文心雕龙·颂赞》

明眸善睐，
辅靥承权，
环姿艳逸，
仪静体闲。

三国·魏·曹植《洛神赋》

明爽心以毕志，
考吾道以自终。

晋·陆云《纡思》

名秽我身，
位累我躬，
窃慕古人之所志，
仰老庄之遗风，
假灵龟以托喻，
宁掉尾于涂中。

三国·魏·曹植《七启》

铭博约而温润，
箴顿挫而清壮，
颂优游以彬蔚，
论精微而朗畅，
奏平彻以闲雅，

说炜烨而谲诳。

晋 · 陆机《文赋》

木欣欣以向荣，
泉涓涓而始流，
善万物之得时，
感吾生之行休。

晋 · 陶潜《归去来兮辞》

木魅山鬼，
野鼠城狐，
风嗥雨啸，
昏见晨趋。

南朝 · 宋 · 鲍照《芜城赋》

暮气起兮远岸黑，
阳精灭兮天际红；
波沄沄兮无底，
山森森兮万重。

南朝 · 宋 · 鲍照《游思赋》

慕唐虞之茅茨，
思夏后之卑室。

汉 · 张衡《东京赋》

慕老童于騩隅，
钦泰容之高吟；
顾兹悟而兴虑，
思假物以托心。

晋 · 嵇康《琴赋》

目有昧则视白为黑，
心有蔽则以薄为厚；
遂使谀臣乘隙以汇进，
智士知微而出走。

宋 · 苏轼《明君可与为忠言赋》

穆生以醴而辞楚，
侯嬴感爵而增深。

三国 · 魏 · 曹植《酒赋》

N

乃屈已以宏用，
构大壮于云台；
幸为玩于君子，
留神心而顾怀。

南朝 · 齐 · 谢朓《高松赋》

内含和而弗食兮，
与众物而无求；
栖高枝而仰首兮，
漱朝露之清流。

三国 · 魏 · 曹植《蝉赋》

鸟殊类而比栖，
兽异迹而同处，

蛟引翳而并潜，
龙攀鸿而双举。

晋 · 陆机《白云赋》

鸟焚林而铩翮，
鱼夺水而暴鳞；
嗟宇宙之辽旷，
愧无所而容身。

北朝 · 北齐 · 颜之推《观我生赋》

宁作清水之沉泥，
不为浊路之飞尘。

三国 · 魏 · 曹植《九愁赋》

宁固穷以济意，
不委曲而累己。

晋 · 陶潜《感士不遇赋》

P

排积雾而扬芬，
镜洞泉而含绿，
叶析水以为珠，
条集露而成玉。

南朝 · 宋 · 鲍照《芙蓉赋》

攀桃李兮不忍别，
送爱子兮沾罗裙，
至如一赴绝国，
讵相见期。

南朝 · 梁 · 江淹《别赋》

潘去洛而掩涕，
陆出吴而增伤；
况北州之贱士，
为炎土之流人，
共魍魉而相偶，
与蟏蛸而为邻。

南朝 · 梁 · 江淹《待罪江南思北归赋》

潘岳秋兴，
嵇生倦游，
桓谭不乐，
吴质长愁；
并皆年华未暮，
容貌先秋。

北朝 · 北周 · 庾信《竹杖赋》

佩鸣玉以比洁，
齐幽兰以争芬，
淡柔情于俗内，
负雅志于高云。

晋 · 陶潜《闲情赋》

譬犹舞者赴节以投袂，
歌者应弦而遣声，

是盖轮扁所不得言，
故亦非华说之所能精。

晋·陆机《文赋》

譬如冬雪，
既华既洁。
将似秋月，
至丽至彻，
乃上代而少双，
故叔世而旷绝。

南朝·梁·江淹《伤友人赋》

翩若惊鸿，
婉若游龙。

三国·魏·曹植《洛神赋》

翩眇微妙，
绵蛮其形，
翔林附木，
一枝不盈；
岂黄鸟之敢希，
唯鸿毛其犹轻。

晋·陆云《寒蝉赋》

平隰兮亘岸，
通川兮泻壑，
仰尽兮天经，
俯穷兮地络。

南朝·宋·鲍照《游思赋》

凭绿叶之余光，
哀秋华之方零，
思凤居以翘竦，
仰伫立而哀鸣。

晋·陆云《寒蝉赋》

凭瑶圃而宣游，
临水木而延伫；
柳含色于远岸，
泉镜流于枉渚。

南朝·齐·谢朓《杜若赋》

Q

其沈陨而重辱，
有节士之仪矩；
降居擅泽，
高处保岑，
游不同岭，
栖必异林。

三国·魏·曹植《鹖赋》

其始荣也，
皦若夜光寻扶桑；
其扬晖也，
晃若九阳出旸谷。

三国·魏·曹植《芙蓉赋》

其为物也多姿，
其为体也屡迁，
其会意也尚巧，
其遣言也贵妍。

晋·陆机《文赋》

其立体也简，
而效绩也诚；
其假物也粗，
而致用也精；
积水不过一钟，
导流不过一筵。

晋·陆机《漏刻赋》

其执手也安，
其应物也诚，
其招风也利，
其播气也平。

晋·陆机《羽扇赋》

其始见也，
若红莲映池；
其少进也，
如彩云出崖；
五光徘徊，
十色陆离，
宝过珊瑚同树，
价值琼草共枝。

南朝·梁·江淹《丽色赋》

崎屈上生，
斑驳下布，
异人贵其贞精，
道士悦其回趣；
咀松屑以高想，
捧丹经而永慕。

南朝·梁·江淹《青苔赋》

骑叠迹，
车屯轨，
黄尘匝地，
歌吹四起，
无不烟断火绝，
闭骨泉里。

南朝·梁·江淹《恨赋》

岂予身之足惜，
怜众鸰之未飞，
分靡躯以润镬，
何全济之敢希。

三国·魏·曹植《鹦鹉赋》

岂远游之无乐，
怀故都而伤情，
靡龙首以还顾，
转瑶衡而回萦。

晋·陆云《感逝》

岂加璧之赠可动，

执珪之位能缠；
归来薄暮，
聊以永年。

南朝·齐·谢朓《思归赋》

起日域而摇落，
集桂宫而送清；
开翠帐之影蔼，
响行珮之轻鸣。

南朝·齐·谢朓《拟宋玉风赋》

气洪细而俱芬，
体修短而必圆，
芳郁烈其充堂，
味穷理而不狷。

晋·陆机《瓜赋》

气穆肃而神奔，
骨窈窈而鬼怪，
缀葳蕤而成冠，
点杂错而为珮。

南朝·梁·江淹《丹砂可学赋》

气拟北海，
情方中散，
风流未辍，
盛名犹纂。

南朝·梁·江淹《知己赋》

弃末而反本，
背伪而归真；
女修织纴，
男务耕耘，
器用陶匏，
服尚素玄。

汉·班固《东都赋》

弃道艺之华，
遗仁义之英，
耗精神乎虚廓，
废人事之纪经。

三国·魏·曹植《七启》

弃华宇于明世，
闭金扃于下泉，
永山河以自毕，
眇千龄而弗旋。

南朝·宋·鲍照《伤逝赋》

泣故关之已尽，
伤故国之无际，
出汀洲而解冠，
入溆浦而捐袂。

南朝·梁·江淹《去故乡赋》

搴汀洲以企予，
怀石泉于幽情，
嗟中岩之纤草，
厕金芝于芳丛。

南朝·齐·谢朓《杜若赋》

前车覆而未远兮，

后乘驱而竞入。

汉·蔡邕《述行赋》

前车已覆，
袭轨而骛，
曾不鉴祸，
以知畏惧；
予惟悼哉，
害其若是。

汉·蔡邕《释诲》

悄怆成忧，
悯默自怜，
信规行之赤旷，
知矩步之已难。

南朝·梁·江淹《哀千里赋》

怯者无功，
贪者先亡。

汉·刘向《围棋赋》

挈金壶以南罗，
藏幽水而北戢，
拟洪杀于编钟，
顺卑高而为级。

晋·陆机《漏刻赋》

亲落落而日稀，
友靡靡而愈索，
顾旧要于遗存，
得十一于千百。

晋·陆机《叹逝赋》

秦人秦声，
楚音楚奏，
闻歌更泣，
见悲已疚；
实由魂气怆断，
外物非救。

南朝·梁·江淹《四时赋》

秦人不暇自哀，
而后人哀之；
后人哀之而不鉴之，
亦使后人而复哀后人也。

唐·杜牧《阿房宫赋》

青女司寒，
红光翳景，
吐圆舒于东岳，
匿丹曦于西岭。

南朝·梁·萧统《铜博山香炉赋》

青娥羞艳，
素女惭光，
笑李后于汉主，
耻西施于越王；
神翻覆而愉悦，
志离合而感伤。

南朝·梁·江淹《水上神女赋》

清风协于玄德，

淳化通于自然。

汉·张衡《东京赋》

清嘉谷于禽兽兮，
下糠秕而无粒。

汉·蔡邕《述行赋》

清弦怆兮桂觞酬，
云幄静兮香风浮，
龙镳蹀兮玉鸾整，
眷星河兮不可留。

南朝·齐·谢朓《七夕赋》

清风徐来，
水波不兴。

宋·苏轼《前赤壁赋》

情婵娟而未罢，
愁烂漫而方滋；
切赵瑟以横涕，
吟燕笳而坐悲。

南朝·梁·江淹《去故乡赋》

情乍合而还散，
色半亲而复娇。

南朝·梁·江淹《水上神女赋》

罄澄心以凝思，
眇众虑而为言。

晋·陆机《文赋》

罄古今之宝账，
殚竹素之琛奇，
信朝日之徒昃，
属夜星之空移。

南朝·梁·江淹《伤友人赋》

穷变巧于台榭兮，
民露处而寝湿。

汉·蔡邕《述行赋》

穷阴杀节，
急景凋年，
凉沙振野，
箕风动天。

南朝·宋·鲍照《舞鹤赋》

穷者欲达其言，
劳者须歌其事。

北朝·北周·庾信《哀江南赋》

秋风一至，
白露团团，
明月生波，
萤火迎寒；
眷庭中之梧桐，
念机上之罗纨。

南朝·梁·江淹《四时赋》

秋露如珠，
秋月如珪，
明月白露，

光阴往来，
与子之别，
思心徘徊。

南朝・梁・江淹《别赋》

秋露下兮点剑舄，
青苔生兮缀衣巾；
步庭庑兮多蒿棘，
顾左右兮绝亲宾。

南朝・梁・江淹《待罪江南思北归赋》

秋日之光，
流兮以伤；
雾离披而杀草，
风清冷而绕堂。

南朝・梁・江淹《泣赋》

秋夜如岁，
秋情如丝，
怨此怀抱，
伤此秋期；
必丹灯坐叹，
欲说忘辞。

南朝・梁・江淹《灯赋》

秋风起兮秋叶飞，
春花落兮春日晖，
春日迟迟犹可至，
客子行行终不归。

南朝・梁・萧绎《荡妇秋思赋》

秋藜促节，
白藋同心，
终堪荷蓧，
自足驱禽，
一传大夏，
空成邓林。

北朝・北周・庾信《竹杖赋》

驱征马而不顾，
见行尘之时起，
方衔感于一剑，
非买价于泉里；
金石震而色变，
骨肉悲而心死。

南朝・梁・江淹《别赋》

曲台歌未徙，
黄壤哭已亲，
玉玦归无色，
罗衣会成尘；
骄才雄力君何怨，
徒念薄命之苦辛。

南朝・梁・江淹《娼妇自悲赋》

取之以道，
用之以时。

汉・张衡《东京赋》

去帝乡之岑寂，
归人寰之喧卑，
岁峥嵘而催暮，

心惆怅而哀离。

南朝·宋·鲍照《舞鹤赋》

去三辅之台殿，
辞五都之城市，
惟江南兮丘墟，
遥万里兮长芜。

南朝·梁·江淹《待罪江南思北归赋》

全殒卵而来凤，
放乳麑而感麟。

南朝·宋·鲍照《野鹅赋》

群鸟兽以为娱，
处贫贱而不怍，
欲宾实于孤界，
乃贻讥乎陨获。

南朝·梁·何逊《七召》

R

人何世而弗新，
世何人之能故；
野每春其必华，
草无朝而遗露。

晋·陆机《叹逝赋》

人皆知存之为存，
而莫知得之为丧。

晋·陆云《逸民箴》

人为动物，
惟物之灵；
百忧感其心，
万事劳其形。

宋·欧阳修《秋声赋》

人情同于怀土兮，
岂穷达而异心。

汉·王粲《登楼赋》

任穷达以逝止，
亦进仕而退耕；
庶斯言之不渝，
抱耿介以成名。

晋·陆机《遂志赋》

日月飘而不留，
命倏忽而谁保，
譬明隙之在梁，
如风露之停草。

南朝·宋·鲍照《伤逝赋》

日栖榆柳，
霞照夕阳，
孤蝉已散，
去鸟成行。

南朝·齐·谢朓《游后园赋》

日照珠帘，
彪炳灼烁，
轻风吹幌，
乍扬乍薄。

南朝·梁·萧统《殿赋》

日下壁而沉彩，
月上轩而飞光；
见红兰之受露，
望青楸之罹霜。

南朝·梁·江淹《别赋》

日月可销兮悼不灭，
金石可铄兮念何已。

南朝·梁·江淹《伤爱子赋》

日照水而东升，
山出波而隐没，
光避伏而不耀，
智埋冥而难发。

南朝·梁·江淹《石蜐赋》

荣曜秋菊，
华茂春松。

三国·魏·曹植《洛神赋》

荣犹振颖，
坠若颓荒，
咎自专宠，
福在循墙；
是故保其安者常危，
而忘其存者不亡。

晋·陆云《逸民箴》

柔情绰态，
媚于语言；
奇服旷世，
骨像应图。

三国·魏·曹植《洛神赋》

如怨如慕，
如泣如诉；
余音袅袅，
不绝如缕；
舞幽壑之潜蛟，
泣孤舟之嫠妇。

宋·苏轼《前赤壁赋》

儒不隐迹，
墨无遁形，
既含道润，
亦发才华。

南朝·梁·江淹《知己赋》

蕊金光而绝色，
藕冰折而玉清，
载红莲以吐秀，
披绛华以舒英。

南朝·梁·江淹《莲花赋》

若将飞而未逝，
若举翼而中留。

三国 · 魏 · 曹植《七启》

若论其体势，
详其风声，
器和故响逸，
张急故声清，
间辽故音痹，
弦长故徽鸣。

晋 · 嵇康《琴赋》

S

塞风驰兮边草飞，
胡沙起兮雁扬翮；
虽燕越之异心，
在禽鸟而同戚。

南朝 · 宋 · 鲍照《游思赋》

三春之初，
丽服以时，
乃携友生，
以遨以嬉；
涉兰圃，
登重基，
背长林，
翳华芝，
临清流，
赋新诗。

晋 · 嵇康《琴赋》

扫六合之秽慝，
清宇宙之埃尘，
连光芒于白日，
属炎气于景云。

汉 · 蔡邕《释诲》

山嶷嶷而怀影，
川汪汪而藏声，
望轩唐而永叹，
甘贫贱以辞荣。

晋 · 陶潜《感士不遇赋》

山含玉以永岁，
水藏珪以穷年，
拟若木以写意，
拾瑶草而悠然。

南朝 · 梁 · 江淹《丹砂可学赋》

山则异岭奇峰，
横屿带江，
杂树亿尺，
红霞万里；
水则远天相逼，
浮云共色，
茫茫无底，
溶溶不测。

南朝·梁·江淹《哀千里赋》

山岳崩颓，
既履危亡之运；
春秋迭代，
必有去故之悲。

北朝·北周·庾信《哀江南赋》

伤时俗之趋险，
独怅望而长愁；
感龙鸾而匿迹，
如吾身之不留。

三国·魏·曹植《九愁赋》

伤本规之违忤，
怅离群而独处，
恒窜伏以穷栖，
独哀鸣而戢羽。

三国·魏·曹植《白鹤赋》

奢不可逾，
俭不能侈。

汉·班固《东都赋》

奢未及侈，
俭而不陋。

汉·张衡《东京赋》

蛇折鳞于灵窟，
龙解角于皓苍；
遂乃温风赫戏，
草木垂干，
山折海沸，
沙融砾烂。

三国·魏·曹植《大暑赋》

身危由于势过，
而不知去势以求安，
祸积起于宠盛，
而不知辞宠以招福。

晋·陆机《豪士赋》

神何寝而不梦，
形何兴而不言。

晋·陆机《怀土赋》

神悠悠而永念，
忧绸缪而盈室，
哀恻心而响起，
时弃予而景逸。

晋·陆机《纡思》

审逊志之非道，
知拂心之谓忠，
不求耳目之便，
每要社稷之功。

宋·苏轼《明君可与为忠言赋》

升降乎阶际，
顾盼兮屏营，
云承宇兮蔼蔼，
风入室兮泠泠。

晋 · 陆机《愍思赋》

生遗年而有尽，
居静言其何须，
将轻举以远览，
眇天路而高游。

晋 · 陆云《感逝》

生乎泽陂，
出乎江阴，
见彩霞之夕照，
觌雕云之尽临。

南朝 · 梁 · 江淹《莲花赋》

诗缘情而绮靡，
赋体物而浏亮，
碑披文以相质，
诔缠绵而凄怆。

晋 · 陆机《文赋》

石韫玉而山晖，
水怀珠而川媚，
彼榛楛之勿翦，
亦蒙荣于集翠。

晋 · 陆机《文赋》

石五采而横峰，
云千色而承萼，
日炯炯而舒光，
雨屑屑而稍落。

南朝 · 梁 · 江淹《水上神女赋》

石锦质而入海，
云绮色而出天，
峰炎岩而蔽日，
树静暝而临泉。

南朝 · 梁 · 江淹《翡翠赋》

石以砥焉，
化钝为利；
法以砥焉，
化愚为智。

唐 · 刘禹锡《砥石赋》

时行则行，
时止则止，
消息盈冲，
取诸天纪。

汉 · 蔡邕《释诲》

时游盘以未极，
眷落景之徂辉，
若清颜之倏忽，
吝欢赏之多违。

南朝 · 齐 · 谢朓《酬德赋》

识音者希，
孰能珍兮，
能尽雅琴，
唯至人兮。

晋·嵇康《琴赋》

识包上仁，
义兼高行，
如彼清波，
可挹可镜，
又象冲室，
惟清惟净。

南朝·梁·江淹《知己赋》

实澹泊而寡欲兮，
独咍乐而长吟，
声皦皦而弥厉兮，
似贞士之介心。

三国·魏·曹植《蝉赋》

拾一代而笑浅，
访古人而求深，
故高术而共径，
岂异袖而同襟。

南朝·梁·江淹《伤友人赋》

使负栋之柱多于南亩之农夫，
架梁之椽多于机上之工女；
钉头磷磷，
多于在庾之粟粒；
瓦缝参差，
多于周身之帛缕；
直栏横槛，
多于九土之城郭；
管弦呕哑，
多于市人之言语。

唐·杜牧《阿房宫赋》

使天下之人不敢言而敢怒，
独夫之心日益骄固；
戍卒叫，
函谷举，
楚人一炬，
可怜焦土。

唐·杜牧《阿房宫赋》

世有逸民兮，
栖迟于一丘，
委天形以外心兮，
淡浩然其何求。

晋·陆云《逸民赋》

世谓随夷为溷兮，
谓跖跻为廉，
莫邪为钝兮，
铅刀为铦。

汉·贾谊《吊屈原赋》

仕非鲁相，
有不拔之利，
宾惟二仲，
无逸马之忧。

南朝·宋·鲍照《园葵赋》

试望平原：
蔓草萦骨，

拱木敛魂，
人生到此，
天道宁论；
于是仆本恨人，
心惊不已，
直念古者，
伏恨而死。

南朝 · 梁 · 江淹《恨赋》

视乔木兮故里，
诀北梁兮永辞。
左右兮魄动，
亲宾兮泪滋。
可班荆兮增恨，
唯樽酒兮叙悲。

南朝 · 梁 · 江淹《别赋》

轼帝车而捐玦，
凌天津而上翔，
怅汉渚之夕涨，
欣河广之既梁。

南朝 · 齐 · 谢朓《七夕赋》

嗜欲之源灭，
廉耻之心生；
若不优游而自得，
玉润而金声。

汉 · 班固《东都赋》

收视反听，
耽思傍讯，
精骛八极，
心游万仞。

晋 · 陆机《文赋》

收百世之阙文，
采千载之遗韵，
谢朝华于已披，
启夕秀于未振。

晋 · 陆机《文赋》

兽悲号以命旅，
鸟枉顾而鸣仇，
悲我行之悠悠，
怨同怀之莫求。

晋 · 陆云《修身》

舒翼扬声，
若云间之鸿乎？

晋 · 嵇康《卜疑集》

摅神景于八幽，
合洪化乎烟煴，
充宇宙以播象，
协元气而齐勋。

晋 · 陆机《白云赋》

树妖遥之弱干，
散菡萏之轻荷，
上星光而倒景，
下龙鳞而隐波。

南朝 · 宋 · 鲍照《芙蓉赋》

树临流而影动，
岩薄暮而云披。

南朝 · 梁 · 萧纲《晚春赋》

霜剪蕙兮风摧芷，
平原晚兮黄云起；
宁归骨于松柏，
不买名于城市。

南朝 · 梁 · 江淹《去故乡赋》

霜夺茎上紫，
风销叶中绿。

南朝 · 梁 · 沈约《愍衰草赋》

霜露既降，
木叶尽脱，
人影在地，
仰见明月，
顾而乐之，
行歌相答。

宋 · 苏轼《后赤壁赋》

水重深而鱼悦，
林修茂而鸟喜。

三国 · 魏 · 曹植《离思赋》

水学金波，
石似琼岸，
错龟鳞之崚崚，
绕蛟色之漫漫。

南朝 · 梁 · 江淹《赤虹赋》

水至清则无鱼，
人至察则无徒。

汉 · 东方朔《答客难》

水禽嬉戏，
引吭伸翮；
纷惊鸣而决起，
舍彩翠于砂砾。

唐 · 刘禹锡《楚望赋》

思风发于胸臆，
言泉流于唇齿。

晋 · 陆机《文赋》

思宵梦以从之，
神飘摇而不安，
若凭舟之失棹，
譬缘崖而无攀。

晋 · 陶潜《闲情赋》

思一言于向时，
邈众代于古年，
逝稍远而变体，
浸幽明而改时。

南朝 · 宋 · 鲍照《伤逝赋》

思云车兮沅北，
望霓裳兮澧东，

惜重华之已没，
念芳草之坐空。

南朝 · 梁 · 江淹《哀千里赋》

思其力之所不及，
忧其智之所不能，
宜其渥然丹者为槁木，
黟然黑者为星星，
奈何以非金石之质，
欲与草木而争荣。

宋 · 欧阳修《秋声赋》

死零落而无二，
生差池之非一，
理幽分于化前，
算冥定于天秩。

南朝 · 宋 · 鲍照《观漏赋》

四时逝而代谢兮，
大火忽其西流；
年冉冉其易颓兮，
时靡靡而难留。

晋 · 陆云《喜霁赋》

竦轻躯以鹤立，
若将飞而未翔，
践椒涂之郁烈，
步蘅薄而流芳。

三国 · 魏 · 曹植《洛神赋》

俗参差而不齐，
岂毁誉之可同，
兢昏瞀以营私，
害予身之奉公。

三国 · 魏 · 曹植《九愁赋》

素壁翠楼，
明月徒秋，
歌声忽散，
伤人复愁。

南朝 · 梁 · 江淹《娼妇自悲赋》

虽见珍于宗庙，
罹刳剥之重辜，
欲诉怨于上帝，
将等愧乎游鱼。

三国 · 魏 · 曹植《神龟赋》

虽好学与行义，
何死生之苦辛，
疑报德之若兹，
惧斯言之虚陈。

晋 · 陶潜《感士不遇赋》

虽邯郸其敢伦，
岂阳阿之能拟，
入卫国而乘轩，
出吴都而倾市。

南朝 · 宋 · 鲍照《舞鹤赋》

虽陋生于万物，
若沙漠之一尘，

苟全躯而毕命，
庶魂报以自申。

南朝·宋·鲍照《野鹅赋》

虽渊云之墨妙，
严乐之笔精，
金门之诸彦，
兰台之群英，
赋有凌云之称，
辨有雕龙之声，
讵能摹暂离之状，
写永诀之情者乎？

南朝·梁·江淹《别赋》

虽河北之爽垲，
犹橘柚之不迁，
及年岁之未晏，
愿匡坐于霸山。

南朝·梁·江淹《哀千里赋》

虽玉堂春姬，
石室素女，
张烟雾于海际，
耀光景于河渚，
乘天梁而浩荡，
叶帝阍而延伫，
犹比之无色，
方之非侣。

南朝·梁·江淹《丽色赋》

虽有知于理会，
终失悟于心机。

南朝·梁·何逊《穷鸟赋》

虽信美而非吾土兮，
曾何足以少留。

汉·王粲《登楼赋》

随长川以问津，
响修声而和予，
听归音以自闻，
践无迹以穷处。

晋·陆云《修身》

随秋鸿而泛渚，
逐春燕而登梁，
进赋诗而展念，
退陈酒以排伤。

南朝·宋·鲍照《观漏赋》

岁靡靡而薄暮，
心悠悠而增楚，
风霏霏而入室，
响泠泠而愁予。

晋·陆机《思归赋》

岁聿云暮，
上天其凉，
感运悲声，
贫士含伤；
或歌我行永久，
或咏之子无裳，

原思叹于蓬室，
孤竹吟于首阳。

晋 · 陆云《寒蝉赋》

燧已迁而礼革，
月既逾而庆通，
心微微而就远，
迹离离而绝容。

南朝 · 宋 · 鲍照《伤逝赋》

所贵惟贤，
所宝惟谷，
民去末而反本，
咸怀忠而抱悫。

汉 · 张衡《东京赋》

所诣必感，
所感必哀，
哀以情起，
感以怨来。

南朝 · 梁 · 江淹《青苔赋》

所贵圣人之神德兮，
远浊世而自藏；
使骐骥可得系而羁兮，
岂云异夫犬羊？

汉 · 贾谊《吊屈原赋》

T

阘茸尊显兮，
谗谀得志；
贤圣逆曳兮，
方正倒植。

汉 · 贾谊《吊屈原赋》

台如重璧，
逵似连璐，
庭列瑶阶，
林挺琼树；
皓鹤夺鲜，
白鹇失素，
纨袖惭冶，
玉颜掩姱。

南朝 · 宋 · 谢惠连《雪赋》

苔绿根而攒集，
草红葩而疏散，
日炫晃以胧光，
树葳蕤而葱粲。

南朝 · 梁 · 江淹《水上神女赋》

贪夫殉财，
夸者死权，
瞻仰此事，
体躁心烦。

汉 · 蔡邕《释诲》

弹五弦之妙指，
咏周孔之图书；
挥翰墨以奋藻，
陈三皇之轨模；
苟纵心于物外，
安知荣辱之所如。

汉·张衡《归田赋》

坦至公而无猜，
卒蒙耻以受谤，
虽怀琼而握兰，
徒芳洁而谁亮。

晋·陶潜《感士不遇赋》

叹匏瓜之无匹兮，
咏牵牛之独处，
扬轻袿之绮靡兮，
翳修袖以延伫。

三国·魏·曹植《洛神赋》

叹《黍离》之愍周兮，
悲《麦秀》于殷墟；
惟古昔以怀今兮，
心徘徊以踌躇。

晋·向秀《思归赋》

堂酒兮一尘，
暮灯兮万春，
黛草兮永秘，
朱丹兮何晨。

南朝·梁·江淹《知己赋》

提于岩以群茂，
临于水而宗生，
岂榆柳之比性，
指冥椿而等龄。

南朝·齐·谢朓《高松赋》

体虚畅以立干，
播翠叶以成林，
形五离而九华，
篾黧解而缕分。

三国·魏·曹植《九华扇赋》

体迅飞凫，
飘忽若神，
凌波微步，
罗袜生尘。

三国·魏·曹植《洛神赋》

体贞刚之烈性，
亮乾德之所辅，
戴毛角之双立，
扬玄黄之劲羽。

三国·魏·曹植《鹖赋》

体天然之素分，
不迁徙于殊方，
播万里而遥植，
列铜爵之园廷。

三国·魏·曹植《植橘赋》

体有万殊，
物无一量，
纷纭挥霍，
形难为状。

晋·陆机《文赋》

体同器制，
质兼上才，
夏书称其岱畎，
周篇咏其徂徕。

南朝·齐·谢朓《高松赋》

倜傥远度，
寂寥灵素，
文擎渊、卿，
史类迁、固。

南朝·梁·江淹《伤友人赋》

天子有道，
守在海外；
守位以仁，
不恃隘害；
苟民志之不谅，
何云岩险与襟带。

汉·张衡《东京赋》

天高地厚，
跼而蹐之，
怨岂在明，
患生不思。

汉·蔡邕《释诲》

天道昧而未分，
神明幽而难烛，
黄氏没于空泽，
松乔化于扶木。

三国·魏·曹植《神龟赋》

天悠悠其弥高，
雾郁郁而四幕，
夜绵邈其难终，
日晼晚而易落。

晋·陆机《感时赋》

天步悠长，
人道短矣；
异途同归，
无早晚矣。

晋·陆机《思亲赋》

天地不易其乐，
万物不干其心，
然后可以妙有生之极，
享无疆之休也。

晋·陆云《逸民赋》

天机偏其挺盖，
玉衡运而回襄，
景弥修而日短，
时愈促而夜长。

晋·陆云《考志》

天道如何，
吞恨者多，
抽琴命操，
为芜城之歌。
歌曰：边风起兮城上寒，
井径灭兮丘陇残，
千龄兮万代，
共尽兮何言。

南朝·宋·鲍照《芜城赋》

天地之间，
物各有主，
苟非吾之所有，
虽一毫而莫取。

宋·苏轼《前赤壁赋》

听蒹葭之萧瑟，
知霜露之流滞，
对江皋而自忧，
吊海滨而伤岁。

南朝·梁·江淹《去故乡赋》

挺秀色于冰涂，
历贞心于寒道。

南朝·梁·萧子晖《冬草赋》

同天地之矩量，
齐日月之辉光。

三国·魏·曹植《登台赋》

桐间露落，
柳下风来，
琴号珠柱，
书名玉杯。

北朝·北周·庾信《小园赋》

铜华金檠，
错质镂形，
碧为云气，
玉为仙灵，
双婉百枝，
艳帐充庭。

南朝·梁·江淹《灯赋》

痛一旦而见弃，
心忉忉以悲惊，
衣入门之初服，
背床室而出征，
攀仆御而登车，
左右悲而失声。

三国·魏·曹植《出妇赋》

痛灵根之夙殒，
怨具尔之多丧，
悼堂构之颓瘁，
愍城阙之丘荒。

晋·陆机《叹逝赋》

图匮于丰，

防俭于逸，
钦哉钦哉，
惟谷之恤。

晋 · 潘岳《藉田赋》

徒望思以永久，
邈归来其何从，
结单心于暮条，
掩行泪于晨风。

南朝 · 宋 · 鲍照《伤逝赋》

推诚心而获显，
不矫然而祈誉。

晋 · 陶潜《感士不遇赋》

W

瓦解冰泮，
风飞电散，
浑然千里，
淄渑一乱。

北朝 · 北周 · 庾信《哀江南赋》

外化其形，
内隐其情，
屈身随时，
陆沉无名，
虽在人间，
实处冥冥乎？

晋 · 嵇康《卜疑集》

玩通川以悠想，
抚征辔而踯躅，
伊命驾之徒勤，
惨归途之良难。

晋 · 陆机《怀土赋》

万禽委蛇于潜室兮，
惊凤矫翼而来翔，
纷谲谲于有象兮，
邈攸忽而无方。

晋 · 陆云《登台赋》

忘清漏之不缓，
惜晓露之方晞，
闻夫君之东守，
地隐蓄而怀仙。

南朝 · 齐 · 谢朓《酬德赋》

望灵岳之清景兮，
想佳人于云端，
悲沧浪之浊波兮，
咏芳池之清澜。

晋 · 陆云《逸民赋》

望曾云之万仞兮，
想白日之寸胫；
感虚无而思深兮，
对寂漠而言靖。

晋·陆云《愁霖赋》

望北林以鸾飞，
集樛木以龙蟠；
彰渊信于严时，
禀清诚乎自然。

晋·陆云《寒蝉赋》

望波际兮昙昙，
眺云间兮灼灼；
乃江南之断山，
信海上之飞鹤。

南朝·宋·鲍照《游思赋》

望天涯而伫念，
擢雄剑而长叹，
嗟生民之永迷，
躬与后而皆恤。

南朝·宋·鲍照《观漏赋》

望征云而延悼，
顾委翼而自伤，
无青雀之衔命，
乏赤雁之嘉祥。

南朝·宋·鲍照《野鹅赋》

为无为，
事无事，
永有民，
以孔安。

汉·张衡《东京赋》

惟万物之运动，
虽纷纠而相袭，
随性类以曲成，
故圆行而方止。

晋·陆机《遂志赋》

惟风雅之未变，
知云纲之不廓，
譬曾栋之将倾，
必华榱之先落。

南朝·齐·谢朓《酬德赋》

惟人生之在世，
恒欢寡而戚饶，
虽十纪之空名，
岂百龄之能要。

南朝·梁·江淹《伤爱子赋》

惟山中兮寂寞，
沉忧思兮无从，
石青红兮百叠，
山浓淡兮万重。

南朝·梁·江淹《镜论语》

惟江上之清风，
与山间之明月，
耳得之而为声，
目遇之而成色，
取之无禁，

用之不竭，
是造物者之无尽藏也。

宋 · 苏轼《前赤壁赋》

伟圣人之制器，
妙万物而为基，
形罔隆而弗包，
理何远而不之。

晋 · 陆机《漏刻赋》

委明珠而乐贱，
辞白璧以安贫。

北朝 · 北齐 · 颜之推《观我生赋》

味哲人之遗珍，
折片句兮忘老，
嘉石门之埋名，
怜柳子之耽道。

南朝 · 梁 · 江淹《镜论语》

畏南山之雨，
忽践秦庭；
让东海之滨，
遂餐周粟。

北朝 · 北周 · 庾信《哀江南赋》

文王囿百里，
民以为尚小；
齐宣王囿四十里，
民以为大。
裕民之与夺民也。

汉 · 扬雄《羽猎赋》

文明在中，
见素表璞，
内不愧心，
外不负俗。

晋 · 嵇康《卜疑集》

闻宿世之高贤，
泽无微而不均，
育草木而明义，
爱禽鸟而昭仁。

南朝 · 宋 · 鲍照《野鹅赋》

闻瑶质兮可变，
知余采兮一夺，
唯华名与芳晖兮，
争日月而无沫。

南朝 · 梁 · 江淹《知己赋》

闻至人之休风兮，
齐天地于一指，
彼知安而忘危兮，
故出生而入死。

晋 · 潘岳《秋兴赋》

我之自我，
智士犹婴其累；
物之相物，
昆虫皆有此情。

晋·陆机《豪士赋》

我海若之小臣，
具品色于沧溟，
既炉天而铸物，
亦嗡化而染灵。

南朝·梁·江淹《石蜐赋》

无储蓄以虞灾，
徒望岁以自必。

晋·潘岳《藉田赋》

无沙棠之逸志兮，
欣六翮之不伤，
承邂逅之侥幸兮，
得接翼于鸾凰。

三国·魏·曹植《白鹤赋》

无惧而栗，
不寒而战，
胡马哀吟，
羌笳凄啭；
亲友离绝，
妻孥流转，
玉关寄书，
章台留钏。

北朝·北周·庾信《竹杖赋》

芜阶翠地，
绕壁点墙；
春禽悲兮兰茎紫，
秋虫吟兮蕙实黄。

南朝·梁·江淹《青苔赋》

五色比象，
殊形异端；
或济貌以表内，
或惠心而丑颜；
或摅文而抱绿，
或披素而怀丹。

晋·陆机《瓜赋》

五秀禀其生灵，
六情通其爱恶；
憎共集于鄙老，
嗜同归于美乐。

南朝·梁·何逊《七召》

五步一楼，
十步一阁；
廊腰缦回，
檐牙高啄；
各抱地势，
钩心斗角。

唐·杜牧《阿房宫赋》

物外莫得窥其奥，
举世不足扬其波；
劲秋不能凋其叶，
芳春不能发其华。

晋·陆机《幽人赋》

物有自遗，
道无不可，
万殊有同，
齐物无寡。

晋 · 陆云《逸民赋》

物不可以两大，
得无得而双昌；
薰晚花而后落，
槿早秀而前亡。

南朝 · 宋 · 鲍照《观漏赋》

雾隐行雁，
霜眇虚林，
迢迢落景，
万里生阴。

南朝 · 齐 · 谢朓《临楚江赋》

X

夕纳景于虞渊兮，
旦晞干于九阳，
经千载以待价兮，
寂神跱而永康。

晋 · 嵇康《琴赋》

夕舒荣于瀳露，
旦发彩于春风，
承羲阳之光景，
庶无悲于转蓬。

南朝 · 齐 · 谢朓《杜若赋》

西骨秦气，
悲憾如怼，
北质燕声，
酸极无已。

南朝 · 梁 · 江淹《横吹赋》

昔严周之抗节，
援斯灵而托喻，
嗟禄运之屯蹇，
终遇获于江滨。

三国 · 魏 · 曹植《神龟赋》

昔伤矢之奔禽，
闻虚弦之颠仆，
徒婴刃而知惧，
岂潜机之能觉。

南朝 · 宋 · 鲍照《观漏赋》

昔登炉峰上，
手接白云；
今行九石下，
亲弄绛霓。

南朝 · 梁 · 江淹《赤虹赋》

昔尼父之在陈兮，
有“归欤”之叹音；

钟仪幽而楚奏兮，
庄舄显而越吟。
人情同于怀土兮，
岂穷达而异心！

汉·王粲《登楼赋》

奚良辰之易倾，
胡害胜其乃急；
苍旻遐缅，
人事无已，
有感有昧，
畴测其理。

晋·陶潜《感士不遇赋》

下葳蕤而被径，
上参差而覆畴，
承朝阳之丽景，
得倾柯之所投。

南朝·宋·鲍照《园葵赋》

下或谀我“过人之聪”，
是人甘言，
将欲相聋；
下或夸我“秋毫必睹”，
是人甘言，
将欲相瞽。

唐·李商隐《太仓箴》

下亭飘泊，
高桥羁旅；
楚歌非取乐之方，
鲁酒无忘忧之用。

北朝·北周·庾信《哀江南赋》

仙圣传图，
英隐流记，
一为道珍，
二为世瑞；
发青莲于王宫，
验奇花于陆地。

南朝·梁·江淹《莲花赋》

闲舒都雅，
洪纤有宜，
清和条昶，
案衍陆离；
穆温柔以怡怿，
婉顺叙而委蛇。

晋·嵇康《琴赋》

美纤枝之在干，
悼落叶之去枝，
存顾复之遗志，
感明发之所怀。

晋·陆机《思亲赋》

香氛感俗，
淑气参灵，
踯躅人世，
茵蒀祇冥，
青桂羞烈，
沉水惭馨。

南朝 · 梁 · 江淹《莲花赋》

想百年之促期，
悲乐少而难多，
修与短其足丢，
曷久沉于汨罗。

晋 · 陆云《征》

象珪象璧，
若虚若实，
绫绵共文，
瑶贝合质。

南朝 · 梁 · 江淹《水上神女赋》

箫含声而远近，
琴吐音而有无，
奏神鼓于玉袂，
舞灵衣于金裾。

南朝 · 梁 · 江淹《丹砂可学赋》

笑灵蛇之久蛰，
羞龙德之方战，
理害道而为尤，
事伤生而感贱，
苟见义而守勇，
岂专取于弦箭。

南朝 · 宋 · 鲍照《尺蠖赋》

效虬龙之蜿蝉，
法虹霓之氤氲；
因形致好，
不常厥仪。

三国 · 魏 · 曹植《九华扇赋》

协气交泰，
嘉生是赖；
湛覃而不溺，
衍溢而无害。

唐 · 张说《喜雨赋》

偕四时以合最，
指昏明乎无殿，
笼八极于千分，
度昼夜乎一箭。

晋 · 陆机《漏刻赋》

心恬澹于守高，
意无为于持盈。

汉 · 蔡邕《释诲》

心懔懔以怀霜，
志眇眇而临云，
咏世德之骏烈，
诵先人之清芬。

晋 · 陆机《文赋》

心悠悠其若悬兮，
音既绝而复举，
悲人生之有终兮，
何天造而罔极。

晋 · 陆云《岁暮赋》

心蒙蒙兮恍惚，
魄漫漫兮西东，
咏河兖之故俗，
眷徐扬之遗风。

南朝·梁·江淹《泣赋》

新年鸟声千种啭，
二月杨花满路飞。

北朝·北周·庾信《春赋》

信松茂而柏悦，
嗟芝焚而蕙叹，
苟性命之弗殊，
岂同波而异澜。

晋·陆机《叹逝赋》

信释氏之灵果，
归三世之远致，
愿同生于净刹，
与尘习兮永弃。

南朝·梁·江淹《伤爱子赋》

行弥久而情劳，
途愈近而思深，
羡品物以独感，
悲绸缪而在心。

晋·陆机《行思赋》

行子肠断，
百感凄恻，
风萧萧而异响，
云漫漫而奇色。

南朝·梁·江淹《别赋》

形殊性诡，
每变常式，
行不由足，
飞不假翼，
明伏暗动，
尽似鼠形。

三国·魏·曹植《蝙蝠赋》

形瑰族类，
体艳众木，
黄中爽理，
滋荣烦缛。

晋·陆机《桑赋》

形瑰者徼咎，
体壮者为牺，
虽明文而龙藻兮，
终俯首而受羁。

晋·陆云《逸民赋》

性絜静以端理，
含至德之和平，
诚可以感荡心志而发泄幽情矣。

晋·嵇康《琴赋》

兄琼芳而蕙茂，
弟兰发而玉晖，

感瑰姿之晚就，
痛慈景之先违。

晋 · 陆机《思亲赋》

雄虹矫而垂天，
翠鸟轩而扶日。

晋 · 陆机《白云赋》

雄虹赫然，
晕光耀水，
偃蹇山顶，
舄奕江湄；
仆迫而察之，
实雨日阴阳之气，
信可观也。

南朝 · 梁 · 江淹《赤虹赋》

雄才不世之主，
犹储精于沛乡，
奇略独出之君，
尚婉恋于樊阳。

南朝 · 梁 · 江淹《待罪江南思北归赋》

修干垂阴，
乔柯飞颖，
望萧萧而既闲，
即微微而方静。

南朝 · 齐 · 谢朓《高松赋》

旭日始暖，
蕙草可织，
园桃红点，
流水碧色；
思旧都兮心断，
怜故人兮无极。

南朝 · 梁 · 江淹《四时赋》

玄云荫其上，
翔鸾集其巅，
清露润其肤，
惠风流其间。

晋 · 嵇康《琴赋》

玄鸟悬而八风以情应，
玉衡立而天地不能欺；
既穷神以尽化，
又设漏以考时。

晋 · 陆机《漏刻赋》

玄微载晏，
何思何欲，
飘若行云之浮，
泊若穷林之木。

晋 · 陆云《逸民赋》

选义按部，
考辞就班，
抱景者咸叩，
怀响者必弹。

晋 · 陆机《文赋》

学不常师，

而心镜群籍；
理不启问，
而情照诸密。

南朝·梁·江淹《知己赋》

寻平生于响像，
览前物而怀之，
步寒林以凄恻，
玩春翘而有思。

晋·陆机《叹逝赋》

巡郊泽，
戏野坰，
奏君马，
咏南城；
惨巫山之遐险，
欢芳树之可荣。

晋·陆机《鼓吹赋》

巡层楹而空掩，
抚锦幕以虚凉，
知离梦之踯躅，
意别魂之飞扬；
故别虽一绪，
事乃万族。

南朝·梁·江淹《别赋》

循心以为量者存乎我，
因物以成务者系乎彼。

晋·陆机《豪士赋》

迅朱光之映夜，
湛白露之凝朝；
指兹譬而取免，
排此理以自销。

南朝·梁·江淹《伤爱子赋》

殉有丧之假乐，
方无身其孰哀；
美达人之玄览兮，
邈藏器于无为。

晋·陆云《逸民赋》

Y

烟交雾凝，
若无毛质，
风去雨还，
不可谈悉。

南朝·宋·鲍照《舞鹤赋》

延袤水陆，
旷望东西，
下临江海，
上属云霓。

南朝·梁·何逊《七召·宫室》

严严苦雾，
皎皎悲泉，

冰塞长河，
雪满群山。

南朝·宋·鲍照《舞鹤赋》

言恢之而弥广，
思按之而愈深，
播芳蕤之馥馥，
发青条之森森。

晋·陆机《文赋》

言必入媚，
动必应规，
有光有艳，
如合如离。

南朝·梁·江淹《丽色赋》

炎云峰起，
芳树未移，
泽兰生坂，
朱荷出池。

南朝·梁·江淹《四时赋》

厌朱邸之沉邃，
思轻举而远游，
骕骦之马鱼跃，
飘鉴车而水流。

南朝·齐·谢朓《拟宋玉风赋》

验纤带之夜缓，
察葆鬓之朝侵。

南朝·梁·江淹《伤爱子赋》

扬淮南之妙舞，
发齐后之妍声，
下鸿池而莲散，
上雀台而云生。

南朝·齐·谢朓《拟宋玉风赋》

仰悟东井之精，
俯协《河图》之灵。

汉·班固《西都赋》

仰春风之和穆，
听百鸟之悲鸣，
天功怛其既立兮，
家愿得而获呈。

三国·魏·曹植《登台赋》

要辞达而理举，
故无取乎冗长。

晋·陆机《文赋》

要信心而委命，
援前修以自程，
拟遗迹于成轨，
咏新曲于故声。

晋·陆机《遂志赋》

曜长洲而琼文，
暎青崖而火质，
或凭天渊之清峭，

或殖疏圃之蒙密。

南朝·梁·江淹《莲花赋》

业精于勤荒于嬉，
行成于思毁于随。

唐·韩愈《进学解》

叶燮燮以去条，
气凄凄而就寒，
日负影以偕没，
月媚景于云端。

晋·陶潜《闲情赋》

夜灯光之寥迥，
历隐忧而不去，
心汤汤而谁告，
魄寂寂而何语，
情枯槁而不反，
神翻覆而亡据。

南朝·梁·江淹《待罪江南思北归赋》

一人守隘，
万夫莫向。

晋·左思《蜀都赋》

一枝百顷，
万叶共阴。

南朝·梁·江淹《学梁王兔园赋》

一枝之上，
巢父得安巢之所；
一壶之中，
壶公有容身之地。

北朝·北周·庾信《小园赋》

一寸二寸之鱼，
三竿两竿之竹。

北朝·北周·庾信《小园赋》

一丛香草足碍人，
数尺游丝即横路。

北朝·北周·庾信《春赋》

伊兹文之为用，
固众理之所因，
恢万里而无阂，
通亿载而为津。

晋·陆机《文赋》

伊兹事之可乐，
固圣贤之所钦，
课虚无以责有，
叩寂寞而求音。

晋·陆机《文赋》

伊天道之刚健，
犹时至而必保，
日罔中而弗昃，
月何盈而不缺。

晋·陆机《豪士赋》

伊兹羽之骏敏，

似南箕之启扉，
垂皓曜之奕奕，
含鲜风之微微。

晋 · 陆机《羽扇赋》

伊鲜禽之令羽，
夫何翩翩与眇眇，
反寒暑于一掌之末，
回八风乎六翮之杪。

晋 · 陆机《羽扇赋》

伊孟冬之初立，
出首夏以归来，
自出国而辞友，
永怀慕而抱哀。

南朝 · 梁 · 江淹《哀千里赋》

伊人寿兮几何，
譬流星之殒天，
怅日暮兮吾有念，
临江上之断山。

南朝 · 梁 · 江淹《江上之山赋》

衣袂动兮雾入冠，
弓刀劲兮马毛寒，
五方军兮出不及，
杂色骑兮往来还。

南朝 · 梁 · 江淹《横吹赋》

夷中原之多潦兮，
反高岸于嵩岑，
萎禾竦而振颖兮，
偃木竖而成林。

晋 · 陆云《喜霁赋》

夷投老以长饥，
回早夭而又贫，
伤请车以备椁，
悲茹薇而陨身。

晋 · 陶潜《感士不遇赋》

移馥兰畹，
徙色曲池，
轶长洲兮杜若，
跨幽渚兮芳蓠，
映霞光而烁爚，
怀风气而参差。

南朝 · 梁 · 江淹《金灯草赋》

颐天地之大德，
遗圣人之洪宝，
解心累于末迹，
聊优游以娱老。

晋 · 陆机《叹逝赋》

已矣乎！
寓形宇内复几时，
曷不委心任去留。

晋 · 陶潜《归去来兮辞》

以管窥天，
以蠡测海，

以莛撞钟。

汉·东方朔《答客难》

倚势豪夺，
飞食人肉；
鼓吻弄翼，
道路以目。
凡此，
皆人其形而蝗其腹者也。

宋·孙因《蝗虫辞》

异海鸥之去就，
无青鸟之是非，
岂能瑞周德而丹羽，
感燕悲而素晖。

南朝·梁·何逊《穷鸟赋》

因自然以为基，
仰造化而闻道，
性冲虚以易足，
年缅邈其难老。

晋·陆机《列仙赋》

阴阳交泰，
万物方道，
炎神送暑，
素灵迎秋。

晋·陆云《喜霁赋》

淫祀盛兮正直塞，
游食多兮末技施。

元·朱德润《幽怀赋》

引壶觞以自酌，
眄庭柯以怡颜，
倚南窗以寄傲，
审容膝之易安。

晋·陶潜《归去来兮辞》

隐鳞藏彩，
若渊中之龙。

晋·嵇康《卜疑集》

英俊之域，
绂冕所兴；
冠盖如云，
七相五公。

汉·班固《西都赋》

迎佳人兮北燕，
送上客兮南楚，
知荷花之将晏，
惜玉手之空伫。

南朝·梁·江淹《莲花赋》

应化则变，
感气而成，
弹徵则苦发，
扣宫则甘生。

三国·魏·曹植《七启》

咏悲翁之流思，

怨高台之难临，
顾穹谷以含哀，
仰归云而落音。

晋·陆机《鼓吹赋》

用之则行，
圣训也；
舍之则藏，
至顺也。

汉·蔡邕《释诲》

用天者因其敏，
分地者赖其平，
征听者假其察，
贞观者借其明。

晋·陆机《漏刻赋》

忧而填骨，
思兮乱神，
愿归灵于上国，
虽坎轲而不惜身。

南朝·梁·江淹《待罪江南思北归赋》

游文章之林府，
嘉丽藻之彬彬，
慨投篇而援笔，
聊宣之乎斯文。

晋·陆机《文赋》

游子殉高位于生前，
志士思垂名于身后。
受生之分，
唯此而已。

晋·陆机《豪士赋》

有形必朽，
有迹必穷，
茫茫元气，
谁知其终。

三国·魏·曹植《七启》

有轻虚之艳象，
无实体之真形，
厚厥本初，
浮沉混并。

晋·陆机《浮云赋》

有若芙蓉群披，
莽华总会，
车渠统理，
玛瑙缛文。

晋·陆机《浮云赋》

吁嗟默默，
生之无故兮；
斡弃周鼎，
宝康瓠兮；
腾驾罢牛，
骖蹇驴兮；
骥垂两耳，
服盐车兮；
章甫荐屦，

渐不可久兮。

汉·贾谊《吊屈原赋》

纡幽情而思古，
援在昔而立辟。

晋·陆云《纡思》

余结袂于山石，
君凭神于寒霰，
何远期之未从，
痛戢景其如电。

南朝·梁·江淹《知己赋》

余形可览，
残色未去，
耀葳蕤而在草，
映青葱而结树。

南朝·梁·江淹《赤虹赋》

鱼凌渊以增跃兮，
鸟望林而朝隮，
戢流波于枉水兮，
起芳尘于沉泥。

晋·陆云《喜霁赋》

渔舟唱晚，
响穷彭蠡之滨；
雁阵惊寒，
声断衡阳之浦。

唐·王勃《滕王阁序》

玉卮无当，
虽宝非用；
侈言无验，
虽丽非经。

晋·左思《三都赋序》

欲陨之叶，
无所假烈风；
将坠之泣，
不足繁哀响。

晋·陆机《豪士赋》

欲随波以周流，
恨匪石之难颓；
将从风而卷舒，
悲直矢之辞怀。

晋·陆云《纡思》

欲假翼以天飞，
怨曾飙之我经；
思戢鳞以遁沼，
悲沉网之在渊。

晋·陆云《征》

欲穷而怵生兮，
宠专而势危。

元·朱德润《幽怀赋》

寓形百年而瞬息已尽，
立行之难而一城莫赏。

晋·陶潜《感士不遇赋》

园日涉以成趣，
门虽设而常关，
策扶老以流憩，
时矫首而遐观。

晋·陶潜《归去来兮辞》

爰自山南，
薄暮江潭，
滔滔积水，
袅袅霜岚；
忧与江兮竞无际，
客之行兮岁已严。

南朝·齐·谢朓《临楚江赋》

原陆窈，
灌莽深，
人声绝，
马迹沉，
寂然四顾，
增欷累吟，
虽欲止而不能禁。
此竹方可为器，
乃出天下之英音。

南朝·梁·江淹《横吹赋》

远而望之，
皎若太阳升朝霞；
迫而察之，
灼若芙蓉出绿波。

三国·魏·曹植《洛神赋》

远而听之，
若鸾凤和鸣戏云中；
迫而察之，
若众葩敷荣曜春风。

晋·嵇康《琴赋》

远而望之，
粲若罗星出云垂；
近而观之，
晔若丹桂曜湘涯。

汉·朱穆《郁金赋》

愿接翼于归鸿，
嗟高飞而莫攀；
因流景而寄言，
响一绝而不还。

三国·魏·曹植《九愁赋》

愿在衣而为领，
承华首之余芳；
悲罗襟之宵离，
怨秋夜之未央。

晋·陶潜《闲情赋》

愿在裳而为带，
束窈窕之纤身；
嗟温凉之异气，
或脱故而服新。

晋·陶潜《闲情赋》

愿在发而为泽，
刷玄鬓于颓肩；
悲佳人之屡沐，
从白水以枯煎。

晋·陶潜《闲情赋》

愿在眉而为黛，
随瞻视以闲扬；
悲脂粉之尚鲜，
或取毁于华妆。

晋·陶潜《闲情赋》

愿在莞而为席，
安弱体于三秋；
悲文茵之代御，
方经年而见求。

晋·陶潜《闲情赋》

愿在丝而为履，
附素足以周旋；
悲行止之有节，
空委弃于床前。

晋·陶潜《闲情赋》

愿在昼而为影，
常依形而西东；
悲高树之多荫，
慨有时而不同。

晋·陶潜《闲情赋》

愿在夜而为烛，
照玉容于两楹；
悲扶桑之舒光，
奄灭景而藏明。

晋·陶潜《闲情赋》

愿在竹而为扇，
含凄飙于柔握；
悲白露之晨零，
顾衿袖以缅邈。

晋·陶潜《闲情赋》

愿在木而为桐，
作膝上之鸣琴；
悲乐极以哀来，
终推我而辍音。

晋·陶潜《闲情赋》

月接日而为光，
霞合云而成阴，
雾笼笼而带树，
月苍苍而架林。

南朝·梁·江淹《伤爱子赋》

月出于东山之上，
徘徊于斗牛之间；
白露横江，
水光接天。

宋 · 苏轼《前赤壁赋》

阅品物于幽记，
访丛育于秘经，
巡汜林之珍望，
识斯松之最灵。

南朝 · 齐 · 谢朓《高松赋》

阅有无于俄顷，
验变化于咫尺，
视空同而失貌，
察倏忽而无迹。

南朝 · 梁 · 江淹《水上神女赋》

悦新婚而忘妾，
哀爱惠之中零，
遂摧颓而失望，
退幽屏于下庭。

三国 · 魏 · 曹植《出妇赋》

越高波以燕逸，
窜洪流而潜藏，
咀蕙兰之芳荄，
翳华藕之垂房。

晋 · 陆机《鳖赋》

云髻峨峨，
修眉联娟，
丹唇外朗，
皓齿内鲜。

三国 · 魏 · 曹植《洛神赋》

云无心以出岫，
鸟倦飞而知还，
景翳翳以将入，
抚孤松而盘桓。

晋 · 陶潜《归去来兮辞》

运羽棹以涉江，
浮鄂渚而驾言，
背夏首以窘逝兮，
溯行川而永叹。

晋 · 陆云《九愍 · 修身》

韵踯躅而易变，
律参差而难图，
非南风之能拟，
讵濮水之可摹。

南朝 · 梁 · 江淹《丹砂可学赋》

Z

杂众姿于开卷，
阅群貌于昏明，
无长袖之容止，
信不笑之空城。

南朝·宋·鲍照《芙蓉赋》

载营抱魄，
怀元执一，
傲物思宁，
妙世自逸。

晋·陆云《逸民赋》

在水则镜带湖沼，
锦匝池林，
春塘秀色，
阳鸟好音。

南朝·梁·江淹《青苔赋》

泽葵依井，
荒葛罥途，
坛罗虺蜮，
阶斗麏鼯。

南朝·宋·鲍照《芜城赋》

增之一分则太长，
减之一分则太短。

战国·楚·宋玉《登徒子好色赋》

旃如云兮帜如星，
山可动兮石可铭，
功一竖兮迹不夺，
魂既英兮鬼亦灵。

南朝·梁·江淹《横吹赋》

瞻前轨之既覆，
知此路之良难，
启四体而深悼，
惧兹形之将然。

晋·陆机《叹逝赋》

瞻百草之青青，
羌朝荣而夕零；
美郁金之纯伟，
独弥日而久停。

汉·朱穆《郁金赋》

展三时之弘务，
致仓廪于盈溢，
固尧汤之用心，
而存救之要术也。

晋·潘岳《藉田赋》

长世字甿者，
以道德为藩，
不以袭险为屏也。

晋·左思《魏都赋》

朝发河海，
夕宿江汉，
沉浮往来，
云集雾散。

汉·班固《西都赋》

朝弹冠以晞发，
夕振裳而濯足，
有怀沙以赴渊，

无抱素而蒙辱。

晋 · 陆云《九愍 · 悲郢》

朝戏于芝田，
夕饮乎瑶池，
厌江海而游泽，
掩云罗而见羁。

南朝 · 宋 · 鲍照《舞鹤赋》

朝霞之采可咽，
琼扉之饰方宣，
养以虚白之气，
悟以无生之篇。

南朝 · 齐 · 谢朓《思归赋》

照锦地之文席，
映绣柱之鸿筝，
恣灵修之浩荡，
释心疑而永平。

南朝 · 梁 · 江淹《灯赋》

折若花以翳日，
时靡靡而难停，
餐秋菊以却老，
年冉冉其既盈。

晋 · 陆云《九愍 · 征》

贞朗志而玉折，
厉劲心而兰摧，
喟我怀以寤叹，
阐前鉴而自融。

晋 · 陆云《九愍 · 纡思》

轸琴情动，
戛瑟涕落，
逐长夜而心殒，
随白日而形削。

南朝 · 梁 · 江淹《四时赋》

正位居体者，
以中夏为喉，
不以边垂为衿也。

晋 · 左思《魏都赋》

正其末者端其本，
善其后者慎其先。

晋 · 潘岳《藉田赋》

织素丽于日月，
传画明于彩虹，
洛阳之技极，
江南之巧穷。

南朝 · 梁 · 江淹《扇上彩画赋》

直视千里外，
唯见起黄埃，
凝思寂听，
心伤已摧。

南朝 · 宋 · 鲍照《芜城赋》

值秋雁兮飞日，
当白露兮下时，

怨复怨兮远山曲，
去复去兮长河湄。

南朝·梁·江淹《别赋》

植君玉台，
生君椒室，
炎萼耀天，
朱英乱日。

南朝·梁·江淹《金灯草赋》

踯躅徘徊，
振迅腾摧，
惊身蓬集，
矫翅云飞。

南朝·宋·鲍照《舞鹤赋》

指会规翔，
临岐矩步，
态有遗妍，
貌无停趣。

南朝·宋·鲍照《舞鹤赋》

指烟霞而问乡，
窥林屿而访泊，
抚身事而识苦，
念亲爱而知乐。

南朝·宋·鲍照《游思赋》

咫尺八极，
镜见四荒，
云烟始出，
日月既张。

南朝·梁·江淹《空青赋》

至人不相，
达人不卜。

晋·嵇康《卜疑集》

志存业而遗绩，
身先物而长辞，
岂重欢而可觏，
追前感之无期。

南朝·宋·鲍照《伤逝赋》

质者或文，
刚者或仁，
卑者忘贱，
窭者忘贫；
于是矫俗。

三国·魏·曹植《酒赋》

智哉尺蠖，
观机而作，
申非向厚，
屈非向薄，
当静泉渟，
遇躁风惊，
起轩躯以旷跨，
伏累气而并形。

南朝·宋·鲍照《尺蠖赋》

钟鼓闻而延子隐，

白日沉而季后对；
岂形器之所求，
亦理将其如昧。

南朝·齐·谢朓《七夕赋》

众华烂以俱发，
郁金邈其无双，
比光荣于秋菊，
齐英茂乎春松。

汉·朱穆《郁金赋》

舟登陆其焉济，
轮涉渊而无迹，
悲荒途之既舛，
临遵渚而投策。

晋·陆云《九愍·纡思》

舟未济而河广，
途方遥而马疲，
忽中寝而念厉，
魂申旦而九移。

南朝·齐·谢朓《思归赋》

舟凝滞于水滨，
车逶迟于山侧，
棹容与而讵前，
马寒鸣而不息。

南朝·梁·江淹《别赋》

舟楫路穷，
星汉非乘槎可上；
风飙道阻，
蓬莱无可到之期。

北朝·北周·庾信《哀江南赋》

朱丝乱纪，
罗袿失领，
飞仙凌虚，
随风游骋。

晋·陆机《浮云赋》

朱光既夕，
凉云始浮，
盈多露之霭霭，
升明月之悠悠。

南朝·齐·谢朓《七夕赋》

珠玑产于蚌蛤，
珪璧出于山渊；
未有玉不莹而为宝，
人无学而称贤。

南朝·梁·何逊《七召·儒学》

竹林果园，
芳草甘木，
郊野之富，
号为近蜀。

汉·班固《西都赋》

专妙彩于五都，
擅精华于八极，
传贵质于竹素，

晦深声于百亿。

南朝·梁·江淹《翡翠赋》

转眄流精，
光润玉颜，
含辞未吐，
气若幽兰。

三国·魏·曹植《洛神赋》

状若崇山，
又象流波，
浩兮汤汤，
郁兮峨峨。

晋·嵇康《琴赋》

状群飞之丧侣，
似独行之迷径，
神忽忽而若忘，
意冲冲而不定。

南朝·梁·何逊《七召》

濯下泉于浚涧，
溯凯风于卷阿，
指千秋以厉响，
俟寂寞之来和。

晋·陆机《应嘉赋》

咨有得之必丧兮，
盖居庞之名辱；
彼贪夫之死权兮，
固遗生以要禄。

晋·陆云《逸民赋》

咨中心之信修，
佩日月以为旗。

晋·陆云《九愍》

兹道兮可传，
可传兮浩然，
挟此心兮赴绝国，
怀此书兮坐空山。

南朝·梁·江淹《访道经》

紫雾上河，
绛氛下汉，
白日照余，
碧云卷半，
残雨萧索，
光烟艳烂。

南朝·梁·江淹《赤虹赋》

自真风告逝，
大伪斯兴，
闾阎懈廉退之节，
市朝驱易进之心；
怀正志道之士或潜玉于当年，
洁己清操之人或没世以徒勤；
故夷皓有安归之叹，
三闾发已矣之哀。

晋·陶潜《感士不遇赋》

自其变者而观之，

则天地曾不能以一瞬；
自其不变者而观之，
则物与我皆无尽也。

宋 · 苏轼《前赤壁赋》

纵轻体以迅赴，
影追形而不逮。

三国 · 魏 · 曹植《七启》

走长衢而避影，
煎流水以求冰。

南朝 · 梁 · 何逊《七召》

奏此吹兮有曲，
和歌尽而泪续，
重一命而若烟，
知半气之如烛。

南朝 · 梁 · 江淹《横吹赋》

奏白登之二曲，
起关山之一引；
吐哀也则琼瑕失彩，
衔乐也则铅坚生润。

南朝 · 梁 · 江淹《横吹赋》

尊之则为将，
卑之则为虏；
用之则为虎，
不用则为鼠。

汉 · 东方朔《答客难》

遵节俭，
尚素朴；
思仲尼之克己，
履老氏之常足。

汉 · 张衡《西京赋》

遵四时以叹逝，
瞻万物而思纷，
悲落叶于劲秋，
喜柔条于芳春。

晋 · 陆机《文赋》

坐帐无鹤，
支床有龟，
鸟多闲暇，
花随四时。

北朝 · 北周 · 庾信《小园赋》

后 记

每一本书的出版几乎都要经历漫长的岁月,本书也不例外。从立意到整理成稿,再到出版,一晃十余年过去了。本来已无希望,只当是自己练练笔,学习一些古典诗词吧。忽然编辑打来电话,说稿子正在编审,有些问题需要和我商榷,不禁喜出望外。急忙将好消息告诉我的合作伙伴,此前是万万不敢提及此事的。好在我的合作伙伴也理解出书的不易,从来不问及此事,使我的心理负担不致过重。

与编辑沟通后,决定去掉出处,只保留朝代或时期、作者和篇名,因为有些出处实在难以确认。经过“瘦身”,感到书稿精当有型了。又经过对版式的推敲确认,最终进入编校程序。由于书稿字数较多,加上杂事的干扰,进度较慢。不过不怕慢,就怕站,终于到了最后的收官阶段。

该书篇幅较大,涉及资料较多。尽可能避开前人整理的窠臼,让读者大容量、快速阅读古典名句,是我和选题立意策划者耿相新先生共同的初衷。事隔多年,同类书也出了不少,但我想只要下足了工夫,这类书是不会过时的。我仍然充满期待。

该书诗、词部分由孙宝瑞和冯亚衍整理,曲、赋部分由暴拯群整理。

在此感谢大象出版社,感谢为此书付出艰辛劳动的同仁。

孙宝瑞

2014 年 6 月